辭章學　新論

鄭頤壽◎著

序 一

鄭頤壽教授，是海峽兩岸知名的漢語辭章學家。能有幸認識他，是緣結於三年前（2000）的六月九、十日在高雄師大舉行的「第二屆中國修辭學學術研討會」圓滿結束之後。記得剛回到臺北不久，就接到黃麗貞教授的電話，說鄭教授對我的研究所導生仇小屏在會中所發表的〈試談字句與篇章修飾的分野〉一文很感興趣，希望在離臺之前，能和我與小屏見一面談談，於是在修辭學會理事長蔡宗陽教授的安排下，十二日晚於臺北為兩岸學者所舉辦的一次餐宴裡，我們見面了。

當時在座的，除鄭頤壽、蔡宗陽、沈謙等三位教授、我和我的兩個導生仇小屏與陳佳君之外，還有濮侃、黎運漢、鄭遠漢、李名方、袁暉、李金苓、柴春華、趙毅等大陸學者。大家圍坐於長方形餐桌前，從修辭學談到文學界之種種，從此岸談到彼岸，真是無所不談。而剛好鄭頤壽教授就坐在對面，彼此交談得更為深入而歡洽。

這次歡聚後，鄭頤壽教授和我們之間，就經常以書信或電話交換研究心得。令人佩服的是，他對辭章學研究的熱忱與執著；而對臺灣辭章章法學研究的肯定與支援，更使我感激不已。他不僅以書信或電話多所激勵，又先後在福州、蘇州所舉辦之海峽兩岸文化學術研討會上，特以臺灣辭章章法學之研究為主題發表論文，廣予宣揚，大力地替臺灣辭章章法學之研究打氣，認為臺灣辭章章法學之研究成果，是「豐碩的」、「空前」的。這種學術衿懷與情誼，是極其珍貴的。

「漢語辭章學」是由語言學大師呂叔湘、張志公等先驅極

力倡建的一門新學科。鄭頤壽教授深受影響，積累了多年之研究與開發，已大大地為修辭學、語體學、風格學直至文學創作、文學批評的理論研究，開拓了一個新的視野，為「漢語辭章學」建立了學科最大的理論框架「四六結構」，並以之為統帥，解決了辭章學及其相關學科一系列宏觀、中觀、微觀的理論問題。尤其是他從哲學高度，解決了過去爭論的、或懸而未決的、或被忽視了的不少問題。以「誠美律」之「誠」而言，他主要溯其源於儒家「五經」之一的《禮記·中庸》所指出的「誠者，天之道也」，將「天之道」理解為自然規律、宇宙規律，來解釋「修辭立其誠」的道理；而且認為莊子把「誠」與「真」聯繫起來，說「真者，精誠之至也。不精不誠，不能動人」、「真者，所以受於天也，自然不可易也。故聖人法天貴真」（《莊子·漁父》），這與儒家的「誠者，天之道也」之說是相通的。以「美」而言，他認為我們祖先論「美」，重「美」的客體，北齊劉晝就說：「物有美惡，施用有宜」（《劉子·適才》），這就把「美」與「物」與「用」聯繫起來了；既重藝術之「審美」、怡情作用，又重實際之「致用」、適用價值。這樣從哲學高度來加以梳理，確實解決了不少問題。

　　他又指出：誠的同義詞、近義詞有：真、信、忠信、樸誠、真實、真率、德、善等；美的同義詞、近義詞有：達、文、工、妍、巧、妙等。古人常把它們結合起來鑑識、評論文學作品、言語活動。孔子的「情信辭巧」說、王充的「辭妍情實」說、陸機的「意巧言妍」說、劉勰的「理懿辭雅」說、歐陽修的「事信言文」說等等，都可以看成「誠美」的理論。「誠」側重在內容，「美」側重於形式，兩者兼論，是合乎辯證法的。

　　把「誠」、「美」提到「律」的高度的，首推劉勰，所謂
「志足而言文，情信而辭巧，乃含章之玉牒，秉文之金科矣」
（《文心雕龍・徵聖》），其中的「志足」、「情信」相近於
「誠」，「文」、「巧」是「美」的異名詞，而「玉牒」、「金科」
就是「律」。鄭頤壽教授認為這樣的「誠美律」，對於辭章（含
修辭）活動、文學創作、語文教學，甚至於待人接物，都是有
意義的。

　　就這樣，鄭頤壽教授受到辭章學先驅呂叔湘、張志公兩先
生的啟發，從一九六一年以來，便努力耕耘新園地，於「文革」
期間躲進圖書館潛心研究，結果將心得寫成幾部書稿。又於一
九七九年開始利用在高校講授「中國古典文學」、「現代漢
語」、「古代漢語」，尤其是「文選與寫作」的課程，把辭章學
的理論融化於其中，並按呂叔湘先生指出的「修辭學，或風格
學，或詞章學─這是語言研究的另一個部門」的路子進行研
究，相繼推出：《比較修辭》（1982）、《新編修辭學》
（1987）、《文藝修辭學》（1993）等修辭學編著；推出：〈論
「比」和比喻〉（1981）、〈因體施教〉（1986）、〈語體劃分概
說〉（1987）、〈鼎立：電信體的崛起〉（1992），〈論語體與修
辭風格〉（1988）、〈論「體素」與「格素」〉（1994）、〈論文
章風格與言語風格〉（1994）等近百篇相關的系列論文；推出
《辭章學概論》（1986）和充分體現讀寫雙向互動和語言綜合運
用的《辭章藝術示範》（1991）等同體例編著五本；推出：
「辭章藝術大辭典」（出書時改稱《中國文學語言藝術大辭典》
1993）及其姐妹書《辭章學辭典》（2000），以及按「表達⇌承
載⇌理解」雙向互動，融入詞匯學、音韻學、語法學、修辭
學、風格學的《對偶趣談》（1992）、《對偶趣話》（1999）二

本等。

　　此外，在鄭頤壽教授之領導下，福建師大的辭章學研究者，又申請成立了辭章學研究室、所，招收了辭章學碩士研究生，在漢語言文字學博士點中設了辭章學的研究方向，並申請成立了「中國修辭學會辭章學研究會」的全國性學術團體。福建的學者在研究的過程中，比較重視進行理論的探討，對辭章學的理論框架、對象、體系、定義、性質、功能、目的、任務、研究的方法、發展的步驟、前途等進行探討，總結出「四六結構論」、「四元世界說」、「三辭三成說」、「四在效果說」、「結構組合結論」、「辭章生成論」、「辭章解讀論」、「四個階段論」、「『表達⇌承載⇌理解』雙向互動論」、「誠美律」、「言語規律」、「語體文體對應論」、「語體媒介三分說」、「語體平面論」、「體素論」、「格素論」、「風格優劣論」、「風格優化論」等；同時也重視對傳統理論作系統的整理、歸納，對中外現代語言學理論的學習、借鑑和實際運用（包括聽說讀寫）問題的探討。（以上參見鄭頤壽〈辭章學研究的回顧與前瞻〉，《國文天地》19卷3期，頁87～97）

　　由此可見，鄭頤壽教授對「漢語辭章學」這一新學科，不但兼顧宏觀與微觀來研究，也將理論與實際應用作了高度之結合，尤其從中提煉出「四六結構」與「誠美律」，將「真」、「善」、「美」融為一體來統括「漢語辭章學」，其貢獻與影響是極大的。而此次應萬卷樓圖書公司之約，特將他集其理論大成之專著《辭章學導論》、《辭章學新論》兩書在臺灣出版，這可說是臺灣辭章學界的一件大事，其貢獻與影響之大，更是可以預期的。

　　身為鄭頤壽教授的學術盟友，又屬「漢語辭章學」研究團

隊中之一員，而且又忝兼萬卷樓圖書公司之名譽董事長，因此
在此出版前夕，特綴數語，聊以表達誠摯的祝賀與感謝之忱。

陳滿銘 序於臺灣師大國文系835研究室

2003年10月11日

序　二
鄭著辭章風格論的科學體系和突出貢獻

　　1961年，呂叔湘先生在《漢語研究工作者的當前任務》一文中提出，要繼承中外的遺產，建立起我國自己的漢語詞（辭）章學，或漢語修辭學，或漢語風格學。要突破修辭格研究和改正詞句錯誤這兩個框框，對這門學問的目的、研究對象、研究方法好好討論一下，並且確定它的名稱。在談到要借鑑歐洲風格學理論時，他強調，「既研究不同文體的不同風格，也研究不同作家的不同風格，而首先研究什麼是風格，風格是怎樣形成的……」（《中國語文》1961年4期）這裡涉及風格學的目的論、對象論、方法論、定義論、成因論、應用論等基本理論。至今40年過去了。許多專家學者刻苦探索，著書立說，以自己豐碩的成果為本學科的開拓和建設作出了自己的貢獻。鄭頤壽兄是這支隊伍中一名勇於開拓，不斷創新的著名學者和學術團體的組織領導者（先後任中國修辭學會全國文學語言研究會會長、辭章學研究會會長等）。他繼承前人的理論傳統，吸收同時代人的研究成果，綜合運用語言學、邏輯學、文藝學、文章學等各學科的研究方法從事修辭學、風格學和辭章學的研究，著述頗豐，令人欽羨！僅就其語言風格論來看，可以說成果輝煌，影響廣泛。代表性的專著有《辭章學概論》中的功能風格論，《新編修辭學》（和林承璋共同主編）中的功能風格論和表現風格論，《文藝修辭學》（主編）中的文藝語體風格論、表現風格論，《辭章學導論》、《辭章學新論》中的辭章風格論、《大學修辭》中的語體風格論，大學生《言語修養》中的

語體論、風格論等。同時他還發表了一系列很有新意的風格學論文，如《論文藝體素及其體素值》（載《文學語言研究論文集》1991年3月）、《論文章風格和言語風格》（載《語言風格論集》1994年）、《「格素」論》（載中國修辭學會編《邁向21世紀的修辭學研究》論文集，2001年）、《言語風格與「四六結構論」》（台灣《修辭論叢第二輯》）的辭章風格論等。這些論著論及了語言風格學基本原理的各個方面，包括語體風格概念的內涵、成因、分類、作用、培養和應用等理論，構成了由本質論、關係論、成因論、類型論、應用論等組成的比較系統的語言風格論。尤其是用「體素」、「格素」等術語簡明概括語體風格的形成因素和類型範疇，更為同行專家讚賞，為學術界所引用，以此產生了廣泛的影響，作出了重要的貢獻。

　　鄭兄首先主張廣義的風格論，認為風格是多樣性的。可以分成語體風格、表現風格、個人風格等各個方面。在《辭章學概論》的第七章《語體風格的琢磨》中，對語體風格進行了論述。我們可以看出，作者對於語體的分類，實際上也是語體風格的分類基礎。鄭兄認為語體的分類是一個多層次、多序列的系統。在這一章中，首先對書卷語體進行了分類，把這種語體分為實用體、混合體（又叫融合體、邊緣體、中介體、交叉體）和藝術體。在各種類型之下，又有詳細的下位分類。例如：實用體分為科學體和應用體，科學體又分為自然科學體和社會科學體。應用體又分為公文體和大眾應用體。藝術體又分為散言體和韻文體，散言體又分為對白體和散文體；韻文體分為自由體、說唱體、格律體。散言體與韻文體相互交叉、滲透，又形成了變文、散文詩。混合體是介於以上兩大類型語體之間。實用體與藝術體是兩大對立的語體類型，它們之間有明顯的排斥

性、差異性，又有滲透性、統一性。滲透性、統一性的發展就形成了混合體，混合體分文藝性實用體和文藝性科學體兩類。文藝性實用體又分為文藝性大眾應用語體、文藝性公文語體。文藝性科學體，也可分為文藝性社會科學體和文藝性自然科學體。這些語體，有總有分，有綱有目，構成了多層次多序列的語體系統。

鄭兄認為「語體不同，思維類型、資訊特點、社會功能以及語言特點都一樣，辭章也就有差別」。思維類型與語體類型是緊緊相聯的，但並不是一一對應的，而是有相互交叉的關係的，如實用語體主要是邏輯思維，但同時也不排斥藝術思維；藝術語體主要用藝術思維，但也並非侷限於藝術思維；混合體當然要用到兩種思維形式。語體與資訊總是相關的。大體上說，實用體傾向於理智、客觀，藝術體則重在情感、主觀。混合體則以理智、客觀為主，也帶有感情性和主觀性。在社會功能方面，作者認為實用體總是曉人以理，藝術體主要是動人以情，混合體則可以靈活、變通。在語言特點方面，不同的風格類型具有不同的風格特點。實用體的語言特點最突出的表現是抽象性、概括性、常規性；藝術體則形象性、變異性十分突出。混合體的語言，從本質上講，要求抽象性、常規性，但不排斥適當的形象性、變異性，對形象性、變異性太強的有封閉性。實用體—混合體—藝術體，語言特點，總的看來，抽象性、常規性的要求由高到低，形象性、變異性的要求從低到高，兩者既有聯繫，又有區別。

以上是鄭兄對書卷體的劃分及其語言特點的闡述，除此以外，鄭兄還劃分了口語體。首先區分了對白體與獨白體兩個大的方面，並從語言結構、語流特點、語體色彩、思維狀態、話

題中心等幾個方面對各種具體的語體類型進行了深入的分析。這在語體研究上是一次深入的嘗試。特別是在《新編修辭學》的第十一章以「口語體」為主進行分析，在論述基本的特徵之後，又從詞、句、修辭方式以及語氣等多方面論述了口語的類型。這是鄭兄語體風格研究的深化與發展，尤其是口語體分析的增加，是對語體分類的經常被忽視的一個角度的全面的考察。

鄭兄對風格的理解大致可以歸入「綜合特點論」和「格調氣氛論」之中，並著重於言語的表現風格的分析。風格是個被多學科應用的複雜的概念，人品、建築、藝術、文學、言語都有風格的問題。從言語講，它是言語作品的外現形態與內蘊情意完美統一而表現出來的鮮明、獨特的風貌與格調。外現形態，包括語音、詞匯、語法、修辭格式、篇章結構、表達方式、藝術技巧、情節安排以及符號、圖表、公式等因素；內蘊情意，包括作品的題材、主題、思想與從中反射出來的作者的立場、觀點、思想、品格、感情、意志、個性、才能、學識以及時代精神、民族氣質等。文章是內容與形式、思想與藝術的統一體。文章風格是由文章的外現形態與內蘊情意的各種因素構成的。文學作品只是文章中的一大類型。文學風格則專指文藝性文章的風格。目前所講的個人風格、流派風格、地方風格，多數指文學風格。全面而系統地研究這些風格是風格學的任務。

修辭學也重視風格的培養，它主要著眼於外現形態的語言因素的諸方面。這就是言語風格。言語風格，從表達一定內容所用的語言多少講，有繁豐與簡約之異；從語言形象性的強弱與色彩的濃淡講，有藻麗與樸實之別；從傳遞資訊所用語言的

曲直、深淺講，有蘊藉與明快之殊；從語言的生動性、趣味性的強弱講，有幽默與莊嚴的不同。當然言語風格與內蘊情意也有某些關係。至於豪放與柔婉，則是風格的外現形態與內蘊情意的統一體，它屬於文學類的文章風格。言語風格與語體關係也十分密切。一般說來，簡練、樸實、明快、莊嚴可見於各種語體，繁豐、藻麗、蘊藉、幽默主要見於文藝語體，有時見於混合語體。從時代發展看，繁豐也有向實用語體伸展的趨勢。

鄭兄認為言語風格是修辭的最高層次，是對語音、詞語、句子、篇章、辭格等修辭手段的綜合運用。特別是他認為「言語風格就是言語作品中表現出來的一系列語言運用特點的總和，是作品中呈現出的鮮明、獨特的風貌和格調，又稱表現風格。」可見是把言語風格與表現風格等列的，並且鄭兄的風格研究焦點之處在於風格是可以培養的。「我有一言應記取，文章得失不由天。」只要掌握了風格形成的諸因素，風格是可知的，可培養的，要學習掌握言語風格，必須先大致了解言語風格的形成要素。言語風格的形成是複雜的，有語言的因素，也有非語言的因素。文語風格形成的語言因素指的是一切對語言材料運用的手段和方式，它包括語音的配合、詞語的選擇、句式的變化、語義的綴合、修辭方式的運用和篇章的組織等等，總之，是語言調整、組合的手段。以不同的語言材料調整組合，便會形成不同的言語風格，言語風格形成的非語言因素（又稱超語言因素）指的是除語言因素之外的其他因素，它包括作家獨特的生活經歷、文化素養、個性特徵等個人因素和作家所處社會的民族風俗、時代特徵、文化背景等社會因素。這些非語言因素，對作家言語風格的形成有著明顯的影響。要學習、掌握言語風格，首先要了解、掌握言語風格的內部規律，

即什麼樣的言語形式的組合構成什麼樣的言語風格，什麼樣的修辭手法有助於哪種言語風格的表達，什麼樣的語義綴合形成什麼樣的風格特點等等。鄭兄的言語風格研究為我國言語風格學的建立與興起作出了獨特的突出貢獻，對辭章風格論的建樹則起到了一定的奠基作用。

鄭兄對我國言語風格學研究作出了重要的貢獻，他的風格理論，獨闢蹊徑，獨樹一幟，很多觀點或概念都令人耳目一新。他在探討文藝語體風格中，提出了體素、文藝體素、體素值等較新的概念。語體是適應人類社會不同交際領域需要而形成的功能風格類型，語言風格的形成有內外方面的因素，但是從實質上講，語體風格只是指內容承載的語言形式，即語言材料及其組合方式的體系。語體風格的差異，最終都要通過語音、詞彙、語法、辭格、篇章等語言因素或語言的輔助因素體現出來。這種形成不同語體風格色彩的因素，就是體素。而形成文藝語體風格色彩的因素，則是文藝體素。體素，作為語體風格的載體，最主要的特徵是它的物質性。它是有形的，可析的。因此，運用體素的概念，能幫助我們有效地把握語體風格的言語特徵，使語體風格的研究形式化、科學化。根據構成體素的材料的不同，我們可以把體素分為語音體素、詞語體素、句式體素、辭格體素、篇章體素和特殊體素等幾類。它們的配合，構成漢語體風格的完整系統。體素有一定的值，稱為體素值。體素值是表示某種語體色彩濃淡的數值，有正值、負值與零值之分。正值體素是指在形成某種語體風格中起積極作用的因素，它是具有明顯功能分化的語言形式。如文藝語體中的形象性詞語、變異性句式和描繪性辭格等，均為藝術正值體素。負值體素是指在形成某種語體風格中起消極作用的因素。零值

體素是指不帶任何語體色彩的中立因素。語言中許多因素是各類語體所通用的。正值體素是語體形成的根本因素，它是語體的區別性特徵。語體風格色彩的濃與淡也主要決定於正值體素的分布頻率。正值體素分布頻率高，風格色彩便濃；其分布頻率低，風格色彩便淡。文藝語體的正值體素具有鮮明的特色。文學語言的情意性、形象性、生動性、音樂性、變異性等特徵主要通過文藝正值體素體現出來。體素值不是靜止不變的，它在一定的言語結構和言語環境中能產生變值。這種變值有積極和消極之別。積極變值，即由零值或負值變為正值；消極變值則相反。成功的作者往往能通過一定的言語手段與表達技巧使體素產生積極變值。就文藝語體說，負值體素的積極變值，是指把相對立的語體（如實用語體）中語體色彩較強的體素進行臨時的功能改造，使之適應於文藝語體的現象。另外，鄭兄還分析了體素滲透的加合式和融合式兩種方式，並以文藝體素中的實用體素、文藝體素內各分體素的滲透為例，詳細分析了體素的滲透方式和結構及其風格表現，這也是對語體交叉從一個新的角度進行的論述，可以說是對語體學語體交叉滲透的又一補充。

除「體素」等新概念外，鄭兄還提出了「格素」。「格素」的概念已被一些專家所接受，所引用，被寫入《中國修辭學通史》等書中。什麼是「格素」？它是形成風格的因素，包括風格學諸家所說的「風格要素」和「風格手段」、「語言風格要素」和「非語言風格要素」、「在孤立狀態下可以顯示風格類型的語言成分」和「在孤立狀態下沒有固定風格色彩的語言材料」。它是風格得以表現的因素，是風格的標誌，是言語格調氣氛的載體。鄭兄認為「風格要素」（因素）與「風格手段」

在形成風格中作用是一樣的，因此就用「風格因素」——簡稱「格素」來統稱形成風格的各種要素。從「格素」來分析風格，使風格特點物質化、科學化、系統化了。它不僅可以意會，而且可以言傳。「格素」概念是吸收前人風格研究的成果，加以概括、昇華出來的，它使讀者便於學習，便於理解、便於運用。

總之，從漢語辭章學的基本理論體系和核心概念來看，鄭兄的辭章風格論是廣義修辭學的風格論（包括修辭風格或表現風格和文章風格）在漢語辭章學理論中獨創的、綜合的應用，是其精心構建的「四大結構論」的完善的、有機的組成部份。即「四六結構」的辭章風格（辭風）的本質論、形成論、優化論、鑑賞論、功能論、類型論以及建立在語體平面基礎上的功能風格論，或稱（辭體）風格論。具體來說，其本質論是在「綜合特點論」和「格調氣氛論」基礎上概括的定義論；其「形成論」是在主觀因素和客觀因素、語言因素和非語言因素、外部因素和內部因素等基礎上概括的「外觀形態的風格要素」和「內蘊情志的風格要素」，簡稱「格素」論；其「優化論」是將風格形成和風格培養結合起來的主客觀統一的優劣對立風格論；其「鑑賞論」是建立在作者創造形成風格同讀者欣賞解讀風格基礎上的雙向三角關係論；其「功能論」是建立在藝術功能和實用功能基礎上的「感動讀者」和「說服讀者」的兩種功能風格論；其「類型論」是在上述諸論的基礎上概括的內外兼顧的具有對立統一關係的語言表現風格論。並以語言和思維對立統一的觀點論述了語言表現風格類型在藝術、實用和交融（混合）語體中分佈的大致情況，進而得出結論、簡潔、明快、樸實等是各類語體的基礎風格，使用頻率最高。其他風

格類型的分佈情況均以圖表明示。在研究方法和著述方法上，可以說鄭兄注意哲學方法、邏輯方法和現代語言學方法以及數學統計方法的有效結合，一貫堅持把漢語辭章學的研究對象和內容體系作為辯證統一體，因此構建了「四六結構」的理論框架，闡述了詞語句篇和語體風格的辯證法。在運用邏輯方法時，又能將辯證邏輯和形式邏輯統一起來，正確處理動態和靜態、常規和變異、歷史和現實及分析和綜合、歸納和演繹等各種關係。特別是鄭兄善於應用傳統的比較法和現代的圖表統一法，以便把定性分析和定量分析結合起來，建立一個微觀和宏觀統一的，現代化的、科學的理論體系；並善於以簡明、獨特的術語（如「四六結構」、「辭風」、「辭體」、「體素」、「格素」等）來表述漢語辭章學的概念和範疇的體系。這是鄭兄繼承中外許多學科的理論和方法進行開拓性研究的輝煌成果，也是現代漢語辭章學、風格學在新世紀日臻成熟的標誌之一。值此佳作付梓之際，我樂為之序。深信廣大讀者定會登堂入室，開卷有益！

張德明　於遼寧省渤海大學

2004年2月12日

自　序

　　時代在發展，新的事物，不斷湧現，新的需求呼喚學術界要不斷創新。漢語辭章學因此應運而生。

　　本書的姐妹編《辭章學導論》（以下簡稱「導論」）對辭章學的理論框架──「四六結構」做了比較系統的闡釋，對辭章學的理論體系──辭章學的對象、體系、定義、特徵、功能和辭章生成、解讀的過程、規律、方法，建立辭章學的任務、目的、意義、方法、步驟，辭章學與相關學科的關係等，做了論析，起了「導」入的作用。本書《辭章學新論》（以下簡稱「新論」）則要進一步從辭章學的內框架系統：語音、文字、詞語、句子、章篇、辭格、藝法、表達方式的運用所形成的言語變體和話語的氣氛、格調，亦即要從語體和風格對辭章學作深一層的開拓；在此基礎上提出辭章學這門新學科的分支學科建設的設想。

　　語體（呂叔湘、張志公稱之為「文體」）和風格是辭章學研究的重要內容，呂、朱兩位大師談辭章學的建設時都強調了這些內容。它最能體現辭章學的融合性、一體性與辭章學這一「話語」藝術形式貼得最緊的功能語體的歸屬，語體要著眼於「篇」（含話篇、文篇），從「篇」的總的特徵確定其為藝術體，或實用體，或交融體，再進而從三大語體中給該「話語」作具體的下位語體作定位。只著眼於某一句，某一章，是無法對「話語」功能語體「總」的特徵做出科學的描寫和評定。風格的單位也是「篇」（含括篇與文篇），它是該篇話語「總」的氣氛和格調的表現，具體的句子、章段，只具有風格色彩。只

有諸多風格色彩聚合、融合才會體現出風格來。

辭章與語體、風格關係密切。「格素」與「體素」的體系，就建立在辭章的語言要素和超語言要素體系的基礎上，它們三而一，一而三，是從三個不同角度對同一對象所做的分析、抽象、歸納。因此，此三者，既可獨立進行研究成為三門學科：辭章學、語體學、風格學，又可以綜合起來進行研究。辭章學之談語體、風格是從辭章這一話語藝術「形式」著眼的。

語體和風格也是緊密相關的。作為廣義的風格學包含語體風格。

語體是語言運用中最新、最有意義的課題，它制導著語言運用的方向；風格又是言語的最高層面。不管什麼人，作家還是一般的寫作者，演說家還是一般的市民，只要是成功的表達，都有風格（辭章風格）、語體特徵，都體現出「合格律」、「得體律」。

辭體（含語體和與之作對應研究的文體）和風格的理論，百家爭鳴，術語不一，讀者往往莫衷一是，治絲益棼。本書則對古今中外有代表性的論述作比較、歸納，化繁為簡，用之解決實際運用的問題。本書抽象、歸納、提出的「格素」、「格素值」、「格素體系」，「體素」、「體素值」及其增值、貶值和「辭體平面」等概念及其運用規律就是對這些方面研究的昇華、概括。

辭章學既然是一門綜合性的學科，是「大修辭學」或稱「廣義修辭學」，因此，如志公先生所說的，立個「集體戶」之後，還要「分立兒個小戶」——這就是分支學科的建設問題。

本《新論》，就是對此類問題提出新的構想，總結新的理

論，歸結出新的方法，希望能解決一些言語運用中新的問題，作為《導論》的有機組成部分。

本書稿承蒙陳滿銘教授垂青、審定，並和張德明教授分別作了序；承萬卷樓梁錦興總經理給予支持、出版，及陳欣欣小姐在書稿編輯上的協助。在此謹向他們致以深深的謝忱！

辭章學還處於初創階段，本書肯定還有不完美、不周全甚至有失誤的地方，敬祈方家與廣大讀者批評、匡謬。

鄭頤壽　福建師範大學文學院
2002年秋于五鳳南麓之榕蘭齋
2004年春定稿于東吳大學文學院

目　錄

⬆編　辭　體

中 編　辭　風

前　言

　　漢語辭章學具有突出的融合性，它要充分運用各層次、各方面「有效、高效地表達、承載並藉以適切、深入地理解話語資訊的藝術形式」，其對象十分廣泛。本書的姊妹篇《辭章學導論》已作概述。本書要著重對其中所提到的辭體、辭風等對象和辭章學研究的回顧與前瞻等內容作深入一層的闡析。

一

　　1961年呂叔湘、張志公倡議建立漢語辭章學，都把文體（語體）、風格列為主要的研究對象，這是很有創見的。當時，我國科學的語體學還未建立起來，因此，他們都用傳統的「文體」這個名稱，而實質上並不全是從文章學的角度，而更多地是從語言學的角度來論析「文體」的。

　　文體屬於文章學的範疇，語體屬於語言學的範疇。它們學科性質不同，定義不一樣。文體是文章的體制，可從不同角度給予分類。陳望道先生談文體或辭體時說：「⑴地域的分類，如所謂漢文體、和文體……之類。⑵時代的分類，如《滄浪詩話》所舉的建安體、黃初體、正始體、太康體、元嘉體、永明體……之類。⑶對象或方式上的分類，舊的如《文心雕龍》分為騷、賦、頌贊、祝盟……等等，新的如《作文法》分為描記、敘述、詮釋、評議等等，都屬於這一種分類；⑷目的任務

上的分類，如通常分為實用體和藝術體等類，或分為公文體、政論體、科學體、文藝體等類，都可以說是屬於這一類；(5)語言的成色特徵的分類，如所謂語錄體、口頭語體、文言體……之類；(6)語言的排列聲律上的分類，如所謂詩和散文之類；(7)是表現上的分類，就是《文心雕龍》所謂「體性」的分類，如分為簡約、繁豐、剛健、柔婉、平淡、絢爛、謹嚴、疏放之類；(8)是依說寫者個人的分類，如《滄浪詩話》所舉的蘇李體、曹劉體、陶體、謝體、徐庾體……韓昌黎體、柳子厚體……之類。」[1]這段話是就修辭學講的，但牽涉的面很廣，它概括了「大修辭學」（或稱「廣義修辭學」），亦即「辭章學」有關語體、文體、風格的研究對象。我們用辭章學的觀點進行分析，可圖示如下：

本書概括		《修辭學發凡》文體或辭體的分析、類聚
辭體： 辭章體制	語　　體	(4)實用體、藝術體 (5)公文體、政論體、科學體、文藝體和語錄體、口頭語體、文言體
	文　　體	(3)騷、賦、頌贊、祝盟 (6)描記、敘述、詮釋、評議和詩、散文
辭風： 辭章風格	民族風格	(1)漢文體、和文體
	時代風格	(2)建安體、黃初體、正始體、太康體、永嘉體、永明體
	表現風格	(7)簡約、繁豐，剛健、柔婉，平淡、絢爛，謹嚴、疏放
	流派風格	(8)蘇李體、曹劉體、徐庾體
	個人風格	(8)陶體、謝體、韓昌黎體、柳子厚體

　　上表右邊，是對《修辭學發凡》「文體或辭體」的分析、類聚；左邊，是本書對之作對應的分析、歸納。「辭風」是辭章風格的縮稱。

　　陳望道先生所講的「實用體、藝術體」，與當代語體學的功能分類相當，揭示了兩大對立的功能類別。筆者在肯定其相對立、相排斥的一面，又補充了它們相統一、相滲透的一面，這就是它們的融合體，使這種分類更合乎辯證法。公文體、科學體是實用體的部分分體，文藝體是藝術體的別稱，政論體是融合體之一種。它們都是從交際領域、交際的目的、任務，亦即「功能」的不同對文體、語體所作的分類。拙文《語體劃分概說》[2]對此已作分析。「語錄體、口頭語體、文言體」是從交際的方式、媒體的不同，對語體所作的分類。其中，與「口頭語體」相對應的是書面語體（含語錄體、文言體）。語錄體是口語的書面表達形式，稱書面口語體；「文言體」，是書面書卷體。以往的文體（語體）分類，或從功能劃分，或從方式、媒體類聚，劃分標準不一致，造成分類的邏輯不嚴密，使這些類別無法放在一個平面上，影響了文體（語體）系統的科學性。本書以功能為經、以媒介為緯，建構「辭體平面」，旨在解決這一國內外語體研究中存在的問題。

　　「騷、賦、頌贊、祝盟」，是魏·曹丕、晉·贄虞、梁·劉勰直至明·徐師曾等近兩千年來我國傳統的文體分類，屬於文體學的範疇。「描記、敘述、詮釋、評議」，是從表達方式所作的分類，屬於文章學範疇，望道先生也都把它們歸之文體或辭體類。文體，是文章的體制。語體是語言的功能變體，它是根據不同的交際領域、交際的對象、目的、任務長期地反覆地使用特定的表達方式、媒介、語言材料而形成的言語特點的有

機統一體。現代早期的修辭學著作中,往往語體、文體混用,或用「文體」稱代「語體」。文體、語體有緊密的聯繫又有區別。修辭學界對其異同分合的問題進行討論,發表了不少文章。辭章學具有突出的融合性,在分清文體、語體概念、學科性質的同時,又要充分利用這些學科的研究成果來為增強辭章效果服務。因此,我們必須找出一個切入點把文體、語體對應起來進行綜合的研究、運用。我們把從功能角度劃分的文體,即藝術的、實用的及其交融的與功能語體對應起來,結合起來。這樣,既有助於繼承、發揚我國豐富的文體論遺產,又有利於借鑑西方先進的語體學研究成果,以之來有力地增強辭章效果。這樣對應結合,又可化繁為簡,便於讀者學習、掌握、運用。我們把這種文體、語體對應、結合起來的言語現象合稱「辭體」[3]。

　　風格是個廣泛的概念。如人的風格、藝術風格、文章風格、文學風格、語言風格、言語風格、語體風格、表現風格、修辭風格、辭章風格等。上表中的「表現風格」,是從形成風格的外現形態要素所作的分類,是修辭學必須研究的風格對象。「民族風格」、「時代風格」指語言風格,有時也指言語風格,它體現了民族的、時代的語言風格、言語風格的共性,包容了本民族各時代的辭章風格。一般說來,流派風格、個人風格都是文學類的文章風格,屬於文學風格的範疇,文藝辭章學與之也有瓜葛。因此,上述陳望道先生八個系列的「文體或辭體」及其分類,既從修辭學角度突出了「表現風格」,又從「廣義修辭學」(即辭章學)角度,概述了文體和風格的體系。我們正是沿著這個思路,來研究辭章學的辭體和辭風的。

　　文體、語體均已成「學」,從功能角度對文體、語體作對

應的綜合研究的學問，也可稱為「辭體學」。

　　辭章學、辭體學、辭風學都具有融合性、綜合性，它們大於原來的修辭學。它們的語言要素和超語言要素可對應如下表。

項目 對應名稱 學科	語音	文字	詞語	句子	篇章	辭格	藝法	表達方式	辭章學、辭體學、辭風學的辯證關係
辭章學	調音與聽音	用字與解字	遣詞與釋詞	選句與釋句	結構與分析	運用與理解	運用與理解	運用與理解	生成、鑑識辭體、辭風
辭體學	體素	體素	體素	體素	體素	體素	體素	體素	充分利用辭章手段，形成辭體
辭風學	格素	格素	格素	格素	格素	格素	格素	格素	充分利用辭章手段，在一定辭體中形成辭風

二

　　辭章學和辭體學、辭風學是三門各自獨立的學科，它們又都具有融合性這一突出的共同點，因此這三門學科又都相互借鑑，運用其相關的原理、規律、方法來增強本學科建設的科學

性和實用性。請看上表，三門學科都可以運用其語言要素、超語言要素，建構其學科體系。同一言語單位，如語音，在辭章學中要運用它，在辭體中就是形成辭體的語音要素（體素），在辭風中就是形成辭風的要素（格素）。不同的語音的運用，易於形成不同的辭體色彩和辭風色彩。我們從這樣對應的縱向、橫向的觀察、分析、研究中，既看到了辭章學、辭體學、辭風學的差異性、獨立性，又發現了它們的同一性、融合性。從這裡，我們對呂叔湘先生講的：「我們能夠逐漸建立起來自己的漢語詞章學（或漢語修辭學，或漢語風格學）」[4]，就可以理解得更加深刻。這裡所講的「漢語的修辭學」，是包容了「修辭格的研究和改正詞句錯誤兩個方面」的「大修辭學」，就是「詞（辭）章學」。這裡所講「漢語風格學」，也是廣義的，含文（語）體風格、表現風格，即上表中的「辭體學」、「風格學」。同樣，張志公先生對綜合研究詞語、句子、辭格、文體、風格，亦即把詞彙學、語法學、修辭學、風格學、文藝學等融合起來研究的學問，稱「詞章學」和上述呂叔湘先生講的「漢語詞章學」一樣，「都是廣義的修辭學」，其中都含語（文）體、表現風格、文章風格、文學風格等。

總之，作為語體、文體對應、綜合研究的「辭體」，作為表現風格與文藝辭章風格總稱的「辭風」（辭章風格），是辭章學必須著力研究的內容。

辭體是辭章活動的指向，「得體」是辭章活動的根本規律之一。「辭章風格」，是辭章活動的綜合特徵的表現，「合格」也是辭章活動的根本規律。

辭章體制（辭體）、辭章風格（辭風），是對兩千多年來我國文體學、風格（體性）學研究成果的繼承和引申，是對上個

世紀以來語體學、語言風格學研究成果的借鑑和擴充所總結的新理論。這些新理論又是在「四六結構」這一新的理論框架中的實施；加上本書最後部分對專門辭章學新學科建設的思考都體現個「新」字，因此，把本書命名曰：「辭章學新論」。

　　「新」的東西，正像嫩芽一樣，還不是鮮艷的花朵，更不是碩大的果實，但它是有生命力的，它將進一步長成「辭體學」、「辭風學」的大樹。

注　釋

1　陳望道：《修辭學發凡》，249頁，上海文藝出版社，1962。

2　鄭頤壽：《語體劃分概說》，見中國華東修辭學會、復旦大學語言研究所編《語體論》，安徽教育出版社，1987。

3　本書的「辭體」與《修辭學發凡》的「辭體」很相似，但不完全一樣，特指「語體與從功能角度劃分的文體作對應、綜合研究的言語體裁」。

4　呂叔湘：《漢語研究工作者的當前任務》，原載《中國語文》，1961(4)，收入《呂叔湘語文論集》，商務印書館，1983。

5　張志公：《詞章學？修辭學？風格學？》，原載《中國語文》，1961(8)，收入張志公《漢語辭章學論集》，人民教育出版社，1966。

辭　體

辭體綜說

　　辭章體制學，是從辭章的角度研究植根於宇宙元之交際領域、服從於一定的交際目的、交際任務、採用一定的交際方式而形成的言語功能變體。它既研究動態的辭體的生成（表達元）與破譯（鑑識元）的方法和規律，也研究相對靜態的話語文本中的辭體現象（話語元），亦即在「四六結構」的框架中，從交際領域、功能、目的、任務的基點上，從「表達、承載、理解」三個角度來認識辭體，闡釋辭體，駕馭辭體。

　　辭章、修辭、辭體（含語體、文體）與風格關係極為密切。有的研究者在修辭學著作中談辭體，有的在風格學中設辭體的章節。呂叔湘、張志公兩位先師，都把辭體（文體）作為辭章學的內容。這些，都是從它們「關係極為密切」這一方面來考慮的。另一方面，把它們獨立出來，研究各自的理論體系、規律、方法和現象，又可形成不同的學科。

　　任何成功的辭章現象都歸屬於一定類型的辭體。從表達講，立意之後，就要擇體；從鑑識講，「一觀位體」——辭體為先。因此，本書把「辭體得宜律」（簡稱「得體律」）貫於全書。

　　「得體」與「失體」是相對立的概念，是言語活動「得」、「失」的兩種表現。

上個世紀80年代初，筆者在《比較修辭》一書中，把「切合語體」作為運用修辭的三大「原則」之一提出，那是通俗的表述。「原則」，就是「律」。因此，上個世紀80年代中，在拙著《辭章學概論》中，把這三大「原則」改稱「表心律」、「適境律」、「得體律」。其後，這種概括得到了「頂尖級」專家的認同和廣大讀者的認可。不過也有個別的人，不理解這個「得體」的含義，脫離拙著的上下文語境，混淆了廣義之「得體」，與合乎辭體、文體之特殊含義的「得體」。

辭體和文體是兩個概念，分屬於不同的學科。但從「功能」角度劃分的文體，可以同功能語體結合起來研究合稱「辭體」，這樣，就可做到既重視學科的科學性，又講究理解、應用的簡易性。

一、辭體界說

任何言語活動都離不開一定的辭體，都要受到辭體的制約。適應辭體，是言語活動的一條總則。

辭體是根據不同的交際領域、交際對象、交際目的、交際任務、交際方式、長期地、反覆地使用不同的語言材料而形成的言語特點的有機統一體。

交際領域，有科學、技術、政治、軍事、經濟、文化、藝術與家庭生活的不同。

交際對象，有本國人、外國人，有黨政軍領導、外交使節、專家學者、演員師生、工農士兵的不同，有老人、小孩、男人、婦女的區別。他們與表達者的關係，有敵人、朋友、自己人，上級、下級、平級，長輩、晚輩、平輩，陌生人、知心

者、親愛者的差異。

因而，交際的目的、任務千差萬別。或在於陳述事理，使對方理解；或在於抒發感情，使對方感動；或在於發出指令，使對方行動；或在於提出問題，請對方回答；等等。

交際的方式，有口頭、書面、熒屏、電碼的不同。口頭是靠語音傳遞的，書面是用文字表達的，熒屏、電碼是用聲、光、電顯示的。這些，都會影響到表達者與接受者的交際，有直接的或間接的、有對白與獨白的差異。

交際領域、交際對象、交際目的、交際任務、交際方式是形成辭體特徵的外部因素。

這些不同，表現在語言的運用上就有不同的特點，亦即在調音、選詞、煉句、謀篇、設格等方面不同的特點。此類特點是歷史形成的，是形成辭體特徵的內部因素，它有相對的穩定性，而不是偶爾的、個別的。

外部因素對辭體特點的形成起著制約的作用；內部因素是體現語言特點的物質外殼。外部因素要通過內部因素才會形成辭體。

二、《語體劃分概說》述評

辭體理論，要先從語體談起。

對語體類型所作的劃分，實際上體現了一個人的語體觀，體現了對語體學性質及其內在聯繫的認識，對語體研究的對象、目的、任務的認識。語體觀不同，往往對語體的分類也不一樣。20世紀80年代，筆者曾撰《語體劃分概說》一文，試從語體劃分的類型、層次、目的、要求和方法略陳管見。其大

意如下（文字略作刪節、修改）。

㈠多層次、多序列地劃分，描寫科學的「語體系統」

語體既然是一個「系統」，就可以而且應該多層次多序列地劃分。

第一層次，按照交際方式（或稱媒介）和言語特點的不同，分為書卷語體和口頭語體兩大類。然後再對這兩類逐層進行劃分，以排列出低層次的語體。

先來劃分書卷語體。

書卷語體，按照表達功能和言語特點可分為三大語體群：基層為實用體，中層為融合體（又稱語體的「混血兒」、邊緣體、交叉體或中介體），高層為藝術體。所謂基層，就是用最基本最習見的常格修辭，力求表達得明晰、準確、簡練、連貫、周密，以「辭達」為其境界。所謂高層，則要求語言藝術化，它除了講究巧用常格修辭，讓「尋常詞語」藝術化外，還講究妙用變格修辭，力求在表達得明晰、準確、簡練、連貫、周密的基礎上，做到形象、生動、新鮮、優美、感人，不僅「辭達」，而且「辭巧」。中層的表達境界則介於上述兩層之間。這是第二層次。

第三層次，按照交際領域和言語特點分：實用體有應用語體和科學語體，藝術體有韻文體和散言體，融合體有文藝性科學體和文藝性實用體——文藝性科學體，實際上是披上文藝語體彩衣的科學語體；文藝性實用體，則是披上文藝語體彩衣的實用語體。

第四層次，按照交際領域和言語特點分：應用語體又可分為公文體和大眾應用體。前者如報告、請示、命令、布告、公

函、通知等，後者如收據、借條、申請書、請假條等。科學語體可分為自然科學語體和社會科學語體。前者如數、理、化、天、地、生的科學論著等，後者如文、史、哲和政治、經濟、軍事的論著等。韻文體可分為格律體（絕句、律詩、詞曲和新格律詩等）、自由體（自由詩、打油詩等）、說唱體（彈詞、鼓詞、評書、快板、數來寶等）。散言體，可分為散文體（散文、小說）、對白體（戲劇、相聲）。變文、散文詩則是韻文體和散言體的「混血兒」。文藝性的科學體可分為文藝性自然科學體（科學詩、科幻小說等）和文藝性社會科學體（哲理小說、文藝性的政論等）。文藝性的實用體，可分為文藝性公文體（文藝性的法制宣傳文章等）和文藝性的大眾應用體（文藝性的書信、日記等）。

第五層次、第六層次……還可以繼續劃分下去。隨著科學的發展，運用語言要求的提高，劃分的層次將越來越多，越多越細，越細要求也就越具體。但是，從大眾實際運用需要出發，劃分至三、四層也就夠了。

下面再來劃分口頭語體。

口頭語體，按照口語風格色彩的濃淡和言語特點，也可以分作三大類型：談話體、討論體、講演體。

談話體中最典型的是隨意的日常生活談話。它最充分地體現口頭語體的特徵。諸如變音、語調、字調、邏輯重音、重疊式、兒化詞、方言俚語的運用，句子成分的省略、語序的變異、談話中心的轉移等，使用頻率最高。這一類，可稱為口頭口語體。

討論體，是有意識有中心的多人交談。它涉及日常生活、自然科學、社會科學等方面的內容。討論日常生活方面的，其

語體色彩比較接近於談話體，但話題比較集中，語言的規範性、嚴密性要求高一些。討論自然科學、社會科學方面的，除了要用口頭口語體外，還表現出口頭書卷體的特徵。

講演體，一方面運用通俗、生動的口頭口語體，另一方面，要具有吸引力、鼓動性，難免有意地對語言進行提煉、加工，而使書卷語色彩加濃了。這就使這一語言分體又具有口頭書卷體的特色。

上述是口頭語體第二層次的語言分體。

第三層次、第四層次……還可以繼續劃分下去。

現在把上述劃分的「語體系統」與對應的文體圖示如下：

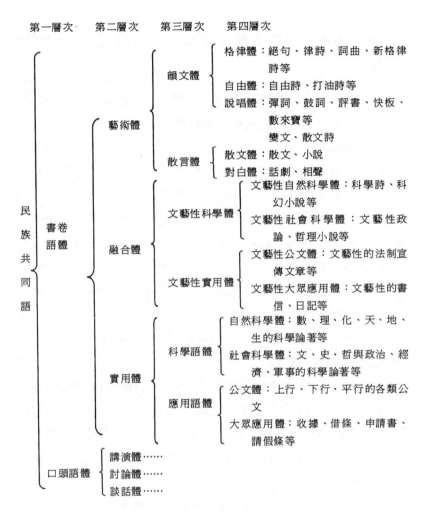

第一層次　　第二層次　　第三層次　　第四層次

民族共同語

書卷語體

　藝術體
　　韻文體
　　　格律體：絕句、律詩、詞曲、新格律詩等
　　　自由體：自由詩、打油詩等
　　　說唱體：彈詞、鼓詞、評書、快板、數來寶等
　　　變文、散文詩
　　散言體
　　　散文體：散文、小說
　　　對白體：話劇、相聲

　融合體
　　文藝性科學體
　　　文藝性自然科學體：科學詩、科幻小說等
　　　文藝性社會科學體：文藝性政論、哲理小說等
　　文藝性實用體
　　　文藝性公文體：文藝性的法制宣傳文章等
　　　文藝性大眾應用體：文藝性的書信、日記等

　實用體
　　科學語體
　　　自然科學體：數、理、化、天、地、生的科學論著等
　　　社會科學體：文、史、哲與政治、經濟、軍事的科學論著等
　　應用語體
　　　公文體：上行、下行、平行的各類公文
　　　大眾應用體：收據、借條、申請書、請假條等

口頭語體
　講演體……
　討論體……
　談話體……

　　上表中，縱的，是不同的層次；橫的，是各自的序列。這樣，次第分明，綱目清楚，構成了「語體系統」。

㈡綱目並重，反映各層次語體的本質特徵及其內在聯繫

先從宏觀方面分析一下口頭語體和書卷語體的特殊性和同一性，也就是它們的差異性、排斥性和統一性、滲透性。

口頭語體，自然、活潑、通俗、生動。聲音抑揚頓挫，停頓較多，富有感情。語氣詞、口語詞（包括方言、俗語、兒化詞等）使用頻率較高；在特定的語境下，還可使用粗俗語。句式簡短、破碎，使用多種省略式。話題經常變換，具有較大的跳躍性。書卷語體，嚴密、規範、文雅、莊重，節奏分明，富有音樂感。書卷色彩較濃的詞彙（包括文言詞、科學術語等）使用頻率較高。句式比較複雜，內容成分、並列成分、修飾成分、關聯詞語用得較多，句子結構完整。話題集中，表現出明顯的層次性、連貫性、邏輯性和向心性。這是口頭語體和書卷語體的差異性、排斥性。

但是，不能忽視另一面，也就是它們互相聯繫滲透的一面。口頭語體是書卷語體的源頭，書卷語體是口頭語體的昇華；口頭語體給書卷語體注入新鮮的血液，書卷語體為口頭語體架起規範的骨骼。兩者互相作用，豐富了民族的語言，促進著語言的發展。

應特別指出的是：口頭表達和口頭語體、書面表達和書卷語體，它們之間有聯繫，也有區別。口頭語體是適應口語交際需要運用全民語言而形成的言語特點的有機統一體；書卷語體是適應書面交際需要運用全民語言而形成的言語特點的有機統一體。口頭表達是口頭語體的常用交際方式，書面表達是書卷語體常用的表達方式。前者稱口頭口語體，後者稱書面書卷

體。但書卷語體也有口頭表達的方式，如學術報告；口頭語體也有書面表達的方式，如小說、戲劇中的人物對話。前者稱口頭書卷體，後者稱書面口語體。

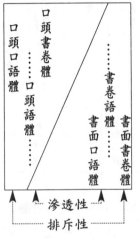

在劃分口頭語體和書卷語體時，就要注意它們的差異性、排斥性和統一性、滲透性。它們類別的劃分，可用左圖來表示。

從左圖可以看出，口頭語體與書卷語體是互相對立、互相排斥的，而它們又有某些統一性、滲透性。隨著科學的發展，全民族文化水平的提高，口頭書卷體的使用頻率將日益提高。善於吸收口語精華的作家，他的作品中書面口語體得到充分的運用。在口頭語體和書卷語體的劃分中，只注意到相互對立、排斥的兩極，而忽視了相互聯繫、滲透的中間地帶，不符合語體的實際情況。

下面，話分兩頭，進一步剖析書卷語體與口頭語體各層次的差異性、排斥性和統一性、滲透性。

先講書卷語體。

書卷語體各分體之間的差異性、排斥性和統一性、滲透性的關係可圖示如下：

第一層次	第二層次	第三層次	第四層次	第五、六……層次	思維特點	信息特點	社會效應
口頭語體	書卷語體	藝術體	韻文體	格律體 自由體 ……	藝術思維	形象性、情意性	藝術感染 認識世界 改造世界
			散文體	說唱體 散文體 對白體 ……			
		融合體	文藝科學體	文藝自科體 文藝社科體 ……			
			文藝實用體	文藝公文體 文藝應用體 ……		抽象性、理智性	
		實用體	科學語體	自然科學體 社會科學體 ……	邏輯思維		理智啟迪
			應用語體	公文體 大眾應用體 ……			

　　從上表可以看出，「實用體—融合體—藝術體」，逐層上升，它們之間特點變化的總規律是：邏輯思維的活躍性從強到弱，藝術思維的活躍性從弱到強；抽象性、理智性從強到弱，形象性、情意性從弱到強；理智啟迪的作用從大到小，藝術感染的作用從小到大。反之，如果沿著「藝術體—融合體—實用體」逐層下降，上面各種特點的變化也就相反。這是變化的總規律，不管語體層次分得多細，總規律都是不變的。實用體與藝術體，表現出明顯的差異性和排斥性，但也有一定的統一性和滲透性；統一性和滲透性的發展，形成相對的均衡之勢，就是融合體。這是對立統一規律在語體上的反映。

　　再看口頭語體。

　　口頭語體的三個分體（談話體、討論體、講演體）都具有口頭語體的共同特點，但是它們之間又有差別。談話體是基礎，講演體是提高，討論體介於兩者之間。它們之間的關係可以圖示如下：

口語分體	語體色彩	語言結構	話題中心
講演體	口頭書卷體色彩 ／ 口頭口語體色彩	嚴謹性 規範性 ／ 活潑性 變異性	集中性 ／ 游移性
討論體			
談話體			

從上表可以看出，談話體—討論體—講演體，它們相互區別又相互聯繫，構成了層次性的變化規律。它表現在：

語體色彩方面，口頭書卷體色彩由淡到濃，口頭口語體色彩由濃到淡；

語言結構方面，規範性、嚴謹性的要求由低到高，變異性、活潑性的要求由高到低；

話題中心方面，集中性由弱到強，游移性（分散性）由強到弱。

口頭語體與書卷語體幾個層次的關係又是如何呢？請看下表：

書面口語體	藝術體
	融合體
書面書卷體	實用體

書面口語體	對白體
	散文體
	說唱體
書面書卷體	自由體
	格律體

　　從上表可以看出：現代的話語作品中，書卷語體的三大語體群，書面口語體運用的情況是：在藝術體中開放性最大，融合體次之，實用體又次之；書面書卷體與此相反。作為藝術體的五個分體：對白體、散文體、說唱體、自由體、格律體，書面口語體的色彩由濃到淡，書面書卷體的色彩與此相反。

(三)劃分語體的方法

　　劃分語體類型，總的說來，要用唯物辯證法為指導，要用最新的科學方法──「系統方法」，才能劃分得合理、科學，以避免在劃分時注意到了語體間的差異性、排斥性，而忽視了

它們的統一性、滲透性的偏向；以避免在劃分中，或偏於太粗而使讀者難於掌握語體的特點，或偏於太細而不易抓住語體要領的毛病；以避免在一次劃分中因標準不一，以致劃分的層次不清楚的缺點。用唯物辯證法的觀點為指導，用「系統方法」來劃分，旨在揭示每一語體的特殊性和語體之間的統一性，綱目並舉，有合有分，突出語體的功能與形成語體風格的各種修辭方法。這樣，才有助於學習、掌握各種語體，提高語言的表達、理解、欣賞與教學的能力。

劃分語體，還要具體運用比較法、分析歸納法，以找出各種語體特點變化的總規律。這些方法可以縱橫兼用：縱的，用於同一層次的語體之間，如實用體、融合體與藝術體為一層次，散言體與韻文體為一層次，格律體、自由體、說唱體、散文體與對白體又為一層次……這樣，就構成了不同功能的語體系統。橫的，用於同一序列的高層次與低層次的語體之間，如第二層次的實用體與第三層次的科學語體、應用語體；第三層次的科學語體與第四層次的自然科學體、社會科學體；第三層次的應用語體與第四層次的公文體、大眾應用體……這樣，就構成了同一功能的不同序列。縱的，可比較它們的異同點（即差異性、排斥性和統一性、滲透性）；橫的，可分析歸納出綱與目（概括性與具體性）的關係。例如，實用體的特點是抽象性、理智性。它要求用概念化的語言、平實的筆調、記述論證的方法，明晰、準確、簡練、連貫、周密地表述。這是實用體區別於藝術體的特點。如果落實到實用體內部低層次的分支語體，特點就具體化了。公文語體的特點是：政治性（包括階級性、政策性、權威性、祈使性）、現實性、時間性、明確性、程式性。科學語體的特點是：理論性、邏輯性、雄辯性、精確

性。其中的自然科學論著又具體化為知識性、術語性、符號性、圖表性、國際性；社會科學論著則具體化為政治性、時代性、社會性，等等。

藝術體的特點與上述相對立，主要表現在形象性、情意性上，仔細說來，還有生動性、變異性、音樂性、多樣性和獨創性[1]。它要求用浮雕式的語言、彩色的筆觸、描繪抒情的方法以塑造形象，創造意境，渲染氣氛，再現生活圖景，展現歷史畫卷。如果落實到本序列內部低層次的語體，這些特點也具體化了。韻文體中的詩歌，對形象性、音樂性、變異性的要求最高，要求詩如畫、意境美、旋律美，講究運用變形律，創造「第二自然」。對白體因作品人物的不同，把形象性、生動性、情意性具體化為傳達「心聲」的個性化、角色化的語言和特徵性的動作描寫，眾多不同類型、不同性格人物的對白，又形成了作品語言的多樣性和獨創性。

融合體的語言特點，介於以上兩者之間。恩格斯說過：「一切差異都在中間階段融合，一切對立都經過中間環節而互相過渡。」[2]融合體，正是實用體和藝術體的「融合體」、「過渡體」。它具有「兩棲」的特點。

為了準確地、科學地描寫語體，還要充分運用數理研究法。

數理研究最常見的方法是統計法。它要求選取各層語體中一定數量的典型的能表現該語體風格特點的話語（包括文章），從多種角度，如調音、選詞、煉句、謀篇、設格等方面作使用頻率的統計，進行定量、定性的分析。現作一抽樣檢查，以示一斑。先用圖表示意如下：

所占句數 / 各層語體 \ 語言因素	調音之一			煉句之一			設格之一		
	總句數	不韻押句	押韻句	總句數	常格句	變格句	總句數	實言句	誇張句
藝術體[3]	8	0	8	8	1.5	6.5	8	6	2
融合體[4]	8	7	1	8	6.25	1.75	8	7.25	0.75
實用體[5]	7	7	0	7	7	0	7	7	0

上述統計數據還可以用座標來表示。縱座標表示書卷語中的三層語體，橫座標表示使用語言材料、修辭格式的頻率[6]。

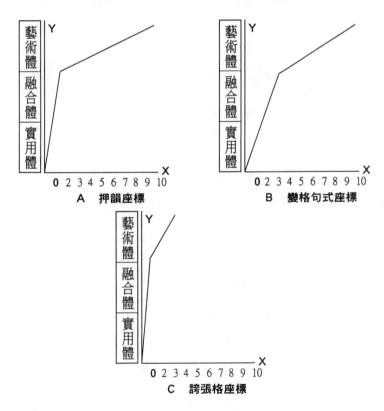

A　押韻座標

B　變格句式座標

C　誇張格座標

以上統計數字，也可以用百分比來表示。

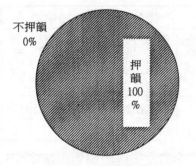

藝術體（韻文）押韻與
不押韻百分比

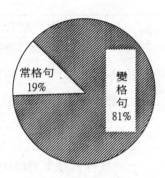

藝術體（韻文）常格句
與變格句百分比

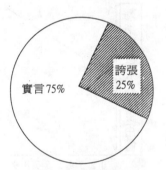

藝術體（韻文）實言與
誇張百分比

融合體（文藝自然科學體）
押韻與不押韻百分比

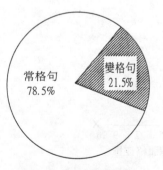

融合體（文藝自然科學體）
常格句與變格句百分比

融合體（文藝自然科學體）
實言與誇張百分比

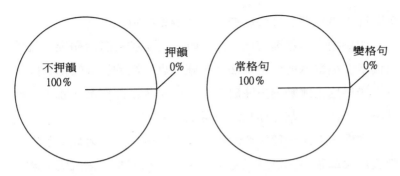

實用體（社會科學體）　　　　實用體（社會科學體）
押韻與不押韻百分比　　　　　常格句與變格句百分比

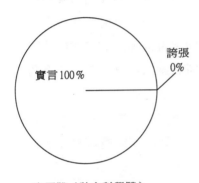

實用體（社會科學體）
實言與誇張百分比

　　縱觀上述數理研究材料，可以總結出各類語體辭章與修辭方法的總規律：

　　從押韻講，實用體不求押韻，融合體偶爾用之，藝術體的韻文體則要求押韻。

　　從變格句講，在實用體中有封閉性；融合體以常格句為主，只在偶然的情況下用一些變格句；藝術體對變格句的開放性最大。

　　從誇張講，實用體不用誇張格，融合體偶爾用之，藝術體則有誇張的權利。

　　縱觀上述數理研究材料還可以發現：不押韻、常格句、實言句[7]各類語體中都用到，它是普通修辭學[8]、普通辭章學應該研究的內容；押韻、變格句、誇張格在文藝語體中使用頻率最高，它是文藝修辭學、文藝辭章學應該著重研究的內容——押韻，體現了音樂性；變格句，體現了變異性；誇張格，體現了

情意性：這些都是文藝修辭、文藝辭章的特性。

如果把上述數理方法，由共時研究推廣到歷時研究，就可以揭示各種辭章與修辭手法生、旺、衰、滅的發展變化過程。

如果用上述數理方法研究某一作家、某部作品，就可以總結出某一作家、某部作品的語言風格來。

當然，上述數理研究所用的文章篇數太少，因此，所得的數值是欠準確的。這些只是示意性的，它只是用來說明：數理研究法，是研究語體風格、研究辭章與修辭的科學方法；用它對語體作多層次、多序列的劃分，可以找出形成語體風格的規律來。這種方法，有待於組織人力，充分利用電腦作細致而深入的統計研究，那麼，上述統計數字將以萬計，座標中的關係曲線將是一條沒有稜角的曲線，所表達的百分比將更切合語言的實際。這些任務，有待於繼續努力去完成。

總之，對語體進行分類，不是單純的技術問題，而是對語體性質及其內在聯繫研究的總結，是對形成語體風格的語言因素和非語言因素研究的結晶。

＊　　　　＊　　　　＊

上述文章於1984年在山東煙臺舉辦的中國華東修辭學會年會上被推作大會發言，深受與會同行專家的首肯。文章發表於《福州師專學報》1985年第1、2期合刊，後承華東修辭學會、復旦大學語言文學研究所收入其所編的《語體論》一書[9]。宗廷虎的《中國現代修辭學史》、鄭子瑜、宗廷虎主編的中國修辭學通史》等幾部史書，黎運漢的《修辭語體學》、《漢語風格學》等專著都給予充分的肯定。這裡要說明幾點：

(1)「融合體」又稱「混合體」、「中介體」。「混合體」之稱是借鑑前蘇聯語體學家的研究成果，他們把此類語體稱為

「某語體和某語體的混血兒」。這是筆者許多論著中使用這個術語的來源。筆者也引用恩格斯的理論，稱之為「融合體」。為統一起見，本書統一用「融合體」。

(2)本人提出的「數理研究」，琢磨了十多年。而本文在語體劃分上沒有充分運用數學原理對語體進行劃分，表現在對每層語體劃分標準的不一致。第一層次「按照交際方式（或媒介）和言語特點的不同」劃分出「書卷語體和口頭語體兩大類」。可是第二層次以下，劃分標準變了，這在邏輯上欠嚴密。本書的《辭體座標初探》、《辭體平面及其運用》，解決了這個難題。

(3)在語體的分類上，國內外專家都注意到「傳遞媒介」、「交際方式」，口頭語體、書卷語體的特徵和分類就由此而來。筆者意識到語體的「功能」、「領域」是內核，而「媒介」、「方式」是形式，根據它們之間的關係，以「內核」為經線（縱座標），「形式」為緯線（橫座標），建構語體平面，並把「內核」與「形式」作為「語體」概念的義項。

(4)由此，筆者於20世紀90年代初，提出了口語、書語、電語「鼎立」的語體群的觀點，被個別專家批判得「體無完膚」，幸好承張靜、王德春兩位大師的肯定，讓我參加1991年在四川舉辦的修辭研討班發言，並將拙文收入《修辭學論文集》第六集[10]。這一觀點是構成辭體（含語體）平面的一項重要內容。

(5)通過對「辭體（含語體）平面」的研究，將推出「電腦輔助閱讀、寫作數據庫」之類編著。

目前的研究，還不完善，有待於同行專家和讀者指教。

注 釋

1 請參閱鄭頤壽：《論文藝修辭學》，見《修辭學論文集》第二集，福建
  人民出版社，1984。

2 恩格斯：《自然辯證法》。

3 以蘇東坡《念奴嬌·赤壁懷古》為例。按最新的標點來統計，每韻為
  一句。

4 以酈道元《水經注·三峽》為例。按初中《語文》第四冊（1979）的
  標點來統計句數。複句中的分句用小數點來表示。

5 以范晞曾《書目答問補正·十三經注》為例。按上海古籍出版社斷句
  本（1983）來統計句數。複句中的分句用小數點來表示。

6 由於各層語體句數不等，用座標表示時必先通分，因此橫座標上的刻
  度已不代表實際的句數了。

7 實言與誇張相對而言，請閱鄭頤壽：《比較修辭》，福建人民出版社，
  1982。

8 請參閱鄭頤壽：《論文藝修辭學》，見《修辭學論文集》第二集，福建
  人民出版社，1984。

9 安徽教育出版社，1987。

10 河南大學出版社，1992。

三、辭體是辭章活動的指向

㈠辭體與辭章活動

　　「文章以體制為先」[1]，「文莫先於辨體，體正而後意以經之，氣以貫之，辭以飾之。」[2]此類論述一直被奉為至理名言。可是先賢又說：「為文……先意氣而後辭句」[3]，「意在言先」[4]——「體」屬於「辭」的範疇。到底意先抑或體先？這個問題如果從「四六結構」來考察，就迎刃而解了。

　　從話語作品的生成論分析，就是：「宇宙元⇌表達元⇌話語元……」作者生活在宇宙之中，接觸、了解了萬事萬物，受到啟迪、刺激，產生了感情，形成了寫作的願望。這就是漢朝劉安所說的「文者所以接物也，情繫於中易欲發外者也」[5]。五代徐鉉說：「士君子藏器於身，應物如響。……通萬物之情者在乎文章」[6]。文章不能鑿空強作，總要「託物寓意」[7]，「因景生情」[8]，「情以物興」[9]。陳望道先生把這個階段叫做「收集材料」的階段[10]。宗廷虎先生也是這樣歸納的[11]。「材料」就是我們所說的宇宙元之「物」、「景」、「事」等。在這基礎上對「物」、「景」、「事」進行分析、篩選、提煉、安排，就進入「表達元⇌話語元」。陳先生把它作為第二階段之「剪裁配置」[12]，宗先生把這階段概括為「主題的確定和題材的取捨選擇」[13]，這就把「意」與「題材」聯繫起來了。作者有了主觀的思想或「情」，才能通過語言轉為作品的「內容」——「意」。從這點講，確是「意在言先」[14]——「意」：內容，話語資訊；「筆」、「言」：形式，資訊的載體。而作為

話語資訊的「藝術形式」的辭章，只好隨「意」而行了。而作為「話語藝術形式」（辭章）之組成部分的辭體，當然不能例外。這樣，「意先」抑或「體先」就清楚了。

如果單從「話語元」進行考察，它含兩個側面：即「內容」（題材、意、情等）和「形式」——即辭章藝術形式。藝術形式由作品之體制、篇章結構、表達方式、藝術方法、辭格、句子、語詞等構成。在「立意」、「設情」之後，才是定體（或稱「位體」）為先。因此劉勰說：「履端於始，則設情以位體」[15]。「設情」之後，當然「位體」居於「藝術形式」之「先」了。

從話語的鑑識論分析：「鑑識元 ⇌ 話語元 ⇌ 表達元……」，它首先接觸到的是「話語」。此時，「意先」抑或「辭先」？當然是「辭先」——劉勰說：「披文以入情」[16]，「文」即「辭」——「話語藝術形式」；「情」同「意」——思想內容。而對「文」、「辭」怎樣分析，從「組合論」講，是按「詞→語→句→章→篇」組合起來；從「結構論」講，要先觀體制——是讀小說還是詩歌，是文學作品還是科學論著——劉勰很有創見，他說：「將閱文情，先標六觀：一觀位體，二觀置辭……」[17]，也是把「觀……體」置於首位。然後才能掌握作品的「事義」[18]。

當然結構論和組合論又是緊密結合的。表達時是「意先於辭」、「意成辭」，「辭」初成之後又反覆閱讀、吟詠，進行修改，又轉為「辭成意」了。鑑識時，是「辭先於意」，「辭成意」，但初步了解辭意之後，還要反覆閱讀、分析，把「意」深化，又轉為「意成辭」了。這點，我們的祖先早有發現。王夫之說：「『采采苤苢』，意在筆先，亦在言後，從容涵詠，

自然生其意象。」[19]——「意在筆先」，是就表達而言；「（意）亦在言後」，是就鑑識（從容涵詠）而論，是「辭先於意」。這是很有見地的。因此，古人又有「文生於情，情生於文」說[20]——「文（辭）生於情（意）」，是「意成辭」；「情（意）生於文（辭）」，是「辭成意」。這是《導論》「三辭三成說」立論的依據。

這些理論問題解決了，對「文章以體制為先」或「文類先於辨體」，就能作出科學的、辯證的論析。我們不簡單地提「辭章以辭體為先」，而是從「四六結構」的總體出發，認為辭體是辭章活動（含說寫聽讀）的「指向」或「基礎」、「基調」。

(二)辭體是辭章活動的指向

辭體與辭章活動關係密切。分五點論析如下。

1.辭體與思維類型的特點

辭體首先是由社會交際需要而產生，是民族語言材料特點的綜合。它是根據交際的領域、目的、任務、對象、範圍這些客觀需要所決定的。客觀需要是對辭體的形成起決定作用的一個方面，這是主要的；另一方面，還要看到這種客觀需要勢必反映了思維類型的特點。這雖然是次要的，是被決定的，但也不宜忽視。本節著重談談後者。

思維是人類特有的一種精神活動，是在表象、概念的基礎上進行分析、綜合、判斷、推理的一種認識活動。思維大體上有兩大類型，一是邏輯思維，一是藝術思維。語言和思維有密切的關係，思維要用語言，語言表達思維。人們在交際中，因

為領域、對象、目的和任務的不同，就要運用不同的語言材料，這些語言材料特點的綜合而形成的辭體反映在思維上，就具有各自不同的特點。辭體和思維的關係請參閱《〈語體劃分概說〉述評》第三個表格，也可用下列座標來表示：

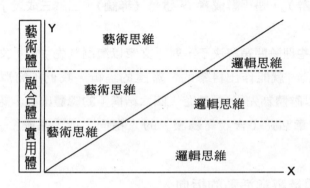

實用體和藝術體雖然都是客觀世界的反映，其目的都在於使人認識世界、改造世界。但是，所用的思維類型不同。實用體要求資訊的發出者從生活的實際出發，以平靜的心情和理智的眼光觀察世界，分析世界，通過最能啟迪資訊接受者理智的概念與三段論——也就是用邏輯思維，以準確地、科學地反映世界，表達自己的認識和觀點；藝術體則要求資訊的發出者，在生活的基礎上進行富有形象和情感的想像、聯想——也就是用藝術思維，用最能扣動資訊接受者心弦的具體可感的畫面反映出來，以形象地、生動地揭示客觀世界，表達自己對生活的評價和態度。辭體所反映的客觀對象不同，這就決定了思維類型和資訊的差異。實用體具有明顯的抽象性與理智性，藝術體具有明顯的形象性與情意性。因此，它們的客觀效應也就不同：實用體能給人以智慧的啟迪，曉人以「理」，促人前進；

藝術體能給人以藝術的享受，動人以「情」，催人奮發。當然，這些區別不是絕對的，例如，在階級社會裡，屬於社會科學論著的實用體，由於作者所屬的階級地位不同，就帶有明顯的情意性——感情性、主觀性。只有樹立正確的世界觀，掌握唯物辯證法，才能準確地反映客觀的規律。在科學高度發展的今天，一些文學作品裡，有時也會有明顯的理智性——知識性、客觀性，使文學作品染上濃厚的時代色彩。由此可見，實用體和藝術體在思維上既有差異性、排斥性，又有統一性、滲透性。差異性、排斥性，決定了它們思維類型的特點，統一性、滲透性，體現了這兩種思維類型的聯繫。「實用體—融合體—藝術體」，總的說來，邏輯思維的活躍性逐步減弱，藝術思維的活躍性逐步增強。

統一性、滲透性最明顯的是融合體。它是邏輯思維與藝術思維協作的成果，是實用體和藝術體統一性、滲透性發展、擴大的產物。譬如，科學文藝，是屬於自然科學論著的科學辭體和文藝辭體互相滲透的統一體；文藝性政論，則是屬於社會科學論著的科學辭體和文藝辭體互相滲透的統一體。說它是融合體，但因為它既用邏輯思維又伴之以藝術思維，既有形象性、情意性，又有抽象性、理智性，既有實用性，又有藝術性。當然邏輯思維和藝術思維，抽象性和形象性，理智性和情意性，實用性和藝術性，它們之間的比例不完全是「5:5」，有的是「6:4」（或「4:6」）等等。如果比例失去了均衡，譬如「7:3」（或「3:7」）、「8:2」（或「2:8」）等，辭體風格特徵就會由量變產生質變。社會科學辭體與文藝辭體結合的雜文（如韓愈的雜說、魯迅的雜文等）、自然科學辭體與文藝辭體結合的說明文（如酈道元的《水經注》、高士其、賈祖璋的科學作品等），

藝術思維比較活躍，形象性和情意性也較強烈，藝術性較高，就接近於藝術體了。反之，有的融合體的文章，邏輯思維比較活躍，顯得理智性超過了情意性，抽象性壓倒了形象性，實用性勝於藝術性，這樣的融合體就接近於實用體了。應該指出，融合體儘管是邏輯思維與藝術思維協作的產物，既有實用性，又有藝術性，但總的說來，它在於給人以理智的啟迪，而不是給人以藝術的享受。即使是藝術性很強的說明文，作者的主要目的也還在於給人以理智，他所用的藝術手法只在於使讀者更有興趣、更容易理解、接受理智這一點上。

以上所述均屬於書面辭體。口頭辭體與思維的關係也十分複雜，它決定於談話的領域、對象、目的、任務與表達者的語言風格等。比如，在劇場裡，對一般聽眾講述生動的故事，給聽者以藝術的享受，表達者又是藝術家，則多用藝術思維；在學術報告會上，對專業工作者，闡述科學原理，給聽者以理性的認識，則多用邏輯思維。課堂上，文學教師復述文學作品，多用藝術思維；數理化教師講定理、公式、法則，多用邏輯思維。

辭體一經形成，就有相對的穩定性和獨立性，因此，辭體的特徵不同，所用的思維類型也就有差別。要寫科學論著，就必須以邏輯思維為主；要進行文藝創作，就必須更多地運用藝術思維；要寫科學小品或文藝政論，就必須用邏輯思維而輔之以藝術思維。這樣，資訊的接受者理解不同辭體的資訊，就能產生與說寫者相應的思維活動，從而獲得相應的客觀效果。

2.辭體暗示辭章活動

上面說過，辭體是為適應不同的交際領域、對象、目的、

任務而採用不同語言材料所形成的語言特點的綜合。從中，人們概括出理論。反過來，辭體的理論又指導著語言實踐，指導調音—聽音、選詞—釋詞、煉句—析句、謀篇—析篇、設格—解格等雙向的辭章活動，否則，將造成辭體不協調，而影響了表達與接受的效果。走到農村，向正在田間勞動的婦女問路：「請問太太，長途汽車站於何處？」看來是彬彬有禮，可是獲得的只能是揶揄的回聲而無濟於事。辭章活動不能不「入境問禁」，「量體裁衣」。

①調音—聽音

講究語言的音樂美，必須「得體」——合乎辭體。一般地說，各種辭體都要講究音節的配合。音節配合鬆緊要適宜，否則就會影響資訊的傳遞和交際的效果。一般來說，配合太緊的音節，不宜用於藝術體，即使是科學辭體、政論辭體也不很適宜。比如：「朱老《登明月峰贈徐老》詩一首：『徐老真英雄，同上明月峰。登高不用杖，脫帽喜東風。』徐老和朱老《步朱德同志》詩一首：『朱總更英雄，同行先登峰。拿雲亭上望，灘水來春風。』這是在一九六三年一月間，年近八旬的朱德同志和八十七歲的徐特立同志來到桂林，健步登上疊彩山主峰明月峰，在峰頂拿雲亭上的互相贈詩。」「這是……贈詩」一個單句，音節配合過緊，說起來，正像一個體弱病者登上高峰一樣，上氣不接下氣；聽起來也不容易抓住句子的中心資訊。這種句子，即使科學辭體也要盡量避免。善於駕馭語言的作者，把它改為「一九六三年一月，年近八旬的朱德同志和八十七歲的徐特立同志來到桂林，健步登上疊彩山主峰明月峰，在頂峰拿雲亭上互相贈詩」。這樣，就成了三個分句的複句，音節配合因為句子結構的變鬆而舒緩了。鑑識者讀起來正如聽

到步履穩健、不慌不忙地登山老將的腳步聲。

當然，各種辭體，還要講究音節的勻稱，以使語句鏗鏘有力，順口悅耳。至於押韻，只用於韻文體；平仄、雙聲、疊韻、擬聲的運用，在韻文體中頻率最高，散言體、對白體次之，融合體又次之。實用體就不講究這些了。音樂美是藝術體辭章的特性之一，而實用體如果過分追求押韻、平仄、雙聲、疊韻、擬聲、諧音之類音樂性很強的辭章方法，去追求節奏、旋律和波瀾，就會影響內容的表達，造成辭體不協調。

②選詞—釋詞

詞語的選擇、理解，也要得體。從詞的語法類別講，實用體很重視名詞、數量詞、連詞的選用，藝術體很講究動詞、形容詞、嘆詞、語氣詞的調配；從詞的來源講，實用體多用社會習慣語（專門術語、行業語）、新造詞、外來詞，藝術體多用口語詞（方言、土語、粗俗語）、熟語（成語、歇後語、諺語、格言）和有生命力的古語詞；從詞的意義講，實用體講究單義性，注意準確地使用詞的本義，藝術體則可用詞的雙關義、相反義、借代義、比喻義以及含有誇飾意味的詞語；從詞的感情色彩講，實用體多用中性詞，藝術體講究用帶感情的詞；從風格色彩講，實用體多用書面語色彩較濃的詞，藝術體喜用口語色彩較濃的詞；從言語規律講，實用體重視詞語的常格用法，藝術體還講究詞語的變格藝術；從資訊講，實用體詞面和詞裡的理性資訊是吻合的，藝術體詞裡的美學資訊往往比詞面的要豐富得多……從這些方面看，實用體對於藝術體，藝術體對於實用體，它們在詞語的運用方面都有排斥性。這是事物的一個方面，是決定事物性質的主要方面。如果忽視了這一方面，就會造成辭體色彩不協調。另一方面，詞語之間還有滲

透性，實用體有時也用些具有形象性（描繪性）、感情性的詞語，藝術體有時也用些抽象性、理智性的詞語（其中有辭體功能已經改造了的，還有一些為造成特殊氣氛、起渲染、烘托作用的功能未改造的實用體的本色語，例如科學術語進入文學作品等等）。不過，這是次要的方面。如果滲透性發展、擴大，使實用體與藝術體詞語形成均勢，就轉為融合體了。這些特點就給聽、讀者一個指向，才能正確地釋詞。

③煉句—析句

句式與辭體關係也十分密切。句式是調配辭體色彩的重要手段，辭體又暗示了句式的選用。實用體多用陳述句，很少用感嘆句、描寫句；而藝術體卻很講究感嘆句、描寫句的運用，要盡量避免平板的陳述句：這是它們句子作用的不同。實用體多用完全句，省略句一般只用承前主語省的句子，而不用歇後句，少用獨語句；而藝術體卻兼用完全句、歇後句、獨語句和各種形式的省略句：這是它們句子成分省略的差異。實用體以常位句為本色；藝術體卻還兼用各種形式的殊位句：這是它們句子成分和複句中分句位置的區別。實用體多用散句，一般不刻意求整；藝術體卻很講究整散兼用，以形成句式的節奏感：這是它們句式整散之別。實用體不厭長句，多重層次的複句、多層邏輯限制語的句子是其本色；藝術體在可用長句也可用短句時要盡量用短句，盡量把結構緊密的多重複句化為幾個結構比較簡單的單句或複句，把一長串的藝術修飾語加以巧妙的處理，移作謂語或改用結構比較簡單的複指句及由幾個結構比較簡單的單句組成的複句：這是它們句子長短的差別。實用體多用書面語句式，多用有關聯詞語的複句，句中一般不用各種語氣詞；藝術體除了用書面語句式外，更講究口語句式的運用，

多用意合的複句，多用各種語氣詞：這是它們句子色彩的不同。實用體多用合乎語音學、文字學、詞彙學、邏輯學的常規造成的常格句；藝術體則多用突破語音學、文字學、詞彙學、語法學、邏輯學的常規造成的變格句，講究常變交錯，相映生輝：這是句子結構規律的差異。不過，這些也是就一般規律而言的，實用體和藝術體之間句式的排斥性和滲透性的關係與上述選詞的情況基本相同。這些特點也給聽、讀者一個指向，才能正確理解句意。

④謀篇—析篇

謀篇、析篇，是辭章學必須研究的課題。實用體和藝術體的篇章藝術有統一性，也有特殊性。諸如標題、層次、段落、開頭、結尾、過渡這些部分，連貫性、條理性、周密性、勻稱性、單一性、類聚性、向心性這些要求，並列、承接、分合這些格局，都是實用體和藝術體篇章藝術共同的內容。但是，又有它們的特殊性。表現在標題和文章內容方面，實用體，題目往往用常格修辭，表示它與內容是直線的、平面鏡般的關係，以鮮明地、準確地揭示全文的觀點或中心內容。藝術體則十分講究標題的藝術，往往用變格修辭，表示它與內容是曲線的、折光般的關係，以含蓄地、變形地暗示文章的範圍或內容與題旨。表現在開頭、結尾與思想內容方面，實用體多用常格修辭，以開門見山地點明中心論題，卒意顯其志，明確地揭示主旨。藝術體的開頭，或欲抑先揚，欲揚先抑；或欲擒故縱、曲徑通幽；或來勢突兀，如黃河之水天上來，或娓娓而談，似深山細泉涓涓而流；或如透過薄薄的雲霧，觀賞山川景物；或似俯瞰激灩的晴波，吟詠天光水色。藝術體的結尾，或餘音繚繞，韻味深長，或形象揭旨，意在言外，有待於讀者細細品

味。表現在層次方面，實用體比較平板，多用並列、承接、分合等結構方式；藝術體講究巧妙的插敘、倒敘、補敘，講究文章波瀾起伏，結構變化多姿。程式化，在藝術體是敗筆，而在實用體（特別是公文事務體）卻是成功的格局；搖曳多姿，變幻無窮，在實用體未必相宜，而在藝術體卻視為神來之筆。聽、讀者應該從這些特點來分析題目與內容的關係以及段落結構，才能抓住全文的中心資訊。

⑤設格—解格

辭格，是具有獨特修辭效果的格式，但是，也只有運用「得體」，才會煥發出藝術的光輝。實用體，可以運用合乎言語常規，字面字裡吻合的常格類辭格。譬如，用設問、對偶之類作為題目，用設問、對偶、排比、層遞、對比、反覆之類構成篇章（用於辭篇之間、辭段之間、辭句之間）。藝術體，不僅可用上述辭格作題構篇，還大量運用比喻、比擬、誇張、雙關等變格類的辭格。實用體有時也用比喻等形象性的辭格，但它的主要目的不在於給人以藝術的享受，而在於給人以理智的啟迪——用來說明某一事物，闡明某一道理，達到化深奧為淺顯、化生疏為熟悉、化抽象為具體的目的。某些常格類辭格，如頂針、回環，很少用於實用體，而在藝術體中卻不罕見。即使同是運用設問、排比、反覆、層遞之類辭格，實用體在於使文章條理分明，重點突出，便於說明、論證、推理；而藝術體運用上述辭格除了可以加強文章的條理性，突出重點之外，還在於加強氣勢，形成文章的節奏與波瀾，便於描繪形象、抒發感情。一般說來，辭格富於藻飾的作用，越是藝術性強的作品，用得越多，而且往往是幾種辭格的連用、兼用和套用，以加強文章的藝術感染力。聽、讀者應該從這些區別中領會話語

的意義。

綜上所述可以看出：調音（聽音）、選詞（釋詞）、煉句（析句）、謀篇（析篇）、設格（解格）等如果僅限於「語言為本位」，講究「好」與「不好」，則屬於修辭的範疇，而實際上它已擴展到「話語的藝術形式」，同時還講究「通」與「不通」、「對」與「不對」、「妙」與「不妙」，這就涉及辭章了。這些方法，作用於辭體，是形成辭體的物質因素；而辭體又對這些方法起反作用，它暗示或影響了這些方法的運用。這些方法與辭體是相輔相成的。如果無視這些方法與辭體之間的作用與反作用以及「物質因素」與「暗示影響」的關係，在科學辭體之類實用體中卻去追求雙聲、疊韻的藝術，追求詞語的巧用生輝和歇後、獨語等句式，追求篇章變化多姿，濫用雙關、誇張等修辭格式；或在藝術辭體中，不重視聲律、節奏，亂用枯燥的科學術語，濫用疊床架屋式的多層邏輯限制語的長句，硬套程式化的篇章格局：這樣，就會造成辭體不協調。

⑥表達方式的運用和理解

表達方式是構成「話語藝術形式」的大宗的內容。文章學研究它，修辭學未把它列入研究的範圍，而辭章學卻很重視這一內容。表達方式和辭體的關係可用下表來表示。

藝術體	描寫　抒情		敘述	呈現
融合體		議論　說明		告知
實用體				

從上表可以看出：敘述兼用於各類辭體；描寫、抒情主要用於藝術體；說明、議論主要用於實用體；融合體則兼而用之。描寫、抒情的作用主要在於「呈現」；說明、議論的作用主要在

於「告知」；融合體兼而有之。所謂「呈現」可借用《周易》的「象」來形容：「聖人有以見天下之賾，而擬諸形容，象其物宜，是故謂之象。」魏·王弼《周易略例·明象》云：「夫象者，出意者也。言者，明象者也。盡意莫若象，盡象莫若言。」——象，含影象、物象、事象等現象，這就是「呈現」。「告知」，即一是一，不轉彎，準確、明白地告訴聽、讀者。「呈現」與「告知」，相當於「象」與「言」：前者多用變格修辭，後者多用常格修辭；前者形象，後者抽象；前者風格「隱」，後者風格「顯」。例如：

A.颯颯西風滿院栽，蕊寒香冷蝶難來。他年我若爲青帝，報與桃花一處開。

（唐·黃巢《題菊花》）

B.……與「滿地鋪金」相似的說法，還見於元費著的《歲華紀麗譜》中的「露凝白玉，菊散黃金」。注文說：「秋日詩：『露凝千片玉，菊散一叢金。』又云：『菊散金風起，荷疏玉露圓。』」看來這「菊散」與「落英」一樣，也不一定是「散落」之意。如作散落解，那末「菊散一叢金」就說不通。因爲既然散落在地上，如何還能成爲「一叢」？不如作「開放」解，倒更爲合理。因此這一段文字，也不能作爲「菊花散落」的證據。

（賈祖璋《三談「夕餐秋菊之落英」》，
見《生物學碎錦》第78頁）

C.菊花，多年生草本植物，葉子有柄，卵形，邊緣有缺刻或鋸齒。秋季開花。經人工培育，品種很多，顏

色、形狀和大小變化很大。是觀賞植物。有的品種可
入藥。

(《現代漢語詞典・菊花》)

　　A，屬於文藝體的韻文體，其中菊花，實際上是農民起義
形象的寫照，前兩句以描寫為主，後兩句以議論為主，把菊花
的品格——農民起義者的思想願望「呈現」出來了。C，屬於
實用體之辭書體，用抽象的、平實而準確的語言，說明菊花是
哪類的植物，及其葉子、花和功用。它的作用是「告知」。
B，屬於融合體，它介於以上兩體之間。其中加波浪線的文
字，用描寫的表達方式，其作用在於「呈現」；不加波浪線
的，用說明的表達方式，其作用在於「告知」。

　　五種表達方式及其「呈現」與「告知」的作用，和辭體的
對應關係大致如上。鑑識時也要講究，對藝術體，要破譯其言
外的美學資訊，而對於實用體，要理解其科學資訊。

　　修辭格式、藝術方法、表現風格——辭章風格也有辭體的
對應關係，它給說寫與聽讀一個指向。

3.辭體與辭章效果、辭章風格的辯證關係

　　辭章與修辭活動的目的在於努力尋求完美的辭章風格，取
得理想的辭章效果。

　　每一種效果與風格都有「相宜」與「乖張」、「美」與
「醜」的對立統一的關係，舉例圖示如下。先看辭章效果：

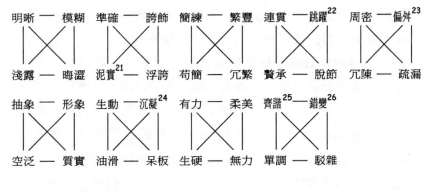

再看辭章風格：

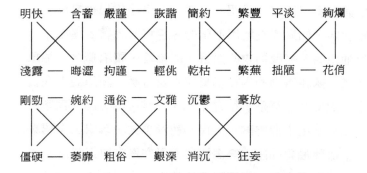

以上十六組（辭章效果九組，辭章風格七組），每一組的上兩項（如「準確」與「誇飾」），只要「得體」都是「好」的，「美」的；每一組的下兩項（如「泥實」與「浮誇」）都是不好的，「醜」的。每組都有六對，用短線連接起來的（如「準確」與「誇飾」，「誇飾」與「浮誇」，「浮誇」與「泥實」，「泥實」與「準確」，「準確」與「浮誇」，「誇飾」與「泥實」），都是對立的統一體。語言的運用，要避免走向「美」的極端，也就是不要陷於每組的下兩項；要辯證地處理好辭章效果、辭章風格之間的關係，力爭達到每組的上兩項，並使之

「得體」。為此，就必須對辭章效果與辭章風格作一番辯證的分析、研究，特別要研究它們與辭體的關係。

品評辭章效果和辭章風格都離不開辭體，現以抽象與形象、平淡與絢爛為例。抽象與形象，從信源講，是兩種不同的思維類型；從信宿講，是兩種不同的他在效果。說寫者在表現抽象或形象的對象時而運用恰當的語言媒介來表達、傳遞，聽、讀者就借助這一媒介來解讀、反饋。所以，抽象與形象，是不同的客觀實際在思維和言語上的反映，它們具有不同的功能。兩者都是需要的，都要運用「得體」。實用體對客觀世界內在聯繫與本質特徵進行說明、概括，要用抽象思維來反映。這種思維狀態，如果逕直地用準確的、平實的語言表達出來，當然就是抽象的。這種抽象的語言，能給聽、讀者概括的抽象的理性認識，認識事物的內在聯繫與本質特徵。所以說，在實用語體中，抽象的品質是「相宜」的、「美」的。給人民教師做鑑定，如果不用「他忠誠於人民的教育事業，教學工作認真負責……」這種抽象的語言來表達，而是在鑑定單上寫上一首詩：「紛紛飛雪灑窗前，幾唱雄雞欲曉天。白髮紅心燈火旺，卻將健筆寫春妍」，用這種形象的語言來肯定；或者用幾百字、幾千字、幾萬字，甚至幾十萬字，記流水賬般羅列事跡，這些就不符合鑑定這一實用體抽象性、準確性、概括性的語言要求。但是，文藝辭體歌頌人民教師，就不宜用「他忠誠於人民的教育事業，教學工作認真負責……」這種抽象的語言，而必須選取最典型、最有意義的事例，通過「形象和圖畫」，寫成幾十字、幾百字、幾千字甚至幾萬字、幾十萬字的詩歌、散文、小說、戲劇來表現。不過，實用體講究抽象，而不宜流於空泛；藝術體講究形象，而不該過於質實；融合體則是抽象與

形象的統一體。由此看來，品評抽象與形象應該「得體」，離開辭體而褒揚形象、貶斥抽象則是片面的。

再講平淡與絢爛。這是一組對立而又統一的辭章風格。蘇東坡有過一段非常精闢的論述：「凡文字，少小時須令氣象崢嶸，彩色絢爛，漸老漸熟，乃造平淡，其實不是平淡，乃絢爛之極也。」[27]以李白的詩歌為例，「床前明月光，疑是地上霜。舉頭望明月，低頭思故鄉。」[28]婦孺皆知，何等平淡。而另一首：「雲想衣裳花想容，春風拂檻露華濃。若非群玉山頭見，會向瑤臺月下逢。」[29]真是如花似玉，又是何等絢爛！這種平淡、絢爛之極的佳作，「人們越是把它多讀，它就越變得容易懂，越是給人帶來美感，隨著時間而越增其美。」[30]所以膾炙人口，百讀不厭，歷千年而不衰。可見，從辭體而言，平淡與絢爛都是藝術體所需要的。至於實用體則以平淡為本色，尤其是其中的應用文章和專門性的科學論著，如果也追求藻麗的語言，濃墨重彩，鋪敘修飾，就會走入花俏的歧道，造成辭體色彩不協調。即使是融合體，也應以平淡為底色，適當地加些藻飾，而不該用絢爛之極的語言。當然，平淡不宜陷於拙陋而使人感到面目可憎，不可卒讀。

其他的，如明晰、準確、簡練、連貫、周密、齊諧等辭章效果，明快、嚴謹、簡約等辭章風格，既適用於實用體，也適合於藝術體和融合體；而模糊、誇飾、繁豐、跳躍、偏斜、生動、沉凝、有力、柔美、錯變等辭章效果，含蓄、詼諧、繁豐、剛勁、婉約、沉鬱、豪放等辭章風格，則適用於藝術體，文雅主要適用於藝術體，有時也用於實用體中公文事務體，尤其是其中的外交辭令；通俗則是融合體的典型特徵，有時也用於藝術體和實用體。不過辭章效果和辭章風格是充分運用各種

辭章手段所形成的，是個十分複雜的問題。上面只是就一般情況而言。

這裡，值得提出的是，有些辭章學編著把準確、鮮明、生動作為修辭總的要求[31]。如果離開辭體來談這三性，就難免片面性，因為它們沒有兼顧到各種辭體。如上所述，準確、鮮明（明晰、明快）是各種辭體的共同要求，這是普通修辭學、普通辭章學應該探討的一個課題。它們表現在不同辭體中，要求還有高低之分。實用體和融合體中的政論辭體尤其強調表達得準確和鮮明，藝術體則要處理好準確與誇飾、鮮明與含蓄（模糊）的辯證關係。藝術體有時要求準確、鮮明，更多的卻很講究誇飾、含蓄（模糊）。「白髮三千丈」[32]，「黛色參天二千尺」[33]這類誇飾的句子，是不能用準確的尺碼來要求的。「新來瘦，非干病酒，不是悲秋」[34]，「原來如此！……」[35]「青江搖櫓翻惡浪」[36]，這類含蓄（模糊）的句子，怎能用「鮮明」來非議呢？「生動」也一樣，主要用於藝術體。這是事情的一個方面。另一方面，準確性、鮮明性也只能是修辭和辭章的基本要求，用它作為全部修辭和辭章的要求，也是欠全面的。修辭和辭章因辭體不同，還有它不同的特性。以藝術體講，還要講究情意性、形象性、變異性、音樂性、多樣性和創造性等[37]，這些問題，只有從辭體的角度才能分析得準確、深入。

總之，離開辭體，就無法辯證地品評辭章效果和辭章風格。

4.辭體是研究修辭學和辭章學某些特性的一個依據

張志公先生提出修辭學和辭章學具有民族性、社會性（包括階級性）和時代性[38]，這對於修辭學和辭章學的研究是有貢

獻的。我們認為要深刻地全面地理解張先生總結的這三點性質，也離不開辭體。

修辭和辭章的民族性，不僅藝術體有之，實用體和融合體也不例外。這一性質不僅表現在詞句和篇章上，也表現在修辭格式和藝術方法上。根據漢語的特點，把「康拜因」（combine）改譯為「聯合收割機」，把「德謨克拉西」（democracy）改譯為「民主」等等，都適應了漢語構詞的特點。漢語講「一箭雙雕」，英語講「To kill two birds with one stone」（一石二鳥），漢語講「物以類聚」，英語講「Birds of a feather flock together」（一色之鳥聚在一起）：它們基本同義，但是感情色彩和辭體色彩不盡相同，也就是說它們在詞語運用上各有特色。漢語根據方塊字的特點，可以構成許多在詞性、平仄、結構上都十分工巧的對偶，其他語種則難以做到；人稱代詞的被修飾，多重的修飾語和聯合成分、複雜的包孕句，這些在歐美語種中很常見，而在漢語中卻是鳳毛麟角的：它們在句型上也各有千秋。漢語有律詩、絕句和日本的俳句、歐洲有十四行詩一樣：它們在篇章修辭上又有鮮明的個性。漢人常以月亮比少女，我國的某些少數民族和歐美的一些民族卻經常以太陽比少女；漢人之與長江、藏人之與喜馬拉雅山、美國人之與密西西比河、日本人之與富士山，又構成了它們因景設喻的特色。至於析字、同字（同首或同尾）、鑲嵌、諧音、非別、歇後、回環等等，則更充分地表現出漢語修辭和辭章的民族性。修辭和辭章的民族性，表現在各種辭體上，成為各種辭體修辭和辭章的共性。

時代性和民族性一樣，也表現在詞、句、篇章、辭格和藝法上，成為各種辭體的共性。電戲——電影，格致——科學，碳酸氣——二氧化碳，維他命——維生素；發見——發現，記

念——紀念，我底母親——我的母親；「吾日三省吾身」——
「解剖自己」——「鬥私批修」——自我批評，兩個極端、兩
種人——五講四美三熱愛：這些詞語都打上了時代的烙印。
「帶長鋏之陸離兮，冠切雲之崔嵬」（中心語在前，定語在後）
——「佩帶長長的寶劍，戴著高高的切雲冠」（定語在前，中
心語在後），「宋何罪之有」（借助詞將受詞前置）——「宋國
有什麼罪過？」（受詞在動詞謂語之後），「此非孟德之困於周
郎者乎」（介詞結構置於中心語之後表被動）——「這不是曹
孟德被周瑜圍困的地方嗎？」（介詞結構置於中心語之前表被
動）：這些句子都染上了時代的色彩。騷體—賦體—駢體—古
體—今體：這些篇章修辭各有歷史的特色。「如日之失焉」
——「太陽上也有污點」，「玉兔」——「地球最大的衛星」，
「羲和為之御」——「時代的車輪滾滾向前」：因時設格，皆
有異趣。

　　修辭和辭章的社會性表現得很複雜，要作具體的分析。誠
然「運用語言的藝術和社會有密切的關係，語言風格反映社會
的面貌」。《山海經》、《離騷》、六朝志怪小說、柳宗元的
《三戒》、吳承恩的《西遊記》、蒲松齡的《聊齋誌異》和新近
出版的許多科幻小說等等，它們的修辭方法、藝術方法，例如
用詞、造句，尤以比擬格、比興法的運用，就有很大的區別。
這反映了不同階段社會人們的生活、思想、鬥爭和願望，反映
了不同的生產力水平，尤其是科學成就。就同一歷史時期的不
同社會，例如社會主義社會和資本主義社會，大陸和臺灣、港
澳，在修辭和辭章方面也反映了不同的社會面貌。隨著社會的
發展，科學辭體和政論辭體修辭和辭章的社會性表現得更為突
出，尤其是在詞句方面：電視，電腦，資訊學，人機對話，航

天衛星，兩個月亮；三民主義，聯俄聯共，扶助農工，社會主義改造，「文化大革命」，兩個文明建設，等等：都打上了深深的社會烙印。當代文學作品中也運用了許多科學術語，不管它的辭體功能已經改造了的（比如：「醒醒吧，詩人，／別再撫摸你的凍傷，／是讚美綠色的時候啦，／怎麼還在／稿紙上／插秧？……」[39]），還是辭體功能沒有改造的（比如：「你的小腿脛骨、排骨的布氏硬度和最大承壓能力，都無法抵擋這一下打擊的加速度啊！」[40]）：也都反映了當代的社會面貌，其社會性是明顯的。至於修辭和辭章的階級性則要澄清一些問題。首先要分清修辭和辭章這門學科的知識、技巧、規律和修辭、辭章的運用這兩個問題，前者是沒有階級性的。比如，比喻由本體、喻體、喻詞和相似點四個要素構成[41]，對偶必須語言結構相同，字數相等。此類修辭和辭章規律原則是沒有階級性的。至於修辭和辭章這些言語活動有否階級性，還得根據辭體作具體的分析。文藝辭體具有強烈的情意性，「它是不同階級意識山頭放起的風箏」[42]，其階級性是相當明顯的。比如，同樣詠松，白居易詩句「九龍潭月落杯酒，三品松風飄管弦」，杜牧的賦「切切交呼，如冠劍大臣」，反映的是封建社會地主階級的生活和情趣，而陳毅的詩句「大雪壓青松，青松挺且直」[43]，陶鑄的歌頌松樹的句子，它「要求於人的甚少，而給予人的卻甚多」[44]，表現了新時代人們的意志和品質。至於直接闡明自己的政治觀點，為本階級利益服務的社會科學辭體、政論辭體和公文事務辭體，其階級性更是鮮明的。但是，作為純粹的自然科學論著和純粹的通俗科學讀物，比如數學、物理學、化學、天文學、地質學、生物學、資訊學、中醫學、藥物學等等，它們可以打破國界，不分階級，為全人類服務，

一般說來，它們的修辭和辭章沒有階級的印記。總之，修辭和辭章的民族性、時代性、社會性包括階級性，只有通過辭體，才能分析得正確、全面、科學。這就是說民族性、時代性是普通修辭和辭章的共性，階級性是文藝、政論、公文等修辭和辭章的個性。

5.研究辭體與修辭、辭章的意義

綜上所述，思維類型、修辭方法、表達方式、辭章效果、辭章風格、修辭和辭章的性質都同辭體有密切的關係。明確並解決好這些關係，就成了修辭和辭章活動的一條重要原則，成為修辭和辭章教學、科研的重要內容。

(1)明確辭體與修辭、辭章的關係，有助於指導修辭、辭章實踐。

思維類型、修辭和辭章方法是形成辭體特徵的因素，而辭體又暗示、影響著思維類型和修辭、辭章方法的運用。運用修辭和辭章方法的目的在於「得體表心」。說或聽一段話有個中心，就是話題；寫或讀一篇文章也有個中心，就是題旨（主題）。成功的修辭和辭章必須「得體表心」，而不能「失體離心」。大量的科學術語，複雜的限制性（邏輯性）的修飾語，以連詞來關聯的複雜的長句，用之於科學辭體；大量變性的動詞、形容詞、量詞，多重的描繪性（藝術性）的修飾語，形象性很強的名詞獨語句，用之於文藝辭體：都是「得體」的。反之，就「失體」了。大量的圖表、公式用於科學辭體，適量的誇張、雙關、析字等辭格用於文藝辭體；程式化的篇章結構用於公文辭體，藝術化的篇章結構用於文藝辭體，都是「得體」的。反之，也就「失體」了。楊朔的《雪浪花》，為什麼不用

「是被浪花濺的」，而用「是叫浪花咬的」[45]？答案只有兩個字：「表心」——更好地表現作者的思想感情、話語中心，突出文章主題。當然所謂「表心」是就中心資訊或文章的主軸而言。文藝性的作品為了寫得富有變化，往往或開或合，或遠或近，或虛或實，但都不離「主軸」。這正如樹上的枝葉，或俯或仰，或順或逆，但總不離主幹。「得體表心」，是修辭和辭章活動的總則。

(2)明確辭體與修辭、辭章的關係，有助於指導修辭、辭章教學。

如何有效地進行修辭、辭章教學，大家都在實踐著，總結著，取得了不少成績。但是，也存在一些問題。脫離辭體，對辭體與修辭、辭章的關係這一問題認識不清、重視不夠，這是比較普遍存在的一個問題。具體表現在以下幾點：

①不少修辭和辭章教材未設辭體專題，不少教師不講辭體這一內容，其客觀效果是把辭體排斥於修辭之外。

②有些教材雖然設置了辭體的專題，有些教師雖然講授了辭體這一內容，但是闡述時辭體歸辭體，其他的內容歸其他的內容，沒有把兩者有機地融合起來，沒有用辭體貫穿全書，貫穿教學的全過程，沒有用辭體為綱來介紹修辭和辭章方法的運用，來分析修辭和辭章的效果、風格，來分析修辭和辭章的某些特性。

③所舉的例句沒有兼顧各種辭體，偏重於文藝辭體。

當然，以上問題不是全部地體現在某一教材之中或某一個教師身上，上面只是就某些傾向而言。如果我們對辭體與修辭、辭章的關係有明確的認識，用辭體學的理論指導教材（包括母語、外語）的編寫，用辭體指導教學（大學的、中學的）

活動，把它貫穿於全書或教學的全過程，都將有助於加強教學的實用性和科學性。

(3)明確辭體與修辭、辭章的關係，有助於挖掘修辭和辭章研究的深度，開拓修辭和辭章研究的領域。

目前，我國的修辭和辭章學研究還存在許多空白點，我們應該努力從多方面、多角度來填補。從辭體來研究，是不可忽視的一個方面、一個角度，它將開拓以下領域。

①研究各種辭體的形成因素，它們的修辭和辭章的方法、規律、風格、特點及其功能，以建立嶄新的「辭體學」，或叫「功能修辭學」、「辭體辭章學」。

②綜合研究各種辭體帶普遍性、共同性的修辭和辭章的方法、規律、效果、風格，以建立「普通修辭學」、「普通辭章學」。

③分別研究每一辭體特殊的修辭和辭章的方法、規律、效果、風格，以建立「專門修辭學」，如「文藝修辭學」（詩歌修辭學、散文修辭學、小說修辭學、戲劇修辭學），「科學修辭學」，「應用修辭學」，「政論修辭學」，「口語修辭學」，以及相應的辭章學的分支學科。

這樣，修辭和辭章研究的境界就會更加開闊，對修辭和辭章方法、規律的分析也會更為深刻，修辭和辭章的功能就會發揮得更大、更充分。

下面「貳」，分口語體、書卷體、辭體的排斥與滲透三部分作深入一步的闡析。

注 釋

[1] 宋・倪思語，轉引自吳訥：《文章辨體序說・諸儒總論作文法》。

[2] 陳洪謨語，轉引自徐師曾：《文體明辨序說・文章綱領・總論》。

[3] 唐・杜牧：《答莊充書》，《樊川文集》卷十三。

[4] 清・王夫之：《薑齋詩話》卷一。

[5] 漢・劉安：《淮南子・繆稱訓》。

[6] 五代・徐鉉：《翰林學士江簡公集序》，《全唐文》卷八八一。

[7] 明・何良友：《曲論》云：「《老民歌》、《十二月》，託物寓意，尤為妙絕。」

[8] 清・黃子雲說：「詩不外情事景物」（《野鴻詩的》）。王夫之說：「關情者景，自與情相為珀芥也。情景雖有在心在物之分，因景生情，情生景，哀樂之觸，榮瘁之迎，互藏其宅。」（《薑齋詩話》）

[9] 梁・劉勰說：「睹物興情，情以物興。」（《文心雕龍・詮賦》）

[10] 陳望道：《修辭學發凡》，8頁，上海文藝出版社，1962。

[11] 宗廷虎等：《修辭新論》，5頁，上海教育出版社，1988。

[12] 同10。

[13] 同11。

[14] 傳統文論都強調「意在筆先」，見本書《三辭三成》說注2。

[15] 梁・劉勰：《文心雕龍・熔裁》。

[16]、[17]、[18] 梁・劉勰：《文心雕龍・知音》。

[19] 清・王夫之：《薑齋詩話》。

[20] 見清・嫏嬛山樵：《補紅樓夢序》；章學誠：《文史通義》等。

[21] 明・謝榛：「寫景逑事，事實而不泥於實」（《四溟詩話》）。「泥於實」看似準確，卻不合文藝修辭的原則。

[22] 跳躍，即跳脫、飛躍。它表面看不連貫，實際上合乎文藝心理學的原則。

[23] 偏舛，偏重、舛互也。這是文藝修辭的一個特點，舛互就是「是非舛

互」（見譚永祥《修辭新格》），表面上欠周密，是悖理的，實際上是合乎心理學的修辭方法和辭章效果的。

24 沉凝：沉著、凝重之意，表面上不生動，卻符合特定的題旨情境。

25、26 齊諧：整齊、諧調；錯變：錯綜變化。這兩者在表達上都是需要的。

27 轉引自元‧王構《修辭鑑衡》下卷，15頁，中華書局，1958。

28 唐‧李白：《靜夜思》。

29 唐‧李白：《清平調詞》之一。

30 〔俄〕《別林斯基選集》，卷二，195頁。

31 如：1980年出版的《修辭自學入門》，1981年出版的《現代漢語詞典》「修辭」條注解，等等。

32 唐‧李白：《秋浦歌》其十五。

33 唐‧杜甫：《古柏行》。

34 宋‧李清照：《鳳凰臺上憶吹簫》。

35 魯迅：《為了忘卻的記念》。

36 《革命詩抄》，100頁。

37 鄭頤壽：《論文藝修辭學》，《修辭學論文集》第二集。

38 張志公：《現代漢語》下冊，9頁。

39 張學夢：《獻給今天》，見《詩刊》，1984(4)。

40 凡谷：《在工程師之間》。

41 鄭頤壽：《關於比喻的四個要素》，原載《福州師專學報》，1983(1)，發表於《修辭學習》，1984(3)。

42 鄭頤壽：《論文藝修辭學》，《修辭學論文集》第二集。

43 陳毅：《冬夜雜詠》。

44 陶鑄：《松樹的風格》。

45 請參閱鄭頤壽：《重視「眼句」、「眼字」的錘煉》，《語文學習》，1983(12)。

辭體的類別與特徵

　　分析好語體的類別與特徵，與之相對應的辭體的理論也就清楚了。因此，這部份還是從語體講起。

　　以往的語體研究，從媒介分，只講口語、書語，平分秋色。新的時代，電語異軍突起，其發展速度之快，席捲範圍之廣，令人刮目相看，這就形成了口語、書語、電語鼎足之勢。

　　作為「廣義修辭學」的辭章學，應該兼顧各語體：藝術體、實用體及其融合體，口語體、書語體及電信體。不應只講求「審美」而忽視了「致用」，只注重書語，而冷落了口語和電語。拙著《辭章學概論》強調藝術、實用及其融合體之間的區別和聯繫，就在於要讓辭章學這種「廣義修辭學」真正地「廣」起來。當然「廣」不僅在於「量」，還在於「質」和「功能」、要求等諸多方面。

一、口語體

(一)口語體的功能和類別

　　口語體的功能，主要在於適應日常交際領域中傳遞資訊、交流思想的需要，為日常社會生活服務。政治、經濟、文化和

藝術領域也少不了它。它適應面最廣，使用頻率最高，只要會說話的人，都離不開它。

口語體可分談話體、討論體和講演體三個分體。

1. 談話體

談話體是適應談話領域的需要，運用全民語言而形成的言語特點的有機統一體。它主要適應於日常生活的交談。日常生活交談是最典型的談話體，它最充分地體現了口語體的特徵。例如：

> 甲：喂，怎麼你今兒愁眉苦臉的？
>
> 乙：還不是爲了小東的事兒？
>
> 甲：怎麼啦？
>
> 乙：區上說，今年按片招生，俺小東就要被劃到朝陽小學去啦。
>
> 甲：哎啊，那可就不方便了——呃，你的鄰居青華的小孩兒不是進了鼓樓小學了嗎？
>
> 乙：是啊！人家有錢吧，聽說她交了1000元的贊助費呢！
>
> 甲：咳，什麼都要錢！
>
> 丙：聽說人大代表交了什麼議案，建議要方便小孩兒就近入學，還要對什麼亂收費啦進行大檢查呢！
>
> 乙：那可好了！
>
> 丙：是啊，你趕快找工會主席去，工會會幫大伙兒想辦法的。你可不要把身子急壞了。

　　這段交談，表面上說的是日常生活的事情，可是它涉及招生制度，涉及社會上亂收費的現象，涉及人大代表參政議政，涉及工會組織的作用。認為談話體只限於生活瑣事的看法是片面的。隨著廣大群眾主人翁思想的增強，改革開放的發展，文化水平的提高，社會活動面的擴大，談話的領域更是天南海北，文學、藝術、經濟、政治，無所不包。

　　這種口語體是隨意的，非專業性的，沒有集中的話題，跳躍性很大，稱為日常談話體。

2.討論體

　　口語體還用於比較正式的場合，如討論、辯論。它有一定的範圍，話題比較集中，儘管各抒己見，但都不宜離題。這叫討論體。例如：

　　甲：水牛和耗子比賽過河。你說水牛游得快，還是耗子
　　　　游得快？
　　乙：當然是水牛快。
　　甲：我看還是耗子快。
　　乙：水牛經常泡在水裡，摸透了水性，加上個兒粗，力
　　　　氣大，到河裡撲通撲通，一會兒就到對岸了。耗子
　　　　從沒下過河，要跟水牛比賽，說不定就被水牛翻起
　　　　的波浪淹死了。
　　甲：不，耗子可聰明啦！聽說，在很久很久以前，它們
　　　　在上帝面前比賽過。根據比賽的輸贏，上帝還要給
　　　　它們排名次呢。比賽開始啦，水牛搶先跑下河。耗
　　　　子可真鬼，在水牛下河的當兒，它縱身一跳，就跳

到水牛的背上。水牛還傻乎乎的，以為自個兒遙遙
領先了。怎曉得快近岸時，耗子爬到水牛的頭上，
一跳，就先跳上岸了。耗子不是贏了嗎？

乙：哦？！

甲：所以上帝排名次時，耗子第一，水牛第二。「子
鼠，丑牛……」怎麼你忘啦？

乙：噢！原來是這樣兒。

甲：這就叫做「以智取勝」吧！

上例，甲乙雙方都圍繞著一個中心，都有自己的論點、論據。

討論體適應的領域很廣，有學習、技術、學術、政治各個
方面。它是認真的、有準備的談話。

談話體和討論體，至少兩個人參與，雙方隨口而發，言語
的規範性不強。

3. 講演體

講演就不同了，一般只是發言者獨白。它往往要認真思
考、準備，有時還寫成發言稿。發言稿重視辭篇的結構，注意
用詞造句的規範，話題集中。好的講演記錄下來，就是一篇文
章，它與書卷語比較接近。

講演可用於政治、經濟、學術等方面，闡明觀點，鼓動聽
眾，說服聽眾，啟迪聽眾，為政治活動、經濟建設和科學技術
服務。好的講演中心突出，層次清楚，語言規範，又接近於書
卷語。把它記錄在文字上，就是書面口語體。

口語體因講話人的知識水平、文化素養、語境、場合等不
同，口語色彩的濃淡有很大區別。

(二)口語體的特徵

口語體的特徵，是由口頭交際領域的需要形成的。它口傳耳受，隨口而出，往往無法進行認真的選詞、擇句、構篇。「一言既出，駟馬難追」，不容對詞句重新進行增、刪、調、換，語言隨意、通俗、簡明、生動，順口、悅耳。這是它們總的特點。具體表現在以下幾個方面：

1.複雜微妙的語音

口語體以語音為媒介，它講究語氣的輕重，語調的升降，語速的快慢，語流的斷續頓挫，講究重音、語氣詞、嘆詞的運用。例如：

> 「哈！（↘）這模樣了！（↘）鬍子這麼長了！（↘）」
> 「不認識了麼？（↗）我還抱過你咧！（↘）」
> 「阿呀呀，你放了道臺了，還說不闊？（↗）你現在有三房姨太太；出門便是八抬的大轎，還說不闊？（↗）嚇，什麼都瞞不過我。」
> 「阿呀阿呀，（↘）真是愈有錢，便愈是一毫不肯放鬆，愈是一毫不肯放鬆，便是愈有錢。（→）……」
>
> （魯迅《故鄉》）

戲劇、小說、散文中的人物對話，是加工了的口語體，屬於書面口語體。它還保留著口頭語體的特徵。上例，描寫「豆腐西施」楊二嫂的口吻，栩栩如生，呼之欲出。

2. 通俗生物的詞彙

口語體，隨意、簡易，易說易聽，便於交流，詞彙通俗生動，形象性的詞語（包括方言、土語）、兒化詞用得較多。例如：

阿囝，呃，你幹麼脫得——呃，光落落？

（茅盾《林家鋪子》）

我說，為這點兒事不必那麼吃心。

（老舍《駱駝祥子》）

上例用了方言、口語：「阿囝」、「幹麼」、「光落落」、「吃心」，兒化詞「點兒」。

3. 短小簡略的句式

口語，應境而發，無法細思慢構；加上對面談話，可借助語境，可輔之以眼神、手勢，省略較多；零句多，附加成分少。聽話，靠的是一發即逝的語音，無法反覆「朗讀」理會：這就要求句式特別簡略、短小。例如：

二春：媽，走哇！
大媽：一輩子沒住過店，我不去！我回家！
二春：屋裡還有水哪！
大媽：在家淌著水也是好的！
二春：成心搗亂！媽，您可真夠瞧的！
四嫂：二嘎子，你送王奶奶去！到家要是不能住腳，就

攪他老人家到店裡來，聽見了沒有？給王奶奶拿

著東西！

二嘎子：王奶奶，我要是走得快，您可別罵我！

大媽：我幾兒罵過人？小泥鬼兒？

警察：王大媽，您走哇？慢著點，地上怪滑的！

大媽：（回首）久住龍鬚溝，走道兒還會不知道怎麼留

神？

二春：（對婦女們）咱們走吧？

眾人：走！同志，替我給區長、所長道謝！（往外走）

（老舍《龍鬚溝》）

上兩例，19個句子，154個字，平均每句7.5字。最短的一句
「走！」是獨語句，只一個字。很少修飾成分，多用零句。句
中有多種省略，以主語承前省的最多見。

4.鬆散的語篇

口語體不像書卷體那樣有嚴密的結構。它即情即境，隨遇
而發，因機而變。因此，話題不集中，經常轉換、跳躍，前後
不很連貫。如果多人談話，更是如此。例如：

甲：昨兒你看球賽去了嗎？可精彩啊！

乙：我送媽媽去醫院檢查，哪有閒情？

甲：怎麼？不舒服啦？

乙：可不輕啊！胃小彎部分——CA！我真焦急！

甲：聽說複方天仙膠囊有抗癌作用。

乙：我托人去買了。可醫生說，早期手術治療，效果更

好。

甲：確是這樣。

乙：呃，老劉的大伯是老外科……

丙：這個人好說話……

乙：聽説，現在都要給主刀的送紅包。

甲：沒這事兒，要紅包的人畢竟少數。

丙：現在正在抓醫風、醫德，效果還不錯。

甲：對。今晚我值班，我得先走！

丙：他還是老積極，眞不賴！

短短的交談，話題轉換多次：球賽——送媽媽去醫院檢查——抗癌複方天仙膠囊——動手術——紅包——抓醫風、醫德——值班——老積極。

5. 豐富多彩的辭格

談話體所用的辭格豐富多彩，尤其多用描繪性的辭格，使語言特別生動。例如：

修溝不是三錢兒油、兩錢兒醋的事，還得畫圖，預備材料，請工程師，一大堆事哪！

（老舍《龍鬚溝》）

巡長：他們背後有撐腰的呀，殺了人都沒事！

大媽：別說了，我直打冷戰！

趙老：別遇到我手裡！我會跟他們拚！

大媽：新鞋不踩臭狗屎呀！您到茶館酒肆去，可千萬留點神，別亂説話！

（老舍《龍鬚溝》）

上兩例用了比喻「三錢兒油、兩錢兒醋」、「新鞋不踩臭狗屎」，喻體都是大家最熟悉、富有生活氣息的事物，形象生動，饒有趣味。

　口語體還多用反覆、反問等辭格，描寫說話的口吻，摹聲傳情。例如：

　　周萍：你沒有權利說這種話，你是沖弟弟的母親。
　　周繁漪：我不是！我不是！自從我把我的性命、名譽，
　　　　　　交給你，我什麼都不顧了。我不是他的母親，
　　　　　　不是，不是，我也不是周樸園的妻子。

（曹禺《雷雨》）

　口語體，應情即景，誇張比比皆是。例如：

　　看咱們這兒，蚊子打成團。

（老舍《龍鬚溝》）

　　好嘛，溝一堵死，下點雨，咱們這兒還不成了海？

（老舍《龍鬚溝》）

此兩例都用了誇張。此外，比擬、借代、婉曲、雙關等辭格在口語體中都很常用。

二、書卷體㈠
——實用體

　　實用體是為適應社會實際需要運用全民語言而形成的言語特點的有機統一體。它運用邏輯思維，闡明事物現象及其規律，傳遞資訊，處理國家、集體、個人之間的關係，幫助人們認識世界，改造世界，推動歷史向前發展。它講究話語的客觀性、科學性、邏輯性、準確性、簡明性和常規性。例如：

> 語篇的任一連貫性片段，都不只反映諸語句的連續性，而且包括著總體思想，整個話語的論斷。因此，理解各個語句的意義，還不足以理解整個語篇的意思。為此，感受話語的人必須進行加工：他要分析、對比語篇中的各個部分，區分語篇的主導（「關鍵」）成分；最後，在諸孤立的語句提出的各個資訊「單體」中，識別總體思想及潛在話語。
>
> 　　　　（〔蘇〕Ａ・Ｐ盧利亞《神經語言學》，趙吉生、衛志強譯）

上例，在於論述思維科學的道理，說明理解話語時怎樣由資訊單體到資訊總體的過程和規律。它不用藝術思維，不帶作者的主觀性和感情性，不追求語言的形象性、生動性、變異性和音樂性，以準確、簡明地傳遞資訊為目的。

　　實用體，可分科學體和應用體兩個分體。它們的功能和言語特點在「同」中還有「異」。

(一)科學體

1.科學體的功能和類別

　　科學體是適應科學領域交際需要運用全民語言而形成的言語特點的有機統一體。它給人知識，啟迪理智，又稱「知識體」或「理智體」。它嚴密、系統地論證社會科學、自然科學和思維科學的現象及其規律，為科學技術的研究、發展、普及與生產服務。

　　科學體根據其專業性的程度深淺和語言特點，又可分為專門科學體和通俗科學體兩種。通俗科學體，是科學體和文藝體的交叉、交融。專門科學體是典型的科學體，包括科學論著、科學報告、高校教材和科技情報文獻等。例如：

> 技術商品是一種特殊商品，是商品世界一個重要組成部分，它同實物商品一樣，也具有使用價值和價值。不過，這種商品又有它不同於實物商品的一些特點，最主要的一點，是價值量的決定問題。技術商品不能像一般實物商品那樣，是在大量的、反覆的生產和交換過程中，通過競爭和價格的波動，使各不相同的個別勞動時間均衡化為社會必要勞動時間，從而決定商品的價值量。技術商品帶有「獨一無二」的特徵，它的首創者的個別勞動時間，就是當時條件下社會承認的、必要的勞動時間。因而，技術商品的價值量取決於首創者的個別勞動時間。

（張淑智、周彥文《政治經濟學》）

上例，論述了政治經濟學中的一個問題：技術商品的使用價值和價值。

專門科學體，不僅服務於社會科學領域，也服務於自然科學領域。例如：

> 苯的結構是長期以來科學家所研究的重要問題之一，根據實驗的結果，可以證明苯分子中含有六個碳原子和六個氫原子。從分子式看來，苯分子中的碳氫化和乙炔一樣，都是1:1，應當是一個極不飽和的化合物。但實際上苯的性質與不飽和烴相差很大，例如，苯環很穩定，苯的不飽和性質並不顯著。苯不被高錳酸鉀所氧化；不與溴合成；相反地在催化劑作用下，與溴、硫酸、硝酸發生取代反應；羥基與芳環連接具有酸性。這些特殊的性質，我們總括的叫做芳香性。它是由於苯環特殊結構所決定的。
>
> （蘇州大學化學系有機化學教研室《有機化學》）

上例，分析了有機化學芳香烴的代表苯的分子結構及其化學性質。

專門科學體還用於生產技術領域。例如：

> 假如兩個線圈的迴路互相靠近，當第一個線圈中有電流 i_1 通過時，它所產生的自感磁通 ϕ_{11}，必然有一部分要穿過第二線圈，這一部分磁通叫互感磁通，用 ϕ_{12} 表示，它在第二個線圈上產生互感磁鏈 ψ_{12}（$\psi_{12}=$

$N\phi12$）。同樣地，當第二個線圈通過電流 i_2 時，它所產生的自感磁通 ϕ_{22}，也會有一部分 ϕ_{21} 要穿過第一線圈，產生互感磁鏈 ψ_{21}（$\psi_{21} = N_1\phi_{21}$）。

如果 i_1 隨時間變化，則 ψ_{12} 也隨時間變化，因此，在第二個線圈中將要產生感生電動勢，這種現象叫互感現象。產生的感生電動勢叫互感電動勢。此時第二個線圈上的互感電動勢為

$$E_{M2} = \frac{\triangle\psi_{12}}{\triangle t}$$

同理，當 i_2 隨時間變化時，也要在第一個線圈中產生互感電動勢 E_{M1}，其公式為

$$E_{M1} = \frac{\triangle\psi_{21}}{\triangle t}$$

（周紹敏《電工基礎》上冊）

上例，論述了電的互感現象、互感電動勢及其運算公式，為電的技術運用領域服務。

專門科學體還服務於思維科學領域。

2.專門科學體的特徵

科學性、客觀性、精確性、嚴密性是專門科學體的特徵。它要求：

(1)廣泛運用科學術語，適當兼用古語、外來語，而不用方言、土語和表情性、描繪性的詞語。例如：

按太陽系起源的理論，地球是由低溫的顆粒物質積聚而

成的，在吸積的過程中，積蓄了大量的位能。地球形成
之後，它所含的放射性物質因衰變而放出大量的熱能。
例如，1克鈾^{235}每年要產生4.3卡的熱能；在鈾衰變成
鉛的過程中，如果質量減少1克，所產生的熱能達2.2
×10^{13}卡之多。這是地球內部熱量的重要來源。

（金祖孟、陳自悟《地球概論》）

上例，加著重號的詞語，都是有關地球的科學術語。此類術
語，具有單義性、穩定性、國際性、抽象性，不帶感情色彩和
描繪色彩，大多數是名詞或名詞性短語。

（2）句法完整：多數是陳述句；多用聯合短語充當各種句子
成分，多用邏輯限制語、插入語和關聯詞語；句子較長，複句
和多重複句用的頻率很高。例如：

雖然語言學並不是中學裡的一門公認的需要開設的課
程，但是我們可以說——而且這話確有道理：人人都必
然學過一定數量的語言學知識，因為大家都受過閱讀、
書寫和作文的正規教學，也許更重要的是，由於每個人
都屬於某個社團，對於語言的某些信念在這一社團裡世
代相傳而毫不置疑。

（萊昂斯語，轉引自S・皮特・科德《應用語言
學導論》，上海外語學院外國文學語言研究所譯）

上例雖然只有一句話，可是長達118個字。它是一個多重的複
句，用了「雖然、但是、而且、因為、由於」等關聯詞，多數
句子成分由短語來充當。

(3)多用公式、符號和圖表。例如：

光合作用的第二階段只要有ATP和NADPH₂的存在，無
需光就能固定CO₂並形成碳水化合物，所以稱為暗反
應。暗反應的總過程可用下式表示：

$$CO_2 + 3ATP + 2NADPH_2 + 2H^+ + 2H_2O \rightarrow$$
$$(CH_2O) + 3ADP + 3Pi + 2NADP^+$$

光合磷酸化產生的ATP是暗反應固定CO₂所需能量的主
要來源。

（劉圉舉、張其昌《生物化學》）

其中化學符號 "ATP"、"NADPH₂"、"CO₂" 等和化學
方程式，應用於化學領域，而且帶有國際性。

(4)語言平實、樸素、簡練。專門科學體不用描繪性、感情
性的修辭方式，不用變格修辭。但為了使論述的內容鮮明、有
條理，有時用些對偶、排比、反覆、層遞、設問等辭格。例
如：

什麼是人的智力？若從常識的觀點看，似乎很容易理
解，即一個人是否聰明，或聰明的不同程度（天才或呆
笨）。但若要給它一個科學的解釋，就不那麼容易了。
在心理科學中，不少心理學家通過實驗和思考，給智力
下過不同的定義。一些人認為，智力是對新環境的適應
能力。……

也有一些人認爲，智力是一種綜合的潛在能力，或判斷
推理能力。……

更有一些人認爲，智力是一種創造力。……

基於以上分析，我認爲，智力是人的一種心理特性或個
性特點，是偏於認識方面的特點，是和氣質、性格不同
的。智力是一種綜合的認識方面的心理特性，它主要包
括：(1)感知記憶能力，特別是觀察能力；(2)抽象概括能
力（包括想像能力），抽象概括能力（即邏輯思維能力）
是智力的核心部分；(3)創造力，則是智力的高級表現。

（朱智賢《有關兒童智力發展的幾個問題》）

上例，用了設問和段落排比、反覆的辭格，使話語中心突出，
層次清楚，條理清晰。

　　(5)辭篇富有邏輯性。專門科學體的辭篇，一般是提出問題
（表達論點），分析問題（論證），解決問題（結論）。限於篇
幅，不舉例論析。

(二)應用體

　　應用體是適應公私事務交往需要，運用全民語言形成的言
語特點的有機統一體。可分公文體、法規體和大眾應用體三個
分體。它具有簡明性、準確性、周密性、嚴謹性、文明性、程
式性等特點。

1.應用辭體的類別

(1)公文體

公文體是適應公事交往需要運用全民語言形成的言語特點

的有機統一體。它包括：政治事務體，如議案、批覆、公告等；外交事務體，如照會、宣言、聲明等；軍事事務體，如令、命令等；經濟事務體，如合同、協議書、貿易函件、商品廣告等。它在國家與國家、機關與機關、社會團體與社會團體、企事業單位與企事業單位之間起傳達（上傳、下達）、通知、聯繫等作用。例如：

××省教育廳

關於做好高等學校招生工作的通知

各市、縣教育局，各高等院校：

××××××××××××××××××××××
×××××××××××××××

附件：×××××

×××× 年 × 月 × 日

主題詞：××　　××　　××

抄送：教育部、省計委、省委各部門、省人大常委會辦公廳、省政協辦公廳、省法院、省檢察院、××軍區、省軍區

××教育廳辦公室　　　×××× 年 × 月 × 日發

這是一種頒下達的通知。一經下達，就產生法律效力，就要遵守、執行。

我社已遷至北京市鼓樓西大街甲××號辦公，新開戶銀行：北京市地安門分理處，帳號：×××××，原來的開戶銀行及帳號×月×日撤銷，特此通知。

××社

××年×月×日

這是一則事項性的通知，便於有關單位聯繫和辦事。

公文體語言莊重、質樸、嚴密、明確，不求生動、形象，不允許疏漏、含糊或有歧義。

(2)法規體

法規體是適應法律、規章領域，運用全民語言而形成的言語特點的有機統一體。包括憲法、法律、規章、制度、公約、條規、條例須知、守則、細則等。例如：

××省人民政府令

第15號

《××省圖書報刊市場管理規定》業經省政府批准，現予發布施行。

省長　×××

××××年×月×日.

××省圖書報刊市場管理規定

第一條　爲加強對圖書報刊市場的管理，繁榮圖書報刊市場，促進社會主義精神文明建設，根據國家有關規定和《××省文化市場管理條例》制定本規定。

第二條　凡在我省境內從事圖書（含圖片、畫冊、掛曆、年曆、台曆等）、報刊發行（包括批發、零售及出租）業務的全民、集體單位和個體（以下簡稱發行單位和個人）等，均須遵守本規定。

（第三至第二十九條略）

第三十條　本規定由省新聞出版局負責解釋。

第三十一條　本規定自發布之日起施行。

（轉引自王桂森、陳群力《最新實用公文》）

法規語言要求嚴肅、周密、準確、明晰，它具有權威性和強制性，不求語言生動，不容有疏漏、偏差、模糊或有歧義。

(3)大眾應用體

大眾應用體是適應大眾日常事務往來，運用全民語言而形成的言語特點的有機統一體。包括便條（請假條、留言條、托人辦事條）、條據（收據、領條、發票、借條、欠條）、啟事、書信等。它簡短、明晰、精確、嚴謹。例如：

留言條

林青同志：

剛才接你父親電話：要你明天下午5時，直接到華僑賓館18層1688房間團聚，歡迎臺灣回來的你的舅父。

劉華留條

16日下午8時15分

收　據

茲收到房產科預付修繕費人民幣壹佰貳拾元整。此據。

收款人李法平（章）

一九九一年八月十二日

2.應用體的特徵

(1)辭篇程式化、條目化。

程式化、條目化可突出中心，要求具體、明確，便於傳遞，便於處理。程式化是相對穩定的。如：公文包括發文機關名稱、標題、編號、受文單位，正文，附件，發文單位、日期，保密等級，緩急程度，傳遞範圍等；規章制度包括總則、分則、附則等；書信包括稱呼、正文、祝頌語、署名、日期等。例如：

國務院關於同意廣東省擴大梅州
市郊區給廣東省人民政府的批覆

一九八二年八月二十六日（××）××字×××號

一九八二年七月七日請示悉。同意你省擴大梅州市郊區，將梅縣的梅江公社劃歸梅州市管轄。

這是批覆，屬於上級回覆下級請示事項的公文，是指示性的文件。它包括題目、時間、文號、正文等。上例比較簡略。詳備的批覆，開頭還要引述下級來文的日期、文號和要點，便於受文單位明確批覆的事項。中間部分為批文的內容。它十分講究.政策性、明確性、指示性和可行性。結尾一般寫「此覆」或「特此批覆」等。

為使篇章條理清楚，層次分明，多用條目、序號。例如：

中國農業銀行關於大力支持糧食專業戶的通知

一九八三年四月十三日

(83)××××第××號

近年來，各地農村出現了不少糧食專業戶。糧食專業戶的興起，為土地集約經營找到了一種好形式，為發展商

品糧生產開闢了一條新的途徑。對此，各級農村金融部門應當予以足夠的重視，要把支援糧食專業戶作爲支持商品糧生產的一件大事來抓。……如何更好地支持糧食專業戶的發展，總行考慮可以採取以下幾項措施，望各地結合實際情況，貫徹執行。

一、大力宣傳糧食專業戶發展商品糧食生產的重要意義，提高支持糧食專業戶的自覺性。……

二、在信貸資本上，優先支持糧食專業戶。……

三、支持糧食專業戶搞好科學種田，抓住增產的關鍵措施。……

四、配合農村商業、供銷部門幫助糧食專業戶解決購買化肥、農藥、中小農機具、柴油等生產資料和出售農產品的困難，盡可能做好生產前和生產後的服務工作。……

五、在信貸結算上提供方便。……

(2)造句簡短，多用陳述句和祈使句，一般不用感嘆句和反問句。例如：

第五十七條　中華人民共和國全國人民代表大會是最高國家權力機關。它的常設機構是全國人民代表大會常務委員會。

第五十八條　全國人民代表大會和全國人民代表大會常務委員會行使國家立法權。

（《中華人民共和國憲法》）

上例三句，全用陳述句，簡短、明確。

為求表達周密，有時用了限制語、附加語。例如：

> 中華人民共和國是工人階級領導的、以工農聯盟為基礎
> 的人民民主專政的社會主義國家。
>
> 《中華人民共和國憲法》
>
> 中華人民共和國政府和葡萄牙共和國政府聲明：澳門地
> 區（包括澳門半島、氹仔島和路環島，以下簡稱澳門）
> 是中國的領土，中華人民共和國政府將於1999年12月
> 20日對澳門恢復行使主權。
>
> 《中華人民共和國政府和葡萄牙共和國政府
> 關於澳門問題的聯合聲明》草簽文本）

上面第1例用了四個定語，規定了國家的性質。第2例用
了插入語，使「澳門地區」範圍明確。

(3)用詞準確、規範，具有概括性。例如：

> 第五條　結婚年齡，男不得早於二十二周歲，女不得早
> 於二十周歲。
>
> 《中華人民共和國婚姻法》
>
> 此段路（從五四路口到六一路口）正在擴修，機動車輛
> 不准通行。
>
> （告示）
>
> 施工地段，閒人免進。
>
> （告示）

　　上面第1例的「不得」、「早於」、「周歲」等，一目了然，毫不含糊；第2例的「機動車輛」、第3例的「閒人」，很有概括性。

　　由於應用體對象明確，講究文明、莊重、典雅，力求簡練，在長期運用中，形成了許多慣用語、客套語。其中不少是文言詞彙。用於公文中的，如：

　　　　茲、茲有，據、根據、依照、遵照，由於、爲了、關於，查、奉、頃接；經、已經、茲經、業經，將、現將；試行、執行、責成、辦理、貫徹、酌情辦理、酌定、研究執行、參照執行、切實執行；請、祈、希、望，盼、切望、切盼、爲盼，懇請、切請、擬請、報請、提請；爲此、據此、對此、鑑此、鑑於、有鑑於此，總之、綜上所述，特作如下（規定、決定、決議），特提出如下意見；妥否、當否，是否可行、是否妥當，如無不當、如無不妥、如果可行；請批示、請示覆、請審核、請即示；應予、應即、應以，同意、不同意，批准、准予、原則上批准；閱示、審示、核示、批示，批轉、轉發，下達、下發、頒發；本（處）、我（處）、你（處），貴（處）、該（處）；是荷、爲荷，爲要；特此報告，此致，此據、此令、此覆……

用於外交的，如：

　　　　閣下、陛下、夫人、貴國、貴賓；值此、值此……之際，欣逢、欣悉、驚悉，向閣下……表示、向夫人……

表示，代表、謹代表，祝（敬祝）……取得成功（健康長壽）……

用於書信的，如：

惠書收悉，來函敬悉，接奉大札，頃接華翰；念念，思念殊深，久疏問候，孺念殊殷，近況如何，至以為念，久未箋候，近況諒佳；賤體粗安，賤軀初安，敝寓均安，微恙告癒；請釋遠念，承問極感，釋念為幸；遲覆為歉，稽覆至歉，殊深歉疚，甚以為歉，至感不安，敬請諒宥，請多海涵，敬祈包涵；十分感激，萬分感謝，衷心感謝，不勝榮幸，日後面謝，乞費神代辦，不勝感荷，銘感無已；豈敢懈怠，一一照辦；希哂納，笑納為幸，聊表寸衷；專此奉覆，特函問候，餘言後敘，餘俟面詳，不盡欲言；勿祝安康，誠表賀意，即頌，勿頌，福安，大安，撰安，著安，旅祺，秋祺；謹上，叩首……

(4)不用或極少用描繪性的修辭方法。

應用辭體多用抽象性、概括性的語句，少用描繪修辭方法，以免表意不明晰，產生歧義。例如：

《有線電視管理暫行辦法》實施細則
第一章 總 則
第一條 為加強有線電視的管理，根據《有線電視管理暫行辦法》（下稱《暫行辦法》），制定本細則。

（第二條至第三十四條略）

第六章　附　則

第三十五條　有線電視與閉路電視、電纜電視係同義語。

第三十六條　本細則所稱有線電視是指《暫行辦法》第二條所規定的有線電視台、有線電視站和共用天線系統的總稱。

「行政區域性的有線電視台」，是指代表一級政府開辦的有線電視台。

第三十七條　關於有線電視的運行、維護規定和設備、器件的認定辦法另行制定。

第三十八條　依照本細則收取的設計費、安裝費、驗收測試費、建設費和維護費，其標準由縣級以上（含縣級）廣播電視行政管理部門商同級物價行政管理部門制定。

第三十九條　本細則由廣播電影電視部負責解釋。

第四十條　本細則自發布之日起施行。

（轉引自王桂森、陳群力《最新實用公文》))

三、書卷體(二)
——文藝體

　　文藝體，是文學作品長期地、反覆地使用某些語言材料、表達方式而形成的一系列言語特點的有機統一體。它在思維形式、美學資訊、社會功能、語言特點等方面，與實用體都有較大的區別，因而形成了文藝體的特徵：情意性、形象性、生動性、變異性、音樂性、多樣性和獨創性[1]。從辭章講，其中形象性是最本質的特徵，本節要作重點闡述；其他的特徵，將在後面介紹文藝分體（韻文體、散言體）時再作說明。

　　高爾基說：「文學的根本材料，是語言——是給我們的一切印象、感情、思想等以形態的語言，文學是藉語言來作雕型描寫的藝術。」[2]形象性是藝術語言最本質的特徵。

　　語言的形象化，同作者運用語言的技巧有關，同作者的生活、思想也有聯繫。本書著重談談前者。

　　要做到語言形象化，就要巧妙地運用形象性的詞句和描繪性的辭格。

(一)形象性的詞句

　　詞句是符號體系，都是抽象的。但有些詞句，在特定的語境裡，能喚起人腦的表象活動，引起想像和聯想，產生形象感。這就是「形象性的詞句」。例如：

　　黑黝黝　　紅丹丹　　冷冰冰　　硬梆梆

　　冰天雪地　　斑駁陸離　　乘風破浪　　一瀉千里

　　裊裊的炊煙　火紅的太陽　潺潺的流水　皚皚的雪山

這些詞語，一放進具體的語境中，就會在讀者的腦海裡浮現出一幅幅圖畫來。要做到詞語的形象化，就要選擇最貼切、最有質感、最有光澤和色彩的「那一個」。

　　文藝體詞語的錘煉，從句子成分講，要講究謂語和修飾語的選擇，從詞類講，要留意動詞、形容詞以及嘆詞、語氣詞的運用。例如：

　　　　那個大蟲又饑又渴，把兩隻爪在地下略按一按，和身望上一撲，從半空裡攛將下來。武松被那一驚，酒都做冷汗出了。說時遲，那時快，武松見大蟲撲來，只一閃，閃在大蟲背後。那大蟲背後看人最難，便把前爪搭在地下，把腰胯一掀，掀將起來。武松只一躲，躲在一邊。大蟲見掀他不著，吼一聲，卻似半天裡起個霹靂，振得那山崗也動，把這鐵棒也似虎尾，倒豎起來只一剪。武松卻又閃在一邊。原來那大蟲拿人，只是一撲，一掀，一剪。三般提不著時，氣性先自沒了一半。那大蟲又剪不著，再吼了一聲，一兜兜將回來。武松見那大蟲復翻身回來，雙手掄起哨棒，盡平生氣力只一棒，從半空劈將下來。只聽得一聲響，簌簌地將那樹連枝帶葉劈臉打將下來。定睛看時，一棒劈不著大蟲；原來打急了，正打在枯樹上，把那條哨棒折做兩截，只拿得一半在手裡。

　　　　那大蟲咆哮，性發起來，翻身又只一撲，撲將來。武松又只一跳，卻退了十步遠。那大蟲恰好把兩隻前爪

搭在武松面前。武松將半截棒丟在一邊，兩隻手就勢把大蟲頂花皮胳肢地揪住，一按按將下來。那隻大蟲急要掙扎，被武松盡氣力納定，那裡肯放半點兒鬆寬。武松把隻腳往大蟲面門上，眼睛裡，只顧亂踢。那大蟲咆哮起來，把身底下爬起兩堆黃泥，做了一個土坑。武松把那大蟲嘴直按下黃泥坑裡去，那大蟲吃武松奈何得沒了些氣力。武松把左手緊緊地揪住頂皮，偷出右手來，提起鐵錘般大小拳頭，盡平生之力，只顧打。打到五七十拳，那大蟲眼裡，口裡，鼻子裡，耳朵裡，都迸出鮮血來。那武松盡平昔神威，仗胸中武藝，半歇兒把大蟲打做一堆。

（施耐庵《水滸傳》第二十三回）

　　這段文字，寫得繪聲繪色，動人心弦。其中謂語動詞的運用是很成功的。整個「戰役」，可分兩個階段。第一階段描繪老虎「撲、掀、剪」三次進攻和武松「閃、躲、閃」三次防守。文章之所以能寫得有血有肉，如聞如見，是因為作者寫得形象、曲折、生動、感人。寫老虎第一次「進攻」——「撲」前，先「按一按」，勾勒出老虎的特點；「撲」又是從半空中「攛」將下來的，再用武松的「驚——見——閃」來反襯，就把老虎的兇猛和盤托出了。寫老虎第二次「進攻」——「掀」的氣勢，也勾勒了它前爪「搭」在地下的動作，如箭在弓上，不可阻擋；而武松只一躲，又從虎口逃生。寫老虎第三次「進攻」——「剪」，文章則極力渲染「吼」聲來作勢，而武松又一閃，保存了性命。這一階段，把主要筆墨集中在描寫老虎的兇猛上，為下文作了有力的鋪墊；同時也寫出武松的沉著、輕

捷、機警的品格來。第二階段則集中筆墨描繪武松的「反攻」。作者通過「掄、劈、跳、揪、按、踢、打」，寫武松化被動為主動的過程；老虎則「掙扎、咆哮、爬」而逐步地陷於死地。文章痛快淋漓地寫出武松的神威，使人欽佩，令人振奮。

詞語的變異運用，是形象化和陌生化的重要手段。變異運用就形成了辭格（比喻、比擬、借代、誇張等），下文將論及。

恰當運用修飾語，也是使描寫的對象更加形象的辦法。「雲」，雖然是比較熟悉的東西，但它的形狀多種多樣，如果不作具體描寫，給人的印象是不清晰的。要是寫成「高雲」、「低雲」、「白雲」、「烏雲」、「淡雲」、「濃雲」就形象些；如果進一步寫成：「片片浮雲」、「朵朵白雲」、「茫茫雲海」、「縷縷雲絲」、「一堆烏雲」，就更形象些。「風」，雖然沒有形跡，但若寫成「和風」、「暖風」、「清風」、「冷風」、「陰風」、「暴風」、「疾風」就具體可感了；若再寫成「呼嘯的狂風」、「怒吼的暴風」、「陣陣清風」、「颯颯秋風」、「獵獵的晚風」、「清爽的晨風」，就更具體些。請比較下列幾例。

A.只聞一陣香氣。

B.只聞一陣陣的香氣。

C.只聞一陣陣涼森森甜甜的幽香。

D.只聞一陣陣涼森森甜絲絲的幽香。

（曹雪芹《紅樓夢》第八回）

原文：正在這萬分危急的時刻，飛機突然衝出了冷氣圈。

改文：正在這千鈞一髮的危急時刻，飛機衝出了冷氣

圜。

（《一次難忘的航行》）

　　上面第1例，是描寫冷香丸的句子。由於傳抄者不慎，造成了不同的版本。A版用「一陣」修飾「香氣」，語意單薄；B版的「一陣陣」，就具體些；C版增加了「涼森森」、「甜甜」、「幽」三個修飾語，充分運用通感的手段，由觸覺、味覺、視覺來描寫，使嗅覺的情態更具體了；D版又把「甜甜」改為「甜絲絲」，描寫香氣之「細微」，它給人「若有若無、絲絲縷縷，似斷還連，似連還斷」的感覺，微妙地寫了「幽」的情狀，這就更形象可感了。第2例「危急時刻」是抽象的概念，用「萬分」來修飾，寫出「危急」的程度，但還比較抽象；而改用「千鈞一髮」來修飾，就可啟發讀者去想像、聯想，把「危急」形象化，辭章效果就好得多。文藝作品中此類描繪性、情感性的修飾語，又叫藝術修飾語，它不同於實用體中對概念進行限制的邏輯限制語。

　　恰當運用疊詞，也可使所描寫的聲、色、狀、態更加形象可感。例如：

　　　瑟瑟秋風　　馬鳴啾啾　　滴滴答答的雨聲
　　　萋萋芳草　　白雪皚皚　　莽莽蒼蒼的煙雨
　　　巍巍群峰　　海浪滔滔　　彎彎曲曲的山路
　　　錚錚硬骨　　含情脈脈　　嘻嘻哈哈地大笑

　　優秀的作品，在這方面的運用都是很成功的。例如：

河岸上蕉樹叢叢，沒有收完的晚熟的蕉子，疊疊密密地垂掛在樹梢上，像一串串閃著飛彩的綠玉，幾乎把樹幹都墜斷，彷彿又溢出一股甜蜜的膩人的香氣。

（陳殘雲《香飄四季》）

像絲絲銀髮飄曳，像根根箏線抖動。

江南原野上灑呵灑呵，灑著牛毛樣的濛濛細雨。按說，節令還未到夏至，水鄉卻籠罩在一片霧障煙遮的梅雨中了。

（楊學泉《梅雨時節》）

上面第1例，用「叢叢」摹寫蕉樹之多，用「疊疊密密」、「串串」摹寫蕉子豐收；第2例，用「絲絲」（銀髮）、「根根（箏線）」寫梅雨的狀態，「濛濛」寫梅雨的色彩。這樣，都使對象更具體可感了。

適當運用歇後語、俗語、諺語，也可以增加語言的形象性與生動性。例如：

……寶玉在後頭跟著，出了園門，到了賈母跟前，鳳姐笑道：「我說他們不用人費心，自己就會好的，老祖宗不信，一定叫我去說和；趕我到那裡說和，誰知兩個人在一塊兒對賠不是呢。倒像『黃鷹抓住鷂子的腳，——兩個人都『扣了環了』！那裡還要人去說呢？」說的滿屋裡都笑起來。

（曹雪芹《紅樓夢》第三十回）

我們也知道艱難的，但只俗語說的：「瘦死的駱駝比馬還大」呢。憑他怎樣，你老拔一根寒毛比我們的腰還壯

哩！

（曹雪芹《紅樓夢》第六回）

　　上面第1例，描寫寶玉與黛玉口角後自己又和好起來的情
景，運用「黃鷹抓住鷂子的腳」、「扣了環了」來形容，形
象、風趣、傳神。第2例，描寫劉姥姥的語言，她用「瘦死的
駱駝比馬還大」讚美賈府，說明自己的貧困，希望得到資助。
它比喻形象生動，客觀上揭示了封建社會貧富懸殊的階級狀
況。

　　運用名詞或名詞性短語造成的獨語句，也是語句形象化的
一種手段。例如：

　　……春風。

　　　　　　秋雨。

　　晨霧。

　　　　夕陽。……

　　……轟轟的

　　　　　車輪聲。

　　踏踏的

　　　　腳步響。……

　　……

　　五月──

　　　　　參浪。

　　八月──

　　　　　海浪。

　　桃花──

　　　　南方。

　　雪花——

　　　　北方。……

（賀敬之《放聲歌唱》）

詩行運用鮮明的有特殊意義的景物，組成一幅幅生氣盎然的圖畫。它們時間和空間的跳躍性都很大，給讀者留下廣闊的想像餘地，可以根據自己的經驗、印象及知識的積累去補充。

　　把抽象的概念和有實感的東西巧妙地聯繫起來，構成變格的句式，繪成富有浪漫主義色彩的圖畫，也能加強語言的形象性和獨創性，啟發讀者想像，產生奇特的藝術魅力。例如：

　　打鐵，打鐵，

　　一天到晚打不歇，

　　早晨打出萬縷紅霞，

　　晚上打出一輪明月。

（《打鐵》）

「打出……紅霞」，「打出……明月」，從常規講，不合語法，不合邏輯。但藝術家把它與「打鐵」聯繫起來，構成拈連的修辭方法，就「合法合理」了——合修辭之法，合藝術之理。從修辭講，拈連要以「常」帶「變」，結伴而行。「常」就是合乎語法、邏輯的常規，如「打鐵」；「變」就是突破語法、邏輯常規的特殊結構形式，如「打出……紅霞」。拈連就是「常」「變」並蒂而開的文藝修辭之花，沒有「常」，單用「變」，這花就萎謝了。從藝術講，「以常帶變」，連理成枝，合乎現實

主義和浪漫主義相結合的方法。歌德說：「藝術家對於自然有
著雙重的關係：他既是自然的主宰，又是自然的奴隸。他是自
然的奴隸，因為他必須用人世間的材料來進行工作，才能使人
理解；同時他又是自然的主宰，因為他使這種人世間的材料服
從他的較高的意旨，並且為這較高的意旨服務。」上述詩句就
是這樣。藝術家必須在工人從早到晚打鐵的現實生活的基礎上
進行創作，從這點講，他是生活的「奴隸」；但藝術家有創作
的「權衡」，可以「不泥於實」，進行「創造的想像」，把本來
不相干的事物人為地聯繫起來，寫成「打出……紅霞」、「打
出……明月」的詩句，「創造出第二自然」。這種藝術的句式
比起「打到天亮」、「打到天黑」，形象得多，美妙得多。再
如：

> 向日葵朝它仰起臉來。
> 向日葵的花瓣蕩漾著金黃的幸福，
> 一陣手風琴聲來自圍牆院裡。

> （劉白羽《新世界的歌》）

「幸福」也是抽象的詞語，它沒有形象，沒有色彩，而作者卻
賦給它以「金黃的」顏色。這就可以激發讀者想像，由「幸福」
想到金黃色的田野，成熟的麥浪，想到「深藍的天空中掛著一
輪金黃的圓月」，想到……。「金黃的幸福」，從語法常規講也
是不恰當的，但從修辭講卻是巧妙的，它是把一種事物（向日
葵）的性狀移到另一種事物（幸福）上的一種修辭方法——移
就。

拈連與移就都是變格的句式，是藝術語言園圃裡的兩株奇

花。

(二)描繪性的辭格

描繪性的辭格是語言形象化的彩筆。巧妙地運用它，可以描繪色彩斑斕的人生圖畫，可以使所描寫的對象形神畢肖，栩栩如生。其中以比喻、比擬等所起的作用為最突出。

比喻、比擬，古代文論中統稱之為「比」。它是文藝修辭學大花園中一叢色彩鮮艷、香味濃郁的奇葩。如果文學作品沒有了它，就像拔掉孔雀尾巴上最美的幾根羽毛，失去不少藝術的魅力。

文學作品，在表達抽象的事物時，要是不附麗於形象，就會使人感到空洞、枯燥，蒼白無力；即使是具體的事物，要是如實直言，也往往呆板、乏味，缺乏藝術的感染力。因此，作家在反映現實時，總要展開想像、聯想的彩翼，去尋找各種事物之間的聯繫來曲折示意。比喻、比擬正是建立在這種聯想基礎上所開出的一種形象之花。它可使抽象的事物具體化，具體的事物藝術化。所以人們把它比作形象中的形象，藝術中的藝術。

比喻、比擬使抽象事物形象化的功能是多方面的，本書只從指事附意、抒情言志、說理論辯等方面分析些例子，以示一斑。

> 洞房昨夜停紅燭，待曉堂前拜舅姑。
> 妝罷低聲問夫婿：畫眉深淺入時無？
>
> （朱慶餘《閨意呈張水部》）

這是一首膾炙人口的絕句。如果單從字面看，它是一個情意感人的新婚特寫鏡頭：天剛破曉，艷麗的洞房裡，徹夜長明的紅燭，還跳躍著歡樂的火焰，新娘子正在對鏡梳妝，弄筆畫眉。情意綿綿的新郎，依偎其側，不時地端詳著嬌羞的愛侶。新娘沉浸在幸福氛圍之中，只是即將上堂拜見公婆，又擔心自己的打扮不合他們的心意。她感到還是夫婿最了解公婆，就低聲問道：「我畫的眉毛深淺合不合時宜？」全詩洋溢著融融的春意，充滿著生活的氣息。但若再看題目，就感到不倫不類，怎麼向水部員外郎獻出「閨意」呢？原來此詩借彼言此。唐代士子，參加科舉考試前夕，往往把自己平日得意之作奉獻給有名望的文人，希望得到他的賞識、推薦。這些「平時成績」，再加上好的試卷答題，就容易登科及第。這首詩的作者，正是這樣做的，他把自己平日的詩文獻給詩人、水部員外郎張籍，並附上此詩。他以新娘比自己，新郎比張籍，舅姑比主考官，「畫眉深淺入時無」比自己的文章是否合乎時宜，能否中主考官之意，表意曲折。作為鑑識者的張籍十分讚賞此詩，就作了反饋，回敬了一首《酬朱慶餘》：

> 越女新妝出鏡心，自知明艷更沉吟。
> 齊紈未足時人貴，一曲菱歌敵萬金。

這也是全詩用比。此二詩表達者與鑑識者進行「言語交際」，一唱一和，幽默風趣，含意蘊藉。

上述詩意，要是改用抽象的敘述語言表達出來，如——

> 問：呈上小詩一束，不知合乎時宜否，敬請惠教。如蒙

　　引薦，不勝感激。

　　答：君詩甚妙……

這樣，就成為一般的應用文了，不僅索然無味，而且難免鄙俗之譏，更談不上什麼藝術的魅力了。

　　用比「指事造形」、「寫物附意」的作品，在文學的園圃中俯拾即是。如：

　　一位醫生向我介紹，他們在門診中接觸了一個雄辯症病人。

　　醫生說：「請坐。」

　　病人說：「為什麼要坐呢？難道你要剝奪我的不坐權嗎？」

　　醫生無可奈何，倒了一杯水，說：「請喝水吧。」

　　病人說：「這樣談問題是片面的，因而是荒謬的，並不是所有的水都能喝。例如你如果在水裡攙上氯化鉀，就絕對不能喝。」

　　醫生說：「我這裡並沒有放毒藥嘛。你放心！」

　　病人說：「誰說你放了毒藥了呢？難道我誣告你放了毒藥？難道檢察院起訴書上說你放了毒藥？我沒說你放毒藥，而你說我說你放了毒藥，你這才是放了比毒藥還毒藥的毒藥！」

　　……

　　……經過多方調查，才知道病人當年參加過梁效的寫作班子，估計可能是一種後遺症。

　　　　　　　　　　　　　　　　　　（王蒙《雄辯症》）

文章諷刺了四害橫行之秋意識形態上的一種怪現象。「四人幫」一伙披著馬列主義的外衣，高唱革命調子，「左」得出奇，不可一世。而實質上卻是典型的形而上學、唯心主義、專制主義。他們對革命事物總是抓住一點，不及其餘，無限上綱，吹毛求疵，信口雌黃，翻雲覆雨，為其篡黨奪權製造輿論。上例，用漫畫的筆調，通過善良的醫生與病人的對話，把「四人幫」一伙的嘴臉畫出來。初看似不合情理，可是越想越覺得逼真。劉勰說：「觀夫興之托喻，婉而成章，稱名也小，取類也大。」[3] 上例正是這樣，用「比」取象，「寫物以附意，颺言以切事[4]」，用一般的生活現象隱喻重大的政治鬥爭，曲線般、折光般反映現實，鞭笞有力，含意十分深刻。

人的感情、意志、品格，也是抽象的，如果不作具體的敘述，即使用了不少「啊」之類感嘆詞，用了許多驚嘆號「！！！」，也很難推開讀者的心扉。要是把它附麗於形象之中，通過形象的媒介，反映在讀者心靈的熒光屏上，就能產生良好的藝術效果。而「比」就是附麗情意於形象的一種有效方法。所以鍾嶸說：「因物喻志，比也。」[5] 又說：比是「窮情寫物最為詳切者也[6]」。請看賀鑄的《青玉案》下闋：

　　碧雲冉冉蘅皋暮，彩筆新題斷腸句。試問閒愁都幾許？
　　一川煙草，滿城風絮，梅子黃時雨。

此詞曾轟動一時，膾炙人口，連蘇東坡、黃庭堅這些名家也對它讚嘆不已。為什麼這首詞有這麼大的影響呢？從內容講，它只不過表達了一種深沉幽隱的閒愁，沒啥意義，但它的藝術成

就較高，特別是最後三個比喻，精妙完美，至今還可作為文藝創作的借鑑。

　　「愁」是抽象的，但詩人善於借景設喻，既描寫了眼前的景物，渲染了氣氛，又能逐步深入地把愁像抽絲般抽出來。詩寫的是暮春時節，又是在碧雲冉冉、草色青青、薄暮冥冥的特殊環境裡，作者「幽居腸斷，不盡窮愁」油然而生。「一川煙草」暗喻愁情漠漠無邊，給人「鬱勃孤寂」之感。接著以「滿城風絮」進一步描寫愁情。楊柳樹經常與離情別恨連在一起。古人折柳送別，見柳而生別恨，這是他們長期的心理積澱。例如劉禹錫的「長安陌上無窮樹，惟有垂柳管別離」。而楊柳飛絮，又是暮春富有特徵的景物，很容易使人產生「東風無力百花殘」的聯想，加深了離別的愁情，加深了「錦瑟華年誰與度」的幽怨婉約之思。楊柳又往往與少女相聯繫，所以看到楊柳，就想起了「但目送芳塵去」的情景，想起她「枝鬥纖腰葉鬥眉」的儀態，勾起「更有愁腸似柳絲」的隱憂。正是「如絲如線正牽恨，王孫歸路一何遙」，她一去之後，至今未回，因而想念尤深。由此可見「滿城風絮」這個比喻構思的巧妙。最後以「梅子黃時雨」更進一步描寫愁情如雨絲，千條萬條，縈繞心頭。真是「風雨如晦」，烘托了茫然若失之感。這三個比喻，色彩協調，構成了淒苦的畫面，把愁緒點染盡致。又如于謙的《石灰吟》：

　　　千錘萬鑿出深山，烈火焚燒若等閒；
　　　粉骨碎身渾不怕，要留清白在人間。

此則以石灰比擬，表達自己的志趣。再如魯迅的《無題》：

一枝清采妥湘靈，九畹貞風慰獨醒。

無奈終輸蕭艾密，卻成遷客播芳馨。

全詩運用比擬，表達自己繼續進行文藝創作的決心。

　　道理也是抽象的。文學作品也可以表達理趣，但它不像科學體那樣，用邏輯思維來論證事理，而是用藝術思維，通過形象和圖畫來顯示真理。劉勰說，「比者，附也」，「附理者切類以指事」，也就是用藝術形象來比附，把道理隱藏其中。例如：

　　　　想一想，掌握住舵輪，透過閃閃電炬，從驚濤駭浪之中
　　　　尋找一條破浪前進的途徑，這是多麼豪邁的生活啊！
　　　　……

　　　　這時我正注視著一隻逆流而上的木船，看起來這青灘的
　　　　聲勢十分嚇人，但人從洶湧浪濤中掌握了一條前進途
　　　　徑，也就戰勝了大自然了。

　　　　　　　　　　　　　　　　　　　　　（劉白羽《長江三日》）

寓理的文藝作品中的議論，多數是點睛之筆，一般說來，也要盡量避免直說，往往是用比來顯示。或借景立言，曲徑通幽，漸入佳境，登上理趣的堂室；或描寫景物，旁敲側擊，反射出哲理的光輝。上例，從實質講，句句都在議論，但它都披著形象的彩衣和讀者相見，它是詩歌、圖畫和哲理三者融合的結晶。

　　從上述諸例可以看出，情因景生，理隨物顯，是文藝修辭的重要原則。情與理是「虛」的，景與物是「實」的，只有寓虛於實，才能給人以美感；只有由實化虛，才能給人以理智。虛實相生，這是藝術的辯證法。

　　「文似看山不喜平」，文學的反映現實，最忌平鋪直敘、就事論事、就物寫物。這樣，難免平淡寡味。賀拉斯曾說，這是文學創作所「不能容忍」的。因此，文藝作品，即使反映的是具體可感的事物，也要由此及彼，由表及裡，逐步轉化、昇華，才能「傳神寫照」，產生藝術的感染力。就以描寫波浪的形象為例吧。波浪是有實感的東西，但如果寫成「波浪很大，很高，很急」，就毫無情味；即使寫成「波浪洶湧澎湃」，也難免平庸無奇。如果通過巧妙的聯想，寫成：

　　濤似連山噴雪來。

　　　　　　　　　　　　　　（李白《橫江詞》）

　　前雷後霆，冰堆雪層。

　　　　　　　　　　　　　　（李覯《長江賦》）

　　長虹斗落生跳波，輕舟南下如投梭，水師絕叫鳬雁起，亂石一線爭磋磨。有如兔走鷹隼落，駿馬下注千丈坡，斷弦離柱箭脫手，飛電過隙珠翻荷。

　　　　　　　　　　　　　　（蘇軾《百步洪》）

　　它，在暴怒；它，在瘋狂；它，在咆哮。

　　　　　　　　　　　　　　（姚雪垠《李自成》）

　　波峰像尖的巨大火舌一樣，跳躍、舔食……

　　　　　　　　　　（〔德〕托馬斯·曼《托尼奧·克勒格爾》）

　　它拚命咆哮著，好像一頭野牛，嫌水喝得不夠，在那兒

狂吼……

（〔美〕歐文《掘金者》）

上述波濤的形象，鮮明、突出。它或從視覺寫，比之為連山噴
雪、冰堆雪層、兔走、鷹隼落、駿馬下注、斷弦離柱、箭脫
手、飛電過隙、珠翻荷、火舌、野牛；或從聽覺寫，比之為
「雷、霆」的轟鳴，比之為野獸發出的「咆哮」。這些浪潮還人
格化了，有人的感情與品格。這樣比喻、比擬都使形象藝術
化、典型化了，它們千姿百態，繪形、繪色、繪聲、繪情，可
以「發皇耳目」，「澡滌胸中」；可以借影傳情，突出文章的
中心，給鑑識者留下深刻的印象。

文藝辭體，要用好「比」，必須注意兩點，一是想像，一
是技巧。

先講想像。比喻、比擬，都要由此到彼來表達。因此，在
構思上就有個轉化、飛躍的過程，也就是通過想像、聯想，化
平淡為神奇，使它「稱名小而其指極大」，「舉類邇而見義
遠」，使讀者看後，永遠嵌在心坎上。就以寫「雪」來講吧，
如果寫成：

空氣層中的水蒸氣，在溫度零度以下時，就凝結成白色
的結晶體，從天降下，這就是雪。

這是用平面鏡般的方式來反映現實，它給人以理智，科學辭體
應該這樣寫。但是，文學作品卻不能這樣。雪，一通過作家頭
腦的三稜鏡就變形了。請看：

忽如一夜春風來，千樹萬樹梨花開。

（岑參《白雪歌送武判官歸京》）

戰罷玉龍三百萬，敗鱗殘甲滿天飛。

（宋人張元詩句）

誰見過冬天開梨花？誰見過玉龍被打得鱗甲滿天飛？但是，即使是最笨的讀者，也不會提出這樣的疑問，相反的，卻被這人造的自然景色所感動了，目悅心怡，滿載美感而歸。由「下雪」到「千樹萬樹梨花開」，到「敗鱗殘甲滿天飛」，就由現實的自然，轉化、飛躍到藝術家所創造的第二自然——最理想、最美妙的美的宇宙之中。要完成這種轉化、飛躍，就必須通過植根於深厚的現實土壤之中的想像。所以康德說：「想像力作為一種創造性的認識能力，是一種強大的創造力量，它從實際自然所提供的材料中，創造出第二自然，在經驗看來平淡無奇的地方，想像力卻給我們提供了歡娛和快樂。」[7]

浪漫主義，特別是革命的現實主義和革命的浪漫主義相結合的創作方法，更要「浮想聯翩」，「奇情幻想」，才能運用「比」法創造出美的形象和感人的意境來。

再講技巧。關於「比」的技巧問題，這裡只強調一下「似」的問題。「似」是「比」的基本要求，但文藝修辭，不能僅僅停留在「似」的基礎上，必須進一步出神入化，做到既似又不似，用一句形象的話來概括，就是「似花還似非花」。

宋代詩人章質夫曾寫過《水龍吟》的詞，轟動一時，膾炙人口。這首詞用「比」法來描寫，寫得「清麗可喜」，「曲盡楊花妙處」，達到「似」的境界。只是此詞轉化、飛躍不夠。「比」必須做到「形神兼似」，才是佳作，如蘇軾的《水龍吟·

次韻章質夫楊花詞》：

> 似花還似非花，也無人惜從教墜。拋家傍路，思量卻
> 是、無情有思。縈損柔腸，困酣嬌眼，欲開還閉。夢隨
> 風萬里，尋郎去處，又還被鶯呼起。　　　　不恨此花飛
> 盡，恨西園，落紅難綴。曉來雨過，遺蹤何在？一池萍
> 碎。春色三分，二分塵土，一分流水。細看來，不是楊
> 花，點點是離人淚。

細品此詞，善於以花比人，吟物抒情。花與人，既似又不似，
不著不脫，不即不離，達到形似而神亦似的境界。開頭，「拋
家傍路」，是寫紛紛揚揚的楊花，又是寫人——閨中少婦。詩
人看著楊花，看著它的老「家」——生長它的枝條，細長柔
軟，就聯想起了「縈損柔腸」的人兒；看到枝條上細長的柳
葉，就聯想到她「困酣嬌眼」的情態。「縈損」三句是從旁烘
托楊花，又是寫人，抒情。接著由「眼」的「欲開還閉」聯想
開來，想到夢中尋郎的少婦，把思路「放」開，可是枝上的黃
鶯兒卻把它從夢中喚回，思路又「收」了回來。一揚一抑，騰
挪多姿。「夢回」三句既是寫人，又是寫楊花因風飄舞，忽升
忽降，乍散乍聚的狀態。下闋，主觀的色彩更濃，「落紅難
綴」，寫春光易逝，落花難留，表達黯然銷魂的感情。「煞拍
畫龍點睛」，指出楊花實是「離人淚」。全詞，花似人，人似
花，似花又似非花，似人又似非人，「物我俱化」，「人與自
然攜手並進」。由楊花到思婦，這是一個轉化、飛躍。但作者
的文思不只到此而止，實際上又是以思婦比方封建社會身世飄
零、鬱鬱不得志的遊子逐臣，這又是一個轉化、飛躍。所以，

美妙的比體，「景愈藏而境愈大」，意愈深，概括力愈強。從這點講，蘇詞確比章詞更進一步，成為「壓倒今古」的和韻詞，成為比體的佳作。要達到這種境界，確實不易，所以亞里士多德把善於用「比」稱為「天才的標誌」。

形象性與生動性是兩個不同的概念，但多數形象性強的言語也含有生動性。因此形象性與生動性就成為藝術語言的並蒂花。

文藝辭體，可分為韻文體與散言體兩大分體。各分體，在語言上還有差別。下面分兩節作進一步的闡述。

注 釋

[1] 請閱本書附文《論文藝修辭學》。

[2] 〔蘇〕高爾基：《論散文》，見周揚編《馬克思主義與文藝》，181 頁。

[3、4] 梁·劉勰：《文心雕龍·比興》。

[5、6] 梁·鍾嶸：《詩品序》。

[7] 〔德〕康德：《判斷力的批判》。

四、書卷體（三）
——韻文體

韻文，包括古典有韻的各種詩文：古詩、樂府、騷、賦、駢文和近體詩、詞曲，包括現代有韻的各種詩文：詩歌、歌詞、快板、散文詩等。它們在言語上共同的特徵，就形成了韻文辭體，簡稱韻文體。本節著重以詩歌為例，來說明韻文的辭體特點。

詩歌，是言語藝術的藝術。作為文藝辭體的言語藝術的特徵，在詩歌中表現得最集中、最強烈、最突出。因此，艾青說：「詩，如一般所說的是文學的頂峰，是文學的最高樣式。它比其他的文學樣式更高地、更深刻或更自由地表現人類的全部生活和存在生活裡的全般意欲。它對人類生活所能發生的作用也更強烈——甚至難於違抗。」[1]表現在辭章上，有其明顯的特點。賀敬之曾寫了散文《重回延安——母親的懷抱》和詩歌《回延安》，反映1956年重返延安的見聞，抒發自己的感情。散文寫道：

> 閃過去一座山、又一座山……終於，眼前的道路豁然開朗起來。一片毗連的房屋和層層相接的窯洞出現了。一條解凍的小河歌唱著向前流去——這就是和延河匯流的杜甫川！在那金色的夕陽的輝耀中，藍天上高聳著那十幾級的古老的寶塔——這就是寶塔山！
>
> 呵，母親延安！分別了十多年的你的兒子，又撲向你的懷抱中來了。

> 一片喧鬧的鑼鼓嗩吶聲響起來，在五里鋪到南關的河灘
> 上，歡迎的人群湧過來了。陝北大秧歌在表演，這雪白
> 的羊肚子毛巾，紫紅的腰帶，這領唱的傘頭，合唱的男
> 女隊員……這不是1943年的「紅火」情景嗎？

而詩歌是這樣寫的：

> ……幾回回夢裡回延安，
> 雙手摟定寶塔山。
>
> 千聲萬聲呼喚你，
> ——母親延安就在這裡！
>
> 杜甫川唱來柳林鋪笑，
> 紅旗飄飄把手招。
> 白羊肚手巾紅腰帶，
> 親人們迎過延河來。
> 滿心話登時說不出來，
> 一頭撲在親人懷。

比較上面兩節文字，可以明顯地看出詩歌具有以下幾個特點。

(1)文字精練，具有精純美。

散文對回延安時的情景，作了比較具體、細緻的敘述、描寫、說明。共三段，第一段三句，第一句，寫初進延安時所看到的東西，從大處寫；第二句，寫水，第三句，寫山，都是選有代表性的事物作描寫、說明。這一段，先總後分，寫延安的

自然環境，兼用敘述、描寫、說明的表達方法。第二段，抒情，表達對延安深深的愛。第三段，第一句，由聽覺到視覺，描寫歡迎的人群；後一句描寫歡迎的文藝隊伍，先寫舞，後寫歌，寫出他們的打扮，再由此引起了聯想。而詩歌不對回延安的過程、景物作具體的描寫，只用十個跳躍性的詩行來描寫。前兩行寫夢境，一下子就抓住最富有特徵的事物「寶塔山」來抒寫，聯想奇特，感情強烈。次兩行，由過去「幾回回夢裡回延安」一躍寫如今回到了延安。「千聲萬聲呼喚你」，物我交會，感情濃烈。再下四行，寫歡迎的場面，用擬人化的手法，借物抒情。最後兩行，寫深厚的友誼與激動的感情。從詩、文比較可以看出，詩歌語言更精練。

(2)富有詩味，具有意境美。

「雙手摟定寶塔山」，寫詩人展翅飛翔，與寶塔山擁抱、親吻。這一幻夢，是詩人日思夜想最生動的表現，形象鮮明，構成了奇妙的詩的意境。當然散文也有意境，但在感情性、主觀性方面多數不如詩歌強烈。

(3)富有節奏，具有音樂美。

散文不押韻，節奏也不整齊。而上詩每句押韻，前三節，每節換韻，這與內容的急速變換、心情的激動是一致的；後兩節同一韻，描寫詩人與延安人民相見時的喜悅之情。每個詩行，基本上四個音步，節奏勻稱，句式整齊。散文中「雪白的羊肚子毛巾，紫紅的腰帶」，凝縮為詩句，就變成「白羊肚｜手巾｜紅腰｜帶」，聲律和諧。

(4)變異性強，具有奇巧美。

吳喬在《答季萬野詩問》中說到散文與詩的區別：「意喻之米，文喻之炊而為飯，詩喻之釀而為酒；飯不變米形，酒形

質盡變。」散文中「一條解凍的小河歌唱著向前流去──這就是和延河匯流的杜甫川」，詩中則變成「杜甫川笑來……」；散文中「藍天上高聳著那十幾級的古老的寶塔──這就是寶塔山」，詩中則變成「雙手摟定寶塔山」。詩，往往把句子扭彎，突破語法、邏輯常規，這就是變格的用法。一般說來，變異性越強，陌生化的程度就越高，給讀者的吸引力、感染力也就越大。分述如下。

(一)集中性

詩的語言是最純粹、最精練的，它要求用最少的文字概括最深刻的思想，表達最強烈的感情，也就是說，蘊含最豐富的資訊量，往往寥寥數言，就能流光溢彩，餘味無窮，造成精純美。

要做到集中，具有精純美，從消極講，要做到「句中無餘字，篇中無餘句」，要力去陳言，避免不精彩的敘說、鋪寫。例如：

> 原詩：機聲隆隆，
> 　　　凱歌震盪，
> 　　　七百名大軍，
> 　　　翻山改土勞動忙。
>
> 　　　勞動就是熔爐，
> 　　　我們要煉一雙勤勞的手，
> 　　　一副鋼鐵的肩膀，
> 　　　煉成一塊人民需要的鋼。

紅軍傳統忘沒忘？
人民本色變沒變？
摸摸身上汗，
看看手中繭。

拿下九里埂，
挑平蓮花山，
叫它山埂變通途，
荒山變成米糧川。

困難嚇不倒英雄漢，
越是艱險越向前，
奪取意志大飛躍，
獲得思想大轉變。

學理論，添信心，
學大寨，鼓幹勁，
勞動這課上到底，
不獲全勝不收兵！

(《不獲全勝不收兵》)

改詩：紅軍傳統忘沒忘？
　　　工農本色變沒變？
　　　看看手中繭，
　　　摸摸身上汗。

（《繭和汗》）[2]

原詩，故作豪言壯語，陳言套語一大堆。編輯善於沙裡淘金，只取其中四句，略加修改，換個題目，倒有些韻味。

要做到集中，具有精純美，從積極講，要做到「句中有餘味，篇中有餘韻」。這就要從幾萬噸的語言礦產中，提煉出一克語句的鐳。這就要使寥寥數語，能「籠天地於形內，挫萬物於筆端」，做到「妙合無垠，餘味無窮」。例如：

> 煙籠寒水月籠沙，夜泊秦淮近酒家。
> 商女不知亡國恨，隔江猶唱《後庭花》。
>
> （杜牧《泊秦淮》）

這首詩，如果單從字面看，它寫的是：在一個月色迷濛的夜晚，船只停泊在秦淮河邊。這時，對岸酒家裡傳出歌妓們演唱的《玉樹後庭花》的樂曲聲。初看起來，似乎內容很一般，但若細加品味，就會感到它是在諷刺唐帝國那些官僚地主花天酒地的生活，表達了詩人對國家前途的隱憂。

開頭兩句，用極精練的詞語、婉曲的筆調、因果倒置的句式和烘托的手法，敘述事情，描寫景物，為後兩句抒情、議論作鋪墊。看，首句境界多麼柔和、清幽：殘月灑下寒光，岸邊銀沙一片，冷冷清清的江面，飄浮著迷濛的水氣——「煙」，再用上兩個「籠」字，就把煙、水、沙、月融為一體，它們就像泡在淡淡的牛奶中一樣，創造了空濛迷離的氣氛。加上一個「寒」字，又隱含了一股淒清蕭條的情調。這就有力地反襯了唐朝貴族們渾渾噩噩、稀里糊塗的精神面貌。次句「夜泊秦淮」

是敘事。《六朝事蹟》云：「秦始皇鑿鐘阜，斷金陵長隴以疏淮水，後人因名『秦淮』。」這是一個具有典型意義的地方，歌樓酒館林立，風流艷事並作。「夜」字照應前句，暗示那些達官貴族，享樂腐化，「唯日不足」；「泊」字帶出下文「隔江」來。真是緊針密線，無一冗文。「近酒家」再把鏡頭集中，它是存污納垢、醉生夢死之所，這就很自然地帶出了「商女」吟唱「《後庭花》」的感嘆來。頭兩句，次序的安排也十分巧妙。按一般邏輯順序，應是「夜泊秦淮近酒家，煙籠寒水月籠沙」。如果這樣組織句子，作者所創造的那種空濛淒清的氣氛的感染力就不強了。杜甫《登樓》詩開頭兩句：「花近高樓傷客心，萬方多難此登臨」，本來也應先寫「萬方多難此登臨」，然後才有「花近高樓傷客心」之感。《峴傭說詩》評杜甫詩：「此詩起的沉厚突兀。若倒轉便是平調。」這用來評論《泊秦淮》的起句也是十分恰當的。

後兩句運用旁代、引用、婉曲的修辭手法，進一步開拓詩的意境。它是全詩的重心，鏡頭由「酒家」再轉到「商女」身上。表面看是為「商女」無知開脫，實際上有更深的意思：歌妓以賣唱為生，她們的行動是受制於那班官吏地主的，「唱者無奈，聽者有意」，它諷刺的是當時的上層社會。這兩句詩暗用典故，緣事寓情。《南史》載：

> 陳後主、袁大舍等爲友客共賦新詩，采其尤艷者有《玉樹後庭花》、《臨春樂》等曲。

可見陳後主製的《玉樹後庭花》是艷曲。其歌詞是：

> 麗宇芳林對高閣，新妝艷質本傾城。映戶凝嬌乍不進，
> 出帷含態笑相應。妖姬臉似花含露，玉樹流光照後庭。

《泊秦淮》詩中又以《後庭花》（即《玉樹後庭花》）借代那些淫歌艷曲，借代上層社會荒淫佚樂的生活。「亡國恨」十分沉痛，表面上是講陳後主沉湎於淫穢之中以致家破國亡，實際上暗指唐代的動盪不安，表達了詩人對國家前途的憂愁。「猶」字雖是副詞，卻把過去與現在聯結起來，加強了詩的意蘊。

唐朝國都在長安，而不在金陵，商女唱的更多的是唐朝的艷曲，何以獨表南朝的《後庭花》，獨表「秦淮」？這是藝術的曲筆，是旁代的修辭手法。高適的《燕歌行》：「漢家煙塵在東北」，「單于獵火照狼山」，用「漢家」與匈奴的首領「單于」來代替唐朝及契丹的入侵者。白居易的《長恨歌》：「漢皇重色思傾國」，「太液芙蓉未央柳」，「椒房阿監青娥老」，「昭陽殿裡恩愛絕」──用「漢皇」指代唐明皇，用漢朝的「太液」池、「未央」宮，漢后妃住的「椒房」及其內殿「昭陽」來指代唐宮相應的事物。《泊秦淮》中的《後庭花》所用的修辭方法與此相同，既是用典，也是借代，這就使含意更加蘊藉、深沉。

詩中「沙、家、花」押的是麻韻。王驥德的《曲律·雜記》云：「歌戈家麻之和，韻之最美聽者。」用這種柔和優美的韻律，來渲染佚樂的氣氛，也烘托了詩意。

綜上所述，此時調動了多種修辭手段，為其構思服務。雖然只28個字，把景、情、理融和在一起，含著深刻、豐贍的意蘊。

精純美，首先決定於認識的深刻，感情的強烈，其次也要

依靠語言的運用。因此，煉意與煉句、煉字是並行不悖的。優秀的作品，總是千錘百鍊，而使含意更加深刻。例如：

> 忍看朋輩成新鬼，怒向刀叢覓小詩。
>
> （魯迅《為了忘卻的紀念》）

上例「忍看」原作「眼看」，「刀叢」原作「刀邊」。改詩所用的字數雖然一樣，但容量增加了：它表達了魯迅先生對白色恐怖的憎恨，表達了自己在刀劍林立的情況下，仍要繼續戰鬥的決心和行動。

(二)情意性

詩歌要追求意境美。「意」就是情意性，是其內核；「境」就是形象性，是其外形。意境就是情意性與形象性的統一體。有無意境，意境之高低、深淺，是詩歌成敗優劣的關鍵。形象性的問題，上一節已經說過，這裡著重談談情意性。

情意性，就是感情性、主觀性，它是詩歌的靈魂。

1.感情性

《尚書》早就指出：「詩言志。」《詩大序》云：「詩者志之所之也。在心為志，發言為詩。」郭小川說：「沒有情，就沒有詩。」[3] 謝德林也說過：「我發誓：當我的心不再顫抖的時候，我就停下筆來，即使我窮得要死。」[4]

詩的感情性靠兩種藝術手法來表達：一是「直抒胸臆」，一是「緣物寄情」，而更多的是把兩者結合起來。

當人們的感情十分強烈時，往往像岩漿迸發一樣，無法遏

止。這表現在語言上，往往用感嘆詞、語氣詞，感嘆詞、陳述句，反覆句、層遞句等。請看：

> 前不見古人，後不見來者。念天地之悠悠，獨愴然而涕下！
>
> （陳子昂《登幽州臺歌》）

詩人登上幽州臺，騁目天地，縱情今古，思緒萬千，感慨無窮，就不加修飾地把它傾注於紙上，直如奔騰的萬里長河，滾滾而來，蒼茫雄渾，高亢悲壯，表達了生不逢時的感嘆。前兩句，從時間寫，後兩句，從空間寫，籠宇宙於毫端。前三句全為後一句蓄勢，用「古人」、「來者」的兩「不見」，用「天地之悠悠」來反襯一個「獨」字，鋪墊得極堅極高，極其有力，使胸中塊壘和盤托出。這是烘托手法的運用。從句式講，頭兩句「前不見⋯⋯，後不見⋯⋯」結構相同，「不見」疊用，如汨汨波濤，增強了句子的氣勢。這首詩恰似洪鐘巨響，一掃齊梁以來的浮艷氣息，成為千古絕唱。高爾基說：「真正的詩——往往是心底詩，往往是心底歌。」[5] 它是從心坎直接噴出來的感情的激流，滾燙滾燙的；「是人們心中燃燒的火焰」（托爾斯泰語），火柱騰空，火光四射。如果不是這樣，而是故作豪言壯語，那是不會感人的。

感情是沒有形體的東西，要抒情往往要「縮虛入實」，託物言志，因事緣情。古人所說的「悲落葉於勁秋，喜柔條於芳春」，「登山則情滿於山，觀海則意溢於海」——以「落葉」、「柔條」「山」、「海」作感情的觸媒與載體，就是這種抒情法。在辭章上往往用比喻、比擬、誇張、烘托來表達。請看：

千峰雲起，驟雨一霎兒價。

更遠樹斜陽，風景怎生圖畫？

青旗賣酒，山那畔別有人家。

只消山水光中，無事過這一夏。

午醉醒時，松窗竹戶，萬千瀟灑。

野鳥飛來，又是一般閑暇。

卻怪白鷗，覷著人欲下未下。

舊盟都在，新來莫是，別有說話？

（辛棄疾《醜奴兒近‧博山道中效李易安體》）

　　辛棄疾忠心愛國，矢志抗金，要收復國土。可是，南宋朝廷卻屈膝求和，偏安江南，辛棄疾不被重用，壯志難酬，尤其是他的後期（1182～1207）基本上過著閑暇的生活。此詞寫於1182年，正是辛棄疾被劾去官的次年，卜居於江西上饒地區的帶湖。他百般無聊，但又無可奈何。這樣的心情是很抽象的，而作者善於藉景抒情，化抽象為具象，使讀者可觸可摸，感覺得到，而產生共鳴。上片寫雲起，雨驟，日斜，景色十分清幽，可是作者卻感到十分無聊，「無事」可為，只得進入酒店，以酒解憂、度夏。下片寫自己從醉酒中醒來，面對的只是松、竹、野鳥，「無事」可為，「又是一般閑暇」，「又是」起了強調「閑暇」的作用。全詞情景交融，以景襯情，渲染原色之清幽、寧靜，以反觀心潮的湧動，表達出鬱孤寂寞之感。

　　故人西辭黃鶴樓，煙花三月下揚州。

孤帆遠影碧空盡，惟見長江天際流。

（李白《黃鶴樓送孟浩然之廣陵》）

詩篇描寫了綺麗的景色，隱含詩人豪壯深厚的感情。前兩句交代了時間、地點、人物、事情，寄寓詩人無限嚮往、豪邁的情懷。時間，是在暮春三月，但它不是使人感到「雨恨雲愁」、「慘綠愁紅」的殘春，而是煙霞似錦、雜花生樹、欣欣向榮的艷春；況且又是在富有神話色彩的黃鶴樓；活動的人物，是「風流天下聞」的故人和胸懷大志、豪情滿懷的抒情主人公；事情，是送故人到當時令人嚮往的最繁華的都會揚州：真是良辰、美景、勝地、賢主、嘉賓、壯事。氣氛愉悅，情調昂揚。後兩句是個特寫鏡頭：故人正揚帆破浪赴揚州，詩人在黃鶴樓上躬身長揖，目送友人遠去。他情深意篤，在百舸爭流的長江邊，只注目於友人的帆影，望著望著，直至它消失在天邊。這時，詩人如痴似迷，進入詩的意境之中。看，一派長江滾滾東流，詩人感情的波濤就和江水融匯，深情如江水，江水載深情，洶湧奔流，沿著友人遠去的航道，隨著流向天邊。詩句就通過這些描寫，表達了對友人真摯深厚與無限嚮往的感情。全詩色彩明麗，意境開闊，與昂揚豪邁的壯別之情融為一體。這種寓情於景、情景交融的抒情方法，比較含蓄，達到了物我雙會的境界。

2.主觀性

科學強調客觀性，而文學，特別是詩歌，除了客觀性外，還帶有不同程度的主觀性。詩人奇情幻想，古往今來，天上地下，縱情馳騁，有時簡直無法用一般的事理來規範。它可以

說，花「紅」得要「燒」起來；葉「綠」得要「滴」下來；風聲有了「綠」意，可以染綠江南；歌聲有了質感，可以灑落滿地；青峰高得「去天不盈尺」，甚至化作天柱；巒頭也會搖動，甚至逐人而來。這都是詩人的獨特感受，不宜拘泥於形式邏輯的框架。清人李重華說過：「夫詩言情不言理，情愜則理在其中，乃正藏體於用耳。」[6]魯迅說：「詩歌不能憑仗了哲學和智力來認識，所以感情已經冰結的思想家，即對於詩人往往有謬誤的判斷和隔膜的揶揄。」[7]這表現在語言上，多用比擬、拈連、移就、誇張等辭格。主觀性的表達，要做到離形得神，不致誤解，必須創造適當的語境作為這種表達的前提。請看：

> 畫船載酒西湖好，急管繁弦，玉盞催傳，穩泛平波任醉眠。行雲卻在行舟下，空水澄鮮，俯仰留連，疑是湖中別有天。
>
> （歐陽修《採桑子》）

歐陽修因支持范仲淹革新政治，遭到貶謫，晚年隱居穎州西湖。這首詞就是寫他宴飲於畫船上的情景。下闋，寫詩人閒適逍遙，無憂無慮，一任畫舫飄浮於湖面。他俯視湖中，「行雲卻在行舟下」，似乎「湖中別有天」。這完全是幻覺，是主觀的感受，如果從形式邏輯講，是不合事理的。但是，惟是描寫了這種幻感錯覺，才能微妙地表現這一主觀的世界，才能真實而生動地描寫彼時彼地的情態：風靜波平，湖面如鏡，作者已喝得如醉如痴，與自然融為一體，飄飄欲仙，渾似身遊天闕。為什麼這種主觀性不會給讀者帶來誤解呢？這就要靠作者善於修

辭了。其中「載酒」、「穩泛平波」、「醉眠」等描寫，加上「空水澄鮮」的補充，創造了特殊的語境。如果風濤亂作，心煩意亂，或神志清醒，就不可能有「行雲卻在行舟下」的感覺了。「疑是」一語，更是點睛之筆。

比喻、比擬常常帶有主觀性。請看：

心是醉呵，還是醒？
水迎山接入畫屏！

畫中畫——灕江照我身千影，
歌中歌——山山應我響回聲……

（賀敬之《桂林山水歌》）

「心是醉呵，還是醒？」這是詩人創造的語境。詩中巧妙運用詞的多義性，來創造意境。「醉」與「醒」對照來用，表面看是飲酒過量，神志不清之「醉」，而實質上是過分愛好，心迷其中的陶醉之「醉」。劉熙載說過：「大抵文善醒，詩善醉，醉中語亦有醒時道不到者。」詩人在感受美的過程，有時進入如醉如痴的境界，然後又把這種境界表達出來，給人以迷離微妙的美感。上例，就是通過聯想，運用比喻、比擬的方法，來表達這種感受的。它不著力於曲盡山水的形態，而著意於抒發主觀的感覺。不說人在灕江上仰觀那邊的山，俯瞰這兒的水，而是用比擬的方法，倒過來寫：水來迎，山來接，這多麼富於情趣！洪邁說過：「江山登臨之美，泉石賞玩之勝，世間佳境也，觀者必曰『如畫』。」畫是藝術品，它是生活中提煉出來的，比生活的原型更高、更強烈、更典型、更理想。因此人們

愛用「畫」來比喻。上例則更進一層，也把自己比作畫中人，竟然「入畫屏」，還把桂林山水比作「畫中畫」——藝術中的藝術，這樣比喻就不落俗套，它把詩情與畫意融合起來了，把人與自然聯成一體了。

「通感」，又叫「移覺」，是主觀性很強的表達方法。請看：

> 你的歌聲尖銳，
> 　像啓明星的銀箭；
> 白日的光輝
> 　使它的燈盞幽暗，
> 漸漸模糊了，但覺得它還在那邊。

> 你嘹亮的歌喉
> 　響徹普天之下，
> 像從一朵孤雲後邊，
> 　月兒把清輝流灑，
> 幽暗的夜空於是蕩漾著萬頃光華。

> 我們不知你是誰，
> 　什麼能與你彷彿？
> 那繽紛的虹霓裡
> 　落下的晶瑩水珠
> 卻比不上你甘露似的歌曲。
> ……

> 像一朵玫瑰

盛開在綠葉的枝頭，

它芬芳的味兒

被溫暖的風竊走，

但偷兒卻被濃郁的芳香薰醉。

（雪萊《雲雀歌》）

上例，描寫雲雀歡樂的歌聲，以表現詩人對美好未來的堅定信念和樂觀精神。歌聲是屬於聽覺的，可是詩人想像奇特，通過主觀感受，把聽覺與視覺、味覺、嗅覺、觸覺都溝通起來了。歌聲，竟然「像啟明星的銀箭」（視覺），「像從一朵孤雲後邊，／月兒把清輝流灑」（視覺、觸覺），「那繽紛的虹霓裡／落下的晶瑩水珠／卻比不上你甘露似的歌曲」（視覺、味覺）「像一朵玫瑰／盛開在綠葉的枝頭，／它芬芳的味兒／被溫暖的風竊走，／但偷兒卻被濃郁的芳香薰醉」（視覺、嗅覺）。詩人多方設喻，形容歌聲的美妙。這種主觀性的表現，早就得到古今中外理論家的重視。《列子》指出：「眼如耳，耳如鼻，鼻如口，無不同也，心凝形釋。」德國美學家費歇爾說：「各個感官不是孤立的，它們是一個感官的分枝，多少能夠互相代替，一個感官響了，另一個感官作為回憶、作為和聲、作為看不見的象徵，也就起了共鳴。這樣，即使是次要的感官，也並沒有被排除在外。」讀者通過這種感官印象的滲透、攪拌、釀造，通過自己的藝術思維，再創造出栩栩如生的形象來。

情意性強烈的句子，往往都突破了言語常規，所以同時也具有變異性與獨創性，取得陌生化的效果。

3.情意性與形象性的化合

　　情意性與形象性的融化——化合，也就是思想感情與完美形象的有機統一所構成的藝術世界，就是意境。上述各例，都有詩的意境。意境是怎樣形成的呢？它是詩人對生活認識的逐步深入，對語言的不斷提煉而成的。請看民歌《小篷船》的原稿：

　　　　小篷船，不得閒，
　　　　冬春運肥忙不斷，
　　　　夏秋運糧如穿梭，
　　　　一年四季沉甸甸。

原詩，寫了冬春夏秋，寫了「運肥」、「運糧」，船載很重，駛得很快。這樣描寫太實，筆墨較散，情趣不濃。「不得閒」似乎還有點不得已的意思，意趣就差了。語言也欠精練、貼切：「冬春夏秋」與「一年四季」同出一意，「不得閒」與「忙不斷」是異語重複；用「沉甸甸」寫船，也未能切狀窮形。改詩就好些：

　　　　小篷船，運肥到田間，
　　　　櫓搖歌響鬧翻天。
　　　　來自柳樹雲，進入桃花山。

這樣，筆墨比較集中了，尤其最後一行，有些詩意，但還有瑕疵。前面說「運肥到田間」，後面說「進入桃花山」，表達的是

同一意思,而前者是實寫,後者較虛化,從思維到表達都欠統一。「鬧翻天」意在極寫勞動的氣氛,但與全詩的情調欠和諧。因此,詩篇的思想感情與藝術形式未達到完美的統一,也就是未形成詩的意境。最後改成如下:

> 小篷船,裝肥來,
> 驚起水鳥一大片。
> 搖碎滿河星,
> 搖出滿囪煙。
>
> 小篷船,裝肥來,
> 櫓搖歌響悠悠然。
> 穿過柳樹雲,
> 融進桃花山。

這就寫出了藝術的境界。全詩擴展為兩節,前一節把原詩太實、太接近於生活原形的「忙」的意思加以詩化,用富有情趣的圖畫來表現。水鳥還在夢鄉,大地還沒醒來,可是小篷船把它們喚醒了,滿河中的星星被一輪輪的漣漪搖碎了。搖啊搖啊,送走星月,喚回朝霞,村舍裊起炊煙。這是多麼優美的境界!農民披星戴月的勞動精神,如荼如火、美滿幸福的生活,這些意義就隱含於形象之中了。後一節,意境進一步昇華;櫓聲槳聲與勞動歡樂的歌聲譜成山村的晨曲與勞動的讚歌,多麼美麗,多麼感人。它比「不得閒」、「鬧翻天」的情調與氣氛要美妙得多。最後兩句,更是韻味無窮:河的那邊,垂柳如雲,一片蔥蘢;遠處,桃花如霞,織成山鄉的錦繡,真是柳綠

花紅，色彩明麗；山水映襯，層次分明。運肥的船，就這樣透過一重又一重柳樹的帷幕，進入桃花的霞光之中，漸漸地，漸漸地，最後看不見了。詩中用個「穿」字，不僅寫出船行的迅疾，運肥的繁忙，而且把濃密的綠柳、無邊的春色點染得淋漓盡致。「融進」，意境艷麗、幽深，使人的活動與自然景色融成完整的畫面，動靜相生，詩味濃鬱，給人以色外之象，弦外之音，把勞動人民的形象寫得令人神往，把勞動的樂趣熔化於字裡行間。這兩節，從節與節講，節奏一致，從節內詩句與詩句講，又做到整齊中求變化，音節或多或少，但以少的居多，這與搖櫓的節奏就很協調。加上重章疊句，「an」的韻腳，使聲音之柔和優美與情景又融成一體，適切地渲染了明麗美妙的意境，表達了歡樂昂揚的感情，譜寫了和平幸福的圖景。

意境美，是詩歌成功的標誌，是文藝修辭追求的目標。

(三)音樂性

文藝作品要追求音樂美，詩歌尤其是這樣。它可使之讀來順口，聽來悅耳，而且有助於渲染氣氛，表達不同的思想感情。朱熹說過：「既有所思，則不能無言；既有言矣，則言之所不能盡而發於咨嗟詠嘆之餘者，必有自然音響節奏。」他指出了「思」、「言」與「音響節奏」的關係。馬克思說：「既然你用韻文寫，你就應該把韻律安排得更藝術些。」這則是從韻文體的特點對韻律提出的要求。

「音響節奏」與「韻律」是形成韻文體音樂美的主要因素。它要講究音節勻稱、韻字和諧、聲調協調、聲情相應。這裡只著重談談節奏的問題。節奏是詩的生命，是韻文體語言最重要的特徵。不管是古代詩，還是現代詩，是格律詩，還是自

由詩，都要求節奏鮮明，要求聲音節奏與情感節奏的和諧統一。

聲音節奏主要表現在頓歇的整齊與對稱上。

古代漢語，單音節詞居多，因此比較容易調配成整齊的節奏。例如：

> 君自｜故鄉｜來，
> 應知｜故鄉｜事。
> 來日｜綺窗｜前，
> 寒梅｜著花｜未？

（王維《雜詩》其二）

> 誓掃｜匈奴｜不顧｜身，
> 五千｜貂錦｜喪胡｜塵。
> 可憐｜無定｜河邊｜骨，
> 猶是｜春閨｜夢裡｜人。

（陳陶《隴西行》）

五言的每行三個頓歇，字數為2、2、1，如第1例。七言的每行四個頓歇，字數為2、2、2、1，如第2例。現代詩也有每行頓數與字數都一致的，例如：

> 這是｜一溝｜絕望的｜死水，
> 清風｜吹不起｜半點｜漪淪。
> 不如｜多扔些｜破銅｜爛鐵，
> 爽性｜潑你的｜剩菜｜殘羹。

也許｜銅的｜要綠成｜翡翠，
鐵罐上｜銹出｜幾瓣｜桃花；
再讓｜油膩｜織一層｜羅綺，
黴菌｜給他｜蒸出些｜雲霞。

讓死水｜酵成｜一溝｜綠酒，
飄滿了｜珍珠｜似的｜白沫；
小珠｜笑一聲｜變成｜大珠，
又被｜偷酒的｜花蟻｜咬破。

那麼｜一溝｜絕望的｜死水，
也就｜誇得上｜幾分｜鮮明。
如果｜青蛙｜耐不住｜寂寞，
又算｜死水｜叫出了｜歌聲。

這是｜一溝｜絕望的｜死水，
這裡｜斷不是｜美的｜所在，
不如｜讓給｜醜惡｜來開墾，
看它｜造出個｜什麼｜世界。

（聞一多《死水》）

上例在韻律方面要求十分嚴格，節奏鮮明。每行四個頓歇，九個字，由三個雙音節的頓歇與一個三音節的頓歇組成。聞一多認為，詩的實力不獨包括音樂的美（音節），繪畫的美（辭藻），還有建築美（節的勻稱和句的均齊）。上例就是他詩歌理

論的實踐。又如：

> 深夜｜又是｜深山，
> 聽著｜夜雨｜沉沉。
> 十里｜外的｜山村、
> 念里｜外的｜市廛，
>
> 它們｜可還｜存在？
> 十年｜前的｜山川、
> 念年｜前的｜夢幻，
> 都在｜雨裡｜沉埋。
>
> 四圍｜這樣｜狹窄，
> 好像｜回到｜母胎；
> 我在｜深夜｜祈求
>
> 用｜迫切的｜聲音：
> 「給我！狹窄的｜心
> 一個｜大的｜宇宙！」

（馮至《深夜又是深山》）

上例是一首韻律嚴格的借鑒意大利體的十四行詩（又叫商籟
體）[8]。每行六個字，三個頓歇，每個頓歇以雙音節的居多，
只有個別的是單音節與三音節相配。為求節奏鮮明，詩人苦心
經營。詩中兩個「念」字，按口語應該用「二十」，但詩人追
求形式整齊，卻用大寫的「念」（廿）字入詩。這顯然是一種

束縛。

現代漢語雙音詞居多，此外，還有單音節、三音節、四音節的。為求節奏自然、流暢，使句式多姿多彩，因此，在節奏上，力求統一中有變化，變化中求統一，以形成整齊美與參差美的和諧。例如：

> 一個｜美麗的｜海螺，
> 來自｜卡拉奇｜海濱，
> 上面｜有｜烏爾都文，
> 精巧地｜刻著：歡迎！
>
> 為什麼｜這｜兩個字，
> 風吹｜浪打｜更鮮明？
> 刻的人｜不是｜用刀，
> 用的是｜赤誠的｜心。

（袁鷹《海螺》）

上例，每行三個頓歇，而每個頓歇由一個音節到四個音節，比較自由活潑。再如：

> 在碧綠的｜海水裡
> 吸取｜太陽的｜精華
> 你是｜彩虹的｜化身
> 璀璨｜如一片｜朝霞
> 凝思｜花露的｜形狀
> 喜愛｜水晶的｜素質

觀念｜在心裡｜孕育

結成了｜粒粒｜真珠

（艾青《珠貝》）

上例這種整齊的方塊，又叫「豆腐干詩」。又如：

採了｜一天的｜茶，

我靠在｜蒼山的｜懷抱裡

睡著了，

睡得｜那麼香；

我夢見

蒼山｜就在｜我的｜懷抱裡⋯⋯

打了｜一天的｜魚，

我躺在｜海邊的｜沙灘上

睡著了，

睡得｜那麼甜；

我夢見

洱海｜就在｜我的｜心窩裡⋯⋯

（曉雪《愛》）

上例，從每節講，每行字數參差不齊，但從上下節對稱的行數看，字數完全一樣。這樣，節奏既有變化，又很統一。再如：

你｜白天的

每一個｜思念，

你｜夜晚的

每一個｜夢境，

都是：

人民……

人民……

人民……

（賀敬之《雷鋒之歌》）

上例詩句，參差錯落，或整或散，或長或短，舒卷自如，但是節奏感還是相當強烈的。相鄰的詩行並不勻稱，但第一行與第三行，第二行與第四行，節奏完全一致，這樣連讀起來，聲音的配合還是很和諧的。

聲音節奏，是形式。詩還要求情感節奏與形式的統一。大凡輕鬆、愉快、節奏輕快；憂思、苦悶，節奏遲緩；急速變化，節奏也隨著轉換；停滯迂迴，節奏則多見複沓。例如：

小船呀｜輕飄，

楊柳呀｜風裡｜顛搖；

　　荷葉呀｜翠蓋，

荷花呀｜人樣｜嬌嬈。

　　日落，

　　　微波，

金絲｜閃動｜過小河。

　　左行，

　　　右撐，

蓮舟上｜揚起｜歌聲。

（朱湘《採蓮曲》）

上例句式參差，變化多姿，節奏於輕快處又見舒緩；舒緩後又轉輕快，恰似採蓮人左行右撐。這種輕盈的動作，表達了她們歡快的心情，陶醉的溫馨。再如：

一池｜清清｜水，一帶｜曲曲｜廊，
晚風｜送我｜荷葉香，華清｜池上。

池內｜荷花｜好，池邊｜好女｜郎，
偶然｜相逢｜話兒｜長，｜立盡｜殘陽。

可笑｜楊貴妃，可悲｜唐明皇，
七夕｜賭咒｜永成雙，原是｜夢想。

池水｜依然｜清，池荷｜依然｜放，
真情｜不怕｜九秋｜霜，願你勿忘。

（流沙河《題華清池照片贈內》）

上例音節舒緩綿長，表達了詩人深深的愛情。

上面，我們從集中性、情意性、音樂性，說明了詩歌體辭章的特點。詩人由於浮想聯翩，他在創作時往往突破常規，「扭曲」言語，這就造成了言語的變異性。限於篇幅，就不另作分析，讀者可從情意性的引例中，去細心領會。

注 釋

1 艾青：《詩論》。

[2] 轉引自尹在勤：《新詩漫談》。

[3] 郭小川：《談詩》。

[4] 轉引自《文匯》增刊，1980(1)。

[5] 〔蘇〕高爾基：《給青年作者，給亞倫斯·加凱爾女士》。

[6] 李重華：《貞齋詩話》。

[7] 魯迅：《集外集拾遺·詩歌之敵》。

[8] 意大利體的十四行詩，前兩節用抱韻，後兩節用兩個韻或三個韻組成不同的格律。莎士比亞體十四行詩，前面兩節用交叉韻，最後兩行聯韻。

五、書卷體㈣
——散言體

散言體與韻文體，是對立統一的辭體，它們都具有文藝辭體最本質的特徵：形象性。散言體也具有一定的情意性和音樂性，但不如詩歌的強烈。散言體最大的特點在於「散」字，在於「形」（語言形式）散而神（話語中心）不散。

散言體又可分為兩類，一是散文體，一是對白體。散文體，主要指散文、小說、雜文中由作者直接來表達的語言；戲劇、電影作品中一些作者的敘述語也屬於這一類。對白體，主要指戲劇、電影、電視、相聲中藉作品人物之口來表達的語言（當然，從本質講都是作者的語言）；散文、小說中的人物對話也屬於這一類。散文體與對白體雖然共同的特徵是「散」，但具體的表現又不相同。

㈠多樣性、靈活性——散文體的主要特徵

散文體的「散」具體表現為多樣性與靈活性。

1.多樣性

多樣性是文學作品語言共同的特徵，但以散文體表現得尤為突出。它表現在詞語、句式、辭格、篇章等各個方面。

(1)多樣性的詞語

文學作品對詞語的開放性很大，散文體更是如此。它表現在以下三點。

①運用文藝體常用的詞語。如：

「水乳交融、如魚得水、淒風苦雨、暮樹春雲」之類成語；

「碰釘子、一場空、開倒車、鑽空子」之類慣用語；

「大胖子走猴皮筋——軟功夫；頭頂生瘡，腳下流膿——壞透了」之類歇後語；

「溜圓、大蟲、地栗、順溜」之類方言詞；

「纖雲、拂煦、扼腕、騰達」之類書卷語。

②運用可兼用於各辭體的詞語。如：

「天、地、日、月」等基本詞；

「資訊、螢光幕、寬銀幕、神仙會」等新造詞；

「能動、暖流、旗手、蜜月」等外來詞；

「飛星、銀漢、土皇帝、欽差大臣」等古語詞；

「人心齊，泰山移；滴水湊成河，粒米湊成籮」之類諺語。

③適當運用實用體的詞語。如：

功能未改造的「x-p=p$_1$ 或 x-p=p$_2$p$_3$」之類科學用語；

經過功能改造的「橋梁、結晶、負荷、腐蝕」之類科學用語。下面略舉幾例以示一斑。

社稷壇是北京九壇之一，它和坐落在南城的天壇遙遙相對。古代的帝王們，在天壇祭天，在社稷壇祭地。祭天為了要求風調雨順，祭地為了要求土地肥沃。祭天祭地的終極目的只有一個：就是五穀豐登，可以「聚斂貢城闕」。五穀是從地裡長出來的，因此，人們臆想的稷神（五穀）就和社神（土地）同在一個壇裡受膜拜了。

（秦牧《社稷壇抒情》）

「你拿去吧，新年大月包兩頓餃子吃吃。你看這肉，膘不大離吧？」韓老六說：「這比街裡的強，到街裡去喲，選興約到老母豬肉哩。」
郭全海一想，黃皮子給小雞拜年，他還能安啥好腸子嗎？他不要。

（周立波《暴風驟雨》）

命 Px（1,2）為適合下列條件的素數 P 的個數：

$$x-P=P_1 \text{ 或 } x-P=P_2P_3$$

其中 $P_1P_2P_3$ 都是素數。〔這是不好懂的；讀不懂時，可以跳過這幾行。〕
用 x 表一充分大的偶數。

（徐遲《哥德巴赫猜想》）

人終歸是人吶！負荷太過了，就要發生故障……

（楊沫《站在八十年代的地球上》）

　　詞語的多樣性，決定於生活的多樣性。通過這些詞語，我們可以看到千姿百態的生活圖景。第 1 例，用上「帝王」、「祭天」、「祭地」、「稷神」、「社神」之類古詞語，用上「聚斂貢城闕」之類古詩句，用上「五穀豐登」、「風調雨順」這些成語，來再現社稷壇的情景和古代人們的意識。第 2 例用上「黃皮子給小雞拜年，他還能安啥好腸子嗎？」這種歇後語，來描寫韓老六對農民郭全海的「關照」。這種來自農村生活的語言，配上「不大離」、「興」這些口語，生動地反映了農村的生活。第 3 例，用上「命 Px（1，2）」、「素數 P」「x-P=P₁

或 x−P=P$_2$P$_3$」「P$_1$,P$_2$,P$_3$」、「偶數」等未經功能改造的數學術
語，造成氣氛，以反映數學家陳景潤勇攀科學高峰的事蹟。第
4 例用「負荷」、「故障」這些科學術語，加以功能改造來比
擬過重的負擔對人的壓力，富有時代的色彩。

(2)多樣性的句式

散文體，適用的句式多種多樣。它不受平仄、節奏、韻律
的制約，可運用許多不適用於韻文體的句式；它要描寫、抒
情，可用許多不適用於科學體的句式；而可用於韻文體、科學
體的句式，又都可用於散文體，因而使散文體的句式顯得多種
多樣。從句子的語氣講，可用陳述句、疑問句、感嘆句和祈使
句；從結構規律講，可用常格句，也可用變格句；從結構形式
講，可用常位句、殊位句，散句、整句，長句、短句，完全
句、省略句，等等。舉幾例以示一斑。

　　每看見石榴開花，我便蕪然想到他。
　　石榴花又開了。開得好不旺盛！像朝霞，像火！對，是
燃燒著的火！——這多像他呀！

　　　　　　　　　　　　　　　　　（王述合《石榴火》）
晴朗的夜裡，月牙兒分外清明。它悄悄地掛在樹梢頭，
靜靜地傾聽著悠揚的琴聲。……」叮咚！叮咚！叮叮咚
咚！……」的琴聲，又響了起來，傳進我的耳朵裡，灌
注到我的心裡。

　　　　　　　　　　　　　　　（陳伯吹《彈琴的姑娘》）
一位身材適中，打扮出眾的漂亮姑娘；披肩的長髮似散
落的烏雲，合體的衣裙似蝴蝶的翅羽，輕盈地走路似抄
水的燕子，她穿行在人叢中。

（朱鳳琴《美》）

當你坐在飛機上，看著我們無邊無際的像覆蓋上一張綠色地毯的大地的時候；當你坐在汽車上，倚著車窗看萬里平疇的時候；或者，在農村裡，看到一個老農捧起一把泥土，仔細端詳，想鑑定它究竟適宜於種植什麼穀物和蔬菜的時候；或者，當你自己隨著大伙在田裡插秧，黑油油的泥土吱吱地冒出腳指縫的時候，你曾否爲土地湧現過許許多多的遐想——想起它的過去，它的未來，想起世世代代的勞動人民爲要成爲土地的主人，怎樣鬥爭和流血，想起在綿長的歷史中，我們每一塊土地上面曾經出現過的人物和事蹟，他們的痛苦、忿恨、希望、期待的心情？

（秦牧《土地》）

上面第1例六句，第一、二兩句為陳述句。它交代石榴花開了，和由此引起對已經復員的解放軍同志的懷念。第三句為感嘆句，表達了對石榴花的讚美。第四、五兩句為描寫句，用「朝霞」，用「火」來比方石榴花。最後一句用感嘆句，點明石榴花及其比喻的真正涵義——就是「他」，就是他革命的熱情和品質。其中三、四、五句與第一分句的第一句為省略主語句，其餘的為完全句。第2例常變兼用。第一句為常格句，用平實的筆調描寫夜空與月牙兒。第二句為變格句，它賦給月牙兒以「悄悄」的情態與「傾聽」的動態，用「掛」來描寫對「樹梢頭」月牙兒的感覺。通過這些，以渲染琴聲的悅耳引人。最後，先用常格句，真切地摹寫琴聲，再用變格句「灌注……心裡」形容琴聲的藝術感染力。第3例整散兼用。頭尾用

「散」的結構作一般的敘述，當中「披肩的長髮……合體的衣裙……輕盈地走路……」用「整」的結構，濃墨重彩，刻意描繪，表現姑娘的美，為最後突出她心靈的美作鋪墊。第4例從單句講，長短、整散兼用。破折號前是一個很長的分句，狀語為四個比較整齊的並列短語，描寫「湧現……遐想」的種種情景，描寫了土地的廣闊、美麗、肥沃和人民熱愛土地的感情。破折號後三個「想起……」，是較短的分句，它刻意於散中求整，語勢漸趨緊迫，逐步突出話語中心。上述這種句式，很難出現於韻文體，對白體中也不多見。

(3)多樣性的辭格和篇章

散文體的辭格也是多種多樣的。它可運用各種辭格，包括不適用於實用體的誇張、雙關、反語等，這與韻文體是一致的。但它構成辭格的語言形式又與韻文體不同，其特點也表現在「散」字上。以比喻、比擬為例：

①A.韻文體：十五的｜月亮｜圓又圓，

好像｜燈籠｜掛上了天。

（蒙古民歌）

B.散文體：金盆似的月亮已經升高了，變小了。院子裡完全是一片銀白的世界。

（秦兆陽《在田野上，前進！》）

圓月像一盞巨大的天燈，把壯鄉映照得像個透明的水晶世界。

（《廣西文學》1981年第5期）

②A.韻文體：你把｜東風｜帶給｜樹枝，

讓小鳥｜快活地｜飛上｜藍天；

你把｜青草｜帶給｜原野，

讓千萬朵｜鮮花｜張開｜笑臉。

（袁鷹《時光老人的禮物》）

B.散文體：報春的燕子往來梭巡，空中充滿了它們的呢
喃的繁音；新生的綠草，笑咪咪地軟癱在地
上，像是正和低著頭的蒲公英的小黃花在綿
綿情話；楊柳的柔條很苦悶似的聊爲搖擺，
它顯然是因爲看見身邊的桃樹還只有小嫩
芽，覺得太寂寞了。

（茅盾《蝕》）

比較上述諸例，可以明顯地看出來：韻文體的比喻、比擬，要
受節奏旋律的制約，而散文體的則舒卷自如，以「散」見長。

散文體的篇章修辭方法也是多種多樣的。它或長或短，或
放或收，或開或合，或揚或抑，或疏或密，或順或逆，豐富多
彩，表現出與韻文體、對白體不同的特點。

2.靈活性

靈活性與多樣性是互爲因果、緊密聯繫的。散文體的靈活
性也是就比較而言。與韻文體比較，它雖然也重視內在的旋
律，但不受旋律形式的制約，不必押韻，不協聲調，不刻意追
求節奏的匀稱，如山泉流瀉，或直或曲，或分或合，或急或
緩，純任自然，渾然天成。與對白體比較，對白體由於受代言
性、對語性的制約，而使用詞造句具有自己的特點；而散文體
的語言，可以有更大的迴旋餘地。靈活性與多樣性緊密聯繫在
一起，上述所舉的例子，也都體現了靈活性。這裡不多舉例，

只與韻文體作些比較，分析。例如：

①A. 韻文體：遠遠的｜街燈｜明了，

好像是｜閃著｜無數的｜明星。

天上的｜明星｜現了，

好像是｜點著｜無數的｜街燈。

（郭沫若《天上的街市》）

B. 散文體：滿天的繁星，正如中午的日光，照在閃爍

的沙上，反射到我們的眼簾裡的那麼晶瑩

而繁夥。白天的熱氣，已經躲到群星的背

後；涼風隱在樹梢上唱歌。

（許杰《慘霧》）

②A. 韻文體：二月的｜雨：｜紅雨，

無聲地，灑遍了｜江南，

一顆紅雨｜染紅｜一個骨朵，

一顆紅雨｜染紅｜一張笑臉。

（嚴陣《紅雨》）

B. 散文體：雨是最尋常的，一下就是三兩天。可別

惱。看，像牛毛，像毛針，像細絲，密密

地斜織著，人家屋頂上全籠著一層薄煙。

樹葉兒卻綠得發亮，小草兒也青得逼你的

眼。傍晚時候，上燈了，一點點黃暈的

光，烘托出一片安靜而和平的夜。在鄉

下，小路上，石橋邊，有撐起傘慢慢走著

的人，地裡還有工作的農民，披著蓑戴著

笠。他們的房屋，稀稀疏疏的，在雨裡靜

默著。

（朱自清《春》）

例①Ａ，韻文體四行，每行三到四個頓歇，一、三行與二、｜行，結構相稱，字數一致；偶句押韻，回環設喻；形式整齊，節奏鮮明。我們可以明顯看出韻律對它的制約。而Ｂ散文體，兩個句子，用了比喻與比擬，自由活潑，不受約束，句式參差錯落，多彩多姿。例②Ａ，韻文體四行，每行也三個頓歇，偶句押韻，後兩行刻意於句式的整齊，以相互映襯，來創造詩的意境。而Ｂ散文體，句式或整或散，或長或短，或常或變，或鬆或緊，或正描，或側繪，靈活多變，描寫細緻，又飽含著讚美春天的深情。

㈡代言性、對語性——對白體的主要特徵

對白體是作品中人物的對話，是藝術化了的書面談話體。它具有兩個特點：代言性、對語性。

1.代言性

散文體是作者的敘述語，對白體則是作品中的人物對話。作者對生活的反映，對事物的評價，是藉作品人物來傳達的，這就決定了對白體的一個突出特點：代言性。王驥德在《曲律》中說：戲劇的引子「須以自己之腎腸，代他人之口吻」。李漁在《閒情偶記》中也說：要「代人立心」，「代人立言」。辭章學借用「代言」之語，來描寫對白體的一個特徵。例如，同樣反映賣兒鬻女的社會現實，對白體與散文體的語言截然不同。比較如下：

A. 對白體

劉麻子：咱們清國有的是金山銀山，永遠花不完！你坐
　　　　著，我辦點小事（領康六找了個座兒）

　　　　（李三拿過一碗茶來。）

劉麻子：說說吧，十兩銀子行不行？你說乾脆的！我
　　　　忙，沒工夫專伺候你！

康　六：劉爺！十五歲的大姑娘，值十兩銀子嗎？

劉麻子：賣到窰子去，也許多拿一兩八錢的，可是你又
　　　　不肯！

康　六：那是我的親女兒！我能夠……

劉麻子：有女兒，你可養活不起，這怪誰呢？

……

康　六：到底給誰呢？

劉麻子：我一說，你必定從心眼裡樂意！一位在宮裡當
　　　　差的！……龐總管！你也聽說過龐總管吧？侍
　　　　候著太后，紅的不得了，連家裡打醋的瓶子都
　　　　是瑪瑙作的。

康　六：劉大爺，把女兒給太監作老婆，我怎麼對得起
　　　　人呢？

……

常四爺：（對松二爺）二爺，我看哪，大清國要完！

　　　　　　　　　　　　　　　　　　　（老舍《茶館》）

B. 散文體

人販子只是『仲買人』，他們還得取給於「廠家」，便是

出賣孩子們的人家。「廠家」的價格才真是道地呢！「青光」裡曾有一段記載，說三塊錢買了一個丫頭；那是移讓過來的，但價格之低，也就夠令人驚詫的了！「廠家」的價格，卻還有更低的！三百錢、五百錢買一個孩子，在災荒時不算難事！但我不曾見過。我親眼看見的一條最賤的生命，是七毛錢買來的！這是一個五歲的「女孩子」，一個五歲的「女孩子」賣七毛錢，也許不能算是最賤；但請你細看：將一條生命的自由和七枚小銀元各放在天平的一個盤裡，你將發現，正如九頭牛與一根牛毛一樣，兩個盤兒的重量相差實在太遠了！……

妻告訴我這孩子沒有父母，她哥嫂將她賣給房東家姑爺開的銀匠店裡的夥計，便是帶著她吃飯的那個人。他似乎沒有老婆，手頭很窮的，而且喜歡喝酒，是一個糊塗的人！……那夥計必無這樣耐心，撫養她成人長大！他將像豢養小豬一樣，等到相當的肥壯的時候，便賣給屠戶，任她宰割去……她若被那夥計賣在妓院裡，老鴇才真是個令人肉顫的屠戶呢！……她相貌使她只能做下等的妓女；她的淪落風塵是終生的！她的悲劇也是終生的！——唉！七毛錢竟買了妳的全生命——妳的血肉之軀竟抵不上區區七個小銀元麼？生命真太賤了！生命真太賤了！……想想看，這是誰之罪呢？這是誰之責呢？

（朱自清《生命的價值——七毛錢》）

上述兩段文字，都描寫了賣女孩子的事情：賣女孩的原因，時代，買者，賣者，仲買人，生命的價值，女孩子命運的預卜；

都表明了作者對這類事情、對這種現實的態度。但是，它們的語言形式截然不同：對白體，借助作品人物的對話把上述內容代傳給讀者、觀眾，作者退居於幕後；而散文體則是作者本身出來敘述、描寫、抒情、議論。

對白體的代言性，就使它的語言又具有以下兩個具體的特點：二境化、角色化。話語有第一語境、第二語境之分。對白體，要藉作品人物之口來代傳作者所反映的內容，因此，就得把人物放在彼時、彼地、彼境中，用彼口、彼言代傳出來，而不能單單從作者的此時、此地、此境中，用作者的此口、此言來表達，這樣，就產生了作品人物的第二語境，產生了角色化（個性化）的人物語言。否則，就使作品反映的內容失真，使作品人物千人一面，千口一腔，而失去藝術感染的作用。例如：

> 媽媽接到我的急告電話之後，像基辛格往返中東搞穿梭外交那樣火速趕到軍裡。
> 聽我說明事態後，媽媽顯得有點緊張，轉眼便神態自若。她帶著我，先後看望了爸爸的兩位老部下。
> 「……老幹部活到今天容易嗎？是不是有人嫌我和蒙生他爸挨鬥挨得還不狠，受罪受得還不夠？是不是軍裡有人生著法子想整我們？群眾有情緒，可以開導教育嘛。柳嵐的事我是不管，你們看著辦！」臨別，媽媽朝對方笑了笑，「哎，忘了對您說了。您那老三在我們軍區司令部幹得很出色呐，群眾威信蠻高。聽說快提副科長了。」
> 她又對爸爸的另一位老部下說：「……柳嵐考試分數是

低了點，那還不是十年動亂造成的！她爸媽都是地方幹部，前些年受的罪更是三天三夜也說不完。正因爲柳嵐文化差，才更應該讓她上大學深造嘛！不然，沒有過硬的技術，怎能讓她更好地爲人民服務！這些話，你們當領導的得出面給同志們解釋呀。」臨別，媽媽握著對方的手，「呃，忘了跟您報喜了。您那四丫頭在我們總院內二科，根本不用人操心，全憑自己幹得好，前幾天已入黨了。對了，她可是到了找對象的年齡了。可憐天下父母心。這種事，我這當大姨的是得給你們老倆口分點憂哪。放心，你們放心。」

（李存葆《高山下的花環》）

這是一段二境化、角色化十分強烈的絕妙對白。整段話，都是蒙生對記者說的，而話中又有話——還有他媽媽的「外交辭令」。蒙生的媽媽是軍區衛生部副部長，爸爸是高級軍官。可是，在十年內亂中，蒙生的媽媽一方面挨批挨鬥，另一方面，也染上了那個時代的不正之風。她利用職權、地位，千方百計爲親友、子女、媳婦走後門。蒙生的愛人柳嵐，原是軍區門診部護士，「媽媽」費了好大的勁，把她提昇爲醫助。緊接著，S軍醫大學招生，給這個軍兩個名額。而參加考試的「娘子軍」竟有二十多名，柳嵐的成績列倒數第三位，卻被「媽媽」走後門送進了大學。可是那被擠掉的「娘子軍」也不是好惹的，她們聯名到處控告，有的人提出要組成聯合調查組，揭開招生的內幕，堅決把柳嵐追回來。在這樣硬碰硬的權力與地位的競爭之中，「媽媽」的「外交才華」「熠熠生輝」。她採用了「拉、訴、擺、唱、推、壓、包、蓋」等手段，取得了「最後勝

利」。一「拉」，用歷史關係拉攏，用現實優惠利誘：找丈夫的老部下，又是在處理柳嵐上大學的事中可起決定性作用的領導，由他們出面「調停」；同時，又以培養他們的子女入黨、提昇等交易作為條件。二「訴」——訴他們在十年動亂中「挨鬥」，「受的罪更是三天三夜也說不完」，以引起對方的同情。三「擺」——擺他們的革命家庭、光榮歷史，什麼「老幹部」啦，「爸媽都是地方幹部」啦。四「唱」——唱高調，實質是排擠別人，自私自利，卻高唱什麼「正因為柳嵐文化差，才更應該讓她上大學深造嘛！不然，沒有過硬的技術，怎能讓她更好地為人民服務」。五「推」——明明自己在削尖腦袋走後門，卻裝出不關心自家事的樣子：「柳嵐的事我是不管」，把「走後門」的責任推給別人。六「壓」——群眾對不正之風「有情緒」，卻被推到某些領導工作沒做好上面，要他們給群眾「開導教育」，「你們當領導的得出面給同志們解釋」，並威脅說「你們看著辦」。七「包」——為使成功的保險係數更大，採取「多線外交」，形成「關係網」，以互相牽制，把柳嵐的事包庇下來。八「蓋」——通過「媽媽」的「外交活動」，柳嵐的事「蓋」下去了。這段對白，把十年動亂給國家造成的災難，留下的後遺症，把當時上山、下鄉、參軍、上大學中存在的問題活生生地反映出來了；把「媽媽」這樣幹部的思想狀態表現出來了。她走後門，以有功的革命者、領導者的身分出現，既不像低級說客那樣赤裸裸進行交易，更不像小商販那樣去煞費苦心地撥弄秤砣，而是用革命的辭藻，用關心對方的口吻，把因為搞不正之風而產生的麻煩，在談笑之間就給解決了。用語不多，人物的性格躍然紙上。

2.對語性

作品人物對話，不同於作者的「獨白」，而是多人「對白」，這就形成了它的又一顯著特點：對語性。這在語言上又形成了幾個具體的特點，即口語性、動作性、簡明性、跳躍性。

口語性。這就是說，十分強調語氣、語調、邏輯重音的修辭作用；用詞平易，少用或不用書卷語或偏僻的詞語，多用口語、方言、俗語、諺語、熟語、歇後語，甚至粗俗語等；句式比較簡短，少用關聯詞，尤其是書卷語關聯詞與書卷語句式，多用散句、反覆句、祈使句、感嘆句、反問句等。

動作性。當面說話，可以憑藉手勢、眼睛、姿態作輔助，因此句子的省略較多。除了書卷語中常見的主謂句主語承前省略等之外，還可以省略去幾個成分，在應對時尤其如此。

簡明性。雙方談話，一般說來，不可能一方面滔滔不絕，長篇大論，另一方專門聽講，然後也用長篇大論來回答。一般都用比較簡短而明確的語段來對話。

跳躍性。獨白體，語篇的組織按作者的思路次第展開，而對白體，發言者有幾個，各有各的思路，因此，有傳遞、接收，控制、反控制的交替，這就帶來了話語中心的經常變換，使言語具有跳躍性。例如：

秦仲義：王掌櫃在嗎？
常四爺：在！您是……
秦仲義：我姓秦。
常四爺：秦二爺！

王利發： （端茶來）誰？秦二爺？正想去告訴您一聲，
　　　　　這兒要大改良！坐！坐！

常四爺： 我這兒有點花生米，（拆）喝茶吃花生米，這
　　　　　可眞是個樂子！

秦仲義： 可是誰嚼得動呢？

王利發： 看多麼邪門，好容易有了花生米，可全嚼不
　　　　　動！多麼可笑！怎樣啊？秦二爺！（都坐下）

秦仲義： 別人都不理我啦，我來跟你說說：我到天津去
　　　　　了一趟，看看我的工廠！

王利發： 不是沒收了嗎？又物歸原主啦？這可是喜事！

秦仲義： 拆了！

常四爺：
　　　　　拆了？
王利發：

秦仲義： 拆了！我四十年的心血啊，拆了！別人不知
　　　　　道，王掌櫃你知道：我從二十多歲起，就主張
　　　　　「實業救國」。而到今……搶去我的工廠，好，
　　　　　我的勢力小，幹不過他們！可倒好好地辦哪，
　　　　　那是富國裕民的事業呀！結果，拆了，機器都
　　　　　當碎銅爛鐵賣了！全世界，全世界找得到這樣
　　　　　的政府找不到？我問你！

　　　　　　　　　　　　　　　　　　　（老舍《茶館》）

上例，除了「物歸原主」、「實業救國」、「富國裕民」等比較
通俗的成語外，都十分口語化。其中，用了「嗎、呢、啦、啊」
等語氣詞；用了平、升、降等語調：「在嗎？」「在！」「姓
秦。」「秦二爺！」「秦二爺？」「拆了！」「拆了？」「誰嚼得

動呢？」「全嚼不動！」，語氣富有變化。用了「這兒」（這裡）等口語色彩較濃的同義詞，用了「樂子」（快樂的事）、「邪門」（不正常）等方言。用了「好好的辦哪」、「事業呀」等「啊」的音變詞。整個對話：「問候——吃花生米——工廠被拆」，有較大的跳躍。

對白體中的相聲、滑稽大鼓等言語作品，尤其注意幽默、詼諧，生動性是其突出的特點之一。

〔附〕論文藝修辭學

當代修辭學隨著語言學、文學、文章學、風格學和美學的發展，隨著心理學、邏輯學、教育學、社會學和電子學的發展，正向著它的廣度和深度發展著，出現了許多分科，文藝修辭學就是其中的一種。

(一)文藝修辭學的性質和它在修辭學中的地位

唯物辯證法告訴我們：共同性和特殊性這一矛盾對立的法則存在於一切事物之中，當然也存在於修辭學之中。修辭學是研究語言運用的效果的科學，而語言的運用是多方面的，從語體媒介、方式講，既用於口頭語，也用於書面語；從語體功能講，既用於文藝語體，也用於科學語體、應用語體、政論語體。研究各種語體，闡明修辭方面普通的、基本的概念、理論、方法、規律、目的和效果的科學，就是「普通修辭學」；集中一個門類，闡明修辭方面特殊性的概念、理論、方法、規律、目的和效果的科學，就是「專門修辭學」。「專門修辭學」，從不同角度來分類，又可分為口語修辭學、書面語修辭

學，分為文藝修辭學、科學修辭學、應用修辭學、政論修辭學，分為語音修辭學、詞語修辭學、句子修辭學、篇章修辭學，分為常格修辭學、變格修辭學，分為比較修辭學、統計修辭學。「專門修辭學」隨著有關學科的發展，又有心理修辭學（或叫修辭心理學）、邏輯修辭學（或叫修辭邏輯學）、美學修辭學、工程語言修辭學、資訊修辭學，等等。

文藝作品有詩歌、散文、小說、戲劇的不同，它們在修辭方面也有共同性和特殊性。文藝修辭學既要研究這些不同體裁文章修辭的共同性，也要研究其特殊性。研究其特殊性的方法和規律的科學，又形成了詩歌修辭學、散文修辭學、小說修辭學和戲劇修辭學，等等。

文藝修辭學的主要任務，在於從語言運用的角度闡述文藝修辭特殊性的方法和規律。「普通修辭學」和「文藝修辭學」的關係，是面與點的關係，一般與特殊的關係，普及與提高的關係。目前大中學校所學的修辭學，從總的來講是「普通修辭學」，不過，這種「普通修辭學」比較側重於書面語的修辭；而在大學開設修辭學課程的還侷限於文科，尤其是中國語言文學專業，因此他們所講的「普通修辭學」，又比較側重於文藝方面的。

當代修辭學的發展，一方面，要進一步深入地研究「普通修辭學」，尤其要在「普通」這個詞上多下工夫，要突出言語中使用頻率最高的、最重要的修辭方法，要適當增加「口語修辭」、「科學修辭」、「應用修辭」以及「政論修辭」的例子，探求它們共同性的修辭方法和規律。這樣的「普通修辭學」，既可用於書面語，又可用於口頭語；既可用於文科，又可用於理科。那麼，它就會受到普遍的歡迎，也為「專門修辭學」的

發展打下堅實的基礎。另一方面，「專門修辭學」也要作深入的研究，研究它們的性質、對象，研究它們特殊的方法、規律，以建立起各自的科學體系。那麼，它肯定會受到各種專業人員的歡迎，也有利於促進「普通修辭學」的發展。「文藝修辭學」正是「專門修辭學」中的一種。

(二)文學語言的特性與文藝修辭學的任務

文學作品，是屬於觀念形態的東西。它要求作者用藝術思維，用語言這一工具，塑造形象，具體地反映社會生活，表達作者的思想感情。它在語言的運用方面，具有明顯的特殊性，這就是：情意性、形象性、生動性、變異性、音樂性、多樣性和獨創性。這些特性，就使得文學語言同科學論著和應用文章的語言區別開來；這些特性，就給文藝修辭學提出了特殊的任務，也就是要研究怎樣加強文學語言這些特性的方法和規律，為提高文學創作水平、欣賞水平和教學水平服務。

1.情意性

所謂「情」，就是作者的感情，所謂「意」就是作者的主觀之意。情意性，具體說來，就是感情性和主觀性。這是文學區別於科學論著的一個特徵：前者在於動人以「情」，後者在於曉之以「理」。

文學作品是「一定的社會生活在人類頭腦中的反映的產物」[1]，同一社會生活，一經作家頭腦的反映，就染上了濃厚的感情色彩和主觀色彩。「白髮三千丈」（李白詩句），「黛色參天二千尺」（杜甫詩句），這類詩句都是強烈地情意化了的。對於這類文字，正如魯迅先生所說的，不能憑仗「哲學和智力

來認識」[2]。如果作者感情已經冰結，或者拘泥於客觀的事理，即使精心雕琢字句，也很難寫出情文並茂的佳作來。所以高爾基說，作品中「即使略有一點哲學性，但是總以專講道理的東西為羞恥」[3]。英國批評家拉斯金說，在文藝作品裡面，必須要有一點東西。我們認為這「一點東西」，就是「情」[4]。

情意性是形象性、生動性的靈魂。如果沒有「情」與「意」，「春花笑吐紅」（陳毅詩句）就變成「春花已變紅」；「紅旗飄飄把手招」（賀敬之詩句），就變成「紅旗面面迎風飄」。沒有情意的形象，如同笨拙的泥塑、木雕，就不會跳起來，就不能滿足讀者美感的要求，因而大大地削弱了感染、激勵和教育的作用。

情意性，可以打破空間和時間的界限，進行奇特、大膽的想像聯想，這樣，就能創造出既源於生活又高於生活的作品，給人以美的享受和快樂。

當然，情意性，要受作者世界觀的制約，它是不同階級意識山頭放起的風箏。情意性，還要受社會生活的制約，它是深厚的生活土壤裡長出的花朵。因此，作者要恰當地進行修辭，正確地反映生活，就必須鞏固地確立革命的世界觀，必須長期地、無條件地深入生活。否則，南轅北轍，適得其反。

文藝修辭學要從語言運用的各個角度，總結出加強語言情意性的方法和規律。

2.形象性

艾青說：「形象是文學藝術的開始」[5]。它要求用具體可感的、能喚起人們思想感情的東西來反映現實。普列漢諾夫也把「形象性」看成「藝術最主要的特點」[6]。研究語言形象化

的方法和規律，是文藝修辭學主要的內容。

語言的形象化，不僅同作者運用語言的技巧有關，而且同作者的生活、思想也有聯繫。文藝修辭學著重研究前者。

要做到語言形象化，就要求作者用形象思維，用形象來表達，也就是「一面形象地理解著世界，一面又借助於形象向人解說世界」[7]。為此，文藝修辭學要求讓抽象的意義實感化，平面的東西立體化，靜態的物體動態化，無知的事物情意化，空泛的東西具體化，一般的對象典型化。要達到這些要求，就要巧妙地運用詞句和辭格的有關修辭方法。例如：

> 綠油油　黃澄澄　沉甸甸　亮堂堂
> 火紅的晚霞　瀲瀲的波光　輕紗似的白雲
> 花團錦簇　綠水青山　赴湯蹈火　倒海翻江

這類詞語一放進具體的語境裡，就會在讀者的腦海裡浮現出一幅幅圖畫來。再如：

> 枯藤老樹昏鴉，
> 小橋流水人家，
> 古道西風瘦馬，
> 夕陽西下，
> 斷腸人在天涯。

（馬致遠《秋思》）

這些名詞獨語句（加著重號的）猶如一個個電影鏡頭，給我們展示了秋風晚照下蕭條破敗的農村景色，表達作者潸然淚下、

黯然銷魂的思想感情。又如：

> 綠楊煙外曉寒輕，
> 紅杏枝頭春意鬧。
>
> （宋祁《玉樓春》）

> 樹上黃鸝的婉轉的歌聲，就像清涼的泉水一樣。
>
> （臧克家《一首短詩的構思過程》）

這裡兼用了比喻、比擬、通感等辭格，縮虛入實，形象可感。讀者憑藉著這些語言的媒介，進行聯想、回味、補充、再創造，而進入美的王國之中。文藝修辭學，就是要總結這類語言形象化的方法和規律。

3. 生動性

文學不僅是靜止的圖畫，而且是會動的電影；不僅是無活力的木畫，而且是有生機的園林。它要求所描寫的對象不僅繪聲繪色，形象鮮明，而且栩栩如生，呼之欲出，富有藝術的魅力。

「巧婦難為無米之炊」。生動的語言是生動的內容的反映。如果內容陳腐，空洞枯燥，平淡無味，即使有語言的技巧也無法賦給它以青春的活力。但有時內容是生動的，如果表達不好，就成了博物館裡的標本，失去了光彩和香味，失去了「翔淺底」、「擊長空」的力量。因此，在內容新鮮、充實的前提下，還要講究語言生動化的方法和規律。這是文藝修辭學的又一項任務。

形象性和生動性往往是孿生的姊妹。例如：

> 她約莫三十歲左右，高身段，戴著墨鏡，耳朵上搖著兩
> 只金色的大耳環，怪好看的。……
> ……一進門，兩只金色的大耳環恰巧迎面搖過來。
>
> （楊朔《埃及燈》）

這是一幅別有情趣的人物畫。作者抓住「耳環」這一外部特徵，用漫畫的筆調加以誇張，再著一「搖」字，就搖出這位女舞蹈家，搖出她的步態身姿。真是既形象又生動，雙花並蒂，兩美兼收。

形象性能插上生動性的翅膀，要靠作者巧妙的聯想和新鮮、活潑、幽默、風趣的筆調。如果一開篇，就是「光陰似箭，日月如梭」，雖有形象，卻如同紙花，徒有其表，而無精神了。

有時雖然沒有形象，但能巧妙聯想，熔鑄詞語，也能寫得生動。如：

> 幾個相當用功的學生興沖沖地給老師送上了幾道答題的
> 卷子。他們說，他們已經做出來了，能夠證明那個德國
> 人的猜想了。……
> 「你們算了！」老師笑著說，「算了！算了！」
> 「我們算了，算了。我們算出來了！」
> 「你們算啦！好啦好啦，我是說，你們算了吧，白費這
> 個力氣做什麼？……」
>
> （徐遲《歌德巴赫猜想》）

這裡的「算了，算了」並沒有什麼形象，卻構成了生動的情節，情趣橫生。

文藝修辭學要從語言運用的各個角度總結加強語言生動性的方法和規律。

4.變異性

「常」與「變」，「平」與「異」，這是矛盾對立的統一。它存在於一切事物之中，當然也存在於語言之中。在語言中，所謂「常」與「平」，就是合乎常規的、一般的表達方式；所謂「變」與「異」，就是突破常規的、特殊的表達方式。「山海拔三千公尺」、「朝霞映紅了天安門廣場」，屬於前者；「山，離天三尺三」，「朝霞染紅了天安門廣場」，屬於後者。

語言的變異性，早就受到中外語言學家、文藝評論家、文學家和藝術家的重視。孔子的「辭欲巧」說[8]，孟子的「以意逆志」說[9]，劉勰的「通變」說[10]，吳喬的「文飯米酒」說[11]，陳永康的「十不可」說[12]，鄭變的「變相」說[13]，葉聖陶的「變格」說[14]，秦牧的「變形」說[15]；亞里士多德的「變化的用法」說[16]，達·芬奇的「心鏡」說[17]，他和康德的「第二自然」說[18]，洛爾伽的「改頭換面」說[19]，等等，它們都直接、間接地論及有關語言變異的問題。

產生語言變異現象的原因是多方面的。除了社會的發展引起語言的變異外，還由於文學性質所決定。文學是作者採生活之花而在頭腦裡釀造出來的蜜，是社會現象通過頭腦的三稜鏡而放映出來的圖像。由「花」到「蜜」，由「現象」到「圖像」，都變形了。

古人云：「言之無文，行而不遠」[20]。文學既要內容正確，感情健康，又要文辭巧妙，精彩動人。而語言的變異性，正是構成精妙語言的一個因素。亞里士多德說：「變化的用法，可以使語言顯得格外堂皇富麗」，他又說「給平常的語言賦予一種不平常的氣氛，這是很好的；人們喜歡被不平常的東西所打動」[21]。葉聖陶先生也說：「修詞的工夫所擔負的就是要一句話不只是寫下來就算，還要成為表達這意思的最適合的一句話。……因為要達到這些目的，往往把平常的說法改了，另用一種變格的說法。」[22]恰當地運用變異的語言，可使文章加倍巧妙，更富美感。例如：

有畫兒的「三哼經」

（魯迅《阿長和〈山海經〉》）

滿心「婆理」而滿口公理的紳士們

（魯迅《論「費厄潑賴」應該緩行》）

月色便朦朧在水氣裡

（魯迅《社戲》）

線兒縫在軍衣上，情意縫進我心裡

（《部隊歌謠選》）

東邊日出西邊雨，道是無晴卻有晴

（劉禹錫《竹枝詞》）

雲破月來花弄影

（張先《天仙子》）

語言的變異性，體現在修辭上就是「變格修辭」[23]。詞

語、句子、辭格、篇章和語體等方面，都有變格的現象，諸如故意讀別音（變音），故意寫別字、離合伸縮倒置字形或詞形（變形），故意改變詞語的意義（變義）和詞的感情色彩（變色），故意改變詞的語法類別（變性）和詞語的使用環境（變境），故意改變句子的正常配搭規律（變句）和篇章修辭方法（變章），故意改變語體色彩（變體）和正常的邏輯關係（變理），等等。

變格修辭，在文學作品，特別是詩歌中，開放性最大，使用頻率最高，在專門化的科學論著和應用文章中一般是不用的。文藝修辭，要從語言運用的多種角度，總結語言變異的方法和規律。

5.音樂性

前面講過的形象性，主要是訴諸視覺器官的，這裡所講的音樂性，則是訴諸聽覺器官的。

語言的音樂性是構成語言美的一個因素。高爾基說：「語言的真正的美，是由於言辭的準確、明朗和響亮動聽而產生出來的。」[24]他把「動聽」這個聲音的效果，作為語言的一種「美」。有經驗的作家，都很注意這個問題。郭沫若在講到怎樣使用文學的語言時說：「語言除掉意義之外，應該要追求它的色彩，聲調，感觸。同義的語言或字面有明暗、硬軟、響亮與沉鬱的區別。」[25]老舍在談到文學的語言時也說：「我寫文章，不僅要考慮每一個字的意義，還要考慮到每個字的聲音。」[26]如果音調乖張，詰屈聱牙，唸起來正像口吃一般，使人無法卒讀，修辭效果就大大降低了。

聲音和人的思想、感情、氣質都有關係，一般說來，情緒

歡快、激昂，性格奔放、粗獷，聲音就往往「強」而「揚」；情緒悲傷、低沉，性格軟弱、拘束，聲音就往往「弱」而「沉」。艾青說：「節奏與旋律是情感與理性之間的調節，是一種奔放與約束之間的調諧。」[27] 所以，「練才洞鑑，剖字鑽響」[28]，因情賦聲，以聲傳情，力爭做到情文並茂，音義兼美。

有的人以為，詩歌要講究聲音，其他體裁則不必要。這是一種誤解。葉聖陶先生曾批評「今人為文」，「聲音之美，初不存想，故無聲調節奏之可言」[29]。這是很中肯的。誠然，聲音「和諧是詩的語言的生命」[30]，詩歌對聲音的要求確是最高最嚴的；但是如果散文、小說、戲劇也「能寫得讓人聽、唸、看都舒服，不更好嗎」[31]？老舍說：「不僅寫文章是這樣，寫報告也是這樣」[32]——老作家寫報告都講究聲音美，更何況是文學創作呢？

語言的音樂美，表現在音節、聲調、韻腳上，表現在疊音、疊韻、雙聲和兒化韻上，表現在擬聲、諧音上，表現在聲音的快慢、高低、強弱上，表現在整篇的節奏旋律及其所反映出來的情調和波瀾上。

協調音節，是各種體裁文學作品的普遍要求。音節長短適度，大體勻稱，讀起來就通順流暢，琅琅上口，鏗鏘有聲。對偶、排比、反覆、頂針、回環等，往往可以加強節奏感，形成語言的回環美。

各種體裁也都要講究聲調。聲調要抑揚交錯，求其和諧響亮。全用仄聲，「則響發而斷」，全用平聲，「則聲颺不還」。兩者要如「轆轤交往，逆鱗相比」[33]，才能形成抑揚頓挫的音響，使語言節奏鮮明，鏗鏘悅耳。

押韻主要用於詩歌。詩歌「韻律的推敲總應該放在第一

位」[34]，散文詩、戲劇次之。詩歌有了韻腳，就可以前後呼應，上下關聯，把奔騰的感情、跳躍的內容聯成一體，以加強形象和內容的完整性。韻腳的變化，還有助於表達不同的感情和內容的層次。

漢語是最富於音樂美的一種語言。文藝修辭學要總結加強語言音樂美的各種方法和規律。

6.多樣性

客觀世界是千差萬別、無奇不有的，反映這種現象的語言，當然也應該是千姿百態、豐富多彩的。如果語言乾癟、單調，沒有光澤，沒有色彩，就失去了感人的力量。

語言的多樣性，表現在許多方面：

從風格講，或洗練，或繁豐；或平淡，或絢麗；或通俗，或文雅；或明朗，或含蓄；或莊嚴，或詼諧；或沉鬱，或豪放；或雄健，或婉約。每一種風格，在語言上都有各自的個性——風姿和格調。

從體裁講，有詩歌，有散文，有小說，有戲劇。每一種體裁還可分為許多細類，每一細類又有自己的面目和儀態。這些，又使得在運用詞語、句子和辭格時，姿態橫生，色彩繽紛。

文學作品對詞語的開放性最大，其中有「山、河、花、草」之類基本詞，「地平線、寬銀幕」之類新造詞，「纖雲、拂曉」之類古語詞，「癟三、塌臺」之類方言詞，「霓虹燈、香檳酒」之類外來詞，「年輪、溫床」之類專門術語，「碰釘子、開倒車」之類慣用語，「風卷殘雲、海市蜃樓」之類成語，「貓哭老鼠——假慈悲」之類歇後語，「單絲不成線、獨木不成林」

之類諺語，以及一些粗俗語等等。

文學作品的句式多種多樣。從句子的語氣講，有陳述句、疑問句、感嘆句和祈使句；從句子的結構講，有常位句、殊位句，整句、散句，長句、短句，完全句、省略句，等等。

文學作品對辭格的開放性也最大，幾乎各種辭格都用到。它大量運用比喻、通感、對偶、排比、反覆、層遞、設問、反問、頂針、回環等辭格，像誇張、雙關、比擬等，很少用於科學論著的，卻大量地運用於文藝作品裡。

值得注意的是：變格語言的運用，給文學作品語言增添了新鮮的血液，開闢了通幽的蹊徑。它姿態萬千，變化無窮。

文藝修辭學要從語言運用的各個角度，總結加強語言多樣性的方法和規律。

7. 獨創性

「文章最忌隨人後」，「隨人作計終後人」[35]。文學是創作，貴在「創」字。「創」才有新意，才有生命。古人云：「創意造言，皆不相師」[36]。要「創」，就要內容新，要反映新事物，提出新問題，「道人之所不道，到人之所不到」[37]。

語言的獨創性，不在於使用僻字、怪字，故意標新立異。精於駕馭語言的作家，善於平中顯奇，拙中寓巧，「用極平常的字眼而賦予以新鮮的情調」[38]，「用現成的、普通的語言，寫出風格來」[39]。魯迅《孔乙己》中「排出九文大錢」和「摸出四文大錢」──「排」與「摸」，何等容易、樸素，卻使人物形神皆肖，躍然紙上。此類語，真是「人人意中有，人人筆下無」[40]。

精於駕馭語言的作家，還善於「想自天外，局從變生」，

以變取勝，巧用生輝。「姑娘們飄著彩色的長裙」（魏巍《依依惜別的深情》），「燈光凝凍在空氣裡」（徐遲《在湍流的渦漩中》），「飄」和「凝凍」，突破言語常規，別緻，精妙。此類語，恰似野馬騰空，不作疲驢就道，寫意摹形，均得其妙。

要創新，就要脫「俗」。嚴羽說要去俗：「一曰俗體，二曰俗意，三曰俗句，四曰俗字，五曰俗韻」[41]。這裡所講的「俗」，不是通俗之「俗」，而是粗俗、庸俗之「俗」。俗者、熟也。熟意、熟句、熟語，嚼人吃剩的饅頭，有啥新鮮的滋味？要知道，沿著別人的車轍，通不到新的境界，用陳舊的模子，製不出新的產品。寫戰士，就是「身穿軍裝」；寫姑娘，就是「兩眼汪汪」；寫教師，就是「深夜備課」；寫學生，就是「認真聽講」：千篇一律，人云亦云，怎能寫出新的意境。

要創新，還必須學而能化，出新意，鑄新語。要把青草化作牛奶，莫把殘羹泡作美餐。

獨創性形成的因素是多方面的，它同作家的思想、性格、生活道路、藝術修養等都有密切的關係。文藝修辭學則著重從語言角度總結加強語言獨創性的方法和規律。

情意性、形象性、生動性、變異性、音樂性、多樣性和獨創性，是水乳交融、緊密聯繫在一起的。我們只是出於論述的方便，把它們分開來講。

上面幾種性質，是文學作品區別於專門化的科學論著、應用文章的特殊性，卻是詩歌、散文、小說、戲劇的共同性。人們的創作實踐，都是以一定的體裁表現的。文藝修辭學，如果僅僅總結加強上述特殊性的方法和規律，還是不能解決實際問題的，它必須進一步總結各種體裁修辭的特殊性。

詩歌由於抒情性、集中性和音樂性，在修辭上有它的特

點。詩歌內容凝練，尤其重視詞語的錘煉，它要求從幾千噸語言的礦產中，提煉出一克詩的語言的鐳，往往著一眼字，就使詩句擲地有聲，光彩四溢，境界全出。「詩言志，歌永言」[42]，飽含著詩人的激情、豐富奇特的想像。這些，表現在形式上，往往用了許多短小、省略、跳躍的句子。它要求悅耳和諧的音樂美感，十分講究音節的勻稱、聲調的協調、韻字的和諧，重視運用雙聲、疊韻、疊音的詞語，來加強詩的旋律美。為此，詞句的對偶式、排比式、複疊式、頂針式、回環式和倒裝式使用的頻率較高。為加強詩歌的情意性和形象性，比喻、比擬、誇張、雙關、通感和呼告等修辭手法用得特別多，而且是幾種修辭方法的連用、套用、兼用或遞用。

　　散文的特點在於形散而神不散。它取材廣泛，想像豐富，意味雋永，寫法靈活，形式多樣。因此，表現在調音、遣詞、造句、謀篇、設格等方面，都突出體現一個「散」字，即自由活潑，參差錯落，多彩多姿。它對詞語、句子和辭格的開放性比起詩歌來還要大些。

　　戲劇是一種綜合性的舞臺藝術。它的語言受到舞臺的限制，受到演員的道白和歌唱、音樂伴奏、音響效果、節奏旋律以及演員的動作、姿態的影響，也形成了鮮明的特色。為了使劇中人物在舞臺上、在演員的表演中，具有藝術價值和社會性的說服力，就必須使每個人物的臺詞具有嚴格的獨特性和充分的表現力。因此，戲劇要求語言的角色化，做到「聞其聲而知其人」。所以語句的選用，要因人物的不同而不同。為了充分表達人物的感情和便於鋪開情節，疑問句（包括反問句）、祈使句和感嘆句用得比較多。舞臺上人物的語言，可以借助於獨特的言語環境，可以配合動作、表情，因而獨語句、省略句用

得特別多。戲劇語言受到舞臺、時間、聽眾的限制，用語切忌冗長、枯燥、呆板，要求精練、含蓄、幽默、生動、有趣，要求說來順口，聽來悅耳，講究節奏、聲調。唱詞幾乎接近詩的語言，要求意高、情深、詞淺，尤其注意音樂美。

小說要塑造典型人物，描繪典型的環境和創作典型化的情節，在語言的運用方面，也有它的個性。小說中敘述、描寫的語言比較接近於散文，尤其是短篇小說與寫人的記敘文更加接近。其中精彩的人物對話，又比較接近於戲劇；其中穿插的詩歌，又體現出詩歌的特點。這就形成了小說修辭手法的多樣性。

上述各種體裁的作品，還可以分成若干細類，每一細類又有它們的特點，因此修辭方法也就有差別。文藝修辭學還要深入、具體地研究它們在修辭上的特殊性。

文學是語言的藝術，修辭是研究語言藝術的科學。要探討上述不同體裁及其不同細類文學作品修辭特殊性的方法和規律，就必須落實在語言上，即要從調音、遣詞、造句、謀篇和設格等方面，研究它們運用的方法和規律的特點，避免架空的「玄」「虛」的論述。這樣，才能把理論與實踐、抽象與具體、普通修辭的共性和文藝修辭的個性有機地統一起來，使人看得到，摸得著，學得來。

(三)餘論

修辭要能發揮它的藝術魅力，不是單純的技巧問題。陳望道先生說：「修辭學所講的『辭』是什麼呢？簡單言之，辭是由思想和言語組成的，二者缺一，便不成辭。」[43] 文藝修辭的過程，實際上就是讓正確的思想內容和盡可能完美的語言形式

完美統一起來的過程。

「語言是思想的直接現實」[44]，修辭的根本在於思想。要用好修辭，首先在於作者革命的世界觀和作品充實的內容。如果捨本逐末，就會滑入形式主義、唯美主義的深坑。古人又說：「文欲其工」[45]，也就是要在「情欲信」[46]的基礎上做到「辭欲巧」[47]。因為「義雖深，理雖當，詞不工者不成文，宜不能傳也」[48]。所以作者要「聯辭結採」[49]，運用自如地掌握美化語言的藝術。這樣，由「思想」和「言語」辯證地統一起來的修辭，才能「本深而末茂，形大而聲宏，行峻而言厲，心醇而氣和」[50]。這就好像在作者矯健的翅膀上，長上了豐美的羽毛，而能翱翔於藝術的藍天。

學習語言的途徑很多，可向今人學，古人學；可向本國人學，外國人學；可向口頭語學，書面語學。學習文藝修辭，也應該這樣。

興趣是入門的階梯。曹禺說：「一天我們對語言『著了魔』，那才算是進了大門，以後才有可能登堂入室，從事語言的創造。由有興趣學習語言，到能稱心如意運用語言，使它成為藝術品，這又是進了一大步，要費更大的苦功夫。」[51]學習文藝修辭，就應該有這種興趣和衝勁。

文藝修辭是溝通文學和語言學的一座橋梁，是一門邊緣科學，它還同文章學、文藝學、風格學、美學、心理學等都有著十分密切的聯繫。學習、研究文藝修辭學必須與這些有關學科融會貫通，才能左右逢源，相得益彰。

文藝修辭學是一門新的學科，它要靠語言和文學的工作者、愛好者一起來研究，以期逐步建立起科學的體系，讓它色彩艷麗，清香四溢，成為學術園地上一株瑰麗的新花，為社會

精神文明建設增添一分春色。

注 釋

1 毛澤東：《在延安文藝座談會上的講話》。

2 魯迅：《集外集拾遺‧詩歌之敵》。

3 〔蘇〕高爾基：《給青年作者‧給亞斯倫‧加凱爾女士》。

4 轉引自黃藥眠：《戰鬥者的詩人‧論詩的形象化》。

5 艾青：《詩論‧形象》。

6 〔俄〕普列漢諾夫：《沒有地址的信》。

7 艾青：《詩論‧形象》。

8 《禮記‧表記》：「子曰：『情欲信，辭欲巧』」。

9 《孟子‧萬章上》：「……故說詩者不以文害辭，不以辭害志；以意
逆志，是為得之。如以辭而已矣，《雲漢》之詩曰：『周餘黎民，靡
有孑遺』。信斯言也，是周無遺民也。」

10 梁‧劉勰：《文心雕龍‧通變》，「夫設文之體有常，變文之數無
方。……文辭氣力，通變則久，此無方之數也……通變無方，數必酌
於新聲；故能騁無窮之路，飲不竭之源。……」這裡談的是繼承與創
新的創作方法，但其道理也適合於語言的運用。

11 清‧吳喬：《譽萬季野詩問》，談到詩與文的區別時指出：「二者意豈
有異，唯是體制詞語不同耳。意喻之米，文喻之炊而為飯，詩喻之釀
而為酒；飯不變米形，酒形質盡變。」

12 陳永康：《吟窗雜序》，「一曰高不可言高，二曰遠不可言遠，三曰
閒不可言閒，四曰靜不可言靜，五曰憂不可言憂，六曰喜不可言喜，
七曰落不可言落，八曰碎不可言碎，九曰苦不可言苦，十曰樂不可言
樂。」見《詩人玉屑》卷十。

13 清‧鄭燮：《鄭板橋集‧題畫竹》，「江館清秋，晨起看竹，煙光日

影露氣，皆浮動於疏枝密葉之間。胸中勃勃，遂有畫意。其實胸中之竹，並不是眼中之竹也。因而磨墨展紙，落筆倏作變相，手中之竹又不是胸中之竹也。總之，意在筆先者，定則也；趣在法外者，化機也。獨畫竹乎哉？」

14 葉聖陶：《作文論》，見《葉聖陶語文教學論集》下冊。

15 秦牧：《藝海拾貝》，「變形，是藝術創造的手段之一。所以需要這樣，不僅是為了突出某一事物，不僅是因為藝術的真實並不完全等同於自然狀態的真實，而且也由於：藝術要求濃縮集中，既然濃縮集中了，就自然在某些方面產生一些變形……」此說借鑑於雪萊的詩歌理論（「詩使它觸及的一切變形」）。

16 〔希臘〕亞里士多德：《修辭學》。

17 〔意〕達・芬奇：《筆記》。他認為畫家的「心就會像一面鏡子」，這心鏡所反映出來的生活已經「變成好像是第二自然」——改變了生活的原形了。

18 〔德〕康德：《判斷力批判》，「想像力作為一種創造性的認識能力，是一種強大的創造力量，它從實際自然所提供的材料中，創造出第二自然。」

19 洛爾伽說：「……想像並不是按照自然本身的樣式形成的。相反地，他把對象、動機、事物攜帶到他腦海的暗室裡，把它們改頭換面。」見《歐美古典作家論現實主義和浪漫主義》。

20 孔子語，《左傳・襄公二十五年》。

21 〔希臘〕亞里士多德：《修辭學》。

22 葉聖陶：《作文論》，見《葉聖陶語文教育論集》下冊。

23 鄭頤壽：《比較修辭》對此有系統的論述。

24 轉引自《老舍談創作經驗》。

25 郭沫若：《怎樣運用文學的語言》。

26 老舍：《關於文學的語言問題》。

27 艾青：《詩論·美學》。

28 梁·劉勰：《文心雕龍·聲律》。

29 轉引自王力《略論語言形式美》。

30 郭沫若：《怎樣運用文學的語言》。

31、32 老舍：《關於文學的語言問題》。

33 梁·劉勰：《文心雕龍·聲律》。

34 郭沫若：《怎樣運用文學的語言》。

35 宋·黃山谷詩句。

36 唐·李翱：《答朱載言書》。

37 孫樵：《與王霖秀才書》。

38 郭沫若：《怎樣運用文學的語言》。

39 老舍：《關於文學的語言問題》。

40 宋·姜夔：《白石詞說》。

41 宋·嚴羽：《滄浪詩話》。

42 《尚書·舜典》。

43 陳望道：《修辭學在中國之使命》。

44 馬克思語，引自史達林《馬克思主義與語言學問題》。

45 清·章學誠：《文史通義·言公中》。

46、47 《禮記·表記》。

48 唐·李翱：《答朱載言書》。

49 梁·劉勰：《文心雕龍·情采》。

50 唐·韓愈：《答尉遲生書》。

51 曹禺：《學習語言雜感》。

六、鼎立：電信體的崛起

(一)鼎立的語體群

在歷史發展的進程中，語體因不同的傳遞媒介、交際方式，形成了不同的特點，即：口頭語體和書卷語體。口頭語體（簡稱「口語」）用口頭來表達，書卷語體（簡稱「書語」）用書面文字來表達。文字產生之初，由於書寫不便，十分重視語言的簡練。這就使書語和口語的區別突出了，此時，書語的使用範圍遠不如口語廣。後來，由於紙筆的發明，使書語使用的範圍空前擴大，這就形成了書語和口語平分秋色的局面。近現代，電報、電話（簡稱「電語」）的產生給語言運用開拓了新的境界。電語由於資訊要通過「電」的傳導，在語言的運用上產生了自己的特點，與口語、書語在「大同」的基礎上產生了變異，這就使得它同口語、書語形成了鼎足之勢，形成了三大語體群。

(二)電語與口語、書語的聯繫和區別

電語和口語、書語有同有異。

電語中的電話、電視電話、現場直播與口語很相近，表達者都是通過人體的發音器官——口——來發出資訊，接受者則是依靠聽覺器官——耳——來接受資訊。因此，重視語調的升降配合，節奏的鬆緊適宜，時有變音、音素脫落，詞語通俗，句子短小，結構鬆散，省略較多，話語中心的跳躍性、游移性比較明顯，語言活潑生動，順口悅耳，一聽就懂。電話與電視

電話用的是對白的方式，資訊可以直接交流、反饋。現場直播，從被採訪的現場講，其語言和電話、電視電話相同，聽說雙方可以直接交談；但從廣大的聽眾講，聽眾與播放者之間資訊則無法直接交流、反饋，它重在播放者對現場的敘說、解釋、評論，這就使得語流隨著場景的變化而變化，言語或快或慢，或斷或續，敘述句、說明句較多，感情句應境而生，時而出現簡潔的描寫句。現場直播又有兩種，一是電臺現場直播，一是電視現場直播。前者只是口耳相受，後者還兼以圖像，其語言與口語的對白體更為接近。

但是，電話、電視電話、現場直播和口語又有區別。口語可以面談，可以直接反饋資訊，它近在咫尺，以空氣為導體，除靠聲音表達資訊外，還可輔之以身態、手勢、臉部表情，尤其是眼神，表達者與接受者處於同一場景之中，對周圍語境的感受比較一致，接受者一般不多，表達者可以根據特定的接受者選詞、造句，組織話語，因而語言的個性突出，只要能適合接受者，即使運用大量的方言、術語也無妨。電話、電視電話、現場直播，因目前廣大地區的技術、設備還不夠先進，大多數聽眾、觀眾不能直接參與交談，無法直接反饋資訊。表達者與接受者分居兩地，甚至遠隔幾千里、幾萬里，資訊只能靠導體、電波來傳遞。電話、電臺現場直播，靠聲音來傳遞資訊，身體語言語無法運用。電視現場直播，可以兼用聲音、圖像傳遞資訊，但因雙方語境不同，甚至有很大的差異，這就影響了語言的運用。電臺直播、電視直播的接受者多以萬計，甚至億計，他們的年齡、職業、文化程度各不相同，因此，播放者在選詞、造句，組織話語時要注意到廣大聽眾、觀眾的可接受性，一般不用方言、文言，盡量少用專業術語、行話。

　　上述電語與口語之「同」點，說明它們可作為鄰界的語體；它們之「異」點，說明應當讓電語獨立「門戶」。這對於加深語體研究，建立語體系統，都是有好處的。

　　電語的另一端，與口語距離較遠，卻同書語十分相似。電報、電臺廣播的政治評論、時事述評等就屬於這一類，此類電語寫在紙上就是書語，它們用詞準確，句子規範，話語結構嚴密，講究起承轉合等章法。其中的傳真，能保持原文本的風貌，電語卻同書語。

　　電報，字斟句酌，文字十分簡練、明確，可用書語色彩較濃的詞彙，包括一些文言詞彙；句子結構簡潔、短小，少用修飾語，少用長句，盡量避免各種歧義句式；篇幅不大，結構乾脆利索。它與書語十分相似。但是，由於字數的限制，在傳達同一資訊時，要盡量用最少的文字。而用書語（書信、書報、雜誌）來傳遞，就可以充分地進行敘述、描寫、說明。相對而言，電語易趨簡潔、素樸，而書語除了簡潔、素樸外，還可以表現出繁豐、華麗等不同的風格，以充分發揮書語的多種功能。電報這種特點，在其發明的初期很突出，隨著電信事業的發展，電報和書語有趨同之勢。

　　政治、時事等方面的電臺廣播與電視廣播的辭篇，往往是先形成書面文字，然後用口讀電傳。但是，書面文字是訴諸視覺的，不受時間限制，而廣播語言是靠耳治的（電視廣播還可輔之以目治），受到時間的限制。它特別注意語言通俗、明白、流暢，順口悅耳，要盡量避免艱深的詞語，避免同音異義的詞語，避免語氣過緊、結構過於複雜的長句。因此，許多書面文稿要付諸廣播，必須對詞語、句子進行加工。這就使得它同書語形成了不同的特點。

電報、電臺廣播、電視廣播與書語之「同」點，說明它們是鄰界的語體，它們之「異」點，說明又可各自歸屬於不同的語體群。由上分析，可給口語、電語、書語作一簡要的圖解。

語體類別	比較項目 異同點	表達與接受	表達方式	反饋情況	時間	空間	語音、詞彙、句子、篇章、風格
口語		直接	對白口傳耳受	直接	受限制	受限制	略
電語	電話	直接	對白電傳耳受	直接	受限制	無限制	略
	電臺廣播	間接	獨白電傳耳受	多為間接	受限制	無限制	略
	電視	間接	獨白電傳耳受目受	多為間接	受限制	無限制	略
	電報	間接	獨白文字目受	間接	受限制或無限制	無限制	略
書語		間接	獨白文字目受	間接	無限制	無限制	略

電語介於口語、書語之間，它們的關係有分有合，合的部分則相互交叉、滲透、融合，不交叉的部分體現了各自的特點。圖示如下：

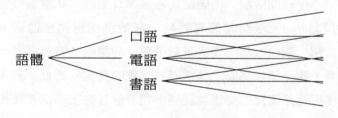

(三)電語系統

作為與口語、書語相對待的電語，就民族共同語而言，分屬於以傳遞媒介、交際方式不同劃分的三大語體群，它們構成了宏觀的語體系統；而就電語內部下位語體而言，又構成了自在的系統。

同一事物，因分類標準不同，可以建成不同的系統。電語亦然。以傳遞媒介、交際方式分，可建立如下系統：

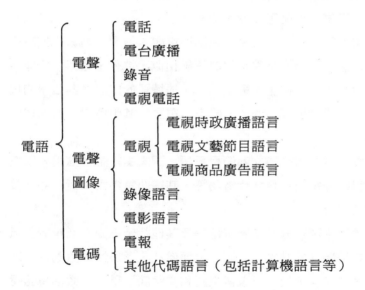

電聲、電碼兩端，區別較大。電聲，耳治；電碼、圖像，目治。電聲，以聲表意，用同一語言交流時，不必翻譯；電碼，要先將「碼」譯成文字，或直接譯為聲音。

電聲中的電話，靠口說，電傳，耳受。電臺廣播靠口說（有時要錄音後播放），電傳，耳受。錄音，靠口說，電傳，耳

受。電視電話還加上圖像──特殊的「電碼」，目治，耳受。

電視電話介於電話與電視之間，它與電話、電視有聯繫，又有區別。

電碼，則先把資訊編成表達與接受雙方共同可理解的符號系統，靠電傳遞，然後再行譯碼，獲得資訊。電碼又有電報與電腦語言等區別。

以上電語的各個分體，還可逐層細分出它們的下位語體。

從交際領域、功能分，可分為家常、文化、科技、經濟、政治、軍事、外交等領域。例析如下：

家常電語可分一般家常電話與電視、錄像、電影中描寫家常的言語。一般家常電話與口語極相似。電視、電影、錄像中描寫家常生活的電語，則是加工、提煉了的口語，其言語的規範性、結構的嚴謹性強於一般家常電語，其中還滲入較通俗的書語。

文化電語可分為文藝節目電語、課本劇電影、廣播教學電語、科教片電語和科技片電語等，其言語特點由接近口語向接近書語過渡。

經濟電語可分商業廣告電語及其他行業電語。商業廣告電語，在準確性的基礎上，要力求通俗性、形象性、生動性、趣味性，它最接近於一般家常電語和文藝節目電語。政治電語還可分為時事電語、政治電語等。語體系統不是點性、線性的，而是平面的；而且其邊緣是浸潤式的、不夠規則的（請閱本書《略論辭體平面及其運用》）。

口語、電語、書語，即使用於同一領域，也構成了階梯式的變化。如口語的家常語（家庭成員日常對話）、電語的家常語（家庭成員電話對話）、書面的家常語（家庭成員通訊、文

藝作品中家庭口語），它們的言語特點則是變異性、活潑性漸次減弱，規範性、嚴謹性卻漸次增強，但在總的特點上又相互交融。

總之，電語的研究給語體系統增加了新的血液。

㈣電語正名及其他

電語，詳言之為「電信語體」，使與「口頭語體」、「書卷語體」相對應。「電信」是指靠「電」來傳遞資訊的意思，它的外延已如上述。明乎此，則知「廣播語體」、「實況廣播語體」都只是電信語體的下位語體。

電信語體的研究進一步證明了「傳遞媒介、交際方式」是形成語體的重要因素之一。

語體，即言語功能變體。何以會「變」，語言界已對它作了論述，比較一致的意見認為是由於「交際領域」、「交際目的、任務」的不同而引起的。這是根本的原因。

筆者以為「傳遞媒介、交際方式」是形式，「交際領域、交際目的、任務」是內容，兩者是辯證的統一。不少國內外學者把第一層次的語體分為口頭語體和書卷語體，說明他們看到了傳遞媒介、交際方式的不同而會形成不同的語體色彩。既然，即使是同一「交際領域、交際目的任務」因不同的「傳遞媒介、交際方式」可形成不同的語體風格特點，而用「電」來傳遞的言語，就不該受到冷落。我們就是以「交際領域、交際目的、任務」為「經」，「傳遞媒介、交際方式」為「緯」，建構了「辭體平面」，來描寫各類語體和文體、各層話語單位的語體特徵，而解決了國內外不少語體學專家，在語體劃分上存在的各層次劃分標準不一致所造成邏輯不嚴密的問題。

電語的研究剛剛開始，它前途廣闊。隨著科學的發展，電語和人類的關係將越來越密切，對它的研究也越來越必要。

七、辭體的排斥與滲透

一種辭體和另一種辭體，有排斥性，也有滲透性。它們之間既對立，又統一，從而制約著辭體的運用，促進了辭體的發展。

㈠排斥性

排斥性是辭體之間的矛盾對立，亦即它們的相互區別。每種辭體，都有自己典型的、公認的構成因素，即辭體因素，簡稱「體素」。體素是一貫運用、頻率很高、歷史形成的，它有相對的穩定性。一般說來，相對立的典型的甲辭體體素與乙辭體體素是相互排斥的。如果不適切地跨類，就會造成辭體色彩不協調。

各類辭體間的排斥性強弱，可從辭體系統中看出一般：實用體與藝術體排斥性最強，這表現在文字（包括各種符號）、語音、詞語、句子、篇章、辭格諸種體素上。其中表現得最突出的是詞語體素，其次為句子體素。比較下列諸例，就一目了然。

①溶解銅合金和礦石樣品，常用熱濃HNO_3。因此Cn、Pb和Ni都以正二價形式進入溶液，而Fe、As和Sb都生成高價形式，Sn則形成$SnO_2 \cdot H_2O$（即含水氧化錫）沈澱。

②資本家投資於商業，替產業資本家銷售產品，其目的也是爲了獲取利潤。可是商業資本家既不能創造價值，也不能創造剩餘價值，它只是實現價值和剩餘價值。

③被告人江青，以推翻人民民主專政爲目的，爲首組織、領導反革命集團，是反革命集團案的主犯。

④黑夜｜給了我｜黑色的｜眼睛，我｜卻用它｜尋找｜光明。

⑤小唐鐵嘴：王掌櫃，我晚上還來，聽你的回話！

王利發：萬一我下半天就死了呢？

龐四奶奶：呸！你還不該死？（與小唐鐵嘴、春梅同下）

王利發：哼！

鄒福遠：師弟，你看這算哪一齣？哈哈哈！

⑥「牛棚」之夜，昏暗的燈下，我久久地，久久地摩挲著中指頭上的繭皮，心想：長年累月，日裡夜裡，不停手中的筆，摩擦出這麼一粒如豆的硬皮，何罪之有？

上面我們引了六段話語，雖然不注明出處，但一看就知道它們各屬於何種辭體。這是靠他們的詞語體素、句子體素及其所適用的領域體現出來的。例①適用於化學領域，屬於自然科學辭體；例②適用於政治經濟學領域，屬於社會科學辭體；例③適用於司法領域，屬於公文辭體。例④⑤⑥適用於文學創作領域，依次屬於韻文辭體、對白辭體、散文辭體。它們都有典型的體素。不同辭體的體素是相排斥的，如果不恰當地把相對立的甲辭體素用於乙辭體中，就會造成辭體色彩不協調。

傳說古代有個書吏，熟悉於公文寫作。他的孩子耳濡目染，一天寫了一詩：

> 庭前一棵海棠花，緣何至今不發芽？
> 著爾東風齊助力，火速明朝便開花！

此詩用上「緣何」（為什麼）、「著爾」（命令你）、「火速」（盡快）等公文體素，使全詩辭體色彩不協調。

有時，為了特殊的需要，故意造成辭體色彩不協調。例如，為了塑造人物，讓人物用口頭表達不合時宜的書卷語色彩很濃的詞語（如：魯迅《孔乙己》中「多乎哉？不多也」）；為了創造氣氛，在文藝體中用了實用體色彩很濃的言語（如：徐遲《哥德巴赫猜想》開頭的數學用語）辭體的排斥性，反映了事物矛盾對立的一個方面。但是，事物還是互相聯繫的，辭體也一樣。

(二)滲透性

滲透性就是甲辭體體素滲入乙辭體之中，形成了辭體的交叉、混合或融化的現象。它反映了辭體與辭體之間相互聯繫的一面。最常見的滲透有以下四種：

1.文藝體素向自然科學辭體滲透，形成通俗科學辭體

通俗科學辭體是適應於科學普及領域需要而形成的言語特點的有機統一體。它用文藝的筆調，來說明、宣傳科學知識；其對象為非科技人員，尤其青少年。例如：

含笑的可愛，還在於它馨香，幽幽襲人。「一粲不曾容易發，清香何以遍人間？」（楊萬里《含笑花二首》）「予山居無事，每晚涼坐山亭中，忽聞香風一陣，滿室郁然，知是含笑開矣。」（陳善《捫虱新話》）這跟走進山林，尚不知蘭花所在，一縷幽香，早撲鼻而來，正復相同。

（賈祖璋《含笑說含笑》）

文章在於介紹含笑花的知識，介紹含笑的香味。為加強語言的趣味性、形象性、生動性，滲透入文藝體素，令人愛不釋手。

通俗科學辭體，儘管披上文藝辭體的彩衣，而其本質屬於科學辭體。因此，使用通俗的詞語和描繪手段，不應妨礙內容的科學性。例如：

這種恒星的物質結實得一根洋火那麼大的一點就抵得上十多個成年人的重量。

（鄭文光《飛出地球去》）

「結實」是一般的形容詞，指內部結構緊密，沒有空隙，儘管很通俗，但沒有準確地反映科學的內容。改文：

這種星星的物質，密度特別大。火柴頭那麼大的一點點就抵得上十多個人的重量。

（鄭文光《宇宙裡有些什麼》）

「密度」是物理學概念，指單位體積中所含的質量，表達準確

而科學。

> 葉子就是一個食品加工廠，上面有著許多小煙囪，叫氣
> 孔。這些氣孔一面排出氧氣和蒸發水分，一面還吸收大
> 量的碳酸氣。
>
> (《「食」從何處來》)

上例以「小煙囪」比喻綠葉上的氣孔，用的是描繪的手段。但
是煙囪排出二氧化碳，這是一般常識；它與「一面排出氧氣
……一面還吸收大量的碳酸氣」矛盾了。改文：

> 葉子就是一個食品工廠。葉子上面有著許多氣孔。在陽
> 光下，這些氣孔一面排出氧氣和蒸騰水分，一面還吸入
> 大量的二氧化碳。
>
> (《食物從何處來》)

顯然改文表達準確、周密而科學了。

由此可見，通俗科學辭體雖然是科學性和文藝性的結合，
但以科學性為核心。

2.文藝體素向社會科學辭體滲透，形成文藝政論辭體

文藝政論辭體是用文藝筆調向廣大讀者進行宣傳、鼓動、
教育而形成的言語特點的有機統一體。它是社會科學辭體與文
藝辭體的混血兒。例如：

> 不是年輕的為年老的寫記念，而在這三十年中，卻使我

目睹許多青年的血，層層淤積起來，將我埋得不能呼吸，我只能用這樣的筆墨，寫幾句文章，算是從泥土中挖一個小孔。自己延口殘喘，這是怎樣的世界呢。夜正長，路也正長，我不如忘卻，不說的好罷。但我知道，即使不是我，將來總會有記起他們，再說他們的時候的。

（魯迅《爲了忘卻的記念》）

春分剛剛過去，清明即將到來。「日出江花紅勝火，春來江水綠如藍」。這是革命的春天，這是人民的春天，這是科學的春天！讓我們張開雙臂，熱烈地擁抱這個春天吧！

（郭沫若《科學的春天》）

上兩例均用於政論，其目的在於曉人以理，但寫得文采斐然。第 1 例用上「埋」之類轉義的詞語，用上「延口殘喘」之類變形的成語，用上「不能呼吸」之類誇張的筆調，用上「從泥土中挖一個小孔」、「夜正長，路也正長」之類比喻象徵的描繪手段，夾敘夾議，表達了對當時社會的鞭笞和對戰友的懷念之意。第 2 例用上「清明」之類雙關的詞語，用上對偶、排比、反復、引用之類辭格，描寫科學春天的到來；再用「張開雙臂」、「擁抱」等富有感情性的修辭方式，抒發感情。這樣，就使議論具有濃厚的文藝色彩，增強了說服、鼓動、感召的力量。

文藝政論的本質在於說理，給人以理智；兼用文藝性的語言，只是一種手段，雖然可以抒情，可以描寫，然而都是服從於論理的。

3. 口頭體素向書卷辭體滲透，形成書面口辭體

書面口辭體中最突出的是對白體。它是談話體素向書卷辭體的滲透，生動活潑，親切樸素，富有談話人的個性。

有些作家，善於向人民學習語言。他們「我手寫我口」，用活在人們口上的言語，娓娓道來。其作品十分通俗生動，可以看成是加工了的口語。如老舍、趙樹理的口語化的作品。

有些政治家，對群眾作講演，用了許多大白話。這類政論，經過整理加工，寫在書面上屬於書卷口辭體，但仍保留不少口頭辭體的特徵。這是又一種書面口辭體。

有些文藝家，善於用大白話向工農群眾，向兒童講故事，這屬於談話辭體。它經過整理加工，寫在書面上，雖然書卷化了一些，但亦屬於書面口辭體。

4. 口語、書語體素向電語的滲透

前面說過，口語表達、書面表達是傳遞資訊的方式，它們同口頭辭體、書卷辭體是不同的概念。這是事物的一個方面。另一方面也要看到表達方式也會影響言語的特點。用口頭表達的口語色彩很濃的話語，不好原封不動地記錄在書面上；用書面表達的書卷語色彩很濃的話語，也不便原封不動地用於談話。電語也一樣。隨著電話、廣播、電視、電影的廣泛運用，電語深入千家萬戶，與口語、書語形成了鼎足之勢。但它們又緊密聯繫。如電話，是口語與電語的中介；電報，是書語與電語的中介；電臺廣播則介於口語、書語與電語之間。

辭體與辭體的對立統一，促進了辭體的發展。

辭體，制約著辭章藝術（含修辭手段）的運用。

辭體研究的科學化及其運用

　　辭體色彩特徵是抽象的，如若從其構成要素（「體素」）進行分析，從「體素值」之大值、小值、正值、負值、零值及其變化來考察，就可使辭體特徵數量化、物質化、科學化。

　　上章說過辭體的劃分，以「功能」為經，「媒體」為緯，把它們縱橫交織起來，可以建構「辭體平面」。「功能」是本質，「媒體」是形式；每類「功能」的辭體，都有不同的「媒體」形式，每種「媒體」形式，都可用於不同「功能」變體之中：它們不處於同一坐標軸上。這樣處理，就解決了國內外不少專家在語（辭）體劃分中在不同層次用不同劃分標準所造成的邏輯不嚴密、劃分不科學的問題。

　　辭體平面和體素值是建立電腦輔助閱讀、寫作數據庫的理論依據。它的建立，將給辭體和語文教學、語言運用插上金翅膀，為編撰多媒體的語文、語言教材開闢一條新路。

一、「體素」及「體素值」

　　形成不同辭體色彩的原因是多方面的。其根本的原因則在於言語交際領域的內容、目的、任務、對象、場合的不同，還與思維形式（藝術思維、邏輯思維）、交際方式、傳遞媒介

（語音、文字、光電）的不同有關。這些差異，都要通過語音、詞彙、語法、修辭格式、篇章結構等語言要素和非語言要素表現出來。這些是形成不同辭體色彩的要素（體素）；而形成藝術辭體色彩的要素，則是藝術體素。

建立「體素」概念，用體素來描寫各種辭體，是數學原理在辭體研究上的運用。它將使辭體的特徵科學化、物質化，不僅可以「意會」，而且可以「言傳」。本節專論藝術體素、藝術體素的變值、增值及其原則。這些問題闡明了，實用體素的變值、增值及其原則就可類推了。

(一)藝術體素及其體素值

體素值就是表示某種辭體色彩濃淡的數值。它有正值、負值、零值的不同。

正值體素，就是在形成某種辭體色彩中起積極作用的因素。就文藝辭體而言，運用適切的下列體素都是正值體素：

雙聲、疊韻、諧音、擬聲、疊音、兒化韻、押韻、音節的協調、平仄的交錯、黏對等，是形成藝術辭體的語音要素。

動詞、形容詞、嘆詞、語氣詞、成語、俗語、歇後語、藝術修飾語等，是形成藝術辭體的詞語要素。

排偶、複疊、頂真、回環，描寫句、感嘆句、歇後句、獨語句，以及各種變式句、變格句等，是形成藝術辭體的句式要素。

比喻、比擬、借代、誇張、雙關、移就、拈連、摹狀、呼告、婉曲、析字、貌離、互文、跳脫、閃避、別解、詼諧、巧綴、序換、斷取、舛互等，是形成藝術辭體的辭格要素。

抑揚頓挫、搖曳多姿、卻抑先揚、欲揚先抑、欲擒故縱、

曲徑通幽、跌宕騰挪、波瀾起伏、起承轉合、繁簡奇正、俯仰伏應、尺水興波、尺幅千里、倒戟而入、眼前指點、題外借形、鳳頭豹尾、灰線蛇蹤等，則是藝術辭體的篇章要素。

這些藝術體素，只要適當運用，都是正值的。它們的有機組合，織成文藝辭體光華奪目、五彩紛呈的錦衣。

正值的體素，又有大值、小值之分。大值的體素，是在形成某種辭體色彩中起較大作用的要素；小值體素，則是在形成某種辭體色彩中起不大作用的要素。換言之，前者是某種辭體色彩濃的體素，後者是某種辭體色彩淡的體素。試析一例：

> 初夏。西湖秀水盈盈，荷亭青葉田田。
>
> 湖畔亭外，一所中學的文學社在爆響的鞭炮聲中成立了。紫煙瀰漫，雨絲如織。透過煙雨，我彷彿看見：嶄露尖角的小荷正吐蕊舒瓣，綻開花朵，嫩嫩，姣姣。
>
> （任鳳生《生命綠·小荷才露尖尖角》）

上述語段中黑體的文字，都是織就這幅美景的正值藝術體素。其中「盈盈」、「田田」、「嫩嫩」、「姣姣」是疊音的藝術體素，「彷彿」是雙聲的體素；「西湖秀水，荷亭青葉」，「紫煙瀰漫，雨絲如織」，「湖畔亭外」「吐蕊舒瓣」是排偶的體素；「煙雨」、「雨絲如織」是比喻，「嶄露尖角的小荷正吐蕊舒瓣，綻開花朵，嫩嫩，姣姣」則是雙關：它們都是辭格的體素。而「西湖秀水盈盈，荷亭青葉田田」，「紫煙瀰漫，雨絲如織」兼用了疊音、排偶、比喻，音節協調，形象鮮明；「嶄露尖角的小荷正吐蕊舒瓣，綻開花朵，嫩嫩，姣姣」，則兼用了比喻、雙關、疊音等：它們熔語音、詞語、句式、辭格等

體素於一爐，具有較濃的情意性、形象性、生動性、音樂性，都是大值的藝術體素。而「一所中學的文學社……成立了」，比較平直，形象性不強，則是極小值的藝術體素。

負值體素，是在形成某種辭體色彩中起消極作用的因素。

藝術辭體和實用辭體，口頭辭體和書卷辭體，其體素有明顯的區別，有的是相排斥、相對立的。把某種體素不適當地用於相排斥、相對立的辭體中，就會造成辭體色彩不協調。不協調的體素，就是負值體素。在文藝辭體中，不適當地運用了實用辭體體素，就成為文藝辭體的負值體素。如：「氫化鈉、氫氧化鈣、甘氨酸、脫氧核糖」之類過於抽象而少用的術語；多層邏輯限制語的長句，多組多重關聯語的複句，陳述、說明、歐化的句式；公式化、程式化的篇章等等。這些體素，如果不辨語境，不進行功能改造，濫用於文藝辭體中，就成為藝術辭體負值的體素。

公文事務辭體，往往用上「呈請」、「予以」、「付諸」、「此致」、「為荷」、「欣悉」、「近接」、「業經」、「提請」、「茲有」、「酌辦」、「核閱」、「批示」等公文體素。可是如「論貳‧柒」頁175之例詩，除了「芽」「花」押韻與七字句等為正值藝術體素外，因用了「茲悉」、「敕問」、「緣何」、「批示」、「要協力」、「午後」、「火速」等公文體素，它們缺少形象性、生動性、音樂性，是負值的藝術體素，此「詩」也就成為不「得體的「名作」。

零值體素，是不帶辭體色彩的要素。

功能辭體是民族語言的變體。變化最明顯的是詞語體素，句式、篇章體素次之。它們都有大量不帶辭體色彩的零值體素。大量的基本詞、常格類的句式、辭格，平實的篇章結構，

其辭體色彩是不明顯的，此類零值體素，既可用於藝術辭體，也可用於實用辭體。請比較以下三例：

> 海洋，多麼的無邊無際，遼闊深邃！這是世界上一切生命的發源地。這是地球上最巨型的動物的藏身之所。陸地上最高的山峰，最深的海洋完全可以把它淹沒。地球上有四分之三的區域都是海洋。你凝視著海洋，有時真和望著星空一樣，會湧起一種思索時間和空間的微妙、深遠的感情！

（秦牧《長河浪花集・潮汐和船》）

海洋確實浩大。世界海洋的總面積有三億六千一百萬平方公里，約占地球面積的百分之七十一。而世界上陸地的面積只有一億四千九百萬平方公里，占百分之二十九。

海洋不僅很大，而且很深。海洋的平均深度是三千八百米。而世界大陸的平均海拔高度只有八百四十米。如果地球表面沒有高低，全部被海水包圍，水深將有二千四百四十米。海洋最深的地方是太平洋的馬利亞納海溝，最大深度是一萬一千零三十四米。我國西南邊境的珠穆朗瑪峰是世界最高的山峰，它的海拔高度是八千八百四十八米。如果將珠穆朗瑪峰移到馬利亞納海溝，峰頂距海面還有二千多米。

（童裳亮《海洋與生命》，《科學實驗》1977年第7期）

地球……是太陽系中惟一的有海洋的天體。

在地球表面510,100,000平方公里的總面積中，海洋的面積為361,000,000平方公里，約占地球總面積的70.8

％；陸地的面積爲149,100,000平方公里，約占地球總面積的29.2％。二者約成2.4與1之比。

海洋不僅在面積上超過陸地，而且它的深度遠超過陸地的高度。海洋的平均深度達3,729米，而陸地的平均高度僅875米；大部分（約75％）海洋的深度超過3,000米，而大部分（約71％）陸地的高度不足1,000米。如果固體地球表面一旦被夷平，那麼，地球將成爲一個水球，它的整個表面被2.44公里深的水層所淹沒。

海陸的平均深度和高度雖有懸殊的差異，但它們的最大深度和高度都是十分接近的。海洋的最深處在西太平洋的馬利亞納海淵，其深度是11,034米；陸地上的最高山峰，是我國西藏和尼泊爾邊境喜馬拉雅山的珠穆朗瑪峰，其海拔高度爲8,848米。

（金祖孟、陳自悟《地球概論・地球的表面結構》）

以上三段文字，都說及地球面積的遼闊、海陸的深度、高度及其面積的比例。它們依次屬於文藝辭體、通俗科學辭體和科學辭體。僅從這短短的三段文字的比較中，就有下列諸多詞通用於三種辭體：

　　海洋　陸地　地球　深　是　上　之　山峰　有　最大的

在文藝辭體中，以上十個詞重複使用達32詞次，占全部詞次(81)三分之一以上。如果擴大文字的比較範圍，可發現還有不少詞可通用於三種辭體。此類詞從辭體色彩講是零值或接近於零值的。除去此類詞，真正體現某種辭體色彩的詞語（黑

體字）就不多了。口語與通俗文藝作品、科普作品中，零值體
素的詞用得最多，其語言風格樸素、平直、嚴謹、簡約的尤其
是這樣。專門科學論著、黨政應用文和純文藝作品中，具有特
色的正值體素則較多，高深的科學論文、美妙的詩歌，尤其是
這樣。由於具有體素特點的詞語在使言語作品具有某種辭體色
彩的作用中，具有高效性，因此只要能適切組合、結構、選
擇、加工，不同的辭體色彩就會體現出來，如同在白底的布
上，只要印上一些不同色彩的圖案，就會改變白布的面目一
樣。反之，由於有此高效性，只要一段言語作品中，有些負值
體素，就會使辭體色彩不協調，如在美麗的彩布上沾上一塊血
斑、一點墨汁一樣。

㈡體素的變值與增值

體素值不是靜態的恒數，不是絕對的定數，它在言語結構
中，在特定的語境裡產生變值，或由正值變為負值，大值變為
小值，以至零值，或是其相反。善於運用語言的作者，都能把
負值、零值變為正值，小值變為大值。

體素變值有微觀、中觀、宏觀三種。它通過結構、選擇、
加工來實現。

微觀變值、增值是指詞句體素的變值、增值。這種變化最
為大量，它是形成不同辭體色彩的基礎。

呵！井岡山──
　　　寶塔山！
　　　──我們穩固的基石，
老紅軍──

老八路！

——我們的鋼骨鐵梁！

這就是

我們共和國大廈的

質量的保證！

（賀敬之《放歌集·放聲歌唱》）

偉大感是一種神妙的精神力量，它能轉化爲歷史感和責任感，就像人體裡的蛋白能轉化爲醣，再由醣轉化爲做功的能。

（祖慰《審醜者》）

上述黑體字的詞語，原來屬於地理、建築、工業、生理、化學、政治等方面的用語，但通過結構，變成了借代、比喻的用法，變成了藝術體素，富有新鮮感、時代感。優秀的作家善於創造性地對詞語變格運用，使許多對文藝辭體講本來是負值的轉變爲正值的。像文藝理論用語「主題、雙簧、旋律、節奏、浮雕、前臺、後臺、出臺、道具、開幕、閉幕、欣賞、表演、節奏、背景、角色、主角、配角、丑角」，軍事理論用語「進軍、突擊、包圍、帶隊、掉隊、看齊、襲擊、反擊、殲滅、戰線、基地、嚮導、主將、統帥、尖兵、逃兵、勝仗、敗仗」，醫藥用語「腫瘤、贅疣、毒素、細菌、黴菌、傳染、麻痺、癱瘓、消化、感染」，生物學用語「主幹、枝葉、年輪、腐爛、再生、開花、結果」，化學用語「滲透、反應、氧化、腐蝕、飽和、分子」，物理學用語「沸點、頂點、凝固、輻射、反射、共鳴、提煉、渣滓、精華、規格、水平、比重、塵埃、火箭、高壓」等等。這就使文藝辭體色彩繽紛，豐富多樣。

　　詞語體素的變值、增值，往往要通過對句子的結構、選擇、加工來實現，尤其是變式句和變格句。「國」「共」「年」「後」「戰爭」「合作」「十」「又」這八個詞，如果結構成「國共戰爭十年後又合作」，就文藝體素講，它是低值或零值的體素。而陳毅對它進行巧構，組入《生查子・國共合作出山口占》中：「十年爭戰後，國共合作又。回念舊時人，潸然淚沾袖。」這就化緊句為鬆句，化常位句為殊位句，運用了序換的修辭格式（「爭戰」）、押韻（「後」「又」「袖」）、平仄的語音藝術，節奏勻稱，為點題、抒情服務，其文藝體素值頓增。魯迅《記念劉和珍君》的「我將深味這非人間的濃黑的悲涼」，用動賓、定中的變格句式（移就）；米未然《驚心動魄的一九七六年》的「新年中剛撕下了幾頁日曆，／竟撕裂了八億人民的心肝」，用動賓變格（拈連）的句式；柳青的《梁生寶買稻種》原句「度過了討飯的童年生活，在財東馬房裡睡覺的少年，青年時代又在秦嶺荒山裡混日子……」改組為「他童年時候討過飯，少年時候在財東馬房裡睡過覺，青年時候又在秦嶺荒山裡混過日子……」，由參差的散句變成比較整齊的排句，頗有節奏感和氣勢。王願堅《足跡》的「遠處的山巔，近處的斷崖，都籠罩在一片雪霧裡」，加工成「……都籠罩在一片雪簾霧障裡」，就把平語化成形象性的比喻，袁鷹《井岡翠竹》的「……使多少白匪**魂飛魄散**」，改為「……使多少白匪**魂飛魄散，鬼哭狼嚎**」，變成兼用句內對、句間對、借代、誇張、比擬的變格結構；它們都使藝術體素大大增值。此類活動，屬於修辭學上的錘詞、煉句、設格的技巧，它用平直的語言經緯，織出千奇百怪的圖案和五光十色的彩花。這是文藝體素變值、增值的藝術。

中觀變值、增值是通過對語段章節的結構、選擇、加工來實現的。

有些語段章節，對文藝辭體講是格格不入的，是文藝辭體的異體素。但作家可以通過巧妙的組合，把它移植於文藝作品中，成為整篇文藝作品的有機組成部分。如徐遲的《哥德巴赫猜想》開頭部分：

命 Px（1,2）為適合下列條件的素數 P 的個數：

$$x - P = P_1 \text{ 或 } x - P = P_2 P_3$$

其中 P_1、P_2、P_3 都是素數。〔這是不好懂的；讀不懂時，可以跳過這幾行。〕

用 x 表示一充分大的偶數。

$$命\ C_x = \prod_{P1x, P>2} \frac{P-1}{P-2} \prod_{P>2} \left(1 - \frac{1}{(P-1)^2}\right)。$$

以上數論屬於科學辭體，不僅一般人讀不懂，就是著名的數學家，如果不是研究這一數學分支的也讀不懂。但是它組入文中，卻起了創造氣氛、襯托主人公的作用。它由負值的文藝體素，轉化成零值的了。

宏觀的變值、增值是通過對一篇可以獨立的言語作品進行結構、選擇、加工來實現的。魯迅的《狂人日記》（「日記」屬於實用體）用文藝體素的詞句語段章節，組合成篇的文學作品；曹雪芹《紅樓夢》中莊頭烏進孝交租的賬單（「賬單」屬於實用體），獨立出來本可以成篇，但組入宏篇巨著文學作品卻成為全書有機的組成部分：它們對鋪開情節、渲染氣氛、塑造人物、深化主題都起了積極的作用，成為正值或零值的文藝

體素了。

二、辭體座標初探

辭體是個客觀存在的體系，其內部有其嚴密的邏輯性，因此能夠用座標的形式表示出來。

設立辭體座標的首要條件，就是要對辭體作科學的劃分，同時要抽象出各辭體間的變化規律，而這個變化規律又必須能夠用數學原理給予量化，才能把辭體系統用座標定位，放在一個平面上。

(一)辭體的劃分

辭體的劃分，體現了劃分者的辭體（含語體、文體）觀，劃分的方法多種多樣，有二分法、三分法、四分法、五分法、六分法等等。我們認為，劃分辭體、語體必須處理好以下幾個關係：

(1)處理好交際功能和交際方式媒介的辯證關係。我們所講的辭體，是現代漢語功能語體與從功能角度劃分的文體作對應研究的語文體式，也就是要根據交際功能，亦即交際領域、交際目的、交際任務進行劃分，才能抓住辭體「質」的特徵。有的學者把辭體或文體分成實用體、藝術體（陳望道），或分成公文事務性語體、學術性語體、文藝性語體（徐青），或分為公文語體、科學語體、政論語體、文藝語體（周遲明），等等，都是從交際功能考慮的。但是，同一交際功能，由於交際方式媒介的不同，辭體、語體色彩就有「量」的差別。同樣是家庭生活談話，口語面談，電語交談，書信筆談，辭體、語體色彩就有明顯的不同。國內外許多學者在語體劃分中，根據交

際方式、媒介的不同，都把第一層次的語體分成書面語體和口頭語體（然後再根據交際功能或其他標準劃分若干類）。蘇聯的許多語言學家，我國的張弓、胡裕樹、張靜、宋振華、姚殿芳、潘兆明、黎運漢等教授，就是這樣劃分的。筆者《語體劃分概說》（收入《語體論》一書）也曾作如此劃分。這樣劃分，充分考慮到交際方式媒介對形成語體風格色彩的影響。不過，這樣第一層次和第二層次的劃分標準不一致，就無法把不同層次的語體放在一個平面上。要解決這個問題，關鍵在於要弄清口頭語體的交際領域歸屬。我們認為口頭語體屬於多種領域，但以家庭生活談話體現的口語風格色彩最為明顯，它是口頭語體的代表，應屬於實用語體。如下199頁例。

(2)處理好辭體、語體內部各分體間排斥性和滲透性的辯證關係。世間萬事萬物都處於辯證的對立統一的整體中，辭體、語體也不例外。有的學者把辭體、語體分為實用體和藝術體兩大類，注意到了辭體、語體之間的對立關係，也就是注意到了它們之間的排斥性；但忽視了它們之間統一的一面，也就是滲透性的一面。實用辭體、語體之自然科學體和文藝體的交融，產生了文藝性科普體；實用體之社會科學體和文藝體的融合，產生了文藝政論體；實用體之應用體和文藝體的雜交，產生了文藝性日記、文藝性書信：它們都是實用體和文藝體的中介體，或稱融合體、混合體、交叉體、邊緣體，是對立性的辭體、語體相統一相滲透的產物。因此，在辭體、語體劃分中，我們把第一層次的辭體、語體分為實用體、融合體、藝術體三大類。

(3)處理好幾種交際方式、媒介的辯證關係。傳統的語體劃分，第一層次按交際方式、媒介分成口頭語體和書面語體兩大類。口頭語體是口傳耳受的，書面語體是筆寫眼看的。可是當

今的世界科學高度發達，電信語體在迅速崛起。電語是靠光電傳遞、耳目接受的。電語中的電話很像口頭語體，電報近乎書面語體，但又有區別，應給予充分重視。胡裕樹、宗廷虎教授指出：「文藝語體中的長篇小說，供讀者閱讀和在電臺裡朗誦，其修辭特點又有不同。朗誦者必須對書面語進行適當的修改，使之讀起來通俗上口，聽起來清楚悅耳。又如廣告語體，在電臺裡做廣告和在報刊上做廣告並不相同。在電臺裡做廣告還要考慮到聲音美的因素，在報刊上做廣告則可以利用文字形體的條件，如字體的大小，字形的肥瘦，顏色的深淺等，語體有別，運用修辭材料也不全相同。」[1]這是很精闢的論述。拙文《鼎立：電信體的崛起》，在中國修辭學會理論研討會上交流，會後經張靜、王德春、余惠邦三教授審定，承編入《修辭學論文集》第6集[2]，本節就不贅述了。電語和口語、書語統歸於以交際方式、媒介劃分的三種語體，以區別於傳統的只分口語和書語的兩分法。

(4)處理好辭體（語體）類別「綱」和「目」的辯證關係。把第一層次的功能辭體、語體分成實用辭體（語體）、融合辭體（語體）和藝術辭體（語體），就抓住了辭體（語體）的「綱」。其具體的下位辭體（語體）又是千差萬別的。為此，我們以第一層次三大辭體（語體）這一交際領域「質」的區別為經，以口頭表達、電語表達、書面表達這一「量」的不同為緯，把第二層次的辭體、語體分成如下圖表。第三層次、第四層次……還可以繼續分下去，但它們之間的區別越來越小。對一般的讀者來講，無須分得太細，因為再細分實用意義不大。

以上四個問題解決了，就可以給辭體（語體）重新分類，把不同層次的辭體（語體）放在一個平面上。下圖表1以語體

為例，辭體的分類同此，就不細列了。

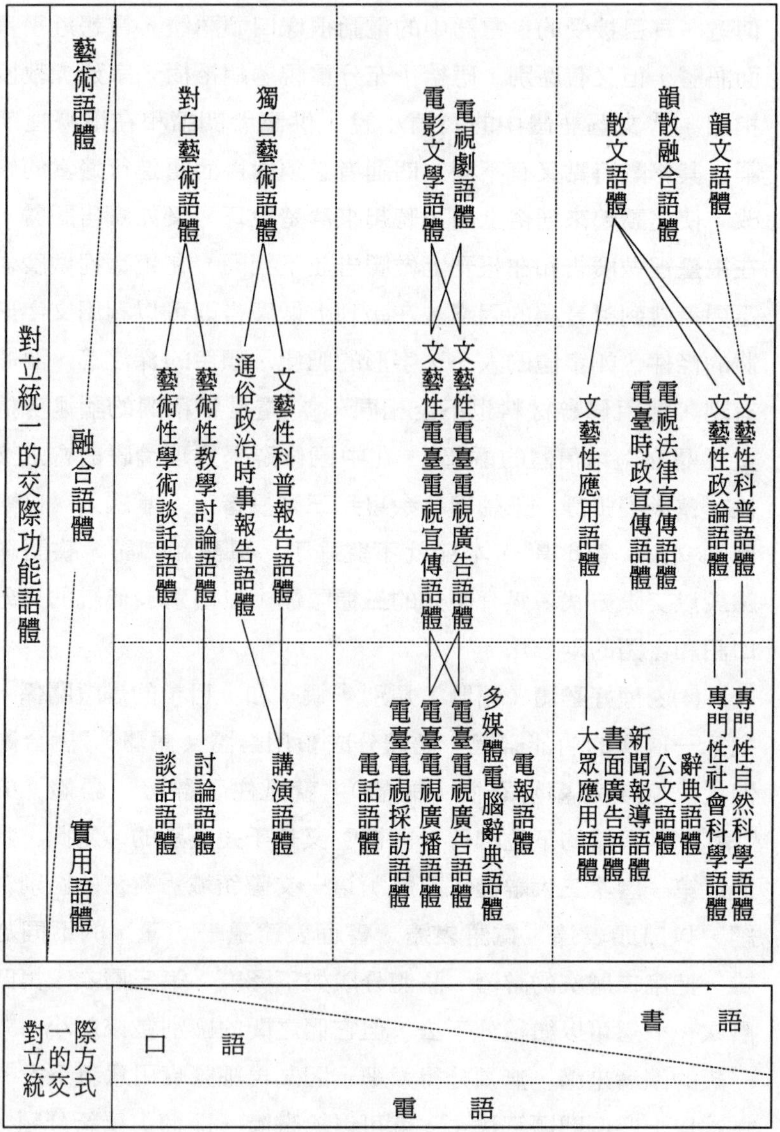

圖表1A — 對立統一的交際功能語體

藝術語體
- 對白藝術語體
- 獨白藝術語體
- 電影文學語體
- 電視劇語體
- 散文語體
- 韻散融合語體
- 韻文語體

融合語體
- 藝術性學術談話語體
- 藝術性教學討論語體
- 通俗政治時事報告語體
- 文藝性科普報告語體
- 文藝性電臺電視廣告語體
- 文藝性電臺電視宣傳語體
- 文藝性應用語體
- 電視法律宣傳語體
- 電臺時政宣傳語體
- 文藝性科普語體
- 文藝性政論語體
- 專門性自然科學語體
- 專門性社會科學語體

實用語體
- 談話語體
- 討論語體
- 講演語體
- 電話語體
- 電臺電視採訪語體
- 電臺電視廣播語體
- 電臺電視廣告語體
- 多媒體電腦辭典語體
- 電報語體
- 大眾應用語體
- 書面廣告語體
- 新聞報導語體
- 辭典語體
- 公文語體

對立統一的交際方式
- 口語 ── 書語
- 電語

圖表1A

這個表也可排列如下：

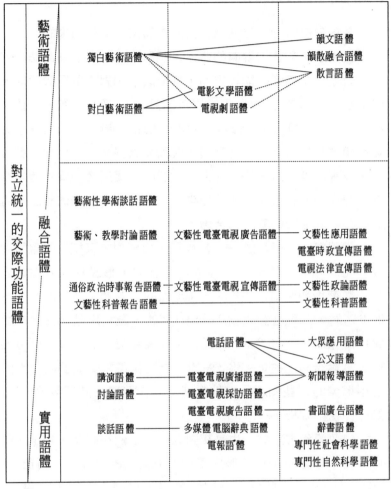

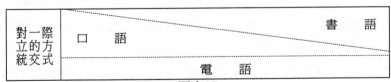

圖表1B

(二)辭體內部聯繫的量化

各種辭體特徵，是通過各自的「體素」體現出來的。

藝術辭體和實用辭體的體素是相對立的，它們在詞語、句式、辭格以及篇章結構等方面，都形成了相對立的同義手段。「拂曉」、「飛奔」、「嬋娟（眉月、月輪）」等藝術體素，依次同「早上5點30分」、「以每秒10米的速度前行」、「月球」等實用體素是相對立的。文藝體中藝術體素很多，實用體素就很少，或等於零，這是藝術性很強的話語。實用體中實用體素很多，藝術體素就很少，或等於零，這是實用性很強的話語。處於此類中間階段的屬於融合體。

實用體——融合體——藝術體，形成對立又統一的整體，我們可將它們三等分。一篇成功的話語，假設用百分數來表示，從藝術體素講，占66.6～100％的，為藝術體；占33.3～66.6％的，為融合體；占0～33.3％的，為實用體。反之，從實用體素講，占66.6～100％的，為實用體；占33.3～66.6％的，為融合體；占0～33.3％的，為藝術體。關於藝術體素與實用體素的一些問題，在拙文《論藝術體素及其體素值》[3]一節已作初步分析。

口語體和書語體，也是相對立的，它們在詞語、句子、辭格、篇章等方面，也都形成了相對立的同義手段。「阿爸」、「山藥蛋」、「小腿兒」是口語體素，它們依次和「父親」、「馬鈴薯」、「脛部」等書語體素形成同義手段。在成功的話語中，如果口語體素很多，書語體素就很少，或等於零，這是口語色彩很濃的話語。如果書語體素比例很大，口語體素比例就很小，或等於零，這是書語色彩很濃的作品。如果口語體素和

書語體素比例相近，則處於口語、書語的中介區。

電語，或接近於口語（如電話），或接近於書語（如電報），但又有自己的特點，與口語、書語漸趨鼎足之勢。

根據這些體素的分析，可以用座標表示辭體、語體之間的關係。

要統計藝術體素的百分比，我們可用縱座標 Y，從下到上，設實用體——融合體——藝術體，表示不同交際功能的體素值。見圖表2。

要統計實用體素的百分比，我們可用縱座標 Y 從下到上，設藝術體——融合體——實用體，表示不同交際功能的體素值。見圖表3。

要統計口語體素的百分比，我們可用橫座標 X 從左到右，設書語——（電語）——口語，表示口語色彩的體素值。見圖表4。

要統計書語體素的百分比，我們可用橫座標 X 從左到右，設口語——（電語）——書語，表示書語色彩的體素值。見圖表5。

這樣，交互組合，可得四種座標。

由於實用語體和藝術語體，口語和書語，都是相對立的，所以在實際運用中，四個座標可以合併，只要用一個平面來表示。如圖表6:A點在Y軸75上，X軸20上，它表示藝術體素值為75，口語體素值為80。B點在Y軸40上、X軸75上，它表示藝術體素為40，口語體素為75。依此，則可斷定A為口語藝術體，B為書語實用體。

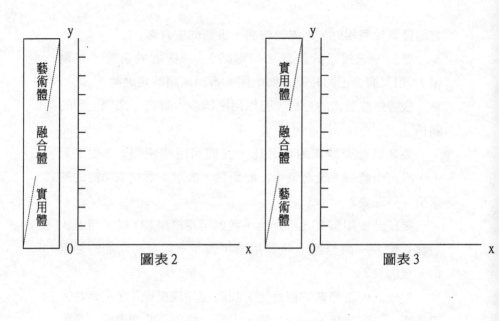

圖表 2　　　　　　　　圖表 3

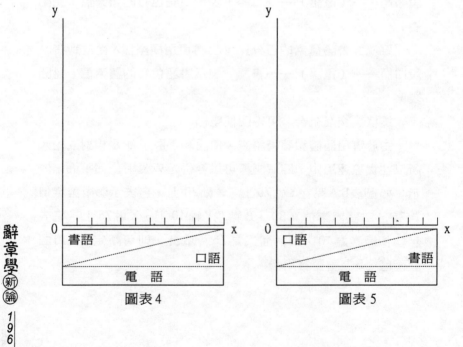

圖表 4　　　　　　　　圖表 5

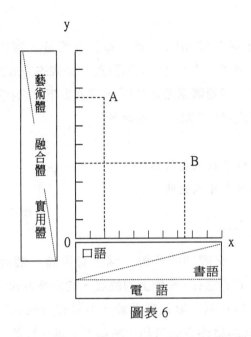

圖表 6

⇔話語作品之辭體（語體）座標定位示例

　　要給每一話語作品做辭體（語體）座標定位，就要把其體素值量化。在縱座標Y軸上作辭體（語體）功能體素的量化標誌；在橫座標X軸上作表達方式媒介體素的量化標誌。由於實用體和藝術體是對立的，因此實用體素值和藝術體素值也是對立的；同樣，口語體素和書語體素是對立的，因此口語體素值和書語體素值也是對立的。我們把X、Y兩軸都劃成100個刻度，把每一話語作品所占的體素值百分比標於其上。例如：

　　小孩兒：阿爸，我上學去啦！拜拜！
　　阿爸：好，乖乖的，慢些走，路上得小心！

這段話語，從交際功能分析，屬於實用體，實用體素值為95，這就定下了它在Y座標上的位置。從表達方式媒介分析，屬於口語體，口語體素值亦為96，這就定下了它在X座標上的位置。它們交會於A點上。見圖表7。

> 黑夜給了我黑色的眼睛。
> 我卻用它尋找光明。

（顧城《一代人》）

這一話語，從交際功能分析，屬於藝術體，藝術體素值為98，這就定下了它在Y座標上的位置。從表達方式媒介分析，它有節奏，有押韻，屬於書語體，但用普通話的詞匯表達。（現代漢語普通話的書面語和口語基本上是一致的，但有時有區別），又接近於口語，其書語體素值約為70，這就定下了它在X座標上的位置。兩個值交合於B點上。見圖表7。

> 八百多活生生的生命，
> 在報紙的本市新聞上，
> 占了小小的一塊篇幅。

（臧克家《生命的零度》）

這段話語，從交際功能分析，藝術體素值約為70，這就在Y軸上定出了它的位置。從表達方式媒介分析，它用的是書面表達的普通話，有節奏感，但沒有押韻，其書語體素值約為65，這就在X軸上定出它的位置。交際功能與表達方式兩個體素交

又於C。見圖表7。

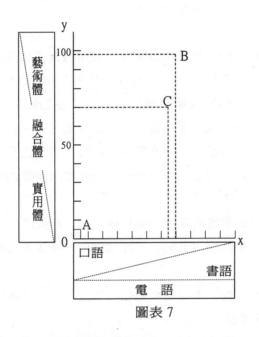

圖表 7

這是最簡單的話語。再試析一個較複雜的例子。

大王峰，一名天柱峰❶。雄踞在九曲溪口❷，是進入武
夷山的第一峰❸。向有仙壑王之稱❹。峰頂古木參
天❺，有天鑑池，投龍洞、仙鶴巖、千真觀遺址諸
勝❻。峰高數百仞❼，頂大腰細❽，四壁陡峭❾，南壁
直立裂罅❿，寬尺許⓫，有重疊架設木梯和巖壁踏腳石
孔可攀⓬。登其巔⓭，放眼四望⓮，武夷三十六峰皆朝
拱此峰⓯，若王者之尊⓰，令人心曠神怡⓱，倍覺山河
雄偉壯麗⓲。古人說：「不登大王峰者，有負武夷之
遊。」⓳

（《大王峰》，見《中國名勝詞典》，497頁，上
海辭書出版社，1986）

　　為統計方便，我們按分句計其藝術體素值和媒體（書語、
口語）值。為便於區分計，假設豎向分100度，橫向分99度，
構成平面。我們把辭體平面分為12區：豎的4分，橫的3分。
豎區從上到下分成：變格區、變義區、變式區、常格區；橫的
從左到右分成口語體、中介體、書語體等語體色彩濃淡漸變的
地區。下面就根據上述各句功能值和媒體值作辭體定位。按上
述❶至⓳分句進行分析。

　　❶句，用平實的筆調介紹科學知識，藝術體素值小；「天
柱」變義，作為專用名詞，已經常格化，較通俗的書語體：處
於9區偏上。

　　❷句「雄踞」用的是擬人化的手法，藝術體素值大；書語
體：處於3區偏下。

　　❸句用平實的筆調介紹科學知識，藝術體素小；常格句，
通俗的書語體：處於11區偏左。

　　❹句：「仙壑王」是藝術命名，藝術體素值較大；作專用
名詞，常格化，書語體：處於11區偏上。

　　❺句，「古木參天」是誇張的寫法，藝術體素值大；變格
句，書語體：處於3區左側。

　　❻句「天鑒池」等是藝術的命名，藝術體素值較大；變
義，作專用名詞，常格化，書語體；處於9區偏上。

　　❼句，「高數百仞」（實際高530米），每「仞」7尺或8
尺，略帶誇張（「數百」包括200到900，我們取其平均值），
藝術體素值大；變格句，書語體：處於3區。

❽句「頂大腰細」是擬人的手法，它們藝術體素值很大。變格句（比擬），書語體：處於3區左側。

❾❿⓫⓬⓭⓮句，語言平實，藝術體素值偏小。其中——

❾「四壁」句為常格句，書語體，處於12區左側；

❿「南壁」句為常格句，書語體，處於12區左側；

⓫「寬」句為常格句，通俗的書語體，處於11區右側；

⓬「有」句為常格句，書語體，處於12區左側；

⓭「登」句為常格句，書語體，處於12區；

⓮「放眼」句為常格句，書語體，處於9區；

⓯⓰句，「朝拱」用擬人手法，「若王者之尊」用比喻格式，藝術體素值很大。⓯「武夷」句為變格句（擬人），書語體，處於3區；⓰「若」句為變格句（比喻），書語體，處於3區；

⓱⓲句，「心曠神怡」、「雄偉壯麗」等四字格的運用，藝術體素較值大；均為常格句，書語體：處於9區。

⓳句，用引語反襯，又略帶誇張，藝術體素值較大；書語體素值大：常格句，書語體，處於6區偏下。

以上19個句子在辭體平面上就有19個點，它們最密集於6、9、12區。見圖表8。這一辭段屬於書語較濃的融合體。

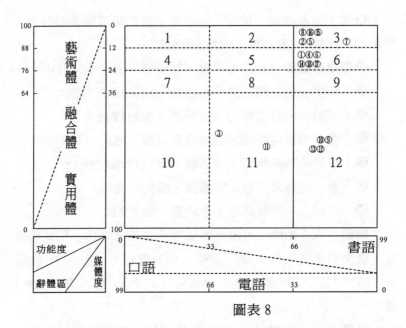

圖表 8

由上表可以看出：一篇話語的定位不能孤立於一點，它是浸潤式的，邊沿是模糊的。上例，按句的定點來分析該話語的辭體平面，就比較科學、準確，能描寫其比較真實的辭體色彩[4]，這裡先用草圖示意，比較詳細的圖表請閱《辭體平面及其運用》等節附圖。

如果是更複雜的話語，例如每篇幾千上萬字，甚至幾十萬字的，則要抽樣分析，或用電腦來統計。

辭體定位只是一種嘗試。其中體素值的評估是基礎，要作進一步的探討。辭體定位研究的科學化之日，就是辭體分析的科學化之時。

注 釋

[1] 胡裕樹、宗廷虎：《修辭學與語體》，見《語體論》，11頁，安徽教育

出版社，1987。

2　鄭頤壽：《鼎立：電信體的崛起》，河南大學出版社，1992。略作補
　充，已收入本書。

3　鄭頤壽：《論藝術體素及其體素值》，收入《文學語言研究論文集》，
　華東化工出版社，1991。

4　每一話語單位的體素值是模糊的：同一話語，不同的作者對它的體素
　評估不可能完全一致；同一體素單位不同時代的人對它體素值的評估
　是不一樣的，例如古人稱「月」，是口語，今人把它作為書面語，口
　語為「月亮」。因此，筆者在本書《辭體平面及其運用》，《〈電腦輔
　助寫作、閱讀辭典〉解說詞》等文中提出「嚴區寬度」的原則，可供
　參考。

三、辭體平面及其運用

馬克思說過：「一門學科只有能夠用數學來說明時才是科學的。」此言甚為精闢。我以為不僅自然科學如此，即使不少社會科學也不例外。在功能辭體、語體研究中，不少學者，例如黎運漢、丁金國等專家、教授就是這樣做的。辭體、語體研究的數學化，是學科發展的一個方向，是先進的，值得進一步提倡和探索。十多年來，筆者發表的一些論文[1]和專著[2]，就一貫注意用數學原理進行闡釋，尤其是「體素」與「體素值」、「語體座標」及由此產生的「功能辭體、語體平面」等理論，試圖解決中外辭體、語體研究中的一些難題，以有效地使辭體、語體理論與運用結合起來，對促進辭體、語體研究的科學化和運用的社會化出點綿力。

(一)用數學原理解決辭體、語體的分類問題

中外對功能辭體、語體的分類幾十種，它逐步促進了對其類別劃分的科學化。然而，在辭體、語體劃分上，中外不少權威的專家都是先分為口頭語體和書卷語體兩大類，作為第一層次。第二層次再從功能或言語特點進行細分。例如，第二層次的書卷語體，按交際領域的功能，分成藝術語體、實用語體及其相互滲透的交融語體；第二層次的口頭語體，從交際領域的特點，分成講演體、討論體、談話體。拙文《語體是修辭學的基礎》[3]、《語體劃分概說》[4]等，拙著《辭章學概論》[5]、《新編修辭學・功能語體與言語風格引論》[6]、《文藝修辭學・導論》[7]等基本上都是按這種思路處理的。這就出現了一個突

出的問題：即各層次辭體、語體劃分的標準不一致：第一層次，是按媒體來劃分的；第二層次以下，又轉為按領域功能來劃分，這在邏輯上是不嚴密的，理論體系上也不夠科學，辭體、語體的本質特徵無法顯現出來，也無法實現辭體、語體的「數字化」。這個難題困擾著筆者多年。

1996年，這個問題得到了初步解決，這就是「語體座標」的提出。筆者寫了《語體座標初探》一文，進行闡釋[8]。

該座標的縱軸是按交際領域的「功能」建立的；橫軸是按交流資訊的媒體建立的，並初步提出了「語體平面」的理論。本書在語體平面的基礎上，增加從功能劃分的文體方面的內容，構成「辭體平面」。

現將「辭體平面」繪製如下圖。

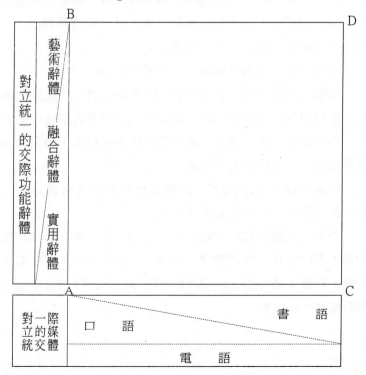

縱座標是雙向的「經」線，其最高層為藝術體，最基層為實用體，中層是上述兩類辭體的交融體。這就表明：從下至上，藝術體的「值」由0逐步增值，而作為對立面的實用體的「值」卻由大值到0。它體現了藝術體與實用體的排斥性（兩端最明顯）和滲透性（主要見於中段）的既對立又統一的辯證關係。

橫座標是雙向的「緯」線，從左到右，書卷體的「值」由0而逐步增值；而作為對立面的口語體的「值」由大值到0。電信體同書卷體、口語體比較，既有自己的特殊性，這隨著電腦、電信事業的發展將逐步突出，例如熒幕文學、電腦語言、網絡語言，都形成了同書語、口語不同的特點，也就是有差異性；又有和書語體、口語相近、相同的色彩，也就是具有同一性。和書語相近、相同的如電報、傳真等，和口語相近、相同的如電視電話、電視採訪、電臺採訪等。

這樣，經緯交織就構成了「辭體平面」。

這個「辭體平面」表示：實用體與藝術體、口語體與書語體，都是相對立又相統一的，相排斥又相滲透的辯證關係。

沿著經線，從下而上，藝術體色彩由淡到濃，沿著緯線，從左到右，書語色彩由淡到濃。

沿著經線，從上而下，實用語體色彩由淡到濃；沿著緯線，從右到左，口語色彩由淡到濃。

然而，上述所講的辭體色彩之「濃」與「淡」還是模糊的概念，還停留在「模糊數學」的階段。要給各類別、各層次的辭體，給各話語作品、各層次的言語單位作比較精確的數字描寫還要進一步分析。

(二)「體素」、「體素值」，「功能度」、「媒體度」與 「12辭體區」、「9900平方度」概念的提出

「體素」、「體素值」、「功能度」、「媒體度」與「12辭體區」、「9900平方度」是「辭體平面」的主要內容。

關於「體素」、「體素值」的理論，拙文《論藝術體素及其體素值》[9]、《語體劃分概說》[10]和《論「體素」與「格素」》[11]等已作初步闡釋，可供讀者參閱；而從功能來闡釋，拙著《文藝修辭學·導論》等用了6個座標作了初步描寫，請閱該書有關章節。

本節重點談談「功能度」、「媒體度」、「12辭體區」、「9900平方度」等概念。

整個「辭體平面」是方形的（見辭體平面圖1），上下左右所表示的功能辭體特徵不一樣。上下表示辭體功能，左右表示媒體色彩。

先分上下——

上面，是藝術功能很強的詞句分布區，越往下，藝術功能越弱；可是，實用功能卻由弱而轉強。我們把功能強弱數字化，用「度」來表示，這就產生了「功能度」這個概念：它是各種辭體功能強弱的程度。成功的話語（不成功的、或不很成功的除外），其功能可分兩大類：審美功能、實用功能。這兩大功能是相對立、又是相統一的，統一就產生了融合體。從相對立講，審美功能強的，往往實用功能弱；實用功能強的，往往審美功能弱。它們各有各的用處。

進一步講，審美功能強的，主觀性、感情性也強，客觀性、理智性就弱；客觀性、理智性強的，主觀性、感情性就

辭體平面圖1

辭體類型	功能變化	思維活動類型	感情變化	思想變化	語言特徵變化		口語度 書語度 藝術功能度 實用功能度		言語規律變化		字面與字種關係	說　明 口　訣

越靠上方藝術色彩越濃
越靠下方實用色彩越濃
越靠左方口語色彩越濃
越靠右方書語色彩越濃

88、64、中76，藝術、實用一表收。
99、66、33分，書語色彩表示高。
十二辭區雙現屏身邊，口語不難求。
常變詞色來彰異，同表詞色來彰幽，
四位數字表案圖，寫作、閱讀隨身帶，
明師指點不用愁。

總規律

口語度由高到低　書語度由低到高
口語書書由中和區

言語規律變化　變異區　常規區

字面字種不吻合　字面字種吻合

弱。形象性強的，抽象性就弱；抽象性強的，形象性就弱。這些區別，表達時，就要求藝術體，特別是詩歌體，要有濃烈的感情，浮想聯翩，並通過藝術形象表達出來；實用體，就要冷靜思考，充分運用邏輯推理，用表示事物本質特徵的概念表達出來。閱讀時，也要掌握這些規律性的變化。

由於藝術功能與實用功能有如此明顯的對立性，因此可以把它們數字化。假設最強的功能為100度，最弱的功能為0度，那麼，在「成功」的話語中就形成了這樣的公式：「藝術功能度＝100－實用功能度」；「實用功能度＝100－藝術功能度」。辭體平面上標的：藝術功能度100，實用功能度0；藝術功能度88，實用功能度12……就是由這個公式推出的。但是，藝術功能和實用功能又有相統一、相滲透、相交融的時候，科普作品、文藝政論，就是實用功能和藝術功能的結合體。

這個辭體平面，從下到上，假設可以分成四段：

先看第一段：藝術功能度「0～64」（實用功能度「100～36」）。這個辭體段裡的語句，審美性、藝術性很弱，而實用性、科學性卻很強。語句結構合乎語法常規，字面字裡是吻合的。

第二段：藝術功能度「64～76」（實用功能度「36～24」）。這個辭體段裡的語句，字面字裡吻合，但是結構突破常規。

第三段：藝術功能度「76～88」（實用功能度「24～12」）。這個辭體段裡的語句雖然語法結構合乎常規，但字面字裡是不吻合的。

最後看第四段：藝術功能度「88～100」（實用功能度

「12～0」）。這個辭體段裡的詞句，突破了語言結構常規，語法管不住它，字面字裡又是不吻合的[12]。

上述第二到第四段，不及辭體平面的三分之一，主要見於藝術辭體（包括詩歌、散文、小說、戲劇）；最下一段，藝術功能度「0～64」（實用功能度「100～36」）的超過辭體平面的三分之二，主要用於實用辭體（包括自然科學、社會科學、公文、大眾應用文和日常生活口語交際等）。這裡所說的「主要」表示：藝術辭體也有用第一段的語句，實用辭體也有用第二段以上的語句。這四段辭體區，從上到下，總的變化規律是：審美功能、藝術感染力由強到弱，啟智功能、實用屬性由弱到強；感情性、主觀性由強到弱，理智性、客觀性由弱到強；語言的形象性、變異性由強到弱，抽象性、常規性由弱到強。這就要求表達時，藝術思維的活躍程度由強到弱，邏輯思維由弱到強。但是，兩種功能，有時又是相滲透、相交融的，不可截然分開。掌握這些規律，也有助於導讀，正確理解話語作品。

再分左右——

口頭語（簡稱「口語」）、書面語（簡稱「書語」）和電信語（簡稱「電語」）都是表達、承載和破譯的媒體。電語（電話、電報、熒幕語言、電腦語言、網絡語言等）既有自己的特點，如「電腦語言」、「網絡語言」，電語特點就很突出；又和口語、書語有密切的聯繫，有的接近於口語，如電話，有的接近於書語，如電報。上面從藝術辭體到實用辭體，是「縱」的關係，從辭體類型、功能變化、思維類型、思想感情、語言特徵和言語規律、語言結構以及語義的不同分成四段，而每一段都有口語、書語和電語。這就形成了「橫」的關係。「橫」的

關係中，成功的話語（不成功的、或不很成功的除外），根據
書語色彩和口語色彩的濃淡可分三段。右段書語，左段口語，
它們是相對立、相統一的。從對立講，書語色彩很濃，口語色
彩就很淡；書語色彩很淡，口語色彩就很濃。我們也把這種濃
淡的程度數字化，用「度」來表示，這就產生了「媒體度」的
概念：它是言語媒體（口語、書語）色彩濃淡的程度。假設右
端為99書語媒體度（口語媒體度則為0），左端書語媒體度為0
（口語媒體度為99）。從統一講，口語和書語之間形成漸變的
過渡帶。假設我們把「99～0」之間，分成三段[13]：

左段：書語媒體度「0～33」（口語媒體度「99～66」），
書語色彩很淡，口語色彩很濃。日常生活用語，親切的、非正
式場合的交談，文學作品中的人物對話屬於這一段。最典型的
是家庭生活，尤其是文化程度不高的工農群眾家庭的交談，方
言土語，諺語、歇後語，兒童語言。

中段：書語媒體度「33～66」（口語媒體度「66～33」），
是中度的辭體，處於口語、書語的過渡帶，通常的語句屬於這
一段，其使用頻率最高。

右段：書語媒體度「66～99」（口語媒體度「33～0」），
書語色彩很濃，口語色彩很淡。古典詩詞、散文，專門性的科
學論著，公文，法律文字，都屬於這一段。

從左到右，書語色彩由淡到濃，口語色彩由濃到淡。

在正規的、莊重的、公共的場合（尤其是政治色彩、學術
色彩濃的場合）宜用書語，在非正式的、輕鬆的場合及日常生
活（尤其在家庭、市場、遊樂園）宜用口語。媒體色彩中度的
則可通用。

橫3段，豎4段，共12區。縱100度，橫99度，共9900平

方度。

(三)總結辭體平面的理論意義和實用價值

「辭體平面」的建立在理論上解決了以下重要的問題：

(1)解決了中外語體學研究中對不同層次語體分類標準不一致，無法把不同語體放在一個平面上的問題，也就是邏輯性、科學性不強的問題。

(2)用言語規律，從表層結構之是否突破常規和深層意義之能否按字面理解，按「常格律」（含「變式律」）、「變格律」（含「變義律」）給豎段的「辭體平面」細分為「常格區」、「變式區」、「變義區」、「變格區」。這一科學的劃分，使言語對象的界線清晰，根據「嚴區寬度」的原則，可以讓任何運用中的詞語、句子、辭格在「辭體平面」中找到適當的位置，對其辭體功能、媒體色彩作科學的定位。

(3)用辯證法的觀點，對既對立又統一、既有封閉性、排斥性又有開放性、滲透性的各類型功能辭體作科學的定位。

(4)「功能度」、「媒體度」概念的提出，使「體素」、「體素值」概念具體化，加上「12辭體區」、「9900平方度」的劃分，從而可以給任何一個話語單位作辭體定位，使定性、定量分析從比較空泛的構想到成為可操作性的事實，使辭體不僅可以「意會」，而且可以「言傳」。

(5)對新興的「電語」及其與「口語」、「書語」既「鼎立」又「聯盟」的對立、統一關係找到「和而不同」的原則。

(6)「辭體平面」理論成為拙著《數字辭體學》（待出版）的核心內容之一，給數字辭體學輸入了新鮮的血液。

理論問題的解決，有助於推動語體研究的發展和深入，讓

語體、辭體理論更加系統、完備、科學；同時有助於指導言語
實踐，表現如下：

為言語合乎「得體律」指明了方向和區位。說寫者對話語
的中心確定了，辭體選擇了，結構了然於心了（這些只有靠表
達者來解決），就可以按「功能度」、「媒體度」的需要選擇最
適切的言語，使「同義手段」選擇可以站在功能辭體的制高點
上，看到最廣闊的視野並得到最大的主動權、自由權；聽讀者
對話語作品和個體的言語單位作科學的辭體定位，可以正確地
破譯、理解、欣賞其藝術特徵和資訊類型、社會功能。

這就解決了言語「美」與「不美」的問題。

這就使語文教學（包括作文教學、閱讀教學）和「減負」
問題得到實質性的解決，為語文教改開闢了一條新路，解決了
教學的導向問題，讓一些老師從不辨「功能」卻要學生死背
「描寫辭典」、「美詞佳句好段手冊」之類書的誤區中走出來。

這樣，辭體理論、辭章理論將會逐步大眾化、社會化。我
們還可根據「辭體平面」理論，組織專家編撰多種供不同程度
的學生、不同界別的讀者需要的《電腦輔助閱讀、寫作辭
典》，建立《電腦輔助閱讀、寫作、翻譯數據庫》，讓辭章學、
辭體學受到社會各界的青睞，這些學科才有逐步成為「顯學」
的可能。

注 釋

[1] 拙文用數學原理來研究的有：《體素與格素》、《論藝術體素及其體素
值》、《語體座標初探》等。

[2] 拙著《文藝修辭學·引論》就用了6個座標來闡釋文藝修辭的特點。拙
著《數字語體學》（待刊）則是系統用數學原理寫成的，《略論語體

平面》就是其中的一篇。筆者還以「語體平面」理論組織了幾個寫作班子建設數字語體學的系統工程。

[3] 鄭頤壽：《語體是修辭學的基礎》，《福州師專學報》，1984(2)。

[4] 原載《福州師專學報》，1985（1、2），後收入中國華東修辭學會、復旦大學語言文學研究所聯合編輯的《語體論》（安徽教育出版社，1987）。

[5] 福建教育出版社，1986。

[6] 鷺江出版社，1987。

[7] 福建教育出版社，1993。

[8] 陸稼祥主編《文學語言論文集》第二、三合集，重慶出版社，1997。

[9] 林立主編《文學語言研究論文集》，華東化工出版社，1991。

[10] 同4。

[11] 《鐵嶺師專學報》，1994(1)。

[12] 縱段「0～64」、「64～76」、「76～88」、「88～100」四段，是根據對話語作品抽樣統計的數字所作出的劃分，具體數據另文專論。

[13] 橫段本應按「0～100」分為三個1/3，這就出現了小數點。改用「0～99」，便於均分。

四、《電腦輔助寫作、閱讀辭典》解說詞（少年版）

　　寫詩、作文以及寫實驗報告、日常應用文，首先，要確定表達的中心資訊，要有好的材料，還要考慮怎樣開頭，接著寫什麼，結尾怎麼收，做到中心明確，題材典型，層次清楚。但僅僅這樣，還是不夠的，還要考慮怎樣用詞、造句，用什麼修辭手法、表達方式和藝術方法。

　　詞語是建築詩文大廈的磚瓦，所有的作家都重視積累詞語，他們的詞語「庫存」十分豐富。那是作家每日每夜、長年累月、用心積累起來的。在豐富的詞語庫存的基礎上，還要進一步選擇句式，運用修辭格式、表達方式和藝術方法。時代發展到今天，我們要做的事情、要學的東西很多很多。如果能夠借助電腦這位智多星，就可以掌握比一般作家更多的詞語、句子、辭格、表達方式和藝術方法。「一句話百樣說」，單單「月亮」一詞，就有幾百種寫法。即使是作家、詩人，如果對這些寫法都能一目了然，不僅便於選用，也更有助於創新。電腦幫了我們多大的忙啊！

　　詞語、句子、辭格、表達方式和藝術方法多，但要用得恰當，要「得體」。所謂「得體」，就是合乎語體、文體（合稱「辭體」）。語體，又稱「功能語體」：要抒發感情呢，還是要說明道理；要表達主觀感受呢，還是要闡述客觀事理；要讓聽、讀的對象獲得審美愉悅，得到藝術的感染呢，還是要有所理解，得到理智的啟迪……這就要求說、寫者決定用藝術思維呢，還是用邏輯思維；用形象的語言呢，還是用抽象的概念。

同時，還要考慮用口頭語呢，還是用書面語。如果用得不恰當，就會鬧出許多笑話。例如，在喜慶的日子，高興、激動的發言中情不自禁地說「祖國，我的母親」就很得體；如果說成：「祖國，我的媽呀」就可能引起哄堂大笑。北美一家報社招收了大學剛畢業的一個學生，他想表現自己的文采，引起轟動效應，把原來的《天氣預報》稿「今天天氣，早晨多雲轉晴，傍晚有小雨」，改成：「晨風吹開飄動的烏雲，給城市黎明帶來金黃；黃昏將有沙沙的陣雨，使喧鬧的街道一片靜穆」。這麼一刊出，全市嘩然，議論紛紛！

上面講的「母親」和「媽」，「早晨多雲轉晴」和「晨風吹開飄動的烏雲，給城市黎明帶來金黃」，「傍晚有小雨」和「黃昏將有沙沙的陣雨」，意思一樣，但是，在《天氣預報》中，前一種抽象的表達很「得體」，後一種形象的描寫就「失體」了。目前出版了不少「詞語手冊」、「描寫辭典」之類工具書，有些老師沒有引導學生怎樣正確使用，卻要求學生背誦、套用，就可能鬧出如同上述不得體的笑話，走著與「減負」、與素質教育相反的道路，「事倍而功半」，是不可取的！

傳統的說法：「文章以體製為先」——寫文章在確定了中心之後，首先要明確語體、文體。

語體、文體也是一門學問。我給大學本科生講修辭課，其中「語體」部分，要講一個半月，才只是講些基礎知識、基礎理論；給碩士研究生，就要開一個學期的課，講些研究的課題；講寫作課，也要花不少時間談文體。小學生不要求學這些太專門的課程，但是，必須掌握語體、文體最基本的原則。我們不要求小學生死記硬背有關語體、文體的知識、理論，只要分得清上、下、左、右，語體、文體的大方向就「八九不離

十」，不至於不分場合鬧出「祖國，我的媽呀」這一類的笑話了！

現在是改革開放的時代，人際交往頻繁。對同一對象，就有多種多樣的稱呼，同一活動，也有多種多樣的說法，但是表現出來的「色彩」不同：親切或莊重，隨意或謹嚴，謙卑或恭敬，通俗或文雅，適用於不同的場合，體現出說話者不同的修養，其交際效果也有很大差別。本辭典都用融合語體、文體理論、規律和方法於一體的「辭體平面」給予展示。現在就請看看辭體平面圖1（熒幕顯現，圖見上「叁」節）。

先分上、下（熒幕顯現）──

上面，是藝術性很強的詞句、辭格、表達方式和藝術方法的分布區，越往下，藝術性越弱；可是，實用性就由弱而轉強。「天氣預報」是實用性很強的辭體，要用明確抽象的語言，因此，「晨風吹開飄動的烏雲，給城市黎明帶來金黃」用得不得體；如果用在上面藝術性很強的辭體區（包括詩歌體）中，就「得體」了。

這裡先說明一下「功能度」這個概念，它是各種辭體色彩強弱的程度。成功的話語（不成功的、或不很成功的除外），其功能可分兩大類：審美功能、實用功能。這兩大功能是相對立、又相統一的。從相對立講，審美功能強的，往往實用功能弱，例如「黃河遠上白雲間」，給人審美的快感，卻無法根據這詩句學地理知識；實用功能強，往往審美功能弱，例如「黃河發源於青海省巴顏喀拉山各資各雅山麓」，從這裡學到了實用的地理知識，卻沒有獲得多少審美的享受。它們各有各的用場。

進一步講，審美功能強的，主觀性、感情性也強，客觀

性、理智性就弱，例如：「白髮三千丈，緣愁似個長。」這主要見於藝術辭體。客觀性、理智性很強，主觀性、感情性就弱，例如「過分憂愁，心理失調，就吃不香，睡不安，也會使生理失調，使人衰老，早生白髮」。這主要見於實用辭體。形象性很強，抽象性就很弱，例如「夢似雲，夢如霧」——「雲」和「霧」就很形象。這主要見於藝術辭體。如果抽象性很強，形象性就很弱，例如「夢是睡眠時局部大腦皮質還沒有完全靜止活動而引起的腦中的表象活動」。這就很抽象。這主要見於實用辭體（科學辭體類）。這些區別，就要求藝術體，特別是詩歌體，要有感情的衝動，浮想聯翩，表達時，通過藝術形象呈現出來；實用體，就要冷靜思考，充分運用邏輯推理，用表示事物本質特徵的概念表達出來。閱讀，也要掌握這種變化的規律。

由於藝術功能與實用功能有如此明顯的對立性，因此可以把它們數字化。假設最強的功能為100度，最弱的功能為零度，那麼，在「成功」的話語中就形成了這樣的公式：「藝術功能度＝100－實用功能度」；「實用功能度＝100－藝術功能度」。辭體平面上標的：藝術功能度100，實用功能度0；藝術功能度88，實用功能度12……就是由這個公式推出的。但是，藝術功能和實用功能又有相統一、相滲透、相交融的時候，科普作品、文藝政論，就是實用功能和藝術功能的結合體。這個辭體平面，從下到上，可以分成四段：

先看第一段；藝術功能度「0～64」（實用功能度「100～36」）。這個辭體段裡的語句、辭格、表達方式和藝術方法，審美性、藝術性很弱，而實用性、科學性卻很強。如「月球，是圍繞地球轉動的衛星，表面凹凸不平，本身不發光，只能反射

太陽的光，直徑約為地球的四分之一，引力相當於地球的六分之一」。語句結構合乎語法常規，字面字裡是吻合的。

第二段：藝術功能度「64～76」（實用功能度「36～24」）。這個辭體段裡的語句、辭格、表達方式和藝術方法，字面字裡吻合，但是結構突破常規。例如「月亮升起來了，慢慢地，慢慢地」，整句話都可以按照字面理解，但突破了語法常規。按語法常規，應該講「月亮慢慢地、慢慢地升起來了」。把「慢慢地、慢慢地」挪到句末，在於強調「慢」的程度。

第三段：藝術功能度「76～88」（實用功能度「24～12」）。這個辭體段裡的語句辭格、表達方式和藝術方法雖然語法結構合乎常規，但是字面字裡是不吻合的。例如「月輪」，這個短語在一千多年前已經產生了，也就是它的結構已經常規化了；而它並不是「月的輪子」，「輪」只含比喻義，「月輪」是「圓月」的意思，「圓」的意思是由「輪」的相似點轉過來的。又如「月鏡」（像鏡子）、「月眉」（像眉毛）、「月弓」（像弓）等，都屬於這一辭體段。

最後看第四段：藝術功能度「88～100」（實用功能度「12～0」）。這個辭體段裡的詞句、辭格、表達方式和藝術方法，突破了語言結構常規，語法管不住它，字面字裡又是不吻合的。例如，「月亮婆婆」突破了常規的語法結構，字面字裡是不一致的：這裡的「月亮」已不同於物理世界的「月球」，它屬於藝術世界的客體，把月亮當作有感情的人──「婆婆」了。童話裡就有：「奶奶疼寶寶，給寶寶講月亮婆婆的故事……」再如「織一縷香夢」，「釣起一江明月」，「種下綠色的希望」等，都屬於這一辭體段。

上述第二到第四段，藝術功能度依次為：「64～76、76

～88、88～100」（實用功能度「36～24、24～12、12～0」），其審美性、藝術性依次為：弱、強、很強，而實用性、科學性卻依次為：強、弱、很弱。這三段不及辭體平面的三分之一，主要見於藝術辭體（包括詩歌、散文、小說、戲劇）；最下一段，藝術功能度「0～64」（實用功能度「100～36」）的超過辭體平面的三分之二，主要用於實用辭體（包括自然科學、社會科學、公文、大眾應用文和日常生活口語交際等）。這裡所說的「主要」表示：藝術辭體也有用小於64藝術功能度（大於36實用功能度）的語句、辭格、表達方式和藝術方法，實用辭體也有用大於64藝術功能度（小於36實用功能度）的語句、辭格、表達方式和藝術方法。科普作品、文藝政論，就有在64藝術功能度（36實用功能度）上下浮動的語句、辭格、表達方式和藝術方法。

為此　我們編了簡明、易懂、易記的口訣：

88、64、中76，藝術、實用一表收。

99、66、33分，書語、口語不難求。

十二辭區雙并接，常變規律現屏頭。

同義語句色彩異，四位數字表深幽。

寫作、閱讀隨身帶，明師指點不用愁。

口訣只從藝術功能講，其中的「88、64、中76，藝術、實用一表收」——88度、64度當中是76度，「88～64」便於記憶，上三段，每段相隔12度。整個平面形成了「100～88」、「88～76」、「76～64」和「64～0」四段辭體區，這四段辭體區，從上到下，總的變化規律是：審美功能、藝術感染

力由強到弱，啟智功能、實用屬性由弱到強；感情性、主觀性由強到弱，理智性、客觀性由弱到強；語言的形象性、變異性由強到弱，抽象性、常規性由弱到強。這就要求表達時，藝術思維的活躍程度由強到弱，邏輯思維由弱到強。掌握這些規律，也有助於導讀，正確理解話語作品。

但是，兩種功能，有時又是相滲透、相交融的，不可截然分開。

再分左、右（熒幕顯現）——

口頭語（簡稱「口語」）、書面語（簡稱「書語」）和電信語（簡稱「電語」）都是表達的媒體。電語（電話、電報、熒幕語言、電腦語言、網絡語言等）既有自己的特點，例如其中「電腦語言」、「網絡語言」，電語特點就很突出；又和口語、書語有密切的聯繫，有的接近於口語，有的接近於書語。上面從藝術辭體到實用辭體，是「縱」的關係，從辭體類型、功能變化、思維類型、思想感情、語言特徵和言語規律、語言結構以及語義的不同分成四段，而每一段都有口語、書語和電語。這就形成了「橫」的關係。「橫」的關係中成功的話語（不成功的、或不很成功的除外），根據書語色彩和口語色彩的濃淡可分三段。右段書語，左段口語，它們是相對立、相統一的。從對立講，書語色彩很濃，口語色彩就很弱；書語色彩很弱，口語色彩就很濃。假設右端為99書語媒體度（口語媒體度則為0），左端書語媒體度為0（口語媒體度為99）。從統一講，口語和書語之間形成漸變的過渡帶。假設我們把「99～0」之間，分成三段：

左段：書語媒體度「0～33」（口語媒體度「99～66」），書語色彩很淡，口語色彩很濃。文學作品中的人物對話，日常

生活用語，親切的、非正式場合的交談，屬於這一段。最典型的家庭生活，尤其是文化程度不高的工農群眾家庭的交談，可用方言土語，諺語、歇後語。

中段：書語媒體度「33～66」（口語媒體度「66～33」），是中度的辭體，處於口語、書語的過渡帶，通常的語句屬於這一段，其使用頻率最高。

右段：書語媒體度「66～99」（口語媒體度「33～0」），書語色彩很濃，口語色彩很淡。古典詩詞、散文，專門性的科學論著，公文、法律文字，都屬於這一段。

從左到右，書語色彩由淡到濃，口語色彩由濃到淡。現舉一組語句如下：

> 媽咪、爹、娘，阿爸、阿媽—爸爸、媽媽—父親、母親，父、母，家嚴、家慈，令尊、令堂。
> 下巴做操、填肚子—吃飯、便餐—用飯、洗塵。
> 氣炸肚皮—發火—怒、大怒、憤怒、怒髮衝冠。
> 太陽醒來了—天亮，早上、早晨—朝、曉、旦。

在正規的、莊嚴的、公共的場合（尤其是政治色彩、學術色彩濃的場合）宜用書語，在非正式的、輕鬆的場合及日常生活（尤其在家庭、市場、遊樂園）宜用口語。例如，填履歷表，宜用「父」（或「父親」）、「母」（或「母親」），在家庭中可稱呼「爸爸」、「媽媽」、「阿爸」、「爹」、「娘」、「阿媽」、「媽咪」。

口訣中的「99、66、33分，書語口語不難求」就是對橫區特點的概括。

　　橫3段，豎4段，共12區。每一個詞語句子、辭格、表達方式和藝術方法，都可以同時用豎段的「功能度」和橫段的「媒體度」來表示，一共四位數字。這四位數中的前兩位，表示藝術功能度（100－藝術功能度＝實用功能度），後兩位表書語媒體度（99－書語媒體度＝口語媒體度）。實用功能度和口語媒體度不標出。例如，《天文·月》部分的詞語、句子、辭格、表達方式和藝術方法的辭體平面分布圖（熒幕顯現）。

　　嬋娟（指月亮），用9796來表示，屬於辭體域第12區。前兩位數「97」屬於「藝術功能度」，它處於「100～88」之間，作為「月亮」這個含義，它字面字裡不一致，結構與「月亮」截然不同，說明它藝術性很強。後兩位數「96」屬於書語媒體度，它處於「66～99」之間，書語色彩很濃。它是修辭上借代的用法，用月裡的嫦娥仙女代月亮。蘇軾《水調歌頭》「千里共嬋娟」就是這種用法。

　　月亮又稱「太陰」，它隱含中國古代哲學觀點，與「太陽」（日）相對，可用「0997」來表示，屬於辭體域第3區。而「月球」，則是現代科學術語，其中的「球」含有比喻義，可用「2475」來表示。從書語色彩論，「太陰」書語媒體度「97」，書語色彩很濃；「月球」書語媒體度「75」，比「太陰」通俗些，但還在辭體域第3區內，它是天文學的科學術語。

　　同樣用擬人格指「月亮」，「月妃」9480，「月姊」9470，「月姐」9450，「月婆婆」9403。對它們作一比較就可發現：它們的「藝術功能度」都是94，屬於變格區，富於藝術色彩；但這四個詞媒體區相隔較遠，「月妃」，屬於第12區，書體色彩很濃；「月姊」（「姊」古漢語詞，比現代漢語「姐」的書語色彩濃），媒體度為70，仍在12區中；「月姐」，

媒體度50，在11區中，「月婆婆」媒體度03度（口語色彩96度），則屬於第10區。

這就是「同義詞語色彩異，四位數字表深幽」的含義。

整個辭體平面是雙「井」字緊接的，上3段9區，變異性形成「特強—強—較強」三等級；最下1段3區，則是常規的用法。這就是「十二辭區雙井接，常變規律現屏頭」——全部用熒幕顯現出來（熒幕再現）。

總之，從上到下，藝術性由強到弱，實用性由弱到強；從左到右，口語色彩由濃到淡，書語色彩由淡到濃。這是總綱。抓住上、下、左、右，就掌握了辭體的大方向了。

在《電腦輔助寫作、閱讀辭典》（小學版）中，儲進了多於一般大學生所掌握的詞句、辭格、表達方式和藝術方法：上、下、左、右，濃縮了本科生、研究生辭體學理論課程的精華，化繁為簡，深入淺出，可視性很強，很容易理解，不要死記硬背。如果小學生會用電腦，真是「事半功倍」，電腦智多星幫了我們多大的忙啊！

但是「輔助」，僅僅是從旁幫助。如果你連「月亮」這個詞都沒掌握，就談不上運用「月婆婆」、「嬋娟」這些詞了！因此，首先要掌握基礎知識。

另外要告訴聽眾、觀眾的是：「文貴意」，文章的思想內容是根本，全篇的結構是大局，語言運用的特殊環境是依據，不要忘了「根本」、「大局」和「依據」，而只在個別詞句、辭格、表達方式和藝術方法上用功夫，那是捨本逐末，不可取的。寫作時明確了中心、大局和言語環境，胸有成竹了，就應該先寫下去，不要五步兩回頭，不會的詞句先空在那裡，或先用沒有什麼特色的、一般的詞句，等全文寫成後，再請電腦智

多星來幫助，就不至於斷了文脈，抓了芝麻，掉了西瓜！同時，還要注意：文章貴在創新，我們要借助電腦辭典的提示，盡可能創造性地運用語言，千萬不要專揀陳詞濫調！

以上重點闡析了「功能（藝術、實用）色彩」和「媒體（口語、書語）色彩」。詞語的運用還要考慮：感情色彩——褒義（褒）、貶義（貶）、中性；禮貌色彩——尊敬之詞（敬）、謙虛之詞（謙）；風格色彩——通俗詞（俗），包括方言土語（方）、文雅之詞（雅）、莊重之詞（莊）、詼諧之詞（諧）、婉曲之語（婉）；還要顧及各種專業的術語，如文學（文）、歷史（史）、哲學（哲）、天文（天）、地理（地）、生物（生）、數學（數）、物理（理）、化學（化）、政治（政）、經濟（經）、軍事（軍）、法律（法），以及外來語（外）等，有必要時本辭典在其後括號內注明，以免用詞、造句和理解的失誤。

隨著科學發展的一日千里，人機對話，情報自動檢索，世界各國的交往，不同語種的交流、翻譯，這一系列時代的高科技命題，都被擺上議事日程。目前的電腦，才能解決其中的一部分問題，至於字面字裡不吻合的和有特殊文化背景含義的詞句，例如「和尚打傘」、「東風壓倒西風」、「蛇無頭不行」等，照字面翻譯，就會使對方費解、歧釋、誤解，甚至造成不良的影響。這是本課題的姊妹篇《電腦輔助翻譯辭典》要解決的難題。

編寫此類「電腦辭典」是個十分龐大的系統工程，它的建立，是「四化」建設的需要，改革開放的需要，時代的要求，它任重道遠，前景廣闊，捷足先登，才能占領「電腦辭典」的制高點！

五、辭體平面舉隅

　　電腦輔助閱讀、寫作數據庫，簡稱「讀寫電腦辭典」，是根據「同義手段」與「辭體平面」建構的。它將用紙本、熒幕（含聲音、圖像）來展示，寫成不同版本：少年版、成年版、秘書版、科技版、作家版、綜合版等。我們將首先推出少年版，供小學生、初中生使用，為減輕學生負擔，擴大知識面起積極作用。它注意文語並收、文理兼顧，寓智於娛，趣味橫生，調動視覺、聽覺，啟發想像、聯想，加深印象，提高學習效果。此典將於近期推出紙版本、光碟版兩種。配合這一工程的一本專著《數字辭體學》將隨著出版。以下附文屬於成年綜合版，僅作示例而已。

〔附一〕「心情・笑」的辭體平面

笑，是心理現象、生理想像，往往人快樂的時候就會笑。笑，形之於色，就成笑臉，發之於口，就是笑聲。描寫這些情態的詞語有「喜笑」、「歡笑」、「笑盈盈」、「笑吟吟」、「笑哈哈」、「笑呵呵」、「笑咯咯」、「破涕為笑」、「眉開眼笑」、「笑顏常開」等。

笑，更是文化現象、社會現象，有人通過笑，表達對某種事物的惡感或不好的評價。例如：「譏笑」、「嗤笑」、「嗤之以鼻」（表示不以為然或看不起），「訕笑」、「恥笑」、「嘲笑」、「冷笑」、「非笑」、「付之一笑」。有的感到被嘲弄，例如：「見笑」、「取笑」而成為「笑柄」、「笑料」。有的笑，表現笑者的性格、修養，例如：「好笑」、「憨笑」、「傻笑」、「天真地笑」。有的表現出笑者的道德、品質，例如：「獰笑」（凶惡地笑）、「怪笑」、「奸笑」、「狎笑」、「乾笑」、「皮笑肉不笑」、「笑面虎」、「笑裡藏刀」、「諂笑」、「脅肩諂笑」。有的「笑」表現出笑者的地位和處境，例如，「苦笑」、「假笑」、「佯笑」、「裝笑」、「買笑」、「賣笑」、「強笑」、「賠笑」、「獻笑」。有的笑，表現出良好的態度，如：「含笑」、「談笑」、「微笑」、「莞爾一笑」、「笑臉相迎」。有的笑給人美感、好感，例如：「嫣然一笑」、「含睇宜笑」、「巧笑」、「朗笑」、「笑容可掬」、「笑容滿面」。

笑，根據程度分有「微笑」、「含笑」、「莞爾一笑」、「莞爾」、「似笑非笑」、「淡淡一笑」和「大笑」、「哄然大笑」、「哄堂大笑」、「捧腹大笑」、「撫掌大笑」、「哈哈大

笑」、「搏髀大笑」、「詼啁大笑」、「噴飯」、「絕倒」、「絕纓」、「噱」、「嘔噱」等。「笑」，又稱「解頤」、「解顏」、「囅然一笑」、「粲然一笑」、「胡盧而笑」、「言笑」。引人發笑叫「逗笑」；不自主而笑叫「失笑」；很嚴肅，「不苟言笑」；表示謙虛用「聊博一笑」。下面先舉幾個例子：

　　笑，是人們心情愉快的表現，對於健康是有益的。笑，是一種複雜的神經反射作用。當外界的一種笑料變成信號，通過人的感官傳入大腦皮層，大腦皮層接到信號，就會立即指揮全身肌肉或一部分肌肉動作起來，於是出現了笑。

　　笑在胸腔，能擴張胸肌，加強肺部的運動，使人呼吸正常。

　　笑在肚子裡，能使腹肌收縮了又張開，及時產生胃液，幫助消化，增進食欲，促進人體的新陳代謝。

　　笑在心臟，能使血管的肌肉加強運動，促進血液循環，加快淋巴循環，使人面色紅潤，神采奕奕。

　　笑在全身，能使全身肌肉都動作起來，興奮之餘，使人輕鬆，睡眠充足，精神飽滿。

　　笑，也是一種運動，不斷地變化發展，有助於身心健康。

（高士其《笑》）

　　憑窗站了一會兒，微微的覺得涼意侵人。轉過身來，忽然眼花繚亂，屋子裡的別的東西，能隱在光雲裡；一片幽輝，只浸著牆上畫中的安琪兒。——這白衣的安琪兒，抱著花兒，揚著翅兒，向著我微微的笑。

「這笑容彷彿在哪兒看見過似的，什麼時候，我曾……」
我不知不覺的便坐在窗口下想，——默默的想。

嚴密的心幕，慢慢的拉開了，湧出五年前的一個印象。
——一條很長的古道。驢腳下的泥，兀自滑滑的。田溝
裡的水，潺潺的流著。近村的綠樹，都籠在濕煙裡。弓
兒似的新月，掛在樹梢。一邊走著，似乎道旁有一個孩
子，抱著一堆燦白的東西。驢兒過去了，無意中回頭一
看。——他抱著花兒，赤著腳兒，向著我微微的笑。

（冰心《笑》）

上面兩例，都是文章的節選，題目都一樣，都寫「笑」，
但它們的辭體色彩各異，對人所產生的功能是不同的。第1例
是科普作品，它用邏輯思維，用各種科學術語：「神經反射作
用」、「信號」、「感官」、「大腦皮層」、「胸腔」、「胸肌」、
「肺部」、「腹肌」、「胃液」、「食欲」、「新陳代謝」、「心
臟」、「血管肌肉」、「血液循環」、「淋巴循環」等，闡明科
學道理，使人獲得知識，得到啟發教育。它屬於實用性的文
章，除了「面色紅潤，神采奕奕」等略具形象色彩外，大部分
語言都很抽象、平實，而不高深難懂。它處於3區偏左，用
「笑₁」定位。第2例是文藝散文，它用藝術思維，用了烘托、
描繪的藝術方法，渲染出一種詩般的意境來突出「笑」——這
「笑」，雖然是「微微」的，卻能拉開「嚴密的心幕」，使人
「心下光明澄靜，如登仙界，如歸故鄉」，融入深深的「愛」的
境界裡。它陶冶人的心情，給人審美的愉悅。它的語言形象，
優美，處於2區上方，用「笑₂」給它定位。

寫「笑」的語言，一進入文學作品，就奇光異彩，令人眼

花繚亂。例如：

①小青聽得津津有趣，禁不住噗嗤一聲笑了出來。

②人世難逢開口笑。

③張君幽默健談，追述去年和他的夫人往甘肅時途中遇
　盜情形，令人忍俊不禁。

（韜奮《萍蹤寄語初集》）

④匡衡能解詩，諸儒爲之語曰：「匡說詩，解人頤。」

（《漢書・匡衡傳》）

⑤匡說詩，解人頤，蓋言其善於講誦，能使人喜而至於
　解頤也。至人俗諺以人喜過甚者，云兜不上下頦，即
　其意也。

（周密《齊東野語》）

⑥南威爲之解顏，西施爲之巧笑。

（曹植《七啓》）

⑦奉事而大有功者不可爲數，而吾君未嘗啓齒。

（《莊子・徐無鬼》）.

⑧粲然啓玉齒，授以煉藥說。

（李白《古風》）

　　上述都寫到「笑」。例①「噗嗤」，又作「撲赤」，象聲
詞，都形容笑聲。它口語色彩很濃，處於7區，以「噗赤」為
「標辭」[1]。例②「開口笑」，處於2區。例③，「忍俊」，含
笑；「不禁」，控制不住。它書語色彩較濃，處於3區。例⑤
「解頤」（頤；頦），開顏而笑，與「解顏」、「喜而兜不上下頦」
都是同義詞。「解頤」處於9區，「兜不上下頦」處於8區。

例⑦「啟齒」，開口笑露出牙齒；例⑧「粲然」，露齒笑的樣子。它們是同義詞，只是「粲然」書語色彩更濃些。它們都處於9區。見辭體平面圖2。

笑，如此多姿多彩，選用描寫「笑」的詞語、句子、辭格、表達方式和藝術方法，首先要分清感情色彩、情態。「喜笑」、「美笑」，感情色彩是好的，給人以美感；「大笑」，感情色彩有褒、有貶；「惡笑」，感情色彩是不好的，給人以惡感。下面，我們選最常用的設幾個辭體平面進行分析。

㈠「喜笑」（含「笑臉」、「笑聲」）的辭體平面解說詞

先看辭體平面圖3（熒幕顯現）。2區中以「喜笑」為標辭，還有「歡笑」。它們通俗易懂，經常使用。在同一功能度上的「悅笑」，略帶書語色彩，屬於3區。

2區的上部以「笑盈盈」為標辭，還有「笑吟吟」、「笑嘻嘻」，形容微笑的樣子，其藝術色彩較濃於「喜笑」、「歡笑」。「笑盈盈」之上，為「笑呵呵」、「笑哈哈」、「笑咯咯」，「呵呵」「哈哈」、「咯咯」還有象聲的作用，藝術色彩更濃些。其右方，以「笑顏常開」為標辭，還有「眉開眼笑」、「笑逐眼開」、「笑語歡歌」、「破涕為笑」，都是成語，其形象色彩、藝術色彩、書語色彩，都比「笑呵呵」強些，多用於書語中，處於3區。

文學作品，總要浮想聯翩，由此及彼，由表及裡，進行想像、聯想，使「喜笑」更加形象化、藝術化，具有更濃的審美情趣。5區、8區交界處，以「像笑佛一樣慈祥的笑臉」為標辭，還有「笑意像雪梅吐芳似的」、「笑臉像一朵水芙蓉」，「眉眼笑成一朵繡球花」，「像一朵盛開的石榴花」，「愁眉苦

辭體平面圖 2

辭體類型		言語規律變化	語言結構變化	字面與字裡關係	說　明 口　訣
藝術辭體		笑構破常規	字面與字裡不吻合	88、64、中76，藝術、實用一美收。 99、66、33分，口語不難收。 書語：口語雙現屏幕頭， 常變規律現同言色彩異。 十二辭規雙現色彩異。 四位數字表現幽身常， 寫作、閱讀隨身常， 明師指點不用愁。
融合辭體		符合常規結構		
實用辭體		笑構破常規結構	字面字裡吻合	總規律 越靠上方藝術色彩越濃 越靠下方實用色彩越濃 越靠左方口語色彩越濃 越靠右方書語色彩越濃

書語度由低到高　0　33　66　99
口語度由高到低　99　66　33　0

	口書語中和區	口語書語中和區
0	12	11
	9　啟齒・解頤	8・書而兜不上下頦
	6	5　開口笑・笑₂
	忍俊不禁　笑₁	2
	3	
	10　嘆赤一笑	7・一笑
	4　口語一美	1

口語色彩由濃到淡　書語色彩由淡到濃

原　則：「辭區一覽表」為表達特徵、選區比較嚴格，由於語言是動態的，定點可以從寬。

電　語

辭區相互區別、滲透
介於書語、口語之間
書語・口語相互區別

語句功能定位

笑₁　笑₂　嘆赤一笑　解頤　解人頤　啟齒　書而兜不上下頦　粲然
忍俊不禁　解頤　解頤　啟齒　紫然

辭體特徵變化

臉……變成怒放的桃花。」例如：

①A.心情愉快，笑顏常開身體好。

　B.老爺爺今年九十八像笑佛一樣慈祥的笑容，從不知
　　道世界上有憂愁似的。

　C.她眼角口邊，便漾出一絲笑意來了——淡淡的，蘊
　　蓄的，就像雪梅吐芳似的。

（《清水灣，淡水灣》）

②A.用愛憐親切的眼光注視著他們的，有包著花布頭巾
　　笑出酒窩來的大姑娘，也有穿著工作服的眉開眼笑的
　　小伙子……

（冰心《我們把春天吵醒了》）

　B.姜翠花比過歡迎夏競雄更熱烈，就像大年初一接喜
　　神兒似，眉眼笑成一朵繡球花。

（劉紹棠《雞鳴風雨女蘿江》）

　C.那笑，使人永遠也忘不了。花蕾顫巍巍地張開了
　　口，嬌羞地舒展開了花瓣。

（《鴨綠江》1982年第1期）

③A.十三陵水庫開工的消息傳來，他們奔走相告，笑逐
　　顏開，也不顧家長們和大隊長的顧慮和勸阻，他們堅
　　持地跳著蹦著就跟著大隊來了。

（冰心《十三陵水庫工地上的小五虎》）

　B.她紅撲撲的臉蛋……黑裡透紅的臉浮現著笑，像一
　　朵盛開的石榴花。

（《滹沱河畔》1982年第2期）

　C.少年笑了，笑得像清泉的波紋，從他嘴角的小漩窩

辭體平面圖 3

辭體類型	功能變化	思維活動類型	感情變化	思想變化	語言特徵變化
藝術辭體	審美功能‧藝術欣賞作用由高到低變弱	形象性思維活動（藝術思維）	感情由高到低變弱	主觀性由高到低變弱	形象性、雙關性由高到低變弱
融合辭體		由形象思維向抽象思維活動過渡（雙軌思維）	由激情向理智過渡	由主觀向客觀過渡	由形象性、雙關性向邏輯性過渡
實用辭體	用功能‧理智說明作用由低到高增強	抽象性思維活動（邏輯思維）	理智由低到高增強	客觀性由低到高增強	邏輯性由低到高增強

	說　明　口　訣
	88、64、中76、實用一表收。
	99、66、33分。
	十二辭區規律要牢求。
	常語書語變現并屏接。
	同義詞言色彩表深幽。
	四位數字表深幽。
	寫作、閱讀隨身常，明師指點不用愁。
	總規律
	慈靠上方藝術色越濃
	慈靠下方實用色越濃
	慈靠左方口語色越濃
	慈靠右方書語色越濃

口語書語中和區

書語度由低到高　0　33　66　99

口語度由高到低　99　66　33　0

字面與字裡關係	語言結構變化	言語規律變化	書語度由低到高			
字面字裡不吻合	笑構成破結規：符合常規	變格區：變式區	12	9	6	笑顏常開 悅笑 3
字面字裡吻合	笑構破結規：符合常規	常規區：常格區				

			書語色彩由淡到濃
		11 笑漾滿臉	8 花靨舒綻 5 樣
		10	7 4
		笑呵呵 笑盈盈 喜笑 2	1

口語色彩由濃到淡

口語度	書語度	顯藝術功能度	實用功能度
99	0	100	0
		88	12
		76	24
		64	36
		50	50
		40	60
		30	70
		20	80
		10	90
		0	100

原　則：「嚴區寬點」：為表達得體，選題言是動態的；由於語言是動態的，定點可以從寬。

喜笑、歡笑　悅笑　笑盈盈、笑臉、笑呵呵、笑嘻嘻、笑嶺嶺的、笑像像梅吐芳似的、笑臉像一朵水芙蓉、眉開顏笑、笑顏常開、笑像一朵盛開的石榴花、怒放的桃花、破涕為笑、眉目笑成一朵繡球花、眉眼笑成一朵繡球花、花著顆顆顯顯 地裂開了口、爛熳地舒開了花瓣、笑得像清泉的波紋、從她嘴角的小渦溢進了出來、笑彌解凍凍的河、笑顏時解凍凍的 資、一圈一圈地冷著翼翼和眼角漾漾開來、笑是一陣輕散愁愁雲的風、笑是一陣輕散愁雲的風

辭體特徵性變化。語句功能定位。書語、口語相互區別、滲透。介於書語、口語之間。

裡溢了出來，漾及滿臉。

（《朔方》1981年第3期）

④A.砸她，撐她，咬她，都是好的教訓。教訓完了，給
她買件衣服什麼的，她就破涕為笑了。

（老舍《四世同堂》）

B.……他那鐵青的臉色，就像頓時解凍的冰河，笑靨
像春風中的漣漪，一圈一圈地沿著鼻翼和眼角蕩漾
起來。

（《燕山》1981年第1期）

C.她現在笑得多暢快！多舒心！笑是一陣驅散愁雲的
風，彷彿這一笑天下就太平了。

（馮驥才《愛之上》）

「一句話，百樣說」，只要說得恰當，都是好的。以上各例
中，A、B、C的黑體字部分表達的意思大體相同，但A用成
語，B、C用比喻，都恰到好處。

(二)「美笑」的辭體平面解說詞

美笑，就是笑得很美，給人好感。描寫美笑最常用的詞語
有「巧笑」、「笑容可掬」、「嫣然一笑」、「含睇宜笑」、「回
眸一笑」和「朗笑」等。

請看辭體平面圖4。為突出「辭體平面」，從圖4起只留12
辭體區，其他說明文字刪去。先看3區，「巧笑」，它書語色
彩較濃，多用於古詩詞裡。例如：

「巧笑倩兮，美目盼兮」。

10	11	12
	像吃了顆舒心丸，臉上漾起了笑容	．臉漾笑容
7	8　笑像晴空	滿面春風　9　笑容可掬
4	．笑得眼睛瞇成一條縫　5	6
1	2　朗笑	胡盧而笑 笑容滿面　嫣然一笑　驟然而笑 巧笑　　　　　　　　　3

美笑　巧笑，宜笑　朗笑　嫣然一笑，含睇宜笑，回眸一笑　笑容滿面，滿臉笑容，笑臉相迎，眉開眼笑，笑語歡歌　囅然而笑　胡盧而笑　像吃了顆舒心丸，臉上漾起了得意的笑容。嘴角溢滿笑紋，心裡像喝了一碗加糖的馴鹿奶似的香甜。露著甜蜜的笑意，像是心頭擱著一塊喜酥糖，老也溶化不完。像是喝了清醇的酒，嘴角也露出甜甜的笑。兩朵醉人的笑靨，像宇宙間的「黑洞」，能叫人的目光彎曲。井井笑臉像春天的晴空

（《詩經‧衛風》）

　　雅步擢纖腰，巧笑發皓齒。

（陸士龍《為顧彥先贈婦詩》）

　　「嫣然一笑」比「巧笑」更形象些。「嫣然」，美好的樣子，「嫣然一笑」，形容女子笑得很美，它是能夠按照字面理解的，又是書語，處於3區的上方。例如：

　　那女子嫣然一笑，秋波流媚，向子平睇了一眼。

（劉鶚《老殘遊記》第九回）

　　東家之子，嫣然一笑，惑陽城，迷下蔡。

（宋玉《登徒子好色賦》）

　　「笑容可掬」的「掬」，是「兩手捧（東西）」的意思，它把「笑」的表情形象化。《現代漢語詞典》把它作為「比喻」的用法，其實不只是比喻，而是比擬，它已進入「變義區」，不能直接按字面來理解，形容笑意明顯，笑得很美。例如：

　　果見孔明坐於城樓之上，笑容可掬，焚香操琴。

（羅貫中《三國演義》第九十五回）

　　那人見了僧官，笑容可掬，說道：「老弟，你今日喜事，我所以絕早就來替你當家。」

（吳敬梓《儒林外史》第二十九回）

　　「嫣然一笑」、「笑容可掬」都是成語，用得多了。作家不滿足於這樣的表達，總要根據特定的語境、特定的對象和個人獨特的感受，寫出富有創造性的語言來。例如：

　　他一想到那親熱的臉兒，心裡就像吃了顆舒心丸，臉上漾起了得意的笑容，步子也覺得輕快多了。

（《星火》1981 年第 10 期）

　　金梅嘴角溢滿笑紋，心裡像喝了一碗加糖的馴鹿奶似的香甜。

（《草原》1981 年第 10 期）

　　貴生讀著信，像是喝了清醇的酒，嘴角也漏出甜甜的

笑。

（《北方文學》1982年第8期）

喜姑比先前愛說笑了，臉上總是露著甜蜜的笑意，像是
心頭擱著一塊喜酥糖，老也溶化不完。

（《芳草》1982年第9期）

黃春妹比他小十三歲，一雙動人的大眼睛，能勾引得天
上的星星跌下塵埃；兩朵醉人的笑靨，像宇宙間的「黑
洞」，能叫人的目光彎曲。

（《西湖》1981年第10期）

　　上面五則都寫給人美感的「笑」，都寫出作家（或作品中
人物）獨特的感受，它們的共同點是：1.把「笑」、「笑意」
極度具象化，用了「漾」、「溢」、「漏」等比擬性的動詞，進
行描寫；2.「像吃了顆舒心丸」、「像喝了一碗加糖的馴鹿奶
似的香甜」，「像喝了清醇的酒，嘴角也露出甜甜的笑」，「甜
蜜的笑意，像是心頭擱著一塊喜酥糖，老也溶化不完」，「醉
人的笑靨，像宇宙間的『黑洞』，能叫人的目光彎曲」，都用了
比喻、移覺（把視覺、聽覺、味覺、嗅感交融起來），抒發作
者（或作品中人物）的獨特感覺。上述五例，都是同中有異：
所用的動詞、喻體不同，表達了同中有異的個人感受。文學語
言的創造性就是這樣產生的！這五例就進了8區11區的交界處
或者進入11區了。它具有很強的感情性、主觀性、形象性、
變異性和藝術性。

　　既含睇兮又宜笑，子慕予兮善窈窕。

（屈原《楚辭》）

回眸一笑百媚生，六宮粉黛無顏色。

（白居易《長恨歌》）

「含睇宜笑」、「回眸一笑」，都從眼神寫「笑」，寫出女子含情百媚的情態。它們都在３區，可以「嫣然一笑」為標辭。

描寫美笑的還有「笑容滿面」、「滿臉笑容」、「笑臉相迎」、「滿面春風」、「粲然一笑」、「囅然而笑」、「胡盧而笑」、「眉開眼笑」、「笑語歡歌」、「笑臉像春天的晴空」、「笑得眼睛瞇成一條縫」等。「喜笑」往往都表現出「美笑」，就不一一細述了。

㈢「大笑」的辭體平面解說詞

「大笑」有三種含義：一是笑的人數多，場面大，聲音大；二是笑的個體感情強烈，笑聲洪亮，動作性強；三是以上兩者兼而有之。大笑的感情色彩各不相同，有的是高興而歡笑，有的是嘲笑，這是首先要區分清楚的，然後再分析其功能度、媒體度的大小。

請看辭體平面圖５。２區「大笑」，這是最平實、最一般的表達，使用頻率最高，日常講話、書面語中經常聽到、見到。如：

他聽了大笑起來。

「哈哈大笑」，在２區的上方，用「哈哈」形容笑聲，比較形象，也更口語化。以「哈哈大笑」為標辭，還有「『嘩』地一聲大笑」：都是從聲音來描寫「笑」之「大」的。例如：

漁夫仰天哈哈大笑。

「哄然大笑」和「『嘩』地一聲大笑」略有不同。「嘩地一聲大笑」往往是一個人（有時也描寫許多人同時大笑起來），而「哄然大聲」則是許多人同時發出笑聲。『嘩』地一聲大笑」口語色彩較濃，而「哄然大笑」書語色彩較濃，它同「哄堂」不全是同義詞。「哄然」是眾人發出聲音，但不一定都是笑聲。例如：「江青發出『文攻武衛』的謬論，輿論哄然。」有時也用來形容笑聲，例如：

> 馮相、和相同在中書，一日，和問馮曰：「公靴新買，其值幾何？」馮舉左足示和曰：「九百。」和性褊急，遽回顧小吏云：「吾靴何得用一千八百？」因詬責久之。馮徐舉其右足曰：「此亦九百。」於是哄堂大笑。
>
> （歐陽修《歸回錄·卷一》）
>
> 始至時，島人具酒會其鄰里，呼此人當筵，燒鐵箸灼其股，每頓足呼號，則哄堂大笑。
>
> （洪邁《夷堅志》）

這一成語用久了，近代白話文和現代文中也用到，例如：

> 劉姥姥兩隻手比著說道：「花兒落了，結了個大倭瓜。」眾人聽了，哄堂大笑起來。
>
> （曹雪芹《紅樓夢》第四十一回）
>
> 說得大家哄堂大笑，我在熱烈的鼓掌聲中把講演作結。

辭體平面圖 5

10	笑破肚皮 11 像撐開了自來水龍頭嘩嘩大笑	12 絕倒
7	笑得肚子疼 8	烘堂 9
4	5 笑不可仰	6
1	2 撫掌大笑 哈哈大笑 大笑	3 哄堂大笑　搏髀大笑 噱

大笑　大笑　哈哈大笑，嘩地大笑　撫掌大笑，捧腹大笑，仰天大笑　哄堂大笑　搏髀大笑　烘堂　絕倒，絕纓，噴飯
噱，駴噱　像撐開了自來水龍頭，嘩嘩大笑。大笑像肚子裡頭響了個大炮仗。像洪水沖開了閘門似的「嘩」地一聲大笑起來
笑不可仰，笑彎了腰，笑得合不上嘴　笑破肚皮，笑死了人，笑煞

（郭沫若《雙簧》）

原來「哄堂」有個典故：

唐御史臺有臺院、殿院、察院，以臺院中年資最高之一
人主雜事，稱「雜端」。平時公堂會食，雜端坐南榻，
主簿坐北榻，皆絕笑言。若雜端失笑，則三院皆笑，謂
之「哄堂」，悉免罰矣。

（趙璘《因話錄》）

因此，大笑稱「哄堂」，又作「烘堂」。它比「哄堂大笑」的書語色彩更濃，意義處於更深層，進入了9區。

「哄堂」之上，還有「絕倒」。「絕倒」又作「哄堂絕倒」，「捧腹絕倒」，都是仰天大笑的意思。例如：

> 左右皆失笑，帝亦自絕倒。
>
> > （《五代史·晉家人傳》）
>
> 衛玠談道，阿平絕倒，倒大笑也。
>
> > （《世說新語》）

與「絕倒」相似的是「絕纓」——「纓」是古代帽子上繫在領下的帶子；「絕」，斷的意思。因為大笑，動作幅度大，連繫帽的帶子都斷了。這是借代的用法，以果代因，它進了12區。和「冠纓索絕」相近的用法是「噴飯」，吃飯時聽到或看到可笑的事物，控制不住，大笑起來，把嘴中的飯都噴出來了。這也是以果代因的借代用法，也在12區，只是書語色彩比「冠纓索絕」淡些。例如：

> 淳于髡仰天大笑，冠纓索絕。
>
> > （司馬遷《史記》）
>
> 與可大笑，噴飯滿案。
>
> > （東坡遺文）

再看2區，以「撫掌大笑」為標辭，還有「捧腹大笑」「仰天而笑」，都是描寫大笑的情態。例如：

宋劉伯龍營什一之利，一鬼在旁，撫掌大笑。

（《説苑》）

司馬季子，捧腹大笑。

（司馬遷《史記·日者傳》）

晉文公出會欲伐衛，公子鋤仰天而笑。

（《列子》）

3區，還有「搏髀大笑」，拍著大腿大笑起來，它的功能度和「撫掌大笑」一樣，但書語色彩較濃。

「噱」和「潑噱」也是描寫大笑，而其書語色彩很濃，進入3區了。例如：

談笑大噱。

執書嘔噱，不能離手。

（曹丕《答鍾繇書》）

為了把「大笑」的情態具象化，作家通過想像、聯想，運用各種修辭手段進行描寫。例如：

唐太太猛地爆發出一陣大笑，好像肚子裡頭響了個大炮仗。

（《收穫》1980年第2期）

兩位姑娘終於忍不住像洪水沖開了閘門似的「嘩」地一聲大笑起來。

（《邊疆文藝》1981年第7期）

那麼一句沒完沒了的拖腔，詞兒不斷花樣翻新，現編現唱，經常逗得大家像擰開了自來水龍頭，嘩嘩大笑。

這是用比喻和誇張的辭格描寫大笑，它們處於8與11區的交界處。我們用「像擰開了自來水龍頭嘩嘩大笑」做標辭。

描寫「大笑」的還有：「笑不可仰」，「笑彎了腰」，「笑破肚皮」，「笑得肚子疼」，「笑得合不上嘴」，「笑煞」和「笑死了人」等（當然，這幾種大笑的程度還是有區別的），請閱辭體平面及其標辭。

㈣「微笑」的辭體平面解說詞

微笑，是略帶笑意、或不顯著的、不出聲的笑。它，有的感情不強烈，表示笑意的臉部變化和身體動作不明顯請看辭體平面圖6。先看2區。

老爺爺微笑著，點點頭。
含笑服務，顧客盈門。
老處長臉上淺笑，客氣地送走了來訪的人。
對張大明的提問，老張只淡淡一笑，不作回答。
老楊很尷尬，臉上似笑非笑，望著左右而言他。

上面前1、2例能給人好感；後3例則不明顯，尤其最後一例就不存在好感了。

子之武城，聞弦歌之聲。夫子莞爾而笑，曰：「割雞焉

辭體平面圖 6

10	11 嘴角溢滿笑紋	12 絕例
7	微笑像是臉上的一道漣漪 8	9
4	5	6 莞爾而笑　哂
1	抿嘴笑 含笑 2 微笑	3

微笑　微笑　含笑，淡淡一笑，淺笑，似笑非笑　莞爾而笑，莞然而笑，哂，莞然　抿嘴笑，咧嘴笑，撇嘴笑　嘴角溢滿笑紋。露著甜甜的笑意，像 是心頭擱著一塊喜酥糖，老也溶化不完。嘴角也常漏出甜甜的笑　微笑像是臉上的一道漣漪。微笑，好像玫瑰色的曙光穿過濃密的樹林。笑像一抹淡淡的霞光。笑是淡淡的，輕雲一樣。

用牛刀。」

（《論語・陽貨》）

未幾阿西里遂斬於市，瀕死，莞然而笑曰：「拿破崙誓踐其言，吾死暝矣。」

（梁啓超《義大利建國三傑傳》）

子路率爾而對曰：「千乘之國，攝於大國之間，加之以師旅，因之以饑饉；由也爲之，比及三年，可使有勇，且知方也。」夫子哂之。

（《論語・先進》）

「莞爾」，微笑的樣子，「莞爾而笑」，又作「莞然而笑」。「哂」，微笑。這3個詞語書語色彩較濃，用於古文中，屬3區。

現代漢語描寫微笑的樣子，有的從嘴的形態寫，如「抿嘴笑」、「咧嘴笑」、「撇嘴笑」等；有的運用各種辭格。例如：

> 金梅嘴角溢滿笑紋，心裡像喝了一碗加糖的馴鹿奶似的香甜。
>
> 　　　　　　　　　　　　　　　　　　（《草原》1981年第10期）
>
> 喜姑比先前愛說笑了，臉上總是露著甜甜的笑意，像是心頭擱著一塊喜酥糖，老也溶化不完。
>
> 　　　　　　　　　　　　　　　　　　（《芳草》1982年第9期）
>
> 貴生讀著信，像是喝了清醇的酒，嘴角也常漏出甜甜的笑。
>
> 　　　　　　　　　　　　　　　　　（《北方文學》1982年第8期）

這3例雖然沒有明點出是「微笑」，僅僅寫「笑紋」、「笑意」、「嘴角……甜甜的笑」，但把微笑的情態都表達出來了。這種笑，同時也是「美笑」。用「溢」寫「笑紋」，這是比擬的寫法；「用甜甜」寫「笑」，是把味覺與視覺溝通起來，是「移覺」的辭格，它們都用比喻，都突破了言語結構常規，都是不能按照字面來理解的，處於11區。

> 嘴角露出一絲不易察覺的微笑，像是臉上的一道漣漪，迅速劃過臉部，然後又在眼睛裡凝聚成兩點火星，轉瞬消失在眼波深處。

（《東海》1981年第4期）

甜甜的微笑，淡淡的微笑，好像玫瑰色的曙光穿過濃密的樹林，映照著蔚藍的天空，而清澈的泉水，慢慢地流進了您稚弱的心田。

（《萌芽》1981年第12期）

媽媽輕輕地笑了，像一抹淡淡的霞光從她嘴角上飄了過去。

（《北京文學》1981年第12期）

這笑也是淡淡的，輕雲一樣，揉在惆悵裡。

（朱春西《在人海裡》）

上4例都點明寫的是「微笑」或「輕輕地笑」、「笑⋯⋯淡淡的」，依次用「玫瑰色的曙光」、「淡淡的霞光」、「輕雲一樣」作比喻，它的言語結構合乎常規，而又不能按照字面來理解其句意——因為本體和喻體是本質不同的兩種事物，其中只有一點相似。它們處於8區與11區的交界處。

(五)「惡笑」的辭體平面解說詞

「惡笑」，是給人以惡感的一種笑，它含有貶意。「惡笑」有幾種：

一是笑的人凶惡（獰笑）、奸詐（奸笑）、臉笑心毒（笑面虎、笑裡藏刀、皮笑肉不笑）；

二是笑的人缺乏硬骨頭，人格低下，用卑賤的態度發出笑聲來討好人（諂笑、脅肩諂笑）；

三是失去常態沒控制的大笑（狂笑）；

四是不想笑而強裝笑（乾笑、苦笑、陪笑、獻笑、假笑、佯笑）；

五是親近而態度輕佻的不莊重的笑（狎笑）。

此外，還有「怪笑」和「嬉皮笑臉」等，請看辭體平面圖7。先看3區：

辭體平面圖 7

10	11	12
7 皮笑肉不笑	8	笑裡藏刀 9 笑面虎
4	5	6
嬉皮笑臉 1	臉笑心毒 2 惡笑	脅肩諂笑 3 陪笑　佯笑

惡笑　惡笑，奸笑，乾笑，苦笑，假笑，怪笑　陪笑，獻笑　佯笑，狎笑，獰笑，諂笑　笑面虎，笑裡藏刀　皮笑肉不笑　嬉皮笑臉

鬼子猛吸一口煙，獰笑一陣，大搖大擺的滾了。

另外有人，則於驚惶恐懼之後，感到個人當前的危險，於是脅肩諂笑，搖尾乞憐於矮朋友之前。

財厝依偎著金妹，斜睉睉著雙眼狎笑一陣。

「獰笑」、「諂笑」、「狎笑」，書面語色彩都較濃，一般不用於口語中；和「獰笑」意義相近的有「臉笑心毒」（都處於

2區）、「笑裡藏刀」（處於8區），「皮笑肉不笑」（比較口語化，處於7區），「笑面虎」（比擬的用法，處於9區）。「奸笑」、「狂笑」、「怪笑」，都是常用詞，在2區。

「嬉皮笑臉」不同於「喜笑顏開」，它們雖然都有「笑嘻嘻」的意思，但「嬉皮笑臉」是不嚴肅的頑皮的笑，微含貶義。例如：

> 以後是好好幹活，成天價給我嬉皮笑臉可不成。
>
> （束爲《老長工》）
>
> 黑熊見了她們，露出一副嬉皮笑臉的流氓相。
>
> （王英先《楓香樹》）

形容「惡笑」的詞句，不能用於寫正面人物。尤其是描寫英雄人物。「笑」的詞句雖多，還是有限的；而根據特定的對象、特定的情景，通過想像、聯想，用比喻、比擬、誇張、移覺等修辭格來描寫「笑」的詞句則是無限的，它因時、因地、因境、因人、因文而異，千姿萬態。學習、理解描寫「笑」的詞句是基礎，是參考，而適切運用並進而創造才是目的。

注 釋

[1] 標辭：是「標兵」的仿詞。標兵：閱兵場上用來作標誌界線的士兵，又用以泛指標誌某種界線的人。標辭：指辭體平面上功能度、媒體度很相近的言語單位（詞、片語、句子、辭格、表達方式等），在辭體平面上只用一個「標辭」來表示，其他的就列在辭體平面之外的下方。例如「嘆咏」為標辭，「撲咏」列於辭體平面外下方，接在「嘆咏」之後。這樣，可避免辭體平面詞語過於擁擠，影響閱讀效果。

〔附二〕「天文·月」的辭體平面

㈠「月亮」的辭體平面解說詞

　　月亮，是和人類生活關係十分密切的天文現象，是文學作品、科學著作常用的素材。古今描寫月亮的名篇佳作，優美詞句不勝枚舉，僅「月亮」的同義語句就在數百個以上。如果能對它們作一比較，就有助於提高閱讀和寫作的水平。我們舉些常見的分成四個辭體平面進行分析。

　　先看辭體平面圖8。

　　「月亮」一詞處於辭體平面2區中，說明它是最常用的詞，藝術作品中用它，實用性的文章中也用它；它比較口語化。例如：

> 　　那一邊，卻是一個生鐵一般的冷而且白的月亮。
>
> （魯迅《故事新編》）
>
> 　　月食：地球運行到月亮和太陽的中間時，太陽的光正好被地球擋住，不能射到月亮上去，因此月亮上就出現黑影，這種現象叫月食。
>
> （《現代漢語詞典》）

　　第1例是文學作品，第2例是實用性的文字，都用「月亮」。

　　3區的單音詞「月」，屬於古漢語詞，用於古代作品中。1區的「月兒」，卻是兒化詞，口語色彩很濃，它可用於通俗的

辭體平面圖 8

10 月婆婆	11 月姐　月姊　月妃	12　嬋娟 金波　廣寒宮
7	8	水精球　霜月 9
4	5	溶溶月 6
月兒　1	月亮 2	月　3 月球　太陰

月　月亮　月兒　月　月球　太陰，太陰之精，眾陰之長，群陰之宗，陰靈，太陰君　廣寒宮，廣寒清虛之府　霜月，冰輪，一片冰，一規寒玉　水精球，水氣之精，水鏡　金波，浮光，澄彩，澄暉，凝清，澄清，澄素光，流光　溶溶月　月婆婆　月姐　月姊　月妃　嬋娟

文學作品和口語中，例如：

山高月小，水落石出。

（蘇軾賦）

月兒彎彎照九州，一家歡樂幾家愁。

（歌詞）

3區的右下方，則是科學術語，書語色彩較濃，用於實用體，尤其是天文學之類的文章中：

月球，是圍繞地球轉動的衛星，表面凹凸不平，本身不發光，只能反射太陽的光，直徑約爲地球直徑的四分之一，引力相當於地球的六分之一。

衛星，是圍繞行星運行的天體，本身不能發光，如月球就是地球的衛星。

（《現代漢語詞典》）

這兩例用抽象的概念和邏輯判斷，表述科學道理，給人以理智的啟迪。

3區的右下方有「太陰」一詞，抽象性和書語色彩更強，它和「太陽」（日）相對，隱含著我國古代辯證的陰陽觀點。此詞見於古代著作，尤其是社會科學的論著中：

月，闕也，太陰之精。

（許慎《說文解字》）

月者，眾陰之長。

（《漢書》）

月，群陰之宗。

（皇甫謐《年曆》）

這種陰陽觀，深入於古人的生活之中，因此，「太陰」也偶爾見於文學作品：

月以陰靈。

（謝莊賦）

一杯太陰君。

（陳陶詩）

坐使青天暮，小星愁太陰。

（柳宗元詩）

這種用法還和古典詩詞的句式、平仄、韻律有關。辭體平面圖8就以「太陰」為標辭。

古人用陰陽學說觀察、分析宇宙的萬事萬物，他們認為暖氣為陽，冷氣為陰，所以「月」和「寒」、「涼」等觸覺聯繫起來了。

冬至後，月養魄於廣寒宮。

（郭憲《洞冥記》）

中秋夜，明皇……作術遊月宮。頃見一大宮府，榜曰「廣寒清虛之府」。

（柳宗元《龍城錄》）

這就進入12區了，是不能按照字面來理解的。

由於「寒」、「涼」，就和「霜」、「冰」等產生了聯想，直接用之描寫各種形態的「月」：

霜月始流砌。

（謝朓詩）

冰輪橫海闊。

（蘇軾詩）

殘霞卷盡出東溟，萬古難消一片冰。

（章碣詩）

一規寒玉掛樓角。

（陸游詩）

「霜月」用「霜」作比喻，形容其白，而且具有冷感。
「冰輪」特寫圓月，「一片冰」、「一規寒玉」描寫月牙。這
些，都把視覺、觸覺融會起來，文藝色彩更濃了，它們都進入
12區，以「霜月」為標辭。這些寫法，都要同特定的寫作背
景聯繫，不應隨意濫用。

因此，描寫「月光」又和「清」、「澄」、「涼」、「冷」
等產生了聯想：用「清暉」、「清光」、「清質」（借喻）來描
寫，請閱「『月光』的辭體平面解說詞」部分

古人又認為火為陽，水為陰，所以描寫「月亮」的詞語又
同「水」等產生了聯想：

水氣之精者為月。

（《淮南子》）

一片黑雲何處起，皂羅籠卻水精球。

（姚合詩）

柔祇雪凝，圓靈水鏡。

（謝莊賦）

上面第1例「水」與「月」等同起來了。第2、3例用「水
精球」、「水鏡」比喻圓月。由「水」聯想到月光、月色、月
影。其他的如用「月光如水」（明喻）、「金波」、「浮光」、
「澄彩」、「澄暉」、「凝清」、「澄清」、「澄素光」、「流
光」、「溶溶月」等詞語，請閱「『月光』的辭體平面解說詞」

部分。

古人以**男性屬陽**，**女性屬陰**，因而，月總是用女性作比，被比作「姊」、「妃」、「嫦娥」等：

> 王者兄事日，姊事月。
>
> （《禮記》）
>
> 日君月妃。
>
> （韓愈詩）

上面第1例「日」、「月」與「兄」、「姊」對應，第2例「日」、「月」與「君」、「妃」對應：這兩例用法反映出濃厚的封建倫理觀念。下面四例也是用女性描寫月亮，其文藝性很強，處於10～12區。

> 月婆婆，愛寶寶；洗洗澡，身體好。
>
> （兒歌）
>
> 她對著月姐，傾訴心中的苦悶。
>
> （習作）
>
> 月姊曾逢下彩蟾，傾城消息隔重簾。
>
> （李商隱詩）
>
> 月姊殷勤留不住，碧空遺下水精釵。
>
> （司空圖詩）

上列三個詞，共同點都是用女性作比擬，比暗喻更「暗」、更進一層，把「月」與「人（女性）」等同起來了，其形象性、主觀性、感情性——藝術性最強。它們的不同點是在

辭體色彩上。「月婆婆」在10區，口語色彩最濃，常用於兒歌中；11區的「月姐」，很通俗，用於普通話的文學作品裡；有的作品還用「姑娘」、「妻子」、「母親」來比喻月亮的。

下二例，用「嬋娟」（形態美好）描寫月亮：

月嬋娟，真可憐。

（孟郊詩）

姮娥無粉黛，只是逞嬋娟。

（李商隱詩）

「嬋娟」是形容詞，常用來描寫女性。「姮娥」，又稱「恒娥」、「常娥」、「嫦娥」。請看：

但願人長久，千里共嬋娟。

（蘇軾《水調歌頭·中秋》）

這就直接用「嬋娟」借代「嫦娥」，其聯想色彩、藝術色彩最濃，處於12區的右上方。

㈡「圓月」的辭體平面解說詞

月圓月缺，是常見的自然現象，而人們由此產生聯想，使之又具有濃厚的文化氛圍，寄托多種感情。

先看辭體平面圖9的2區。

「圓月」，是農曆十五前後的月亮，這個詞，使用頻率很高，它處於口語、書語中和區，換成口語就是「圓圓的月

辭體平面圖 9

10	11	12 冰輪
7	像紡車 · 像玉盤 8	珠輪 · 輪 9 · 明雙
4	5	6
圓圓的月亮 1	2 · 圓月 滿月 望月	3

圓月　圓月　圓圓的月亮　滿月　望月　輪，重輪，低輪　珠輪，玉輪，瓊輪，圓璧，滾璧　冰輪，蟾輪，蟾宮，蟾魄　像紡車，像氣球，像天燈，像鐘　像玉盤；像銀鏡，像金盤，像姑娘的瞳仁

亮」。例如：

> 正月十五的**圓圓的月亮**高懸中天，銀白的光輝映照著小河上潔白的冰床，也把果園裡輕輕擺動的樹枝的影子描繪在地上。
>
> 　　　　　　　　　　　　　（《當代》1982年第2期）

這裡「圓圓的月亮」，是口語，在1區。而「圓月」較具書語色彩，進入了2區：

我在朦朧中，眼前展開一片海邊碧綠的沙地來，上面深
　藍的天空中掛著一輪金黃的圓月。

（魯迅《故鄉》）

　　這裡的「圓月」是「金黃」的顏色，加之上有「深藍的天
空」，下有「碧綠的沙地」的襯托，構成了美好前景的象徵，
寄托著魯迅對未來的企望。

　　「圓月」、「圓圓的月亮」形象色彩都很濃，再加上其他形
象語言的襯托，更加深了辭篇的藝術性，適用於文藝作品中。

　　不少作者，為了形容月的「圓」，往往通過各種比喻來描
寫。例如：

　　月亮，圓圓的，像紡車，紡著他浪漫的遐思。

（《西湖》1982年第5期）

　　天空中有幾顆發亮的星，寥寥幾片白雲，一輪滿月像玉
　盤一樣嵌在藍色的天幕裡。

（《巴金選集》第一卷）

　　圓月像一盞巨大的天燈，把壯鄉映照得像個透明的水晶
　世界。

（《廣西文學》1981年第5期）

　　這三例，用了明喻，比單用「圓月」的形象色彩、感情色
彩更濃些，又由於比較通俗，所以進入8、11區的交界處。其
他的如：「像鏡子」、「像銀鏡」、「像銀盤」、「像金盤」、
「像金盆子」、「像氣球」、「像鐘」、「像姑娘的瞳仁」等，其
辭體功能色彩屬於同一類，喻體都是常見的東西。而「像天

燈」，更具遐思，其藝術功能度大些。上述各種明喻之所以在8、11區的交界處，說明它從一般的角度解讀，字面字裡是吻合的，也就是可以按字面來理解；但從嚴格的意義講，又不能完全按字面來理解，例如「圓月像姑娘的瞳仁」，此類比喻，總是只有一點相似而本體和喻體又是本質不同的兩種事物。以「像玉盤」為標準，見辭體平面圖9。

同樣用比喻，9區的書語色彩就濃了，多見於舊體詩詞裡，例如：

散彩無際，移輪不歇。

（張南史詩）

重輪非是暈，桂滿自恒春。

（戴嵩詩）

月沉江底珠輪淨。

（劉兼詩）

昨夜玉輪明，傳聞近太清。

（李商隱詩）

雲中騁瓊輪。

（右英夫人詩）

第一、二例，用「輪」、「重輪」（月暈形成雙重的輪）比喻月亮。第三例，「珠輪」，比中有比，「珠」、「輪」都是圓的。第四、五例的「玉輪」、「瓊輪」，用「玉」、「瓊」（美玉）比其光度、色彩，「輪」比其圓形。它們都在9區，從語義講，是不能按字面來理解的。這些用的都是借喻。「玉輪」、「瓊輪」又稱「璧輪」。例如：

圓璧月鏡。

（庾肅之贊）

浮川疑滾璧，入戶類燒銀。

（戴高詩）

「璧」，古代一種玉器，圓形，扁平，中間有小孔。例(11)，「圓璧月鏡」，兩個比喻，前一比喻偏重寫其圓形，後一比喻，偏重寫其光彩。例(12)寫的是「浮川」中的圓月，因此用「滾璧」，給人以動感。這用的是借喻。

比「玉輪」、「瓊輪」更深一層的用法是「冰輪」、「蟾輪」、「蟾宮」、「蟾魄」等，這就進入12區，其藝術性更強些，它們不僅不能按字面來理解，而從詞語的結構分析，也突破了常規。例如：

冰輪橫海闊。

（蘇軾詩）

飛合入蟾輪。

（吳融詩）

願逍遙於蟾宮。

（趙蕃賦）

碧宮蟾魄度。

（莫宣卿詩）

上面第1例的「冰」，含有「潔白」的色彩、「寒冷」的觸覺，把視覺和觸覺都溝通起來了，給人更多的聯想。

第2例「蟾輪」，則是借代和比喻的兼用。《淮南子·精神》曰：「日中有踆烏，而月中有蟾蜍。」《後漢書·天文志》劉昭注：後「羿請無死之藥於西王母，姮娥竊之以奔月……姮娥遂托身於月，是為蟾蜍。」後來，就用「蟾蜍」借代月。這與「嬋娟」的用法是一致的。和「蟾輪」相近的寫法，還有「蟾魄」「蟾宮」等。它們的書語色彩、文藝色彩都很濃。至於9區的「輪」、「低輪」，比起「玉輪」來，形象性弱些。

現在再回到2區。「滿月」、「望月」意義相近，但「滿月」的形象色彩淡於「圓月」；「望月」的形象色彩又淡於「滿月」。例如：

> 夜。城市都睡了。滿月像一口鐘那樣高掛在屋頂上空。
>
> 　　　　　　　　　　　　　　　　　（《紅莓戀人曲》）
>
> 望月，就是望日的月亮，也叫滿月。
>
> 　　　　　　　　　　　　　　　　　（《現代漢語詞典》）

上面1例「滿月」形象性不夠，它靠「像一口鐘」來描寫而進入文學作品。而第2例「望月」用的是概念、判斷的抽象的語言，適用於通俗的科學作品中。

㈢「新月」的辭體平面解說詞

「人有悲歡離合，月有陰晴圓缺」。此類名句，總是把自然現象和人類生活聯繫起來。「月缺」，有新月、弦月、殘月等大同小異的月相。

「新月」是農曆月初出現的像眉毛、像鉤子一般的月亮。

「弦月」略微飽滿於「新月」。「弦」，弓背兩端之間繫著的繩狀物。「弦月」就是月相如同一張弓弦一般半圓形的月亮，俗稱「半邊月」。它又有「上弦月」和「下弦月」之分。

「殘月」，就是下弦月；也指快落的月亮。

對此類自然現象科學作品和文學作品的反映是不同的，它們處於辭體平面圖10的不同區。先看科學作品的例子：

> 農曆每月初七或初八，太陽跟地球的聯線和地球跟月亮的聯線成直角時，在地球上看到月亮呈🌓形，這種月相叫上弦。
>
> 《現代漢語詞典》

> 農曆每月二十二日或二十三日，太陽跟地球的聯線和地球跟月亮的聯線成直角時，在地球上看到月亮呈🌗形，這種月相叫下弦。
>
> （同上）

> 在地球上看，月球在太陽之東90°時，可看見月球西邊的半圓，這時的月相稱「上弦」。弦以月相如弓而得名。這時正好夏曆每月初八、九。
>
> 《辭海》

> 在地球上看，月球在太陽之西90°時，可看見月球東邊的半圓，這時的月相稱「下弦」。弦以月相如弓而得名。這時正好夏曆每月二十二、三。
>
> （同上）

這些都是天文工作者寫的詞條。它運用邏輯思維，用天文學、數學之類術語「地球」、「月相」（指人們所看到的月亮表

辭體平面圖 10

10	11	12 銀鉤　　　半璧
7	像眉毛 8	曲如鉤 一梳寒月　9 片月
4	5	新弦　　6
1	新月 2	3　弦月

新月　新月　弦月，上弦，下弦　新弦　銀鉤，一鉤漁刀，懸鉤，玉鉤，玉簾鉤　片月　一梳寒月，一眉新月　半璧，半輪，龍爪，半輪，破鏡　曲如鉤，如眉梢，如小舟，如金舟像眉毛，像孤舟，像小船，像鐮刀，像刀般的，像剛煉過的銀子似的，像光澤的鵝卵石，像髮卡，黃金梳樣的上弦月，像一張弓，像梭魚似，像只玉琢的香蕉，像切開的瓜形，像開放在幽藍的夜空中的菊花瓣，像一瓣橘子，像豆芽一樣，像大半個雞蛋黃，饅頭似的半個月，像黃黃的蒸餃，像要閉上的一道眼縫，像老伴笑歪了的臉，像童心裡的句號，像姑娘們笑得甜甜的嘴，如眉梢的月　像一彎碧玉

面發亮部分的形狀）、「直角」、「90°」、「聯線」、「月圓」和圖符「☽」、「☾」等，準確、客觀地介紹天文現象，語言抽象、規範，給人以理智的啟迪，實用性很強，書語色彩比「地球」「月球」更濃，它處於辭體平面3區右側，我們用「弦月」作標辭。如果詳細分析，後2例的書語色彩又更濃於前兩例，用上了「如弓」、「以……而得名」之類文言詞語，前2例與後2例雖然都在一個功能度上，但媒體度有一定距離。

這種自然現象一進入文學作品就五光十色，豐富多彩。它

要求作者用藝術思維，展開想像、聯想的翅膀，運用形象性、變異性的語言，創造性地表達各種語境中各自的主觀感受和感情，描繪千姿百態的藝術世界，給人以審美的愉悅，陶冶人的性情。由於「弦」是古人常見的「弓」上的線狀物，還具有形象感，因此在其他詞語的襯托下，「弦」、「新弦」等也用於古典詩詞中：

　　　　光細弦欲上，影斜輪未安。

　　　　　　　　　　　　　　　　　　　　（杜甫詩）

　　　　躑躅淹晨景，夷猶望新弦。

　　　　　　　　　　　　　　　　　　　　（閻防詩）

　　這裡的「弦」、「新弦」雖然都已詞典化，進入常格區，如《辭源》注：「月半圓時，狀如弓弦，故謂之弦。」漢·王充《四諱》：「猶八日月中分謂之弦。農曆初七八日為上弦，二十二三日為下弦。」但是，由於還有其他詞語的襯托，作為「新月」的指稱，已上升到6區（變式區，用「弦」、「新弦」這類變式的詞語指稱「月」、「新月」），藝術性增強了。

　　文學作品並不滿足於用「弦」、「弦月」、「新弦」之類，作者總要奇思異想，用適合於各種語言環境的比喻等形象化的手段來描寫：

　　　　雲絮被風吹著，散開去，夜空中一彎銀鉤，灑下無限清輝。

　　　　　　　　　　　　　　　　　　（《星火》1982年第1期）

　　　　一鉤漁刀樣的冷月悄悄掛到了樹梢上。

（張笑天《永寧碑》）

既能明如鏡，何用曲如鉤。

（駱賓王《初月》）

臺前疑掛鏡，簾外似懸鉤。

（康庭芝詩）

始見西南樓，纖纖如玉鉤。

（鮑照詩）

仙宮雲箔卷，露出玉簾鉤。

（盧仝詩）

　　上6例，都用「鉤」來描寫新月。它們所處的辭體平面都在語言的變異區，但還有細微的差別。第1、2例從全例的文字講，處於口語、書語中和區右側，屬於文雅類的語段；而從「銀鉤」講，屬於12區，它是借喻，不能按照字面來理解的，突破了言語結構常規，主觀性、感情性、形象性、變異性和審美功能都很強。我們用「銀鉤」做標辭，帶出「懸鉤」、「玉鉤」、「玉簾鉤」等詞語。第2例「一鉤漁刀樣的冷月」雖然是明喻，但「鉤」原是名詞，變性作量詞，突破了言語結構常規，又是不能完全按字面理解的，也處於12區。第3例「曲如鉤」，用明喻，從一般講，可按字面來理解；但從嚴格意義講，比喻總是本體和喻體本質上不同而只有一點（形狀）相似，又是不能按照字面來理解的；它們書語色彩較濃，處於9區、12區的交界線上。我們就用「曲如鉤」做標辭，帶出「如眉梢」、「像眉毛」，「如小舟」、「如金舟」、「像孤舟」、「像小船」、「像鐮刀」、「彎刀般的」，「像一彎碧玉」、「像剛煉過的銀子似的」、「像光澤的鵝卵石」，「像髮卡」、「黃

金梳樣的上弦月」、「像一張弓」、「像梭魚似」、「像只玉琢的香蕉」、「像切開的瓜形」、「像開放在幽藍的夜空中的菊花瓣」、「像一瓣橘子」、「像豆芽一樣」、「像大半個雞蛋黃」、「饅頭似的半個月」、「像黃黃的蒸餃」、「像要閉上的一道大眼縫」、「像姑娘們笑得甜甜的嘴」、「像老伴笑歪了的臉」、「像童心裡的問號」……這些，都是明喻，都處於變義區和變式區的交界處，只是媒體色彩有些微差別：「如眉梢」、「如小舟」、「如金舟」，略帶書語色彩，處於9區、12區的交界處的左側，其餘的都很通俗易懂，處於8區、11區的交界處。該選用哪些比喻，要根據表達的環境和心情來決定。

舉幾例如下：

> 這時候，那彎如眉梢的新月，已悄悄沒入遠方的西山。
>
> （李潤山《古塔魔影》）
>
> 景泰藍的天空給高聳的梧桐勾繪出圓圓的大葉，新月如一只金色的小舟泊在疏疏的枝椏間。
>
> （何其芳《畫夢錄》）.
>
> 半個月亮斜掛在一棵槐樹尖兒上，好像一瓣橘子。
>
> （張天翼《寶葫蘆的秘密》）
>
> 月亮是一彎黃金梳樣的上弦月。
>
> （《吳伯蕭散文選》）

不用明喻而用暗喻或借喻，喻體就逐步升到了主體的位置，形象性、變異性、主觀性、感情性就更強些。例如：

> 涼天生片月。

（于武陵詩）

一梳寒月仰青天。

（楊萬里詩）

一眉新月破黃昏。

（李若水詩）

這三例，通過數量定語：「（一）片」、「一梳」、「一眉」來修飾「月」。其中「片」、「梳」、「眉」都是量詞的變格運用，對「月」起了比喻的作用。這是暗喻，而書語色彩較濃，就定位於變義區之9。

冀新半璧上。

（庾信詩）

閉戶半蟾生。

（李白詩）

雲間龍爪落。

（李群玉詩）

這三例，不出現本體「月」，直接用喻體「半璧」、「半蟾」、「龍爪」，喻體升到了主體，藝術性最強。其他的如「破鏡」、「半輪」等都屬於這種用法。這就進入12區了。

㈣「月光」的辭體平面解說詞

「圓月」、「新月」都是從形狀來描寫「月」，而「月光」則是從光度著墨。但兩者又有密切的聯繫，圓月，光度大；新月，光度小。怎樣描寫月亮的「光」，不同辭體用不同的語

辭體平面圖 11

10	·寒冷的光波 ·月光像涼水 11 ·月光灑滿地	·寒月　·銀華　·方暉 12 清暉
7	·雪團般的明月　·月光像瀑布潑進窗來 8	光若畫　　銀華 9
4	5	6
1	·淡淡的月光 2 ·月光	·淡月 3 ·光度

月光　月亮　光度，光密媒質，光束，光波　淡淡的月光，幽幽的月光，朦朧的月光，皎潔的月光　淡月，明月，朗月，皓月，皎月　雪團般的明月，彷彿銀絲織的薄紗，月光像輕紗，彷彿滿鋪無縫的白紗，彷彿美人出浴披著的白紗，彷彿又軟又柔的幕布　光若畫，「如薄紗」、「如輕煙」、「如夢幻」、如銀的月色　月光像瀑布潑進窗子來，月光奶水一樣灑在山村小院裡，月光如溪水傾斜到身上；月光灑滿各處　清暉，清光，澄輝，澄彩，凝清，澄清景，澄素光　寒冷的光波，清涼的淡綠光輝；月光像涼水；寒月，冷波，冷光；銀華、銀光，璧彩，珠暉　方暉

句、辭格，它們處於辭體平面圖11的不同區中。先看實用體的例子。

月光等……光是波長7.7×10^{-5}釐米的電磁波。此外還包括看不見的紅外光和紫外光。光在眞空中的傳播速度每秒約三十萬公里。因爲光是電磁波的一種，所以也叫光波；在一般情況下沿著直線傳播，所以也叫光線。

（《現代漢語詞典》）

光度，光源所發的光的強度。通常以燭光爲單位。

（同上）

兩種媒質比較時，光通過得慢的媒質叫做光密媒質。例如空氣和水來比較，水就是光密媒質。光線進入光密媒質時，折射角小於入射角。

（同上）

兩種媒質比較時，光通過得快的媒質叫做光疏媒質。例如空氣和水來比較，空氣就是光疏媒質。

（同上）

光束，呈束狀的光線，例如探照燈的光。

（同上）

光波，由於光具有波的性質，所以在自然科學中有時也稱「光」……光波實際是一種電磁波。

（《辭海》）

以上6例都與描寫月「光」有關，其中「月光」是通用詞，處於2區。而「光度」、「光波」、「電磁波」、「紅外光」、「紫外光」、「光束」、「光速」、「折射角」、「入射角」、「光密媒質」、「光疏媒質」、「光速」、「光波」等，則是光學術語，具有很強的抽象性、規範性和客觀性，給人以理智的啟迪。這種語言運用於科學作品，而不適用於文藝作品，處於語體平面3區，我們用「光度」做標辭。

「月光」這種自然現象，用於文藝語體，經過作家頭腦的三菱鏡，就化成千奇百怪的東西，使月光深含濃重的文化氛圍，強烈的主觀性、感情性，具有特殊的審美功能。例如：

黎明時的城裡，月亮還掛在天空，彎刀般的，淡淡的顯著殘缺了。

（《延河》1982年第3期）

暗幽幽的月光透過輕輕飄浮的雲彩，影影綽綽地灑在地面上，像被鋒利電刀剁開的碎玉，一片白森森……

（《中篇小說新作》第2期）

朦朧的月色像一片薄霧，瀰漫在他們的臉上，籠罩在他的心上。

（《星火》1981年第6期）

皎潔的月光如傾瀉的清流，注滿大地。

（《西湖》1981年第11期）

淡月疏星繞建章。

（蘇軾詩）

朗月重光。

（稽康賦）

秋月揚明暉。

（顧愷之詩）

皓月盈素手。

（何承天詩）

以上8例描寫月光「淡淡的」、「暗幽幽的」、「朦朧的」、「皎潔的」，「淡」、「朗」、「明」、「皓」，前4例用普通話詞彙，多數是雙音詞，後4例用文言詞彙，是單音詞。由於都比較平實，大體處於同一功能度上，只是語體色彩不同：前4例處於2區，用「淡淡的月光」做標辭；後4例處於3區，用「淡月」做標辭。當然，這8個詞描寫的光度是不同的，第

1、2、3、5例描寫的光度小，其他的，描寫的光度大。這8例用的都是形象性的語言，給人以藝術的感受。這與前6例比較具有明顯的不同。如果再比較下列各組，這種區別就更加明顯。

他怕望見那**雪團**般的明月。

（《雲岡》1981年第1期）

這天晚上，月光太好了，**彷彿銀絲織的薄紗**，裹著房屋，繞過樹林，鋪在莊稼上，我們彷彿看見了神仙世界。

（《林斤瀾短篇小說選》）

我呻吟著醒來，窗外滿是**如銀的月色**，離天明還很遙遠似的。

（魯迅《野草》）

上面，前兩例「雪團般的明月」、「彷彿銀絲織的薄紗」，都是明喻。相似的寫法有：「月光像輕紗」，「彷彿滿鋪無縫的薄紗」，「彷彿美人出浴披著的薄紗」，「彷彿又軟又柔的幕布」，它們都比較通俗、形象，處於8區、11區交界處的左側，用「雪團般的明月」做標辭。第3例「如銀的月光」也是明喻，相似的寫法有：「如薄紗」、「如輕煙」、「如夢幻」、「光若畫」，用上「如」、「若」等文言詞，略帶書語色彩，處於9區、12區的左側，用「光若畫」做標辭。

一彎新月高高地掛在天空，在水面上投下淡淡的銀光，增加了水上的涼意。

（巴金《家》）

銀華炫晃以將落。

（韋琮賦）

璧彩揚輝，不入士衡之手。

（潘炎賦）

儘露珠暉冷，凌霜掛影寒。

（駱賓王詩）

　　這4例與上3例相似，都是用比喻描寫月光；所不同的是這4例都用暗喻、古漢語詞彙，書語色彩比前4例濃。「銀光」（像銀的月光）、「銀華」（如白銀之光華）、「璧彩」（似璧玉之光彩）、「珠暉」（若珍珠之光暉），喻體升到了主位上，形象性、變異性更加突出。它們都處於辭體域9區和12區之間，用「銀華」做標辭。

　　月光是沒有體積的，可是經過作家的奇思異想，竟然有體積，有動感。例如：

　　　她躺在床上，睜著眼，烏黑的眸子看著像瀑布般從窗子裡瀉進來的月光，思慮著。

（《西湖》1982年第2期）

　　　融融月光，奶水一樣透著傘狀的洋槐樹枝椏，灑在山村泥牆小院裡。

（《百花園》1982年第8期）

　　　天氣很好，月光如透明的流動著的溪水，輕輕地滑過遠處的山坡、樹影、閃光的池塘和斜斜的小路，一直傾瀉到他們的身上。

（竹林《生活的路》）

從山頭那個青石碉堡向下望去，月光淡淡的灑滿各處。

（《沈從文小說選》第一集）

上4例，月光都成為流體了，而且具有很強的動感。前3例「像瀑布般⋯⋯潑進來」，「奶水一樣⋯⋯灑在⋯⋯小院裡」，「如⋯⋯流動著的溪水⋯⋯傾瀉到⋯⋯身上」，都是明喻。由於主觀性、感情性很強，它們都升到了8區、11區交界處，用「月光像瀑布潑進窗來」標辭。最後一例「月光⋯⋯灑」，不出現喻體，但從「灑」字說明已經把月光直接當成液體了，它上升到了11區中，主觀性比上3例更強。

由於月光和「水」產生了聯繫，因此月光又稱「清暉」、「清光」、「澄暉」、「澄彩」、「凝清」、「澄清景」、「澄素光」等。例如：

圓圓三五夜，皎皎灑清暉。

（傅元詩）

明月看欲墜，當窗懸清光。

（李白詩）

升清質之悠悠，降澄暉之藹藹。

（謝莊賦）

澄彩見高樓。

（張正見詩）

引素吞銀溪，凝清洗綠煙。

（劉禹錫詩）

明月澄清景。

　　明月出高岑，清溪澄素光。

　　上述 7 例都用書語色彩較濃的詞，處於 12 區，用「清暉」做標辭。

　　作家奇思異想，不僅使月光有體質，而且有溫度感，這就由視覺轉移到了觸覺，並使視覺與觸覺產生通感。例如：

　　月亮對著陳士成注下了寒冷的光波來。

（魯迅《吶喊》）

　　月光就像涼水，把他的頭洗得好清爽。

（《巴金選集》第七卷）

　　月亮……把她那清涼的淡綠光輝灑了下來。

（周文《山坡上》）

　　這 3 例，藝術性強，又比較通俗，處於 11 區上方，用「寒冷的月光」做標辭。

　　如上所述，月亮總是與「陰」、與「水」、與「冷」產生聯想，這裡的「寒冷」「涼」「清涼」都和水及水的「動作」：「注」、「洗」、「灑」相聯繫。這種寫法，主觀性、感情性比前四例更強些。它處於辭體域 11 區。

　　這種寫法由來已久，例如：

　　寒月搖輕波。

（李白詩）

涼波沖碧瓦。

（李商隱詩）

逗葳蕤之冷光。

（趙藩賦）

　　這裡的「寒」、「涼」、「冷」也是與水「波」相聯繫的。它們同前3例處於同一功能度上，只是用古漢語寫，屬於辭體域的12區，用「寒月」做標辭。

　　這6例，文藝色彩最濃，只能用於文學作品裡。

　　現在比較一下「光束」的寫法。上述例(5)，寫光束，用平實的語言，用於通俗的科學辭體，下例也是月光的「光束」，寫法就完全不同了：

　　方暉競戶入，圓影隙中來。

（沈約詩）

　　因為窗戶是方形的，所以月亮的「光束」也就有了形狀了。這則從感官的直覺來描寫，是文學語言形象性的特徵。它處於辭體域的12區。

　　上面列舉了百餘種描寫月亮的方法、技巧，該怎麼選擇要分清寫作的目的：是用於抒發感情，給人藝術的美感呢，還是用於說明科學道理，給人理智的啟迪；是寫得通俗點呢，還是寫得文雅點。這就要分清辭體域的上下左右進行揣摩學習。學習是為了創造，是要適合特定的語言環境、描寫對象和作者特定的處境和心情。一般說來，科學術語不宜按主觀設想創造，它有約定俗成的習慣用法，而文學語言則是五光十色、千奇百

怪的。臺灣詩人秦松的《九十六種月亮》，用了96種喻體來比
方，引錄如下：

（一）

月亮是詩的傳說
月亮是傳說的詩

月亮是詩的鬼魂
月亮是詩的軀殼

月亮是詩人的鴉片
月亮是詩人的酒精

月亮是詩人的囚籠
月亮是殺死詩人的凶手

（二）

月亮是故鄉
月亮是水

月亮是水上的浮舟
月亮是水底的游魂

月亮是看不完的西洋景
月亮是望不斷的天涯路

月亮是懷鄉病者的戀人
月亮是異鄉人的家書

(三)
月亮是告白
月亮是呻吟

月亮是無引子的藥方
月亮是白色的病床

月亮是死亡的詛咒
月亮是焚燒的錫箔

月亮是死去的故人的臉
月亮是奠祭的白色花圈

(四)
月亮是我的煙灰缸
月亮是她的吸塵器

月亮是你的白瓷痰盂
月亮是他不吐不快的唾沫

月亮是銀色的搖椅
月亮是凝固的煙圈

月亮是一個悶葫蘆
月亮是江湖朗中

　　　　(五)
月亮是肥皂沫
月亮是泡泡糖

月亮是中國的杏仁豆腐
月亮是美國的香草冰淇淋

月亮是嚥不下的乳酪
月亮是塑膠的烙餅

月亮是手工的臺布
月亮是機器的餐巾紙

　　　　(六)
月亮是火藥庫
月亮是燃燒彈

月亮是饑餓的戰場
月亮是填不飽的彈坑

月亮是空心的靶場
月亮是射擊的靶心

月亮是夜之無奈
月亮是日之泡影

　　　　（七）
月亮是一個美麗的騙徒
月亮是一個溫柔的陰謀

月亮是柔情的情報販子
月亮是冷艷的職業殺手

月亮是釣餌
月亮是竊聽器

月亮是一面塵封的鏡子
月亮是一把自我解剖刀

　　　　（八）
月亮是一個老處女
月亮是一個自戀狂

月亮是脫光衣裳的老巫婆
月亮是戴著面罩的蕩婦

月亮是一個不孕的石女
月亮是一聲產婦的陣痛

月亮是一個廉價的娼妓
月亮是冷凍儲精庫

（九）
月亮是一只打瞌睡的老掛錶
月亮是一個滾不動的破車輪

月亮是她失落的一只耳環
月亮是他摘不掉的老花眼鏡

月亮是廣寒宮
月亮是太平間

月亮是冰凍的艷屍
月亮是唱不完的長恨歌

（十）
月亮是裂開的傷口無孕的子宮
月亮是永不忘懷的創痕

月亮是空白的原稿紙
月亮是情人的相思

月亮是沒有日期的郵戳
月亮是感情的債

月亮是透支的賬單
月亮是收不回來的借據

（圭）

月亮是解不開的心病
月亮是一個公開的秘密

月亮是向公眾打開的心鎖
月亮是無弦的月琴

月亮是言情小說
月亮是花邊新聞

月亮是散文的終點
月亮是廢除標點符號的朦朧詩

（圭）

月亮是不安的按鈕
月亮是無題的試卷

月亮是一口枯井
月亮是一只盲睛

月亮是一場嫵媚的戰爭
月亮是一個淚泉

月亮是戀人的誓言
月亮是一個新寮

　　該怎樣創造性地用語、造句、設格，從這裡可以得到啟發了吧！

辭　風

辭風概說

　　風格是言語的最高層面。它早就受到文學家、文論家、文學批評家和語言學家的重視。漢語辭章學，要從本民族深厚的文化積澱中開掘風格論的遺產，也要借鑑西方對我們有用的東西，來建構漢語風格學體系，使之成為一門獨立的學科。

　　辭章學和風格學關係密切，呂叔湘、張志公在論述建立辭章學新學科時，都注意到風格這一部分重要的內容；而風格的形成，也離不開辭章藝術的運用。風格類別多種，其中「表現風格」，又稱修辭風格，是每一位運用語言的人都要講究的，力爭形成優秀的表現風格以增強辭章的效果。

一、言語風格概念綜述

　　概念，是客觀事物本質屬性在人腦中的反映。只有真正掌握了事物的概念，才能從根本上認識這種事物。「言語風格」概念是什麼，歷來眾說紛紜。從古希臘、古羅馬，從我國的先秦、兩漢至今，人們對言語風格的認識，總的說來，漸趨明晰，漸趨科學。可是，由於人們的風格觀不同，由於論述的角度不一樣，有的著眼於風格的「外衣」，有的著眼於風格的「精神」；或稱語言風格，或指言語風格；或講功能風格，或

說表現風格；或言文學風格，或謂個人風格，等等不同；甚至同一學者，前後期的觀點就不一致。對風格的指稱，或名同實異，或名異實異。因此，修辭學家感到「風格之義最難定」[1]。即使是風格學家也感到「『風格』的詞義難以界定，原因是人或事物的『風格』本身具有抽象的性質」[2]。風格學家在表述「風格」定義時，有「言語氣氛格調」說，有「各種特點的綜合表現」說，有「表達手段」說，有「語言的變異或變體」說[3]。這些表述雖然不同，但對於人們認識「風格」都有啟發和幫助。只是這些概括只著眼於語言形式，而不是揭示其真實的內涵，也分不清其所指的風格對象、類型。例如：

「格調」是什麼？《現代漢語詞典》的解釋是：「指不同作家或不同作品的藝術特點的綜合表現」。這是把氣氛「格調」論和「綜合」特點論融合起來了，而它所指的實際上是作家風格、作品風格（屬於文章風格）。風格學家張德明說：「語言風格主要是語言運用中各種特點的綜合表現，主要表現為語言材料、語言形式方面的綜合特點和格調氣氛。」[4]他又說：「『語言風格』是語言體系（語音、詞彙、語法）本身各種特點的綜合表現，即靜態中的風格，包括語言的『民族風格』和『時代風格』……『言語風格』則是語言運用中各種特點的綜合表現，即在特定交際場合中形成的特殊的言語氣氛和格調，形成的各種言語變體和表達手段的系統，包括語體風格、流派風格、表現風格、個人風格等。」[5]這則用「綜合特點和格調氣氛」指稱「語言風格」、「言語風格」和「個人風格」。高名凱在《語言論》中指出：「風格是語言在特殊的交際場合中為著適應特殊的交際目的而形成的言語氣氛或格調及其表達手段。」這裡用「氣氛與格調」指稱「功能語體風格」。胡裕樹

的《現代漢語》（增訂本）指出：「語言風格是由於交際情境、交際目的不同，選用一些適應於該情境和目的的語言手段所形成的某種言語氣氛和格調。」這裡雖然也用「氣氛和格調」，也用「交際情境」、「交際目的」等詞語，指的卻不是「語體功能風格」，而是語言的民族風格、語言的時代風格（同於張德明的「靜態風格」，屬於語言風格）。其所謂「語言的個人風格」（屬於言語風格），這指的卻是多數修辭學家所講的表現風格，即豪放與柔婉、平淡與絢麗、明快與含蓄等。由此可見，用「氣氛格調」、「語言特點的綜合」等文字形式無法區別「風格」的不同類型。如果我們運用分析法、比較法，不僅考察各家「風格」定義的內涵，而且深探其所指的外延，就可以從似異而同、似同而異的紛紜現象中理出比較清晰的條理來，給風格作科學的界說，諸多問題也就迎刃而解了。通觀中外「風格」界說，有通論、專論、兼論三大類型。比較如下：

(一)通論（泛論）

通論，即論廣義的風格，它包括各種語言風格類型，也包括各種言語風格類型。

張靜的《新編現代漢語》（下冊）指出：「語言風格，是指運用語言所表現出來的各種特點的總和。」黎運漢、張維耿的《現代漢語修辭學》認為「語言風格就是人們在言語活動中，由於交際場合和交際目的的不同而運用語言表達手段所形成的諸特點的綜合表現。」張滌華、胡裕樹、張斌、林祥楣主編的《漢語語法修辭詞典》則認為：「語言風格指語言表達上特有的格調和氣派。」駱小所的《現代修辭學》也指出：「語言風格也叫言語風格，它是使用語言特點的結合，是語言表達

上特有的格調和氣氛。」張德明的《語言風格學》、黎運漢的《漢語風格探索》等等，所講的語言風格都是廣義的。以上它們所指的風格類型包括民族風格、時代風格、個人風格、語體風格和表現風格等。值得注意的是，它們或用「特點的綜合」（或「諸特點的綜合表現」），或用「格調和氣派」（或「格調和氣氛」）來概括。

(二)專論

專論，特指某些風格或某種風格，其所包括的風格類型比「通論」的少。專論的情況相當複雜，主要的有以下幾種：

一是以索緒爾的理論為依據，嚴格區分語言風格和言語風格的界限。王伯熙指出：「比較流行的見解，是把『語言風格』和『言語風格』等同起來解釋，認為語言風格即言語風格。這種意見是欠妥當的。」他說：「語言風格和言語風格就不可混而為一。事實上，語言風格和言語風格並不是一回事。所謂語言風格，指的是人們在運用語言材料（語言要素）進行交際時，由於受不同的交際場合、交際目的、交際任務（即語言的社會功能）的制約，或由於受不同的交際者秉性、素質的制約，而採用各不相同、獨具特色的語言材料和語言手段的系列。所謂言語風格，指的是在社會的具體交際中，由於交際功能或交際者的個性的不同，採用了不同的、特殊的語言材料和語言手段，因而形成的具體作品（言語）所特具的氣氛、色彩和格調。」[6]程祥徽指出：「語言有兩種存在的形態：一是處於『備用』狀態，等待著交際者使用但還沒被採用；另一種形態是處於交際活動中，亦即處於正在被採用的狀態。」「如果說，『備用』的語言也有風格，那『風格』其實就是語言在靜

止狀態的『特點』：不同民族的語言有不同的特點，這叫語言的民族風格；一種語言在不同歷史時期有不同的特點，這叫語言的時代風格。語言在被使用時表現出來的風格實際上是『言語風格』。」[7]張德明指出：語言風格「有兩個含義：一是指民族語言體系內部各種特點及其運用各種特點的綜合表現。二是從語言和言語區分的理論出發，單指語言體系內部（本身）各種特點的綜合表現，如語言的民族風格，而不包括各種言語風格」。「言語風格是從語言和言語區分的理論出發，單指語言運用中各種特點的綜合表現。如語言（似宜稱為「言語」，引者注）的個人風格、流派風格、語體（或文體）風格等。」[8]也就是說，語言風格是備用的語言材料的靜態的風格；言語風格是對語言材料的運用的動態的風格。比較王、程、張三說，雖都講到語言風格和言語風格的不同，但王說的「語言風格」實際上是功能風格、個人風格，屬於言語風格的範疇，其論述分析是欠妥當的。程、張二說就比較明確。王德春一向主張區別語言和言語，區分語言風格和言語風格。他在《論個人言語風格》中指出：「言語風格是使用語言特點的綜合，是言語的格調」。劉煥輝的《修辭學綱要》（修訂本）也注意區分語言風格和言語風格。

　　二是把語言風格和語體風格分開，語言風格並不包含語體風格。胡裕樹主編的高校文科教材《現代漢語》[9]，鄭頤壽與林承璋主編的《新編修辭學》[10]，倪寶元主編的《大學修辭》[11]，王希杰的《修辭學通論》[12]等等，都是語體與風格並列。這樣安排，實際上未把「語體」列在「風格」之內。這樣的「風格」包含哪些類型？各家又各有所指：胡本指的是語言的民族風格、時代風格、個人風格和作家的八類語言風格，即豪放與柔

婉、平淡與絢麗、明快與含蓄、簡潔與繁富等。鄭、林本的言語風格劃分只著重講表現風格，並把這些風格和語體對應起來，同時還用圖解表達了表現風格與語體風格的對立統一的辯證關係，即「一般說來，簡練、樸實、明快、莊嚴可見於各種語體，繁豐、藻麗、蘊藉、幽默主要見於文藝語體，有時見於混合語體。從時代發展看，繁豐也有向實用語體伸展的趨勢」。並且認為「豪放與柔婉則見於文藝語體」。作為修辭學教材，鄭、林本在重點講述了以上風格類型之外，也簡單論及文章風格、文學風格、個人風格、流派風格、地方風格。倪本則涉及語言的民族風格、時代風格、表現風格、作家風格等。王本所講的風格分狹義和廣義的兩類，分別闡述了語言風格、話語的民族風格、言語風格、表現風格等。

此外，專指某種或某些風格的還有多種情況。張瓊一的《修辭概要》所講的「風格」專指文章風格，包括簡潔和細致、明快和含蓄、平實和藻麗三組，並指出這些風格反面的不好的風格：晦澀（宜為苟簡）和繁瑣、膚淺和隱晦、枯燥呆板和油滑堆砌（宜為靡麗），此外還指剛健有力和委婉細膩（實與「細致」同類）的風格。

國外的「專論」也不少。古希臘亞里士多德的《修辭學》所講的「風格」是口語風格、修辭風格。古羅馬的賀拉斯在《詩藝》、《詩學》中所講的「風格」是文學風格、詩歌風格。雅典朗加納斯在《論崇高》中所講的「風格」是文學風格。意大利但丁的《論俗語》實際談到建立通俗的民族語言風格。法國伏爾泰《論史詩》講了時代風格、民族風格。法國布豐的名言「風格卻就是本人」[13]，實際指的主要是個人風格，而更多的見於文學風格。其後的瓦勒里認為文學產品是作家的精神產

物，是個人獨特的經驗和感受的現實[14]。亨利・摩里埃也認為風格是屬於個人的。它因個人的經歷、環境、性格、氣質不同而形成不同的風格[15]。這裡講的主要也是個人風格、文學風格。德國古爾蒙的「風格即思想」、塞斯的「風格即作品」、格朗介的風格「即個人具體創作過程中的整合方式」[16]等和布豐所講的「風格卻就是本人」的「風格」所指相似。羅曼・羅蘭說：「所謂風格是一個人的靈魂。」[17]伽達默爾說：「風格也就是在同一個藝術家的作品中到處可見出的個性特徵。」[18]辛古萊也說：「『風格』就是一個人表達他感情的方式。」[19]這些講的都是文學風格、言語的個人風格。布拉格學派的讓・麥卡羅夫斯基的「風格是常規的變異說」，指出「只有違反標準語的常規，並且是有系統地進行違反，人們才有可能利用語言寫出詩來」[20]。這個「風格」實際上是詩的語體風格、文學風格。唐納德・C・弗里曼在《語言學與文學作品語言風格》中說的「風格是對規範的偏離」[21]等等「風格」，都是文藝語體風格、詩歌風格。

原蘇聯不少語言學家談到的風格指的是語體風格。例如：格沃茲潔夫的《風格學概念》所講的「語言風格」是：科學的風格、藝術言語的風格、時評的風格。維諾格拉多夫在《風格學問題討論的總結》中說：「風格是社會所意識的、在功能上被制約的、內部相結合的，在某一全民的、全民族的語言範圍內運用、選擇、組合語言交際手段的方法的總和，它和該人民的言語社會實踐中服務於另外的目的、實現另外的功能的那些表達方法相互聯繫著。」這講的是功能語體風格。葉菲莫夫在《論文學作品的語言》中說：「風格也就是作家慣用的表達手法，按語言手段（詞彙、成語、句子結構及其應用規範）的構

成來說，是全民性的、沒有階級性的。」這指的是作家的語言風格、屬於文學風格的範疇。

(三)兼論

有些學者在不同的時間、不同的範圍、不同的場合所講的「風格」，所指的類型並不一樣。其原因多種多樣。在講修辭時，多數指表現風格；在評論文學作品時，有的指作家的個人風格，有的指文學風格；有的則是因為研究者學術觀點的發展，對「風格」的理解前後不很一致。

上文說過的胡裕樹主編的《現代漢語》[23]所講的「語言風格」指的是「語言的民族風格」、「語言的時代風格」（均屬語言風格）和「語言的個人風格」（屬於言語風格），而把語體風格獨立出去。1990年胡先生和李熙宗合寫的《40年來的修辭學研究》也談到「語言風格」，指出作為言語最上層的「風格」，是個人、語體、時代、表現等各類語言風格的總概念，而「語體」則是分概念，專指語言風格中的功能風格類型。顯然，這個理論前進了一步。

1980年王希杰在張靜主編的《新編現代漢語》中給風格下的定義是「語言風格，是指運用語言所表現出來的各種特點的總和」。1983年他在《漢語修辭學》中還是這樣說：「語言風格，就是運用語言時所表現出來的各種特點的總和。」1994年在《語言風格和民族文化》一文中，他說：「現在要修正的是這裡的『語言風格』應當改為『言語風格』。」他指出：「言語風格是運用語言的各種區別性特徵的總和。」[24]這是定義的不同。顯然，作者的學術觀點也進步了。

根據上述分析比較，我們擬給風格下定義。

　　首先，要分清語言風格和言語風格。

　　語言風格是語言材料（文字、語音、詞彙、語法）所體現出來的特徵的總和。用程祥徽的話說，它是靜態的處於「備用」狀態的風格。語言的民族風格、時代風格就屬於這一類型。應該指出的是一用語法規則把詞彙組織起來，作為表情達意的工具的時候，就體現出言語風格了。例如：「學而時習之，不亦說乎？」[25]「歲寒然後知松柏之後凋也。」[26]它們屬於一定的功能語體風格：前者為實用語體，後者為融合語體；又帶有一定的表現風格：前者平實，後者則稍有文采；前者質，後者文。

　　言語風格，是語言運用中所體現出來的各種特點的綜合。它包括語體風格、文體風格、文學風格、辭章風格和修辭風格（即表現風格）。一般所講的個人風格、流派風格，指的是文學風格。誠然，實用語體和實用類文章，也可體現出個人風格，但其特點的鮮明性遠不如文學風格。我們說的「一般」而言，是注重其「量」與「質」的辯證關係的。

　　再者，要明確任何成功的言語作品（包括書面文章和口頭話語），都會體現出一定的語體風格或表現風格。

　　語體風格和文體風格（用功能劃分出的文章類型的風格）有一定的對應關係，但口頭語體就很難在文章中找到一對一的關係。語體風格大於文章風格，一種語體風格可以包含多種的文章風格。現將風格的系統圖示如下：

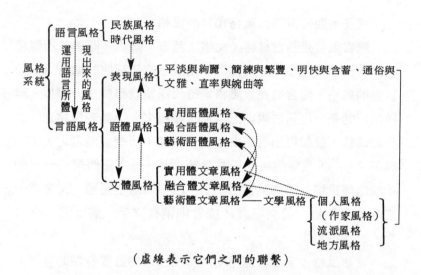

（虛線表示它們之間的聯繫）

　　表現風格包括辭章風格和修辭風格。辭章風格和修辭風格都要通過一定的語體作品、文體作品表現出來。因此，一定的語體作品、文體作品除了帶有本體風格特徵外，還可表現出某些辭章風格、修辭風格。這是從不同角度觀察、分析風格的結果。任何文章都可歸屬於一定的語體。從功能原則劃分出來的文章的三大類型和三分的語體類型，其風格特徵有一定的對應性。豪放與柔美，以及沉鬱、蒼涼、閑逸、幽深、疏野、高古、清奇、沖淡等屬為文學風格。

　　用上列系統反觀上述古今中外風格論，就可以很好地給它們一一定位，明確其內涵與外延。準確地理解風格的概念，才能進一步認識風格的特性和風格形成的規律，認識風格研究的對象、任務、方法，建立科學的風格學體系。這是風格學習、教學、研究、運用中帶根本性的問題。

注釋

[1] 宮廷璋：《修辭學舉例》，北平中國學院，1933.7。

² 程祥徽：《語言風格初探》，1頁，三聯書店香港分店，1985。

³ 張德明：《語言風格學》，18頁，東北師範大學出版社，1989；黎運
　漢：《語言風格探索》，2～3頁，商務印書館，1990。

⁴、⁵ 張德明：《風格學的基本原理》，《語言風格學論集》，11頁、13
　頁，南京大學出版社，1994。

⁶ 王希杰：《語言學百題》，362頁，上海教育出版社，1983。

⁷ 同2，2～3頁。

⁸ 張德明：《語言風格學》，2頁，東北師範大學出版社，1989。

⁹ 胡裕樹主編：《現代漢語》（增訂本），上海教育出版社，1987。

¹⁰ 鄭頤壽、林承璋主編：《新編修辭學》，鷺江出版社，1987。

¹¹ 倪寶元主編：《大學修辭》，上海教育出版社，1994。

¹² 王希杰：《修辭學通論》，南京大學出版社，1996。

¹³ 在法蘭西學院的講演：《論風格》。

¹⁴、¹⁵ 轉引自王德春主編：《外國現代修辭學》，110頁、114頁，福建人
　民出版社，1986。

¹⁶ 見《語言風格論集》，110頁，南京大學出版社，1994。

¹⁷ 見《約翰·克里斯朵夫》，轉引自吳澤永編《文藝格言大全》，670
　頁，廣西人民出版社，1990。

¹⁸ 見《真理與方式》，251頁，遼寧人民出版社，1987。

¹⁹ 《「冰山」理論：對話與潛對話》，47頁，見《文學雜誌》，工人出版
　社，1997。

²⁰ 見《標準語言與詩的語言》同14、15，61頁。

²¹ 同14，61頁。

²² 胡裕樹主編：《現代漢語》（增訂本），上海教育出版社，1981。

²³ 同16，117頁。

²⁴ 《論語·學而》。

²⁵ 《論語·子罕》。

二、言語風格學的學科性質及其
研究的對象、任務

風格學的性質及其研究的對象、任務是互相聯繫的。對象明確了，性質、任務也更清楚了；性質清楚了，對象、任務也更明確了。

㈠言語風格學的性質

言語風格的性質，指的是風格現象的屬性；而風格學的性質，則是風格這門學科區別於其他學科的根本屬性。

我國現代風格學的發展有個過程。在這過程中，人們對風格學的認識也在不斷變化、發展之中，主要有「分支」說，「邊緣」說，「獨立」說三種。比較如下：

1.分支說

這就是說，風格學是語言學的一門新興的分支學科。在不少「語言學理論」、「語言學概論」、「普通語言學」、「語言學詞典」、「語法學」等語言學的論著中，都談到「風格」。例如，高名凱的《語言論》[1]，王德春的《現代語言學研究》[2]，宋振華、王今錚的《語言學概論》[3]，葉蜚聲、徐通鏘的《語言學綱要》[4]，《語言和言語問題討論集》[5]，《語言學論叢》[6]，張靜主編的《新編現代漢語》[7]，胡裕樹主編的《現代漢語》[8]，張志公主編的《現代漢語》[9]，戚雨村、董達武、許以理、陳光磊編的《語言學百科詞典》[10]，張滌華、胡裕樹、張斌、林祥楣主編的《漢語語法修辭詞典》[11]等，都設了「風格」的

章節或詞條。這樣安排不是沒有根據的。因為作為「語言風格學」（或「言語風格學」），要運用語言學（或言語學）諸方面的理論、規律和方法，要運用語言的諸要素以及由諸要素構成的篇章、辭格、表達方式、藝術方法等非語言要素來闡析風格學的諸多理論問題。「語言風格學」或「言語風格學」就植根於此。程祥徽的《語言風格初探》、張德明的《語言風格學》、黎運漢的《漢語風格探索》等，就是這方面的代表作。

2.邊緣說

1980年10月22日，在中國語言學會成立大會上，呂叔湘先生說：「語文教學的進一步發展就走上修辭學、風格學的道路，也就是文學語言的研究，這是語言學和文學交界處的科學」[12]。的確，風格學和修辭學一樣，都屬於言語學的範疇，都帶有邊緣性，它們不僅要運用語言學的理論、規律和方法，還要運用美學、文藝學、文學、文章學等學科的理論、規律和方法。不少學者都在修辭學的論著中介紹風格學。古希臘的亞里士多德就在《修辭學》中論及風格學。我國古代學者則從「廣義修辭學」——辭章學中論及風格學。現代學者也在修辭學中論及風格學。陳望道的《修辭學發凡》，張瓌一的《修辭概要》，張弓的《現代漢語修辭學》，黎運漢、張維耿的《現代漢語修辭學》，宋振華、吳士文等主編的《現代漢語修辭學》，鄭頤壽、林承璋主編的《新編修辭學》，倪寶元主編的《大學修辭》，鄭頤壽主編的《文藝修辭學》，王德春主編的《修辭學詞典》等，都設有章、節或詞條介紹風格學的理論、知識。這樣處理有好處：因為任何成功的修辭現象都表現出一定的風格色彩（語體風格色彩、表現風格色彩等），任何風格色彩，都

要通過一定的修辭手段、修辭現象來表現。從這點講，修辭與風格，二而一，一而二，你中有我，我中有你，難解難分，只是觀察、分析的角度不同罷了。

3.獨立說

隨著風格學研究的深入發展，人們感到，兒女儘管是父母生的，但已經長大成人，應當讓他們成家立戶，自立於社會——風格學雖然是語言學（言語學）的一門分支學科，修辭學的一個方面，但它有自己的學科屬性，自己研究的對象、目的、功能、任務，自己形成的體系、規律和方法，因此應該自立門戶，成為一門獨立的學科。這樣處理有利於促進人們作進一步的研究，有利於風格學的發展。上面講的程祥徽、張德明、黎運漢諸君，雖然同意風格學認祖歸宗於語言學，但已經哺育他們自立門戶，繁衍子孫了。

分支說─邊緣說─獨立說，既可互相交錯，共時存在發展，又可看出它們逐步推進的軌跡。

(二)風格學的對象

學科研究的對象決定了學科的性質，明確了學科的性質，研究的對象也就更清楚了。

有人說：「風格學的研究對象是風格現象。」這是概括的說法。但其具體的範圍是什麼？各家的看法就不盡一致，這與他們的風格觀有關。比較如下：

原蘇聯很重視功能語體的研究，因此他們在談到風格學的研究對象時，也體現了這個觀點。穆拉特說：「語言風格學的對象應該是研究語言的功能風格的體系。所謂功能風格，應當

理解為適應於人類活動的某一範圍的全民語言的變體，其特點決定於該生活領域內交際的特點和任務。」[13]此說是功能語體風格，只是風格學研究對象的一部分。葛利別林所講的風格學研究對象的範圍更小，指的僅是文學語言。他說：「我們可以把風格學的對象和任務規定如下：風格學是研究如何在文學語言的不同風格裡應用語言的表情手段和語言風格手法的方式和方法的科學，是研究某種文學語言的言語類型和言語風格的科學，是研究表達手段和表述的內容的相互關係的科學。」[14]這則把風格學研究的對象侷限於文學風格的某些範圍了。

高名凱是我國極力倡建風格學的專家。他很重視對形成風格的要素的研究。他說：「語言風格學就是以語言風格為研究對象的科學。」他具體指出：「語言中的一切要素，包括語音、語法、詞彙的各個方面都可以成為風格學的研究對象」，「無論在語音方面，或是在語法方面，或是在詞彙方面，平行的同義系列的研究或同義學的研究就成為了風格學研究的主要對象之一……」[15]。

隨著風格學研究的深入，人們對風格學研究對象的認識更全面、更科學了。張德明指出：「語言風格學的研究對象是語言的風格現象，即研究民族語言本身的特點及其運用中各種特點的綜合表現。包括民族的、個人的、時代的、流派的、文體的或功能語體的特點等，具體研究語言風格的概念、手段、成因、類型、優劣、美醜以及風格的培養、創造和實際應用的規律。」[16]黎運漢說：「語言風格學的研究對象應該是風格現象，即人們運用民族語言的各種特點及其綜合表現，包括民族的、時代的、流派的、個人的、語體的特點及其綜合表現等。」[17]

我們認為：風格學研究的對象當然是風格現象，具體說來，包括：形成風格的各類型要素、手段、原因，風格的學習、培養、繼承、創造，風格的鑑賞、評價，風格的類型——民族的、時代的語言風格，表現的、功能的、文體的言語風格及其內部系統，風格的優劣、美醜和風格的規範等。比較風格學則用比較的方法來研究上述對象。我們這樣概括，注意到幾個方面：區別語言風格和言語風格；區分風格與風格學；注意到風格類型的邏輯關係：民族的、時代的風格屬於語言風格，它們不宜與言語風格的下位概念並列：言語風格學的子風格為表現風格、語體風格、文章風格，它們又不宜與文體風格的下位概念之一的文學風格的下位概念流派風格、個人風格並列。我們認為，表述的邏輯性，體現了學科的科學性和系統性，不僅僅是一般的語言技巧問題。

(三)風格學的任務

學科的對象和任務有其密切的邏輯關係，什麼樣的研究對象就決定了什麼樣的任務。由於對象觀的不同，就帶來了任務觀的差異。比較如下：

索羅金說：「根據彼什可夫斯基、維諾庫爾、布拉霍夫斯基、托莫施耶夫斯基、高甫曼以及拉林等人的各種有意義的研究和論文，第一次在理論的基礎上提出了應當把風格的任務看成語言學的教養，風格學研究的主要目的、任務、條件和不同流派等問題。」[18]這說得比較概括。格沃茲潔夫在他的《風格學概論》裡說：「(一)科學的風格，它的主要任務就是提供精確的、有系統的科學問題的敘述；在這種風格裡，主要的注意力被吸引到敘述的邏輯方面去，因此，這種風格有時也指理智的

語言風格。……㈡藝術言語的風格，它典型的意圖在於言語的鮮明性、形象性和表情性的追求，它包含許多的變形。㈢時評的風格——鼓動和宣傳的風格，它的目的在於開導群眾，給群眾提供鬥爭的口號，組織並領導他們走向勝利。由於這些任務，這種風格就被廣泛地採用為理智語言的手段和表情語言的手段。」[19]這段話則從三大類型的功能語體論述風格學的任務。索羅金還指出：「把風格學分為分析的風格學和功能的風格學兩個部門——雖然各有各的特殊範圍和專門任務……風格學都是語言學的特殊的、實用的部分，因為問題都在於研究語言的手段及其應用。」接著他說：「如何能夠確定風格學研究的兩個基本部門的任務呢？我們覺得，分析的風格學有其研究個別語言要素的那些一般風格色調的任務」；「功能的風格學，……它的任務就是分析語言要素在具體的言語情況下的風格的多樣化的應用。」[20]這則比格沃茲潔夫的「風格任務論」增加了一倍的內容。葛利別林則把風格學的任務界定在「文學語言」方面。這已見上面的「對象論」。

我國學者對風格學任務的認識也不是完全一致。比較如下：

高名凱說：「語言風格學的任務就是在於研究語言在其發展的過程中，在一般功能的言語風格，文藝言語風格及優秀作家的個人言語風格方面，到底產生了哪些風格系統及其發展規律，同時在於確定語言各風格的規範。」[21]此論強調三點：一、研究言語功能風格，突出了文學風格及其個人風格；二、研究風格系統及其發展規律；三、確定語言風格的規範。宋振華、王今錚等說：「風格學的任務是：研究語言風格的本質，它的產生和發展；各種風格類型及其特徵，以及語言風格和其

他語言現象的關係。」[22]此說概括比較全面，在20世紀50年代能達到這個水平是可貴的。20世紀80年代以後，人們對風格學任務的認識又前進了一步。張德明說：語言風格學的任務是「使學生和廣大學者系統了解語言風格學的研究對象和學科性質，初步掌握語言風格學的基礎知識和科研方法，提高語言修養，培養好的風格，進而把語文風格知識應用到言語活動、語文教學和各種語文工作中去」[23]。此論是針對風格學的普及而發的。1993年在澳門召開的風格學研討會上他又指出：「風格學的目的任務是具體研究全民語言中風格現象的本質特點，揭示其構成因素和表達手段的系統；說明言語風格的分類標準和各種類型，論述其發展變化和實際運用的規律；闡明風格學的對象、性質和研究方法；提高人們理解、欣賞、評論、教學和綜合運用語言的能力；以便適應各種場合，達到特定的交際目的，培養各種語言風格，防止產生風格流弊。」[24]黎運漢說：「語言風格學的任務應該是：1.研究語言風格手段系統」；「2.劃分語言風格類型」；「3.確定語言風格的規範」；「此外，研究語言風格的形成和發展也是語言風格學的一個重要任務。」[25] 1993年，在澳門會議上他進一步指出：「語言風格學的任務主要是探討言語風格現象的規律，研究風格表達手段系統及其發展規律；確定風格範疇，總結風格類型，揭示和描寫各類風格的特點及其組成的風格要素和風格手段系統；確定風格規範，指導語言實踐；研究風格的本質、成因以及風格與語體修辭等言語現象的關係等。」[26]

總結風格學研究的成果，我們認為風格學有三大任務：

(1)研究言語風格現象，確定言語風格學研究的對象、範圍、性質、任務，劃分風格類型並闡明其特性及變化、發展的

規律，建立科學的漢語風格學體系。

(2)研究、歸納、闡析形成風格的要素、方法、規律以及風格的規範和優化的規律和方法，指導語言實踐：閱讀、鑑賞、教學、學習、寫作、翻譯。

(3)研究時代的言語風格、社會的言語風格，建立良好的文風。

比較風格學的任務，則是用比較的方法，歸納、總結風格學研究的任務。

注 釋

[1] 高名凱：《語言論》，科學出版社，1963。

[2] 王德春：《現代語言學研究》，福建人民出版社，1983。

[3] 宋振華、王今錚：《語言學概論》（修訂本），吉林人民出版社，1979。

[4] 葉蜚聲、徐通鏘：《語言學綱要》，北京大學出版社，1981。

[5] 《語言和言語問題討論集》，上海教育出版社，1963。

[6] 《語言學論叢》，上海教育出版社，1963。

[7] 張靜：《新編現代漢語》（下冊），上海教育出版社，1980。

[8] 胡裕樹主編：《現代漢語》（增訂本），上海教育出版社，1981。

[9] 張志公主編：《現代漢語》（下冊），人民教育出版社，1982。

[10] 戚雨村、董達武、許以理、陳光磊主編：《語言學百科詞典》，上海辭書出版社，1993。

[11] 張滌華、胡裕樹、張斌、林祥楣主編：《漢語語法修辭詞典》，安徽教育出版社，1988。

[12] 呂叔湘：《把我國語言科學推向前進》，《中國語文》，1981(1)。

[13] 蘇旋等譯：《語言風格與風格學論文選譯》，221頁，科學出版社，

1960。

[14] 葛利別林：《語言風格和語言的風格手段》，76頁，科學出版社。

[15] 《語言風格學的內容和任務》，北京大學中國文學語言系論叢編輯部《語言學論叢》第4輯，172頁，上海教育出版社，1960。

[16] 張德明：《語言風格學》，40頁，華東師大出版社，1989。

[17] 黎運漢：《漢語風格探索》，15頁，商務印書館，1990。

[18、19、20] 同13，21～22頁、27頁、41頁。

[21] 同15，203頁。

[22] 宋振華、王今錚：《語言學概論》，137頁，吉林人民出版社，1957。

[23] 同16。

[24] 《風格學的基本原理》，見《語言風格論集》，9頁，南京大學出版社，1994。

[25] 同17，16～22頁。

[26] 《修辭學·語體學·風格學》，見《語言風格論集》，83頁，南京大學出版社，1994。

辭風研究的科學化

　　呂叔湘先生在《漢語研究工作者的當前任務》[1]中談到
「我們能夠逐步建立起來自己的漢語詞（辭）章學」時說：
「詞（辭）章的研究則需要更敏銳的『風格感』，需要更多的想
像力，雖然排比之功也不可廢，甚至統計工作也有一定的用
處。」他還指出「風格的要素」「不外乎字法、句法和章法」。
這不僅對於建立「格素」和「格素值」的概念有啟發，對於確
定辭章學研究的對象（含「風格」）也有幫助。

　　風格要素（「格素」）可分兩大類：內蘊情志格素（「內
素」），外現形態格素（「外素」）。這是對風格進行「統計」，確
定話語作品格素值的依據，也是使風格物質化的重要手段。根
據「格素」，可以建立風格的體系，確定不同風格的類型。
1986 年，筆者在區分「內蘊情志格素」和「外現形態格素」
的基礎上指出：「辭章風格著眼於外現形態的諸因素。」張志
公先生在《風格論》中指出：「風格是一種具有自己特點的表
現形式。它是一種形式，但是這種形式具有某種特定的內涵，
從而足以引發人們一種特殊的感覺。」[2]這種側重於從「形式」
出發闡明的風格，就是辭章風格，簡稱「辭風」它與辭章「是
有效、高效地表達、承載並藉以適切、深入地理解話語資訊的
藝術形式」的定義是一致的，它不同於文章風格。本章主要從

「四六結構」與「格素」理論，簡談風格的體系和風格的形成論、優化論、鑑賞論、功能論、類型論等。

一、「格素」論

(一)「格素」概念的提出

　　繼1986年提出「格素」的概念之後，1993年8月8日至12日中國修辭學會和河北省修辭學會在北戴河舉辦「張弓修辭學思想國際研討會」，我進一步向大會提交了一篇題為《論「體素」與「格素」》的論文[3]，在進一步闡述「體素」概念的同時[4]，又提出了「格素」的概念。什麼叫「格素」？它是形成風格的要素，包括風格學諸家所說的「風格要素」和「風格手段」，「語言風格要素」和「非語言風格要素」，「在孤立狀態下可以顯示風格類型的語言成分」和「在孤立狀態下沒有固定風格色彩的語言材料」。它是風格得以表現的因素，是風格的標誌，是言語格調氣氛的載體。

　　「格素」概念是吸收了前人風格研究成果而加以概括、昇華出來的。它使讀者便於學習，便於理解，便於運用。

　　古人對風格現象的論述，過於玄虛，使人感到「只可意會，不可言傳」。今人從形成風格的語言材料入手，抓住了風格的物質外殼，使風格成為可分析、可感知的言語現象，這就提出「風格要素」、「風格手段」等術語。但其所指的內涵，眾說各異，使讀者莫衷一是。概括來說，在對風格的物質外殼的闡析中，有分論、統論兩種。所謂「分論」，就是「分」而「論」之，把形成風格的因素分為「風格要素」和「風格手段」

兩種。高名凱說：「具有風格色彩的詞彙成分，語法成分（包括詞法和句法）或語音成分都是語言的風格要素，超出這範圍的風格手段就是非語言的風格手段。」[5]這從「語言要素」和「非語言要素」的角度把「風格要素」和「風格手段」分而論之。程祥徽也是把「風格要素」和「風格手段」分而論之。而他從另一角度立論，他說：「風格要素」指的就是在孤立狀態下也可以顯示風格類型的語言成分，風格要素可歸納如下表：

$$風格要素\begin{cases}平行的同義成分：邏輯意義相同，風格色彩不同\\非平行的語言成分：具有封閉性的風格色彩[6]\end{cases}$$

什麼是「風格手段」？程祥徽說：大量的語言材料在孤立的狀態下並沒有固定的風格色彩，只有在運用中才表現出某種特點。因此，如果說風格要素具有「封閉」或「孤立」的性質，那麼風格手段就是由「中立性」的語言材料構成的[7]。

值得注意的是：程先生儘管把「風格要素」和「風格手段」分而論之，但看到了它們共同的作用：「風格要素和風格手段都（著重號為引者所加，下同）是使風格得以表現的標誌，風格就是寄形於風格要素和風格手段的一種語言格調。」[8]這就是說，程先生在分析形成風格的語言材料時是「分」而論之，闡明它們在形成風格的作用時是「統」而論之。

張德明雖然也論及「風格要素」和「風格手段」，但角度又有不同。他說：風格要素指「構成風格的各種要素（或因素），包括語言的風格要素和非語言的風格要素、主觀的風格要素和客觀的風格要素等」，這就把高名凱的「要素」論、「手段」論都籠括進去了。他又說，風格手段「指構成風格的

各種表現手段，如語言的風格手段、修辭的風格手段、非語言的風格手段等」。但他又指出：「從形成風格的角度講語言三要素（語音、詞彙、語法），修辭格，表現方法都可以充當風格手段。」[9]他與程祥徽一樣：在形成風格的作用時把「風格要素」和「風格手段」「統」一起來了。

「風格要素」和「風格手段」都是形成風格的重要因素。這就是「統論」觀點之所以能成立的基礎。所謂「統論」，就是不分「風格要素」和「風格手段」，用一個名稱把兩者「統一」起來進行論述。黎運漢、張維耿的《現代漢語修辭學》指出：「語言風格形成的物質材料因素，是指語言風格表達手段，它是由表達手段中具有風格色彩的成分組成的，存在於語言要素和非語言要素之中。」[10]這就把「要素」（因素）與「手段」等同起來了。後來，黎先生在《漢語風格探索》中仍是這樣處理[11]。王德春主編的《修辭學詞典》就直截了當地指出「風格表現手段即風格因素」[12]。胡裕樹主編的《現代漢語》增訂本[13]，李熙宗的《語言風格》[14]，張滌華、胡裕樹、張斌、林祥楣主編的《漢語語法修辭詞典》[15]，戚雨村、董達武、許以理、陳光磊主編的《語言學百科詞典》[16]等都是這樣處理的。

筆者感到「風格要素」（因素）與「風格手段」在形成風格中作用是一樣的，因此就用「風格要素（因素）」——簡稱「格素」來統稱形成風格的各種物質材料，其所指的內涵與外延，大於上述諸家之所指[17]。格素的體系請閱《辭風在風格體系中的位置》表一。

語言可以分為言表和言裡、表層與深層、能指與所指幾種對立統一的兩個方面。格素也可以分為外現形態格素和內蘊情

志格素兩個方面。外現形態格素包括語言格素和非語言格素。語言格素有語音、詞彙和語法等格素。非語言格素有篇章、辭格、表達方式、藝術方法、創作方法和圖符（圖表、公式、符號）等格素。內蘊情志格素包括主觀格素和客觀格素。主觀格素指：表達者的世界觀、思想、感情、人格、性格、素質、情操、閱歷、知識、文化素養、興趣愛好、社會職業、性別年齡等格素。客觀格素指：時代精神、社會風尚、地理環境、自然風光、民族氣質、文化傳統以及言語作品的題材、題旨等格素。

(二)內外格素論析

1986年暑期，華東修辭學會第四屆年會在廈門召開，筆者提交了《論語體與修辭風格》的論文。文章指出，風格「是言語作品的外現形態和內蘊情志完美統一而表現出來的鮮明、獨特的風貌與格調」。接著，闡析了「外現形態」與「內蘊情志」的具體內容（基本上與338頁「三」的《格素簡述》論述一致，不贅）[18]。

內外格素論是借鑑了古今中外風格學理論提出來的，它以濃厚的歷史文化積澱為基礎。王充說：「飾貌以強類者失形，調辭以務似者失情。百夫之子，不同父母，殊類而生，不必相似，各有所稟，自為佳好。」[19]劉勰云：「夫情動言形，理發而文見，蓋沿隱以至顯，因內而符外者也。然才有庸俊，氣有剛柔，學有淺深，習有雅鄭，並情性所鑠，陶染所凝，是以筆區雲譎，文苑波詭者矣。」[20]陳廷焯說：「所謂沉鬱者，意在筆先，神餘言外。」[21]這幾段風格論都從內外兩個方面來闡述：

風格 $\begin{cases} 內：情、理、情理、意、神、才、氣、學、習——隱 \\ 外：飾貌、調辭、言形、文見（現）、筆、言——顯 \end{cases}$

前者，我們把它叫做「內蘊情志」，是格素的一大類型，後者，稱為「外現形態」，是格素的又一類型。

這種觀點，也見於今人的風格論中。朱光潛說：「它（風格）就是作者性格情趣的特殊模樣，理想的風格使情感思想和語言恰恰相稱，混合無跡。」[22]黃藥眠說：「風格就是某一特定作品的內容和形式的統一。」[23]蘇金傘說：「風格，看起來像形式，是詩的外表，實際上是詩的實質。一個人風格是由他的思想、氣質、修養等等決定的。」[24]吳祖湘說：「風格是什麼？實是人格的流露，心靈的投影，不是技巧或手法可以造出來的，其核心實質，還是與思想內容分不開。」[25]王朝聞也說：「風格是成於中而形於外的。」[26]上列論述也可圖示如下：

風格 $\begin{cases} 內容因素（內、中）：內容、人格、心靈、 \\ \qquad 性格、情趣、感情、思想、實質、 \\ \qquad 氣質、修養 \\ 形式因素（外）：語言、形式、外表、模 \\ \qquad 樣、投影、流露、技巧、手法 \end{cases}$ $\left.\begin{array}{l} \\ \\ \\ \\ \\ \end{array}\right\}$ 恰恰相稱 混合無跡

法國布豐的名言：「風格必須有全部智力機能的配合與活動；只有意思能構成風格的內容，至於辭語的和諧，它只是風格的附件，它只依賴著感官的感覺。」[27]這裡所說的「內容」、「意思」屬於內蘊情志要素；而「附件」、「感官的感覺」

——主要是視覺的文字，聽覺的聲音，都屬於外現形態的東西。斯達爾夫人也說：「文章風格不僅僅是個遣詞造句的問題，它跟概念的內涵、思想的實質有關，絕不是簡單的形式問題。」[28]這兩段話也可圖示如下：

內容 { 內容：智力、意思、概念的內涵、思想的實質
形式：辭語、遣詞、造句、附件

從上述古今中外風格論中可以得出這樣的結論，風格是由「內蘊情志」和「外現形態」兩方面水乳交融表現出來的風貌與格調。可見風格二素論不是無源之水、無本之木，更不是有意標新立異、故弄玄虛的產物，它是對前人研究成果的歸納與總結。「內蘊情志格素」、「外現形態格素」就是這樣歸納出來的。

(三)內外格素與主客觀因素的關係

在談到構成風格的因素時，國內外學者有過不同的論述，主要的有「主觀因素和客觀因素」說、「制導因素」說等。即使持同一「說」的，其所指的對象還有差異。如果能將這些論說與「內外格素」說作一比較，進行考察、分析，就能把紛紜的「說」法化繁為簡，理出一個科學而清晰的條理來，就能更深刻地認識風格形成的原因。

先看外國的。著重比較分析以下幾家。

衛爾史在《完全修辭學》中說：「內外天性人工合表現於風格」，風格的形成，相當複雜，歸納起來有主觀因素和客觀

因素兩個方面。主觀因素方面，是「作者風格及其精神生活之具體表示，蓋文字不過其觀念之符號。觀其選詞綴句，可知其智愚嗜好想像能力。文過華美，其人必好娛樂。文過簡陋，其人必甚冷澀。文過浮誇，其人必好虛飾。文過平庸，其人必甚魯鈍。若巧言無當，其人必儉腹。若晦而不明，其人必糊塗。道德良風格之本也」。從客觀方面分析，「風格雖受心力影響，亦因外力變遷。如識字之多寡強弱，詞句之選擇排列，練習之久暫，預備完全與否，注意工整與否，以及題目之性質，所抱之目的，對方之能力，皆足左右之」[29]。

威克納格在《風格概說》中說：「風格是語言的表現形態，一部分被表現者的心理特徵所決定，一部分則被表現的內容和意圖所決定」，「倘用更簡明的話來說，就是風格具有主觀的方面和客觀的方面」。接著，他分析說：「風格、表現形態，一方面客觀地被內容和意圖所決定；所謂被內容決定，首先就是被主題的主導觀念……所決定，其次是被整個實質，即某一主要思想用以將本身也包括在內的全部思想材料所決定；所謂被意圖所決定，就是指企圖贏得聽眾（並且只限於像學者、教師及其同類友人這類聽眾）來認可並支持這個思想……」。「風格的主觀方面，正因為他有他的獨特的思想和訓練，生活在一個特定的時代，從而，他用他獨具一格的方式把思想化為語言，這就是說，他用他的方式去表現並修飾自己的觀念，去安排、拆散並連綴自己的字彙。」[30]

上列二家，對於風格形成的原因分析，有一致性，有差異性；有適切的地方，也有欠妥之處。衛氏把精神、觀念、個性、道德等列為主觀因素，威氏也把思想、觀念、心理特徵等列為主觀因素，這是他們的一致性，都是適切的。衛氏把

「字」、「詞句」等作為「客觀因素」,而威氏卻把「語言」、「字彙」等表現風格的外部形態作為「主觀因素」,這是他們的差異性。不過,我們可以這樣理解:威氏之把「語言」「字彙」列入「主觀因素」,是因為它們前面加了「獨具一格」的修飾語,亦即「語言」的個性特徵。從這點講他還能自圓其說。不過,威氏把「特定的時代」也作為「主觀因素」則是欠妥當的,應是客觀因素才對。衛氏把「識字之多寡強弱」等列為客觀因素也是欠妥當的。因為「識字之多寡強弱」,屬於「學識」的問題;「詞句之選擇排列」,屬於「才能」的問題;「練習之久暫」與「預備完整與否」,屬於「練習」的問題;「所抱之目的」,屬於「題旨」的問題。這些,與劉勰「因內而符外」說所講的「才(能)」、「氣(質)」、「學(識)」、「習(尚)」等內質一樣,都應歸於「主觀因素」為宜。威氏把「表現者的心理特徵」列為形成風格的主觀因素,把「表現的內容」列為形成風格的客觀因素:這些,都是適切的。可是表現的意圖——「企圖贏得聽眾⋯⋯支持這個思想」則屬於主觀方面的,把它歸於「客觀」就欠妥了。

修辭學家Ｍ・Ｈ・科仁娜在談到修辭研究的課題時談了12個,其中第5個即:「語體中客觀因素與主觀(個人)因素問題」;在談到捷克修辭學派的主要成就時指出他們「探討了語體構成中主觀因素和客觀因素的問題,以及由此產生的主觀(個人)語體和客觀(功能)語體」;在談到各種因素對語體的影響時指出:「形成語體的客觀因素與主觀因素的相互作用,以及因此而出現的語言特點,在言語中是隨處可見的。」[31]

再看我國,著重比較分析以下幾家。

我國學者也論及風格的主觀因素和客觀因素,但各家所指

的對象或相同、或相異、或相反。張靜指出:「語言風格形成的客觀因素,主要是語言材料的特點、修辭方法的特點、交際環境(包括交際對象)的特點等因素。」「語言風格形成的主觀因素,是指使用語言的人具備的某些特點和條件,包括人們的思想作風、生活經歷和語言修養。」[32]張壽康指出:「作者具有什麼樣的立場、世界觀和思想方法,作者的生活經歷、性格特點、文化修養以及情趣愛好怎樣,這些是屬於主觀方面的因素;同時還有客觀方面的因素,即作者所處的階級地位、社會環境、地理環境以及有什麼樣的民族文化傳統、時代風尚等,以上兩方面的因素制約著作者風格的形成,主觀因素是基礎,客觀因素是條件,二者有機統一,決定著文章風格的特點。」[33]黎運漢說:「風格的制導因素包括主觀因素和客觀因素,前者指語言使用者的條件和特點,如思想感情,品格個性,生活經歷、文化素養、情趣愛好等;後者指交際環境,如社會環境、生存地域和自然環境以及交際對象和交際方式以及時代精神、民族氣質和風俗習慣等。物質材料因素是語言系統的語用變體中具有審美功能即風格色彩以及沒有風格色彩而和具有風格色彩的成分配合,也能體現風格色彩的語言材料和語言表達手段即風格表達手段。在主客觀因素制導下,統合運用風格表達手段所產生的語言格調氣氛就是語言風格現象。」[34]倪寶元認為:「作家的語言風格形成的主觀因素」是「氣質、閱歷、素養三方面」,「形成作家的語言風格的客觀因素」是「時代、題材、語體三個方面」[35]。以上「二因論」也可與「二素論」作圖表比較如下:

風格二素說		內蘊情志格素	外現形態格素
張靜風格二因說	主因	語言使用者的某些特點和條件：思想作風、生活經歷和語言修養	語言材料的特點、修辭方式的特點
	客因	交際環境（包括交際對象）的特點	
張壽康風格二因說	主因	作者的立場、世界觀、思想方法、生活經歷、性格特點、文化修養、情趣愛好——形成風格的基礎	
	客因	作者的階級地位、社會環境、地理環境、民族文化傳統、時代風尚——形成風格的條件	
黎運漢風格二因說	主因	制導因素之一：語言使用者的條件、特點，如思想感情、品格個性、生活經歷、文化素養、情趣愛好	交際方式；物質材料因素：能體現風格色彩的語言材料和語言表達手段
	客因	制導因素之二：交際環境，如社會環境、生存地域、自然環境、交際對象、時代精神、民族氣質、風俗習慣	
倪寶元風格二因說	主因	表達者的氣質、閱歷、素養	語體
	客因	表達者的時代、題材	

　　比較衛、威二家與以上四家可以看出：以上四家觀點比較一致，比衛、威二家前進了一步。

　　以上四家的共同點是：儘管都從主客二因來分析風格的形成，但都強調了形成風格的內蘊情志因素。只是風格的類型很多，有的重在內蘊情志因素，有的重在外現形態因素，有的兩者並重。這就應當從風格的類型，從語體、文體風格的不同作具體的深入的分析。

　　張靜的《新編現代漢語》談的風格有民族風格、時代風格、個人風格、語體風格、表現風格等，都屬於語言風格，或言語風格，因此，他在分析風格的形成時強調了內蘊情志因素，也注意到了外現形態因素：語言材料的特點、修辭方式的特點，這樣分析就比較周密。張壽康重在從內蘊情志格素分析文章風格的形成。其實文章有文藝體、實用體及其融合體，各

種風格因素的分布並不是一樣的，文藝類的文體、語體，特別是詩歌體、韻文體，很強調內蘊情志因素：所謂「詩言志」是也；表現風格、語體風格重在外現形態因素，所謂「風格的彩衣」是也。黎運漢通論語言風格學，因此兼論及風格的物質材料因素，體現風格色彩的語言材料和語言表達手段。倪寶元的《大學修辭》用了較大的篇幅（設一章三萬多字）介紹語體風格，因此強調了「語體」的因素。其實，語體也是內蘊情志因素與外現形態因素的綜合體現，但語體是以內素（交際領域、目的、任務）為核心，以外素為表現形態，屬於語言風格的範疇。

李熙宗論語言風格的形成也注意到了客觀方面的因素和主觀方面的因素[36]，這裡不一一分析了。

比較上列四家：張靜、黎運漢二家，在談到風格的形成時，都注意到內蘊情志因素和外現形態因素；而張壽康、倪寶元二家，則對外現形態在形成風格中所起的作用未分析到。

從以上分析可以看出，用「二素」說的過濾器，可以把古今中外的「二因」說作科學的篩選，重新排列、組合，使二因論中矛盾的、不一致的甚至欠妥的說法，統一於、正位於二素的框架之中，化繁雜為簡單，化參差為統一。

(四)內外因素與文體風格、語體風格、表現風格的關係

先看下表。

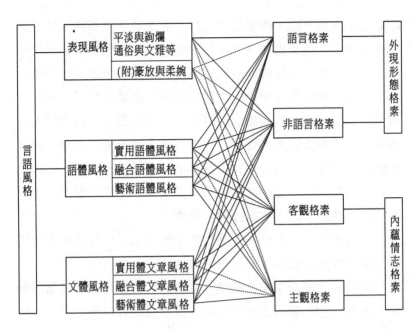

　　上表中的實線，表示兩者之間的密切聯繫；虛線，表示雖有聯繫，但不密切。表現風格，就是修辭風格、辭章風格，它主要依靠外現形態格素所體現出來言語特點的總和。表現風格雖然與內蘊情志有關係，但它著重從外現形態來觀察、分析。

　　在表現風格下，我們附了有關文學風格的舉例性的分析。文學風格和「二素」都有關係，它的類型相當複雜。例如詩歌「志之所之也，在心為志，發言為詩」[37]，所以說「詩言志」[38]。主觀格素在詩歌中表現得十分突出，又如，豪放、柔婉、沉鬱、蒼涼等主要是從內素特點總結出來的風格，但都要以外素為載體。文學中的文體類風格，如韻文與非韻文，又著重於外素，特別是在語音格素的區別上。民族風格與時代風格是語言風格，但它們一經運用，又有時代的言語風格和民族的言語風格。例如「黃唐淳而質，虞夏質而辨」[39]之類，則是時代的言

語風格；南柔北剛，南華北樸之類，則是地域的言語風格。文學風格也有一些著重從外素進行分析的，例如作為魯迅風格的組成部分之簡潔，組成冰心風格部分之文雅，都側重於外素。

從功能角度劃分出來的文體風格與語體風格都可作三分：實用類、融合類、藝術類。一般說來，實用體重在科學性、邏輯性，它不容太強的主觀情志格素。融合體，從內容講，與實用體有一致性，只是在形式上適當地披上文藝的外衣，因此，它對有違科學性、邏輯性的內素有排斥性。可是文藝類，特別是其中的詩歌，就帶有很強的主觀性。

從格素來分析風格，使風格特點物質化、科學化、系統化了，它不僅可以意會，而且可以言傳。

從格素的組合來研究風格，使我們明顯地看到，風格的形成，也是一個動態的過程，往往有從不成熟到成熟，從不適切到適切，從低到高的過程，特別是表現風格有這個過程，個人風格也有這個過程。認為一有「風格」就是完美的，不合乎古今中外風格理論，也不合乎風格現象實際，對於風格的學習、培養、教學、鑑賞、評論與研究都沒有好處。

注　釋

1　原載《中國語文》，1961(4)，收入《呂叔湘語文論集》，23頁，商務印書館，1983。

2　見張志公：《漢語辭章學論集》，239頁，人民教育出版社，1996。

3　該研討會提交的《論「體素」與「格素」》等三篇論文，承《鐵嶺師專學報》1994(1)先行選刊，研討會論文集另出。

4　1989年8月中旬，全國文學語言研究會成立，我提交了論文《論藝術體素及體素值》。此文承收入《文學語言研究論文集》（華東化工出版

社，1991）並獲中國文學語言研究會「優秀論文獎」。「格素」的概念已被一些專家所接受，所引用，被寫入《中國修辭學通史》等書。

[5] 高名凱：《語言風格學的內容和任務》，收入北京大學中文系編《語言學論叢》第4輯，182頁，上海教育出版社，1960。

[6、7、8] 程祥徽：《語言風格初探》，24頁、26頁、29頁，三聯書店香港分店，1985。

[9] 張德明：《語言風格學》，3頁，東北師範大學出版社，1989。

[10] 黎運漢、張維耿：《現代漢語修辭學》，204頁，商務印書館香港分館，1986。

[11] 黎運漢：《漢語風格探索》，55～65頁，商務印書館，1986。

[12] 王德春主編：《修辭學詞典》，52頁，浙江教育出版社，1987。

[13] 胡裕樹主編：《現代漢語》（增訂本），553頁，上海教育出版社，1987。

[14] 李熙宗認為：「在語言風格形成中，能夠對語言風格形成起作用的全部實體因素，稱風格手段或風格要素。」見宗廷虎等《修辭新論》，332頁，上海教育出版社，1988。

[15] 張滌華、胡裕樹、張斌、林祥楣主編：《漢語語法修辭詞典》，136頁、139頁，安徽教育出版社，1988。

[16] 戚雨村、董達武、許以理、陳光磊主編：《語言學百科詞典》，66頁，上海辭書出版社，1993。

[17] 鄭頤壽：《論「體素」與「格素」》，刊於《鐵嶺師專學報》，1994(1)；《論文章風格與言語風格》，見《語言風格論集》，173頁，南京大學出版社，1994。

[18] 鄭頤壽：《論語體與修辭風格》，收入《修辭學研究》第4輯，52頁，廈門大學出版社，1988。

[19] 漢·王充：《論衡·自紀》。

[20] 梁·劉勰：《文心雕龍·體性》。

21 清‧陳廷焯：《白雨齋詞話》。

22 朱光潛：《藝術雜談》，2頁，安徽人民出版社，1981。

23 黃藥眠：《論風格的諸因素》，見《黃藥眠文藝論文選集》，110頁，北京師範大學出版社，1985。

24 蘇金傘：《我是怎樣寫起詩來的》，見《作家談創作》，1231頁，花城出版社，1985。

25 吳祖湘：《關於三十年代的散文》，1986年1月18日《文藝報》。

26 王朝聞：《風格的改變》，見《新藝術創作論》，234頁，人民文學出版社，1963。

27 〔法〕布豐：《論風格》，見《西方文藝理論名著選編》上卷，222頁，北京人民出版社，1985。

28 斯達爾夫人：《論文學》，320頁，人民文學出版社，1984。

29 〔德〕威克納格：《詩學‧修辭學‧風格論》，引自王元化譯《文學風格論》，18～19頁，上海譯文出版社，1982。

30 〔德〕威克納格：《風格概說》，見上王元化譯本，13頁、26頁、68頁。

31 〔蘇〕科仁娜：《俄語功能修辭學》，13頁、26頁、68頁，外語教學與研究出版社，1982。

32 張靜：《新編現代漢語》（下冊），233頁、238頁，上海教育出版社，1980。

33 張壽康主編：《文章學概論》，324頁，山東教育出版社，1983。

34 黎運漢：《修辭學‧語體學‧語言風格學》，見《語言風格論集》，80頁，南京大學出版社，1994。

35 倪寶元主編：《大學修辭》，474～479頁，上海教育出版社，1994。

36 見宗廷虎等合著《修辭新論》，331頁，上海教育出版社，1998。

37 《毛詩序》，見《毛詩正義》卷一。

38 《尚書‧虞書‧舜典》。

39 梁‧劉勰：《文心雕龍‧通變》。

二、論語體與辭風

　　語體與風格是兩個不同的概念，但又有密切的聯繫。語體，是根據交際的領域、目的、任務的不同，長期地反覆地使用不同的傳遞方式[1]、語言材料、表達方式而形成的一系列言語特點的有機統一體，又稱功能語體。如口頭語體之對白體、獨白體與書卷體之實用體、融合體、藝術體[2]等。風格，則是言語作品的外現形態與內蘊情志完美統一而表現出來的鮮明、獨特的風貌與格調。外現形態，包括文字、語音、詞彙、語法等語言要素與修辭格式、篇章結構、情節安排、表達方式、藝術技巧以及符號、公式、圖表等非語言要素；內蘊情志，包括作品的題材、主題、思想與從中反射出來的作者的立場、觀點、思想、品格、感情、意志、個性、學識、才能以及時代精神、民族氣質等。在風格的研究與描述方面，由於人們著眼點的不同，而有修辭風格、辭章風格、文章風格、文學風格、個人風格、流派風格、時代風格、地方風格的差別。修辭是運用語言的藝術。修辭風格著眼於外現形態的語言要素方面。辭章是話語的藝術，從書語講，就是文篇的藝術，亦即文章的藝術；從口語講，是話篇的藝術。辭章風格著眼於外現形態的諸要素。文章[3]是內容與形式、思想與藝術的統一體。文章風格要兼及外現形態與內蘊情志的各種要素。文學作品只是文章中的一大類型。文學風格則專指文藝性的文章風格。個人風格、流派風格、時代風格、地方風格，在傳統的風格論中，一般指文學風格。所謂「一般」，是就大體的多數的情況而言的，尤其是古代風格論是如此；這並不排斥少量的實用體文章也有此

類風格。特別是科學體、公文體，時代風格則非常鮮明。全面研究上述各種風格的理論，是風格學的任務，修辭學研究修辭風格，也就是從語言運用及修辭效果的角度，來闡述風格的有關內容。

(一)修辭風格

修辭風格，主要是由語音、詞語、句子、篇章、辭格等的運用，而在言語作品中表現出來的完美統一的風貌與格調。這種風格，屬於言語風格。

從語音講，聲、韻、調、雙聲、疊韻、疊音、擬聲、諧音、雙關與音變、音節、節奏、旋律等，都是聲音要素。言為心聲，聲音不同，言語的氣勢、韻味就不一樣。「五色相宜，八音協暢，由於玄黃律呂各適物宜。」[4]只有「適物宜」，聲音所造成的氣氛、氣勢，才會與心情協調，而成為形成風格的一種語言要素。「平聲最長，上去次之，入則詘然而止，無餘音矣。」[5]因而，所表達的感情則有昂揚與低沉之別。「音節高，則氣韻必高；音節下，則氣韻必下」[6]，因而，有助於形成陽剛或陰柔的風韻。「東鐘之洪，江陽皆來蕭豪之響，歌戈家麻之和，韻之最美聽者。寒山桓歡先天之雅，庚青之清，尤侯之幽，次之。齊微之弱，魚模之混，真文之緩，車遮之用雜入聲，又次之。支思之委而不振，聽之令人不爽。」[7]因此，要形成不同的風格，就要權衡擇用。一般說來，藝術語體，要充分而巧妙地綜合運用聲音修辭的方法，來形成言語作品的風貌與格調；實用語體，則只要求音節比較勻稱，節奏比較順暢，能順口悅耳即可；融合語體，介於以上兩種語體之間。

從詞語講，一要辨色彩，或明或暗，或濃或淡，或素或

艷，或抽象或形象；二要辨情調，或紅、橙、紫之熱而鬧，或青、藍、碧之冷而靜，或褒或貶，或為中性；三要辨語義，或用詞語本身的意義，或用修辭義、象徵義，或作直表，或要別解。一般說來，色彩濃艷而形象者，常見於藻麗，色彩平淡而抽象者，比較平實；熱而鬧者，常與明快、奔放、豪壯相聯，冷而靜者，好與含蓄、深沉、嚴謹為伴；語義直接表達者，易見明快，要作別解者，往往蘊藉。藝術語體，要充分運用詞語要素的各種風格手段；實用語體，則要用色彩不濃的、抽象的、中性的詞語，一般只用詞語本身的意義，作直接的表達，不用象徵義與修辭義；融合語體，介於兩者之間。

從語法講，句式多種多樣。有常格，變格，有常位、殊位、易位[8]；有陳述、疑問，有祈使、感嘆；有肯定、否定；有主動、被動；有分、合、長、短，有整、散、鬆、緊；有書卷語、口頭語、文言、歐化等句式。一般說來，常格句，明晰、樸拙；變格句、奇巧、含蓄。短句，表達明快、活潑、有力，有助於形成顯附、簡勁、峭拔的風格；長句，表達精確、細致、周到，用於陳述，比較縝密，用於描寫，易見繁豐。整句，結構嚴謹，形式整齊，音節勻稱，常見於優美、奇巧的言語；散句，活潑、自由，形式多樣，音節參差，常用於自然、平實、謹嚴的言語。緊句，結構緊密，喜與勁拔、嚴謹結緣；鬆句，結構鬆弛，好與疏放、自然為伍。通俗、活潑，喜用口語句；莊重、典雅，多用書語句。警句，往往精警、遠奧；俚句，一般平實、朗暢。藝術語體，可以綜合運用上述各種句式；實用語體，一般只用常格句，較多用長句、緊句、散句、書語句、歐化句、文言句；融合語體，介於兩者之間。

從篇章講，題目、開頭、結尾、過渡、呼應、連貫、層

次、詳略、開合、對比、抑揚、濃淡、疏密、藏露、遠近、虛實等，都是篇章的技巧[9]。文藝語體，要充分地創造性地運用這些結構的藝術，力求新、奇、巧、妙。或黑白邪正，對比鮮明，使其顯豁、明達；或大開大合，大起大落，使其跌宕、疏放；或精於起承轉結，分合呼應，力求嚴謹、縝密。起句，或標其目，提綱挈領，以使義理昭然；或似爆竹，驟響易徹，以使雄奇、勁健；或似鳳首，美艷奪目，以取綺麗、嫵媚；或似入霧海觀山，朦然朧也，力求幽婉、含蓄。結句，或顯其志，兜裹全篇，使題旨顯豁；或如撞鐘，清音有餘，表達雋永；或媚語攝魂，悠揚搖曳，以見雅懿。實用語體，則要求題目、首尾能揭示題旨，講究層次、連貫，條分縷析，開合有致，甚至不厭模式化、程式化，力求平實、嚴謹。融合語體介於兩者之間。

從辭格講，比喻、比擬、借代、摹狀、移就，易成藻麗；誇張、排比、反復、層遞，有助於勁健。柔婉者，好用婉曲、諱飾、折撓、析字、比擬；詼諧者，多見雙關、仿擬、歇後、比喻。藝術語體，可以綜合運用各種辭格。實用語體，除了偶爾用排比、反復、層遞、比喻外，其他辭格則少用（如婉曲）或不用（如誇張、雙關、折撓）。融合語體，介於兩者之間，一般不用或少用移就、婉曲、諱飾、折撓、析字、仿擬、雙關、誇張、歇後等。

語音、詞彙、語法、篇章、辭格的運用，都是形成修辭風格的手段。必須指出，孤立的、個別的手段，都無法形成風格，它們必須綜合起來運用，也僅僅是形成風格的外現形態中的言語要素。它們是形成風格的物質基礎，是風格的外衣。修辭風格，著重在這些外現形態的言語要素，但並不完全排斥風

格的內蘊情志的各種要素的作用。文章風格、文學風格、個人風格、流派風格、時代風格、地方風格等尤其是這樣。

(二)各類修辭風格

修辭風格，從語言形象性的強弱與色彩的濃淡分，有藻麗與平實之殊；從傳遞資訊所用的語言曲直、深淺分，有含蓄與明快之別；從表達一定內容，所用的語言多少分，有繁豐與簡約之異。各類語體，這些風格的表現是不一樣的。總的說來，平實、明快、簡約的風格，見於各種語體；藻麗、含蓄的風格，主要見於文藝語體，次是融合語體，少見或不見於實用語體；繁豐的風格，隨著歷史的發展，由主要見於藝術語體，逐步趨向也見於各種語體。例如：

> 江陵去揚州，三千三百里。已行一千三，所有二千在。
>
> （吳聲歌曲《懊儂歌》）
>
> 孟子曰：「天時不如地利，地利不如人和。三里之城，七里之郭，環而攻之而不勝。——夫環而攻之，必有得天時者矣，然而不勝者，是天時不如地利也！……」
>
> （《孟子·公孫丑下》）
>
> 孫子曰：「兵者，國之大事，死生之地，存亡之道，不可不察也。」
>
> （《孫子兵法·計篇第一》）

以上三例，依次引於藝術語體、融合語體和實用語體。它們的言語，都很平淡、樸質，不求奇巧，不尚藻飾，表現出平

實的風格。從語音講，除第1例外，都沒有押韻[10]，不協平仄，不追求雙聲、疊韻、擬聲、諧音。從詞語講，不用形容詞和藝術修飾語，色彩樸素；只用詞語本身的意義，作直接的表達。從語法講，都用常格句式，不追求句子的奇巧變化。從篇章講，都比較平直，沒有倒敘、插敘、跌宕騰挪的章法。從辭格講，只有排比、反復、層遞，不用比喻、比擬、摹狀、誇張、雙關等描繪性、情意性強的辭格。再如：

　　三萬里河東入海，五千仞岳上摩天。遺民淚盡胡塵裡，
　　南望王師又一年。

　　　　　　　　（陸游《秋夜將曉，出籬門，迎涼有感》）
　　古人學問無遺力，少壯工夫老始成。紙上得來終覺淺，
　　絕知此事要躬行。

　　　　　　　　　　　　　　（陸游《夜讀書示子聿》）
　　放翁詩明白如話，然淺中有深，平中有奇，故足令人咀
　　味。

　　　　　　　　　　　　　　（劉熙載《藝概·詩概》）

　　上例，也依次引自三種語體，雖然都是用文言寫成的，卻明白通暢，不晦澀，不呆板，表現出明快的風格。它們順口悅耳，自然流暢；詞語淺易，不用僻字、怪字；句子結構平易，長短適宜；語義直達，不用委婉、折撓、引用等「隱」「曲」的修辭方式。

　　沉舟側畔千帆過，病樹前頭萬木春。
　　　　　　　　（劉禹錫《酬樂天揚州初逢席上見贈》）

歲寒然後知松柏之後凋也。

（《論語・子罕》）

投之亡地而後存，陷之死地而後生。

（《孫子兵法・九地》）

上例，也依次引自三種語體。它們言簡而意賅，蘊含深刻的哲理，表現出簡約的風格。為使言「文」而傳「遠」，它們講究音節的勻稱，音韻的和諧。注意選用反義詞、語境反義語和對比、映襯的句式，來表達矛盾統一的道理，概括了社會生活、人的品質和戰爭的規律。篇章短小精悍，運用了對偶、對比、比喻等辭格，來描寫、議論、說明。用最少的代碼，負載最豐富的美學資訊。

綜上所述，平實、明快、簡約的風格，見於各種語體。它們同語體的關係，可圖示如下：

風格類型 表現情況 語體類別	平　實	明　快	簡　約
藝　術　語　體	＋	＋	＋
融　合　語　體	＋	＋	＋
實　用　語　體	＋	＋	＋

平實、明快、簡約，是言語風格的基礎，在各類語體中具有相同的開放性。語言的運用，應該首先培養這些風格。

藻麗、含蓄、繁豐，則是與平實、明快、簡練相對應的風格。從總的說來，藻麗只見於藝術語體，含蓄主要見於藝術語體，繁豐較多地用於藝術語體，也見於實用語體中的科學語

體。

　　藻麗，就是講究藻飾，語言形象，它是文學作品的一種風
格。例如：

　　　雲想衣裳花想容，春風拂檻露華濃。若非群玉山頭見，
　　　會向瑤臺月下逢。

（李白《清平調》三首之一）

　　古人云：「詩賦欲麗」[11]，「詩緣情而綺靡」[12]，「賦頌
歌詩，則羽儀乎清麗」[13]。用「麗」來概括詩歌的風格是不夠
全面的，但因詩歌要「用形象與圖畫說話」[14]，「麗」是詩歌
最主要的風格。上例正是這樣。它聲音圓潤，詞句美艷華貴。
青「雲」，名「花」，「春風」，「露華」，明「月」，配合貴妃
嬌艷的華「容」，飄飄的彩「衣」錦「裳」；再用西王母與仙
女所居之群玉山，有娥之佚女所居的瑤臺，來作比喻、映襯，
極寫如花似玉的妃子之艷麗與人間仙境之美妙。這種風格，只
見於藝術語體，尤其是其中的韻文語體，偶爾見於融合語體
（不過藻麗的程度要比文藝語體差得多）。實用語體，有時只有
個別詞句比較形象、美麗，但形成不了全文的風格，如果它披
上形象的外衣，就變成融合語體了。梁朝丘遲奉命寫了敦促陳
伯之離魏回梁的信[15]，指出伯之身為梁朝將軍，「勇冠三
軍」，卻叛梁投魏，「為奔亡之虜」，「對穹廬而屈膝」。對
此，丘遲毫不隱晦地說「又何劣邪！」筆鋒如刃，一針見血。
但他又申明，梁朝將「赦罪責功，棄瑕錄用」，勸他「迷途知
返」。這是十分嚴肅的政治問題。這類文字，從實質講，屬於
實用語體。可是，丘遲寫得情理交融，富有感染力。文中有段

話尤為感人：

> 暮春三月，江南草長，雜花生樹，群鶯亂飛。見故國之
> 旗鼓，感平生於疇昔，撫弦登陴，豈不愴恨！所以廉公
> 之思趙將，吳子之泣西河，人之情也，將軍獨無情哉！
> 想早勵良規，自求多福。
>
> （丘遲《與陳伯之書》）

這裡成功地運用了描寫、抒情的方法，富有文采，終於感動了
伯之，使其重返南朝。李密的《陳情表》、駱賓王的《為徐敬
業討武曌檄》等，都屬於這一類。只是實用語體，一披上藻麗
的彩衣，就轉化為融合語體了。

含蓄，就是含義深蘊，藏而不露，耐人咀嚼。例如：

> 兼葭蒼蒼，白露爲霜。所謂伊人，在水一方。溯洄從
> 之，道阻且長。溯游從之，宛在水中央……
>
> （《詩經·秦風·蒹葭》）

這是一首戀歌，是思戀心中人兒的。可是我們讀後，不僅不知
道抒情主人公的外貌情態，連是男是女、住在哪裡，都難於確
指。他如在如不在，可望不可即。詩章運用疊詞「蒼蒼」、反
復的句式和重疊的章法，表達執著、深摯、纏綿不絕的戀情。
運用「所謂伊人」「宛在」這類難於確指的詞語，表達了模模
糊糊的感覺；運用「洄」「阻」「長」造成曲折深藏、難於追尋
的意境，全詩熱烈而深長的感情，猶如山原潛流，綿延不斷，
而不外形，可謂「不著一字，盡得風流」。這種風格，融合語

體中偶爾也可見到。例如

> 寡君使群臣爲魯衛請，曰：「無令輿師陷於君地。」下
> 臣不幸，屬當戎行，無所逃隱，且懼奔避，而忝兩君。
> 臣辱戎士，敢告不敏，攝官承乏。
>
> （《左傳·成公二年》）

西元前589年6月17日的齊晉之戰，齊軍被打敗，齊侯即將被
俘。晉軍司馬韓厥在俘獲他前講了上述的話，十分含蓄、委
婉，而實際的意思卻是：我擔任晉軍的官職，應當履行我的職
責，現在就要把你抓起來了

實用語體，尤其是其中的公文事務語體與大眾應用語體，
要求明晰、簡練，只有在外交場合與一些需要保密或不便明言
的文字中才用含蓄的筆法。社會科學語體，有時也講究含蓄。
例如《春秋》，「舉得失以表黜陟，徵存亡以標勸戒。褒見一
字，貴逾軒冕；貶在片言，誅深斧鉞」[16]。它好作「微言」，
「婉而成章」[17]，表達比較含蓄。

繁豐，即繁縟、豐贍。它通過多角度、多線條、多序列、
多層次來詳盡地說明、敘述、描寫事物，甚至不厭重疊、反
復。有如群蝶飛舞，魚貫而下，鱗次櫛比，條分縷析。例如：

> 見安排著車兒、馬兒，不由人熱熱煎煎的氣。有什麼心
> 情將花兒、靨兒，打扮得嬌嬌滴滴的媚！準備著被兒、
> 枕兒，則索昏昏沉沉的睡。從今後衫兒、袖兒，都搵濕
> 做重重疊疊的淚。兀的不悶殺人也麼哥！兀的不悶殺人
> 也麼哥！久已後書兒、信兒，索我淒淒惶惶的寄。

（王實甫《西廂記·長亭送別·叨叨令》）

上例，運用「熬熬煎煎」、「嬌嬌滴滴」、「昏昏沉沉」「重重疊疊」、「灑灑惶惶」這些疊詞，排出「車兒、馬兒」、「花兒、靨兒」、「被兒、枕兒」、「衫兒、袖兒」、「書兒、信兒」這些同類、相似或同一的事物，調遣「兀的不悶殺人也麼哥，兀的不悶殺人也麼哥」這種反復的辭格，描寫了頻頻叮嚀、難分難捨的情態，抒發了回環反復、如絲如縷的柔情。

從總的說來，實用語體要求簡約。但是客觀事物就是十分複雜的。隨著歷史的發展，人們思維的發達，研究的深入，書寫工具的改進，因此，某些實用語體也形成了繁豐的風格。從鐘鼎文到後代的書籍，從《爾雅》到《分類辭源》，從《說文解字》到《康熙字典》，它們的言語風格，都由簡約漸趨繁豐。就以「豐」字的解釋為例，許慎的《說文解字》只用25字：「豆之豐滿者也，從豆，象形；一曰飲酒有豐侯者。凡豐之屬皆從豐。」而《康熙字典》則從讀音、字義來分析，還舉了許多實例，僅引用的書籍、文章就多達三十多種。

繁豐也見於融合語體。屬於實用語體的《春秋》記載隱公元年的事只用「鄭伯克段於鄢」6字，而作為融合語體的《左傳》，用了471字，極其委曲詳盡地敘述了鄭伯母子、兄弟骨肉相殘的起因、經過、結局，把共叔段的貪婪愚蠢，其母姜氏的偏心狠毒，莊公的虛偽、陰險，都寫得栩栩如生。與《春秋》比較，是夠繁豐的了。

藻麗、含蓄、繁豐的風格，在各類語體中的表現，可用下圖來表示：

風格類型 表現情況 語體類別	藻　麗	含　蓄	繁　豐
藝　術　語　體	＋	＋	＋
融　合　語　體	－（＋）	－（＋）	＋（－）
實　用　語　體	－	－（＋）	＋（－）

　　上面簡略分析了修辭風格在各類語體中的表現情況。文章風格，也可見於各種語體；至於個人風格、流派風格、時代風格、地方風格等，豐富多彩，不勝枚舉，它主要見於藝術語體。這些，只好另文專論了。

　　修辭風格的內涵、外延及其構成、類別清楚了，作為廣義修辭學的辭章學的風格也就明確了。辭章風格（簡稱「辭風」）的構成要素廣於修辭風格，除了語言要素外，只要是構成話語藝術形式之表達方式、藝術方法乃至圖表、公式、符號等非語言要素等都是形成辭章風格的要素，這就無須細述了。

注 釋

1 如口頭、書面和電話、電報、熒幕以及其他資訊傳遞方式，它們對語體的形成都有較大的影響。

2 請閱鄭頤壽：《語體劃分概說》，《福州師專學報》，1985（1～2）。

3 這裡講的「文章」指成篇的書面作品，包括文學的與非文學的。

4 沈休文：《謝靈運傳略》。

5 清‧顧炎武：《音論》。

6 劉海峰：《論文偶記》。

7 明‧王驥德：《曲律‧雜論》。

[8] 請閱鄭頤壽：《比較修辭·句子修辭》，福建人民出版社，1982。

[9] 篇章結構與修辭學、辭章學、文章學、邏輯學都有關係。修辭學是從語言運用的角度來研究它的。請參閱拙著《辭章學概論》第三、四章，福建教育出版社，1986。

[10] 「裡」、「在」用今音讀，也沒有押韻，但在古代是同韻的，屬古韻「之」部。

[11] 魏·曹丕：《典論·論文》。

[12] 晉·陸機：《文賦》。

[13] 梁·劉勰：《文心雕龍·定勢》。

[14] 〔俄〕別林斯基：《一八四七年俄國文學一瞥》。

[15] 梁·丘遲：《與陳伯之書》。

[16] 梁·劉勰：《文心雕龍·史傳》。

[17] 《左傳·成公十四年》。

三、辭風在風格體系中的位置
——論文章風格和言語風格

文章風格和言語風格（語言風格，下同）是兩個不同的概念，分屬於不同的學科範疇，前者屬於文章學，後者屬於語言學[1]；文章風格的內涵多於言語風格，言語風格的外延大於文章風格[2]。這些，學者們已經論及。本節進一步從形成風格的要素——縮稱「格素」——闡明文章風格、言語風格的內涵與外延，闡明它們之間的相互關係，從而理清風格的體系，給辭章風格作出定位。

(一)格素簡述

1.格素說

格素有哪些，中外學者的看法不很一致，概括起來，有「側重說」、「並重說」兩類。

(1)側重說，就是側重從某一方面要素來指稱風格。此說又有兩種情況：「重形說」、「重質說」。

①重形說。就是從體現風格特點的外現形態格素來指稱風格，既用來指稱言語風格，又用來指文學風格。索緒爾說：「風格就是個人對語言的使用。」[3]這「風格」，指的是語言風格。穆拉特說：「語言風格學的對象應當是研究語言的功能體系。」[4]這指的是語體風格。亞里士多德說：「修辭的高明就是風格。」[5]這指的是修辭風格。鮑·蘇奇科夫說：「風格就是安排藝術表現手段的方法。」[6]這指的是文學風格。這些學

者都是從語言運用的角度、語言的表現形式來論述風格的，也就是把「語言的使用」「語言的表現手段的方法」看作是形成風格的要素。

②重質說，側重從作者的思想、感情和作品的題材、主題等格素來指稱風格。老舍說：「風格不是由字句的堆砌而來的，它是心靈的音樂……」[7]吳祖湘說：「風格是甚麼？實是人格的流露，心靈的投影；不是技巧或手法造出來的。」[8]羅曼・羅蘭說：「所謂風格是一個人的靈魂。」[9]歌德說：「一個作家的風格是他的內心生活的準確標誌。」[10]這些論述所談到的風格是從作者的「心靈」、「靈魂」、「內心」、「人格」等作品的內蘊情志格素來立論的，也就是把內蘊情志作為形成風格的決定要素。蕭勒說：「風格即題材。」[11]邵燕祥說：「風格常常同題材不可分。」[12]這些，則側重從作品的題材來分析風格，也就是把題材作為形成風格的決定要素。重質的風格論，強調形成風格的內質，認為風格「非關文學修辭筆法也」[13]，「並不是寫作的方法，也不是一種寫作的規程」[14]。

(2)並重說。此說把上述兩說結合起來，即既重風格的外現形態，也重其內蘊情志[15]；亦即既重風格的外現要素，也重風格的內蘊要素。斯達爾夫人說：「文章風格不僅僅是個遣詞造句問題：它跟概念的內涵，思想的實質有關，絕不是一個簡單的形式問題。」[16]王蒙也說：「風格是主觀的。風格是作家的全部主觀——世界觀、性格、素質、閱歷、知識、趣味、情操……在作品中的外在表現。」「但風格不僅僅是主觀的東西，不能僅僅搞反求諸己，更不能搞萬物皆備於我。因為同樣具有客觀性。」[17]

(3)對側重說、並重說的評價。側重說和並重說都有某種

合理的內核。它們是從不同角度對不同類型風格所作的論述。科學的風格概念應該對它們作辯證的分析，指明哪些風格重在「形」，哪些風格重在「質」，哪些風格「形」「質」並重。

2.格素分析

語言可以分為表與裡或稱辭與意兩個方面。格素，也可分為外現形態格素和內蘊情志格素兩個部分。

外現形態格素包括語言格素和非語言格素。語言格素有：語音、詞彙和語法等格素，非語言格素有：篇章、辭格、表達方式、藝術方式和圖符（圖表、公式、符號）等格素。

內蘊情志格素包括主觀格素和客觀格素。主觀格素指表達者的世界觀、思想、感情、人格、性格、素質、情操、閱歷、知識、文化素養、興趣愛好、社會職業、性別年齡等格素。客觀格素指：時代精神、社會風尚、地理環境、自然風光、民族氣質、文化傳統等格素。上述格素體系如下表：

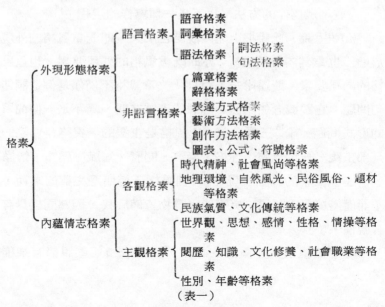

　　個別的格素只具有一定的風格色彩，而不能形成風格。較多色彩一致的格素的組合，就會產生萬花筒般的效應，形成面目、神態、氣氛、格調各不相同的風格。各類格素與各種風格的關係，密切程度不一樣。請看下表：

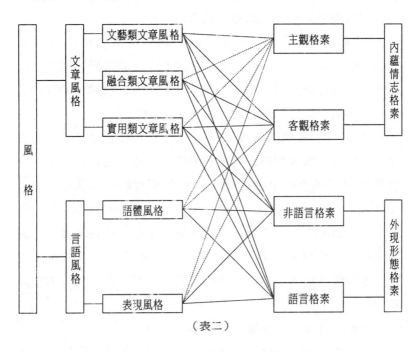

（表二）

　　上表用實線表示它們之間的密切的關係，虛線表示雖有聯繫，但不密切。

㈡文章風格：內蘊情志格素與外現形態格素的統一

　　「文章是反映客觀事物組成篇章的書面語言。」[18]它包括文學作品、非文學作品及其融合體。它們的格素是有差別的。

1. 文學類文章風格：文學風格

(1)內蘊情志格素是文學風格的決定性要素。包括主觀格素和客觀格素。

①主觀格素在文學風格中的作用

「文如其人」[19]，「人如其文」[20]，「風格即其人」，「風格卻就是本人」[21]，這些說法，強調了作者的主觀格素在形成風格，尤其是個人風格中的決定性作用。前文說過，劉勰論風格，尤其重視從言語主體的「情性」、「才」、「氣」、「學」、「習」[22]等方面闡明其主觀因素對形成風格所起的作用。歌德說：「所以一個人想寫出明白的風格，他首先就要心裡明白；如果想寫出雄偉的風格，他也首先就要有雄偉的人格。」[23]「所以風格是一個人的靈魂」[24]，「是人格的一種表現」[25]。杜甫沉鬱，李白飄逸，李賀、盧仝鬼怪，孟郊、賈島寒瘦；魯迅老辣犀利，郭沫若汪洋恣肆，茅盾勁健雄渾，葉聖陶雋永謹嚴，冰心典雅細膩，朱自清醇厚綺麗……無不和他們的個性有關[26]。

②客觀格素在文學風格中的作用

作家所生活的時代、社會、地理環境，所屬的民族等，都是形成文學風格的客觀因素。

時代不同、社會不同，政治制度、社會風尚等也不一樣，就對風格的形成產生不同的影響。劉勰指出：「文變染乎世情，興廢繫乎時序。」[27]「黃唐淳而質，虞夏質而辨，商周麗而雅，楚漢侈而艷，魏晉淺而綺，宋初訛而新。」[28]這講的是文章的時代風格，是當時作家風格的共性。

作家所生活的地域、環境、氣候、風光、風俗、文化，對

風格的形成也起重要的作用。丹納指出：「自然界有它的氣候，氣候的變化決定這種那種植物的出現；精神方面也有它的氣候，它的變化決定這種那種藝術的出現。」[29]江南江北在這些方面的表現是比較突出的。我國有南柔北剛、南華北樸的風格論。唐朝·李延壽指出：「江左宮商發越，貴於清綺；河朔詞義貞剛，重乎氣質。氣質則理勝其詞，清綺則文過其意。理深者便於時用，文華者宜於詠歌。此南北詞人得失之大較也。」[30]這講的是文學的地方風格，是當地作家風格的共性。

不同民族，也有不同的生活環境、文化傳統、生活習慣、風俗民俗。這些，也是形成風格的因素。歌德說：「中國人在思想、行為和情感方面」「更明朗、更純潔，也更合乎道德」[31]。伏爾泰說：「義大利語的柔和甜蜜在不知不覺中滲入到義大利作家的資質中去。在我看來，詞藻的華麗，隱喻的運用，風格的莊嚴，通常標誌著西班牙作家的特點。對於美國人來說，他們更加講究作品的力量、活力和雄渾，他們愛諷喻和明喻甚於一切。」[32]這講的是文學的民族風格，是該民族作家風格的共性。

上述共性的風格，都自覺不自覺地滲入到每一個作家的作品中，成為形成他們風格的客觀要素。

客觀格素和主觀格素都要通過外現形態格素表現出來。

(2)外現形態格素是文學風格的外衣。它包括語言格素和非語言格素。

①語言格素：有語音格素、詞彙格素和語法格素等

語音格素在文學風格中表現得尤為突出，它是區別韻文風格和非韻文風格的重要依據。押韻、講究節奏、協調平仄，是形成韻文作品風格的語音要素。古今韻文作品，從《詩經》、

《楚辭》、漢賦、駢文、律詩、絕句、宋詞、元曲直至現當代的新詩，都講究押韻和節奏；近體詩和詞曲還講究平仄。這些語音格素所形成的風格色彩與非韻文體風格色彩有明顯的差別。頌、贊、箴、銘、碑文，大都要押韻，押韻就成為形成這些文體風格的重要因素之一。文學作品還重視聲音的浮沉。所謂中東韻、江陽韻，容易形成高昂、雄偉、壯闊、豪邁、明朗的文學風格色彩，一七韻、姑蘇韻，容易形成柔和、委婉、纏綿、悲哀、沉鬱的風格色彩。非文學作品，是不太講究這些的。

　　詞彙格素是形成文學風格的重要手段。口語詞、語氣詞、方言、俗語、成語，易於形成平易、明快、通俗、生動的風格色彩。非文學作品對此就有排斥性。

　　語法格素也是形成文學風格的重要手段。文學作品十分講究各種句式的運用，力求做到長短交錯，常變相成，奇偶配合，鬆緊適宜，以形成不同的風格色彩。與非文學作品比較，文學作品喜用短句，以形成簡勁、明快的風格色彩，喜用變式句（尤其在詩歌中），以形成奇巧、藻麗的風格色彩，喜用排偶句，以形成諧美、壯健的風格色彩。至於運用兒化詞、形容詞的重疊式等，以形成某種風格色彩，可說是文學作品的「專利」，非文學作品對此是無緣的。

　　②非語言格素

　　文學作品在篇章結構上講究曲直、起伏、隱現、分合、疏密、斷續之類章法，以形成奇巧等風格色彩。這與非文學作品平直的結構顯然不同。文學作品大量運用變格類辭格，以形成藻麗、繁豐、幽默等風格色彩，非文學作品對變格類辭格，尤其是誇張、雙關、反語等是無緣的。大量運用抒情、描寫等表達方式，運用各種藝術方法和創作方法，在文學作品中尤為突

出，而非文學作品對此是格格不入的。

文學風格，以內蘊情志格素為經，外現形態格素為緯織成，五光十色，美不勝收。可以說，有多少成功的作家，就有多少風格。這是非文學作品所無法比擬的。

2.非文學類文章風格

非文學類文章，如古代的祝盟、詔策、檄移、封禪、章表、奏啟，現代的政、經、軍、文、史、哲、天、地、生、數、理、化等科學論著和各類應用文，它們文體風格的形成與客觀因素關係密切。上述古代文體，是封建社會政治制度的產物，表現出明顯的時代風格，上述各類科學作品，因其內容的不同，也體現出不同的文體風格，它們與風格的客觀因素關係十分密切。非文學作品要避免強烈的主觀格素，這與文學作品風格有明顯的區別。

非文學類文章風格同樣要靠語言格素和非語言格素來體現，不過其具體的格素與文學風格又有不同。非文學類文章不重視語音的格素，不講求押韻、平仄、節奏等。而對於詞彙格素，尤其是各種術語，卻十分青睞，以形成各自的文體風格色彩。在語法格素方面，多重邏輯限制語的長句、有關聯詞語的複句使用頻率較高。非文學類文章，對非語言格素的運用與文學作品也不一樣。它重視章法的邏輯順序。有些應用文體，還不厭公式化、程式化的文章結構。非文學類文章，多用常格類辭格，對情感性、描繪性強的辭格，如誇張、雙關、反語、比擬、移就、拈連等，有排斥性；多用說明、議論的表達方式，少用藝術方法，不用創作方法。這樣，就使多數非文學作品的風格顯得平實、簡約、明晰、謹嚴。

3.融合類文章風格

古代的哀祭、論辯、序跋、書論之類，現代的文藝政論、科普作品之類，介於文學作品與非文學作品之間。從其內蘊情志考察，與非文學作品一致，都在於陳事、立論、明理。因此，形成其風格的客觀因素占主導地位，而主觀因素卻被克制；就其外現形態格素考察，又講求適切運用文學類的語言格素和非語言格素。文藝政論可用一些形象性的詞句，科普作品往往披上文學的彩衣。這樣，它們形成了獨特的文章風格，形成了介於文學類和非文學類之間的表現風格。但從總的基調講，更靠近於非文學類文章風格，與藻麗、奇巧、柔婉、含蓄之類風格緣分不深。

(三)言語風格：側重於外現形態格素

言語風格，是運用各種語言手段所形成的一系列特點的綜合表現。它側重在外現形態格素上，而內蘊情志格素退居於幕後。言語風格包括語體風格和表現風格。語體格素，特稱「體素」。

1.語體風格

語體，是根據不同的交際領域、對象、交際目的、任務、交際方式、媒介反覆地使用不同的語言材料而形成的言語特點的有機統一體。它以內蘊情志格素為內質，外現形態格素為外衣。可分三大類。

(1)口語體格素

經常用於口語體而不用或少用於書語體的格素，就是口語

體格素。它講究語調的升降，語音的變異，聲音的強弱，音速的快慢。多用口語詞彙，多用基本詞、嘆詞、語氣詞、雙音詞、方言詞以及諺語、俗語。句式簡短、明快、活潑，有多種省略，零句多，附加成分少，少用或不用關聯詞；結構鬆散。靈活多樣，有時還出現不規範的句子。話篇中心的游移性、語流的跳躍性都比較突出。辭格豐富多彩，比較多用設問、反問、反復、頂針、跳脫、比喻、誇張等，多用敘述、說明、抒情的表達方式。這些格素配合，形成了口語語體風格。

(2)書卷體格素

經常用於書面表達，不用或少用於口語的格素，就是書語體格素。書卷語體與文體是不同的概念，分屬於不同的學科範疇。但它們有密切的聯繫。為便於學習、運用，未嘗不可對它們作對應的研究。其對應關係如下：

語體			文學類文體	非文學類文體	表達類文體
口語體	對白體		對口相聲、對口詞、對口快板、獨腳戲等		
	獨白體		單口相聲、單口快板、數來寶、鼓詞、評彈、評話等		
書語體	文藝體	韻文體	詩經、楚辭、漢賦、駢文、詞曲以及現當代新詩等		抒情文
		散言體	散文、小說、戲劇、傳狀、報告文學等		描寫文 記敘文
	融合體	自然科學融合體	科學詩、科幻小說及其他科普作品等		說明文
		社會科學融合體	箴、銘、頌、贊及文藝性書信、日記、政論等		記敘文、議論文等
	實用體	科學體		文、史、哲、政、經、軍、天、地、生、數、理、化論著	議論文等
		應用體		訓令、公告、通知、合同、報告、申請書、備忘錄等	應用文

（表三）

　　對應的語體與文體其風格要素是相似的。這就讓本節省去了許多筆墨。

　　⑶電語體格素

　　電語是用電光為媒介，通過電碼、熒幕來傳遞資訊的新語體，其風格色彩介於口語和書語之間，它與口語或書語同中有異，形成了獨特的風格。拙文《鼎立：電信體的崛起》[33]對此已有專論。

　　內蘊情志格素在形成語體風格中起重要的作用，它體現了產生不同語體的不同交際領域、交際目的、交際任務的內質。

但是這些內質都潛藏起來了，而通過外現形態格素來表示。

2.表現風格

表現風格包含辭章風格、修辭風格。「辭章風格」簡稱為「辭風」。它是運用各種外現形態格素所體現出來的一系列特點的綜合，是辭章效果、修辭效果的綜合和昇華。

表現風格與辭章效果、修辭效果關係密切。黎運漢教授說：「語言的表現風格是從綜合運用各種風格手段所產生的修辭效果方面說的。」[34]這是很有見地的。筆者的《語體是修辭學的基礎》諸文[35]和拙編《辭章學辭典》[36]就是把辭章效果、修辭效果與表現風格結合起來研究的。不過，它們有區別：個別的格素都具有一定的辭章效果或修辭效果，但只具有一定的風格色彩；而風格具有整體性，它的形成要靠諸多風格色彩一致的格素，風格的最小單位是辭篇。表現風格與辭章效果或修辭效果有高低之別，整體與個別之殊。所謂表現風格是辭章效果或修辭效果的「綜合」與「昇華」，就是這個道理。較多形象的格素組成的辭篇，易於形成藻麗的辭風；較多樸素的格素組成的辭篇，易於形成平實的辭風；較多簡練的格素組成的辭篇，易於形成簡約的辭風；較多明晰的格素組成的辭篇，易於形成明快的辭風；較多周密的格素組成的辭篇，易於形成謹嚴的辭風……總之，要從較多格素所體現的相對一致的辭章效果或修辭效果及其風格色彩來考察、分析辭風。

辭風著眼於外現形態格素。從語言形象性強弱與色彩濃淡講，有藻麗與樸實之別；從語言結構的平與奇、常與變講，有平易與奇巧之殊；從語言的雅與俗講，有文雅與通俗之異；從表達一定內容所用語言多與少講，有繁豐與簡約之分；從傳遞

資訊所用的語言曲直、深淺講，有蘊藉與明快之別；從語言的生動性、趣味性強弱講，有幽默與莊嚴的不同。辭風著眼於外現形態格素，但不是與內蘊情志格素絕緣的。所謂「表達一定內容」「傳遞資訊」等，都與內蘊情志有關。下表是以格素為經、辭章風格為緯排列的。

		外現形態格素									內蘊情志格素
辭章風格	平易與奇巧										
	通俗與文雅										
	樸實與藻麗										
	簡約與繁豐										
	明快與蘊藉										
	謹嚴與疏放										
	莊嚴與幽默										
	豪放與柔婉										
文學風格	曠達、飄逸、真摯、坦率、悲慨、淒婉、沉鬱、苦寒、熱烈、老辣……										

（表四）

從上表可以看出：越居上層的辭風，其外現形態格素越占主要的地位，內蘊情志格素越處於次要的地位，某些文學風格，則主要體現在內蘊情志格素上。

要特別指出的是豪放與柔婉兩種風格，不少修辭書都把它列為表現風格。其實這兩種風格，單靠外現形態格素是無法表現出來的，它更重要的要靠內蘊情志格素。因此，筆者在《新編修辭學》下編《功能語體與言語風格引論》中指出：「豪放

與柔婉，則是風格的外現形態與內蘊情志的統一體，屬於文學
類的文章風格。」

　　上面從格素分析了文章風格和言語風格，使我們對「重形
說」、「重質說」、「並重說」可以作出辯證的評述。「重形說」
只能用來指稱言語風格；「並重說」則要用來指稱文章風格；
「重質說」用來指稱文學風格時，只是一種強調的說法，而非
全面的科學的概括。

㈣文章風格、言語風格系統及其內部聯繫

　　文章風格和言語風格從表二可以看得很清楚：它們都屬於
風格範疇，各自形成科學的體系。在格素方面，有相同點，也
有相異處。

　　文章風格（包括文學風格）有言語風格（包括表現風格、
語體風格），語體風格中也有表現風格。把文章風格與書卷語
體（張弓先生又稱之為「文章體」[37]）對應進行研究，它們與
風格類型、與語言因素和非語言因素有下列關係。

語　體	實用體		融合體	文藝體	
	應用體　科學體		科普體　政論體	散言體　韻文體	
文　體	應用文　議論文等		說明文　議論文等	記敘文 描寫文　抒情文 抒情文	

格素舉要	語音格素	祇求順口悅耳，有時也注意音節協調	介於文藝體和實用體之間	追求音樂美，講究節奏、平仄、押韻
	詞彙格素	多用術語、書卷語、關聯詞、追求詞義的科學性		多用日常用語，追求詞語的形象性
	語法格素	多用散句，也可用長句、緊句、歐化句		講究各種句式配合：整散兼用、長短交錯、鬆緊適宜，多用口語句
	篇章格素	多用形式邏輯構篇，不避平板的格局		多用藝術手法構篇，力求新巧，變化多姿
	辭格格素	一般不用描繪色彩、感情色彩濃的辭格		綜合運用各種辭格，尤其多用描繪性的辭格
	表達格素	多用說明、議論、記敘等表達方式		多用記敘、描寫、抒情等表達方式
	藝法格素	一般不用藝術方法		大量運用各種藝術方法
	創作方法格素	不用創作方法		講究運用創作方法

風格類型	樸實	藻麗
	平易	奇巧
	簡約	繁豐
	明快	含蓄
	謹嚴	疏放

（表五）

　　從上表可以看出：不同的語體、文體都有相對的格素類型，一定的格素對不同的語體、文體（合稱「辭體」），或有開放性，或有封閉性。辭風也一樣，樸實、平易、簡約、明快、謹嚴的風格，對各種語體、文體都有開放性，而藻麗、奇巧、

繁豐、含蓄、疏放的風格，基本只適於文藝語體和抒情文章、描寫文章，對實用語體和應用文章、科技文章則有封閉性。融合語體、中介的文體處於以上兩大類型的辭體之間。

文章風格、言語風格與從其他不同角度指稱的風格，又形成了它們錯綜的關係。請看本書《言語風格概念綜述》中的風格系統圖示表。

言語風格是運用語言體現出來的風格。表現風格可表現在語體風格、文體風格之中。語體風格中有表現風格，又可以和文體風格相聯繫相對應：實用語體風格和實用體文章風格，融合語體風格和中介體文章風格，藝術語體風格和藝術體文章風格，都是相對應的。文學風格屬於藝術體文章風格。從總的說，個人風格（作家風格）、流派風格、地方風格屬於文學風格，在傳統風格論中尤其是這樣的。當然個人風格在實用體、中介體文章風格中不是絕無聯繫的，只是不如在藝術體文章風格中表現得突出。言語風格的外延大於文章風格，包容了文章風格；文章風格的內涵多於言語風格。

表現風格之辭章風格（含修辭風格），屬於言語風格的範疇。

注 釋

[1] 黎運漢：《漢語風格探索》，5頁，商務印書館，1990。

[2] 張德明：《語言風格學》，東北師範大學出版社，1990。

[3] 轉引自《創作心理研究》，225頁，黃河文藝出版社，1985。

[4] 穆拉特：《論風格學的幾個基本問題》，221頁，見《語言風格與風格學論文選譯》，科學出版社，1990。

[5] 轉引自王之望《文學風格論》，19頁，四川文藝出版社，1986。

[6] 鮑‧蘇奇科夫：《現實主義的歷史命運》，313頁，外國文學出版社，1988。

[7] 老舍：《言語與風格》，見《老舍論創作》，100頁，上海文藝出版社，1982。

[8] 吳祖湘：《關於三十年代的散文》，《文藝報》1986年1月18日。

[9] 〔法〕羅曼‧羅蘭：《約翰‧克利斯朵夫》。

[10] 《歌德談話錄》，30頁，人民文學出版社，1978。

[11] 蕭勒：《技巧的探討》，見「冰山」理論：對話與潛對話》，191頁，工人出版社，1987。

[12] 邵燕祥：《風格的比喻》，見《晨昏隨筆》，191頁，三聯書店，1985。

[13] 林語堂：《論文》，見《中國現代文論選》第1冊，485頁，貴州人民出版社，1982。

[14] 林語堂：《寫作的藝術》，見《人生的盛宴》，191頁，湖南文藝出版社，1988。

[15] 鄭頤壽、林承璋主編：《新編修辭學》，325頁，鷺江出版社，1987。

[16] 斯達爾夫人：《論文學》，223頁，人民文學出版社，1984。

[17] 王蒙：《論風格》，見《漫話小說創作》，130頁，上海文藝出版社，1983。

[18] 張壽康主編：《文章學概論》，1頁，山東教育出版社，1983。

[19] 蘇軾：《答張文潛書》。

[20] 郭沫若：《創作十年續篇》。

[21] 〔法〕布豐：《論文筆》，《外國文學研究》，1979(1)。這句話有不同的譯本：「風格卻就是本人」，「風格卻就是人」，「風格即其人」等。

[22] 梁‧劉勰：《文心雕龍‧體性》。

[23] 同10。

[24] 同9。

[25] 勃蘭克斯：《青年德意志》，見《十九世紀文學主流》第6分冊，186頁，人民文學出版社，1986。

[26] 參閱嚴迪昌：《文學風格漫說》，87頁，江蘇人民出版社，1983。

[27] 梁・劉勰：《文心雕龍・時序》。

[28] 梁・劉勰：《文心雕龍・通變》。

[29] 〔法〕丹納：《藝術哲學》，9頁，傅雷譯，人民文學出版社，1969。

[30] 《北史・文苑傳》。

[31] 同10，112頁。

[32] 〔法〕伏爾泰：《論史詩》，《西方文論選》上卷，322頁，上海譯文出版社，1962。

[33] 見中國修辭學會編《修辭學論文集》第六集，河南大學出版社，1992。

[34] 同1，191頁。

[35] 《福州師專學報》，1984(2)。

[36] 三秦出版社，2000。

四、「四六結構」與風格

　　傳統修辭學闡析各種修辭方法、方式，重在表達上，這對於讀者學習、掌握、運用修辭藝術是必要的。現代修辭學受西方接受美學的影響，建立了接受修辭學的新學科，即主要從接受者的角度闡析怎樣理解修辭現象的方法與規律。這是一種開拓。

　　時至今日，修辭學理論也應該在原有的基礎上進一步拓寬、掘深。除了要更深入地研究修辭藝術本體論，研究表達修辭、接受修辭之外，還應該站在更高的理論層面，從更廣闊的視野、更完善的結構之中，對過去修辭學作新的審視，對未來修辭學作新的思考，提出新理論，建構新框架，總結新規律。筆者不揣譾陋，繼承借鑑了古今中外有關表達者、接受者、客觀世界、資訊載體四者之間雙向的關係，從先秦、古希臘的有關文論、言語論、美學理論（包括音樂論、書畫論等）直至史論之中，從我國傳統的文源論、創作論、文用論、鑑識論、作家論、修辭論、風格論、因革論中，從現代的傳播論、資訊論、鑑賞論和語義三角形理論中，總結了「四元六維結構理論」（簡稱「四六結構論」），來闡析言語學的諸多原則性、規律性問題。這和美國康奈爾大學教授阿布拉姆斯的三角形結構四要素批評理論、史坦福大學華裔學者劉若愚教授的四要素圓形結構文學理論有較多的一致性。本節則試圖用「四六結構」來闡析言語風格的形成論、優化論、鑑賞論、功能論、類型類等。

㈠「四六結構」與風格形成論

風格是言語的最高層面，是作家成熟的標誌，是藝術長青的基本條件，它受到了辭章學（修辭學）界、文學界、藝術界的高度重視。

上文說過，古今中外，對風格的形成，有「側重說」、「並重說」兩大類。側重說又有「重形說」、「重質說」兩種[1]。在談到風格構成的要素時，中外諸家多從主觀、客觀因素立論，如：外國之衛爾史、威克納格、科仁娜等，我國的高名凱、程祥徽、張德明、黎運漢、張維耿、王德春、胡裕樹、李熙宗、張滌華、張斌、林祥楣、戚雨村、董達武、許以理、陳光磊、張靜、張壽康、倪寶元等，他們的觀點有一致性，有差異性，有的正相反。筆者綜合比較、分析了這些觀點，提煉出「格素」理論，是借鑑我國古代王充、劉勰和現代朱光潛、王朝聞以及外國的布豐、斯達爾夫人等的「風格論」加以總結、昇華提出來的。上述這些「風格形成論」、「主客觀要素論」、「內外格素論」等，如果置之於「四六結構」的框架之中，就使這些理論具體化、顯現化，不僅可「意會」，也可「言傳」了。

我們從20世紀80年代以來，就一貫認為風格的形成有「內格素」與「外格素」兩大類。本書《「格素」論》、《辭章風格在風格體系中的位置》等節已經從不同角度做了分析。本節要進一步從「四六結構」的哲學高度，來闡析古今中外之諸多名家的風格理論，建構風格理論的又一個學科體系，以更好地幫助讀者學習、理解風格的真諦，培養優良的風格。同時，也豐富了、發展了「四六結構」的科學內涵。林語堂說：

風格並不是一種寫作的方法，也不是一種寫作的規程，甚至也不是一種寫作的裝飾；風格不過是讀者對於作家的心思的性質，他的深刻或膚淺，他的有見識或無見識，以及其他的素質如機智、幽默，尖刻的諷刺，同情的了解，親切，理解的靈敏，懇摯的憤世嫉俗態度或憤世嫉俗的懇摯態度，精明、實用的常識，和對事物的一般態度等等的整個印象。[2]

鮑列夫說：

風格是作品社會存在的一個因素，是藝術家對社會關係的實現。它規定着藝術家必須創造藝術整體，從而確保作品能作為一個完備的、獨特的社會現象而存在。
風格是藝術發揮其影響的因素，它決定着藝術作品對欣賞者的審美影響的性質，使藝術家面向一定的欣賞者類型，又使後者面向一定的藝術價值類型。
風格的上述功能顯示了它對生活素材、對藝術傳統和一般文化傳統、對社會宗旨和藝術欣賞者的選擇性。[3]

這兩則風格形成論中的「世」、「俗」、「事物」、「社會關係」、「生活素材」、「藝術傳統」、「一般文化傳統」、「社會宗旨」等，屬於宇宙元；「作家」、「藝術家」及其「心思」、「見識」、「素質」等屬於表達元；「作品」、「風格」、「藝術整本」、「藝術價值類型」等，屬於「話語（作品）元」；「讀者」、「欣賞者」、「藝術欣賞者」、「欣賞者類型」等，屬於「鑑識元」。這兩則論述相當周全、精闢，可用「四

「六結構」示意如圖1。

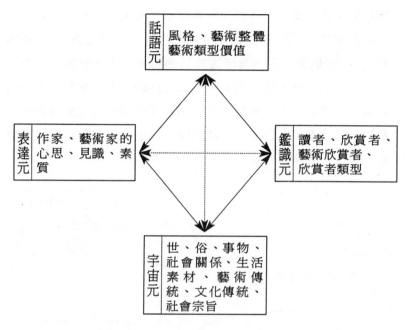

圖 1：形成風格的「四六結構」

在特定的言語環境裡，不少學者只從某些三角關係來論述風格的形成。王夫之說：

> 詩有敘事敘語者，較史尤不易。史才固以隱括生色，而
> 從實著筆自易；詩則即事生情，即語繪狀，一用史法，
> 則相感不在永言和聲之中，詩道廢矣。[4]

這則論析了形成「詩」與「史」兩種文體風格的因素。史體的內蘊情志格素要求「實」。這就是傳統史論中所說的「實錄」。語本《漢書》六二《司馬遷傳贊》：「其文直，其事

核，不虛美，不隱惡，故謂之實錄」。它要求所記載的事實確鑿無訛，合乎實際。這則是對客觀格素的要求。史體的外現形態格素要求：「隱括生色」，「其文直」，「不虛美」，「不隱惡」，也就是說，要用凝練的概括的語言，是什麼則記什麼，是怎樣則載怎樣。這是對語言形式方面的要求，屬於外現形態格素。這就要求作者對於「美」者，不要無根據地加以讚頌；對於「惡」者，不要匿而不敢動筆。這是表達者的寫作態度問題，屬於主觀格素。這則論述，可用圖2示意：

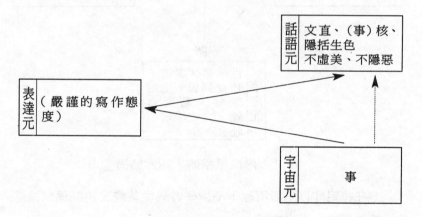

圖 2：史體風格形成示意

　　圖2是史體風格的三角關係：表達者以嚴謹的態度考察客觀世界的史實（事），然後按「實」而「錄」之，成為歷史作品。它的文字「直」，而沒有扭曲事實，它的事實，確確鑿鑿，「不虛美，不隱惡」，做到語言精練「隱括」，又善於取捨，言語生色。司馬遷的許多人物傳記，被譽為無韻之《離騷》，可做為它的注腳。

　　司空圖說：

大用外腓，眞體內充，返虛入渾，積健爲雄。備具萬
物，橫絕太空，荒荒油雲，寥寥長風。超以象外，得其
環中，持之匪強，來之無窮[5]。

針對此論，孫聯奎做了解說：「文字意爲體，詞爲用。沉
浸濃鬱，含英咀華，是外腓也。然非真體內充，則理屈詞窮，
何以『大用外腓』乎？故欲『大用外腓』，必先『真體內充』，
『理扶質以立竿』，是體；『文垂條而結繁』是用。」「理明，
故詞達；理直，則氣壯。」楊廷芝解云：「一物不著，自到渾
然之地。學深養到，積之久，即壯健不已，是雄，豈可以偽爲
者哉！」

作爲文學作品之一種形式的「詩」，重在抒發作者主觀世
界的「情」，它屬於內蘊情志方面的主觀格素。這種「情」，不
是無源之水，它因客觀世界的「事」而生，這「事」就是客觀
格素。「即事生情」必須外化──「即語繪狀」，才成爲文學
作品。這種文學作品和「史」體之「隱括」不同，它要求「繪
狀」，也就是要用藝術形象來表達，好的詩還要造成意境。
「生情」、「繪狀」，概括了詩體風格的兩個最突出的特徵：情
意性、形象性。情意性、形象性的融合，就成爲意境。這個意
思可用圖3來示意。

孫聯奎的解說，分析了雄渾的文學風格的形成。表現在客
觀格素方面，首先植根於客觀的「理」。它要求即事生情，
「理明」「理直」「氣壯」，能夠「扶質」；楊廷芝則要求「一物
不著」。要達到這種境界，還須靠作者「積之久」的「學」與
「養」。這種客觀格素與主觀格素的融合，構成「內蘊情志格

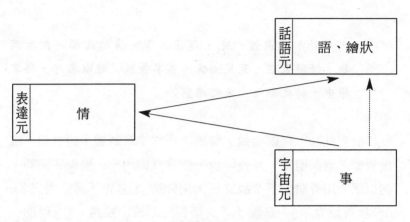

圖 3：詩體風格形成示意

素」。「內蘊情志格素」及其「意」是作品的靈魂，是「真體內充」的風格內核。它還必須披上「文字」的外衣——如「英」似「華」的詞語，「垂條」而「結繁」；使之成為「大用外腓」的雄渾風格的作品。這段論述中的「內」為「體」，「外」為「用」，已經很概括地表述了「內蘊情志格素」與「外現形態格素」，它們是構成風格的不可或缺的條件。請閱圖4。

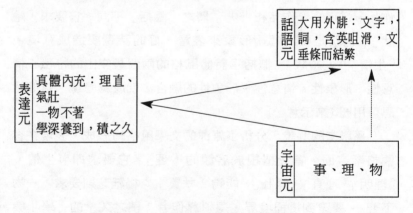

圖 4：雄渾風格形成示意

魯迅說：

> 風格和情緒、傾向之類，不但因人而異，而且因事而
> 異，因時而異。[6]

這句簡論指出了：作為具有不同特點的「風格」，決定於
客觀格素之「事」與「時」的不同，也決定於主觀格素之「人」
的不同。這同樣可用左三角關係示意如圖5。

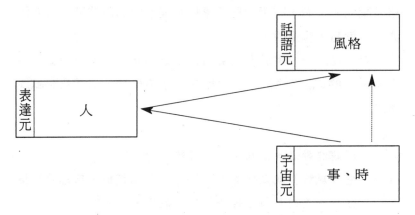

圖 5：人、事、時對風格的制導作用

布拉德伯里說：

> 風格——這不是理論上的抽象化或純粹美學現象；風格
> ——這是借助明確的語法規則來表現在該歷史時刻所經
> 歷的經驗本質……對於像描寫我們這樣的世界，藝術家
> 應當找到這樣一種語言，其風格和語法結構能符合我們
> 的時代。這就是任何一種真正的風格的使命。[7]

這則簡論對風格的形成提出了基本的要素：客觀格素的「世界」、「歷史」、「時代」是形成「風格」的客觀制導因素；藝術家的語言修養和「經驗」是形成風格的主觀必具的條件；要求作為由主、客觀格素形成的風格必須合乎特定「歷史時刻」的「語法規則」。此論同樣可用左三角關係來示意，就不列圖了。它屬於「並重說」，既從形成風格的內蘊情志格素（包括主觀格素和客觀格素）論析，又從表現風格的外現形態格素闡明。不過，有不少理論家只強調形成風格的某一方面因素，這就是「側重說」。

最常見的是側重於形成風格的主觀格素，也就是只從「四六結構」的2維來論析。它只見於文學風格論，尤其是詩歌風格論之中。

所謂沉鬱者，意在筆先，神餘言外。[8]

它（風格）就是作者性格情趣的特殊模樣，理想的風格使情感思想和語言恰恰相稱，混化無跡。[9]

一般說來，風格既由個人的才能、生活、文學修養等等而定，總會或長於此，或長於彼；有些侷限——但不是不能克服的。[10]

藝術家獨特的氣質，會使他所描繪的事物帶上某種符合於他的思想的本質的特殊色彩和獨特風格，……氣質就是商標；藝術家有多少才能，就能在他描繪的景象中賦予多少獨特性。[11]

沒有誠實，就無風格可言；沒有誠實，作家的個性就被扼殺，就不可能自由表達他的思想與情感。所以說，個

人的語言風格就是誠實的語言風格，具有自由表達個人
思想感情的特徵。[12]

以上五則風格論，都強調形成風格的主觀格素：表達者的
「意」、「神」、「性格」、「情趣」、「情感思想」、「才能、生
活、文學修養」、「氣質」等。個人的「意」、「思想」、「情
感」的產生不是從天上掉下來的，它總是植根於生活之中，總
要受到客觀世界的景、物、人、事的影響而觸發、而產生。中
國古代文論中早有此類論述，所謂「情緣景生」、「情景交融」
等是也。側重說是在特定語境下對風格形成的一種表達。

(二)「四六結構」與風格優化論

是否一形成風格就是全優的，或者說風格有高下優劣的不
同。對這些問題，學術界持這兩種觀點的都有。筆者認為風格
是相對穩定的，但穩定不是固定，也是處於動態的變化之中，
而變化卻是絕對的。不少風格經歷了從不好到好，不成熟到成
熟，不高到高的過程；但也有其相反變化的。把風格看成是不
變的、全優的，不符合風格現象實際。這種論調對風格的培
養、發展沒有積極的指導意義。因此，作為作者要千方百計優
化自己的風格；作為風格的研究者，要總結風格優化的規律，
從而建立起一門新的分支學科：風格優化學。筆者在《論風格
的高下優劣》一節闡述了這個觀點，並擬撰寫《風格優化學》
專著。風格如何優化？這要從形成風格的諸多「格素」入手。
這樣，就讓「優化」的步驟、方法具體化，使作者的努力有方
向，可把力量用在刀刃上。

風格的優化過程是：作者對於宇宙的萬事萬物包括社會生

活及其人與人的關係的觀察、體驗、理解逐步全面、逐步深刻，這是風格優化的客觀基礎；因此，作者的思想、道德、性格、知識、才華等整體素質也提到了更高的水平，這是優化的主觀條件；繼而根據特定的語境，包括鑑識者的對象語境，結構、選擇最適切、最富有個性、最得體的語言形式加以表達，以優化風格的載體。這就是說，優化風格，必須從優化內外格素入手，對於文章風格，包括文學風格特別要注意這一點；當然，也要優化外現形態格素，表現風格、語體風格尤其是這樣。

古今中外風格論對此已有論述。只是論述比較全面的較少，大多數論述只側重於形成風格的某一個方面。這些，都可用「四六結構」加以圖解。例如：

> 風格的形成和改變，不是靠隨意性所能實現的。風格受作家本人的生活閱歷、文學素養、性格和素質的制約，甚至受寫作對象和題材的制約。它是一個綜合物。[13]

此論可用「四六結構」示意如圖6。

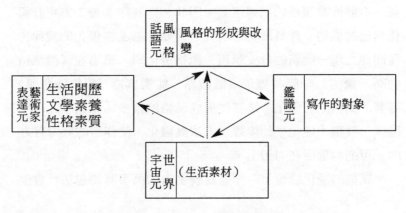

圖6：風格的形成與改變示意

此論從「四六結構」的整體闡析「風格的形成和改變」。

藝術手法、藝術風格的發展，取決於兩個條件，一個是
作家所反映的現實生活的豐富和多樣，生活內容的豐贍
和繁複，必然刺激藝術表現手法、藝術風格的變化和發
展。內容在一定條件下長入形式，成為推動形式變革的
革命因素，這是藝術發展的規律。另一個是作家有吸取
中外文化遺產和文學思潮中的營養時那種闊大不羈的精
神狀態，固有的良規與異域的新法，中土文化的菁華和
西方文化的翹楚，在海禁大開、思想活躍的時代空氣
中，盡現作家眼底。[14]

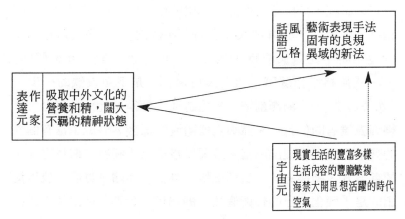

圖 7：風格優化示意

此論可示意如圖7。

此論從左三角闡析了風格優化的規律。下兩論則從上三角
關係來闡析。

一個作家要善於了解別人作品的藝術個性，也要善於發現自己的藝術個性；更要以一種執著的追求，漸漸創造出完全適合自己的獨特的取材方式、語言方式、結構方式，強化自己的藝術個性。[15]

　　此論很精闢，它說明：表達者與鑑識者可以互換。同一個人，閱讀作品——不僅別人的作品，也包括自己的作品——在這個時候，他是鑑識者。杜甫「新詩改罷自長吟」，馬克思對《資本論》書稿的反復閱讀「琢磨風格」，都把自己的作品做為客觀存在的言語現象來品嚐。一旦心有所悟，感到需要修改時，又轉為表達者。因此，「四六結構」主張把表達與接受融合起來研究，把風格的形成與風格的欣賞融化起來探索。上則論述，作家在「了解別人作品的藝術個性」、「發現自己藝術個性」時，就處於鑑識（接受）者的位置，對「藝術個性」——「風格」作解讀。這在風格優化中是不可或缺的一步。「執著追求」、「漸漸創造」表達這種「藝術個性」的努力，又轉到表達者的位置。鑑識與表達兩流的匯合，形成了富有個性的藝術作品，表現出風格。這種風格穿上「獨特的取材方式、語言方式、結構方式」這種風格「外衣」與讀者見面。值得指出的是「強化自己的藝術個性」的過程，實際上就是個人風格的「優化」過程。上論可示意如圖8。

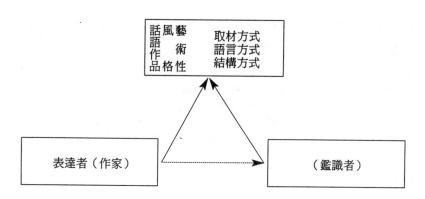

圖 8：強化風格的示意

> 從風格的一個等級向另一個等級前進應該循序漸進，以
> 便不但藝術家自己，而且聽眾和觀眾都一同前進，並且
> 確知發生了什麼事情。否則，藝術家在玄妙高空創作其
> 作品，而公眾不再能達到這高度，終於又頹然墜落下
> 來，兩者之間就出現了一條鴻溝。因為，藝術家如果不
> 再提舉他的公眾，公眾就會飛快墜落，而且天才把他們
> 負得愈高，他們墜落得就愈深愈危險，就像被蒼鷹帶上
> 雲霄又不幸從鷹足跌落的烏龜一樣。[16]

　　此論說明藝術家應該有這樣的自覺意識：風格的形成是雙
向的，因為風格功能的兌現不能一廂情願，它必須得到鑑識者
的解讀、理會與欣賞，這種風格才能在鑑識者的心田上蕩起漣
漪，甚而長出金蓮。只是「對牛彈琴」的單方面努力，風格的
功能就化為雲煙。因此，風格的前進，風格的優化應和鑑識者
協同、合作，「提舉」鑑識者一同昇華、前進。這就給風格的
優化提出了具有方向性意義的要求；風格不宜片面追求「陽春

白雪」，要讓「下里巴人」的欣賞者步入「陽春白雪」的瓊圍。此則風格論可示意如圖9。

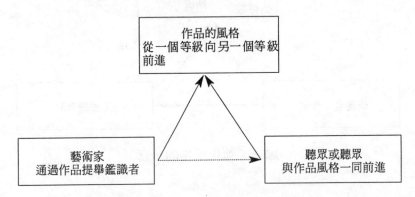

圖 9：優化風格並提昇其鑑識者示意

　　以上諸論，從「四六結構」或左三角和上三角進行闡析。左三角和上三角的組合，也就構成了完整的「四六結構」的風格優化論框架。但是不少理論家只從「四六結構」的某一二元、某一二維來論述風格的優化問題。有從內蘊情志格素之主觀格素立論的，有從客觀格素立論的；有從外現形態格素立論的。我們應該把它們理解成是一種強調的說法，屬於「側重說」的一種。這主要見於文學風格。先看兼從主客觀格素立論的。例如：

　　　　自然，一個作家的文學風格也不是一成不變的，由於時代的推移，環境的改變，以及個人經歷的發展，作家的風格也會有所改變，有所發展。時代的氣氛，生活環境的特點，個人的遭遇，個人的修養，都會或深或淺地在他的作品上留下烙印。這些匯集起來，就會造成他的文

學風格的發展。[17]

風格是有高低文野寬窄之分的，情調更有高低上下之分，而情調又是風格的一個特別重要的部分。爲了追求更高尚、更寬闊也更深邃的風格，必須加強學習，加強創作實踐，加強主觀努力。因此，我們要努力深入生活，努力用全人類的精神財富來充實自己，努力攀登精神境界的高峰，才能創造和發展自己的不可重複的風格，寫出更有益也更富有誘人的魅力的好作品。[18]

上述兩則都論及如何發展風格的規律。風格的發展，也就是風格的優化。它靠兩類格素：主觀格素——作家個人經歷的發展，「個人的遭遇」，「個人的修養」並「加強主觀努力」；客觀格素——「時代的推移，環境的改變」，還要「深入生活」，並把主客觀結合起來，「努力用全人類的精神財富來充實自己」。

有些學者，強調從主觀方面努力來優化風格。例如：

一個人所以成爲作家走上文壇，取得了社會和讀者的承認，那他就一定有自己獨具的才情和創作個性。這個作家今後的任務就應該不斷地豐富和發展這些屬於他自己獨有的才情和個性。[19]
一個作家風格的改變有很多因素，年齡是很大的一點，人的見識、感情、經驗、觀察力隨年齡而增加。[20]

上兩則論風格的豐富、發展的條件。風格是隨著主觀格素：「才情」、「個性」、「見識、感情、經驗、觀察力」的

「增加」而優化的。

有些學者，有時專從客觀格素強調優化風格的基礎。

> 風格的變化，絕非作家本身的主觀產物，同樣根據生活
> 的主軸的轉動而變化。[21]
> 風格的土壤是生活，作家的前進的思想是它吸取的雨
> 露。……在暴風雨裡長大的才是海燕，在房檐上長大的
> 只是家雀。它們的聲音是完全不同的。[22]

上兩則側重從客觀格素的「生活」來闡述作家風格的變化
與優化。

主觀格素和客觀格素是形成風格、優化風格的內蘊情志格
素。有些學者有時只從外現形態格素來闡述風格的優化。例
如：

> 詩人造語用字，有著意道處，往往頗露風骨。如滕元發
> 《月波樓詩》「野色更無山隔斷，天光直與水相連」是
> 也。只一「直」字，便是著力道處，不惟語稍崢嶸，兼
> 亦近俗。何不云「野色更無山隔斷，天光自與水相連」
> 爲微有蘊藉，然非知之者不足以語此。[23]
> 風格是一種追求，追求用最適合於自己的、最好的方
> 式、最好的角度，來表現自己感受最深的生活。創造是
> 無止境的，最好的方式與最好的角度是無止境的，因
> 此，風格是無止境的。風格要求發展，風格要求突破，
> 風格要求連續性和統一性，同樣風格也要求多樣性和連
> 續性的中斷──飛躍。[24]

這兩則由詞語的更易和追求無止境的「最好的方式、最好的角度」來論述風格的優化。這有可取之處。不過，形成風格的單位是「篇」，是一篇作品總的風貌與格調的綜合，只靠個別詞句的風格色彩的改變是不夠的。「最好的方式與最好的角度」是外現形態格素之一，它只有與所「表達的感受最深的生活」等內蘊情志格素融合，不斷「追求無止境」的「飛躍」，風格才能得到優化。

以上，從「四六結構」的某一二元、一二維來論析，這是在特定語境下的「強調」的說法，而不應理解為風格只要著眼於一二元、一二維的優化就夠了。

風格的優化與風格的形成有同一性也有差異性。從作者講，風格的形成是基礎，風格的優化是提高，從「形成」到「優化」，往往有個過程，這裡有先後之分，低高之別；但若就具體的作品而言，往往風格的形成與優化是結合在一起的。不管如何形成與優化都跳不出「四六結構」的總框架。

(三)「四六結構」與風格鑑賞論

成功的風格是「藝術已經達到和能夠達到的最高境界」[25]，是作家成熟的標誌，是作品所形成的氣氛和格調。讀者從作品中所受到最深的感染，主要就是這種氣氛和格調，它「就如一個人的聲音，雖在隔壁，也可以給人看出音容、笑貌、身分、感情……」[26]因此，我們不僅要研究風格的形成和優化的規律，還要探索風格的解讀、鑑賞的規律和功能。這同樣可用「四六結構」來描寫。

風格就是某一特定作品的內容和形式的統一，所以這裡面就包涵著以下的幾個方面：一個特定的歷史社會的結構；特定的歷史發展的階段，特定的階級的立場；某一作家的生活歷程和他的性格；新的題材的湧現和對它們的選擇；對選擇事物的某一側面的慣性；由於歷史傳統和時代風尚所形成的形式和手法……一個作家的風格乃是非常錯綜複雜的統一體。而批評家要了解一個作家和批評一個作家，就必須熟悉所有這些構成風格的諸因素，具有廣博而豐富的知識。[27]

怎樣鑑賞、品評文學藝術，我們的祖先早就指出：要「知人論世」[28]，也就是要了解作者其人及其所處的、所反映的、所影響的時代和社會；要「沿波討源」[29]，也就是必須闡析言語這個載體，追尋它深層的美學資訊。丹納也說過：「要了解一件藝術品，一個藝術家，一群藝術家，必須正確地設想他們所屬的時代的精神和風格概況。這是藝術品最後的解釋，也是決定一切的基本原因。」[30]這些論述都可用「四六結構」來理解；「世」「時代精神和風俗概況」，屬於宇宙元：「人」、「一個藝術家，一群藝術家」，屬於表達元；「藝術品」，屬於話語元；「知」、「論」、「了解」的主體就是接受者，屬於鑑識元。這種了解、鑑識、品評的方向與創作的過程正相反，其過程就包括對作品氣氛與格調這些總的特徵的掌握。上則，就是專論風格的鑑賞。其中：「歷史社會的結構；特定的歷史發展的階段」，「歷史傳統和時代風尚」屬於宇宙元，是形成風格的客觀因素；「作家的生活歷程和他的性格」，「階級的立場」「廣博而豐富的知識」，屬於表達元，是形成風格的主觀因

素。主客觀因素均屬於內蘊情志格素。「對題材的選擇」的並形成「慣性」、「形式和手法」屬於話語元，都屬於外現形態格素；「批評家」屬於鑑識元。從鑑賞講，這則風格論四元的關係可示意如圖10。

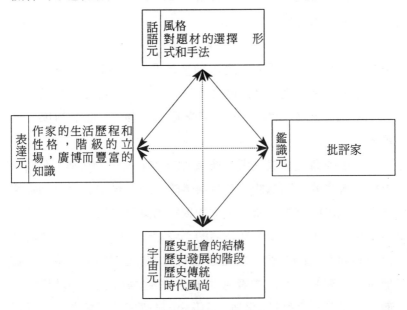

圖 10：風格的形成與鑑賞雙向示意

這個圖解表示：特定的時代影響著表達者的生活、思想、性格，而表達者的生活、思想、性格又反映到作品之中；這些特定的「內容」與作品特定的「形式」融合就形成了這一作品特定的風格。這是從「綴文」（表達）者而言。而「披文」（鑑識）者的鑑賞方向與此相反，必先從作品的語言形式入手，分析作品的內容——這就要反向了解作者其「人」，進一步窺探作者所處的和作品所反映、反影響的時代、社會——「世」。這樣，才能從根本上探知該作品風格的幽秘。這個風格鑑賞論的

結構是比較完整的。有些風格鑑賞論側重於上三角關係。例如：

> 人之格狀或竣，其心必勁，心之勁，則視其筆跡，亦足見其人矣[31]。

「格狀」之「竣」、「心」之「勁」是「人」的個性特徵，屬於表達元。這種個性必然反映在「筆跡」──作品上。鑑賞者要「視其筆跡」，分析語言，才能掌握其「竣」「勁」的風格內蘊。

不少學者是從表達者與鑑識者的合作──「共鳴」來闡釋風格的鑑賞的。因為能夠產生共鳴的，主要是由作品的內蘊情志與外現形態交融而體現出來的獨特的氣氛和格調。日本的廚川白村說：「……讀者和作者的心境貼然無間的地方，有著生命的共鳴共感的時候，於是藝術的鑑賞即成立」。這時，「在他之中發現我，我之中看見他。」[32]作者與鑑賞者「就是合二而一」了[33]。這就是由2維、3維、6維構成的三角關係，通過作品元，表達元與鑑識元溝通了。至於鑑賞作品風格時，忌「文人相輕」[34]，要求「無私於輕重，不偏於憎愛，然後能平理若衡，照辭如鏡矣」[35]等原則，都可用上三角關係來表示。

有的風格鑑賞論表達的是右三角關係：

> 孔子曰：入其國，其教可知也，其為人也，溫柔敦厚，《詩》教也。……[36]
> 此一經以《詩》化民，雖用敦厚，能以義節之；欲使民雖敦厚，不至於愚。[37]

這兩則闡析的是《詩經》風格陶冶情操的作用。其中的「敦厚」指的是「民」的品德，而這種品德，又是《詩》的風格，就是它「思無邪」、「樂而不淫，哀而不傷」，「主文譎諫」的內蘊情志。所以劉勰說：「《詩》主言志，詁訓同《書》；摛風載興，藻辭譎喻；溫柔在誦，故最附深衷矣。」[38] 這裡的「溫柔」指的就是《詩》的風格。《詩》屬於話語元；「國」「教」屬於宇宙元；「孔子」、「民」都屬於鑑識元，它表示的是右三角的雙向聯繫。

風格的鑑賞，也有只著眼於一二元的。劉勰說：「凡操千曲而後曉聲，觀千劍而後識器。」[39] 赫爾岑說：「……不去讀書就沒有真正的教養，同時也不可能有什麼鑑別力，什麼文體，什麼多方面的廣泛的理解。」[40] 這裡說的「曉聲」、「識器」比喻認識作品，包括它的風格；「文體」指的是「本同而末異」的不同類型文章既有同一性又有各自特徵的風格，這些，則只從話語元和3維來論析。

總之，鑑賞與創作是相反的方向，創作形成風格，鑑賞解讀風格，兩者合作，才能產生文學及其風格的社會功能。它們都可用雙向的「四六結構」來圖解。

(四)「四六結構」與風格功能論

「四六結構」也可用來闡析風格功能論，包括各類型的文章風格功能論和語體風格功能論。

風格功能可分三大類：一是藝術功能，它給鑑識者以美的愉悅、美的感染、美的陶冶。一是實用功能，它給鑑識者以理智的啟迪，提高鑑識者的知識水平，增強他們認識世界、改造

世界的力量。一是藝術功能和實用功能的結合。前一功能主要見於藝術體，次一功能主要見於實用體，最後一種功能則見於融合體。從「四六結構」分析就是：作品影響著鑑識者，鑑識者影響著社會，有時鑑識者又反作用於作者及其作品。這些，已被諸多風格論者所認識，所闡析。例如：

> 風格都是降服讀者的惟一工具。[41]
> 藝術的動人力量，總是通過形象的感染力發生它的教育和美感作用的。但是那藝術感染力，也無不通過作者獨有的風格表現出來。[42]
> 藝術風格同作家的個性更有著千絲萬縷的聯繫。他以自己作品的思想、氣質，感染並吸引一部分比較接近和喜愛他的讀者，從而建立自己的讀者隊伍。……他通過自己特殊的藝術魅力，長久地深入到讀者心靈中去。[43]
> 詞貴感人，要當以婉約爲正。[44]
> 莊列之文，播弄恣肆，鼓舞六合，如列缺乘蹺馬，光怪變幻，能使人骨驚神悚，亦天下之奇作矣。[45]
> 高岑之詩悲壯，讀之使人感慨；孟郊之詩刻苦，讀之使人不歡。[46]

以上六則，論述了風格的功能。總的說來，風格可以「降服讀者」，給以「藝術的動人力量」，「深入到讀者心靈中去」，「教育」之，「感染」之，來「建立自己的讀者隊伍」，使自己的作品不受時間和空間的限制，成為永恒的藝術。具體說來，「婉約」的風格，可以「感人」；「播弄恣肆」的風格，能「鼓舞六合」；而「光怪變幻」的風格，「能使人骨驚神

悚」;「悲壯」的風格,「使人感慨」,「刻苦」的風格,
「使人不歡」。這些風格功能的產生,始於鑑識者對作品的欣
賞,接著是作品對鑑識者的反作用,它反映的是作品元與鑑識
元的關係,這就建立了3維的雙向聯繫,例析舉隅如圖11。

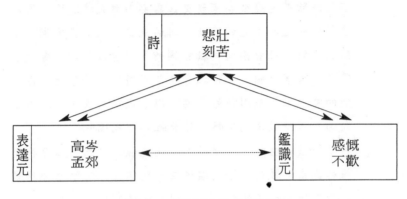

圖 11:詩歌風格功能示意

　　有時,由表達元通過作品元吸引了鑑識元,使鑑識元接
近、喜愛表達元,而與之建立起千絲萬縷的聯繫,如圖12。

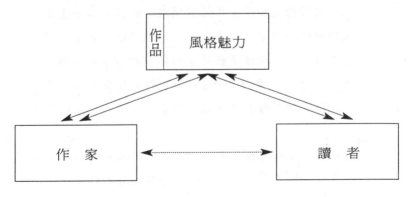

圖 12:作品風格功能示意

以上功能主要見於文藝辭體，包括藝術文體和藝術語體。實用辭體，包括實用文體和實用語體的功能重在「理智」的啟迪和實際的運用上。

> 應用語體是適應公私事務交往需要而形成的運用全民語言特點的總和；它的功能是溝通或處理國家與國家、上級與下級、社會團體與社會團體，社會成員與社會成員等的各種事務關係，使社會生活正規化和秩序化。在功能的實施上，應用語體主要採用書面的形式……應用語體的基本特徵是明確性、簡要性和程式性。[47]
>
> 科學語體的功能，是準確而系統地敍述自然、社會和思維的現象，嚴密論證這些現象的規律性。它服務於科學技術領域和生產領域。……科學語體的特徵：廣泛使用科學術語……大量運用邏輯性定語和插入語……句法完整……較多使用被動句……很少使用描繪表現手段……夾用科學符號……[48]
>
> 政論文討論現實社會生活的問題，跟國家政治生活、階級鬥爭密切聯繫。語言有強烈的戰鬥性，立場鮮明，熱情洋溢。……這種語體旨在向群眾進行政治宣傳鼓動，所以又稱「宣傳鼓動體」。語言特徵是兼用科學語言和文藝語言的兩種表達手法。科學的論證和形象的描繪相交織。[49]
>
> 通俗科學語體的作用是向非專業工作人員深入淺出地解釋各種科學問題，把科學知識普及到廣大群眾中去。它和嚴格的科學語體在交際對象和交際目的方面不同，在語言的運用上也就有差別，表現出不同的言語特點。一

般地説，它兼有科學語體和藝術語體兩者的某些特徵。[50]

上例前兩則都屬於實用體，分別論述了應用語體和科學語體的功能及其語言風格的特徵。後兩則論述政論語體、科普語體，從本質講，它們仍在於實用，即「討論社會生活問題」、「向群眾進行政治宣傳鼓動」、「解釋各種科學問題」。因此，它們都重視「科學的論證」。從這點講，它們與應用語體、科學語體很相似。但政論與科普語體往往披上淡淡的藝術彩衣，運用「文藝語言」，表現出「形象的描繪」這些「藝術語體」的特徵。從這點講，它們又像文藝體，只不過是非本質的，是外現形態的特徵罷了。

各類語體功能與其語言風格特徵是緊密聯繫的，後者是服務於、取決於前者的，這在下面要作進一步的闡釋。

(五)「四六結構」與風格類型論

上面我們用「四六結構」論析了風格的形成論、優化論、鑑賞論和功能論，在分析的過程，緊緊扣住主觀格素、客觀格素（合為內蘊情志格素）和外現形態格素。然而，因風格類型的不同，它們對內外格素的要求是不一樣的。基於此，許多理論家在不同的語境下而從不同格素立論。例如，朱光潛說過：「他的風格就是他的人格，而造成他的特殊風格的就是他的特殊趣味。」[51]他又說：「它（風格——引者注）就是作者性格情趣的特殊模樣，理想的風格使情感思想和語言恰恰相稱，混化無跡。」[52]此二則，前者出現於談「文學趣味」的文中，強調的是主觀格素「人格」，尤其是「特殊的趣味」，均屬於表達

元；後者出現於談詩和散文這兩種文學性文體的文中，他雖然也論及外現形態格素「語言」，並把內外格素結合起來，但強調的還是主觀格素的「性格情趣」「情感思想」，風格論中如此「側重說」而造成立論不一的除見於同一學者外，見於不同學者的更為比比皆是。學習者必須理清其所論的風格類型和立論的語境，才不至於墮入五里霧中而不知所從。布豐說「風格卻就是本人」[53]。老舍說：「風格不是由字句的堆砌而來的，它是心靈的音樂。」[54]鮑昌說：「人格豐富，方能帶來風格變化。」[55]羅曼·羅蘭說：「所謂風格是一個人的靈魂。」[56]這些，強調的都是表達元的主觀格素：「人」、「人格」、「心靈」、「靈魂」，都是針對文學風格而說的。阿壠說：「風格底距離，是生活距離；即使在基本上是同一生活，但是這生活底深淺、明暗、強弱並不同一。」[57]柳青說：「作家的風格，是在生活中形成的，不是在寫作時候才形成的。」[58]郭小川說：「個人特色的最根本的東西，還在於對於時代和生活開拓得深廣，並有獨特的建樹。」[59]這三則在談論有關「現實」、「生活」、「時代」與風格形成的關係時，強調的是宇宙元的客觀格素。這些也是就文學風格而言的。當然，有不少論者把主客觀因素結合起來分析。老舍又說：「一般說來，風格既由個人的才能、生活、文學修養等等而定，總會或長於此，或長於彼，有些侷限──但不是不能克服的」[60]。賀敬之說：「而風格，如我們常說的，『風格即人』。而人，固然是一個人──是自己，但人之所以有意義，恰好在於他首先不能只是一個人，只是『自己』。重要的是，他首先是屬於時代的，屬於集體的，屬於階級的。因此，藝術風格的形成，不應該只從個人的意義上來估價，而首先應該看到是社會現實生活，是時代風

格、人民風格的反映。」[61]這兩則，把主客觀格素結合起來論析。上述諸論，強調主觀格素也好，客觀格素也好，兼及主客觀格素也好，都強調了風格的「內蘊情志格素」。因為，他們都是文學家、詩人，談的都是文學風格。這是無可厚非的。

有的理論家，尤其是語言學家則不然，重視從作品元的「外現形態格素」——語言格素和非語言格素來論析風格的諸原理。它反映了現代語言風格學的研究成果，把傳統的風格研究拓寬了一步。劉心武說：「形成風格比較難，作家的風格最終是體現在語言上。」[62]著名語言學家索緒爾說「風格就是個人對於語言的作用」[63]。吉羅認為「風格來自對語言規範的偏離」[64]，布拉格學派的代表人物讓·麥卡羅夫斯基也持此說，他認為詩歌對語言「故意的充滿美感的扭曲」，也就是對標準語規範系統的偏離[65]。轉換生成語法研究者則認為「風格等於選擇」，把風格和語法、修辭聯繫起來[66]。這些，都是從語言格素立論的。也有從非語言格素立論的。門羅說：「所謂風格，就是藝術所使用的呈現、結構、製作或表現的獨特或典型的方式。」[67]語言格素和非語言格素都屬於外現形態格素，是作品的「外衣」。

對各種風格論，都應把它放在所論述的風格類型中，考察其「四六結構」，才能掌握其真諦，否則將治絲益棼，理不出頭緒來。

從「四六結構」分析，文學風格與宇宙元、表達元、話語元中的語言形式都有關係，有時還以鑑識元為參照系。實用類文章風格、中介類文章風格，要以客觀格素為體，外現形態格素為用，要避免情意性太強烈的主觀格素。這些，在筆者論文集《言語修養·格素簡述》[68]部分已作圖解，本節只著重從

「四六結構」分析語體風格和表現風格。

　　語體風格，是從功能角度描寫語言的總特徵的，它屬於言語學的範疇，各家都重視抓住「語言」這個風格外衣。科仁娜認為「科學語體最一般的特點，是敘述的抽象概括性和高度的邏輯性。這兩點決定了科學語體的一些較為局部的（次要的）語體特點，決定了語體獨特的體系性，也決定了常用於該語體中的語言單位的含義、語體色彩及其使用頻率」。「抽象性和概括性必然地貫穿於整個科學語言」[69]。顯然，這是著眼於話語元的「語言」進行分析的。但從其功能講，又是服務於「科學交際領域」以揭示科學規律[70]，這又與宇宙元緊密地聯繫起來了。黎運漢指出專門公文語體的語言特徵是：「比一般應用體更大量更廣泛地使用專用詞語」，其中使用的「通用詞語也很樸實」，「一般都不用能給人具體的形象感受的疊音詞語和象聲詞、嘆詞，語氣詞也很少用」；「句式很單純」，「不論是單句，還是複句，一般都用常式句，變式句很少見」，「從謂語形式看也比較單純，大多數是動詞謂語句」，「常用長定語和長狀語句，其長定語、長狀語也很單純，絕大多數是限制性的」；「修辭方式的運用」「有很大侷限性，像誇張、比喻、摹擬、移覺等形象的修辭方式」「一般是不用的」，「必要時可使用一些句式類和比較類的修辭方式」[71]。這就很詳細地從語言格素和非語言格素來分析專門公文語體的風格特徵，它著眼於作品元的分析上。同時黎教授也指出專門公文語體「是指國家機關單位為了處理公務而經常使用的語文體式，是國家機關單位傳達政策法令、指導工作、報告或溝通情況和商談公務的工具」。這就涉及表達元與鑑識元兩端；並從功能上指出它不同於文藝語體的特點：它「是對客觀情況進行說明，不需

要主觀想像，不需要激發人們的感情」[72]。由此可見，語體功能風格特徵著眼於作品元，但與其他三元不無聯繫，同樣可用「四六結構」來分析、描寫。

表現風格，也著眼於語言特點，也就是主要從作品元進行分析。周建民教授在分析簡練與繁豐這一對表現風格時指出：「簡練，就是簡潔精煉，就是言簡意賅」，「話說得少，而意思包含得多」。在語言上有以下特點：「常用言簡意賅的詞語」，「忌重複，無餘字」，「不求全，多省略」，「常用凝練的句式」，「常用精警的辭格」。「繁豐，就是對該說的部分不惜筆墨，細緻描述，使人感到敘述詳盡、描寫細膩，抒情淋漓盡致」。它有以下特點：「用各種語音手段」，「用語繁多，不惜重複」，「句式多姿多彩」，「常用窮舉、反復等辭格」，「篇章宏富」[73]，這都強調從語言格素和非語言格素進行分析，雖然它是「從表達一定內容所用的語言多少講」[74]的，是和「意」、「意思」相聯繫的。這主要從話語元的「外衣」闡述，同時也引申到了表達元、宇宙元了。

表現風格（含辭章風格、修辭風格），著眼於語言表達的方法、方式，它不同於文章風格。但在各類文章中都有表現風格，正像各類文章都要運用辭章藝術、修辭方法一樣。筆者曾指出：「豪放與柔婉」「是風格的外現形態與內蘊情志的統一體，它屬於文學類的文章風格」[75]。孫聯奎《詩品臆說‧豪放》小序就指出：「惟有豪放之氣，乃有豪放之詩，若無其胸襟氣概，而故為豪放，其有不涉放肆者鮮矣。」[76]楊廷芝《二十四詩品淺解‧豪放》題注云：「豪以內言，放以外言。豪則我有，可蓋乎世；放則物無，可羈乎哉！」[77]這些論述同樣可用「四六結構」來圖解，是內外格素並重的，與側重於語言格素

和非語言格素的表現風格不同。

＊　　　＊　　　＊

　　用「四六結構」來論析言語風格是個嘗試，並於2000年5月，在台灣的修辭學研討會上作了如上簡要的發言，受到與會者的首肯。「四六結構」可把風格的形成、優化、鑑賞、功能、類別等特徵具體化，使之不僅可以「意會」，而且可以「言傳」，使之物質化，系統化，科學化，風格不再是微妙難測、各言其是的玄乎其玄的幽靈了。

注　釋

1　請閱鄭頤壽《論文章風格和言語風格》，程祥徽、黎運漢主編《語言風格論集》，南京大學出版社1994。

2　林語堂：《寫作的藝術》，見《人生的盛宴》，191頁，湖南文藝出版社，1988。

3　鮑列夫：《美學》，285頁，中國文聯出版公司，1986。

4　清·王夫之：《古詩評選》卷四《古詩》評語，《船山古近體詩評選三種》，船山學社，1917。

5　《司空圖〈詩品〉解說二種》，山東人民出版社，1962。

6　魯迅：《淮風月談·難得糊塗》。

7　〔英〕布拉德伯里：《〈被沙地埋住的狗〉抽象和諷刺》，見《英國作家論文學》，575頁，三聯書店，1985。

8　清·陳廷焯：《白雨齋詞話》卷一。

9　朱光潛：《詩與散文》，見《詩文雜談》，118頁，安徽人民出版社，1981。

10　老舍：《風格與侷限》，見《老舍文藝評論集》，168頁，安徽人民出版社，1982。

11 〔法〕莫泊桑：《愛彌爾·左拉研究》，見《外國文學評論選》下冊，286頁，湖南人民出版社，1983。

12 塞米利安：《現代小說美學》，231頁，陝西人民出版社，1987。

13 王中才：《錯雜彈》，見《小說選刊》，1985(8)。

14 曾鎮南：《關於現實主義的學習、思考和論辯》，見《繽紛的文學世界》，310頁，中國文聯出版公司，1988。

15 馮驥才：《小說創作的一個新傾向》，見《我心中的文學》，44頁，上海文藝出版社，1986。

16 〔德〕尼采：《出自藝術家和作家的靈魂》，見《悲劇的誕生》，188頁，三聯書店，1986。

17 以群：《文學的風格和流派》，見《以群文藝論文集》，147頁，上海文藝出版社，1983。

18 王蒙：《論風格》，見《漫話小說創作》，137～138頁，上海文藝出版社，1983。

19 蔣子龍：《要不斷地超過自己》，見《不惑文談》，36頁，上海文藝出版社，1984。

20 季季：《臺灣作家創作談》，99頁，海峽文藝出版社，1985。

21 從維熙：《創作尋蹤》，132頁，北京十月文藝出版社。

22 孫犁：《論風格》，見《孫犁文集》第4卷，274頁，百花文藝出版社，1987。

23 宋·周紫芝：《竹坡詩話》，見《歷代詩話》上冊，中華書局，1981。

24 王蒙：《論風格》，見《漫話小說創作》，132頁，上海文藝出版社，1983。

25 〔德〕歌德：《自然的單純模仿·作風·風格》，轉引自王之望《文學風格論》，12頁，四川文藝出版社，1986。

26 端木蕻良：《我的創作經驗》，《萬象》月刊1944年4卷5期。

27 黃藥眠：《論風格的諸因素》，見《黃藥眠文藝論文集》，110～116頁，北京師範大學出版社，1985。

28 《孟子・萬章下》。

29 梁・劉勰：《文心雕龍・知音》。

30 〔法〕丹納：《藝術哲學》，7頁，人民文學出版社，1963。

31 唐・司空圖：《書屏記》。

32 〔日本〕廚川白村：《苦悶的象徵》。

33 〔意〕克羅奇：《美學原理》，112頁，作家出版社，1958。

34 魏・曹丕：《典論・論文》。

35 梁・劉勰：《文心雕龍・知音》。

36 《禮記・經解》，四部叢刊本。

37 唐・孔穎達：《禮記・經解第二十六》疏，《禮記正義》卷五十，中華書局。

38 梁・劉勰：《文心雕龍・宗經》。

39 梁・劉勰：《文心雕龍・知音》。

40 《給兒子的信》，見《赫爾岑論文集》，35頁，上海文藝出版社，1962。

41 老舍：《文學的風格》，見《文學概論講義》，79頁，北京人民出版社，1984。

42 許覺民：《風格雜談》，見《潔泯文學評論集》，210頁，湖南人民出版社，1983。

43 張抗抗：《找到「我」》，見《小說創作與藝術感覺》，11～12頁，百花文藝出版社，1985。

44 明・徐師曾：《文體明辨序說・詩餘》。

45 明・屠隆：《文論》，見《由拳集》卷二十三。

[46] 宋・嚴羽：《滄浪詩話・詩評》。

[47] 黎運漢：《應用語體》，見鄭頤壽、林承璋主編《新編修辭學》，393～394頁，鷺江出版社，1987。

[48] 王德春：《語體略論》，64頁，福建教育出版社，1987。

[49] 張弓：《現代漢語修辭學》，215頁，河北教育出版社，1993。

[50] 同48，66頁。

[51] 朱光潛：《藝文雜談》，2頁，安徽人民出版社，1981。

[52] 朱光潛：《詩與散文》，同上，118頁。

[53] 〔法〕布豐：《論風格》，《譯文》1959(9)。

[54] 老舍：《言語與風格》，《老舍論創作》，100頁，上海文藝出版社，1982。

[55] 鮑昌：《「述往思來」的散文佳作》，《散文選刊》1988(6)。

[56] 〔法〕羅曼・羅蘭：《約翰・克里斯多夫》。

[57] 阿壤：《風格片論》，《人・詩・現實》，142頁，三聯書店，1986。

[58] 柳青：《生活是創作的基礎》，《中國現代作家談創作經驗》，716頁，山東人民出版社，1980。

[59] 轉引自《現代詩人風格論》，14頁，四川文藝出版社，1985。

[60] 老舍：《風格與侷限》，《老舍文藝評論集》，168頁，安徽人民出版社，1982。

[61] 賀敬之：《談詩劇的革命浪漫主義》，《賀敬之文藝論集》，54頁，紅旗出版社，1986。

[62] 劉心武：《故事・人物・出新・風格》，《同文學青年對話》，108頁，文化藝術出版社，1983。

[63] （瑞士）索緒爾，轉引自《創作心理研究》，225頁，黃河文藝出版社，1985。

[64] （法）吉羅：轉引自王德春主編《外國現代修辭學概況》，8頁，福建

人民出版社，1986。

[65] 同上，61頁。

[66] 同上，143頁。

[67] 門羅：《藝術的形式：審美形態學概論》，《走向科學的美學》，226頁，中國文聯出版公司，1985。

[68] 鄭頤壽：《言語修養》，270頁，首都師範大學出版社，1999。

[69、70] 〔蘇〕科仁娜：《俄語功能修辭學》，216～217頁，外語教學與研究出版社，1982年版。

[71] 見鄭頤壽、林承璋主編《新編修辭學》，416～420頁，鷺江出版社，1987。

[72] 同上，415～416頁。

[73] 見鄭頤壽主編《文藝修辭學》，413～425頁，福建教育出版社，1993。

[74、75] 同71，326頁。

[76、77] 見《司空圖〈詩品〉解說二種》，27頁，105頁。

辭風的辯證法

　　風格充滿著辯證法。本書以「四六結構」來論析風格的形成論、優化論、鑑賞論、功能論和類型論，揭示其辯證的規律。風格的體系，每種風格的內部，如內素與外素，內素之主觀格素與客觀格素，外素之語言格素和非語言格素；風格形成、優化過程之不成熟到成熟，卑劣低下到優良崇高；風格之致用功能與審美功能；每類之中相對立的風格：陽剛和陰柔，簡約和繁豐，質樸和華艷，婉曲與勁直，淺顯與深奧，詼諧與莊嚴，拗峭與自然，粗獷與精細；風格之個性與共性（如流派風格、地方風格、時代風格）等等，無不充滿著辯證法。鐵馬、秋風好，杏花、春雨也美；狂濤駭浪，動人心魄，柳暗花明，讓人神怡；登高望遠，為之心曠，西湖蕩舟，令人陶醉。作家要求個性風格鮮明，也希望風格的多樣化。讀者允許偏愛某些或某種風格，而作為評論家則應該「平理若衡，照辭如鏡」；尚質惡華，重簡輕繁，揚雅抑俗，貴豪賤柔，褒直貶曲，或是其相反，都不合乎辯證法。

　　評論風格也要「得體」。藝術體風格，正如絢爛的百花園，萬紫千紅。實用體風格則偏重於樸實、明快、莊重、簡約之類，不用藻麗、蘊藉、幽默，一般也不用繁豐的風格，更不宜主觀性太強之沉鬱、悲壯、怪誕、拗峭之類。本單元先以通

俗與文雅為例作靜態的分析，再談風格之高下優劣，意在要建立體現動態系統的風格優化學。

一、辭風舉隅
——「通俗」的辯證法

通俗和文雅，是一組相對待的辭風，屬於言語風格的範疇，只要遵循表心、適境、得體的言語規律，符合「適度」的原則，都是美的。揚俗貶雅，厚雅薄俗，都是一種偏見。這就要求我們要處理好通俗與文雅的辯證法。

㈠通俗的辯證結構

拙文《語體是修辭學的基礎》[1]和《語體與修辭》[2]曾描寫了七組優劣之辭風的對立統一關係的結構，其中一組談到「通俗—文雅」的辯證法，圖示如下。

這個結構展示了六對對立統一的辭風：

通俗————文雅
粗俗————深奧

1 對：通俗—文雅；

2 對：通俗—粗俗；

3 對：文雅—深奧；

4 對：粗俗—深奧；

5 對：通俗—深奧；

6 對：文雅—粗俗。

第1對是全優的辭風，第2、3、5、6四對是一優一劣的對立統一體，第4對是全劣的對立統一體。

辭風的對立統一關係，早就受到古聖今賢的注意，雖然還沒把它們結構化。

最早論及風格優劣的要推孔子。孔子云「辭達而已矣」[3]，又說「情欲信，辭欲巧」[4]；還說「巧言令色鮮矣仁」[5]。孔子對文質的看法也是辯證的。他說：「質勝文則野，文勝質則史，文質彬彬，然後君子。」[6]上面所講的「達」，可涵蓋一組風格群：明晰、質樸、平易、通俗，「無事華藻宏辯也」[7]，它使聞者（閱者）易於接受、理解，順利地完成交際任務。「辭欲巧」的「巧」，根據唐朝孔穎達的解釋就是「和順美巧」，是與「達」相對立的風格群，可涵蓋文華、奇崛、文雅、含蓄之類辭風。「巧言令色」的「巧」，則屬於「巧飾」，亦即「致飾於外，務以悅人」[8]，是不好的辭風。劉勰所講的「新奇」[9]，後人所講的「靡麗」、「繁冗」、「佻巧」、「油腔滑調」，都屬於這個範疇。「文」，就是文彩、生動、華美，凡典雅、綺麗、文華、蘊藉等都屬於這個範疇。「質」，就是質樸、平易、明晰、通俗之類風格。「野」，是粗野、粗俗、庸俗之類的風格，是與「文」相對的。荀子說：「鄙夫反是，好其實不恤其文，是以終身不免埤污、庸俗。」[10]「史」，就是過分的「彩飾」，「虛華無實」，靡麗、冗繁等辭風就屬於這一範疇。我們也可用對立統一的結構來圖示如左：

質　　　文
　　▨
野　　　史

這個結構十分鮮明、清晰。至於「達」可與「質」為儔；「辭欲巧」的「巧」，可與「文」為侶；「巧言」的「巧」，則應與「史」為伴。

這種優劣的對立統一的風格論幾乎貫穿於漢語的風格學史，到了現當代，這種觀點更加鮮明。

首先要提到的是張瓌一（志公），他在1953年出版的《修辭概要》中，描寫了以下幾組對立統一的風格類型：

1.簡潔—細緻（第188頁）：全優的風格；

2.簡潔—晦澀（第192頁，宜為「乾枯」或「苟簡」）：一優一劣的風格；

3.細緻—冗贅（第192頁）：一優一劣的風格；

4.簡潔—冗贅（第192頁）：一優一劣的風格；

5.明快—含蓄（第198頁）：全優的風格；

6.含蓄—隱晦（第198頁、205頁）：一優一劣的風格；

7.明快—膚淺（第205頁）：一優一劣的風格；

8.膚淺—隱晦（第205頁）：全劣的風格；

9.平實—藻麗（第206頁）：全優的風格；

10.平實—枯燥呆板（第214頁）：一優一劣的風格；

11.藻麗—油滑堆砌（第214頁，宜為「花俏」或「靡麗」）：一優一劣的風格；

12.剛健有力—委婉細膩（第188頁，「細膩」實與「細緻」類同）：全優的風格。

上面論述，大部分符合辯證法。在上世紀50年代初，能達到這個水平，是難能可貴的。

呂叔湘先生在為1983年出版的王希杰的《漢語修辭學》所作的《序》中說：「……有一個原則貫穿於一切風格之中，也可以說是凌駕於一切風格之上。這個原則可以叫做『適度』，只有適度，才能不讓藻麗變成花俏，平實變成呆板，明快變成草率，含蓄變成晦澀，繁豐變成冗雜，簡潔變成乾枯。」「適度」是「美」的基本要求。這段話也可以用三個結構來表示。

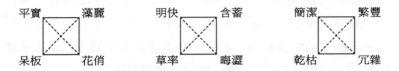

我們應該用這種對立統一的優劣風格結構來觀察風格，通俗和文雅的風格也不例外。周振甫在《文心雕龍選譯》的《通變》篇中說：「在文辭上要矯正雅俗兩方面偏頗，雅的不要偏於古而不適於今，俗的不要偏於今而有訛淺的缺點，所以要加以矯正，使雅而不古，俗而不訛。」趙仲邑的《文心雕龍譯注》也說：文學作品的風格，應該做到「『文』和『質』的統一，『雅』和『俗』的統一」。張德明說：「文雅過度會產生儒雅古奧、矯揉造作的弊病」，「通俗過度就會產生粗俗、庸俗的弊病」[11]。古希臘的亞里士多德也有類似的論述：「風格還必須妥貼恰當，粗俗和過分的文雅都必須避免。」[12]

我們感到優劣的對立統一的表現風格結構體，是對風格類型作辯證的類聚和歸納，脫離了這個結構片面地提倡或強調某種表現風格都是不妥當的。

(二)通俗的制導因素和「適度」原則

「表心」、「適境」、「得體」的言語規律，是辭風的制導因素。

先講「表心」。通俗雖然披的是「淺顯平易」的言語「外衣」，但也表達一定的內質，它與表達者的思想、感情、氣質、修養、文化程度不是絕緣的。滿口「算個屁」、「他媽的」、「狗崽子」、「屌毛灰」之類粗鄙的話語，都反映了一個人的思想修養，表達了他的「心聲」，體現出他的素質。這種

言語儘管淺顯易懂，但所表現出來的風格只能是粗俗、庸俗的，難登大雅之堂，給人反感，效果是不好的。《紅樓夢》第二十八回，描寫賈寶玉、薛蟠、蔣玉菡等人行酒令，其中薛蟠所說的女兒的「愁」、「樂」的句子就屬於這一類。

再看「適境」。它包括特定的時間、地點、場合、對象等。白居易說詩歌要「為事而作」[13]，寫了許多諷喻詩，就很適合時空語境。惠洪的《冷齋夜話》記載：「白樂天每作詩，令老嫗解之，問曰解否？嫗曰解，則錄之；不解則易之。」這就充分考慮到了「對象語境」。因此，白樂天的詩，尤其是《新樂府》、《秦中吟》等，「辭質而徑，欲見之者易喻也。」[14]其詩的風格平易、樸素、通俗，如《秦中吟·買花》的警句「一叢深色花，十戶中人賦」之類，就是現代的讀者也不難理解。

唐朝文人寫了許多詩歌，其中要給歌女唱的，口吟耳受，一聽就懂，而又意味深長，耐人咀嚼，都是通俗詩歌的佳作。有名的「旗亭畫壁」故事中王昌齡的《芙蓉樓送辛漸》（寒雨連江夜入吳）、王之渙的《涼州詞》（黃河遠上白雲間）等都是通俗的優秀作品。

宋詞又叫「曲子詞」，是用來配樂歌唱的，早期流行於民間，表演者的「口唱」是面對廣大群眾「耳聽」這樣的語境，就要求語言通俗。後來，文人也大量創作曲子詞，就漸漸成為案頭的作品。北宋詞有俚雅之分，所謂俚詞，其風格是通俗的，代表作者是柳永。他善於用俚俗的語言「狀難狀之景，達難達之情，而出於自然」[15]，深受平民歡迎，「凡有井水飲處，即能歌柳詞」[16]。如《雨霖鈴》，全用通俗的語言，成為千古絕唱。

　　新時期，白話文已通行八九十年。廣大群眾，尤其是青少年，對文言不太熟悉，要讓舊體詩詞發揮它的社會功能，就要雅俗兼顧，以俗為雅，做到雅俗共賞，而不應片面追求古雅深奧的辭風。我國歷史上首倡通俗的是漢代王充，他要求「言無不可知，文無不可曉」[17]，他把「俗」與「雅」統一起來，指出「高士之文雅，言無不可曉，指無不可睹」[18]，做到「以俗為雅」，達到「雅俗共賞」的境界。毛澤東的《如夢令·元旦》、《七絕·為女民兵題照》，董必武的《題贈小學生》，趙樸初的《西江月·參觀密雲水庫工程》等，都很適境，通俗易懂。

　　風格還要「得體」，合乎語體、文體。詩詞屬於舊體詩的範疇，它不同於新詩，要用書面語詞彙，而不用現代普通話入詩，否則就會走向通俗的極端，就不成其為舊體詩詞了，而是白話詩、順口溜、打油詩。例如，不用「月兒」、「月亮」，而用「冰輪」、「銀鉤」、「蟾宮」、「桂影」、「清光」等，不用「太陽」、「日頭」，而用「丹曦」、「朱光」、「金輪」、「金烏」、「銅鉦」等；用上「月兒」、「月亮」、「太陽」、「日頭」之類，雖然很通俗，但不合詩體。曹丕說：「銘誄尚實，詩賦欲麗。」[19]陸機說：「詩緣情而綺靡。」[20]雖然詩的風格不限於「麗」、「綺麗」，但這是它主要的風格，通俗、平實一走向極端，就「失度」、「失體」了。

　　「表心」、「適境」、「得體」的言語規律，是形成風格的制導因素，違反了這些規律，超過「適度」的原則，則有違誠美律，就跌入粗俗、淺俗，或深奧、艱澀的深淵。

㈢培養優良風格

優良的風格不全是天生的，尤其是言語風格，要靠後天的培養。這要從兩個方面努力。一是剪裁風格的「外衣」；一是陶鑄風格的「精神」。以通俗為例，談談通俗風格的形成。

風格的「外衣」，就是風格的「外現形態格素」，指的是言語形式，它包括詞語格素、句子格素、辭格格素、篇章格素等。

先看詞語格素。這就是要用通俗的詞語。亞里士多德說：「詩的語言……應該選用那些通行的、日常的詞彙。」[21] 白居易拜老嫗為師，老舍善於提煉北京市民的話語，趙樹理向農民學習言語，都是大家所熟悉的。駱賓王的《鵝》，李白的《靜夜思》，杜甫的《前出塞》等，都通俗如話，家傳戶誦。羅大經說：「余觀杜少陵詩亦有全篇用常俗語者，然不害其為超妙。」[22] 如果用僻字、怪字、難字，甚至「以艱深文淺薄」，以堆砌僻字顯「才學」，就會誤入岐途。

這裡值得一提的是用字的「生」、「熟」問題。韓駒認為「作語不可太熟，亦須令生」；如果「一味忌語生，往往不佳」。如蘇軾的《聚遠樓》一詩，不用「野花閑草」對「青山綠水」，而用「雲山煙水」對之[23]。范晞文認為「詩用生字，自是一病」，「苟欲用之，要使一句之意盡於此字上見工，方為穩貼。如唐人『走月逆行雲』，『芙蓉抱香死』，『秋雨慢琴弦』，『松涼夏健人』：『逆』字，『抱』字，『慢』字，『健』字，皆生字也，自下得不覺。」[24] 韓、范二論從字面看，似有矛盾，但實質是一致的，他們都主張變格的用法，如上例，「雲」、「煙」是比喻的用法；「逆」、「抱」是比擬的

用法;「慢」、「健」是使動的用法。此類用法,詩中很多,如賀知章的《詠柳》句「不知細葉誰裁出」的「裁」字;張旭的《山中留客》句「山光物態弄春暉」的「弄」字,杜甫的《春望》句「感時花濺淚」的「濺」字;白居易的《暮江吟》句「一道殘陽鋪水中」的「鋪」字;王安石的《泊船瓜州》句「春風又綠江南岸」的「綠」字……都是變格的用法,變化的用法,屬於「熟」字「生」用。這與孔子所說的「辭欲巧」的「巧」法,亞里士多德所說的「變化的用法」是一致的,都會造成「陌生化」的辭章效果。欲求詩詞通俗,不可用僻字怪字,要用常用字,並根據言語規律和「適度」的原則,把普通字「生」用。詞語格素在形成通俗的表現風格中所起的作用最大。

句式格素的適切運用,對通俗風格的形成也有關係。一般說來,常格句易形成平易通俗的風格。柳永的《雨霖鈴》:「多情自古傷離別,更那堪、冷落清秋節!今宵酒醒何處?楊柳岸,曉風殘月。此去經年,應是良辰好景虛設。便縱有千種風情,更與何人說?」全用常格句,通俗流暢,感情真實。但要注意語常意不常。如果常格句用得太濫,又不含深情、新意、哲理,就易流於一般化,就不合「辭欲巧」的要求[25]。

辭格的運用與通俗與否關係較密切。比喻,化深奧為淺顯,化抽象為具體,用得好,不僅可使意象俱足,而且也通俗易懂。如李白《望廬山瀑布》句「飛流直下三千尺,疑是銀河落九天」;《贈汪倫》句「桃花潭水深千尺,不及汪倫送我情」……都明白如話,膾炙人口。跟通俗與否關係最密切的是引用格。一般說來,明引易與通俗靠攏,暗用如果用得不好,就容易形成晦澀的風格。古人所批評的「掉書袋」、「兩腳書櫥」

都是不好的。「無一字無來處」的寫法，也容易使語意晦澀難懂。好的引用應該是「引得的確，用得恰好」，「用在句中，令人不覺，如禪家所謂撮鹽水中，飲之乃和鹽味，方得妙手」[26]。這種引用，無跡可尋，雖為引用，卻如同自己口出。如「『荒庭垂橘柚，古屋畫龍蛇』……杜用事入化處。然不作用事看，則古廟之荒涼，畫壁之飛動，亦更無人可著語。此老杜千古絕技，未易追也。」[27]

從詞句辭格的通俗與否，就看出了詩詞的隔與不隔問題。不隔則容易通俗，隔則晦澀了。王國維說：「陶謝之詩不隔，延年則稍隔矣。東坡之詩不隔，山谷則稍隔矣。『池塘生春草』，『空梁落燕泥』等二句，妙處惟在不隔。詞亦如是。即以一人一詞論，如歐陽修的《少年遊》詠春草上半闋云：『闌干十二獨憑春，晴碧遠連雲。千里萬里，二月三月，行色苦愁人。』語語都在目前，便是不隔。至云『謝家池上，江淹浦畔』，則隔矣。」[28]以上加著重號的，都是用通常的詞語，都是常格句，又不用典故，所以通俗、「不隔」；至於「謝家」二句，用的是對謝靈運的「池塘生春草」和江淹的《別賦》.「春草碧色，春水綠波，送君南浦，傷如之何」的典故，因此晦澀而「隔」。

通俗與否，除了與詞句格素、辭格格素的運用有關外，還與篇章格素有關。重章疊句，是民歌體常用的章法，反復詠唱，通俗流暢。《詩經・邶風・式微》、《鄘風・相鼠》、《王風・黍離》、《周南・芣苢》等，都是這樣。這些風格在一些雙調的詞中還可看到。

通俗還與「內蘊情志格素」有關。作者坦蕩的胸懷，平易近人的作風，貼近民俗的思想，為時為事為民而作的目的，其

作品往往就很通俗。這在上面《通俗的制導因素》一段已述。

　　「俗」與「雅」，是辯證的統一。俗不厭雅，雅不輕俗，以雅為俗，雅俗共賞，才是我們所追求的。千古絕唱，往往是「下里巴人」與「陽春白雪」的連袂。

注 釋

1 鄭頤壽：《語體是修辭學的基礎》，《福州師專學報》，1984(1)。

2 鄭頤壽：《語體與修辭》，《福建師大學報》，1991(2)。

3 《論語·衛靈公》。

4 《禮記·表記》。

5 《論語·陽貨》。

6 《論語·雍也》。

7 漢·司馬光：《答孔文仲司戶書》。

8 宋·朱熹：《四書集注》。

9 梁·劉勰：《文心雕龍·體性》，「新奇者，擯古竟今，危側趣詭者也。」語含貶意。

10 《荀子·非相》。

11 張德明：《語言風格學》，197頁，東北師範大學出版社，1989。

12 〔希臘〕亞里士多德：《詩學》。

13、14 唐·白居易：《新樂府序》。

15 馮煦：《宋六十一家詞選例言》。

16 葉夢得：《避暑錄話》。

17 漢·王充：《論衡·案書篇》。

18 漢·王充：《論衡·自紀篇》。

19 魏·曹丕：《典論·論文》。

20 晉·陸機：《文賦》。

[21] 〔希臘〕亞里士多德：《修辭學》。

[22] 羅大經：《鶴林玉露》。

[23] 韓駒：《陵陽室中語》。

[24] 范晞文：《對床夜話》。

[25] 同4。

[26] 轉引自王驥德：《曲律》。

[27] 《詩藪內篇》，4卷。

[28] 清·王國維：《人間詞話》。

二、論風格的高下優劣

零點以下，是否存在風格，歷來是有爭議的，觀點正相反。

一是「風格全優說」。此說認為風格都是好的，成功的，零點以下不存在風格。具有代表性的論點，如：「風格本身是個褒詞。世上絕無壞的風格。『沒有風格』或者說『風格不高』，這已經幾乎是個貶詞了。至於某些不健康的甚至是惡劣的表現和傾向，那根本與風格無關。若是把一些壞東西當作『風格』，這就不免使人啼笑皆非了。」[1]又有人說：「風格是一個崇高的字眼。風格不是指作家在創作中所取得的偶然性的或較低層次的成績，而是指作家的創作個性，指作家在創作中主客觀因素的較為穩定的統一與和諧，從而達到情景交融、物我雙會的那種境界。」[2]他們認為「風格是個褒詞」、「崇高的字眼」，「世上絕無壞的風格」，也不存在風格之有無、高下。

必須指出的是：上述所講的風格，只就文學作品而言，似乎未涉及表現風格、語體風格；論者並不否定創作中有「不健康的甚至是惡劣的表現和傾向」，只是不承認其中有「風格」可言罷了。

一是「風格等級說」。持此說者，有古今中外的哲學家、文藝學家和語言學家。他們不僅指出風格的等級存在於表現風格上，而且存在於作品風格、語體風格、文體風格和個人風格、流派風格、時代風格上。他們的主張，既有辯證的理性論點，也有堅實的論據。此說源遠流長，影響較大。

比較而言，筆者贊成後一說。

辯證唯物論是認識世界，包括認識風格的根本理論。風格的「等級」，即差異，是風格上對立統一規律所決定的，是辯證法在風格上的體現，是對風格的一種哲學認識。它早被古今中外有識之士自覺或不自覺地所認識。德國哲學家尼采說過：「從風格的一個等級向另一個等級前進應當循序漸進，以便不但藝術家自己、而且聽眾和觀眾都一同前進，並且確知發生了什麼事情。」[3] 我們不妨借用「風格等級」這個短語，擴而展之，把風格分成「有無」和「高下、美醜、優劣、得失」來進行論析。

風格的「有無」，要從兩個方面來探討。

一是從文學作品講，風格的有無是普遍存在的一種現象。成熟了的作家作品，有風格可言；很一般的作品，往往未形成自己獨特的風格，這就無風格可言；老舍先生深有體會地說：「風格的有無是絕對的。風格是個性——包括天才與習性——的表現。風格是不能由摹仿而致的，但是練習是應有的工夫。」[4] 此說合乎辯證法。風格不是從天上掉下來的，創作不是一蹴而就的，它有個過程，初起階段免不了學習、摹仿某些優秀的作品。此時，摹仿得再像，也是別人的東西，無風格可言。只有下工夫不斷「練習」，充分發揮自己的「天才與習性」，寫出「我」來，才能從「無」到「有」，形成自己的風格。在這過程，要特別注意自己思想的磨煉，人格的培養。思想平庸，認識淺薄，習氣低下，很難形成自己作品好的風格。所以老舍又說：「風格不是由字句的堆砌而來的（這指的是文學風格——引者注），它是心靈的音樂。……風格的有無是絕對的，所以不應去摹仿別人。風格與其說是文字的特異，還不

如說是思想的力量。」[5] 有時，風格的有無，是風格高下的同義詞。清人沈德潛在品評李商隱的詩時指出：「義山（商隱）五言近體，徵引過多，性靈轉失。茲特取有風格者數章。」[6] 這數章指的是《蟬》（本以高難飽）、《落花》（高閣客竟去）、《晚晴》（深居俯夾城）等詩。其他「徵引過多，性靈轉失」的就談不上什麼風格了。這裡所謂的「有風格」，指的是有鮮明的好的個人風格。

二是從功能語體而論。風格的有無則是另一種含義。功能語體分實用體、融合體和藝術體。從總體而論，這三大語體都有表現風格。概而言之，實用體的風格簡約、樸實、明快、莊重、謹嚴，有時還表現得通俗、平易[7]。文藝體除了有上述表現風格外，還有繁豐、藻麗、蘊藉、幽默、疏放的風格，有時則表現得文雅、奇崛。不同的作家、流派，還表現出千差萬別的個人風格和流派風格。豪放與委婉及其下位的各種風格，一般只見於文學作品。在實用體中，要尋找豪放、柔婉的風格是不可能的。因為實用體一表現出豪放、柔婉、藻麗、蘊藉等風格，就轉化為融合體了[8]。文藝性的書信、政論就是這樣。對此，老舍先生有很精闢的論述。他說：「有風格的是文學，沒有風格的不成文學。」[9] 顯然，這講的是文學風格，而不是表現風格、功能風格。因為非文學作品，只要寫得好的，都具有表現風格和功能風格。至於融合體的風格，則介於實用體和藝術體之間，但更接近於實用體。口頭語體風格，一般比較通俗、平易；不同的說話者，又可表現出不同的個人風格。

風格的高下、美醜、優劣、得失，突出地表現在作品風格、個人風格、流派風格上；表現風格和語體風格的優劣、得失也是明顯的；地方風格和民族風格，一般不論高下、優劣。

㈠作品風格的高下優劣

　　古今論風格等級最多的是作品風格。它是形成個人風格、語體風格、文體風格、流派風格、時代風格和表現風格的載體。離開了對作品的鑑賞、品評，就無所謂個人風格、語體風格等等。本節只分析、比較文學作品的風格。

　　分析、比較作品風格的優劣，要全面而系統地考察其格素，既要考察其內蘊情志格素，也要考察其外現形態格素，並把兩者緊密地結合、有機地統一起來。布豐說：「文章風格，它僅僅是作者放在他思想裡的層次和調度。如果作者把他的思想嚴密地貫穿起來，如果他把思想排列得緊湊，他的風格就變得堅實、遒勁而簡練；如果他讓他的思想慢吞吞地互相繼承著，只利用一些詞句把它們聯接起來，則不論詞句是如何漂亮，風格卻是冗散的，鬆懈的，拖沓的。」[10]堅實、遒勁、簡練的風格是好的，它首先決定於內蘊情志格素，即「思想」；也與外現形態格素，即與語言的「調度」、「貫穿」、「排列」有關。冗散、鬆懈、拖沓的文章風格是不好的，這首先是因為它的內蘊情志格素「思想」的鬆散，表現在外現形態格素上，就是語言的「慢吞吞地互相繼承者」。

　　由於文學作品內蘊情志是決定文學風格的首要格素，因此，不少評論者只側重於從內蘊情志格素品評文學風格的高下。秦朝釪指出：「元微之有絕句云：『曾經滄海難為水，除卻巫山不是雲。取次花叢懶回顧，半緣修道半緣君。』或以為風情詩，或以為悼亡也。夫風情固傷雅道，悼亡而曰『半緣君』，亦可見其性情之薄矣。」[11]周振甫先生指出此詩感情輕薄、浮滑，把它的風格歸入「浮薄」一類[12]。林語堂從豐富的

創作經驗中深有體會地說：「文章有卓大堅實者，有萎靡纖弱者，非關文學修詞筆法也。卓大堅實，非一朝一夕可致，必經長期孕育。世事既通，道理既澈，見解愈深，則愈卓大堅實。性靈未加培養，事理不求甚解，人云亦云，及既舒紙濡墨，然後苦索饑腸以應付之，斯流為萎靡纖弱。」[13]「卓大堅實」的優良風格，是由「世事既通，道理既澈、見解愈深」的內蘊情志格素所決定的。而「萎靡纖弱」的不良風格，則因「性靈未加培養，事理不求甚解」的內蘊情志格素所造成的。這就提出了「風骨」的標準。

　　古典文藝理論家喜以風骨強弱來品評作品風格的高下。這首先要提到的是建安風骨。建安風骨，鍾嶸稱之為「建安風力」，它指的是一種反映現實、表達思想、慷慨激昂、氣勢雄渾、蒼勁有力的風格。對此劉勰有過中肯的評述：「觀其時文，雅好慷慨，良由世積亂離，風衰俗怨，並氣深而筆長，故梗概而多氣也。」[14]又說：「慷慨以任氣，磊落以使才。造懷指事，不求纖密之巧；驅辭逐貌，唯取昭晰之能，此其所同也。」[15]這種風格與那些詞采浮艷、缺乏內容的靡靡之音是相對立的。它在歷史上產生了很好的影響。唐初陳子昂就大力提倡建安風骨。他縱觀文學史指出：「文章道弊五百年矣。漢魏風骨，晉宋莫傳。」[16]曹操、曹植、劉楨等是具有建安風骨的代表作家。

　　不少評論家經常從比較的角度論析作家作品「風骨」的高下。清人沈德潛指出：「北朝詞人，時流清響，庾子山才華富有，悲感之篇，常見風骨，爾時徐庾並名，恐孝穆華詞瞠乎其後矣。」[17]徐陵字孝穆，庾信字子山，都是北朝著名的宮體詩人，寫了許多淫靡綺麗的詩賦，風格很相似，被合稱為「徐庾

體」，其風格是不高的。但他們也寫過一些有風骨的作品。徐陵的《出自薊北門行》、《關山月》就略有風骨。不過他的仕途適意，在梁作散騎侍郎，入陳後又任光祿大夫太子少傅，地位顯赫。庾信則不然，初事梁朝，在侯景叛亂、梁都失守後，他出逃湖北江陵，輔佐梁元帝。後奉命出使西魏，在他使魏期間，梁滅於陳，他又被強留在北朝。國破家亡的逆境，羈旅北地的愁思，使他倍加懷念故國。此時，他的「悲感之篇」，如《擬吟懷》、《俠客行》、《寄王琳》、《重別周尚書》以及《哀江南賦序》等，抒寫了屈身北朝的痛苦，懷念鄉關的情思，內容就比較充實，感情真摯，加上他較高的藝術造詣，形成了風骨較高的作品，成為六朝集大成的作家；而偏愛「華詞」麗句的徐陵，確是「瞠乎其後矣」。從「風骨」來評論作家作品風格的高下、成就的大小，幾乎貫穿我國古代文學史千餘年。在評論文學風格高下時，強調內蘊情志格素是無可厚非的，但總以兼及外現形態格素並把兩者有機地結合起來評論更加辯證。

(二)文體風格、語體風格的高下得失

在文學發展的長河中，相繼出現了不同的文體。各種文體，雖然不無優秀的作品，但從不同文體作品反映現實、表達作者感情的功能比較，其風格卻有高下之分。

漢大賦，過分追求辭藻繁富，喜用生字僻字，講究駢偶、用典，其風格是不高的。早在漢代，司馬遷在肯定司馬相如的賦具有諷諫作用的同時，就已指出它語言風格「虛辭濫說」[18]的缺憾，其中《子虛》、《大人》等賦，更是「靡麗多誇」[19]。即使是西漢揚雄這樣的辭賦大家，也指出「辭人之賦麗以淫」[20]的缺點。所謂「麗以淫」，就是風格過分藻麗，超

越了「適度」的原則。東漢班固也說：司馬相如的賦「文艷用寡，子虛烏有，寓言淫麗」[21]。劉勰明確反對「為文者淫麗而煩濫」、「采濫忽真，遠棄風雅，近師辭賦」[22]的煩瑣浮泛的風格。摯虞也指出：賦體「假象過大，逸辭過壯，辯言過理，麗靡過美」[23]。這「四過」的風格，是不好的。因此劉勰要求「麗詞雅義，符采相勝」，做到「文雖新而有質，色雖糅而有本」[24]。

格律詩的各分體，其風格也有高下之殊。其中百韻的排律，形式單調，就很難寫出風格高的作品來。錢良擇指出：「七言長律詩，唐人作品不多，以句長則調弱，韻長則體散，故傑作尤難。」[25]「調弱」、「體散」，其風格自然卑下。

其他的如寶塔詩、轆轤體詩、回文詩、嵌字詩等等，過分追求形式，束縛思想，就很難寫出高風格的作品來。至於應制詩與八股文等文體，形式死板，箝制思想，更無好的風格可言。

朦朧的詩，古已有之。但作為一種詩體，一種文學現象，卻是新時期才出現的。像北島、舒婷、顧城、江河、顧天琳、駱耕野、王小妮等，都寫出不少優秀的作品來。朦朧詩具有暗示性、似真性、多意性、曲折性，或稱寄寓性，其含蓄蘊藉的風格是突出的。但如果超出了「度」，太隱、太藏、太曲、太暗、太虛，由朦朧而跌入晦澀的深坑，則「是藝術的沉疴」，其風格「是不美的」[26]。

文體風格的優劣，是客觀存在的，作者應該明去就，識取捨，揚長避短，以充分發揮自己的才華，創作出更多風格優美的作品來。

語體風格，就其類型而言，藝術體風格類型多種多樣，實

用體風格類型最少，融合體介於兩者之間。我們不能由語體的類型來評論風格的高下、優劣。但是，各種類型的語體風格，都有「得失」的問題。所謂「得體」就是既要符合於一定的文體，也要適合於一定的語體，它是言語的根本規律之一。

㈢個人風格的高下優劣

個人風格和下文所講的流派風格，一般指的是文學風格，亦即文藝體文章的風格。至於實用體，重在客觀性、科學性，它具有平實、簡約、嚴謹等表現風格，個人風格並不突出。同是數學、物理、化學之類科學論著，同是通知、合同、倡議書之類應用文，由不同的人執筆，如果時代相同、讀者對象一樣，適應的語境無別，就很難表現出不同的個人風格。實用體一用上文藝筆調，一滲入作者的主觀性和感情色彩，就向融合體甚至文藝體轉化了。科學詩、科幻小說、文藝書信、文藝政論等，就呈現出個人的風格色彩來。本節所討論的，僅僅是文藝體方面的個人風格。

作品的個人風格，是有高下、優劣、寬窄、得失的區別的。我國古代文藝理論家、評論家早就注意到這個問題。書有書品，畫有畫品，詩有詩品。南朝・梁・鍾嶸從書品、畫品的論著中得到啟發，寫成《詩品》，把漢魏至梁的103位詩人，分為上、中、下三品，評其作品的優劣。此類書品、畫品、詩品，雖然不是風格的專論，但有不少文字論及個人風格的高下、得失。

劉勰的《文心雕龍・體性》篇，則重點品評了賈誼、司馬相如等12位作家作品的風格，評其風格之得失。其後，詩話、詞話、文評、曲語中，此類品評都受到重視。

　　品評作家的個人風格，有重在形成風格的內蘊情志格素，在重在外現形態格素，有兼及內外格素的，其中，有自比、橫比（共時比較）、豎比（歷時比較）等等不同。通過品評，對作家、讀者，都有啟發作用。

1. 從內蘊情志格素進行比較、品評

　　內蘊情志格素是形成個人風格優劣、得失的主要原因。它還包括主觀格素和客觀格素。

　　(1)主觀格素：主要指作者的世界觀、思想、修養、感情、性格、氣質、興趣、愛好、閱歷、職業以及年齡等等。古今中外的文藝理論家、修辭學家就很重視從內蘊情志格素評論個人風格之得失。

　　曹丕在《典論・論文》中早就注意到這個問題。他說：「文以氣為主，氣之清濁不可力強而致。」[27]指出：「王粲長於辭賦，徐幹時有齊氣，然粲之匹也。」[28]他還說：「公幹有逸氣，但未遒耳。」[29]

　　劉勰更全面地論述主觀因素對形成風格的作用。他從言語主體「才」、「氣」、「學」、「習」、「心」、「情性」等主觀格素的差異，說明形成「各師成心，其異如面」[30]個人風格的原因。他舉例分析，指出：「賈生俊發，故文潔而體清；長卿傲誕，故理侈而辭溢；子雲沉寂，故志隱而味深；子政簡易，故趣昭而事博；孟堅雅懿，故裁密而思靡；平子淹通，故慮周而藻密；仲宣躁銳，故穎出而才果；公幹氣褊，故言壯而情駭；嗣宗倜儻，故響逸而調遠；叔夜俊俠，故興高而采烈；安仁輕敏，故鋒發而韻流；士衡矜重，故情繁而辭隱。」[31]這裡評論了12位作家，先論其「俊發」（年少英俊）、「傲誕」（傲

慢狂放）等主觀格素，對應地依次指出其風格的「潔」（潔淨）、「體清」（風格清新）、「理侈」（文義放誕）、「辭溢」（語言過分誇張）等。這段論述，重在褒：「潔」、「清」、「隱」（含蓄）、「深」（深遠）、「昭」（明晰）、「密」（綿密）、「靡」（細膩）、「周」（周詳）、「密」（麗密）、「穎」（詞鋒明快）、「果」（果敢有力）、「壯」（雄壯）、「逸」（絕俗，超逸）、「遠」（高遠）、「烈」（壯烈）、「流」（流暢）、「繁」（繁富）、「隱」（含蓄）等；而對於長卿（司馬相如）的主觀格素「傲誕」及其風格「侈」、「溢」則隱含貶意。其實「公幹（劉楨）氣褊（性情褊激）」其風格也是不夠完美的。曹丕除了指出其風格「未遒」外，還說「劉楨壯而不密」[32]。鍾嶸也說他「仗氣愛奇，動多振絕。真骨凌霜，高風跨俗。但氣過其文，彫潤恨少」[33]。「不密」、「彫潤恨少」是互為因果的，是風格的缺點，這與其內蘊情志格素「氣褊」、「氣過其文」也是互為表裡的。

外國的文藝理論家、作家也十分重視風格與作家個人氣質、性格的關係。1753 年 8 月 25 日，法國的布豐在法蘭西學士院的演講說：「風格卻就是本人。」[34] 馬克思曾引用布豐這句名言，指出風格是「精神個體性的形式」[35]。「人」的「精神個體性」的高下，勢必影響他的作品風格的優劣。如果是「偉大的心靈和偉大的思想」，就容易產生「崇高的風格」[36]。

(2)客觀格素：指的是時代精神、社會風尚、地理環境、自然風光、民俗風俗、民族氣質、文化傳統等等。

上文說過，不少評論家多從主觀格素來品評個人風格。如果理解為這是一種強調的說法，無可厚非；如果把它絕對化，就不妥了。因為主觀格素強調的是「人」的「精神個體」。可

是「人」的「精神個體」不是天生的、抽象的，它是一定的階級出身、社會地位、社會生活、時代精神、民族氣質、文化傳統在某個人思想、氣質上的反映。因此，這些「人」、這些「精神個體」，他們的思想、個性、氣質、感情是千差萬別的。「存在決定意識」。風格研究的內蘊情志格素必定是主觀格素和客觀格素的有機統一體。對此，現當代的文藝理論家、詩人·作家的看法更高明一些。賀敬之就說過：「而風格，如我們常說的，『風格即人』。而人，固然是一個人——是自己，但人之所以有意義，恰好在於他首先不能只是一個人，只是『自己』。重要的是，他首先是屬於時代的，屬於集體的，屬於階級的。因此，藝術風格的形成，不應該只從個人的意義上來估價，而首先應該看到是社會現實生活，是時代風格、人民風格的反映。」[37]因此，優秀的、崇高的、「健康的藝術風格的成長，是個人在跟生活結合、跟鬥爭結合的過程成長起來的」[38]。這種「結合」不應像油一般浮在水面上，而應該像樹一樣長在土地中，其根紮得深淺，其「個人特色」——風格的特點就有高低。所以，郭小川說：「個人特色的最根本的東西，還在於對於時代和生活開拓的深廣，並有獨特的建樹。」[39]這樣的個人風格，才是優良的。如果不深入生活，缺乏或者違背了「民族氣派和時代精神」，其風格就是不好的。我們不應以生活的多樣化、風格的多姿多彩為「頹廢的、萎靡的風格大開方便之門」[40]。

個人的思想、感情、個性，還同作家的年齡、社會經歷、生活道路等客觀格素有關。南唐後主李煜，前期「生於深宮之中，長於婦人之手」[41]，沉湎酒色裡，過著荒淫無恥的生活。此時，其詞以描寫個人生活、男女戀情為主，以「娛賓而遣

興」[42]為目的，調子歡樂輕快，常有較濃的「花間」色彩，其風格是不高的。他的後期，南唐被宋滅亡，他終日悒鬱不樂，過著「以淚洗臉」的俘虜生活。他懷舊傷今，悲愴淒涼，真實地抒發了人生的不幸，亡國的悲憤，突破了狹隘的男歡女愛、離情別緒的「花間」藩籬。所以王國維說：「詞至李後主，而眼界始大，感慨遂深。」[43]加上他藝術成就的發展，此時的作品風格就優於其初期。屈原、司馬遷、李白、杜甫、柳宗元、秦觀、蘇軾、陸游，無不是因為生活道路的變化，同人民生活更加貼近，而使其文學風格更加成熟，更為優良、崇高。

2.從外現形態格素進行比較、品評

外現形態格素是內蘊情志的外化。這就是劉勰所說的：「情動而言形，理發而文見，蓋沿隱以至顯，因內而符外者也。」[44]劉心武也說：「形成風格比較難，作家的風格最終是體現在語言上。」[45]這裡所講的「情」、「理」、「隱」、「內」都是內蘊情志格素，而「言」、「文」——「語言」、「顯」、「外」都是外現形態格素。風格必須是內、外兩種格素的和諧統一。這就是朱光潛所講的「理想的風格使情感思想和語言恰恰相稱，混化無跡」[46]。一個人即使思想、氣質等主觀因素很好，又深入生活，對社會很有洞察力，但語文表達能力不強，很難想像會寫出並形成自己崇高風格的佳作來。

㈣流派風格的高下優劣

流派風格，有廣義和狹義之別，亦即有文藝的流派風格和文學的流派風格之分。文學的流派風格還有創作的流派風格和言語的流派風格之殊。本節所探討的是文學的流派風格，重點

又放在言語的流派風格上，論其高下優劣。

本節從歷史發展的軌跡考察，流派風格確有高下優劣的不同。即使是一個流派，其前期、中期和後期，往往也有風格的高下之異；即使是一個流派中的諸作家，還有高下之分；甚至同一作家的不同作品風格還有高下之殊。流派與流派之間的風格高下是絕對的。「一刀切」的形而上學的方法是不可取的。下面，我們著重對我國唐朝文學流派風格作簡要的評述。

唐代，是我國封建社會發展的鼎盛時期，物質文明和精神文明的發展達到了空前的高度，各種文學形式都向前發展了一步，尤以詩歌為最突出。唐代，是我國詩歌發展的黃金時代，除了李白、杜甫、白居易三大詩人外，還形成了不同的流派。盛唐，以高適、岑參為首的邊塞詩派，以王維、孟浩然為首的山水田園詩派；中唐，以韋應物、劉長卿為首的韋劉詩派，以韓愈、孟郊為首的韓孟詩派；唐五代形成了以溫庭筠、韋莊為首的花間派……百花爭艷，出現了文學空前繁榮的景象。這些流派，由於作家世界觀的不同，文學主張的各異，藝術修養高低的差異，因而表現出風格的不同品位。下文只以邊塞詩派和花間派為例作簡要的分析。

盛唐從貞觀到開元（627～755）年間，唐帝國國力強盛，經濟繁榮，長期進行了反侵擾的保衛邊境的戰爭。許多雄心勃勃、熱愛祖國的下層知識分子，嚮往邊疆，渴望為國建立勳業，寫了許多邊塞詩歌，形成了一個流派，影響最大的有高適、岑參、王昌齡。他們的詩歌，洋溢著愛國主義的感情，真實地反映了時代的風貌，格調高昂，風格豪放，有不少上乘之作。但也有些詩歌表現出狹隘的民族主義精神，其風格是不高的。

唐五代時期，統治階級內部，地主和農民之間，矛盾鬥爭都十分尖銳，政治腐敗，人民處於水深火熱之中。可是花間派詞人，無視現實，用穠麗華靡的辭藻，描繪統治階級荒淫靡爛、紙醉金迷的生活，一般地說，風格低下。歐陽炯的《花間集序》對這一詞派的本質作了概括的描寫：「『楊柳』、『大堤』之句，樂府相傳；『芙蓉』、『曲渚』之篇，豪家自制。莫不爭高門下，三千玳瑁之簪；競富尊前，數十珊瑚之樹。則有綺筵公子，繡幌佳人，遞葉葉之花箋，文抽麗錦；舉纖纖之玉指，拍按香檀。不無清絕之詞，用助妖嬈之態。自南朝之宮體，扇北里之娼風。何止言之不文，所謂秀而不實。」[47] 這種風格，影響惡劣，從當時到南宋末年的唐宋詞派，直至清代的常州詞派，還未洗淨花間的餘毒。

宋之西昆派、江西詩派、蘇辛派、格律派、江湖派，明之臺閣體詩派、茶陵派、七子派、唐宋派、公安派、竟陵派，清之桐城派等，派與派之間，派的內部，其風格都各有高下優劣的不同。

上文從宏觀和微觀的論析中，從共時與歷時的比較中，說明風格的高下優劣得失是客觀存在的，是絕對的。明乎此，有重大的實踐意義和理論意義。

從實踐講，每位作家有眾多的作品，要力求每一篇作品都能表現出優秀的風格。每種辭體，都有其特定的風格，作者要盡量選擇有利於自己揚長避短的最適切於表情達意的辭體，創造豐富多彩的風格。風格有個從無到有、從低到高的發展過程，作者應該掌握形成風格的內蘊情志格素與外現形態格素，培養、塑造自己優良的風格。每個流派的作家要總結歷史經驗，互相學習，並根據時代發展的需要，不斷發展，完善自己

流派的風格。每個時代，應制定好的文學政策，鼓勵作家寫出能反映時代風貌、時代精神、能鼓舞人民前進的具有鮮明時代風格的優秀作品。這樣，優秀的、多樣的、具有民族特點和民族氣派的風格，才能為人民所喜聞樂見，才能發展語言，發展風格，繁榮文學。

從理論講，要研究、總結風格的高下、優劣、得失的形成原因與完善、發展、豐富優秀風格，克服低下風格的途徑、辦法和規律；要用辯證唯物論的觀點建立「四格六對結構體」，作風格的化畸、轉換和完善的理論導向，建立風格的化畸學、優化學。

注 釋

1 賀宜：《小百花園丁雜說》，卷五，318頁，少年兒童出版社，1988。

2 劉錫誠：《人·自然·社會——張志承小說的風格》，《北京師院學報》（哲學社會科學版），1987(2)。

3 〔德〕尼采：《出自藝術家和作家的靈魂》，見《悲劇的誕生》，188頁，三聯書店，1986。

4 老舍：《文學的風格》，見《文學概論講義》，83頁，北京出版社，1984。

5 老舍：《言語與風格》，見《老舍論創作》，100頁，上海文藝出版社，1982。

6 清·沈德潛：《唐詩別裁集》卷十二，李商隱詩總評，上海古籍出版社。

7、8 請參閱鄭頤壽、林承璋主編：《新編修辭學》，632頁，鷺江出版社，1987。又見《語言風格論集》，180～182頁，南京大學出版社，1984。

9 　老舍：《文學的風格》，《文學概論講義》，79 頁，北京出版社，1984。

10 　〔法〕布豐：《論風格》，《西方文藝理論名著選編》上卷，217 頁，北京大學出版社，1985。

11 　秦朝釪：《清寒詩話》。

12 　周振甫：《詩詞例話》，261 頁，中國青年出版社，1962。

13 　林語堂：《論文》，見《中國現代文論選》1 冊，485頁，貴州人民出版社，1982。

14 　梁·劉勰：《文心雕龍·時序》。

15 　梁·劉勰：《文心雕龍·明詩》。

16 　唐·陳子昂：《與東方左史虬修竹篇序》。

17 　清·沈德潛：《說詩晬語》卷上，人民文學出版社。

18 　漢·司馬遷：《史記·司馬相如列傳》。

19 　漢·司馬遷：《太史公自序》。

20 　漢·揚雄：《法言·吾子》。

21 　漢·班固：《司馬相如傳贊》。

22 　梁·劉勰：《文心雕龍·情采》。

23 　晉·摯虞：《文章流別志論》。

24 　梁·劉勰：《文心雕龍·詮賦》。

25 　錢良擇：《唐音審體》。

26 　田志偉：《朦朧詩縱橫談》73、75頁，遼寧大學出版社1987年版。

27 　魏·曹丕：《典論·論文》。

28 　魏·曹丕：《與吳質書》。

29 　同27。

30、31 　梁·劉勰：《文心雕龍·體性》。

32 　同27。

33 梁・鍾嶸：《詩品注》卷上《魏文學劉楨》。

34 〔法〕布豐：《論文章風格的演說》，又稱《論文筆》。

35 〔德〕馬克思《評普魯士最近的書報檢查會》，見《馬克思恩格斯全集》第1卷第7頁。

36 塞米利安：《現代小說美學》，235頁，陝西人民出版社，1987年版。

37、38 賀敬之：《談歌劇的革命浪漫主》《賀敬之文藝論集》，54、55頁，紅旗出版社，1986年版。

39 郭小川語，轉引自《現代詩人風格論》，14頁，四川文藝出版社，1985年版。

40 黃秋耘：《淺談藝術風格》，《黃秋耘文學評論選》，38頁，湖南人民出版社，1983年版。

41 清・王國維：《人間詞話》卷上。

42 清・陳世修：《陽春集序》。

43 清・王國維：《人間詞話》卷上。

44 梁・劉勰：《文心雕龍・體性》。

45 劉心武：《故事・人物・出新・風格》，《同文學青年對話》，108頁，文化藝術出版社，1983年版。

46 朱光潛：《詩與散文》，《藝文雜談》，118頁，安徽教育出版社，1981年版。

47 轉引自沈祥源、傅生文：《花間集新注・前言》，2頁，江西人民出版社，1997。

漢語辭章學專門性學科的
建設與研究述評

漢語辭章學專門性學科建設

　　現當代學科的發展，沿著兩個方向延伸，一是把許多相關的學科融合起來，建立綜合性、邊緣性的學科。例如：生物學與化學的結合，建立了生物化學的學科；數學與功能語體學的結合，建立數字語體學；文藝學與修辭學的結合，建立文藝修辭學；言語學和聲學的結合，建立言語聲學；文藝學和政論的結合，建立文藝政論語體學。一是把一門學科分細，建立它的下位學科，作深入細致的研究，以切合不同對象的需要。例如：風格學，可分為文章風格、語言風格、辭章風格。文章風格又可分為文學風格、科技文章風格、政論文章風格，文學風格還可分成作家風格、流派風格；語言風格又可分為漢語風格，英語風格……兩個方向，或放開，或收緊；或擴大，或深入，雙向互動，建立新的學科，推進研究的發展，以滿足社會進步的需要。

　　辭章學具有融合性，對象多，範圍廣，有助於解決語言運用的理論和實踐中的諸多問題。為了不同領域、不同角度的需要，還可以建立許多專門性的下位學科，發揮辭章學諸多方面的社會作用。為此，我們必須進一步分析辭章學這門「廣義修辭學」之「廣」、「大」的具體表現，從不同角度，解決專門性學科的建設問題。

上位學科與下位學科，有其共同性，又有其差異性。專門性學科的建設，就是要處理好其特殊性、差異性來解決學科建設的諸多理論問題。

　　「四六結構」是建立辭章學的理論框架，它也適用於專門性學科的建設。本章以建辭學與史傳辭章學兩門專門性學科建設為例，略述淺見，以拋磚引玉。

一、「四六結構」與辭章學專門性學科的建設

㈠辭章學之「廣」且「大」，呼喚著專門性學科的誕生

　　辭章學就是「廣義修辭學」。

　　我國辭章的理論早在三千年前就已經產生了，許多論述十分精闢。從先秦以來的「辭意論」、「辭情論」、「辭理論」、「辭物論」、「辭事論」及其規律、方法的論述[1]，文化積澱深厚，內容十分豐富。其中的「辭」即藝術形式（資訊的載體）是和內容（資訊：意、情、理、物、事）相對待的。這種「藝術形式」「比『修辭學』的範圍廣，綜合性大，更符合我國語言文字的特點和運用語言的傳統經驗」[2]。當然，這種「廣」、「大」不僅僅表現在「量」上，也表現在「質」上、功能上、作用上、影響範圍上，我國修辭學的研究，正處在不斷的「廣」、「大」起來之中。

　　現代修辭學的奠基之作——陳望道的《修辭學發凡》（1932），基本上是以辭格為中心寫成的，另外還談些消極修辭和辭趣。它建立了歷史的功勳，是現代修辭學發展史上一道光輝的里程碑。但是陳先生不滿足於此，他說：「修辭學的述

說，即使切實到了極點，美備到了極點，也不過從空前的大例，抽出空前的條理來，作諸多後來居上者的參考。」[3] 他正是這樣，不斷開拓，上個世紀60年代後，他的修辭學思想兩度飛躍，就進入「廣義修辭學」了。

1951年，呂叔湘、朱德熙《語法修辭講話》的出版，為「修辭學的研究開闢了一條新路」，它「從讀者的角度，理解者的角度來對表達者提出要求」[4]。這就比單純從「表達」講的修辭學角度「大」了。該書又注意分析病句，「不做片面性的武斷的結論，而是從主觀和客觀兩方面找原因。把語言分析和當時的不良文風，特別是表達者的思想作風結合起來進行考察和分析，使人感到切中要害，入情入理」[5] 袁暉先生的這些分析，言簡意賅。這段論析可以說明，呂、朱兩先賢已經從「四元」的角度來論修辭：「表達者」、「主觀」屬於表達元，「讀者」、「理解者」屬於鑑識元，「客觀」、「當時不良的文風」屬於宇宙元，而種種修辭現象則屬於話語元。該書改變了「以往的漢語修辭學著作，大多以文言文為材料，即便是一些白話文修辭學，也多取材於文學作品。此書全以白話文為語言材料，而且是以『實用文字為主，不太照顧文藝文』，例句的來源相當廣泛，有一般讀物，有教科書，有報紙期刊，有文件文稿通信，還有大、中學生的習作等，這樣就把修辭學從偏重於文藝文的鑑賞轉為著重於日常實用文體的語言運用」。它的目的是「『匡謬正俗』，這就大大提高了修辭在人們日常言語運用中的實用價值和指導作用，擴大了修辭學的研究領域」[6]。這段分析也可說明：修辭必須既講「審美」，又重「致用」；既講藝術體，又重實用體；既為作家、詩人的修辭藝術作總結，又為廣大讀者、寫作者的語言運用作指導；既講如何如何

之「好」、「妙」，又分析為什麼「謬」、「誤」，不通、不對。袁先生用了「廣泛」、「大大」、「擴大」，描繪了「廣義修辭學」的對象。

以上兩部代表性的巨著是修辭學史上的兩座豐碑，但還有不足之處：《修辭學發凡》重在辭格，《語法修辭講話》重在改正錯病句，範圍不夠廣。1961 年，呂叔湘先生在《漢語研究工作者的當前任務》一文中指出：「過去我們在這方面做的工作，主要在修辭格的研究和改正詞句錯誤兩方面（後者有一部分屬於語法範圍）。這未免太狹隘。必須突破這兩個框框，……我們能夠逐漸建立起來自己的漢語詞章學（或漢語修辭學，或漢語風格學）。」這段話中的「太狹窄」就是不「廣」，必須「突破」就是要讓它「大」起來，成為「廣」、「大」起來的「修辭學」（「廣義修辭學」）。這樣的「修辭學」該用什麼名稱，呂先生雖然用了三個名稱，但首選的是「漢語辭（詞）章學」。1980 年，呂先生在《語言作為一種社會現象——陳原〈語言與社會生活〉讀後》一文中又論析了語言和社會、表達者、鑑識者這「四元」的關係。他說：「語言是什麼？說是『工具』。什麼工具？說是『人們交流思想的工具』。可是打開任何一本講語言的書來看，都只看見『工具』，『人們』沒有了。語音啊，語法啊，詞彙啊，條分縷析，講得挺多，可是講的是這種工具的部件和結構，沒有講人們怎樣使喚這種工具。一聯繫到人，情況就複雜了。說話（以及寫文章）是一種社會活動，語言是社會活動的產物；社會是複雜的，因而語言也就不可能不是複雜的。」[7] 這雖然是對社會語言學而言，但對作為語言運用學科的詞（辭）章學、修辭學、風格學之類的研究也有巨大的啟發，對於建立一個含有客觀世界（包含人類社會）

運用語言的「人」（表達者、鑑識者）和語言之間的辯證關係（即「四六結構」）很有幫助，它使原來的修辭學立體化地「廣」「大」起來了。

除了陳望道、呂叔湘、張志公在修辭研究的進程中，感到要讓「過去」的修辭學「廣」、「大」起來外，其他的修辭名家，如張靜、王德春、倪寶元、王希杰、宗廷虎等也有這個觀點，都接近於「辭章學」。這在上文已經說過。

值得高興的是，許多有見地的修辭學家已經看到了辭章學與修辭學的血緣關係。王德春主編的《修辭學詞典》（1987），張滌華、胡裕樹、張斌、林祥楣主編的《漢語語法修辭詞典》（1988），都為「辭章學」設了詞條，客觀地介紹了辭章學研究的成果，既吸取了陳望道「詞章學就是修辭學」的觀點，也吸取了張志公「辭章學就是文章學」的說法（這後一點張志公已做了修正，今後詞典如有再版，可能也要做些改動）。其後，戚雨村、董達武、許以理、陳光磊主編的《語言學百科詞典》雖然還有辭章學就是修辭學的一個義項，但已經不用「文章學」來解釋「辭章」和「辭章學」了，指出辭章是「寫說時綜合性的語言表達法則」，含「語言材料的恰當選擇，綜合性表達手法的運用，篇章結構的組織安排，文體風格的抉擇調適，辭章的分類、構成」[8]。這種解釋反映了辭章學研究的最新成果。尤其是其中「寫說」的提法，含口頭語和書面語，與拙著《辭章學概論》[9]一致，也和志公先生新的觀點巧合[10]。袁暉、宗廷虎主編的《漢語修辭學史》[11]其修訂本[12]都把拙著《辭章學概論》列入此兩部史書的「《現代漢語修辭學著作目錄》」之中。可見這些修辭學史專家，已經給「廣義修辭學——辭章學」設了戶籍。可能因為此類著作還很少，因而在這些史書中未設

章節給辭章學作評介。胡曙中的《英漢修辭比較研究》[13]，除了將拙著《比較修辭》和《辭章學概論》並列為《主要漢語參考書目》之外，還明引或暗用（抑或「偶合」？）了《辭章學概論》中的20多個語段（含例句、術語），說明他對辭章學與修辭學關係的認識更清楚、更具體了。還有不少修辭學專著的「參考書目」或「參考文獻」，《辭章學概論》都承列入其目錄中。這是作為「廣義修辭學」的「辭章學」之幸事。

為了讓這種真正的「廣義修辭學」，區別於「過去」的「修辭學」，為了繼承、發揚中華民族幾千年來對「辭」即「辭章」研究所積累的寶貴遺產，為了讓學術界和廣大讀者對其「廣」、「大」能正視、重視，使之區別於以往的「修辭學」。我們認為呂叔湘、張志公首選的「詞（辭）章學」是妥善的。由於它比修辭學的範圍廣、綜合性大，所以稱之為「廣義修辭學」。它的「廣」、「大」主要表現在以下九個方面：

1.理論框架大

理論框架的建立，是一門學科之所以能成立的最關鍵的決定條件。我們用「四六結構」作為它的框架，就不僅闡述了話語元之「廣義修辭學──辭章學」這一本體，而且顧及言語主體：表達元之說寫者和鑑識元之聽讀者，還顧及宇宙元（含自然界、人類社會、文化背景）之客觀世界，以及這四元之間六組對立統一的辯證關係，站在哲學的高度論析了「四元」、「六維」相互組合的左三維、上三維、右三維、下三維、近維、遠維和左三角、上三角、右三角、下三角直到由它們構成的「四六結構」的整體，在重大的、原則性的理論上，論析了辭章（含修辭）活動的根本規律（「誠美律」）、內律、外律、

化畸律等「大」的原則、規律；給資訊結構理論添了兩極，大大擴展了語義三角形理論、題旨論、情景論、話語生成論（含四個階段辭章生成的過程、修辭的過程）、解讀論、效果論（四在效果）、功能論（「致用」「審美」及兩者兼顧之三個方面）、作用論（說、寫、聽、讀並重）等一系列「大」原則、「大」規律，作哲學的思辨，把功能語體的「點」、「線」拓展到「面」到「立體」，把風格的內部體系擴展為一棵「大」樹般的體系，並一一給予定位。這是大視角、全方位、成系列的「廣」而「大」之修辭學。

2. 「家族組成」大

現代早期的修辭學以「積極修辭」之辭格為中心，而「消極修辭」顯得與之很不相稱。1951年的呂、朱兩位先師《語法修辭講話》講了大量的「消極修辭」，彌補了這一歷史的缺憾。1953年，張瓌一的《修辭概要》，講了用詞、造句、修飾（即修辭格）、篇章和風格，又是一大進步。1963年張弓的《現代漢語修辭學》，雖然用了約一半的篇幅講辭格，但新增了一章「語體」，這是更大的進步。尤其值得重視的是，1964年，陳望道先生在回答關於修辭學對象的問題時，增加了兩大類：一類是零點以下的。這就把修辭不好，語法不通，邏輯不對，文字、詞語誤用，錯別音，語體、文體失宜，風格卑劣等都統進去了。一類是文章的藝術手法[14]。這兩大類歸入修辭學，就是「廣義修辭學」。從這點講，「詞（辭）章學就是修辭學」，是合乎實際的。這都給我們很大的啟發。筆者結合自己在高校講授中國古典文學、現代文學、寫作學的過程，從自己寫詩、作文的親身體驗中，感到過去的修辭學確實如陳望道

先生所講的「同實地寫說的緣分最淺」[15]。要讓修辭更好地為寫、說、讀、聽服務，必須擴大研究的範圍，而成為「廣義修辭學」──「辭章學」。

　　1982年，拙著《比較修辭》用名家名作原稿（或初版）、修改稿（或修訂版）的修辭材料，從表達與鑑識（進行修改的語文學家、修辭學家等）兩個角度，既講原稿之如何不夠好，又講修改稿如何之好，讓讀者既見反也見正，知其所從，重點講實用性最強、使用頻率最高的詞語修辭、句子修辭、修辭格式，也講點語音修辭（《聲音的配合》）、語體修辭，並把「切合語體類型」作為運用修辭的三大「原則」之一（「原則」即「律」）。書中既講名家的佳例，也舉少量大中學生的作文、報刊和一般書籍中的「修辭病例」。這是從實用出發而寫的。但還很不夠，因而在《結語》中指出「比較修辭還有別的內容，限於篇幅，未能一一介紹」，「待適當的時候，在《比較修辭學》一書中再進一步作系統的、具體的論述」。為了補充這個不足，1986年筆者與林承璋組織專家合著一部《新編修辭學》（1987），就不僅僅把修辭限在文學創作和「審美」活動上，注意到了「會話、演講、辯論等口頭表達」，藝術活動之「文學創作」，實用之「公文往來、論文寫作等書面表達」，既從說寫角度談「表達」，又從聽讀角度談「閱讀、欣賞」，使「全書對傳統修辭學有所發展，除了講語音的協調、詞語的錘煉、句式的選擇和辭格的的運用之外，還講了句群的組織、篇章的結構，尤其重視語體的協調和風格的培養」，「為了適應各界讀者的需要，書中既重視書卷體，又重視口語體；既重視藝術體，又重視實用體；既講靜態的修辭現象，又講動態的修辭實踐；既講辭式，又講辭格。例句兼及文藝、應用、科學、政

論、口語等語體，注意從大中各科教材和優秀時文中選擇，也注意從傳統名篇中挑選」。全書近46萬字，而語體、風格約占一半的篇幅。這種「新編修辭學」比以往的「修辭學」大了。《中國修辭學通史》（當代卷）評價該書的兩大特色：一是「突出強調了《句群的組織》、《篇章的結構》」，認為「是其他修辭學教材與專著所少見的」；一是「強化了語體的研究，特別是對口語體給予了重視」，這也「是其他修辭學教材所未有的，是值得肯定的」[16]。儘管如此，我們還在該書《前言》明確指出這些只是辭章學「研究者進行研究應具備的條件」，也就是僅具備「廣義修辭學」（辭章學）的部分「條件」。

在主編《新編修辭學》之前幾年，作為「廣義修辭學」的《辭章學概論》書稿已在幾所高校試講。1985年夏，中國華東修辭學會在廬山舉辦語法修辭講習班，來自26個省、自治區的一百多位學員（助教、講師、副教授）參加聽講，筆者講了《辭章學概論》書稿第六章《語格》部分，得到胡裕樹、倪寶元諸大師和學員的肯定。「語格」含常格、變格、畸格及其互相組合成的六種成功的變換和三種失敗的轉化，它是對語音、文字、詞彙、語法、修辭格式以及文章學、心理學、邏輯學、文藝學和美學等有關方法、規律的綜合運用，它含語法上通與不通、邏輯上對與不對、修辭上好與不好、文藝上妙與不妙；既有零點的，也有零點之上和零點之下的言語現象。《辭章學概論》對此作動態的示範分析之外還設兩章的《章法》、一章的《表達方式》、一章的《語體風格琢磨》、四節的《言語規律》，並指出「辭章學還融合詞法、句法、辭格、風格、技巧等內容，這些，將在續編作具體的闡述」。該書還初列了「四六結構」這個宏觀的理論框架的雛型。在這個框架中除了強調

「客觀世界」(社會、自然)」是「根本」，還指出辭章含「書面文章」、「口頭話語」，它們是資訊的載體。同時強調了「說寫者」的「表達」、「編碼」活動，「辭章」這一「資訊」載體，「聽讀者」的「理解」、「解碼」活動，以及它們相互之間的作用。全書以作家之「表達」，語文專家、修辭學家對作品之理解、修改這種雙向互動的語料為例子，想改變過去修辭學只從表達，或只從文本，或只從接受來談修辭之不足。1998年5～6月間，中國修辭學會全國文學語言研究會、華東修辭學會、福建省修辭學會在武夷山舉辦的辭章學研討會上，筆者進一步表達上述的觀點，並指出辭章學就是「廣義修辭學」。宗廷虎教授把我的這一觀點，寫進他為祝敏青《小說辭章學》的《序一》中。此前，筆者在設計主編「辭章藝術大辭典」(正式出版時稱《中國文學語言藝術大辭典》，重慶出版社，1993)、《辭章學辭典》(1993編成，送三秦出版社，2000年出版)，撰寫論文《先秦修辭理論與四元六維結構》(《藝文述林》，上海文藝出版社，1999)、《言語風格與四六結構論》(臺灣版，2000)、《四六結構與修辭三論》(《威海.社會科學》，2000)、《「小說辭章學」序》(海峽文藝出版社，2000)、《漢語辭章學研究的回顧與展望》(《福建師大學報》，2001.4)……都把含語音、文字、詞彙、句法、辭格、章法、表達方式、藝術方法(技法)、語體、風格，含上述之諸多部分之零點與零點上下的言語現象，即「通」、「對」與「好」、「妙」的言語效果，含「審美」與「致用」和兼及兩者的三大類功能，含「表達←→承載(話語)←→理解」之三元雙向的話語活動稱為「廣義修辭學」──「辭章學」。讓我們高興的是，持這觀點者並不孤立。2001年10月出版的譚學

純、朱玲之《廣義修辭學》就把修辭活動界定為「言語交際雙方共同創造最佳效果的審美活動」[17]。這裡的「言語交際雙方」即說寫與聽讀雙方，亦即表達與理解的雙向互動，這是作為「廣義修辭學」的一個重要方面，我們感到欣喜。

3.學科體系大

上述所講的作為「廣義修辭學」之「辭章學」對象如此之多，如果沒有一個嚴密的科學體系給予組合，將如「烏合之眾」，成不了一門學科。我們用「四六結構」把它們組合起來。這在拙文《論辭章學》（《福建師範大學學報》，1994.1）、《辭章學辭典‧後記》、《漢語辭章學研究的回顧與展望》等文中均作了闡釋。其內容可圖示如下：

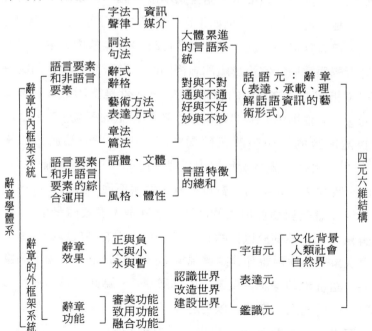

這種「廣義修辭學」亦即辭章學的體系是很大的。其中「表達方式」，本來屬於文章學的內容，因為也是一種藝術形式，而融會進辭章學的體系來了。張志公《辭章學論集》雖未設「表達方式」的章節，但把它融入其他章節的文字中。例如，講《篇章論》時，談了說明性的段」[18]、「記敘性的文章」、「議論性的文章」[19]。雖未設「藝術方法、技巧」章節，但在談到「寫的能力」時，提出「要掌握一定的寫作方法和技巧」[20]。這些內容，一般都在文章學中論析。我國早期的修辭學，也把一些文章學的內容融入修辭學，如曹冕的《修辭學》（1928）就很接近於文章學，金兆梓的《實用國文修辭學》（1932）和郭步陶的《實用修辭學》（1934）中也移植入不少文章學的方法技巧。如果以「語言為本位」論，可以說，它們很雜，不是「純修辭學」，但如果從「廣義修辭學」之「辭章學」分析，確有其可取之處。1964年3月24日，陳望道先生在回答復旦大學語言研究室修辭組同志提出的修辭研究對象的問題時就明確指出：「文章中的藝術手法」，「就是技巧，修辭學要研究」[21]；並指出修辭還要研究「零點以下的病句」[22]，這同呂叔湘所說的「……改正詞句錯誤……（……屬於語法範圍）」[23]，宗廷虎先生所說的「文理不通的病句也是修辭現象」[24] 是一致的。上表中的「對與不對、通與不通、好與不好、妙與不妙」就是對這些現象的概括。這就是「廣義修辭學」，亦即辭章學。它不同於以往的修辭學，亦即「有別於邏輯現象、文學現象、心理現象等非語言現象；又不同於語法現象、詞彙現象、語音現象等語言現象」的修辭學[25]。為此，必須在「修辭學」之前冠上「廣義」以別之。

西方的不少修辭學，也融入「文學現象」、「文章現象」

等「非語言現象」。古希臘亞里士多德的《修辭學》就談了不少悲劇、散文、詩歌等文章、文體的現象。美國W.C.布斯的《小說修辭學》用了很大篇幅論析被一些研究者認為屬於文章學的「敘述」的表現方式。東方的修辭學也有類似情況。日本著名修辭學家五十嵐力把劉勰的《文心雕龍》譽為東方修辭學的鼻祖，而《文心雕龍》卻是以文學理論為主線，含總論、創作論、文體論、批評論、辭格論、風格論、鑑識論等。這種「修辭學」，突破了「以語言為本位」的框架，論析了大量的「文學現象」、「超語言現象」。此類專著，也屬於「廣義修辭學」。張志公[26]、胡奇光[27]和鄭頤壽、張慧貞、鄭韶風等[28]都認為它是我國辭章學專著。

作為「廣義修辭學」之「辭章學」，因研究的對象「廣」、體系「大」，就特別重視建構其理論框架以統之，或運用言語單位從小至大的「組合式」體系，或運用由大到小的「結構式」體系，或兼用「結構組合結合」來建構體系。這樣，才使「大」而不雜，各就各位，形成可詳寫可略寫，都是很嚴密的體系。

4. 辭章效果幅度之「廣」而「大」

傳統的說法，語法講究通與不通，邏輯講究對與不對，修辭講究好與不好，這就帶來了正與負、大與小、永與暫的辭章效果。有的文學作品，儘管邏輯對、語法通，內容正確，但如果沒有文學的味道（如意境、形象、節奏、趣味等美感），就是「不好」的。而辭章的自在效果要求既通又對、既巧又妙，加上其他在效果、實在效果，這幅度就很大了。這是由辭章的定義、融合性所決定的。

辭章是有效、高效地表達、承載並藉以適切、深入地理解

話語資訊的藝術形式。漢語辭章效果是多層次、大幅度的，僅《辭章學辭典》就列了近20點。我們在該辭典的《後記》中是這樣表述的：「辭章的表達效果是有層次性的。本典收入以下效果：『達』、『當』、『妥』、『切』、『確』、『明曉』、『通順』、『簡要』、『似』、『活』、『生動』、『流暢』、『工』、『巧』、『真』、『新』、『美』、『妙』。」這是從古代文學、美學、語言學等方面的理論中提煉出來的。並指出：「辭章的表達效果還有語體、文體的適應性。『達』、『當』、『妥』、『切』、『確』、『明曉』、『通順』、『簡要』、『流暢』等適用於各種語體、文體；『似』、『活』、『生動』、『工』、『巧』、『真』、『新』、『美』、『妙』主要適用於文藝體。」這裡有兩點需要說明。

(1)我們所講的「表達效果」是廣義的，而不是狹義的，不是僅僅指說、寫得好。筆者在《新編修辭學》的《緒論》中是這樣說明的：「表達效果，是表達者修辭活動所形成的話語對接受者、對社會所產生的客觀效應。它有好壞之別，大小之分。修辭活動，總要選擇最恰當的語言，以取得最好、最大的效果，使接受者不僅理解，而且信服、感動，以更好地認識世界，改造世界，建設世界。」這種「表達效果」含上述的「達」、「當」以至「美」、「妙」；包含「說寫者⇌話語⇌聽讀者⇌客觀世界」；包含形成於表達者心中的「話語」初稿之潛在效果，話語之自在效果，接受者之他在效果，客觀世界之實在效果；含各種文體、語體中之效果：審美的藝術效果、致用的實用效果和審美、致用雙兼的融合效果。如果把「表達效果」僅僅限於說、寫得「好」就是狹義的效果論。對廣義效果的理解，有我們民族的優良傳統。司馬光說：「『辭達而已

矣』明足以通意斯止矣，無事於華藻宏辯也。」[29]這個「達」就含有「通」的意思，描述了「說寫者⇌話語⇌聽讀者」三元雙向的關係。蘇東坡說：「夫言止於達意，即疑若不文，是大不然。求物之妙，如繫風捕影，能使是物了然於心者，蓋千萬人而不一遇也。而況能使了然於口與手者乎？是謂之辭達。辭至於能達，則文不可勝用矣。」[30]趙秉文說過相似的話，他認為「辭達」，「斯亦文之至乎」，「使人讀之者，娓娓不厭」[31]。李東陽說到「辭達」，則使人「可歌可詠，則可以傳」[32]。這幾段話所講的「達」的辭章效果，論及「四元」及其間的聯繫：「物」（宇宙元）──→心、意、手、口（表達元）$\xrightarrow{（達）}$（話語元）$\xrightarrow{（達）}$讀之者、歌、詠（鑑識元）$\xrightarrow{（達）}$傳、用（宇宙元）」，這是很精闢的。所謂「娓娓不厭」、「可歌可詠」，重在「審美」效果；「用」亦可理解為「審美」效果或「致用」效果或兩者的統一。呂叔湘、朱德熙先生對「辭達而已矣」的「達」的理解也是很有見地的。他們說：「『達』者『通』也，要能夠通彼此之情才算是達。換句話說，達還是不達，作者自己沒有資格決定，要讀者來下斷語。」[33]這段話也可以圖解成：「作者（表達元）$\underset{通}{\overset{達}{\rightleftharpoons}}$辭（話語元）$\underset{通}{\overset{達}{\rightleftharpoons}}$讀者（鑑識元）。」

(2)筆者在談到「表心律」時，原來的解釋是「有效地表達話語中心」，「從資訊學講，『表心』就是傳遞資訊」[34]。──這裡所講的「有效」「傳遞」，就含有「表達者⇌話語⇌鑑識者」三元之間相互「通」「達」之意。《辭章學辭典》解釋：「通：與『達』同義，即能把意思通暢地表達出來，讓對方理解。」為了讓讀者更明確這種廣義的「表→達」效果論、「表心」論，我們把效果分解成「潛在效果→自在效果→他在

效果→實在效果」；把「表心律」作了詳稱：「表心通意律，簡稱表心律」。

　　現在，我們把上述辭章學定義中的主要義項、表達效果、社會功能作如下對應的表解——這表解也僅是相對的，而不是絕對的。例如，大多數論者把「達」與「文」、「巧」對稱；蘇東坡等則認為「達，則文不可勝用矣」。上文指出「達」、「當」、「妥」、「確」、「明曉」、「通順」、「簡要」、「流暢」等可用於各種語體；「似」、「活」、「美」、「妙」等則用於文藝語體，都是相對的，就一般而言的。

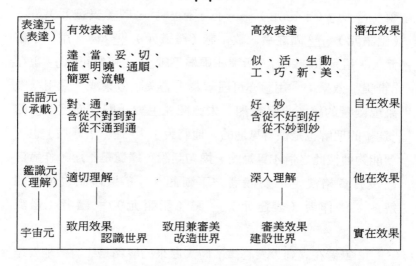

表達元（表達）	有效表達		高效表達		潛在效果
	達、當、妥、切、確、明曉、通順、簡要、流暢		似、活、生動、工、巧、新、美、		
話語元（承載）	對、通，含從不對到對　從不通到通		好、妙　含從不好到好　從不妙到妙		自在效果
鑑識元（理解）	適切理解		深入理解		他在效果
宇宙元	致用效果　認識世界	致用兼審美　改造世界	審美效果　建設世界		實在效果

　　從上表可以看出辭章效果比過去修辭學所講之準確、鮮明、生動的自在效果幅度「廣」「大」得多。不僅如此，任何效果，都是相對的。《比較修辭》指出了表達效果好與壞的對立統一：「明晰與晦澀，準確與偏差，協調與錯雜，簡練與繁豐，連貫與脫節，周密與疏漏，形象與抽象，生動與呆板，有力與無力」[35]。1984 年，又進一步從正與正、正與反、反與反

的對立統一來論析9組此類效果[36]。舉兩組如下：

「明晰與模糊」，「簡練與繁豐」都是好的對立統一；「明晰與淺露」、「模糊與晦澀」、「簡練與苟簡」、「繁豐與冗繁」都是一好一壞的對立統一；「淺露與晦澀」、「苟簡與冗繁」都是不好的對立統一。不好的效果要向好的效果轉化。加上此類9組，辭章效果的幅度又成倍地增大了。

上述的問題解決了，以下幾個之「廣」而「大」就只要簡述了。

5.功能「廣」、「大」

辭章的功能，從先秦至今，都強調「致用」、「審美」以及這兩大功能的兼具，合為三大類功能。這是筆者自1986年出版的《辭章學概論》以來，從我國優良的文化傳統、辭章論、語體觀出發所得出的結論。如果把作為「廣義修辭學」的辭章學的功能，侷限在「審美」上，就將切去「辭章功能」三分之二的領土。

6.角度大

筆者在1986年的《辭章學概論》中就提出，在客觀世界的基礎上，「表達 ⇌ 承載 ⇌ 理解」三元雙向的多角度的辭章活動，不限於辭章本體，不限於表達辭章，也不限於鑑識辭章。其後，在《先秦修辭理論與「四六結構」》、《漢語辭章學

研究的回顧與展望》等拙文中反復闡釋、強調這一觀點。這道理同樣適用於修辭學。

7.價值大、作用大

「三元雙向多角度」的辭章，體現了辭章的橋梁性，要培養寫說、讀聽的能力，解決語文教學中長期存在的老大難問題。這就「大」於以往的修辭學，不像以往的修辭學那樣，「同實地寫說的緣分最淺」。

8.媒體輻射的領域大

拙文《鼎立：電信體的崛起》[37]發表至今十年了，本書要把電語與書語、口語作為三大媒介類的語體寫入書中，並以功能為經，媒介為緯，繪製「辭體平面」，建設「電腦輔助閱讀、寫作數據庫」。這樣，辭章學的輻射面將大為擴展。

9.篇幅大

現在通用的《現代漢語》教材，談語法的篇幅比修辭學的大得多。張志公先生根據辭章學之「廣」、「大」指出：「『漢語詞（辭）章學』是可以建立起來的。這樣的書大概要比現在所有的語法書都厚得多。」[38]系統的辭章學的書，當然，要比語法書更厚得多。

(二)辭章學專門性學科的建設

上面從九個方面論析了作為「廣義修辭學」的「辭章學」之所以「廣」、「大」的表現。因此，除了要全面研究辭章學外，還要建立辭章學之諸系統、諸方面專門性的學科，以加深

研究，更切合於運用。現在簡述如下。

1.以話語元為中心建立專門性的分學科

　　以話語元為中心建立的辭章學的專門性學科有：篇章辭章學、辭體辭章學（辭體學）、辭章風格學（辭風學）、辭章藝法學、功能辭章學、辭章效果學等。

　　篇章辭章學，泛稱辭章章法學。篇法含關係全篇的辭材、辭旨、辭體、辭風、辭思、辭題以及籠罩全篇的藝術方法（如比興構篇、對比構篇等）和表達方式（如議論文、說明文等）。廣義的辭章章法學，含篇法和章法。篇章辭章學，以「篇」（話語）為單位，研究篇的組成與解讀的辭章學，是用於總結、闡釋語文（國語、國文）教學與寫作、閱讀、欣賞的理論、規律和方法、步驟的一門學科，其下還可以有：篇章哲學、篇章美學、篇章心理學、篇章邏輯學、篇章辭章學史等。臺灣對這方面的研究卓有成效，又含有中華文化優良傳統：「其稱名也小，而取類也大」，只稱「章法」，卻已含有「篇法」。這是非常紮實的學風。為了學科的發展，估計不久將稱之為「篇章辭章學」（含「篇法」、「章法」）吧。真是腳踏實地，一步一個腳印。陳滿銘教授及其高足仇小屛、陳佳君諸博士已推出多部專著，真是「集樹成林」了，這是難能可貴的。

　　辭體辭章學，是從功能語體和對應的文體角度來研究辭章的學科。其下位還可以建立：口語辭章學、書語辭章學、電語辭章學。口語辭章學還可分成演講辭章學、論辯辭章學、游說辭章學。書語辭章學可分成文藝辭章學（或稱文學辭章學）、實用辭章學。文藝辭章學還可分為詩歌辭章學、散文辭章學、小說辭章學、戲劇辭章學等。實用辭章學還可分為科技辭章

學、公文辭章學、法律辭章學、應用辭章學、秘書辭章學等。介於文藝辭章學和實用辭章學之間的融合體辭章學，則有文藝政論辭章學、科普辭章學、科學詩辭章學、科幻小說辭章學、史傳辭章學等。祝敏青教授已推出小說辭章學。影視辭章學可分成電話辭章學、電腦語言辭章學等。

辭章風格學，是從辭章之諸多要素的綜合運用所形成的風格特點的角度來研究的辭章學。其下位有作品（文章）辭章風格學、作家辭章風格學、流派辭章風格學、時代辭章風格學、地域辭章風格學、民族辭章風格學等。對這些風格還可以作動態的研究，如辭章風格優化學等，拙文《論風格的高下優劣》[39]初步探討了這一課題。

辭章藝法學，是從辭章話語的生成、承載、理解的角度來研究藝術方法的。這是一個龐大、又最切合實際運用的辭章學的專門性學科。

功能辭章學，是從辭章話語的「審美」、「致用」及兩者兼而有之的融合功能角度，研究其形成、承載、解讀的辭章學。其中之辭章美學尤為引人垂青。

辭章效果學，是從辭章效果之形成、承載、作用來研究辭章效果的學科，含辭章效果的類別及其間的辯證法。這是很值得深入探討又有學術價值的一門辭章學的專門性學科。

從話語作品來研究其辭章藝術的有：《詩經》辭章學、楚辭辭章學、唐詩辭章學、宋詞辭章學、元曲辭章學、《紅樓夢》辭章學、《家·春·秋》辭章學等。

2.以表達元為中心建立專門性的學科

以表達元為中心，請說寫者以其話語活動的實際經驗、感

受來闡述建構辭章話語的理論體系及其規律、方法的學科，即建構辭章學，簡稱建辭學。當然，以表達元為中心建構話語元，應以宇宙元為根基、鑑識元為參照系。此種學科恰似「請藝術家現身說法」，展示作品這一「無縫天衣」之針法、線路，使讀者感到十分親切，易於領悟。這是極受歡迎的一門辭章學的專門性新學科。其下位還可以有文藝建辭學、實用建辭學；文藝建辭學、實用建辭學之下還可以有它們的專門性新學科，例如詩歌建辭學、公文建辭學等，其系統如上所述。本人執筆的《「四六結構」與建辭學》[40]已作初步的例析，並將進一步研究下去，陸續發表系列論文，最後推出專著。

從作家的創作觀來研究的有孔子辭章學、莊子辭章學、王充辭章學、鍾嶸辭章學、劉勰辭章學（《文心雕龍》辭章學）、李漁辭章學、魯迅辭章學、郭沫若辭章學、葉聖陶辭章學、冰心辭章學等。此類辭章學的理想之作是：以其本人的辭章理論和辭章實踐（作品）相印證來論析的最有說服力。

3. 以鑑識元為中心建立專門性的學科

以鑑識元為中心，闡析辭章藝術解讀的理論體系及其規律、方法的辭章學，謂之「解讀辭章學」，簡稱「解辭學」。當代出版了大量鑑識作品的專著、辭典，引導讀者欣賞作品；語文（國語、國文）教師引導學生解讀課文，其中的理論、規律、方法有待於系統化、科學化，以建立一門新學科。這是有廣大讀者群的一門新學科。

4. 以宇宙元為中心建立專門性學科

宇宙元含自然界、人類社會、文化背景。以宇宙元為經，

話語元為緯建立的辭章學，例如：文化辭章學、文明辭章學、倫理辭章學等。

其他還有：以語格為中心建立的常格辭章學、變格辭章學、變異辭章學、規範辭章學、漢語語格學；以方法為手段建立的數理辭章學、比較辭章學；跨學科研究的心理辭章學、邏輯辭章學，資訊辭章學；從哲學高度研究的哲學辭章學；從史的角度研究的辭章史、辭章學史（含它們的通史、斷代史），等等。

如果一兩年或三五年，就能建立一門上述辭章學，本世紀辭章學將不僅「集樹成林」，而且鬱鬱蔥蔥，春滿九州。

注 釋

1 鄭頤壽、林大礎等：《辭章學辭典》，三秦出版社，2000。

2 張志公：《漢語辭章學論集》，18頁，人民教育出版社，1996。

3 陳望道：《修辭學發凡》，278頁，上海文藝出版社，1962。

4、5、6 袁暉：《二十世紀的漢語修辭學》，249、250、251頁，書海出版社，2000。

7 呂叔湘：《呂叔湘語文論集》，23頁、112～113頁，商務印書館，1983。

8 戚雨村、董達武、許以理、陳光磊主編：《語言學百科詞典》，617、618頁，上海辭書出版社，1993。

9 鄭頤壽：《辭章學概論》，3、7等頁，福建教育出版社，1986。

10 張志公：《漢語辭章學論集》，259頁，人民教育出版社，1996。

11 袁暉、宗廷虎：《漢語修辭學史》，安徽教育出版社，1990。

12 袁暉、宗廷虎：《漢語修辭學史》（修訂本），山西人民出版社，1995。

13 胡曙中：《英漢修辭比較研究》，上海外語教育出版社，1993。

14 陳望道：《關於修辭學對象等問題答問》，見《陳望道修辭論集》，280～281頁，安徽教育出版社，1985。

15 陳望道：《修辭學發凡》，21頁，上海文藝出版社，1962。

16 鄭子瑜、宗廷虎、陳光磊正副主編：《中國修辭學通史》，鄧明以、吳禮權著，當代卷，162～163頁，吉林教育出版社，1998。

17 譚學純、朱玲：《廣義修辭學》，97頁，安徽教育出版社，2001。

18、19、20 同2，131、135、108頁。

21、22 同14。

23 同7。

24、25 宗廷虎、鄧明以、李熙宗、李金苓：《修辭新論》，6頁，上海教育出版社，1988。

26 見《漢語辭章學論集》，19、21頁。

27 見《中國小學史》，361頁。

28 見《辭章藝術示範》，7頁。

29 宋·司馬光：《答孔文正司戶書》，見《溫國文正公文集》。

30 宋·蘇軾：《答謝民師書》。

31 金·趙秉文：《竹溪先生文集引》，見《閑閑老人滏水集》。

32 明·李東陽：《懷麓堂詩話》。

33 呂叔湘、朱德熙：《語法修辭講話》，241頁，開明書店，1952。

34 同9，249頁。

35 鄭頤壽：《比較修辭》，258頁，福建人民出版社，1982。

36 鄭頤壽：《語體是修辭學的基礎》，刊於《福州師專學報》，1984(2)。

37 鄭頤壽：《鼎立：電信體的崛起》，收入張靜、王德春主編《修辭學論文集》第六集，河南大學出版社，1992。

38 同2，36頁。

39 鄭頤壽：《論風格的高下優劣》，見《古漢語研究》，1998增刊。

40 鄭頤壽：《建辭學舉隅》，收入鄭頤壽、袁暉主編：《修辭學研究》第9集，華星出版社，2001。

二、「四六結構」與史傳辭章學

　　史傳，是記載真人真事具有歷史價值的文章。它包括史書中的紀傳體作品、文人學者所寫的傳記。其中有平實的歷史著作，也有文藝色彩較濃的寫真人真事的列傳、外傳、小傳、報告文學、回憶錄等，但不含有虛構成分的故事、傳奇、演義、筆記等文學作品。史傳的語體類型，大部分屬於實用體；有些又具有藝術體的特徵，屬於融合體；極個別的則近於藝術體。

　　如果從「四六結構」觀察，對史傳體辭章的形成、特徵、鑑識、功能就可以做出更加科學、辯證的分析。

　　先看「宇宙元⇌說寫元」。

　　要反映作為客觀存在的歷史事實，作者就要深入實際進行調查、研究。司馬遷為了寫《史記》，先到湖南憑弔屈原；南上九嶷山，採訪帝舜南巡的傳說；接著順長江東下，登上廬山，來到會稽，調查並實地考察了大禹治水的功業事跡；又到姑蘇，考察春申君的宮室遺址。繼而渡江北上，來到淮陰，訪問了韓信的故鄉；抵達齊魯，瞻仰了孔子故居；考察了鄒縣、薛城以後，又南達彭城、豐、沛等地，了解楚、漢之爭的遺跡與史實，到過劉邦的故鄉，後來轉到河南，經睢陽、大梁，收集了關於信陵君的傳說，見到了夷門，聽了父老講述秦魏作戰史，最後才回長安，進行寫作[1]。在這過程，他廣泛地接觸社會，對封建社會人民的生活，對封建王朝內部尖銳的矛盾鬥爭，對愛國英雄、俠士及至下層的各界人士，都有比較具體、深刻的認識，這就不僅收集了豐富的史料，而且擴大了胸襟，

思想上也受到教益。在這基礎上，才進入寫作。

史學家在收集史料的過程，總要客觀地、實事求是地尊重歷史事實，在此基礎上，對歷史素材進行分析，並透過表面現象，抓住事物的本質及其規律。在思考的過程中，主要靠邏輯思維，冷靜觀察、分析，不帶個人的主觀感情，不無根據地褒貶。司馬遷在寫《史記》之前，雖然受到不公正的待遇，關進監獄，受過宮刑，對劉邦這個「不事家人生產作業」、「好酒及色」之徒，他不因個人的恩怨而隨意歪曲史實，不無根據地進行褒貶，充分體現了史家的高貴品質。優秀的史學家，在深入生活磨煉的過程，往往也是其自覺地進行思想品質陶冶的過程。宇宙元與說寫元之間是辯證的統一。

再看「說寫元⇌文辭元」。

說寫者把收集到的材料，進行分析、篩選、提煉，接着，要用語言把它表達出來，成為口語之故事、傳說，但更多的是書語，成為史書。說寫的過程，與「宇宙元⇌說寫元」的思維狀態一樣，慎重地運用概念、判斷、推理的邏輯思維，「不虛美、不隱惡」[2]，不誇大、不縮小，不以個人的喜惡而隨意褒貶。春秋時的齊國史官，堅持當時的倫理道德原則，不畏淫威，甚至不惜性命，直書「崔杼弒其君」，因此他被砍頭。接着，他的兩個弟弟相繼其任，也堅決直書，結果均遭殺戮。晉國董狐，也是如此。孔子讚美他是「古之良史也，書法不隱」[3]。司馬遷則善於用事實講話，正如顧炎武所說的「古人作史有不待論斷而序事之中即見其指者，惟太史公能之」[4]。

現在分析一下作為文辭元的辭章。

辭章是有效、高效地表達、承載並藉以適切、深入地理解話語資訊的藝術形式。「話語資訊」是其內核。由於這一話語

元是沿著「宇宙元⇌說寫元⇌話語元」生成的，由於在這個過程，都要如「實」調研、分析、反映，使這些辭章具有實錄性——由於是「實錄」，能真實地反映歷史本來的面目，忠奸不變形，正邪不易貌。而作為優秀的歷史學家，是社會的「人」，是站在各自的階級、集團立場，代表它們的利益講話的。正直的史家，總是不昧良心，不媚權貴，因此，這種「史筆」又能明確地表示他們的褒貶態度，使史傳辭章具有評價性。但這種「評價」不是隨意的、無根據的，不能運用誇張的藝術方法，要把「實錄性」、「評價性」辯證地結合起來。史傳辭章還要注意明晰性、簡約性、周密性。

再看看「文辭元⇌聽讀元⇌宇宙元」。

史傳成立，聽讀者披史知情，從而發揮史傳的社會功能，它能明是非，辨善惡，定臧否，審治亂，鑑興替，「居今」而「識古」，為當代服務。現將史傳的「四六結構」圖示如下。

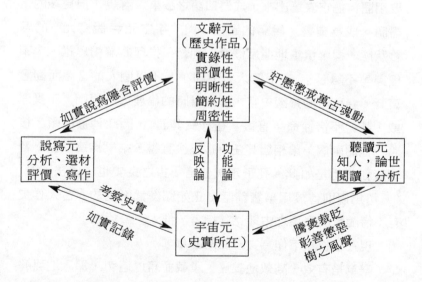

下面，著重對史傳辭章的特點進行簡析。

1.實錄性

實錄，就是如實地反映歷史人物、事件的本質，不誇大，不縮小，不虛美，不隱惡。實錄性是史傳可信性的條件。

要做到實錄，就要實事求是地客觀地反映歷史的真實面貌，善於分析、剪裁素材，去粗取精，去偽存真，而不是不分現象與本質，不辨主流與支流，統統「按實而書」。列寧說：「如果從全部事實的總和、從事實的聯繫去掌握事實，那末，事實不僅是『勝於雄辯的東西』，而且是證據確鑿的東西。如果不是從全部總和、從全面聯繫中去掌握事實，而是片斷的和隨意挑出來的，那末事實就只能是一種兒戲，或者甚至連兒戲也不如。」[5]優秀的作品在這方面是十分注意的。中國科學院中國自然科學研究室編的《中國古代科學家‧祖沖之》寫道：「他（祖沖之）從〔很〕小〔的時候起，他便〕就『專功數術，搜煉古今』。〔從遠古一直到他生活時代止，很長時期裡所保存的觀測記錄和有關文獻，幾乎全部搜羅來作參考。〕他很注意搜集自古以來的觀測記錄和有關文獻。」[6]原文有些不合歷史真實。進行科學研究，要有堅實的基礎、廣博的知識，祖沖之怎能從「很小」的時候起就「專功」於一個課題呢？「遠古」還沒有文字，祖沖之哪來當時的「觀測記錄和有關文獻」呢？改文就避免了這些毛病。要做到客觀地反映事實真相，就要善於觀察分析，對重要的細節要記錄準確，沒有差錯。例如，一篇回憶錄《一件珍貴的襯衫》，是劉宗明代替工人劉秀新寫的。文章用第一人稱「我」（劉秀新）來寫。原文寫事情的開始：「那是一九七二年八月三日的夜晚。我剛學會

騎自行車不久，在馬路上想超過別的同志，插到了快行線。一輛大型『紅旗』轎車緊貼著我身體左側，嘎地停住了……」產生了件小小的事故。按交通規則，騎自行車不宜橫衝直撞，更不該突然插進快行線。上述原文敘述用「插到快行線」——「到」，到達，也就是到了快行線的邊界，那麼司機卻碰了騎自行的人，責任就大了。「我」通過認真回憶，是「插進了快行線」——「插」是橫撞的，「進」是越過了快行線，騎自行車的「我」，違反交通規則，就有責任了。儘管如此，而且「我」僅受輕傷，可是坐在車內的周恩來，卻非常關懷此事，看我衣服削點破了，就脫下自己身上的襯衫，要「我」穿上，使「我」十分感動，把件襯衫珍藏起來。

要做到實錄，還要實事求是地反復調查核實材料。如果材料不足，寧可缺之，不要虛構；如發現材料有出入，就要盡快訂正。1923～1924年間，魯迅的《中國小說史略》出版了，其中對《花月痕》一書作者是這樣介紹的：「此書為魏子安作。子安名未詳，福建閩縣人」，「晚年事事為身後墓誌計，學行益高，而於少作詩詞，未忍割棄，於是撰《花月痕》以納之」。劉勰說：「文疑則闕，貴信史也。」魯迅正是這樣，在不知子安名字時，就寫「未詳」；而在發現了作者的籍貫與寫作動機等新材料後，就予更正。1930年，《中國小說史略》再版，作了修改：「子安名秀仁，福建侯官人」，「居山西時，為太守知府保眠琴教子，所入頗豐，且多暇，而苦無聊，乃作小說，以韋癡珠自況。保偶見之，大喜，力獎其成，遂為巨帙云」。

要做到實錄，還要講究語言的表達，力求精確。《一次難忘的航行》寫：「我們敬愛的周總理，就是這樣關懷同志，而

一點也沒有考慮到他自己。」這寫的是1946年1月27日的事，當時周恩來還沒當上「總理」，因此改文把「總理」換為「同志」。唐弢《同志的信任》記載：「方志敏烈士在信裡說，他已經抱定犧牲的決心。」就義前的方志敏還不是「烈士」，因此把它改為「同志」。杜石然的《祖沖之》原文說，祖沖之的科研成果中，「準確到 7 位數字的圓周率，便是人所共知的例子」。「7 位數」為百萬位，這表達不清楚；實際是準確到3.1415926～3.1415927之間，即小數點後百萬分之幾。後來改為「準確到小數點後7位數字的圓周率，就是著名的例子」，表達就準確了。

實錄性還要講究文體風格。劉知幾在《史通》中說，「為史而載文」，「必須拔浮華，採真實」，才能做到「華逝」而「實在」。石祥《周總理辦公室的燈光》，雖然是詩歌，但寫的是真實的歷史偉人，就不宜無根據地誇張、虛構。原詩寫：「最難忘十年文化大革命呵，／周總理幾乎沒睡一分一秒」；魏巍《誰是最可愛的人》是通訊報導，真實性是其生命。原文寫：「敵人為了逃命……整個山頂都被打翻了。」這裡都用了誇張之筆。「十年」「幾乎沒睡一分一秒」，不合自然規律；「山頂……打翻了」，則不合事理。後來依次改為「……周總理休息得更少，更少，」「……整個山頂的土都被打翻了」，用平實的筆調來寫，卻更加感人。

史傳只有做到「事實無差忒，方可傳信後世」[7]。

2. 評價性

評價性就是作者對所記敘的人物、事物表示褒貶的態度。它是史傳社會功能的表現。劉勰在《文心雕龍‧史傳》中指

出，史傳應該做到「褒見一字，貴逾軒冕；貶在片言，誅深斧鉞」，它「善惡總偕」，「騰褒裁貶」，以「彰善懲惡」，「樹之風聲」，使「奸慝懲戒」，「萬古魂動」。

評價性的表現形式有兩種：一是寄寓式的，一是直言式的。

所謂寄寓式的，就是把作者的褒貶感情寄於記述、描寫之中。為此，除了要講究主題的錘煉、題材的篩選外，還要講究語言的運用。動詞、形容詞、名詞以至量詞等的運用都可以寄寓褒貶之情。

恰當運用動詞，有時可以表達對人物行為的評價。《春秋·僖公二十五年》：「衛侯毀滅邢。」孔子以儒家的道德為標準，認為衛侯消滅同姓的邢是不義的，因而用「毀」字以寄寓貶斥之意。齊國太史記載的「崔杼弒其君」，董狐記載的「趙盾弒其君」，用個「弒」字來無情地貶斥崔杼、趙盾。

用不同的名詞指稱人物，也是寄寓評價性的筆法。孔子作史傳，十分重視「正名」，來維護當時的統治。《春秋·隱公元年》：「三月，公及邾婁儀父盟於眜。」「儀父」是邾婁國國君的字。為什麼稱字不稱名呢？《公羊傳》曰：「褒之也……為其與君盟也。」《春秋·莊公三十年》：「齊人伐山戎。」這裡的「齊人」實即「齊侯」，為什麼稱「人」不稱「侯」，《公羊傳》謂「貶之也」，因為齊侯迫害、殘殺山戎。以名分稱人，有明顯的階級性與時代性，古代的諡法、名號就是這樣。近代用「先生」之類名詞，原來含有敬意，文革期間卻帶貶意，現在這些詞也「反正」了。至於「同志」一詞，原來用於同一政黨成員間的互相稱呼，現在一般公民也可通用，它含有敬意。唐弢《同志的信任》，原文寫：「魯迅在預先約

定的地點，會見了一個陌生的青年」；「這是方志敏生前在獄中用米湯寫的一封信」。修改時在「魯迅」後加個同位語「先生」，「方志敏」後加個「同志」，都含有褒意。

另一種評價性是直言式的。漢朝司馬遷寫《史記》，在記敘人物事蹟之後，用「太史公曰」表達自己的贊論之意。例如，在《項羽本紀》末，寫道：「吾聞之周生曰：『舜目蓋重瞳子。』又聞項羽亦重瞳子，羽豈其苗裔耶？何興之暴也！夫秦失其政，陳涉首難，豪傑蜂起，相與並爭，不可勝數。然羽非有尺寸，乘勢起隴畝之中，三年遂將五諸侯滅秦，分裂天下，而封王侯，政由羽出，號為霸王，位雖不終，近古以來未嘗有也。及羽背關懷楚，放逐義帝而自立，怨王侯叛己，難矣。自矜功伐，奮其私智而不師古，謂霸王之業，欲以力征經營天下，五年卒亡其國，身死東城，尚不覺悟，而不自責，過矣。乃引『天亡我，非戰之罪也』，豈不謬哉！」這段贊論，一方面談項羽在「秦失其政」之後，「乘勢起隴畝之中」，「將五諸侯滅秦，分裂天下」，立下赫赫戰功，「近古以來未嘗有也」，字裡行間，流露出褒贊之情。另一方面，又指出他的過失：「背關懷楚，放逐義帝」，「自矜功伐，奮其私智而不師」，不講德治，「欲以力征經營天下」，以致「卒亡其國，身死東城」的可悲結局，語含貶意與惋惜。這是對人物的功業，成敗的分析和修養的評價。司馬遷創立的「論贊」成為史傳之一體，被後代的史家所沿用。班固《漢書·武帝本紀》篇末：「贊曰：漢承百王之弊，高祖撥亂反正，文、景務在養民，至稽古禮文之事，猶多闕焉。孝武初立，卓然，罷黜百家，表彰六經。遂疇咨海內，舉其俊茂，與之立功。興太學，修郊祀；改正朔，定歷數；協音律，作詩樂；建封禮，禮百神；紹周

後，號令文章，煥焉可述，後嗣得遵洪業，而有三代之風。如武帝之雄材大略，不改文、景之恭儉，呂濟斯民，雖《詩》、《書》所稱，何有加焉！」這段贊辭，高度評價了漢武帝承先啟後、繼往開來，所立下的功勳，及其對國家、對人民、對後代的影響。

評價性是史傳的靈魂。史傳作者都自覺不自覺地從本階級的利益出發，以自己的道德觀念對所記敘的人物事件進行評價。要寫好史傳，就應該站在先進階級的立場，運用歷史唯物主義的觀點，把人物放在特定的歷史環境中，作恰切的評價。

3.明晰性

明晰，就是表意明白清晰，不晦澀，無歧義。

要表達明晰，首先表達者要對所寫的人物、事件了然於心。清人包世臣說過：「言事之文，必先洞悉所敘之條理原委，抉明正義，然後述得失之所以然，而條畫其補救之方。記事之文，必先明緣起，而深究得失之故，然後述其本末，則是非明白，不惑將來。」劉宗明的《一件珍貴的襯衫》，原文寫「1972 年 8 月 3 日的夜晚」「我」「騎自行車」，「插到了快車線」，被「一輛大型『紅旗』轎車」剮了一下，那車就「停住了」。「這時，總理的司機站在我身旁問我：『同志，碰著沒有？』我才趕忙回答：『沒事兒，沒事兒。』」接著「『紅旗』轎車送我去醫院檢查。留下處理這件事的工作人員還用電話請來我們車間的支部書記和我們班的班長，讓他們同我一起到交通隊去談談情況」，「紅旗」轎車就「把我送到天安門交通隊」。這裡，所記之事的原委、經過與人物都交代不夠清楚。讀者還要問：「總理的司機坐在車上，為什麼會站在『我』身

旁？」前面說，讓我們車間的支部書記和我們班的班長同我一起到交通隊去談談情況，為什麼後面又只把「我」送到天安門交通隊？改文就好了：「插進了快車線」，「總理的司機走下車來，站在我身旁問我」，「『紅旗』轎車把我們送到天安門交通隊」。

要表達明晰，還要講究語言的運用。《新唐書‧劉子玄傳》云：「年十二，父授古文《尚書》。業不進，父怒，楚督之。及聞為諸兄講《春秋左氏》，冒往聽之，退輒辨析所疑，嘆曰：『書如是，兒何怠！』」這些語句省略過甚，意義十分晦澀，連王若虛都說：「予始讀不能曉。」劉知幾（子玄）在《史通‧自敘》中也說到此事：「初奉庭訓，早游文學，年在紈綺，便愛古文《尚書》，每苦其辭艱瑣，難為諷讀，雖屢逢捶撻，而其業不成。嘗聞家君為諸君講《春秋左氏傳》，每廢書而聽，逮講畢，即為諸兄說之。因嘆曰：『若使書皆如是，吾不復怠。』」兩相比較，就可發現後者表意明晰得多。只是「紈綺」費解，如把「年在紈綺」改作「年十二」或「弱年」就更好了。

表意明晰，要善於組織句子，要力避苟簡及歧義句式。蘇軾工於詩文書畫，是位全才，但有時也有疏漏，如其《古史》中記載甘茂的一段話：「甘茂者，下蔡人也，下蔡史舉學百家之言。」按這種句式，「學」的主語是「下蔡史舉」，這就不合事實了。《史記‧甘茂傳》此處作：「事下蔡史舉，學百家之言。」則「學」的主語承上「事」的主語省略，皆為「甘茂」，這表意就明晰了。《新唐書‧王璩傳》：「（璩）自傭於揚州富商家，識非庸人，以女嫁之。」這裡，「識非傭人，以女嫁之」的主語就有兩解，一是「王璩」，一是「富商之家」。

王若虛以為「『識』字上當有『其家』『其主』等字」。這就說到點子上去了。

4.簡約性

各類作品，都要簡約，但要求有所不同。清人夏曾佑的《小說原理》說：「小說者，以詳盡之筆，寫已知之理者也；史者，以簡略之筆，寫已知之理也。」劉子玄在《史通·敘事》中也說：「夫國史之美者，以敘事為工；而敘事之工者，以簡要為主」，「文約而事豐，此述作之尤美者也」。《公羊傳》莊公七年記載：「不修《春秋》曰：『雨星不及地尺而復。』君子修之，曰：『星隕如雨。』」同記一件事，原文用八字而意猶未明，改文只用四字，卻形象明瞭。要做到簡約，從消極講，要刪削冗字、冗句。《漢書·張蒼傳》云：「年老，口中無齒。」劉子玄謂「去『年』及『口中』可矣。夫此六文成句，而三字妄加，此為煩字也」。這說得對，不過，我們認為留「年」字可使音節勻稱，不算為煩。《孫子家語》：「魯公索氏將祭而亡其牲。孔子聞之，曰：『公索氏不及二年矣。』一年而亡。門人問曰：『昔公索氏亡其祭牲，而夫子曰：不及二年，必亡。今果如期而亡。夫子何以知然？』」這段記載孔子天命論的思想，語言又不簡練，共61字，而其中加著重號的24字為冗句，完全可以刪去。陳廣生、崔家駿的《人民的勤務員》寫：「雷鋒用手摸摸自己的衣袋……」劉堅的《草地晚餐》說：「總司令」「背上背著一個軍笠和一個公文皮包，手中拄著一根棍子」。其中加著重號的詞語都是多餘的，所以改文都把它刪去了。

簡約，從積極講，要做到言少意多。陳騤在《文則》中說

過：「文之作也，以載事為難；事之載也，以蓄意為工。」王構在《修辭鑑衡》中也說：「藏鋒不露，讀之自有滋味。」《史記・竇皇后傳》描寫她與弟弟竇廣國失散後又會見，悲喜交集，姊弟都流下了眼淚。這時，司馬遷加了一筆：「侍御左右皆伏地泣，助皇后悲哀。」這一「助」字用得極妙，把侍御虛情假意、討好皇后的情態和盤托出，趣味無窮。

當然，簡約並不排斥繁豐，更不宜陷於苟簡。魏際瑞在《伯子論文》中說得好：「文章煩簡，非因字多寡、篇幅短長。若庸絮懈蔓，一句亦謂之煩；切到精詳，連篇亦謂之簡。」

5.周密性

周密就是周到、細密，沒有矛盾，沒有疏漏。史傳所記之事紛繁複雜，尤其要注意這一點。

表達周密，首先思維要周密，同時要注意語言的運用。《史記・李將軍列傳》記載：「（廣）見草中有石，以為虎而射之，中石，沒鏃，視之，石也。」前面說已「見」是「石」，接著又說「以為虎」，「視之，石也」，自相矛盾。似應改為：「李廣恍然見草中有虎，射之，沒鏃，視之，石也。」《新唐書》云：「州有孟瀆，久淤。簡治導，溉田凡四千頃。」這段記載，忽略了表達的時間因素。事實上「久淤」的常州之瀆原來不叫「孟瀆」，「孟簡」治導後，「州人德之」，才名為「孟瀆」。洪吉亮《曉讀書齋初錄》寫的就周到了：「州有瀆久淤，簡治導，溉田凡四千頃，州人遂名為孟瀆。」

表達周密，還有材料的問題。有時對材料的處理疏忽，也會出現問題。《史記・賈生傳》：「孝文崩，孝武皇帝立。」

如果單從字面看，很難看出瑕疵。一查史書就可發現，文帝之後為景帝，景帝在位16年，然後孝武繼任。此處只能是「景帝崩，武帝立」。

緊接著的語句是否周密容易考察，如果隔了數十句，甚至數百句，就很容易疏忽。這就要對全部材料進行分析，使之了然於心，才可避免表達的失誤。《一次難忘的航行》原文記敘：「1月30日上午，周恩來同志又帶著我們一行登上了飛機。這是一雙引擎的軍用飛機，艙內有兩排面對面的座位，可坐十三四人，每個座位上都備有一個降落傘包。」「同機的……還有葉挺將軍的小女兒葉揚眉。」其後，隔著相當多的文字，描寫：飛機起飛後，中途遇到冷氣團，機體上蒙了一層厚厚的冰甲，在它的重壓下，飛行的高度越來越低。接著文章寫道：「一座座山峰在機翼下匆匆掠過。機長只好一面命令機械師打開艙門，把行李一件件扔下去，以減輕飛機的重量，延緩下降的速度；一面要大家背好降落傘，隨時準備跳傘。……機艙裡突然傳來了小揚眉的哭聲，原來正巧她的座位上沒有傘包，不知如何是好，急得哭了。」前面說：「每個座位上都備有一個降落傘包」，可是後面又說「正巧她的座位上沒有降落傘包」，前後矛盾了。為此，改文刪去「每個座位上」一句。

周密同邏輯思維和語言表達都有關係，辭章的運用必須兩者兼顧。

史傳的寫作，牽涉的問題很多，上面只著重從辭章方面，分析幾個特性。

注 釋

1 參閱漢·司馬遷：《史記·太史公自序》。

2 晉・葛洪：《抱朴子外篇・應潮》。

3 《左傳・宣公二年》。

4 清・顧炎武：《日知錄》卷二十六。

5 〔蘇〕列寧：《統計學和社會學》，《列寧全集》第23卷。

6 引文內加〔　〕的是原文中被刪去的，文字下加橫線的是修改時加上去的。

7 宋・洪邁：《容齋隨筆》。

三、「四六結構」與建辭學
——建辭學隅談之一[1]

　　從「四六結構」分析，辭章有建構辭章、鑑識辭章、本體辭章之分[2]。建構辭章，是著眼於表達元而有效、高效地表達話語資訊的藝術形式。它以作者「現身說法」的形式，來談自己運用辭章的經驗、體會。這「作者」未必全是該論著的作者，有的是該論著作者向詩文的作者採訪，經他們同意，用第一人稱表達的。研究這種活動，從中總結辭章的理論、規律和方法的科學，就是「建構辭章學」，簡稱「建辭學」。

　　建構辭章生成的過程是「宇宙元⇄表達元⇄話語元⇄鑑識元⇄宇宙元」。這就是：以世界的事物為反映對象，表達者從中進行取捨、提煉、改造、組裝，再根據擬表達的話語中心為指向，語體為基調，語境（包括「四元」語境）為制導，章段安排為格局，有時，還要經過多次反覆，然後，在章中選句，章句中擇語、遣詞，在這個「結構」的導引下，因字而生句，積句而成章，積章而成篇地「組合」起來，是「結構組合的結合」[3]，最終形成對鑑識者、對社會產生效果的話語。下面就以《念奴嬌·秋登黃鶴樓》的辭篇生成的過程，談點粗淺的親身體會。

　　1995 年 10 月下旬，我們赴川鄂考察。到武漢時，登臨黃鶴樓。此時，「寂然凝慮，思接千載；悄然動容，視通萬里」[4]。幼年時，我們就讀過有關黃鶴樓的詩文，如今親臨其境，憑欄遠望雄偉壯麗的自然風光，回想起歷史上許多動人的英雄故事和美妙的民間傳說，俯瞰新時代建設的輝煌成就（這

屬於宇宙元），一股詩情畫意湧上心頭，從中攝取典型的題材，反復篩選、改造、組裝，在心中初步形成了擬表達的中心意思（這就轉到了表達元）。登高必賦，不吐之不快。但怎麼抒發感情呢？我們選了文藝類「詞」這種體式來表達。這就在頭腦中開始考慮全詞的輪廓了（這屬於話語元）。

填詞，首先要根據特定的思想感情來選擇詞牌（定體）。我們感到《念奴嬌》這個詞牌「音節高亢」，選「用入聲韻部」者，宜於「抒寫豪壯感情」[5]。

詞，篇有定闋，闋有定句，句有定字，字有定聲；全詞還要定韻：仄韻或平韻，它最能說明辭篇「結構」與「組合」的結合問題。《念奴嬌》分上下兩闋（等於詩、文「篇」中的兩個「章」、「段」），這樣，就得考慮段落的問題了。我們想上闋寫景，下闋抒情（謀篇、設章），以歌頌祖國的大好河山和新時代建設事業的驚人勳業（立意）。這樣，立意、定體、謀篇、設章的大問題都了然於心了。按詞譜，上闋4韻9句，這就由「章」生「句」了。而每句又有定字、定聲，這又由「章句」生「字」、定「聲」了。由於我們對這個詞牌比較熟悉，經常運用，因此不太為這種格律所束縛，寫作時，尚能一氣呵成，然後再作些語句的修改。上闋是這樣寫的：

原詞	改詞
憑欄遠眺，	憑欄遠眺，
龜蛇下、芳草晴川春色。	龜蛇下、勁草晴川秋色。
稻海翻波山滴翠，	稻海翻金山盡染，
秧鼓菱歌梅笛。	漁鼓棹歌梅笛。
玉宇凌霄，	玉宇凌霄，

雙虹飛架，	雙虹飛架，
江漢爭流碧。	江漢爭流碧。
氣吞吳楚，	氣吞吳楚，
幾多豪業仙跡。	幾多宏業仙跡。

這是從「視通萬里」的眾多素材中選取的題材，又經「黑箱」的攪拌、組合成的，它重在寫景，當然「景語」中也有「情語」，基本上寫出了「秋登黃鶴樓」的題意。

按詞譜下闋4韻10句，我們仍然按章生句、章句生字、生調的原則來寫：

當歲警察烽煙，	引吭高唱豪詞：
仲謀承業，	「大江東去……」
鼎足三分立。	鐵板銅琶急。
勢扼要津多鏖戰，	古戰今爭濤洗去，
千載雨狂風急。	無數英雄競出。
餐棗洞賓，	化鶴令威，
令威化鶴，	洞賓餐棗，
引九州遊客。	引五洲遊客。
香蓮再世，	青蓮如在，
于今大可揮筆。	于今寧讓題筆？

這是從「思接千載」中冥搜隱索來的素材，化作本詞的題材而鑲嵌在詞譜的音符框架上。它把許多英雄故事、神仙傳說、文人逸事、詩壇佳話與眼前的情景結合起來，完成了本詞的初稿。

我們在整個寫作的過程，總是按「結構論」來實施的，這是實質、是靈魂。我們以為離開了宏觀的結構，下筆就可能成為脫韁的野馬。但在體現這個「實質」、這個「靈魂」的過程，在表現形態上確實又是由字而生句，積句而成章，積章而成篇地「組合」起來的。因此，以「結構論」來統帥，以「組合論」來實施，「振本而末從」[6]，兩者結合起來，才能說好話，寫好文章。我們做演說，寫散文，或者論文，尤其是百多萬字的編著，都是首先有大意於心，然後分成段落或章節來實施的。實施的過程，在書面上，經常要反覆增、刪、改、調，充分地把「結構」和「組合」結合起來。下面就以上詞的修改，談談選句、造語、遣詞、調音、用字和運用辭格的具體修辭構想。

我們對崔顥《黃鶴樓》的詩句「晴川歷歷漢陽樹，芳草萋萋鸚鵡洲」早已熟悉，所以很快地點化其句，寫下了「芳草晴川春色」的句子。這在修辭上屬於暗用格。但是「芳草」「春色」連用，與秋景靠不攏，儘管范仲淹的《蘇幕遮》之類著名作品寫秋色也用「芳草」，但是，本詞為了突出「秋」景，我們還是把它改為「勁草晴川秋色」，這是受時間語境制約的。

原句「稻海翻波山滴翠」，寫得不確切。江漢平原是我國主要產糧區，這時晚稻已成熟，而這個「波」，是「綠波」還是「金波」，前者宜於形容成片的稻秧，後者適於描寫風吹成熟時的稻田，因此，把「翻波」這個暗喻改為「翻金」，這個暗喻兼借代（以「金」黃色的稻子代替本體）。仰望山上秋色已濃，我們從「看萬山紅遍，層林盡染」的名句得到啟發，又把適於寫春景的「山滴翠」改為「山盡染」。這個「染」字的比擬手法，因為有上文「秋色」、「翻金」作襯托，所以並不

費解。

　　登臨的時間是下午，秋陽西斜，我們望著江流中的輪船和池塘裡的小舟，以下詩句就浮現於大腦的熒幕裡：南朝・梁・簡文帝《棹歌行》的「妾家住湘川，菱歌本自便」；唐・盧照鄰《七夕泛舟》的「日晚菱歌唱，風煙滿夕陽」，於是就寫下了「秧鼓菱歌」的短語。但是「秧鼓菱歌」也不是秋景，因此改為「漁鼓棹歌」。「梅笛」既是聯想，暗用李白的《與史郎中欽聽黃鶴樓上吹笛》詩句「黃鶴樓中吹玉笛，江城五月落梅花」，和胡翰澤吟黃鶴樓聯「一笛清風尋鶴夢，千秋皓月問梅花」，又是遊覽時買的黃鶴樓紀念品（摺扇）上「吹梅笛」的圖畫。我們以為「梅笛」虛實兼顧，切韻合調，頗能引起許多聯想。這幾句描寫了新時期人民過著幸福、和平的生活。

　　「豪業」與「豪詞」兩「豪」重複，為了「避複」（這也是常用的修辭手法），把「豪業」改為「宏業」。蘇東坡的《念奴嬌・赤壁懷古》是豪放詞的代表作，故「豪詞」保留下來。

　　「幾多宏業仙跡」在結構上很重要，它承上啟下。「宏業」包含哪些？「仙跡」又是如何？這就很自然地轉入下闋。

　　黃鶴樓始建於三國・吳・黃武二年（西元223年），當時孫策已經去世，孫權即位，號稱「大帝」，三國才真正形成。黃鶴樓最早就是用於瞭望和指揮的一座軍用江樓。登上此樓，難免撫今追昔，想起諸葛亮草船借箭、火燒赤壁，想起北宋、南宋，想起歷史上大大小小的戰爭。因此，我們寫下了「當歲警察烽煙，仲謀承業，鼎足三分立。勢扼要津多鏖戰，千載雨狂風急」。但細想寫得太實，概括性不強。前一韻改成「引吭高唱豪詞：『大江東去……』，鐵板銅琶急」。「鐵板銅琶」暗用了典故，俞文豹《吹劍錄》載：「東坡在玉堂（翰林院），

有幕士善謳。因問：『我詞比柳詞何如？』對曰：『柳郎中詞，祇好十七八女孩兒，執紅牙拍板，唱「楊柳岸，曉風殘月」，學士詞，須關西大漢，執鐵板，唱「大江東去」』。公為之絕倒。」這就既寫了文人雅事，又把蘇東坡《赤壁懷古》全詞的內容都融化入本詞中（請注意「大江東去⋯⋯」後用的是省略號），增加了詞的意蘊；又從側面描寫了作者「高唱豪詞」的形象，抒發了感情，把敘事、寫景、抒情熔於一爐，綜合運用了借代、暗用等修辭手法。「勢扼」句也寫得太實，「千載」句用比，有一定概括性。因此，這兩句必須從上下文語境統一考慮修改。改作「古戰今爭濤洗去」，就把「古」「今」都包括進去了。「濤洗去」（濤，是大的波浪），是比喻，又是比擬，用長江後浪推前浪比喻歷史的前進規律，它摧枯拉朽，把歷史的渣滓，把污七八糟的東西都「洗」掉，歌頌了改天換地的人民，發出了「無數英雄競出」的讚嘆。如今是塑造英雄的新時代，與蘇東坡被貶於黃州時感嘆的「浪淘盡千古風流人物」的時代真是不可同日而語。

原詞「令威化鶴」寫的是道教神話。令威姓丁，相傳為漢代遼東人，在靈虛山修道成仙，後來化鶴歸來，棲息在城門華表柱上。有一少年欲引弓射之，鶴即飛鳴，盤桓於空中，以人聲唱道：「有鳥有鳥丁令威，去家千年今始歸。城廓如故人民非，何不學仙家累累。」於是沖天高飛而去。「洞賓餐棗」寫的是八仙之一的呂洞賓的傳說。明朝黃鶴樓所在的山上有片棗林，但從未結果。有人在其旁建座「盼棗亭」。有一年，突然結了一個大如西瓜的棗子，人稱「仙棗」。太守聞知，成仙心切，怕仙棗被人摘去，就派兵保護。守兵偷吃了仙棗，成仙而去。太守無奈，有一天和友人下棋消遣，正在「激戰」時，有

人在背後叫道：「太守敗棋了！」太守回顧，不見人影，只聽窗外笛聲悠揚，他循聲追去，追到盼棗亭，見亭壁上寫著一首詩，墨跡還未乾。詩云：「黃鶴樓中吹笛時，白蘋紅蓼滿江湄。衷情欲訴無人會，只有清風明月知。」後署「呂」字，才知道是呂洞賓題的。本詞初改時，「千載」句尚未改動，為使「去家千年今始歸」的令威傳說與「千載」緊接，故上下句作了對調。同時考慮到聲調的問題，按詞譜，這兩句的平仄是「＋｜－－，＋－＋｜」（「－」表平聲，「｜」表仄聲，「＋」表可平可仄），而原句與改句位置一改變，順序就得調整。這屬於聲音修辭，受到前後文語境的制約。

「引九州遊客」，是對前面幾句的概括。但「九州」借代中國，概括得不夠，到黃鶴樓攬勝的，有藍眼睛、黃頭髮、鉤鼻子、白臉皮、黑膚色的外賓，故改「九州」為「五洲」。這屬於詞語的錘煉。

最後兩句非常關鍵，它要求兜裹全篇。意在言外。崔顥登黃鶴樓後題一首詩於其上。不久，李白來遊覽，也想題詩，可是看到崔詩，感到格調高古，已盡抒所懷，李白很謙讓，只在崔詩下寫了兩句：「眼前有景道不得，崔顥題詩在上頭」，就此擱筆。李白以己襯人，表現出「詩人相重」的高風。後人就在樓旁建「擱筆亭」以為紀念。如今，地覆天翻，山川煥彩，如果李白再世，一定能寫出絕唱來。我們就改用這個典故收結全詞：「香蓮再世，於今大可揮筆。」但一想這樣的陳述句寫得太直，而且「大可揮筆」也未寫出與崔詩的聯繫，斟酌後改成「青蓮如再，於今寧讓題筆？」──「讓題筆」就與李、崔的典故聯繫起來了。點明「於今」，改成反問句，以啟發人聯想，把古與今、舊貌與新顏作了對比，而對比的內容全部留給

讀者去完成，這在藝術上叫做「空白法」。此法用得好，可含不盡之意於言外，增加詩的審美意蘊。李白號青蓮居士，原句「香蓮」筆誤，這屬於文字的運用。「香蓮再世」句，第三字宜用平聲，故改「再世」為「如在」，這又屬於聲音的協調。

出乎意料，改詞在國內外參賽的5368首詩詞中獲得「佳作獎」，被編入《刺桐春韻》[7]詩詞集。這就轉向鑑別元與宇宙元了，產生了他在效果與實在效果[8]。

總之，上詞從構思到寫出初稿，反覆吟哦，修改多次，是「結構」與「組合」緊密結合、反覆運用的過程。

「四元六維結構」是表達與鑑識的宏觀結構。辭篇的生成，起於這一宏觀結構的「宇宙元 ⇌ 表達元」，繼而是話語元之立意、定體、謀篇的中觀結構，接著才是句、語、詞的微觀結構。語音和文字只是表達的媒體，貫於表達的全過程。這全過程應是：結構論為藍圖，而「因字（詞）生句、積句成章、積章成篇」這種線性的、由小而大的「組合」，是對「結構」的實施。

當然，定體（語體、文體）之後，還有風格的問題。風格有多種類型。上面引的是文藝辭體的例，屬於言語功能風格。辭體風格在語言運用中至關重要。與言語關係密切的還有表現風格：是簡練還是繁豐，是樸實還是藻麗，是明快還是蘊藉，是謹嚴還是疏放，在表達的全過程都是要考慮的。

1994年，我們一行考察團到福建建甌，縣領導帶領我們瞻仰孔廟。該廟歷史悠久，莊嚴宏偉，保護很好，「文革」中未遭「破四舊」之殃，現已闢為弘揚優秀文化傳統、鼓勵攀高登峰的場所。考察結束，縣領導備墨展紙，要求考察團題辭，團員齊呼我執筆。幾十雙眼睛望著我，就在那兩三分鐘的時間

裡，我的頭腦中相繼映現：

> 學而時習之，不亦說乎？
> 學而不思則罔，思而不學則殆。
> 己所不欲，勿施於人。
> 三人行，必有我師焉。

這些警句似乎都可選作題辭，但是比較深奧，與當前的時代風格和建甌這一山區特點配合不緊，它們在我腦子的熒幕上逐一被排除了。又想題「海濱鄒魯，文化之光」——建甌出過許多名人，也是朱熹講學的地方。但這八字只談到「古」，未涉及「今」；建甌也不在「海濱」，這又被我排除了。我想，還是題：

> 學文化，攀高峰。

徵求考察團成員的意見，大家都說「好」，於是揮筆而就。此聯的風格就比較明快，也適合時代的要求和群峰競秀的山區特點。

　　1990年11月17日，我們到福建龍岩考察，路過連城縣新泉鄉的中華山。中午，東道主在性海寺請我們吃素餐。餐罷，我們整裝待發，有的則已跨出寺門。忽然，團長呼喚我們到寺內集中，只見長老端硯捧紙，要我們題辭。是啊，考察團的成員，是省內頗有影響的教授、高幹，都是高層次的文化人，總不能白吃一頓，說「我們不會寫毛筆字」啊！我又被推了出來。仰望趙樸初「性海寺」的題辭，想到「在教言教」的原

則，我一邊沉思，緊張地搜索適切的字句，一邊藉弄墨、濡筆的時間，進行思考，過兩三分鐘，先寫出底稿：

> 性行雙修，但願功圓果滿；
> 海嶽一統，任憑魚躍鳶飛。

徵求長老與團員們的意見，大家都叫「好」，我就揮筆書之。此聯內容切合寺廟特點，又言語雙關，也可理解為：全民都要注意自己的行為和道德修養，為人民立功，為國家建業，為中華民族的偉大復興，如鳶飛於天、魚躍於淵一般，充分發揮自己的聰明才智。形式上，結構相對，平仄相反，又用「性」「海」兩字，構成「鶴頂對」，其風格是蘊藉的。後來，此聯被收入《中國宗教勝跡詩文碑聯鑑賞辭典》[9]。

建構辭章話語除了要選擇、琢磨語體風格和表現風格外，還要考慮作品風格。

我們的住宅區高樓林立，個別住在高層的人不關照樓下的，有時亂潑水。被潑的人粗聲叫罵，但不能治本。有一天我穿一套新裝，外出做客，路過樓下，被劈頭潑了滿身油膩的臭水，當場高叫起來，但又搞不清楚是哪一家潑的，憤怒之下，進屋寫了一首順口溜：

> 樓上某人太缺德，妄將臭水潑過客。
> 請君眼睛睜大點，免得群眾動武力！

寫好，就去洗頭洗澡。換好衣服出來，再看這幾句，自己也笑了，這豈不是要同人家打架了，這風格太粗鄙、文字也太直露

了，援筆作了修改：

> 樓上某人有公德，常將香水灑過客。
> 勸君莫作人工雨，鄰里欣欣多喜色。

這順口溜貼在潑水處的一樓牆上，許多過路人駐足觀看，有幾個小學生經常高聲唱起來。說也奇怪，從那次以後，亂潑水的現象少了。改詩多用反語，是含笑的諷刺。

由此可見，建構辭章話語不能不注意風格。

建構辭章學（建辭學），是表達者用自己的辭章實踐為例來總結辭章生成的理論及其規律、方法的學科。它比辭章學家用別人（作家）的作品推測作家遣詞造語的用意所在，表述更準確、更親切，因此也更容易被讀者所理解。這是一種新的嘗試，新的開拓。

注 釋

[1] 《建辭學》一書及本文引例的作者有：鄭發植（以下以姓氏拼音字母為序）、陳榕生、江東曉、李鶚鳴、閔勁松、沙石、文彥耕、章華、張慧貞、鄭其肇、鄭韶風、鄭頤壽等，還包括由他們修改的其他作品的作者。他們有的是語文教師，有的是詩人、散文家，都是文學和修辭學的研究者和愛好者。從中總結出修辭理論，由他們口授修辭構想和體會，統一請鄭頤壽執筆整理。闡析的過程都用第一人稱的「我」或「我們」。

[2、3] 請閱鄭頤壽：《論「四六結構」與修辭》，於2000年8月提交中國華東修辭學會安徽年會，刊於《江南大學學報》，2001(2)；《「四六結構」與修辭三論》，刊於《威海社會科學》，2000(6)。

[4] 梁‧劉勰：《文心雕龍‧神思》。

[5] 龍榆生：《唐宋詞格律》，118頁，上海古籍出版社，1978。

[6] 梁‧劉勰：《文心雕龍‧章句》。

[7] 鷺江出版社，1996。

[8] 同2。

[9] 諸定耕主編：《中國宗教勝跡詩文碑聯鑑賞辭典》，478～479頁，重慶出版社，2000。

漢語普通辭章學研究述評

一、辭章學研究的回顧與前瞻

張志公先生說：「所謂辭章之學，可以說是一門富有民族特點的探討語言藝術的學問。它包括我們現在一般理解的『修辭學』的內容，但是比修辭學的範圍廣，綜合性大，更符合我國語言文字的特點和運用語言的傳統經驗。」（〈談「辭章之學」〉，《新聞業務》）我把這樣的「辭章學」稱為「大修辭學」或「廣義修辭學」。1998年5至6月間，全國文學語言研究會和福建省修辭學會在武夷山市舉辦了首次「辭章學研究會」，在交流時，我表述了這個觀點，得到宗廷虎、濮侃諸教授的勉勵。宗教授在給祝敏青教授《小說辭章學》作序時，指出：「鄭頤壽先生說：『「辭章學」實乃廣義上的修辭學。』」（《小說辭章學》，福州：海峽文藝出版社）這樣，就把修辭學與辭章學掛起鉤來了。

語言學大師呂叔湘、張志公都極力倡建「漢語辭章學」，並得到朱德熙、王了一和周祖謨諸教授的支持。呂、張之論辭章學，包括對詞彙學、語法學、文藝學等學科的綜合運用，含修辭學、語體學（文體學）、風格學等語言運用的學科。根據

這個觀點，本文理應介紹這些學科的研究成果。這是確定無疑的，今後應該這樣做。可是，由於篇幅限制，本文只能暫時把筆鋒聚焦在著者明確地樹起了「辭章學」（或「詞章學」）的旗幟的一小部分論著作點粗略的介紹，遺玉之憾，在所難免，只好留待來日補缺。不少學者，也主張對語言的綜合運用進行研究，張靜、趙俊欣、王德春、濮侃、林枳敁等先生都有這種主張。張教授說：「我一向主張建立一套語音、詞匯、語法、修辭、邏輯以及文學欣賞相結合的，以『對不對』和『好不好』為主線的綜合運用的語言教學體系。」（《語言　語用　語法》自序，鄭州：文心出版社，9頁）這種對語言綜合運用的研究，不僅漢語，外語也是如此。法語專家趙俊欣教授也有對「舊的修詞學的引申和擴大」之舉，它包括「語法、語言學、文學、口語與書面語、體裁和各種功能文體（文學文體、科學論文體、議論文體、報刊文體、公文文體等等），在一定程度上，它是一門邊緣學科。」（《法語文體論》前言，上海：上海譯文出版社）這同志公先生講的具有「綜合性」特徵的辭章學很一致，儘管它稱的是「法語文體」。上述張靜先生說的「一向主張」、趙俊欣先生講的對修辭學的「引申和擴大」和張志公先生作為語言的「綜合運用」的辭章學是很一致的。

　　本文分「概說」、「回顧」、「前瞻」三個部分談點淺見。

(一)漢語辭章學概說

　　我想先對「漢語辭章學」理論的產生和建立這門學科的目的、意義做個鳥瞰式的介紹。

1.早期的辭章理論產生於辭章實踐

這種實踐就是運用「語言藝術」的活動，它帶有突出的綜合性或稱融合性。早期的「辭章」單稱「辭」。南朝・梁出現了「辭章」一詞，明朝已有「辭章之學」的稱述。1961年，呂叔湘、張志公倡建「漢語辭（詞）章學」。1986年第一本辭章學專著問世，至今兩岸已出版編著二三十種四五百萬言。

「辭」是和內容相表裡、相對待的概念，它含：口頭語和書面語以及書面語之各種體式。我國早期辭章論含辭章之對象論、生成論、解讀論、辭章之表達、承載與鑑識之三元雙向一體論、「三辭三成論」、「結構組合結合論」、「誠美律」以及辭章之「致用」價值和「審美」效果論等。

辭章與內容之相表裡、相對待，古人用了多種對立統一的詞語來表述，如：辭意論、辭情論、辭志論、辭事論、辭實論、辭理論、辭旨論、辭骨論、辭神論和文質論、文心論等。「辭」（或稱「詞」、「文」、「語」、「言」）是「能指」、「載體」，亦即藝術形式；與其相對待的「意」、「情」、「志」、「事」、「實」、「理」、「旨」、「骨」、「神」、「質」、「心」即「所指」、「資訊」，亦即內容，它們是表裡相對、相成的統一體。我們編著的《辭章學辭典》，就設了三百多個辭目，匯編了好幾百條古代有關內容與形式的辭章論。其中僅辭意論就有六十八條，如「辭以達意」、「遣辭措意」、「辭豐意雄」、「辭意俱盡」等。這個「辭」是言語藝術形式。《易經》所講的「修辭立其誠」的「辭」同此，這個「修辭」是動賓式短語，不同於今之「修辭」這個詞，但它包含今之「修辭」，用志公的話說即「比『修辭學』的範圍廣，綜合性大」。這是辭

章學大於修辭學、不等同於修辭學的一個方面。（鄭頤壽、林大礎為正副主編之《辭章學辭典》，西安：三秦出版社）

　　辭，既指口語，也指書語。孟子說：「詖辭知其所蔽，淫辭知其所陷，邪辭知其所離，遁辭知其所窮。」（《孟子·公孫丑》上）也就是劉勰所講的「辭者，舌端之文，通己於人。」（梁·劉勰《文心雕龍·書記》）——「舌端之文」，就是用口頭表達的。先秦時期，以「辭」指口語的相當多。「辭」也指書語，尤其是漢朝之後，如韓愈說：「夫所謂著書者，義止於辭耳。」（唐·韓愈《答張籍書》）口語與書語從總體言，是一致的，因此「辭」更多的是口語、書語兼指。如《周易·繫辭》云：「聖人之情見乎辭」。孔子說：「情欲信，辭欲巧。」（《禮記·表記》）因此，把簡稱為「辭」的「辭章之學」，限於研究書面語之「文章之學」或「文章之學的一個側面」，是不妥善的。志公先生對此已做了說明（《漢語辭章學論集》，北京：人民教育出版社，259頁）。這是辭章學不同於文章學的另一個方面。

　　作為研究「語言藝術」形式的「辭」（辭章）的對象、範圍，包含綜合運用語音、文字、詞彙、語法、修辭、藝術方法、表達方式、語體文體（合稱「辭體」）、辭章風格（辭風）以及它們「對與不對」、「通與不通」和「好與不好」、「妙與不妙」的諸多層次。這比傳統所說的「修辭講究好與不好」的範圍廣。一般而言，「通與不通」就語法講，「對與不對」就邏輯講；而「妙與不妙」對文學而說；「表達方式」，以往都把它放在文章學裡論析；雖然陳望道先生認為「藝術方法」，修辭學應該研究它（《陳望道修辭論集》，合肥：安徽教育出版社，280～281頁）。可是還沒有一本修辭學著作系統介紹過，

它則成為創作論和文章學的主要內容。而作為與「內容」相對待的辭章藝術卻要統而管之。這是辭章學不同於語、邏、修的又一個方面。

辭章既講實用體，也論藝術體和實用、藝術相滲透之融合體。

辭章之談「通」與「對」，則要求說寫者「有效」地表達，聽讀者「適切」地理解；辭章之論「好」與「妙」，還要求說寫者「高效」地表達，聽讀者「深入」地理解。這是就一般而言。

因此，辭章作為資訊的「載體」，它既承載表層資訊，又承載深層資訊；既有理性資訊，也有審美資訊；既有言內資訊，也有言外資訊。

因此，「辭章是有效、高效地表達、承載並藉以適切、深入地理解話語資訊的藝術形式」。這個「形式」的定語有一長串的限制語，它概括了在客觀世界的基礎上，聽讀、說寫與載體之三元雙向的動態關係，概括了「通」、「對」與「好」、「妙」這樣兩大層次的要求，含有對語法學、邏輯學、語音學、文字學、詞彙學等語言學的分支學科和邏輯學、文藝學、美學等相關學科的基礎知識、基礎理論（以下簡稱「雙基」）的綜合運用的要求。

2.建立辭章學新學科的目的、意義

一是解決了語文教學、語文教材編寫的一大難題。顧振彪先生指出：「目前語文教材中的語文知識，大部分是從西方引進的。比如語法、語彙、語音、修辭等等，無不如此。它們同我們的漢語文有很大距離，甚至格格不入。正因為如此，這些

知識教起來和學起來都相當吃力，而且對提高聽說讀寫能力幫助不大。」而漢語辭章學這門新學科，「對我們語文教材編寫者、對廣大語文教學工作者，大有可用之處。久久困惑大家的知識與運用問題，終於從這裡開始解決了。」（《張志公與漢語修辭學》，259頁。）

二是解決了漢語教材編寫、教學和運用的一系列難題。王本華女士說：「編寫《漢語》課本，首先面臨的是語法教學問題」，「學生學了語法之後，運用語言的能力看不出顯著的提高，至少，提高的程度和他們學習語法所付出的勞動很不相稱。」「從學生說，語法學習很難，而在實際學習和工作中用處不大。」而「漢語辭章學是一門『橋梁性』學科，是語言學的基礎知識、基礎理論同語言運用之間的過渡性、橋梁性的學科。前者包括語音學、語彙學、語法學、修辭學等基礎知識、基礎理論，後者主要指語文教學，也就是培養提高聽說讀寫的實際運用語言能力的學科。」辭章學這門新學科的建立，「無論對語言理論研究還是對語文教學研究，都將產生重大的影響，語文教學成為一個老大難問題的局面似乎有解決之望了。」（同前揭書）

上文引用的顧、王兩位專家為張志公先生《漢語辭章學論集》寫的兩篇文章，它們主要從教學和運用方面，闡釋了建立漢語辭章的實用價值。

三是為修辭學、語體學、風格學直至文學創作、文學批評的理論研究，開拓了一個新的視野，把前賢今秀的相關研究推進一步。

它建立了學科最大的理論框架「四六結構」，並以之為統帥，解決了辭章學及其相關學科一系列宏觀、中觀、微觀的理

論問題。諸如——

　　總結出辭章（含修辭）運用的最高原則：「誠美律」，對傳統的「修辭立其誠」做出符合歷史辯證法的詮釋；對辭章學的「對象論」、「性質論」、「定義論」、「體系論」、「效果論」、「生成論」、「鑑識論」、「階段論」、「結構組合結合論」、「三辭三成說」、「功能論」、「語體論」、「風格論」、「方法論」以及新學科的建設等做出了新的闡析。

　　它從哲學高度，解決了過去爭論的、或懸而未決的、或被忽視了的不少問題。以「誠美律」為例。以往談「修辭立其誠」至少有三點不足：①把《易經》中作為短語的「修辭」，理解為現代漢語中作為一個詞的「修辭」；②只著眼於表達主體談「誠」；③只從詞彙意義上給「誠」做解釋：真誠。要探討作為儒家群經之首的《易經》中「誠」的含義，必須從那個歷史時期，從儒家的哲學思想體系、倫理道德觀念，並旁參當時道家等相關論析，借鑑西方的有關理論；進而從歷史發展的進程，從相鄰學科的有關論析，才能作出比較合乎實際的解釋。作為儒家「五經」之一的《禮記》指出：「誠者，天之道也。」（《禮記正義》卷五十三）這裡的「天之道」，我們把它理解為自然規律、宇宙規律。古人認為天體的運轉都是守「誠」的，日月運行，寒來暑往，晝夜更迭，從沒「失信」。又說：「誠之者，人之道也」，「性之德也」。又說：「自誠明，謂之性；自明誠，謂之教。誠則明矣，明則誠矣。唯天下至誠能盡其性；能盡其性，則能盡人之性；能盡人之性，則能盡物之性；能盡物之性，則可以贊天地之化育；可以贊天地之化育，則可以與天地參矣。」（《禮記正義》卷五十三）這又把「誠」理解為至高無上的倫理道德。陳滿銘教授還引用王夫之《讀四書大

全說》:「小德、大德,含仁、知、勇於一誠,而以一誠行乎三達德者也。」這個「誠」字,含義也是很豐富的,大大超出了詞彙義(陳滿銘《章法學論粹》,台北:萬卷樓圖書有限公司,165頁)。莊子把「誠」與「真」聯繫起來,說:「真者,精誠之至也。不精不誠,不能動人」,「真者,所以受於天也,自然不可易也。故聖人法天貴真。」(《莊子・漁父》)這與儒家的「誠者,天之道也」是相通的;而「精誠動人」之說就和言語活動聯繫起來了。

我國古代有關「美」的理論有自己的特點和優點。它不像古希臘哲學家柏拉圖把「美」作為「理念」的唯心主義美學,不像十九世紀法國的戈蒂埃說的「一件東西有用便不美」,「用處最少的東西,就是最令人高興的東西」。(《藝術家》,轉引自《朱光潛美學論集》第一卷,上海:上海文藝出版社,106頁)我們祖先論「美」,重「美」的客體。北齊劉晝說:「物有美惡,施用有宜。」(《劉子・適才》)這就把「美」與「物」與「用」聯繫起來了。他們談「美」,既重藝術之「審美」、怡情作用,又重實際之「致用」適用價值。這是很高明的。我國歷史上雖然也有唯美之說,但唯物的美學思想總是占主導的地位。

誠的同義詞、近義詞有:真、信、忠信、樸誠、真實、真率、德、善等;美的同義詞、近義詞有:達、文、工、妍、巧、妙等。古人常把它們結合起來鑑識、評論文學作品、言語活動。孔子的「情信辭巧」說,王充的「辭妍情實」說,陸機的「意巧言妍」說,劉勰的「理懿辭雅」說,歐陽修的「事信言文」說等等,都可以看成「誠美」的理論。「誠」側重在內容,「美」側重於形式,兩者兼論,是合乎辯證法的。

把「誠」、「美」提到「律」的高度，始於劉勰。他說：
「志足而言文，情信而辭巧，乃含章之玉牒，秉文之金科矣。」
（《文心雕龍‧徵聖》）「志足」、「情信」相近於「誠」，
「文」、「巧」是「美」的異名詞，「玉牒」、「金科」就是
「律」。

我想，這樣的「誠美律」，對於辭章（含修辭）活動、文
學創作、語文教學，甚至於待人接物，都是有意義的。

四是精神方面的收穫。志公先生說：「辭章之學，可以說
是一門富於民族特點的探討語言藝術的學問。」（《漢語辭章學
論集》，18頁）陳滿銘教授很贊同：「辭章學是中華文化沃土
中的一叢奇葩。」發掘、總結、利用漢語辭章學的優秀遺產，
對於增強民族自信心、自豪感，對於繁榮中華民族的新文化，
為兩個文明建設服務，無疑是有好處的。語言研究，必須立足
於中國的今天，洋為中用，古為今用；必須千方百計挖掘自己
民族的文化精華，不該數典忘祖。學習西方，不搞「西化」，
繼承傳統，不搞「復古」。這是進行漢語辭章學研究的根本出
發點。

㈡辭章學研究的回顧

前文說過，本文只把筆鋒聚點在明確地樹起「辭（詞）章
學」旗幟的一小部分論著。北京、福建、台灣的學者此類成果
較多，上海、山東、安徽的學者也有此類論著。簡述如下。

1959年施東向先生在《紅旗》雜誌（1959第14期）發表了
《義理、考據和辭章》的論文，明確指出：「辭章是屬於文章
形式方面的問題。講究辭章，在我們說來，就是要求適合於內
容的完美的形式。」又說：「好的內容要求有好的形式，拙劣

的辭章必然使內容受到損害。」文章還指：「辭章問題雖然是個形式問題，卻不止是單純的技巧，而是同作者的思想作風有密切的關係。」談到辭章形式時指出：「我們所說的辭章涉及語言、章法和風格等方面。一個作者力求掌握豐富的詞彙和多樣的章法，目的是為了運用自如，能夠把內容傳達得準確而生動。」後來此文被收入中學語文課本，使廣大青少年對「辭章」不陌生了。這對於促進辭章學的研究無疑是有好處的。

1961年，語文學、語言學界泰斗呂叔湘先生在《漢語研究工作者的當前任務》的重要文章在當年《中國語文》第四期發表，其「四」部分指出：修辭學「主要在修辭格的研究和改正詞句錯誤兩方面（後者有一部分屬於語法範圍）。這未免太狹隘。必須突破這兩個框框」。這裡的「太」字不是誇張詞！怎麼突破？他要求要學習「說話和寫文章」的理論，把口語理論、書面理論都提出來了。怎麼學？一是從「我國古典的『詩文評』裡面」發掘充分體現漢民族文化特點的優秀遺產，加以繼承發揚；一是借鑑西方理論，當時強調的是「蘇聯和歐洲大陸上的『風格學』」。他對這兩個方面：字法、句法和章法的風格要素，語音聲律，各種文體，並指出這些方面都很值得從詞（辭）章學進行研究。他堅信「我們能夠逐漸建立起來自己漢語詞章學（或漢語修辭學，或漢語風格學）」。這段話可以看成是對語言學界發出向「詞（辭）章學」衝刺的起跑令。

接著，張志公先生在《中國語文》第八期發表了《詞章學？修辭學？風格學？》的文章，進一步論述了研究辭章學的必要性及這一學科的性質、對象。對這門綜合性的學科應採取什麼名稱，他和呂叔湘先生相呼應，首選的也是「詞章學」。其後，志公先生還發表了《談「辭章之學」》（《新聞業務》

1962.2）、《漢語辭章學與漢語語法》（《語言研究》1983.2）、《建立和漢語語法相對待的學科——漢語詞章學》（《語文研究》1980年第一輯），《非常需要一種橋梁性學科》（《中國語文研究四十年紀念文集》，北京語言學院出版社，1993）等。其中以「橋梁性」給學科主要特徵進行概括，是很重要的理論。後來，他寫成《漢語辭章學引論》的講稿，在北京幾所高校試講。《引論》十五講，前四講，是概述的部分，含《漢語辭章學概說》、《說語言》、《漢語簡說》、《語言的應用——簡論「聽說讀寫」》等。這些文章中，除了論析漢語的特點之外，尤其重視論述辭章學的綜合性、橋梁性和聽說讀寫能力的培養等理論，突出了辭章學是一門橋梁性學科、應用學科和旨在提高聽說讀寫能力的學科任務。第五至十五講，分別談「篇章」（二講），「句讀」（一講）、「語彙」（三講）和「字」、「比興」、「體裁」、「風格」（各一講），論析了辭章學最重要的研究對象。第十五講《結束語》。1981年，志公先生給北京大學中文系二、三年級講《辭章學講話》的選修課，1990年又給北京師範學院中文系一位研究生試講（《漢語辭章學論集》，頁257、258），王本華旁聽、整理，和上述文章合起來，取名《漢語辭章學論集》，1996年由人民出版社出版。這不僅是漢語辭章學界，也是語言學界、語文學界的一件大事，對於推動這些學科的研究起了很大的推動作用。

　　從1961年以來，福建有些青年受到呂叔湘、張志公的啟發，也在學習、思考、探索。由於年輕，「文革」期間未被衝擊，躲進圖書館潛心研究，「文革」結束，寫成幾部書稿。1979年開始利用在高校講授「中國古典文學」、「現代漢語」、「古代漢語」，尤其是「文選與寫作」的課程，把辭章學的理論

融化於其中，並按呂叔湘先生指出的「修辭學，或風格學，或詞章學——這是語言研究的另一個部門」的路子進行研究，相繼推出《比較修辭》（1982）、《新編修辭學》（1987）、《文藝修辭學》（1993）等修辭學編著，推出：《論「比」和比喻》（1981）、《因體施教》（1986）、《語體劃分概說》（1987）、《鼎立：電信體的崛起》（1992），《論語體與修辭風格》（1998）、《論「體素」與「格素」》（1994）、《論文章風格與言語風格》（1994）等近百篇相關的系列論文，推出《辭章學概論》（1986）和充分體現讀寫雙向互動和語言綜合運用的《辭章藝術示範》（1991）等同體例編著五本，推出「辭章藝術大辭典」（出書時改稱《中國文學語言藝術大辭典》，1993）及其姐妹書《辭章學辭典》（2000）；按「表達⇌承載⇌理解」雙向互動，融入詞彙學、音韻學、語法學、修辭學、風格學的《對偶趣談》（1992）、《對偶趣話》（1999）二本，專門辭章學：祝敏青的《小說辭章學》（2000），辭章學論集三本：《言語修養》（個人論文集，1999）和《辭章學論文集》（上、下冊，2003），以及理論專著《辭章學導論》、《辭章學新論》（2003，即出）等。福建師大的辭章學研究者，申請成立了辭章學研究室、所，招收了辭章學碩士研究生，在漢語言文字學博士點中設了辭章學的研究方向，並申請成立了「中國修辭學會辭章學研究會」的全國性學術團體。福建的學者在研究的過程中，比較重視進行理論的探討，對辭章學的理論框架、對象、體系、定義、性質、功能、目的、任務、研究的方法、發展的步驟、前途等進行探討，總結出「四六結構論」、「四元世界說」、「三辭三成說」、「四在效果說」、「結構組合論」、「辭章生成論」、「辭章解讀論」、「四個階段論」、「『表達⇌

承載⇌理解』雙向互動論」、「誠美律」、「言語規律」、「語體文體對應論」、「語體媒介三分說」、「語體平面論」、「體素論」、「格素論」、「風格優劣論」、「風格優化論」等；同時也重視對傳統理論作系統的整理、歸納，對中外現代語言學理論的學習、借鑑和實際運用（包括聽說讀寫）問題的探討。

如上所述，大陸學者的辭章學研究，起於對建設普通辭章學的思考，以後發展到對專門性辭章學的開拓。

台灣學者的辭章學研究別開生面，很有特色，成果豐碩。

一是旗幟鮮明地豎起「辭章章法」的大旗。以陳滿銘教授為首，團結了一批年輕的俊彥，培養了一屆又一屆很有創見的碩士、博士。他們主攻的方向明確，火力集中，對「辭章章法」（或簡稱「章法」）的廣度和深度進行開拓，推出了數百萬言的論著。如：陳教授的論文《談詞章的兩種基本作法：歸納與演繹》（1976）、《談運用詞章主旨的幾種基本形式》（1986）、《談運用詞章材料的幾種基本手段》（1986）、《談詞章聯絡照應的幾種技巧》（1978）、《談詞章主旨在凡目結構中的安排》（1997）、《談詞章章法的主要內容》（上、下）（1997、1998）、《談三疊法在詞章裡的運用》（1990）等約五十篇，新近又發表了《論辭章章法的「多、二、一（○）」結構》、《論長篇辭章之章法結構分析》等五個鴻篇，並先後推出專著《文章結構分析》（1999）、《章法學新裁》（2001）、《章法學論粹》（2002）等。其高足仇小屏推出了六十多萬言的碩士學位論文《中國辭章章法析論》，繼而發表了《文章章法論》（1998）、《篇章結構類型論》上、下（1990）、《章法新視野》（2002）。陳教授另兩位高足也相繼推出專著：陳佳君的《虛實章法析論》（2002），夏薇薇的《賓主章法析論》（2002）等。台灣僅辭章

章法專著就達十部，使這門學科「集樹成林」，蔚為大觀。

台灣學者在研究的基礎上，總結出系列重要的辭章章法理論與方法。陳滿銘教授善於發揚中華優秀的文化傳統，從《易經》、《老子》中吸取辯證法的精華，建構了「多、二、一（○）」的辭章章法的理論核心，總結了辭章章法「四大律」：秩序律、變化律、聯貫律、統一律；歸納了今昔、遠近、大小、高低、本末、淺深、貴賤、親疏、插補、賓主、虛實（時、空、真、假）、正反、抑揚、立破、問答、平側、凡目、縱收、因果（以上見《章法學新裁》）、久暫、內外、左右、視角轉換，時空交錯，知覺轉換、狀態變化、眾寡、並列、情景、論敘、泛具、詳略、張弛（以上見仇小屏《篇章結構類型論》）等；此外，還有點染、底圖、偏全、天人（天然與人事）等，正在發展中（已用於分析辭章，見陳滿銘的《文章結構分析》、《詞林散步》及《章法學新裁》）。理論、規律、方法的總結，使辭章章法學沿著科學化和學科化的道路邁進了一大步。

台灣學者運用上述理論、規律與方法，用於「語文」（國語、國文）教學之中，用來分析作品與指導寫作。由此，又推出了系列論著，這又使理論性與應用性巧妙地結合起來。其代表著作有陳滿銘的《國文教學論叢》（1991）及其《續編》（1998）、《作文教學指導》（1994）和《詞林散步》（2002），其高足張春榮的《修辭新思維》（2001）和《作文新饗宴》（2002），仇小屏的《深入課文的一把鑰匙——章法教學》（2002）及其姐妹篇《下在我眼眸裡的雪——新詩教學》（2001）、《詩從何處來：新詩習作教學指引》（2002）和《放歌星輝下——中學生新詩閱讀指引》（2002）。這些書都有共同

的特點，把章法的理論、規律、方法融於其中，都從「表達⇌承載⇌理解」亦即「閱讀」與欣賞作雙向的論析，從辭章之融合性、一體性來闡釋。因此，它們又是很好的「文藝辭章學」、「新詩辭章學」。對此，筆者已寫了幾篇文章進行評介了。

從台灣學者的「辭章章法學」研究的軌跡和走向看，他們正向「篇章辭章學」衝刺。

二是雖然未樹起「辭章學」的旗幟，但其研究的對象已突破傳統辭章學的框框，進入了「廣義修辭學」，亦即辭章學的領域，例如沈謙、蔡宗陽、方祖燊、黃麗貞、張春榮諸教授的一些專著。筆者已撰寫了《台灣修辭學研究的「深」與「廣」》[1]一文對此進行分析。

除了北京、福建、台灣學者的辭章學研究之外，上海學者的研究最值得引人注目。首先是陳望道先生。1964年3月24日，他在回答復旦大學語言研究室修辭組的研究者們提出的問題時指出：修辭學要研究「零點以下」（就是不通的）、「零點」（普通的通順明白）和「零點以上」（積極修辭）的「東西」；還要研究「藝術手法」（就是技法）。它包含：通與不通、對與不對、好與不好、妙與不妙的所有言語現象。這樣的「修辭」比1932年出版的《修辭學發凡》修辭範圍要擴大幾倍，也就是成了「廣義修辭學」。從這點講，辭章學就是修辭學。這是陳先生修辭學思想的一大飛躍。濮侃、龐蔚群、齊滬揚的《語言運用新論》也是「廣義修辭學」的佳作，這應該就是他們所說的「辭章學的研究工作」吧！胡奇光教授在《中國小學史》等論著中也多次談到「辭章」的理論。此外，山東的戴磊教授也發表過辭章學的論文。

從目前來看，漢語辭章學——「廣義修辭學」這門兼顧「表達⇌承載⇌理解」的語言綜合運用的新學科，已經初步建立起來了。

(三)辭章學研究的前瞻

從上述可以看出漢語辭章學研究的發展態勢很好，逐步深入，加強交流、協作，其發展前途無限。我想強調以下三點。

1. 堅持正確的發展方向

呂叔湘、張志公諸先賢建立漢語辭章學的初衷在於要解決語言的綜合運用問題，要打破原來修辭學侷限在修辭格研究和改正詞句錯誤這兩方面「狹隘」的「框框」，成為融會修辭學、語體學、風格學、文藝學和文學欣賞等相關的原理、規律與方法，把「對與不對、通與不通、好與不好、妙與不妙」的重任兼挑起來的綜合性、一體性的學科；要全面解決說寫聽讀（即「表達→承載→理解」）的實際問題，解決語法教學、語文教學中的老大難問題，為語文教學開闢一條新路。要從漢語的特點出發，找出漢語文教學中最富特點、最有效的方法，繼承發揚中華民族的優良傳統，但不是復古；學習、借鑑西方對我有用的相關理論，但不是西化。我們認為，最富民族性的東西，就最具有世界性。

2. 實現科學化和學科化

作為廣義修辭學的辭章學，由於它研究的範圍廣、功能大、任務重，因此要不斷科學化，探討建立一個科學的理論框架，以統帥學科宏觀、中觀、微觀的所有理論、規律與方法，

概括學科的對象、定義、性質、功能、規律、方法，探索研究的道路。兩岸在這些方面的研究，取得了大致的認同。某些小差異是由於研究的範圍大小有別，這更有助於互相交流，互補共進。在這基礎上實現學科化：建立科學的漢語辭章學及其分支學科。

3.要根據不同讀者對象，編寫不同的讀物、教材

今年啟動「大學辭章學」教材的編寫，之後，還要為中等文化水平的讀者編寫相應的讀物，我們計劃的「電腦輔助閱讀、寫作數據庫」的建設，其第一部就是為中小學生「減負」來考慮的。要寫一部「兩岸辭章學研究述評」之類論著，以便交流，促進學科的發展。進一步要寫「漢語辭章學史」、「辭章史」，以便總結我國辭章學研究的成果，並根據不同領域、編寫不同功能的辭章系列叢書。

辭章學研究的春天已經到來！呂叔湘、張志公的遺願已逐步成為現實，他們將含笑於九霄。

（原載「國文天地」第十九卷第三期）

注 釋

1 鄭頤壽：《台灣修辭學研究的「深」與「廣」》，收入《辭章學論文集》，海潮攝影藝術出版社，2003。

二、普通辭章學研究述評

（甲）《漢語辭章學論集》序　　顧振彪
（全文收入張志公《漢語辭章學論集》）

（乙）張志公先生與漢語辭章學　　王本華
（全文收入張志公《漢語辭章學論集》）

（丙）漢語辭章學研究四十年述評　　鄭韶風
（全文刊於《國文天地》第17卷第2期）

（丁）呂叔湘、張志公倡建漢語辭章學四十年

　　漢語「辭章」的理論始於先秦，當時單稱「辭」或「文」，是和「內容」相對應的「藝術形式」。古書中經常提到的「辭」與「意」、「辭」與「情」、「辭」與「理」、「辭」與「事」、「辭」與「實」、「辭」與「旨」、「辭」與「骨」以及「文」與「質」、「文」與「心」等，都是形式（辭、文）與內容（意、情、理、事、實、旨、骨以及質、心）並提。到了梁·劉勰的《文心雕龍》，才出現了「辭章」一詞。辭章是一門學問，古代詩話、詞話、文評、史論中都談到這類內容。

從筆者目前所掌握的資料來看，「辭章之學」（或稱「詞章之學」）在明人王守仁的《博約記》中已經出現。但正如志公先生說的「古人從來沒給『辭章之學』下過定義，也沒有一本專談辭章之學的論著。」[1] 半個世紀以來，為解決語言的綜合運用問題，要求「講究辭（詞）章」，呼籲建立漢語辭（詞）章學，被歷史地擺上「議事日程」。

1959年施東向在《紅旗》雜誌第14期發表了題為《義理、考據和辭章》的重要文章，論述了辭章的含義、重要性以及它與內容的辯證關係，給研究者以很大的啟發。他指出：「辭章是屬於文章形式方面的問題。講究辭章，在我們說來，就是要求適合於內容的完善的形式。」又說：「好的內容要求有好的形式，拙劣的辭章必然使內容受到損害。」文章還強調指出：「辭章問題雖然是個形式問題，卻不止是單純的技巧，而是同作者的思想作風有密切關係的。」此文談到辭章這一形式時具體指出：「我們所說的辭章涉及語言、章法和風格等方面。一個作者力求掌握豐富的詞彙和多樣的句法和章法，目的是為了運用自如，能夠把內容傳達得準確而生動。」這段話說明辭章屬於形式方面，但不是唯形式論，而是要處理好形式與內容的辯證關係；提出了辭章包括的範圍：「語言、詞彙、句法、章法和風格；辭章的要求：好——準確而生動。」此文收入高中《語文》課本之後，使社會廣大讀者對「辭章」不太生疏了。

1961年語言學界泰斗呂叔湘在當年第4期的《中國語文》發表了《漢語研究工作者的當前任務》，指出：「修辭學，或風格學，或詞章學——這是語言研究的另一個部門，目前在我國還是一個比較薄弱的部門。過去我們在這方面做的工作，主要在修辭格的研究和改正詞句錯誤兩方面（後者有一部分屬於

語法範圍）。這未免太狹隘。必須突破這兩個框框，對這門學問的目的、研究對象、研究方法好好討論一下，並且確定它的名稱。首先應該學習毛澤東同志關於說話和寫文章的指示。蘇聯和歐洲大陸上的『風格學』，在方法上有可以供我們借鑑的地方。我國古典的『詩文評』裡面也大有可以繼承的東西。結合這幾個方面，我們能夠逐漸建立起來自己的漢語詞章學（或漢語修辭學，或漢語風格學）。」這段話明確指出了修辭學僅僅研究修辭格和改正詞句錯誤是很不夠的，指出要學習毛澤東關於「說話」和「寫文章」的指示，也就是，既要研究口語，也要研究書語；同時還指出，要立足於現代的中國，一手伸向外國，借鑑他們對我們有用的東西；一手伸向古代，批判地繼承老祖宗的遺產。此論高屋建瓴，指明了研究的方向。名正言順，在給這門新學科「確定它的名稱」時，呂叔湘首取的是「詞章學」。而辭（詞）章學的對象是什麼？應該用什麼方法去研究？呂叔湘指出「詞章的研究則需要更敏銳的『風格感』，需要更多的想像力，雖然排比之功也不可廢，甚至統計工作也有一定的用處。」他說：「我國古典的詩文評很重視語音協調。韻文必須講『聲律』，不用說；就是散文，也必得讀起來音調鏗鏘才算好文章。」「用現代漢語寫詩寫文章，這裡面有沒有『聲律』可講，這『聲律』是什麼性質的東西，這問題也應該包括在漢語詞章學之內。」「詞章學研究各種文體，這裡面應該包括翻譯體。對於譯文的風格……從原則方面到技術方面，都很值得作為詞章學的一個專題來研究。」而風格該怎麼研究？它「既研究不同文體的不同風格，也研究不同作家的不同風格，而首先是研究什麼是風格，風格是怎樣形成的。風格的要素雖然也不外乎字法、句法和章法」。這就給辭章學研究

的對象指明了一個輪廓：修辭格，改正詞句錯誤（請讀者注意：「突破了這兩個框框」，而不是撂掉「這兩個」；僅僅研究「這兩個」「未免太狹隘」，而不是放棄「這兩個」），「這兩個」與陳望道先生所講的「零點」以下的言語現象有其一致性；聲律，字法，句法，章法，技術（藝術技巧）；風格：包括風格定義，風格要素，風格類型（文體風格、作家風格），風格研究方法（想像法、排比法、統計法）等。

　　同年，張志公在《中國語文》第8期發表了《詞章學？修辭學？風格學？》一文，進一步論述了建立辭章學的必要性及這一學科的性質、對象，提出了對詞彙學、語法學、文藝學，或者說對修辭學與風格學作綜合研究的問題，呼籲為這些學科「立個集體戶」，成為一門新的學科，以闡述「運用語言的技巧和效果等等這一路問題」。呂叔湘與張志公相互呼應，呂叔湘提出對這種學科「怎樣確定它的名稱」？張志公則謙遜而又富有啟發性地說：這門學科「是不是可以稱之為『詞章學』呢？」末了，他說：「為了語言教育工作的需要，真得向語言科學工作者提出個呼籲：趕緊編出幾本書來——叫『詞章學』也好，『修辭學』也好，『文體學』也好，『風格學』也好，或者別的什麼學也好，總之，給解決一些運用語言的實際問題。」張志公的這段論述又在呂叔湘論述的基礎上有所發展，表現在：一、提出了做綜合研究以立個「集體戶」的問題。它綜合了詞彙學、語法學、文藝學、修辭學、風格學等語言運用的相關學科，以建立一門新的學科。二、概括地指出這門新學科的性質：它屬於「運用語言」的學科——言語學的範疇。三、這門學科的對象：綜合運用上述諸學科的「技巧」。四、研究的目的：增強言語的「效果」。五、建議給這一學科確定一個名

稱，張志公雖然列了幾種，但首選的也是「詞章學」。後來張志公又陸續發表了多篇論辭章學的文章，都明確地用「辭章學」這個名稱。

1962年，張志公進一步闡述了辭章「這一形式與內容的相互關係」；指出「古人特別重視煉字煉句和文章體性」，並「進而考究比喻、誇飾的運用，篇章的結構組織，終於表現為文章的『體性』」[2]。

1983年，《語言研究》第2期又發表了張志公《漢語語法與漢語辭章學》一文，指出：辭章學是「語言藝術之學」，「漢語辭章學是企圖用現代科學觀點，其中包括並且著重運用現代語言學觀點整理探討我國傳統的辭章之學的一門語言應用學科。」這就給這門學科的性質做了定位：「語言應用學科」。其後，張志公還把辭章學的性質和作用歸納為「橋梁性學科」，指出「這門課就是試圖在漢語語言學及其各分支學科的基礎知識、基礎理論同培養提高聽、說、讀、寫的語言應用能力之間起一些橋梁性的作用。」[3]

從以上可以看出，張志公鍥而不捨，不斷推進的研究精神。他還用《漢語辭章學引論》的書稿在北京的幾所高校試講過幾次。試講之後，擬出一本《辭章學摘要》，現已收入《漢語辭章學論集》。這是張志公一生之中對辭章學探索的結晶。他結合教學的心得體會，對過去的研究進行整理、提煉，個別提法作了修正。「引論」分十二講：《漢語辭章學概說》、《說語言》、《漢語簡論》、《語言的應用——簡論「聽說讀寫」》、《篇章論》、《詞彙論》、《字》、《說「比、興」》、《體裁論》、《風格論》等，初步建立了漢語辭章學的體系。

張志公從1961年開始，極力倡議創建漢語辭章學，到1996

年推出《漢語辭章學論集》（以下簡稱《論集》，前後35年，闡析了辭章學的概念、性質、對象、體系及其功能。其間，經歷了「文革」十年，研究被迫停止下來。粉碎「四人幫」後，他又重振旗鼓，繼續拓荒。

由於政治的、學術的影響，跟隨張志公研究辭章學的學者寥如晨星，大陸的只有濮侃、龐蔚群、戴磊、王本華和福建的張慧貞、祝敏青、林大礎、鄭韶風幾位學者，但火種並沒有熄滅！

40年前，福建的一些青年讀了呂叔湘、張志公有關倡議建立漢語辭章學的文章後，受到啟發，開始思考、研討，至今還在不斷探索之中。他們和張志公在學術上沒有直接的聯繫，不但無法親聆張先生的教誨，也未及時讀到張先生其後發表的有關辭章的其他論文，直到《論集》出版以後，才得以系統拜讀，因此，未獲得張先生的直接指導，在學術觀點（包括學科定義、性質等）、學科體系上就難免和「先生兩次講授辭章學的內容有很多不同」[4]。同時，也歷盡坎坷。

儘管如此，研究辭章學的火種一經呂叔湘、張志公點燃，就慢慢地燃燒起來，雖然其間也經風吹雨打，有時接近於火熄炭黑，但地心的熱度始終沒有冷卻。十年浩劫期間，他們潛心探討，粉碎「四人幫」之後，更進一步地學習修辭學、文章學、話語語言學、資訊學、文體學、語體學、風格學等有關知識、理論，又細心地領會呂叔湘、張志公等學者的辭章學思想，進行研討。1979年起，我在給大學生講「文選與寫作」（一門課程兩個學期）時，就試用辭章學理論進行分析，深得學生好評，繼而經過整理，寫成了《辭章學概論》（以下簡稱《概論》）的書稿，1984年，在福建省直機關業餘大學試講，

1985年暑期，又到廬山，在中國華東修辭學會舉辦的研討班上給來自全國26個省、自治區的一百多名學者試講（講其中的「語格變化」部分），受到學員們的充分肯定；書稿送福建教育出版社，經責編任鳳生先生審定、編輯，1986年和讀者見面了。我還在福建師大申請、籌建了辭章學研究室，從1988年起團結國內志同道合的專家（主要是福建省修辭學會和全國文學語言研究會的部分成員），在福州、北京、上海、武漢、山東、浙江、四川等地，成立了17個寫作組進行研討。我設計了統一提綱，統一要求，統一體例，請其中14個寫作組分工實施，撰寫《中國辭章藝術大辭典》和《辭章學辭典》兩部姊妹書，前者重在辭章實踐，後者重在辭章理論。後來，《中國辭章藝術大辭典》改稱《中國文學語言藝術大辭典》，於1993年由重慶出版社推出。《辭章學辭典》於1992年送三秦出版社，經編審，1993年3月進行徵訂。此典《後記》還留著「1993年（原稿為1992年，經編輯改動）2月於福建師範大學」的歷史痕跡。可能由於書名不夠通俗，加上篇幅大，定價高，一直達不到開印數，書稿在出版社冬眠八載，直至2000年才正式付梓。另外3個寫作組由閩、浙的有關專家組成，相繼推出了《辭章藝術示範》及其同類書《言語藝術示範》和《語文名篇修改範例》（二冊）等。

　　《中國文學語言藝術大辭典》出版後，辭章學研究的隊伍壯大了。福建師大十分支持這一事業，原來的辭章學研究室改為「福建師大辭章學研究所」，並於1996年招收了第一屆辭章學碩士研究生。2000年，福建師大申報漢語言文字學博士點，其中一個研究方向就是「漢語修辭學、辭章學」。我被列為這個研究方向的學術帶頭人之一，經國務院學位委員會嚴格審

評，獲得批准。

1997年，我們在書店購得張志公的《論集》，十分激動，研究所的老師和研究生都認真研讀。在研討中，全國文學語言研究會、福建省修辭學會中志同道合者，自然地形成了一個「辭章學研究中心」，配合默契，將相繼推出幾部專著。在這基礎上，由我們組織舉辦的辭章學、修辭學研討會於1998年5～6月間，在武夷山召開[5]。會上，復旦大學博導宗廷虎教授、華東師大濮侃教授都對辭章學的研究做了熱情洋溢的、富有啟發性的發言。此次會中，我還初擬了辭章學叢書的幾個課題，請學會的專家分工著述。

2000年5月間，復旦大學、武漢大學、安徽大學、福建師大等校的10名教授代表大陸中國修辭學界赴臺參加學術交流。我有幸與會，得與辭章章法學的專家臺灣師大陳滿銘教授、仇小屏博士等晤談，互贈論著，相互切磋，領會了他們的高論。我驚喜地發現臺灣學者成批的辭（詞）章章法學著作。有直接以「辭（詞）章」命題的：《談詞章聯絡照應的幾種技巧》，《插敘法在詞章裡的運用》，《談詞章剪裁的手段》，《談詞章主旨、綱領與內容的關係》，《中國辭章章法析論》等論文和專著；有以「修辭」命名而其實已大大突破了「以語言為本位」的「純修辭學」的範疇，如沈謙的《文心雕龍與現代修辭學》，張春榮的《修辭學新思維》等。欣喜之餘，我寫下了《臺灣辭章學研究述評》（此文僅評述辭章章法學部分，其他待續），《中華文化沃土，辭章學圃奇葩》，《漫步向文藝辭章學的佳作》等，進行評介。我驚喜地發現，兩岸學者對辭章學的學科定位、學科性質、對象、哲學思辯（辯證法）直至研究方法、科研道路、梯隊建設、研究計畫等，都大同小異，許多觀

點不謀而合[6]。我深感到漢語辭章學這門古老而年輕的學科前景廣闊。

2000年8月，全國文學語言研究會、福建省修辭學會在福州又舉辦了全國性的辭章學研討會；2002年秋在廈門、泉州再辦一次「閩臺文學辭章學研討會」，會後陸續推出相關的論文集。

張志公說：「漢語辭章學」「這樣的書大概要比現在所有的語法書都厚得多」。我們可以編寫「出各種不同的本子——大型的，中型的，小型的；群本，略本，等等，以適應各種不同對象的需要。這種書對於人們學習漢語、運用漢語會有更多的實際的幫助。」[7]張志公主編的中央廣播電視大學教材《現代漢語》下冊的《編者的話》中說：「這一部分原先準備照『辭章學』的系統編寫，在這部教材的編寫計畫中，在上冊的『導言』中以及在別的一些場合，都曾經作過這樣的表示。隨後收到一些同志的建議，認為在中央廣播電視大學開設的這樣一門以十分廣泛眾多的學員為對象的《現代漢語》課裡，還是照大家比較熟悉的修辭學的路子來講更穩妥些。」張志公接受了大家的建議，沒有把原先的設想付諸實施。如今，張志公的《論集》以及福建師大推出的八種九本計有四百多萬字的辭章學論著已經問世，中學語文課本收入《義理、考據和辭章》的論文後，「十分廣泛眾多」的讀者對「辭章」已不生疏了。尤其可喜的是，1998年我在武夷山學術年會上提議、組織要出版「辭章學系列書」的計畫後，大家分頭實施，祝敏青的《小說辭章學》這一「專門辭章學園圃中一枝俏麗的早梅」開放了。在這樣的時候，全國文學語言研究會、福建省修辭學會和福建師大辭章學研究者，要繼承呂叔湘、張志公未竟的事業，擬召

開以紀念兩位先生倡議建設「辭章學、修辭學、風格學四十年」為主題的學術研討會，會後將推出有關辭章學、修辭學、風格學的論文集。通過研討，獲得共識，如果兩岸學者能聯合編寫一部中型（約70萬字）的《漢語辭章學》高校教材，並進一步促進「辭章學系列書」的撰寫與出版，21世紀將是漢語辭章學繁榮的世紀！

注 釋

1 《談「辭章之學」》，見《漢語辭章學論集》（以下簡稱《論集》），13頁，人民教育出版社，1996。

2 同1，14～16頁。

3 《非常需要一種橋梁性學科》，見《中國語言研究四十年紀念文集》，北京出版社，1993(10)，見《論集》，54頁。

4 黃成穩：《張志公與漢語修辭學》，《修辭學習》，1989(4)。

5 由中國修辭學會全國文學語言研究會、華東修辭學會、福建省修辭學會聯辦。

6 拙文《臺灣辭章學研究述評》，2001年12月於廈門舉辦的「兩岸文化研討會」論文，刊於臺灣《國文天地》第202期，2002年3月號；《中華文化沃土，辭章園圃奇葩》，2002年5月於蘇州舉辦的「兩岸文化研討會」論文，刊於臺灣《國文天地》第207期，2002年8月號。此兩文均承陳滿銘教授收入《章法學論粹》書中，臺灣，萬卷樓圖書有限公司，2002。

7 《論集》36頁。

（戊）學習、弘揚呂叔湘、張志公的精神，繼續開拓、創新

一門新學科的建設，不能一蹴而就，它需要一大批志同道合的學者協作攻關，甚至需要幾代人的不斷努力，不斷開拓、完善，才能使學科逐步科學化。從呂叔湘、張志公研究漢語辭章學的歷程，我們以為有以下幾點值得學習、繼承、發揚。

㈠學習、弘揚三種精神

1.頑強拚搏、不畏艱難的精神。

張志公提出建設漢語辭章學這門新學科是在國家遭受經濟困難的1961年，是在「左」的年代。四五年後，十年浩劫就開始了。這是「國難」，像張志公這樣著名的專家、學者都是在劫難逃，受到衝擊、批判、鬥爭。他並沒心灰意懶，中共十一屆三中全會之後，張志公東山再起，通過寫論文或為語言學著作寫序言的機會，仍一再呼籲，不斷闡述。上個世紀90年代他已年過古稀，「沒有幫手，年歲大了，跑書店跑圖書館跑不動了」，仍然堅持鑽研。他住的「屋子太小，書櫥擺不開，每個書櫥裡的書都是兩三層，放進去拿不出來；有的書櫥前面還放了縫紉機之類，封鎖了」；年老了，「爬高上低，找資料，爬不動了。」[1]特別到後期，又患重病，《論集》只好交給他的研究生王本華整理編出。在這樣的情況下，他仍然頑強拚搏，孜孜不倦，探賾索微，不斷開拓。

2.開拓創造，建立新學科的精神。

張志公是著名的語言學家，是現代漢語教學體系的創建

者，對普及現代漢語和對外漢語教學都產生了重大而深遠的影響。他又是著名的修辭學家，1953年出版的《修辭概要》，走出了以辭格為中心的舊路子，「建立了以實用為目的的修辭學體系」，為解決語言運用的問題，做出了突出的貢獻。上個世紀80年代，成立了中國修辭學會這一全國性的學術團體，他是首任會長。對語法、修辭有獨特建樹的張志公，沒有故步自封，他感到語言運用藝術要靠語法、修辭，但若僅此是不夠的。在他對語修體系及其功能認識的基礎上，敢於從原有的陣地上殺出來，麾軍奔向新的陣地，為建立漢語辭章學新學科而努力。他不沾沾自喜於原有的輝煌，不安臥於功勞簿上養老，而是不斷開拓，在學術上，做到了「鞠躬盡瘁，死而後已。」

3.實事求是，尊重科學的精神。

　　科學的精神是實事求是的，來不得半點的虛假。科學真理的探索，不是一勞永逸的；創造，創新，就要不斷超越自我；有影響的成果，往往有個不斷探索、不斷完善的過程，甚至要勇於自我否定，沿著「否定之否定律」不斷前進。這後一種，是非常不容易的。「辭章學」的定義是什麼，在不同的歷史時期，張志公的看法不是一成不變的，而是不斷探索，不斷完善的。他對研究生們說：「要敢於發現並承認在研究、講述、寫作中的某些失誤。萬萬不要因我這樣說過，就得堅持不變，不能自己否定自己。不對！該否定就得否定，清代學者戴震說過，作學問，要『不以人蔽己，不以己蔽己』。（轉引自孟憲範同志文）這話說得太好了！希望你們記取！」從這裡看到的難道僅僅是辭章學的定義？不，我們還看到張志公這位大語言學家實事求是的精神，嚴謹不苟的科學態度，望見了張志公高

大的形象，感受到他的大家風範、人格魅力。誠然，學科的定義是至關重要的，張志公給它修正，就免得後來者花許多筆墨進行爭論，少走許多彎路，保證了研究能走上健康的道路。

(二)學會運用科學的方法

張志公在漢語辭章學研究中，還重視科學的方法。黑格爾說：「方法不是外在的形式，而是內容的靈魂。」恩格斯說過：「在一切哲學家那裡，體系都是暫時的東西，但包含在體系中的真正有價值的方法卻可以長久地啟人心智、發人深思。」為什麼方法比結論更重要？因為一般來說，結論總不免受到時代條件侷限，它們可以隨時間推移而過時，或由正確變成錯誤，或由整體變成局部，但正確的方法卻能給人們提出獨立探索的合理途徑，並且能夠反過來檢驗結論本身。

呂叔湘說，辭章的研究，要借鑑「蘇聯和歐洲大陸上研究『風格學』的方法」，「詞章的研究則需要更敏銳的『風格感』」，「它是跟語法研究的角度不同，方法也就不會一樣」。同時還要繼承「我國古典『詩文評』裡面優秀的傳統」[2]。張志公正是這樣，他說：「辭章之學在我國有悠久的歷史傳統」[3]，它具有「鮮明的民族性」[4]，「具有我們民族特點」[5]。他在研究辭章學的過程，十分重視「漢語各方面的特點，發揮著這些特點的藝術功能，同時也受著這些特點影響和制約」的方方面面[6]。他正是從漢語特點，來談辭章學的字法、句法、章法，來論比、興、文體、風格。張志公還注意「古為今用」，注意辭章學的「社會性和時代性」[7]，如上所述，注意「用現代科學觀點，其中包括並且著重運用現代語言學觀點整理探索我國傳統的辭章之學」[8]。他還重視運用西方語言學中語言和

言語、靜態和動態的觀點進行分析[9]。

善於從學科的遠親近鄰中汲取營養，這是張志公研究辭章學的又一重要的方法。

辭章學的近鄰是文字學、語音學、詞彙學、語法學、修辭學、文章學、文體學、語體學、風格學。張志公的辭章論中，就大量汲取、運用這些近鄰學科的理論、規律與方法。這種研究方法，符合新學科——邊緣性學科建設的發展方向，是「真正有價值的方法」。因此研究辭章學，既要心繫一科，又要眼觀六路，耳聽八方，「廣益多師——是吾師。」

辭章學的理論，來源於辭章藝術實踐。張志公善於遵循「實踐、認識、再實踐、再認識」這一辯證唯物論的認識論進行探索，使自己的研究能沿著正確的方向前進。他一邊研究，一邊實踐，在百忙中擠出時間為北京大學等高校的大學生、研究生講課，從中進行總結，厚積薄發，於1996年推出《漢語辭章學論集》。

此外，如歸納、排比法，數理法，學術梯隊建設法，系統論、資訊論、控制論的運用等，都是值得重視的。

(三)接過呂叔湘、張志公的接力棒繼續前進

呂叔湘、張志公已經作古了，但他們的精神永在，他們倡議開拓的漢語辭章學這門新學科，正以旺盛的生命力崛起於百科之林。我們認為，要借助紀念呂叔湘、張志公倡議建設漢語辭章學40年之機，開展下列活動。

首先，要緊緊抓住漢語辭章學中帶全局性、原則性的問題，諸如理論框架、定義、性質、對象、體系、目的、任務、規律、方法等進行研討。我們從學習呂叔湘、張志公和古今有

關理論中對這些問題作了初步的歸納。

其次，要組織隊伍，培養人材，開闢陣地，從多角度推出辭章學的著作。從目前研究隊伍看，修辭學的專家、學者多於風格學的，風格學的又多於辭章學的。但是，研究修辭學和風格學的專家、學者一般也都善於研究辭章學。呂叔湘說到建立漢語詞（辭）章學時，就很強調對字法、句法、篇章、文體、風格的研究，而這些都是修辭學、風格學研究者的熟悉課題。大學要設漢語辭章學的課程，要招收辭章學的碩士、博士研究生，高校要成立辭章學研究室、研究所，全國、省市要成立漢語辭章學研究會，定期召開研討會；要創辦辭章學的報紙、雜誌；要編寫漢語辭章學的教材，並從多種角度撰寫漢語辭章學的專著。要做好這些研究工作，除了研究者努力探研之外，還要依靠各級領導和出版社、報刊社的支持。

21世紀，將是漢語辭章學騰飛的世紀！

注 釋

[1] 張志公：《漢語辭章學論集》，北京：人民教育出版社，1996，258～259頁。

[2] 《漢語研究工作者的當前任務》、《呂叔湘語文論集》，23頁，商務印書館，1983。

[3] 同1，20頁。

[4] 同上，23頁。

[5] 同上，35頁。

[6、7、8] 同上，23頁。

[9] 同上，62頁。

（己）全面、正確地理解張志公先生的辭章學定義

　　志公先生是我國現代著名的語法學家、修辭學家、辭章學家，是一位胸懷坦蕩、筆耕不輟、著作等身的大學者。1961年，呂叔湘先生和他先後倡議建立漢語辭章學。志公先生還身體力行，對漢語辭章學的定義、研究對象、性質、特點和研究的目的、意義等進行研究，寫成論文；其後，還寫成講義，在北京的幾所高校給大學生、研究生試講，深得朱德熙、王了一、周祖謨等先生的支持和學生的好評，並於1996年推出《漢語辭章學論集》（以下簡稱《論集》）一書，語言學界對此迴響不小，進行學習、研討，推動了這門新學科的研究。

　　《論集》給研究者以很大的啟發，但也有人對志公先生的「定義否定論」理解不很全面。我想，這是值得正視並進一步研討的課題。志公先生在《論集》的《結束語》中說：

　　　一開始我曾經說過：「辭章之學」就是「文章之學」。（見《談「辭章之學」》，《新聞戰線》1962年第2期）現在認識到這種說法有片面性。辭章學同所謂文章之學有相同、相近的部分，但是也有很不相同的部分，因而說成「就是」，把這兩個東西當中劃個等號，是不妥善的。我還曾經在一篇參加國際學術討論會的論文裡，提出一個英語的譯名，我說：辭章學……如果用英語來稱說，大概可以稱之為The Art of Writing: a Linguistic Approach。現在想想這個譯名也不妥善，因為辭章學不僅僅是寫作的藝術，它是全面培養提高運用語言的能力

（包括口頭語言和書面語言，也就是平常說的聽說讀寫在內的各種能力）的一門學科。這裡說說，也是想提醒你們注意：不要因為在總的方面你們接受我的觀點，就認為我說的每句話都對；同時也建議你們，要敢於發現並承認在研究、講述、寫作中出現的某些失誤。萬萬不要因我這樣說過，就得堅持不變，不能自己否定自己。不對！該否定就得否定，清代學者戴震說過，作學問，要「不以人蔽己，不以己蔽己」。（轉引自孟憲範同志文）這話說得不太好了！希望你們記取！雖然直到現在我所做的工作還很不完整，很不理想，然而對它的前景、對它會比較完善地建立起來，我還是充滿了信心。

從這段語言，可以看出志公先生博大的胸襟，科學的態度，求是的精神，為辭章學的發展指明了發展的方向，令人欽佩。可是卻有些人，對「不對！該否定就得否定！」這句話的理解，不夠全面，以為志公先生研究辭章學搞錯了，甚至對這門學科的建設產生了懷疑。本文擬從以下兩個方面進行研討。

一、「不對，該否定就得否定」中「否定」的內涵是什麼？

志公先生所說的「不對」，僅僅在概念外延的大小上，也就是在作為書面話語的「文章學」或「文章學的一個側面」（《論集》，42頁）上。

「文章學」屬於書面語，而辭章學既要研究書面語，也要研究口頭語，這點志公先生的認識是清醒的，他多次把聽與說、讀與寫並列提出。他早在上個世紀50年代初出版的《修辭概要》中就說過：「說話和作文章，都是為了表達意思」，

「說話或者作文章有兩點應該做到：起碼很清楚明白，讓人家懂；進一步要生動有力，好讓人家信服、聽從、感動。」[1]這講的雖然是修辭學，但志公先生說：辭章學「比『修辭學』的範圍廣，綜合性大」（《論集》，18頁）。而修辭學都要研究口頭語（說話），比修辭學更「廣」、「大」的辭章學就不至於只研究書面語（文章）了。

在《論集》中，的確大部分篇幅談的是寫文章的理論、方法、技巧，但對此，我們要有兩點最基本的認識：一是因為書面語和口頭語在總體的理論上是一致的，志公先生說：「書面語言是記錄口頭語言的，以口頭語言為基礎的，因而基本上是一致的。」（《論集》，116頁）「傳統的語文學，文字、訓詁之學當然是解決書面的；研究語文應用的，如辭章之學，也是以古典的書面作品為根據，為對象，只是湊巧涉及到詩詞裡偶爾夾雜的一點口頭語言因素而已」（《論集》，117頁）。當然作為不同的「語體」，它們雖有區別，又有聯繫，張先生正是從它們「有聯繫」的「一致性」方面舉文章的例子來做說明。這點，修辭學界絕大部分學者也是如此。二是在《論集》中，還多次口頭語和書面語並提。他說：「所謂語文能力，包括口頭的聽、說和書面的讀、寫兩個方面。」（《論集》，46頁）「語文教學所說的培養和提高運用語言的能力，也就是聽說讀寫的能力」。（《論集》，62頁）「語彙總要表達出來才能形成完善的語言，這樣就有了語言的第二個層次：語音和文字（口頭語和書面語）。」（《論集》，68頁）這些事實，都充分地證明：志公先生論辭之學，儘管較多地以文章寫作為例來闡析，但並沒忘記、更無否定口語表達的重要性。也就是說，志公先生在語言的運用上早就注意到口語和書語。因此，「該否定的」，僅僅

是定義中未「概括」進對口語的研究這個義項，僅僅是「文字概括」之不「完整」而已。「文章學」要研究「文章的源流」、「文章的分類」、「文章的要素」等，從「文章的要素」講，要從內容這一側面研究「主旨」、「質料」等；也要從形式這一側面，研究文章的「結構」、「語言」、「表達方式」等[2]。志公先生十分明確地指出「文（辭章）與質（實）相對待，用現在的話來說，前者是語言形式，後者是思想內容，二者是對立統一的。」（《論集》，22頁）可見「辭章」研究的是和「內容」相對立統一的「形式」，就書面語的文章講，是和內容相對立統一的「形式」，也就是「文章之學的一個側面」（《論集》，42頁）。

由此可見「一個側面」論，有其正確的內涵，該否定的也僅僅是文字「概括」中只限於「書面語」這一方面。

二、研究問題，研究一門學科，例如研究辭章學，是從定義出發，還是從運用中存在的問題，例如辭章學研究的對象出發？我認為兩者都要研究，但首先要研究的是後者，研究語言綜合運用中存在的問題，確定辭章學所應研究的對象。志公先生認為辭章學應「以詞彙學和語法學為基礎」（《論集》，7頁）同時要考慮「綜合地應用各有關方面的原則、規則、方法、技巧」（《論集》，9頁），研究篇章、句讀、語彙、字和比興之類藝術方法、體裁、風格等（《論集》，《漢語辭章學引論》）。在這些方面，志公先生的論述是精闢的，所概括的對象抓住了重點，這是定義的依據、前提，是建構辭章學大廈的堅定基石。因此，我們「不該」把這些「基石」也「否定掉」，否則這座大廈就傾倒了。

當然，定義是對事物的本質特徵的認識，是對概念的內涵

與外延的簡要的抽象。已經有了明確的研究對象，從中再概括出正確的定義是需要的。這個問題，志公先生留給我們去做，這是「後來者」的責任。一門新的學科的建設，不能畢其功於一人。它要一批人，甚至幾代人的共同努力。

總之，志公先生給辭章學所下的定義，還有不少可取的部分，我們應該實事求是地進行分析，「該否定」的不是全部。僅僅是其中個別「不妥善的」部分，而不是其全部。

志公先生這種蕩坦的胸襟，科學的態度，實事求是的精神是永遠值得我們學習的。他的「否定之否定」論讓後來者少走許多彎路，省去許多舌爭筆戰之功，使後來者可以沿著他所指示的方向繼續勇往直前。

注 釋

1 張志公：《修辭概論》，3頁，中國青年出版社，1953。

2 張壽康主編：《文章學概論》，山東教育出版社，1983。

（庚）評介《辭章學概論》的文章選刊

〔編者按〕《辭章學概論》，鄭頤壽著，福建教育出版社，
1986。《辭章藝術示範》（鄭頤壽、張慧貞、鄭韶風著，上海
教育出版社，1992）及其完全同體例、同寫作指導思想的姊妹
書（《文章修改藝術》，福建教育出版社，1983）、《言語藝術
示範》（鄭頤壽、祝敏青為正副主編並為主撰稿，安徽教育出
版社，1992）、《語文名篇修改藝術》（二冊，鄭頤壽、潘曉東
主編，並為主撰稿，江西教育出版社，1997），《中國文學語
言藝術大辭典》（鄭頤壽、諸定耕主編，重慶出版社，1993），
《辭章學辭典》（鄭頤壽、林大礎為正副主編，三秦出版社，
2000），《言語修養》（鄭頤壽著，首都師範大學出版社，
1999），《辭章學論稿》及其系列書，都屬於辭章學研究的範
疇，有關評介文章幾十篇，限於篇幅，只選刊一小部分的文
章，敬請原書評作者諒察。有的書評作者情況不詳，未給介
紹，敬訴作者本人或知情的讀者告知，以便本書再版時補充說
明，並奉寄稿酬。謝謝！

辭章學為「廣義修辭學」，正如張志公先生所說的「它包
含我們現在一般理解的『修辭學』的內容」。本書作者修辭學
研究的成果頗豐，評介這些成果的文字幾百篇（段），本書只
刊有關評介《比較修辭》《文藝修辭學》的幾篇（段）文章，
以展示作者怎樣從修辭學到辭章學並把兩者結合起來研究的一
斑。

鄭頤壽及其辭章學專著

　　不久前，筆者拜訪了福建師範大學鄭頤壽老師。一進門，就看到一幅大字：「峰高無坦途，攀登勿畏難。」原來這是1984年5月在南京召開的優秀書籍授獎大會上，吳運鐸給鄭老師題的字。鄭老師的《比較修辭》在這次大會上獲獎，成為我國第一本此類書專著。他說：「任何科學成就都是時代的產兒，正像登山一樣，登上一個山頭，還有更高的山頭。《比較修辭》只是山坡上的一撮泥土罷了。」當我們向他討教語言運用方面（包括文章寫作）藝術素養時，他說「要提高文章的藝術素養，正像學體操一樣，起先要學習每一分解動作，接著，還要把各個分解動作有機地配合起來，搞綜合訓練」，「提高語言素養在分別學習語法學、邏輯學、修辭學、文章學、風格學等」基礎知識、基礎理論後，還要把它們綜合起來，辭章學正是要解決聽說讀寫能力培養的綜合性的學科。他還向我們指出：過去語文教學，重視「分解動作」，而忽視「綜合訓練」，有失偏頗。當年毛澤東同志曾提出要研究辭章學，張志公先生還在《中國語文》中大聲疾呼，要盡快寫出專著來。鄭老師的新著《辭章學概論》（福建教育出版社出版）以辯證法與系統論為體系，融語法學、邏輯學、修辭學、文章學、語體學、風格學於一爐，從中學與大學的語文名篇中選取範例，來闡明文章寫作的藝術。它通俗生動，淺顯易懂，出版後讀者反映很好。

　　（作者丁白係福州市作家協會會員，記者。本文原載於《福州晚報》，1986.11.5）

第一本辭章學論著

早在1961年，張志公先生就在《中國語文》第8期上發表文章，呼籲對詞彙學、語法學、文藝學，或者說對修辭學與風格學作綜合研究，建立這些學科的「集體戶」，使之成為一門獨立的學科，以闡述「運用語言的技巧和效果等等這一路問題」。一晃二十多年過去了，學界雖然對這一路問題的研究有所進展，也取得了不少成績，但畢竟還是停留在零散狀態，「集體戶」遲遲未能建立起來，因此如何對這些學科進行綜合的系統的研究，以增強語言運用的實際能力，尚待有志之士百尺竿頭更進一步。

可喜的是：我省修辭學家鄭頤壽先生首先寫出了《辭章學概論》，最近已由福建教育出版社出版問世。全書二十三萬字，除《緒論》部分闡明辭章學研究的對象、意義、方法與途徑外，還在六大章節中分別論述辭章與內容、章法、表達方式、語格、語體風格等文章理論與寫作實踐的一系列概念。如此系統而完整地研究辭章，開創性地建立融合多學科基礎知識、基礎理論的辭章學理論體系，三十多年以來還是第一次，因此我們認為《辭章學概論》填補了國內辭章學理論研究的空白，為進一步研究文章藝術及其構成規律，提供了範例，明確了方向。

辭章包括口頭語和書面語。從書面語講，辭章研究的是文章形式方面的藝術，從這點講，辭章學就是文章藝術學，包括調音、煉字（詞）、鍛句、謀篇、設格等內容。而這些內容不是單獨存在的，它們往往涉及多種有關學科，既與修辭學、文章學關係密切，又與語體學、文體學、風格學、邏輯學、心理

學、資訊學、美學等領域有所聯繫，從這個意義上說，辭章學是諸多學科的邊緣學科或核心學科，有其共通的原理、規律，又有其自身的特點。作者十幾年來致力於這些學科的研究，探索了古今中外的語言寫作規律，作出了可貴的理論建樹。

（作者任鳳生，係著名散文家，中國作家協會會員，先後任福建省修辭學會、華東修辭學會理事等。本文原載《福建日報》1987. 3. 13）

致本書作者的信

頤壽同志：

手書和《辭章學概論》均已收到。足下勤於耕耘，爲社會作出了貢獻，《辭章學概論》一書填補了空白，可喜可賀，此書我當細讀。

致

教安

張壽康

87.3.26

（作者張壽康，係我國著名的語言學、修辭學、文章學專家，首都師範大學名教授，第二屆中國修辭學會會長）

言語前景的新開拓

近承鄭頤壽同志惠贈新著《辭章學概論》，捧讀之餘，殊爲欣喜，認爲它是又一難能可貴之作，爲辭章這一學科填補了空白。

　　張志公先生在六十年代初，就大聲呼籲，希望能早日建立辭章這一嶄新的學科（見《中國語文》1961年第8期）。經過學術界的努力，辭章的研究有所發展。1986年出版的鄭頤壽的《辭章學概論》，即其一例。《辭章學概論》（下簡稱《概論》）的問世，為這一學科建立了理論體系，為教學、運用開闢了廣闊的前景。

　　《概論》在理論方面的成就是顯著的。它從言語實際出發，正確分析、處理各家在辭章研究中的不同或對立觀點，如：「包容分立說」、「等同包容說」、「鼎立交錯說」等，提出自己的理論「整體融合說」，確立了辭章學的性質與範圍。它指出辭章學與詞彙學、語音學、文字學、語法學、修辭學、語體學、文體學等等是各自獨立的學科，而在形成話語的時候又不同程度地融合在一起，無論是在運用原理、規律、方法以及技巧各方面。從而論析了建立辭章學科的必要性與可能性，為辭章的研究指出了明確的方向。

　　《概論》還指出：辭章學是研究話語形式的方法與規律的學科，也就是話語藝術學。從書面語講，就是文章藝術學。全書形式與內容並重，除了《辭章與內容》這一章系統地論述辭章與主旨、辭章與題材的關係外，還把「以意遣辭，以辭抒意，讓辭與意達到完美結合」這一觀點貫串全書。另外，全書在論述辭章時，一方面注意到同其他有關學科的種種區別，另一方面又注意到同其他有關學科的種種聯繫、融合、統一，而突出辭章作用這一特點。

　　《概論》吸收了古今中外有關語言的理論，借用古代文論中的「語格」這一說法，賦予新義，建立了語格的理論，並用之於實踐。作者把所有的言語現象概括為：常格、變格、畸格

三種，闡明了它們的概念、特點、運用範圍，而在具體方面，又闡明六對成功語格變化與三對失敗語格轉化的規律。這是作者在修辭學上所提出的「常變相成說」在辭章方面的運用與發展。常格、變格、畸格，不僅在名稱上與傳統修辭學的「消極修辭」、「積極修辭」、「零點以下」不同，而是有自己的特定含義。它的適用的領域更為廣闊，而其理論也更加嚴密、科學。

《概論》從辭章的形成過程總結出理論，又用理論對辭章現象作動態的系統的研究。全書運用名篇的原稿與改稿作對比，來闡明辭章的原理、規律、方法、技巧。這是很好的辦法。這樣，就把理論與實踐緊密結合起來，既有學術價值，又有實用價值。

總上所述，《概論》這部書的確是開創性的著作。相信有志此道的學者，必能一併向前、創新，使辭章學發揚光大，蔚為巨觀，獨立於無限璀璨的百料之林。

（作者洪心衡，係著名語言學家，福建師院（即今福建師範大學）教授。本文原載《榕花》1987.2；轉載《語文月刊》，1998.11～12）

《辭章學概論》——內地辭章學的首部專著

最近由福建教育出版社出版的《辭章學概論》，是內地修辭學家鄭頤壽先生的一部新著。

這部論著的《緒論》開宗明義地指出：所謂辭章學，就是研究辭章規律的學科。而辭章在寫作上言，指的是藝術形式；它包括調音、煉字、鍛句、謀篇、設格等。所以，辭章學其實

就是研究有效地表達話語資訊的藝術形式的科學。

《辭章學概論》全書分成七章，由辭章學的基本概念說起，而及章法、表達方式、語格等等。這部專著大量運用了大、中學語文名篇例句，將原稿與修改稿進行比較，具體地闡述文章寫作的規律，把辭章學深奧、枯燥的理論演繹成為生動、通俗易懂的知識，是鄭頤壽先生這部新著的最大特色。正由於具有這個特色，它對深入研究寫作理論、如何研究文章，以及提高寫作水平，都有很大的參考價值。

早在六十年代初，內地著名語言學家張志公先生就提出了對修辭學與風格學作綜合研究的問題，呼籲為這些學科「立個集體戶」，成為一個新的、獨立的學科，以闡述「運用語言的技巧和效果等等這一路問題」。但是，由於十年浩劫的影響，也由於建立這一門新的學科的艱巨性，近二十年來，辭章學理論的研究進展很慢，一直未有專著問世。

在這種情況下出版的《辭章學概論》，該可以說是內地「解放以後」辭章學的第一部專著；獨占春光，彌足珍貴。

（原載香港《明報》明知版，1987.8.3）

推薦鄭頤壽的《辭章學概論》

繼《比較修辭》得到20多萬張選票而獲獎之後，鄭頤壽先生又推出當今語言學界的一部力作——《辭章學概論》（福建教育出版社出版）。

眾所周知，辭章之學是一門富有民族特點的語言藝術的學問，它比修辭學的內容廣、範圍大，也更符合於我國語言文字的特點和運用語言的傳統經驗。鄭先生的新作並非無源之水，

作者很懂得從民族語言的特點出發，吸收我國古代辭章理論的精華，運用漢民族最容易接受的形式去表達，這使得這本書具有較多的民族特色。比如，鄭先生在吸取國外修辭學關於「同義手段」的研究成果的同時，從我國傳統的「辭」與「意」的關係出發，主張「以辭抒意」、「辭意統一」；特別是書中提出的意義不僅有量變，而且有質變，這就較之於「同義手段」，更能全面地揭示辭章活動的實質。

更精彩的是，此書堅持了綜合性，這是辭章學的要旨。鄭先生發展了張志公先生的「集體戶」觀。他在肯定辭章學是獨立的學科的同時強調說：「在構成文章的藝術形式這一點上」，「辭章學要綜合運用有關學科的理論、知識與規律，它與這些學科的關係，如五味之甜、酸、鹹、辣、苦一樣，品之有其味，分之不可得。」鄭先生把這種有機的綜合運用稱之為「融合性」。在此周圍又以多科性的知識為襯托，縱橫交錯，層層滲透，形成多層次的立體網絡。通讀全書，覺得這是一門綜合的藝術，它奏起了多科融合的旋律。

（作者林立，係同濟大學美學教授，全國文學語言研究會首任會長。本文原載上海《書訊報》第261期，87.10.12）

辭章學的第一部論著——簡介鄭頤壽的《辭章學概論》

最近由福建教育出版社推出的《辭章學概論》，是著名修辭學家鄭頤壽先生的一部新著。

這部論著《緒論》部分闡明辭章學研究的對象，學習辭章學的意義、途徑與方法，其他六大章節中分別論述辭章與內容、章法、表達方式、語格、語體風格等一系列問題。這些問

題涉及文章形式方面的調音、煉字、鍛句、謀篇、設格等內容，而這些內容又與修辭學、文章學、語體學、文體學、風格學、邏輯學、心理學、美術等有所關聯，所以說，《辭章學概論》是一部融語法、邏輯、修辭、寫作於一爐的新學科專著。

1961年，張志公先生在《中國語文》第8期上發表〈詞章學？修辭學？風格學？〉一文，就提出對詞彙學、語法學、文藝學、或者說對修辭學與風格學作綜合研究的問題，呼籲為這些學科「立個集體戶」，成為一門新的學科，以闡述「運用語言的技巧和效果等等這一路問題」。由於十年浩劫的影響，也由於這項工作的艱巨性和開創性，二十餘年來，辭章學理論研究，進展不快，也未有專著問世。在這種情況下出版的《辭章學概論》，獨占春光，可以說是我國辭章學的第一部專著。

這部專著大量從大、中學語文名篇選用例句，將原稿與修改稿進行比較，具體闡述文章學作的規律，生動形象，通俗易懂，具有科學性、知識性、趣味性和實用性。出版後，受到廣大讀者的熱烈歡迎。我們相信，鄭頤壽先生的《辭章學概論》將和他的我國第一部比較修辭專著《比較修辭》一樣，在學術界產生重大的影響。

（作者寒莊，原載菲律賓《世界日報》，1987.10.24）

於繼承中求新　在探索中開拓

新近，鄭頤壽同志又推出當今語言學界的一部力作──《辭章學概論》（福建教育出版社，1986年10月第1版）。散文家任鳳生先生在《福建日報》（1987年3月13日）撰文稱讚它「系統而完整地研究辭章，開創性地建立多學科的辭章理論體

系」，「填補了我國辭章理論研究的空白」，「探索了古今中外語言寫作規律，做出了可貴的理論建樹。」這絕非過譽之詞。

辭章之論，在我國古已有之，先秦諸子、《文心雕龍》、《文史通義》、《退庵論文》等文論中均有關於辭章的論述。解放之後毛澤東同志以及語文學家張志公等教授曾呼籲建立辭章學這一門嶄新的學科，近時雖有文章學一類書籍出版，然熔辭、章於一爐的專著尚未問世；聯想到國外話語語言學盛行三四十年，而我國學術界在這方面的研究晚步二三十年，不免令人焦慮。《辭章學概論》的出版將這種差距縮小。從此以後辭章學將成為一門獨立的學科、新興的學科、交叉的學科躋身於百科之林。

《辭章學概論》是開拓型的專著。我國辭章學的理論雖然古已有之，但誠如張志公先生在《談「辭章之學」》中所指出的那樣：「一是有形式主義的毛病，往往脫離文章的內容去追求文辭技巧；一是有時失之於繁瑣支離，不是把寫作之事講得高深莫測，就是理解得庸俗淺陋，近於文字遊戲；一是科學性差，不是東鱗西爪，不成系統，就是講得玄虛奧妙，令人難以捉摸。」而《辭章學概論》力避上述缺陷，在探索中創新，建立了許多自成體系的理論。全書以文章學為經，以修辭學為緯，縱橫交織，指出「辭章就是資訊的載體」。書中特別強調「意在筆先」，「以意遣辭」等原則，把內容的提煉提到應有的高度。

辭章學既然作為一門綜合的學問和融合的藝術，那麼它就不是一盤散沙，而是一個有機的整本。該書在談到「一體性」時說道：「要把文章看作統一的整體，從整體出發來考慮每一局部的問題。」「因此，辭章的琢磨，必須立足全篇，扣緊主

題，辨認體式，協調風格」（見該書第12頁）。辭章學是多種因素的綜合體，它的研究對象與其他學科稍有不同，不像文字學、語音學、詞彙學、語法學等抽象地研究字、音、詞、句；辭章學不就詞論詞，就句論句，就段論段。因而作者指出：「辭章的一體性，表現在內容與形式、觀點與材料以及語體風格上；表現在詞、句、段、篇這些語言層次上。」（見該書第12頁）進而作者用具體的例子說明「詞句、辭格的改動，尚且會涉及全局、全段，甚至全篇；如果是主題的改動，材料的增刪，結構的調整，牽動面就更大了。」（見該書第15～16頁）可見辭章活動不可首歸首、尾歸尾地進行，而要把它看作一個首尾統一的整體去進行。此外，作者在揭示言語規律時強調內容與形式融為一體，在材料的安排和段落的組織中強調主幹與枝葉的完美統一，在分析辭章時強調言語與語境的一致性，在談到「得體律」時強調辭章活動與語體、文體的一體性，總之，作者用「一體性」的觀點貫穿全書，避免了辭章活動的片面性、主觀性、隨意性等毛病，這就使全書的寫作免於東鱗西爪、瑣碎支離。

　　《辭章學概論》不僅在理論上有其深遠的意義，而且在教學中具有示範意義，因而它有較大的實用價值。縱觀鄭同志的寫作，我們看到他嫻熟地運用對照、比較的方法去說明言語活動。從《比較修辭》到《文章修改藝術》，乃至《辭章學概論》，在這三部曲中最普遍使用的手法就是原文與改文的比照。這種方法深得有識之士的讚許。語言學家張壽康先生褒獎這種方法「既有理論性，也有指導語言實踐、文章寫作的品格。」（《文章修改藝術序》）在《辭章學概論》這本書中，諸如提煉主題、篩選題材、組織結構、協調風格、詞句運用等

等，均是運用名篇的原稿與改稿的比照作為直觀的教學方法，把讀者帶進「語言實驗室」，給讀者作出示範，這樣就能把抽象的道理說得具體淺顯、生動有趣。從引例上看，此書採例均來自大中學的語文課本，為廣大讀者所熟悉，容易收到舉一反三的效果；所引之例遍及各種語體，這就使得理論論述更加實用。

辭章學研究剛剛起步，許多問題有待進一步探討和研究，比如篇章結構的類型、連貫性話語中的銜接手段等，都是辭章學研究的重大課題；此外口頭語體的篇章分析在我國仍是一個薄弱環節，再有篇章結構分析是否還應加點邏輯手段，很值得探索。還有在分析方法上除了比較以外，是否還可以進行其他方法的嘗試。這些問題相信在續編中將會得到充分的討論。

（作者林虹，原刊《中學語文教學》，1988.2）

漢語專門性辭章學研究述評

一、辭章章法學研究述評

（甲）台灣辭章學研究述評

「章法學是研究章法（含篇法）理論與實際的一門學問。」
它涉及文章學、修辭學、語體學、邏輯學以及美學等諸多方
面。綜合研究這諸多方面的章法現象及其理論體系的學問，可
稱之為辭章章法學，也可簡稱章法學，台灣學者陳滿銘教授，
在研究這一方面具有突出的成就，雖非絕後，實屬空前。台灣
《國文天地》今年第二期發表的鄭韶風女士的《漢語辭章學四
十年述評》總結了我國三支研究辭章學的勁旅，其中一支就是
台灣以博導陳滿銘教授為核心的研究班子，其高足有仇小屏博
士和夏薇薇、陳佳君、黃淑貞等碩士。研究隊伍後勁大、成果
多，既從辭章章法理論研究方面，由前人「見樹不見林，語焉
而不詳」的狀況，發展到對章法的範圍、原則與內容等多視角
的切入，形成一個體系；又從學術梯隊建設方面，由「在四方
傳來『章法無用』的打擊聲中」，辛苦跋涉，帶出了一批富有

創造力的隊伍，──「研究『章法學』的生力軍」。而且，在不斷的發展之中，逐步推進，先後發表了《談詞章的兩種基本作法：歸納與演繹》、《談安排詞章主旨的幾種基本形式》、《談運用詞章材料的幾種基本手段》等論文數十篇，出版了《章法學新裁》（以上作者均陳滿銘教授）和《中國辭章章法析論》、《文章章法論》、《時空設計美學・古典詩詞篇》（以上三書作者為仇小屏）等富有新意、很有深度，又切合實用的專著十幾種，也「由樹成林」了。

這裡要首先給予說明的「詞章」與「辭章」兩用，這是受古代「詞章」與「辭章」並用的影響（可參閱拙編《辭章學辭典》，78～79頁）。大陸早期的研究者也是這樣，「詞章學」與「辭章學」兩用，不僅一般的研究者，就連大語言學家呂叔湘、張志公也這樣用，以後才統一用「辭章學」。即使是「詞章」，也不是作為「詩詞」文體之「詞章」（當然包括「詩詞」的辭章），而是如陳教授所說的「切入各類文章」（《章法學新裁》代序頁1）。例如陳教授《談安排詞章主旨（綱領）的幾種基本形式》一文，除了以詩、詞為例之外，還舉了各類型的散文：《左傳・曹劌論戰》、陸游的《跋李莊簡公家書》、《禮記・檀弓》（一則）、《史記・孔子世家》、李密《陳情表》、劉鶚《黃河結冰記》、列子《愚公移山》、劉義慶《世說新語》（一則）等，作為安排「詞章」主旨的例子。陳教授把「情」、「理」、「景」、「物」、「事」為「縱向」，「章法」為「橫向」，這與劉勰的「情經辭緯」說是一脈相承的，即把「章法」定位在「辭」──「形式」上。明白這些，是下文評述辭章章法論的基礎；是闡釋台灣學者清醒、自覺的辭章學意識的根據。

㈠台灣辭章學研究簡析

1.哲學思辨

新的學科建設必須站在哲學的高度，並以之作指導，才能高瞻遠矚，不斷開拓，建構科學的理論體系。中國古老的哲學多門，其中最有影響的是樸素的辯證法思想。《周易》的陽與陰、動與靜、生與尅，乾與坤、震與巽、坎與離、艮與兌；《老子》的「有無相生，難易相成，長短相形，高下相傾，音聲相和，前後相隨」等，都是很精彩的辯證的哲學論。它具有濃厚的文化底蘊，融進了我國的許多學科、各個領域和生活，至今仍有強盛的生命力。台灣辭章章法研究，能充分運用我國傳統的辯證法。陳滿銘教授的《章法學新裁》一書，談篇章結構，就用了辯證法的觀點，如：「今昔」、「遠近」、「大小」、「虛實」、「情景」、「凡目」、「先後」、「本末」、「輕重」、「賓主」、「正反」、「順逆」、「真偽」、「抑揚」等。仇小屏博士的《篇章結構類型論》（上、下）也是全書用辯證法來建構體系的。這些成果，都具有濃厚的「中國風」、「民族味」，煥發出中華傳統文化的光輝。

2.多科融合

漢語辭章學具有鮮明的融合性、多科性，這才能適切於實際運用的需要。「章法」是因體而異的。吳訥早就說過「文辭以體制為先」（《文章辨體》）。不同文體有不同的章法。議論文，要用邏輯思維、多用演繹、歸納等方法來論證事理。如陳教授在分析梁啟超的《最苦與最樂》時，先分析「最苦」的章

法結構，從「提出論點」、「申說論點」、「舉例說明」講起，次講「最樂」，最後得出「結論」（《文章結構分析》，44頁，以下簡稱「分析」），這著重用邏輯學理論來分析其章法。浮想聯翩，「觀古今於須臾，撫四海於一粟」，則重在藝術思維，充分運用描寫抒情的藝法，仇小屏在分析李賀的七律《夢天》詩、姜夔的《踏莎行·燕燕輕盈》的詞時，則主要從亦「虛」、亦「實」、「夢境」與「事實」形成的結構來分析。這就帶來了章法的多角度切入，或從文章學、詩學、美學切入，或從邏輯學、風格學、修辭學切入。從文章學角度論析的，如陳滿銘分析李斯的《諫逐客書》（《國文教學論叢·續編》，24頁）、蘇洵的《六國論》（同上，29頁）；從詩學「情景」結構切入的，如仇小屏博士分析杜甫的《蜀相》（《篇章結構類型論》上，249頁）、關漢卿的《大德歌·秋》（同上，257頁）；從美學切入的，如仇小屏博士的《時空設計美學·古典詩詞篇》一書就十分重視美學與章法的關係；從邏輯學切入的，如陳滿銘教授分析彭端淑的《為學一首示子姪》（《文章結構分析》，59～61頁），從泛論、事證、結論的邏輯推理談章法結構；從風格學切入的，如陳教授分析陽剛之美的盧綸的《塞下曲》、岳飛的《滿江紅》，分析陰柔之美的李白的《玉階怨》、張可久的《梧葉兒》（《國文教學論叢·續編》，390～393頁），都著眼於風格結構，進行闡述；從修辭學切入的，如陳滿銘《國文教學論叢·續編》（469～470頁）概述了幾種修辭方法。

辭章章法，不限於文章學，是多科相關理論、規律、方法的綜合運用。《新裁》封底有句名言「章法係修飾篇章的方法，也就是謀篇布局的技巧」，前一句，從修辭學論章法，後

一句從文章學論章法，它抓住了辭章章法學的重點，與拙著《辭章學概論》的「章法」論也是不謀而合的。

3. 雙向兼顧

文章具有雙向性，一方是寫作者，一方是閱讀者，談章法不得不顧及這兩方。台灣的辭章章法學研究兩方都兼顧了。

先講寫作一方。陳教授說：「所謂章法，是指文章構成的形態而言，也就是將句子組合成節段，由節段組合成整篇的一種方式。任何一個作家，不論是古、今或中、外，於寫作文章時，一定要把各個句子與節段作合適的配置，才能夠使作品產生巨大的感染力量。」（《章法學新裁》，以下簡稱《新裁》，21頁）這談的是「作家」的寫作。陳教授還從廣大的學生「作文」考慮。在〈如何進行作文教學〉一文中，談到「嚴守命題原則」；「活用命題的方式」，讓學生「擴充」、「濃縮」、「仿寫」、「改寫」。「審題」，要「明辨題目的意義」、「把握題目的重心」、「認識題目的範圍」、「決定寫作的體裁」、「確定寫作的主場」。「立意」，要考慮：「主旨（綱領）安置於篇首」，或「安置於篇腹」、「篇末」，甚至「安置於篇外」。「布局」，「得看到作者的意度心管來盡其巧妙」，要依據「秩序原則」、「聯貫原則」、「統一原則」。這些，都是就寫作一方來談「章法」（《國文教學論叢·續編》，以下簡稱「續編」，401～425頁）。

再談閱讀一方。掌握「章法」理論，有助於全面、深入地理解文章的含義和藝術。這就要把渾然一體的文章，作多方的「分析」，才能由全部到局部，再由局部到全部，掌握文章所蘊含的各種資訊。陳教授十分強調：「要分析一篇文章，可以多

方面著手，其中最關緊要的，就是『章法』。所謂『章法』，是綴句成節、段、聯節、段成篇的一種組織方式。這種方式很多，比較常見的，除綱領的軌數外，有遠近、大小、本末、淺深、貴賤、親疏、賓主、正反、虛實、凡目、因果、平側（平提側注）、抑揚、擒縱、問答、立破等。用這種方式切入一篇文章，來掌握它的形式結構，從而將它的內容結構也疏理清楚，那麼這篇文章在內容與形式上的特色就自然凸顯出來了」。（《文章結構分析》自序，1頁）

科學的辭章學以及辭章學之諸多專門性的學科，都要講究「有效、高效地表達、承載並藉以適切、深入地理解話語資訊」為其前提。「表達」，就說、寫而言；「理解」，就聽、讀而言；「承載」，就話語文本而言。台灣的辭章章法論，能同時注意到表達與接受兩方，是難能可貴的。

4.體系完整

一門新的學科，應該有其明確的研究對象、學科性質，有其科學的理論體系，並運用現代的科學方法加以歸納、總結。辭章章法學，雖然經營的時間不太長，但已基本具備了成為一門新學科的規模。

綜觀台灣以博導陳滿銘教授為核心、博士仇小屏等為主力的論著十多部三四百萬字，可以看出其研究對象十分明確文章的章法現象及其組合、分析的原則、規律、方法與實用意義。這在我所看到的十多部著作中沒有例外，已從各個角度切入，理清它的範圍、原則與內涵（《新裁》封底）。

更重要的是，它「為章法學建構了一個完整的體系」（同上書）。用陳教授的話來說，就是「逐漸地集樹而成林」了

（同上《代序》，1頁）。這個體系包括：

　　章法的四大原則：秩序、聯貫、統一、變化。（同上，8頁）。仇小屏博士對這四大原則作了深入的研究，在其導師闡發的理論基礎上，把四大原則的內部結構加以具體化。

　　秩序律，包括：

　　屬於時間者：順敘、逆敘、四季更迭。

　　屬於空間者：遠近、大小、高低。

　　屬於事（情）理者：本末、淺深、貴賤、親疏、情緒變化、其他。

　　變化律，包括：

　　屬於時間者：倒敘或追敘：「今昔今」的結構。

　　屬於空間者：遠近遠、近遠近、遠近相間、視角的轉換，插敘與補敘。

　　聯絡律，包括：

　　基本的聯絡：聯詞、聯語、關聯句子、關聯節段；

　　藝術的聯絡：

　　(1)屬於方法者：

　　㈠賓主；㈡虛實，含：情景、論敘、時間的虛實，空間的虛實，假設的虛實；㈢正反；㈣抑揚；㈤立破；㈥問答；㈦平側；㈧凡目；㈨縱收；㈩因果。

　　(2)屬於材料者：

　　㈠事語；㈡物材：(1)前後呼應者，(2)首尾呼應者。

　　統一律，包含：

　　主旨的安置：

　　㈠主旨見於篇首者；㈡主旨見於篇腹者；㈢主旨見於篇末者；㈣主旨見於篇外者。

綱領的軌數，包含：

㈠單軌者；㈡雙軌者；㈢三軌者；㈣四軌及四軌以上者。
（《文章章法論》）

以上各項又分設「理論」與「例證」。仇博士的《篇章結構類型論》概括了「今昔」、「久暫」、「內外」、「左右」、「高低」、「大小」等三十五種結構類型，條分縷析，邏輯性、系統性都很強，概括了辭章章法學的「範圍、原則與內涵，為章法學建構了一個完整的體系」（《新裁》封底）。

5. 重點突出

漢語辭章學具有明顯的融合性，其研究的對象比「修辭學」廣得多，包括宏觀的辭章理論體系，中觀和微觀的辭章研究對象：有聲律、字法、詞法、句法、章法、辭格、藝法、表達方式、語體、文體、體性、風格。從其傳遞媒介講，有口語、書語和電語；從其研究的時間講，有古代、現當代。這是一個龐大的系統工程。台灣的辭章學研究，從中觀性質的「章法」切入，而又上聯宏觀的理論，如仇小屏的《時空設計美學》，從文本的「章法」之外求「法」，顯得視野開拓；而又下聯微觀的章法技巧，如上所述的「聯詞」、「聯語」、「關聯句子」。中觀的章法，可承上啟下，聯繫時空、主旨、材料，不至於捉其表而忘其裡；又落實到詞、語、句、節段，不至於虛而不實。

在選擇語體媒介類型方面，台灣學者突出優秀的書卷語體作品。因為書卷語是口頭語的規範與昇華，又能緊密地與大學生和中學生「國文」教學密切聯繫，提昇學生的寫作、鑑識的水平。

其所研究的作品，有古有今，而把重點放在更易於提高學生閱讀能力的、膾炙人口的古文名篇上。

研究有重點，易於以點帶線，以線成面；易於開掘深挖，逐個突破。

6.行知相成

學術研究，新學科建設，都具有社會功能，為解決社會人群的一定需要，而不是虛無縹渺的為研究而研究、與社會不沾邊的學術活動。

台灣與大陸的學者研究辭章學，都是從「行」——「國文」教學、言語教學的需要中總結出來的。陳教授說，他擔任「國文教學」三十多年，「由於教學、輔導或專業研究的需要，從各個角度研討了眾多問題」，陸續發表了《談詞章主旨的顯與隱》、《談詞章主旨、綱領與內容的關係》、《談詞章章法的主要內容》；對「涉及課文的讀講、內容與形式深究、鑑賞、評量，以及作文例題、指引與批改」這些「牢籠了國文教學」「範圍相當廣泛」的「重要項目」（《續篇》序，1～2頁）。他是在這樣的「行」（實踐）的基礎上獲得「知」（認識），總結出辭章章法學的理論的。他又用這些理論指導「範圍極廣」的「國文教學」，「諸如範文、作文、書法等教學，以及課外讀寫、演講、辯論、吟唱等」，並通過教學以「有效地驗收範文教學的成果」（同上，401頁）。其高足仇小屏在陳教授的指導下「以六十餘萬字的《中國辭章章法析論》取得碩士學位」，「而在就讀博士班期間，又將原有章法的內容加以充實、擴充，並盡量包含各種結構類型，寫成《篇章結構類型論》（上、下）一書」。她「深知章法在鑑賞文章時的重要性，所以

自然而然地會將章法的觀念帶入平日的教學活動中，可以說是『學以致用』；而且就在這學以致用的過程中，發現章法對於國文教學內容的豐富與提升，可以起著非常大的促進作用」，因此，又寫了幾十篇有關「辭章章法」的論文，「談談自己從事章法教學多年來的感想」；相繼又推出了《深入課文的一把鑰匙》（章法教學）、《下在我眼眸裡的雪》（引文見其《自序》，1～2頁）等專著；又通過教學實踐深入研究，寫成《時空設計美學》的博士學位論文。因此，辭章章法學，是從實實在在的「行」（教學實踐）中總結出來的「知」（理性認識），又用之於「行」（教學實踐），進行檢驗，進一步「充實」、「擴充」，昇華為更高一層的「知」（理性認識），循環往復，而使辭章章法的理論逐步地「由樹而成林」，建構了辭章章法論的系統。因此，這門新學科，既有較濃的理論色彩，又具有重要的實用品格。

尤其可貴的是，他們還要進一步「結合心理基礎與美感效果來研究章法，求的正是『真、善、美』。因為探討心理基礎，就是求『真』；探討章法結構，就是求其規律化，亦即求『善』；而探討美感效果，則是求『美』。如此牢籠本末始終加以研究，希望不久的將來，會以團隊的力量，陸續寫成《章法心理學》、《章法美學》、《中國章法史》……等論著，和大家見面。」（《新裁》，10頁）

(二)兩岸辭章學研究異同簡析

前面所述《漢語辭章學四十年》評述了漢語辭章學的三支勁旅：北京，以張志公為核心、以王本華等為骨幹的研究隊伍；福建，以福建師範大學辭章學研究所為中心，團結「全國

文學語言研究會」中志同道合的學者組成研究隊伍；台灣，以台灣師範大學陳滿銘教授為核心、仇小屏博士為骨幹的研究隊伍。這三支隊伍根據各自的科研優勢開展研究，推出了系列的科研成果，漢語辭章學這門新學科可以說是慘澹經營，「由樹而林」，「由磚瓦而樓房」，逐步地建立起來了。兩岸在研究的過程，由於歷史的、地理的原因，基本上是各自獨立探索，各自的創意多，卻交流少。但由於他們的研究及其所總結的規律合乎客觀實際，是科學的、實事求是的，因此，這三支隊伍的理論框架、原則、規律、方法，幾乎又都是不謀而合的，可以說是「大同」、「小異」。因此，雙方的研究，互相借鑑，具有突出的互補性，可以相互促進，可以聯合攻關，形成合力，取得更大的成果。這表現在以下幾點：

1.哲學思辯的相近性

上文提到的台灣的辭章章法論充滿著辯證的哲學思辯，是「中國牌」的、「民族化」的。大陸也一樣，如談章法也強調開合、擒縱、放收、伏應、抑揚、奇正、長短、詳略、緩急、綱目（見《辭章學辭典》）等辯證法；談對話語（包括書面話語之文章，口頭話語之話篇等），總結了：客觀世界與話語作品、表達與鑑識等構成的「四元六維」結構，並用之來反觀古代的辭章論、吸收歐美對我們有用的東西。這些，也都充滿著辯證法。

2.辭章學定位的一致性

上文講到的台灣學者把文章之題材、內容、主旨定位為「經」，把「章法」等定位為「緯」，這是對劉勰的「情經辭緯」

說的引申與發展。陳滿銘教授的《談安排詞章主旨（綱領）的幾種基本方式》、《談運用詞章材料的幾種基本手段》、《談詞章主旨、綱領與內容的關係》、《談詞章主旨的顯與隱》、《談詞章主旨在凡目結構中的安排》（《新裁・代序》）等，分析了形式與內容的辯證法。而且論析得具體又很深入。例如談「詞章材料」這一內容與運用的「幾種基本手段」，分成：主旨「安置在篇首者」、「篇末者」、「篇腹者」、「篇外者」（《新裁》，54～88頁》）；即使談詞章主旨、綱領與內容，也落實在文字的表現形式、章節的安排上。如分析《左忠毅公軼事》；論析其「記……軼事」之敘述的表達方式，「贊嘆的話」這一抒情、議論的表達方式；論析其「序幕、主體與餘波」、「首尾圓合」的章法結構方式（《新裁》，194～197頁）。論析《孔子世家贊》與李斯的《諫逐客書》兩文之「詞章主旨」也緊扣章法之「『合』、『分』、『合』的形式」（同上，197～201頁）。這樣，就把章法、表達方式等辭章這些形式與主旨、材料等這些內容的關係具體化了。

大陸學者在其《辭章學概論》中設一章《辭章與內容》，（包含《辭章與題材》），置於全書之首進行論析。同時給「辭章」下了定義：從書面文章講，屬於「文章學的一個側面」（形式的一面）把「辭章」定位為「形式」；從包括書面語之文章、口頭語之「話篇」講，明確把「辭章」定位為「是有效、高效地表達、承載，並藉以適切、深入地理解話語資訊的藝術形式」。這個定義的「中心詞」雖然是「形式」，但其前面帶了一長串的限制語「有效、高效地表達、承載並藉以適切、深入地理解資訊」把內容（資訊）與形式（辭章）揉起來了。在論析辭章之「言語規律」時，也是從字面（形式、能指）與

字裡（內容、所指）兩個方面的關係劃分常格、變格、畸格，以概括萬象紛紜的辭章現象；分析文章風格與文學風格、流派風格時，則從內蘊情志格素與外觀形態格素來歸納、說明。這樣定位，以區別於文章學，又區別於修辭學。充分體現了辭章學要綜合運用語言學之各分支學科與相關學科的特點，體現了辭章不僅要講表達得「通」、「對」，而且要「好」這些綜合語法、邏輯、修辭的要求。

3.多科融合的同一性

上文提到台灣學者研究辭章章法學「從多科切入」，從文章學、詩學、邏輯學、修辭學、風格學等切入，還要進一步從美學、心理學切入。

大陸也一樣。明確指出：辭章學具有融合性，要融匯入語言的各個分支學科（語音學、文字學、詞彙學、語法學、修辭學）及其相關學科（語體學、風格學、文章學、邏輯學、心理學和美學）的原理、規律和方法，而建構起自己的學科理論體系。

4.理論昇華的相似性

台灣學者對辭章章法現象的分析十分細緻、深入而系統，又能在此基礎上作理論的昇華，歸納其四大原則，或稱「四大律」，這在上文「體系完整」部分已作分析。

大陸學者也注意對辭章現象的歸納、昇華，談到章法的「四性」：統一性、連貫性、完整性、藝術性。兩岸學者所談之「統一性」與「統一律」，「連貫性」與「聯貫律」，「藝術性」與「變化律」，本質很相似；大陸學者把「層次律」融化

在「連貫性」中來談，台灣學者把「完整性」融化在「統一律」中來論析。

　　大陸學者不限於談辭章章法，他們就「辭章學」的整體言，昇華出「四六結構論」、「言語規律論」、「語格論」、「『格素』論」、「『體素』論」、「結構組合結合論」、「三辭」論（「建辭」、「本辭」、「解辭」論），「四在效果說」等。

　　其他的如：

　　科研道路的一致性，都沿著「行知相成」的路子走。他們都是教授，從教學的「行」中獲得「知」，寫成科研論文，又運用之於教學實踐，從而豐富了、創新了、提高了教學內容，也發現了、檢驗了所總結的理論的科學性或偏頗與失誤；再作補充、昇華，總結、歸納出更新、更系統、更科學的理論來。張志公在北京大學、北京師範大學是這樣做的，福建的學者在福州師範專科高等學校（講授《文選與寫作》課）、省級機關業餘大學、福州業餘大學、福建師範大學（講授「辭章學」、修辭學、語體風格學的課），在華東修辭學會於廬山舉辦的「修辭學研討班」（講「辭章」之「語格」部分）對來自全國各地的一百多位副教授、講師、助教講演，反覆進行教學、總結，沿著「行──知──行──知……」的道路前進。

　　學科隊伍的建設也一樣。北京的張志公先生與王本華等組成了學術梯隊。福建的研究小組成立了辭章學研究室、研究所，招收了第一屆辭章學碩士生，並獲國務院學位委員會批准，在「漢語言文字學」博士點中設了辭章學研究的方向；並正在籌建全省性的「辭章學研究會」和「全國辭章學研究會」。台灣的研究以陳滿銘教授為核心，開辦了章法的碩士生班、博士生班。北京亦推出了系列論文和《漢語辭章學論集》

等具有經典性質的專著，福建推出了《辭章學概論》、《辭章藝術示範》、《辭章藝術辭典》（出版時改稱《中國文學語言藝術大辭典》）、《辭章學辭典》、《辭章學論稿》和《小說辭章學》等十幾本專著，台灣推出了《章法學新裁》、《文章結構分析》、《中國辭章章法析論》、《文章章法論》、《篇章結構類型論》（上、下）、《章法新視野》等十多部專著。兩岸對學科今後的發展規劃也都做了描述、展望。

上述淺談了兩岸對「辭（詞）章」研究的諸多「相近性、一致性、同一性、相似性」，這就是「大同」，但在「大同」之中有「小異」。有「大同」，便於合作攻關，互相借鑑、補充、提高；「小異」，說明大家的研究都有新意、創意，有各自的精神與臉孔，這有助於進一步地研究、開拓，推動學科向前發展。

北京、福建、台灣的三支辭章學研究隊伍，如能加強橫向聯繫，通過學術研討、學術報告、互派講學、合作攻關，合編、合著新作等方式，二十一世紀將是漢語辭章學全面騰飛的世紀！

※此文發表於「首屆海峽兩岸閩南文化學術研討會」，又刊於「國文天地」第17卷第10期，2002年3月號。

（乙）中華文化沃土，辭章學圃奇葩
──讀陳滿銘的《章法學新裁》及其相關著作

近（2002年）讀台灣學者陳滿銘教授的《章法學新裁》，如逢同窗摯友，倍感親切。我國辭章學的研究有三支勁旅：北京、福建、台灣（鄭韶風《漢語辭章學四十年述評》，台灣

《國文天地》194期）。我除了上個世紀六〇年代初拜讀過呂叔湘、張志公兩位大師有關倡建漢語辭章學新學科的文章以外，張先生於1996年出版的《漢語辭章學論集》，陳教授於2001年推出的《章法學新裁》等專著，都是近年才系統拜讀的。可是三地學者，卻有不謀而合之大同，表現在哲學思辨、學科定位、思維方法、學科性質、功能、體系及至科研道路、學科規劃、梯隊建設等，都很相似（拙文《台灣辭章學研究述評》，台灣《國文天地》第202期；《福建社會主義學院學報》2002年第2期）。正如撒在同園子裡的花米子，春天一到，同時抽芽，長葉，開花，以獨具的香與色，自立於新學科的百花園中。由於「大同」，三地的成果唱的是同一個基調，互相呼應，不存在學科內部對根本性的理論進行筆爭、舌戰的問題，因而形成了學科的合力。三地學者的成果二十多部，近千萬字北京：張志公的《漢語辭章學論集》，人民教育出版社1996年版。福建：鄭頤壽《辭章學概論》，福建教育出版社1986年版；鄭頤壽、張慧貞、鄭韶風《辭章藝術示範》，上海教育出版社1991年初版，1992年再版。與《辭章藝術示範》體例完全相同的異名書：鄭頤壽《文章修改藝術》，福建教育出版社1993年版；鄭頤壽、祝敏青等的《文章修改藝術言語藝術示範》，安徽教育出版社，1992年版；鄭頤壽、潘曉東的《語文名篇修改範例》（二冊），江西教育出版社1997年版。鄭頤壽等合編的的《辭章藝術大辭典》正式出版時改稱《中國文學語言藝術大辭典》，重慶出版社1993年版，及其姊妹書鄭頤壽、林大礎等編著的《辭章學辭典》，三秦出版社1999年版。祝敏青的《小說辭章學》，海峽文藝出版社2001年版。鄭頤壽的《辭章學論稿》（內部交流，一百多萬字，將分成幾冊出版）。

台灣：陳滿銘《詞林散步》，萬卷樓圖書有限公司1990年版。
《國文教學論叢》，同上，1991年版。《國文教學論叢》（續編），同上，1998年版。《文章結構分析》，同上，1999年版。《章法學新裁》，同上，2001年版。仇小屏《中國辭章章法析論》（碩士學位論文）。《文章章法論》，萬卷樓圖書有限公司，1998年版。《篇章結構類型論》（上、下兩冊），同上2000年版。《深入課文的一把鑰匙》（章法教學），同上，2001年版。《章法新視野》，同上，2001年版。《古典詩歌時空設計之研究》、《時空設計美學》（博士學位論文）。陳佳君《虛實章法析論》（碩士學位論文）。此類論著名稱各異，其內容都是論析辭章章法學理論的。我們可以說：漢語辭章學已經初步建立起來了。但是，三地之間的「小異」還不少，這通過百家爭鳴，相互切磋，將更有助於學科的發展。

台灣建立了「辭章章法學」的新學科，成果豐碩，代表作是台灣師大博士生導師陳滿銘教授的《章法學新裁》（以下簡稱「新裁」）及其高足仇小屏、陳佳君等的一系列著作。本文主要以「新裁」為依據再參考其他相關著作談點粗淺的看法，以就正於陳教授、同行專家和廣大讀者。

陳教授的「章法」不僅限於文章學內容之一「章法」，而是從多科融合的「辭章學」角度來闡析的；它也不僅限於「辭章學」「章法」這一點，而是「以點帶面」，闡析了「辭章學」的諸多理論問題。因此，他們又把這門學科稱為「辭章章法學」。其最突出的成就是繼承、發揚中華民族辯證法的優良傳統，運用科學的方法，建構辭章章法的學科理論體系。

一門新學科的建立，必須有自己的理論體系，這個「理論」必須是高屋建瓴的能夠統帥、籠罩學科的所有內容，正如網之

有綱，綱舉而目張。這就是辭章章法的辯證法，是一種居高臨下的哲學思辨。陳教授為中心的辭章學隊伍的作品，這一特點十分突出。

中國古代樸素的辯證法思想，是中華民族寶貴的文化遺產之一。它影響著中國社會幾千年，並深入到社會科學、自然科學的各個領域。早在《周易》中，就已產生了「陰陽」的觀念，八卦之乾與坤、震與巽、坎與離、艮與兌；六十四卦的泰與否、剝與復等，都是相反相成的一對。《老子》中的「道生一，一生二，二生三，三生萬物。萬物負陰而抱陽，沖氣而為和」（《老子》第四十二章）——「一生二」、「沖氣而為和」，就是對立的統一。又如：「有無相生，難易相成，長短相較，高下相傾，音聲相和，前後相隨。」（《老子》第二章）都是「相反相成」的對立統一體。陳教授的辭章章法論，非常鮮明地體現了這種辯證的哲學觀點。它表現在諸多方面。

(一)內容與形式的辯證法

陳教授把辭章章法定位為「形式」，這與大陸學者是一致的。辭章章法「形式」，與內容關係密切，它們之間是對立統一的辯證關係。陳教授所談的「內容」含主旨、材料——包括「情」、「理」、「景」（物）、「事」等成分。陳教授針對「主旨（綱領）的安排，雖然由於作者的意度心營，巧妙各有不同，而呈現多樣的面貌」這種千差萬別的章法現象，進行觀察、分析、找出規律來，這就是「就其安排的部位而論，卻有著如下幾種共通的基本形式」；「安置於篇首者」，（《談安排詞章主旨（綱領）的幾種基本形式》，《章法學新裁》，54頁。以下凡是引自《新裁》者只注頁碼），「安置於篇末者」

（62頁），「安置於篇腹者」（69頁）「安置於篇外者」（81
頁）：這探究的雖然是「形式」，是辭章的章法，但都以能有
效、高效地表達、承載並藉以適切、深入地理解「主旨（綱領）」
為指歸，在於捕捉其中「所蘊蓄的思想情意」（54頁）。這裡
尤其值得稱讚的是：陳教授既重視對中華傳統文化的繼承、發
揚（54頁）：「安置於篇末者」，「古時稱為內籀」，「安置
於篇外者」，即如司空圖《詩品》所說的「不著一字，盡得風
流」（81頁）；同時，又注意在古人研究的基礎上作進一步的
開拓、發展。他指出「安置於篇腹者」，「在慣用插敘法以抒
情的詩詞裡還可以時常見到之外，在散文中是不可多見的」。
對於此種辭章技巧「只有少數文論家注意到了它」（460頁）。
陳教授對此種技巧進行探研之後，還寫了《文章主旨或綱領安
置於篇腹的結構類型》（460～488頁），引用了十六首蘇、辛
詞為例證進行深入的分析，分析其「以凡目」（461頁）、「虛
實」（468頁）、「賓主」（475頁）和「因果」等結構呈現的
（481頁）四種類型，指出這種「形式」，「由於它們有居於中
（高）而前後顧盼的特色，所以會造成凸出（就主旨或綱領言）
與對稱（就前後言）的美感，可說是相當特殊的」（488頁）。
這就把「形式」對「內容」的反作用及辭章效果突出出來了。

　　陳教授對於辭章章法這種「形式」對「內容」的反作用是
十分注意著力探索的。《談詞章主旨的顯與隱》（240～249頁）
一文，在概述了主旨全顯的置於篇首、篇腹、篇末的基礎上
（240頁），更鄭重地探討了「主旨顯中有隱者」（243頁）、
「主旨全隱者」（247頁），從辭章章法結構特點探索其規律，
指出：「在從事詞章的賞析或教學時，如能做到這一點，並據
此以深求各段的地位、作用與價值，再配合修辭與布局技巧的

探討，那麼深入詞章的底蘊，以掌握全文，該不是件難事。」
（249頁）

　　陳教授還從題材的角度，探討與章法形式的關係，尤其重視探求題材與辭章效果的辯證法。他說：「一個詞章家，經過構思立意，使文章的骨骼粗具之後，便須從平日所儲存的各種材料中去選取最適切的部分，加以靈活運用，以有效的將所建立的意思，具體的展演出來，成為一個完整的而有系統的組織。」（89頁）他從「敘」與「論」（90頁），「虛」與「實」（99頁）、「正」與「反」（110頁）、「順」與「逆」（123頁）、「抑」與「揚」（134頁）等章法安排，作深入、細致的闡析。

　　陳教授在論析了題材（內容）與章法（形式）的辯證關係、章法安排技巧上，還從「辭章章法」的角度，進一步探討了「剪裁」（214～224頁）與「運材」（223～239頁）的理論，他從「敘」與「論」的章法手段，從「詳」與「略」的辯證法，論析剪裁的原則與方法（214～222頁）。他還重視分析題材的性質進行安排，以取得最佳的辭章效果。他指出：「運『事』」（223頁）、「運『物』為材以呈顯義蘊」（230頁），其終極目的在於「使詞章發揮它最大的說服力與感染力」（223頁）這就抓住了「辭章章法學」的根本。

(二)章法技巧的辯證法

　　學科研究對象的明確，是辭章章法學之所以能夠成「學」的一個條件。陳教授及其高足的章法學系列成果，都十分明確以「話語」作品（書面話語就是「文章」：詩詞、散文）為其研究對象。因此，「一體性」，就成為辭章學的一大特性。陳

教授就是從「一體性」，從作品「成為一個完整而有系統的組織」（89頁）來論析「章法」的原則、規律、方法、技巧的。這就要求探討局部（章）與整體（篇）（411頁）、局部與局部之間的辯證法，聯絡、照應、銜接等章法規律，縱橫的結構規律就從此而生。

中國古代章法論確實已有「起」與「結」、「伏」與「應」、「緩」與「急」、「開」與「合」、「擒」與「縱」、「抑」與「揚」、「直」與「曲」、「正」與「奇」、「長」與「短」、「詳」與「略」、「綱」與「目」的辯證法，而陳教授能在這基礎上加以發展，使之系統化，並用這些辯證法進行交錯組合，用大量簡要圖表，把它顯示出來。陳教授還論析了以下章法辯證法：「今」與「昔」（4頁），「遠」與「近」（331頁），「大」與「小」（332頁），「虛」與「實」（99、407頁），「情」與「景」（序一），「正」與「反（110、412頁），「本」與「末」（334頁），「輕」與「重」（序三），「疏」與「密」（序六），「高」與「低」（8頁），「貴」與「賤」（8頁），「親」與「疏」（8、308頁），「立」與「破」（8、401頁），「問」與「答」（8、407頁），「平」與「側」（408、435頁），「因」與「果」（8、407頁），「顯」與「隱」（272頁），「敘」與「論」（90～91頁、95～97頁），「深」與「淺」（327頁），「歸納」與「演繹」（序二），等等，深入而細緻，對章法現象做到無所不包。可貴的是：陳教授在細緻分析的基礎上，又善於概括、綜述，用更大的「綱」，把「目」統起來。他說：「無論是那一類辭章，由章法切入，辨明其篇章結構，都要涉及縱、橫向的問題。如果單就章法，如遠近、大小、本末、深淺、賓主、虛實、反正、平側、縱橫、因果

……等著眼，則呈現的，大都只是橫向的關係；而其完整的結構，卻是非縱、橫交織不可的。因此在多年以前，即主張在分析辭章時，先要透徹弄清辭章中『情』、『景』（物）、『事』的成分，再結合章法來掌握它們的結構。」（489頁）陳教授這種分析與歸納的結合，就加強了章法辯證法的系統性和科學性。為深入探討這些規律，他還寫了《談篇章的縱向結構》（489～552頁）、《談縱橫向疊合的篇章結構》（553～566頁）等文，把中國傳統的「經緯」論作具體而又深入的研討、發揮。在對章法辯證法歸納的基礎上，陳教授總結了章法「四大原則」：秩序、聯貫、統一、變化（3、8頁）來統帥上述細致分析出的辯證的章法技巧。他不僅身體力行，而且帶領其碩士生、博士生在這門學科的前沿攀登。其高足仇小屏在六十多萬字的《中國辭章章法論》的學位論文的基礎上，又寫成了三十多萬字的《文章章法論》一書，書中全用「四大原則」來統帥三十五種辯證的章法結構（代序九，仇小屏《文章章法論·自序》），陳佳君碩士則用「虛實」的辯證法，寫了三十多萬字的《虛實章法論析》的學位論文。

由上可以看出：陳教授在辭章章法研究中，把中華民族傳統的辯證法，發揮得淋漓盡致，並帶領碩士生、博士生，沿著此路挖掘下去，擴展了成果，這是值得稱讚的。

㈢讀與寫的辯證法

辭章學要在說寫與聽讀之間、在理論知識與實際運用能力的培養之間、架起一座「橋」。橋樑性、示範性，或稱交互性，是這門學科的突出特點。因此，它不僅具有理論的品質，也具有實用的價值。縱觀陳教授及其高足的論著，都十分鮮明

地體現了這一學科的特點。而站在這座「橋」上，起溝通作用的環節，就是「教學」。陳教授說：「就在三十幾年前，為了講授『國文教材教法』這門課程之需要，不得不接觸『章法』。」（代序一）

劉勰的《文心雕龍》是我國古代最系統、最權威的辭章學論著，他早就注意到「寫」與「讀」的雙向互動的辯證法。他在《知音》篇說：「夫綴文者情動而辭發，觀文者披文而入情。」——「綴文」是就寫作講；「觀文」是就「閱讀」而言，「披文」是從「鑑賞」立論。這種關照「讀」、「寫」雙向的辭章學與「同實地寫說的緣分最淺」的修辭學有點不同（陳望道《修辭學發凡·修辭學的功用》），卻和講究「文章的寫作，文章的閱讀、分析、鑑賞」的文章學有點相似（張壽康《文章學概論·緒論·文章學的對象和任務》）。陳教授的「辭章章法學」注意探索「讀」、「寫」雙方的特點，是自覺的，觀點是鮮明的，而效果也是突出的。

陳教授在探討辭章章法這一「形式」與「內容」的關係時，能緊緊地扣住辭章是有效、高效地「表達、承載並藉以適切地理解話語資訊」這一辭章學中最核心的原則展開。《談篇章教學》（263～281頁）一文，十分深刻地闡析了這一論題。他所說的「怎麼寫」和我們所說的「表達」；他所說的「『寫什麼』以探求其內容」，和我們所說的「承載」；他所說的「『好在那裡』，是鑑賞的問題」（263頁）和我們所說的「理解」「鑑識」（263頁）是一致的。陳教授的這些觀點比那些僅限於「表達」的文章學著作，或僅限於「接受」的鑑賞學著作，要高明得多。它真正體現了辭章學的「橋梁性」、「示範性」、「融合性」這些學科特點，深中辭章學的肯綮。其他的如《談

詞章主旨、綱領與內容的關係》（194～204頁）、《談詞章主旨在凡目結構中的安排》（292～305頁），都論及內容與形式的關係，就不細述了。

　　陳教授還反覆從「表達」與「理解」雙向，從辭章效果這些根本的節骨眼進行闡析，以求「我們在從事讀、寫或教學的時候，能夠多加掌握」，以「增進讀、寫的本領，提高教學的效果」（145頁）。

　　這裡所講的「寫」的效果，和我們所說的「自在效果」，「讀」的效果，和我們所講的「他在效果」，也是不謀而合的。

　　為了闡析「寫」的原則、規律、方法及其辭章效果，陳教授還發表了「習作教學」（《國文教學論叢》）「作文教學」（《國文教學論叢・續編》）等系列論文。為了闡析「讀」的原則、規律、方法及其辭章效果，陳教授還發表了「範文教學」（《國文教學論叢》）、「鑑賞教學」（《國文教學論叢・續編》）的系列論文。而架在「寫」、「讀」之間的辭章章法「教學」，是陳教授研討的論題，發表了「範文教學」（《國文教學論叢》）「義旨教學」、「章法教學」等系列論文（《國文教學論叢・續編》）。

　　陳教授以其豐碩的「讀」、「寫」雙向互動的論文，闡析了辭章章法的橋梁性，這與張志公先生一再呼籲的培養學生「聽說讀寫」的能力，把理論化為綜合運用的能力，也是不謀而合的。

㈣分、合的辯證法

　　中國人和西方人，在思維方法方面不盡相同，一般說來，中國重綜合，西方重分析。這是就大體而言。老子說：「道」

是「有物混成，先天地生。」（《老子》第四章）「道之為物，惟恍惟惚。惚兮恍兮，其中有象。恍兮惚兮，其中有物。窈兮冥兮，其中有精。」（《老子》第二十一章）「恍惚」就是「道」未分化前混沌的狀態。它「視之不見，名曰夷；聽之不聞，名曰希；搏之不得，名曰微。此三者不可詰故混而為之。」（《老子》第十四章），老子說的「道常無名樸。」（《老子》第三十二章）「樸」，就是原始的混沌狀態。這種對籠罩宇宙的「道」「渾然一體」的認識，確是中國古人思維的特徵。這種「綜合」，渾然一體，使辭章具有融合性、一體性。作為文學作品的結構，也具有這個特點，它是一個「天衣無縫」的統一的整體（拙著《辭章學論稿》（研究生講義）。西方思維在「分」中也有「合」。恩格斯說：「在希臘哲學家看來，世界在本質上是某種從混沌中產生出來的東西，是某種發展起來的東西，某種形成的東西（恩格斯《自然辯證法》，人民出版社1955年，第8頁）（原載2002年5月《海峽兩岸中華傳統文化與現代化研討會文集》，131～139頁）。」中國思維在「合」中也有「分」。老子在論述「道生於一」之後又說：「一生二，二生三，三生萬物」（《老子》第四十二章）就是「分」。陳教授對「融合」無縫的文章的整體，能夠根據整體與局部、局部與局部之間的辯證關係進行分析，分得十分到家、十分細致，做到對成功的文章「無所不分」的地步，用極其簡單的圖表展示出來。這是辭章章法學的一大特色，它貫穿於陳教授及其高足的所有論著之中。現舉陳教授對賈誼〈過秦論〉一段「結構分析表」於下，以見一斑。

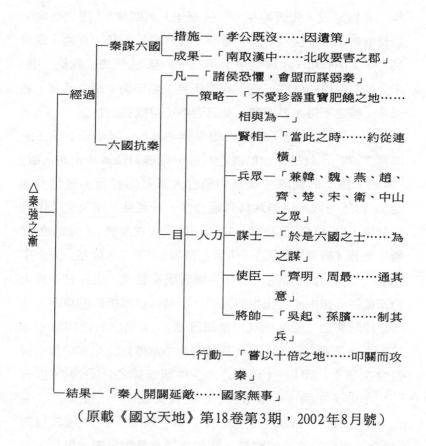

（原載《國文天地》第18卷第3期，2002年8月號）

　　這是文中「孝公既沒」「國家無事」部分的辭章結構分析（401頁）把整體與局部、局與局部的關係揭示出來，富於直觀性、示範性。合中能分，以分示合，是章法研究中最能揭示辭章的一體性，也最具橋梁性、實效性的工作，是陳教授研究中一大特點和優點。陳教授章法研究的綜合性還表現在善如綜合運用詞、語、句子等言語單位（如35～42頁），說明、議論、敘述、（記敘）描寫、抒情（如43、489頁）等表達方

辭章學新論
5
4
2

式，歸納演繹、分析、綜合等邏輯手段（如14、17頁），比喻等修辭分析（如11、249頁）直至心理學、美學（如序10頁）等「豐富」、「多樣」的內容。其他的，如「行」與「知」、「教」與「學」等方面的辯證法就不細述了。從上分析可以看出：台灣的辭章章法學體系完整、科學，已經具備成「學」的資格。它研究成果豐碩，已經「集樹而成林了」（代序1頁）；培養鍛煉了研究的「生力軍」，學術梯隊後勁很大（代序10頁）；研究計劃宏偉，且具可操作性（同上）。拙文《台灣辭章學研究述評》已論及，不贅。

綜觀台灣辭章章法學研究，具有鮮明的「中華風」、「民族味」和大陸的研究十分相似。這是什麼？

借用陳教授的話來說，兩岸學者的研究，都受到「共通理則的支配」，因而「有許多『不謀而合』」（《國文教學論叢》，303頁）；「因為有悠久的歷史文化，早在兩千多年以前，先民即開始創作，留下了無數豐富而多彩的文學作品。諸如《詩經》、《楚辭》、漢賦、魏晉詩、齊梁樂府、唐詩、宋詞、元曲以及歷代駢散文，可說全是先民智慧的結晶，是我們歷史生活的見證，是我們文化中最珍貴的寶藏」（《論叢》，3頁）。我們共同生活在文化積澱深厚的土地上，用的是同一種文字，遵循的是同一語法規律，都受到孔孟、老子思想這些優秀文化傳統，包括辯證哲學思維的陶冶，都養成善於進行綜合研究和分析的習慣；在辭章上，都受到祖先豐富而精闢的理論的啟迪，因此，海峽隔不斷我們的心，我們都「不謀而合」地走上了中國辭章學研究的道路上來。我們要加強交流、切磋，讓漢語辭章學深入到各類學校、各個領域，使它成為一門顯學。

（丙）含「篇法」的「辭章章法學」的發展
——評介陳滿銘《章法學論粹》及其相關論著

「稱名也小，取類也大」是一種藝術方法。有些學者，學風踏實，以豐碩的成果，完成了大的課題，但不虛張，仍然也以「小」名稱之。陳滿銘教授的「章法學」就是這樣。他多次撰文強調說：「章法學是研究章法（含篇法）理論與實際的一門學問。」這種樸實的學風，令人欽佩。他在建立了辭章章法學之後，又悄悄地向「篇章辭章學」的寶座登上，可是仍然以「辭章章法學」稱之，實實在在，不張揚聲勢。他的《章法學論粹》（以下簡稱《論粹》）和新近完成的《辭章章法「多、二、一（○）」結構之理論基礎》和《論辭章之章法風格》等五十多萬字的鴻篇，已露出這個端倪。這就是作者所說的「有了這嘗試性的一、二步，希望能陸續踏出三、四、五、六步，以至於千萬步，逐步將『章法學』推廣出去」，並將研究作「開拓與提昇」（序5頁）。它的開拓與提昇，邁進了「篇章辭章學」遼闊的原野，登上了這一學科的寶座。

陳教授之研究「章法」始終都含「篇法」。他是在「篇」中論「章法」；如今，又進一步在「章法」中論「篇法」，把「篇法」和「章法」交融起來。這是一個很好的學術發展態勢，它暗示我們包含在「辭章章法學」中的「篇章辭章學」已經十月懷胎，即將呱呱墜地。這是一個難能可貴的開拓。

通讀《論粹》，全書都以「章法」展示「篇法」，亦即站在「篇法」的平台上來論析「章法」，以諸多「章法」疊起「篇法」的寶座。不管是分析散文，還是詩、詞、曲的「章法」，作者

總是著眼於全篇（詩中稱「首」，詞中稱「闋」或「篇」），總是從「篇法」之全局剖析構成作品之各個「局部」關係的「章法」，最後歸納出「篇法」的內部結構。試看作者的用語：

> 辭章……就篇章言，就是章法學。（序，1頁）
> 章法所探討的，為篇章之邏輯結構。（序，1頁）
> 所謂「章法」，指的是謀篇佈局的方法，也就是聯句成節（句群）、聯節成段、聯段成篇的一種組織形式。（3頁）

作者論「章」總離不開「篇」，談「章法」總含著「篇法」，這是「章法學」的成功之處。在分析章法的「四大律」中，作者也是在「篇法」的基點上論析「章法」的規律。

秩序律：「是將材料依序加以整理安排」的規律。作者舉了王維的《渭川田家》的詩說「這首詩藉『渭川田家』黃昏時的閒逸之景，以興歆羨之情，從而表出自己急欲歸隱田園的心願，是採『先因後果』的結構寫成的。」（5頁）又如王安石的《讀孟嘗君傳》的章法是：「這篇翻案文章，一開頭就直接以『世皆稱』四句，先立一個案，採『先因後果』的順序，……再以『嗟呼』句起至末，用『實、虛、實』的形式……可見此文主要以『先破後立』的結構，形成其秩序。」（6～7頁）這裡所說的「這首詩」、「這篇……文章」、「此文」都是著眼於「篇」，從「篇」論「章」，用「章」來論析「篇」的「秩序」的「規律」。

論析「變化律」時，作者歸納出「今昔法」、「遠近法」以至「底圖法」等十五種章法。他舉白居易的《長相思》進行

分析，指出「此詞旨在寫別恨」，「主要以『景、情、景』的結構，形成其變化」（8～9頁）。又如蘇軾的《減字木蘭花》：「此詞主要以『賓、主、賓』的結構，形成其變化。」（9～10頁）所謂「此詞」，也是著眼於「篇」論「章」，用「章法」來顯示「篇法」。

其他的，如對聯貫律、統一律的論析（11～17頁）亦然。

由此可見，作者在主攻「章法」之時，始終兼及「篇法」，並且無一時或離。

作者在闡析「章法」時用了一個最富特色、最簡明扼要的結構圖表，也體現了「篇法」與「章法」兼顧。例如，表示《孝經·廣要道章》結構圖（13頁）。

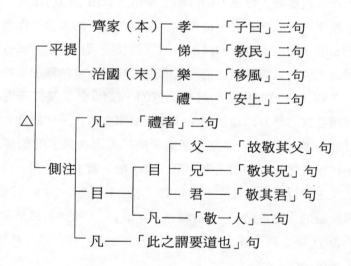

　　類似這樣的結構圖，使人一目了然。它含「章法」、「篇法」，實際上也可以合稱為「篇章結構圖」，而陳教授仍以「小名」章法稱之，其學風之踏實可見一斑。

　　從作者研究的歷程，尤其是從《論粹》和新近撰著的幾個鴻篇可以窺見「章法學」在一步步邁進，在開拓，在提升，向「篇法」與「章法」並重的「篇章辭章學」發展。它還突出地從以下七個方面來談「篇法」。

㈠從主旨（辭旨）論篇法

　　篇法屬於結構形式，但這形式總要表現一定的內容。而主旨，是統帥全「篇」內容的總綱。陳教授說：「文章的主旨，乃『一篇之警策』」（113頁）他每分析一篇詩文的結構，都緊緊扣住內容。如分析《愚公移山》一開始就指出：「這是藉一則寓言故事，以說明有志竟成、人助天助的道理。」（80頁）分析李白《登金陵鳳凰臺》指出：「這首詩藉作者登臨之所見所感，以寫其身世之悲與家國之痛。」（92頁）作者把這種內容稱為「深層結構」（56頁），指出：「一篇文章，如果只煉『表現於外』的『字句』，來傳遞情意，而不煉『蘊藏於內』的『章法』，以貫穿情意，使前後串成條理（秩序、變化、聯貫、統一），則它必定因失去內在的條理，而雜亂無章，這當然就像『百琲明珠，而無一線穿』了。」（57頁）因此「要深入一篇文章的篇章結構，非先完全辨明其情意（內容）結構不可。」（67頁）陳教授的《章法學新裁》中第一句就開宗明義指出「章法（含篇法）」。全書二十四文，就用六篇專文論析「篇旨」與結構的關係：《談安排詞章主旨（綱領）的幾種基本形式》、《談詞章主旨、綱領與內容的關係》、《談詞章主旨的顯

與隱〉、〈談篇旨教學〉、〈談詞章主旨在凡目結構中的安排〉、〈文章主旨或綱領安置於篇腹的結構類型〉等。其所寫的篇目之多、所占的篇幅之大，足以說明陳教授對統管全文、全詩、全詞、全曲的「主旨」之「篇法」的高度重視。《論粹·理論篇》八文，還設一篇〈文章主旨置於篇外的謀篇形式〉進一步論析主旨之「篇法」理論。

㈡以「材料」（辭材）展示「篇法」

「材料」，也屬於內容，是提煉「主旨」的依據。《論粹》之論章法「四大律」是置於「篇」之中來考察，其論「篇」中「章」之規律，是著眼於對「材料」的整理安排。例如：

> 所謂「秩序」，是將材料依序加以整齊安排的意思。（4頁）
> 所謂「變化」，是把材料的次序加以參差安排的意思。（7頁）
> 所謂「聯貫」，是就材料先後的銜接或呼應來說的。（11頁）
> 所謂「統一」，是就材料情意的通貫來說的。（14頁）

這四大律要求每「章」之對材料的「安排」，使之「銜接」、「呼應」、「通貫」，都是就整「篇」而言的，亦即屬於「篇法」的範圍。當然「章」、「段」、「節」之內，也有這個要求，這就是話語語言學中所說的「話語連貫」或「連貫」話語的要求。這種「篇法」、「章法」總匯，就是篇章辭章學。

㈢以「思維」(辭思) 展示「篇法」

古人所說的「以意遣辭」、「以辭抒意」的「意」,就是思想,它要靠思維活動來體現的。一篇文章、一首詩詞是作者「成竹在胸」(思維)的「話語」,既是思維活動的載體,又是思維活動的現實。成功的「構思」,「成竹」的思維,都是從「篇」來考慮的。陳教授就多次論析了這個道理。他說:「辭章是結合『形象思維』與『邏輯思維』而形成的。」、「如果是將一篇辭章所要表達之『情』或『理』,訴諸主觀,直接透過各種聯想,和所選用之『景(物)』或『事』連接在一起,或者是專就個別之『景(物)』、『事』等材料本身設計其表現技巧的,皆屬於『形象思維』。」這是就一「篇」辭章所做的論析。思維類型,形成「篇法」,「篇法」來自各個「章法」的聯綴。

㈣以「文體」(辭體) 展示「篇法」

所謂「文體」,是文章的體制。呂叔湘、張志公之論辭章,都強調「文體」。文體,是就整篇詩文總的特徵而言的。小說或散文中,即使引用了少量詩、詞,只要篇幅的比例合適,還稱之為小說或散文。詩、詞之前,即使用散文為「小序」,只要主次分明,也還屬於詩、詞。《論粹》增加了「體制」的內容,這是一個拓展(417~418頁)。接著,還談「格律」(418~420頁),其實質是對韻文體的探討。其中「體制」部分就舉了詩歌十二首(篇),詞、曲各四首(篇);格律部分列析二十篇;都是從「篇法」考慮的。

(五)以「風格」（辭風）展示「篇法」

　　風格的單位是「篇」，不管是辭章風格還是功能風格，都是如此。個別的章、段、節只具有風格色彩。陳教授的新作《論辭章章法的風格——以幾首詩詞為例》，就重視從「首」（篇）來論析。他分析王維《送梓州李使君》詩，從章法結構入手，指出：「此詩的風格是『清遠中有雄渾』」；杜甫的《登樓〉，「雄渾」是「本詩的主要格調」，又輔之以「陰柔」；蘇軾的《江城子》（老夫聊發少年狂），是「非常豪放的作品」，它具有「強烈的昂揚、激越的陽剛之氣」；姜夔《暗香》，則是「柔中寓剛」，是「偏柔風格」。辭章具有融合性，陳教授之談詩文的風格特別強調從章法這一風格要素作深入細緻的分析，然後得出全「篇」（首）總的氣氛和格調。離開了「篇法」，風格將失去其「總歸」。

(六)從哲學高度論篇法

　　上面談了六點，它們都離不開哲學的思辨。陳教授對中華悠久的文化探賾索微，尤其對《周易》（含《易傳》）與《老子》等古籍深有研究，又能吸收現代和國外的理論成果，給辭章章法（含「篇法」）研究插上哲學的翅膀，使之能從高空俯瞰辭章章法（含「篇法」）學之全局。他說：「我們的祖先，生活在廣大『時空』之中，直接面對紛紜萬狀現象界，為了探其源頭，確認其原動力，以尋得其種種變化的規律，孜孜不倦，日積月累，先後留下了不少寶貴的智能結晶。大致說來，他們先由『有象』（現象界）以探知『無象』（本體界），再由『無象』（本體界）以解釋『有象』（現象界），就這樣一順一逆，往復

探求、驗證，久而久之，終於形成了圓融的宇宙人生觀。而這種宇宙人生觀，各家雖各有所見，但若求其『同』，而不求其『異』，則總括起來說，都可以從『（○）一、二、多』（順）與『多、二、一（○）』（逆）的互動、循環而提升的螺旋結構加以綜合。而這種『多、二、一（○）』的邏輯結構，如說得籠統、簡單一點，就是通常所說的『對立的統一』或『多樣的統一』，而可適用於哲學、文學、美學或其它的事類、物類等。即以文學領域中之辭章而言，在形成篇章的章法上，就呈現了這種邏輯結構。」（《辭章章法「多、二、一（○）」結構的理論基礎》提要）從此可以看出陳教授深厚的哲學素養，也可以看出他這種感性（有象）而理性（無象），並讓感性與理性循環往復以至無窮的認識論，對現代（含西方）「對立統一」這一辯證的哲學觀點與中華古代哲學理論「圓融」的讀解。他就用這種哲學觀點，又寫了《辭章章法「多、二、一（○）」結構之理論基礎》、《辭章章法「多、二、一（○）」之結構及其美感效果》等五篇文章，從哲學思辨論析辭章章法（含篇法）。他指出：章法及其結構「一律由『二元對待』所形成的，非屬於『調和』（陰柔），即屬於『對比』（陽剛），可徹上徹下，是為『二』，而以核心結構以外之結構為『多』、統合全文主旨與所形成之整體風格、韻律、氣象、境界等為『一（○）』」。「一篇辭章，無論是散文或詩詞，通常都由許多章法結構以『二元對待』呈現『層次邏輯』，層層組合而成。而它必有一個『核心結構』，與兩個或兩個以上的『輔助結構』。其中『核心結構』，不但是居於凸顯一篇辭章之主旨或綱領的關鍵地位，也是藉以形成其風格、韻律、氣象、境界的主要因素。」（《辭章章法「多、二、一（○）」的核心結構》）這裡

所講的「核心結構」是就「一篇辭章」、「整體」而言，包括「主旨」或「綱領」、「風格、韻律、氣象、境界」，而「二」與「多」，則是「篇法」之下「二元對待」的「層層組合」的「許多章法結構」。在這種哲學思想的統帥下，辭章之「篇法」和「章法」有了「核心結構」與「輔助結構」，亦即有了「主」與「次」，從而形成了其內在的「邏輯結構」和學科的科學體系。

陳教授只豎起「辭章章法學」的大旗，而把「篇法」融於其中，我想有幾個原因：

一是如上所述「稱名也小，取類也大」是一種藝術方法，也是陳教授踏實文風的表現。毛羽不豐滿者，不得以高飛，章法的毛羽豐滿了，就可以扶搖而上，搏擊「篇法」與「章法」聯成一體的藍天。此所謂「水到渠成」，「瓜熟蒂落」，自然而然的。這就是普降甘霖，而不狂鳴雷聲。有些人，「雷聲大，雨點小」，應從陳教授的研究中得到啟發。

二是由「章法」含「篇法」，不斷育出「篇法」的鵬雛，再讓「篇法」展翅，導引「章法」的群雁飛翔，這也應是「（○）一、二、多」與「多、二、一（○）」的哲學規律的實踐。《辭章章法「多、二、一（○）」的核心結構》五文，正是這種哲學思想與其主導的學術思想的體現。

如果，筆者的理解不謬，則說明陳教授已由「辭章章法學」飛向「篇章辭章學」的遼闊天宇。

這種走勢與古今中外的相關論述和研究成果，是完全一致的。

梁·劉勰《文心雕龍》中《章句》篇，其「稱名」為「章」為「句」，也是「小」的，但他既從小到大，論及「因字而成

句,積句而成章,積章而成篇」,又從大到小,論及「篇之彪炳,章無疵也;章之明靡,句無玷也;句之清美,字不妄也」。實質,也是從「篇法」看「章法」與「句法」;並從「章法」、「句法」來顯示「篇法」。劉氏之「篇法」論及:「設情有宅」,「宅情曰章」,「控引情理,送迎際會」,「情趣之指歸」;而陳教授則重視「從主旨論篇法」。劉氏篇法論及「裁文匠筆,篇有小大」雜出《詩》《騷》;而體之篇」這是「文筆論」,因體析篇說;陳教授之「以『文體』展示『篇法』」也是文體篇章關係論。至於劉氏說「離章合句,調有緩急」,「若乃改韻從調,所以節文辭氣,賈誼、枚乘、兩韻輒易」,「魏武設賦,嫌於積韻」;而陳教授則談「多、二、一(○)」結構與「韻律」的關係。從這裡,都可以看出陳教授對我國古代「篇章論」優秀遺產的繼承與發揚,也可以說,古今是相通的。廈門大學前中文系主任鄭文貞教授,原有《段落的組織》一書,也是從「篇法」的高度論「章(段落)法」,其後,在此基礎上進一步建構了《篇章修辭學》。陳教授從辭章研究章法的道路與鄭教授從修辭研究段落(章)的歷程也有一致性。我們研究辭章,是定位在「話語藝術」上,「話語」含書語之「文篇」,口語之「話篇」。陳教授之「篇法」、「章法」論,和我們的研究,也是不謀而合的。而話語語言學就是當今國內外語言研究的一個熱門課題。

　　陳教授的「辭章章法學」的科學體系已經建立起來了,可喜的是又在「篇章辭章學」的跑道上飛躍前進。其學術成果之豐碩,文思之敏捷,學術發展之快速,令人讚嘆!

　　　　　　　　　　　(原載「國文天地」第十九卷第四期)

二、文藝辭章學研究述評

（甲）漫步向「文藝辭章學」百花園的佳作
——張春榮《修辭新思維》評介

　　在漢語修辭學發展史上，陳望道先生首次提出修辭學是「以語言為本位」的，這就讓修辭學從文章學、文藝學、創作論中獨立出來，形成自己的科學體系，使之與語音學、詞彙學、語法學一樣，能自立於語言學百科之林。這是一種歷史性的進步。我們把它稱為現代科學的「純修辭學」。宗廷虎教授對此的研究是很精到的，他強調修辭現象「有別於邏輯現象、文學現象、心理現象等非語言現象；又不同於語法現象、詞彙現象、語音現象等語言現象」（宗廷虎等《修辭新論》，上海教育出版社，6頁）。這是事物的一個方面，「分」的方面。「分」，體現了各個學科的特殊性，科學性。另一方面，從實際運用出發，正如張志公先生所提出的，修辭學又要與詞彙學、語法學、文藝學、風格學等綜合起來，這是「合」的方面。「合」，體現了學科的融合性，實用性，以充分發揮言語功能的十八般武藝，這種新的學科，就是「大修辭學」，或稱「廣義修辭學」。呂叔湘、張志公對這樣的新學科首選的名稱都是「辭章學」。凡是重視言語實用性的學者，都不約而同地、自覺不自覺地闡釋「大修辭學」的理論，陳望道、宗廷虎、張壽康、張靜、倪寶元等無一例外，儘管他們未豎起「大修辭學」或「辭章學」的大旗。張春榮教授對此是自覺的，他寫「修辭

學」專著《修辭新思維》（以下簡稱「新思維」），特標明為「新」──這一「新」字，說明他既重視對「以語言為本位」的「純修辭學」的開拓，又以「新思維」的證書領得了邁入「文藝修辭學」和「文藝辭章學」王國的護照。它的「新」，新在「與創作接軌」，讓修辭理論「結合文學理論」，於「文苑尋幽，學林訪勝」（《自序》，2頁）；「新」在「修辭的擴大」（張著《自序》，1頁）寫出了很有新意、很有創見的新著來，寫成很有功力的「文藝修辭學」，其中有不少部分，涉足於「文藝辭章學」的領土。本文祇論後者。

修辭與「創作」聯袂，原本「以語言為本位」的必須擴大，古今中外，都是如此。作為大修辭學家的陳望道先生，早就說過修辭學與「寫說的緣份最淺」（《修辭學發凡》，上海文藝出版社，21頁），他絕無貶低修辭功能之意，因為「寫說」涉及的面很廣，「修辭」祇是其中的一個部分；寫說要求表達得既「通」又「對」且「好」，而「修辭」的眼光卻主要集中在表達得「好」上。但「修辭」一經「擴大」，與「創作」結合，就與「文學現象」難解難分，緣深情長，且功能擴大。《新思維》之《修辭新向度》就明確指出「筆者關注之所在」「是研究如何活用修辭，整合辭格，化繁為簡」，這「屬於教學，創作領域」，「藉以強化『語文能力』，裨添行文之姿」。在創作過程中，它要「吐納金玉，舒卷風雲，誠可謂千巖萬壑，競秀爭流，蔚為大觀」。這是就文藝創作而言。它要求「活」，「即生動，即陌生化，即新感性。以『活』字為行文總綱，控引情理，智珠在握，勢將極態盡妍，無往而不利。」（《新思維》，7～8頁，以下僅標頁數者，皆出於此書）顯然，這種現象，已涉及「文學現象」了。張氏就是從這一理念出發

來觀察「修辭現象」──「大修辭現象」，即「辭章現象」。如對「辭格」的運用，張氏認為「自創作的角度觀之，運裁百慮，首重行文之脈絡，闚象運匠，唯務文思樞紐之控勒」（9頁），以更好地「彌綸群言，籠圈條貫」，用於「詩、散文、小說、戲劇」這些文學體裁之中（12頁）。張氏基於這種理念，熟練地借鑒、運用文學理論之「陌生化」概念（35頁），突出「形象化」的特徵（36頁）來闡釋文藝辭章學「出乎意外」，「合乎意中」，「貴乎內蘊」的文藝辭章藝術之「三個標準」（23頁）。

張氏在闡釋文藝修辭、文藝辭章「運用之妙」的「四大規律」時，認為它是「打通『字句修辭』、『篇章修辭』」而「直探創作藝境的金針利器」（41頁）；並把「統一」、「秩序」、「聯貫」之三律與「西洋文學中理性、節制的古典主義」；與「『變化』屬於熱烈、昂揚的古典主義」的理論聯繫起來。張氏的此類從語言運用實踐，尤其從文學創作活動出發來闡釋「修辭」，把「修辭」與「文學現象」聯繫起來，這個「新向度」已跨越出「以語言為本位」的「純修辭學」的範疇，漫步入與「文學現象」緊密相關的文藝辭章學的百花園了。張氏的這一觀點貫穿於全書，在《新思維》之「輯三」《修辭與創作》中表現得尤為突出。由於與「創作」連袂，就明顯地表現出辭章學的「融合性」，即志公先生所說的「綜合性」。

在對修辭格的研究中，有的學者對它研究很深入，越分越細，大小類別已逾百計。這在理論研究上是一種進步，應予肯定。但就語言運用而言，又是自覺、不自覺地把這些大小辭格融合起來，從總體構思中對它們作整體的組合、調度。如張氏之論「比」，指出它是「暗示藝術」，是「作家在『窺意象而運

斤』的重要技法」（79、81頁）是「才氣的火花」，用之於「擷文織錦」，「刷新語感，呈現知性與感性並濟的富麗風格」（107頁）。它「是作家創發性的源頭，最能檢驗作家才情的試蕊紙，在種種不同形式的比喻中，正可以一窺作者靈視物象的穿透力」（173頁），它「是錘擊作家知性與感性的鐵砧，最能迸發出一連串燦然才氣的火花；亦為檢驗作者統攝連翩想像的高臺跳板，最能測知其出入虛實、繽紛曼妙的凌空美技。」（181頁）張氏用五彩繽紛的比喻，描寫了作為文學創作的「比」的多種融合性，它與文學、創作論、心理學融合起來了，悠然自在地步入「文學現象」的百花園。

《新思維》之《修辭與創作》中的「抒情」、「議論」和「幽默」、「想像」等節，表現出辭章學的融合性更為突出，它從更廣闊的空間與創作論、寫作學有機地結合起來了。以「抒情」一節為例，張氏指出：抒情是「情感的客觀投影裡，由景生情，因事轉意；進而自共識的事件、自真性至情的淵蓄中，呈現情感的最高音」。「抒情詩文，往往情溢於事，情滿於景，以我觀物，自成感性動人的『情感邏輯』（非『抽象邏輯』）；進而在形象思維中，化宣洩成涵泳，去蕪雜成真純，讓激情成深意，讓苦悶鬱結得以淨化昇華。」「抒情之作莫不以自然真切、清新雋永、細膩深刻為上，無不以人性光輝為終極關懷。」（149頁）從文章講，抒情是表達方式，而「由景生情，因事轉意」，又是文藝學、創作論所關注的藝術手法；最後形成「自然真切、清新雋永、細膩深刻」的總特徵，則進入了言語學的最高層面——風格學探討的領域。抒情，要「情溢於事，情滿於景，以我觀物，自成感性動人的『情感邏輯』」，則敲開了心理學的大門。抒情這一表達方式，藝術方

法，要綜合運用比喻、移覺、擬人、示現、設問、婉曲等多種修辭格（149～154頁），是辭格的大會演。這表達方式已從傳統修辭學的家庭邁進了奇光異彩的文藝辭章學的藝術大世界。張氏的這種觀念不是在偶然的衝動時形成的，在《新思維》中，一有土壤，就要抽芽開花。如「以簡御繁」、「整合辭格」論（7頁）；把「字句修辭」、「篇章修辭」聯成一體的「打通」論（41頁），都是很精采的。

通觀全書語料，幾乎全是藝術性很強的文學作品，即使闡釋「議論」的表達方式所選的例句，也是文彩斐然的。

《新思維》還反映出作者深厚的文化底蘊，書中的許多名詞術語，採摘於我國詩話、詞話、文論；加上作者較高的言語修養，使其辭彩析理，文質彬彬！

《新思維》是一部很具特色的由「文藝修辭學」漫步入「文藝辭章學」的力作。

（原載《國文天地》第17卷第11期，2002年4月號）

（乙）文藝辭章學的新著
——評介張春榮的《作文新饗宴》

集作家、語言藝術家、言語理論家於一身的張春榮教授，2002年又推出辭章藝術新著《作文新饗宴》（台北：萬卷樓圖書有限公司，以下簡稱《作文》）。此書「以中外名篇為利器，向自己腦內挖金礦，在文字的天空飆創意，在想像的原野放風箏」。它是作者多年來「作文教學研究」、「文學創作研究」、「文藝創作與鑑賞」的實踐和經驗的昇華，是從其作文美廚中端出的香噴噴的作文教學的佳宴。它把辭章理論與藝術實踐靈

活熔鑄，運用自如，既有理論性，又切於運用，深受讀者歡迎。

劉勰認為「思理之妙，神與物游」。「登山」「觀海」，「將與風雲而並驅」，「博見為饋貧之糧」（《文心雕龍‧神思》）。歌德說：「生活之樹是常青的。」（見《浮士德》第一部，95頁）。不管是學生作文，還是作家創作，總要植根於客觀世界之中，「事激物通」，「懷時感物」，「情以物興」，「物以情觀」，「情景兼到」，才能「開拓恢宏視野」（《自序》1頁，以下凡引自張著正文，只注頁碼，《自序》只注《序》）和感性的想像空間（3頁），以便對「主題內涵（情、景、事、理）的統攝、運材」（《序》），做到「有中生有」（《序》）。它或以「父母」、「子女」為題，練習比喻的運用（15頁）；或寫「站在艷陽下，直冒汗，全身衣服都濕透了」（71頁）的情境，擴寫短文等等。這就使莘莘學子，有親身體會，言之有物，而不至於鑿空強作。《作文》注意開掘作文的「源」，引導學子的文思，務使之汩汩奔湧，才能「援牘如口誦」，「舉筆似宿構」。

《作文》注意到「貫一為拯亂之藥」，「由博返約」，「首重主題」（《序》）；繼而「融會貫通，活用章法、修辭四大規律（秩序律、變化律、聯貫律、統一律）」，「激發創造思考（敏覺力、流暢力、變通力、獨創力、精進力）」，「揮麗萬有，鎔成轉化」，「以驚奇之眼，靈動之思，邁向創作天空」（《序》）。這是張教授親身創作體會的總結。其中尤重「創造思考」與「能力」的培養。《作文》通過「喻寫」、「擴寫」、「縮寫」、「仿寫」、「改寫」、「續寫」，把玄妙的創作藝術付之於諸多「分解」動作、實際運用語言技巧的「體操」之中，

進行訓練，使作文理論與實踐能力的培養水乳般交融起來。這肯定會收到良好的教學效果。

「一句話，百樣說」——「同義手段」的運用，是《作文》培養寫作能力的一大特色。此中，或整或散，或長或短，或常或變，或顯或隱，或樸或華，或拙或巧，啟發學子對照、比較，就如把他們帶進了「語言的實驗室之中」。以「父母」、「子女」為題的。例如：

　　1.父母像一具弓，子女像箭。強壯的弓可以把箭射向更高更遠的地方，可是箭向前穿越時，常常忘了，長久下來，弓將漸漸的拉彎、拉鬆。

　　2.父母像兩岸，子女像河流。河流終將告別兩岸，直奔大海。兩岸只能留在原地，由衷祝福，希望河流一切順利。

其他的，如：「父母像針包，子女像針……」，「父母像握在手中的線，子女像飛翔在空中的風箏……」，「父母是園丁，子女是花草……」，「父母是港灣，子女是漁船……」等等，有明喻，有暗喻，思緒繽紛，比喻貼切。張教授就這樣作了12例以示「現身說法」（16～17頁）。「隨後由年輕俊秀（研究生、進修部、大學部）共襄盛舉，競顯精采」（《序》），陳佳君、陳桂菊等相繼仿作，如「父母是梁柱，子女是樓房……」，「父母像提款機，子女像提款卡……」，「父母像溜冰場，子女像溜冰鞋……」等6例，如朵朵山花，競相開放，爭艷鬥芳。學生可以通過比較，互相學習，這就把明喻、暗喻、博喻的修辭格式，把描寫、抒情、議論、說明等表達方式，有效地表達話語中心，適合言語環境的言語規律，把這些辭章基礎知識、基礎理論「潤物細無聲」般融化於其中，滋潤著學子求知的心田。這種教學的效果，從以上仿作就可以看出，是很

好的。但要進行這樣的教學，談何容易，教師沒有「下水」的工夫，沒有「善泅」的泳技，沒有「搏擊風浪」的本領，僅僅站在岸上作示範，學生怎能學會游泳？

《作文》在講授作文的藝術技巧時，還能突出表達與鑑識，亦即說寫與聽讀的雙向互動、交互影響的作用。它把資訊的編碼與解碼、藝術之創美與賞美結合起來，體現全方位培養、提高說寫聽讀、運用語言文字的能力。張教授這種教學是自覺的。他說：「筆者近年聚集於基本能力之『欣賞、表現與創新』」（《序》），劉勰云：「執術馭篇，似善弈之窮數」，「善弈之文，則術有恒數。按部整伍，以待情會；因時順機，動不失正。」（《總術》）又云：「操千曲而後曉聲，觀千劍而後識器」、「閱喬岳以形培塿，酌滄波以喻畎澮」——「博觀」而「深識鑑奧」（《知音》），這些都是讀寫雙向互動的理論。張教授之教作文，不僅要求學生欣賞名家、名作，也「能欣賞自己的作品，並嘗試創作（如：童詩、童話等）」，「能應用改寫、續寫、擴寫、縮寫等」，「挹芬攬翠，吐故納新。改弦更張之際，結合創作經驗，調整語文教學策略」（《序》）。這是很有見地的讀寫互動、互補的作文教學思想，又是很實在，可實施的教學方案。《作文》一書突出地體現了這又一特點。一般說來，作者的表達，是創作；讀者的接受，是再創作。張教授設計之「喻寫」、「擴寫」、「縮寫」、「仿寫」、「改寫」、「續寫」等等，就把「閱讀」與「再創作」實實在在地接軌，讓單純的理解，不斷地向批判的理解轉變，被動的接受向主動的接受轉變，單純的閱讀向反向的創作轉變，把傳統的語文教學理論與新穎的接受美學理論、創作理論很實在地結合起來。以「改寫」為例，「同一題材，可以出現不同文類佳構」，「文類

改寫，即詩、散文、小說、戲劇各文類間的改換寫作，又稱『文體改寫』」，「文類改寫，可分相同文類（如：詩→詩、散文→散文、小說→小說、戲劇→戲劇）、不同文類（如：詩→散文、詩→小說、詩→戲劇）間的改寫」（155～156頁）這是很有創意的練習。「文章以體制為先，精工次之。失其體制，雖浮聲切響，抽黃對白，極其精工，不可謂之文矣」（倪思語，轉引自吳訥《文章辨體序說》）。劉勰把「位體」列於「六觀」之前（《知音》）。筆者把「得體」列為言語規律之一，都是為此。語體或文體（合稱「辭體」），是辭章活動的指向。《作文》用了較大的篇幅論析這一理論，並注意收集此類題型的教學資源，進行排比、研發，「強化文類認知，增強莘莘學子寫作能力」，這算抓住了作文的「牛鼻子」。辭章學之語體、文體（辭體）理論，在此化為有血有肉的佳構，《作文》就在辭體的基礎知識、基礎理論與辭體的能力培養之間，架上了通暢的「橋」。

西方之「同義手段」（「同義結構」、「同義結構群」、「同義結構肢」、「同義句式」、「同義替換」）學說是作為「修辭聚合」的手段，指的是相同或相近的詞彙意義、語法意義但修辭色彩不同的言語單位。從辭章學論，筆者曾把「同義手段」擴展到「篇」（文篇、語篇，合稱「辭篇」）。《作文》中豐富的「文類變換」，就是辭篇「同義手段」的最好佐證。這是辭章學的瑰寶之一，張教授為此做出了可貴的貢獻。

表達者的頭腦是「資訊的選擇器、接收器、過濾器、處理器和發播器」。是話語生成的「最重要基地和轉換站」（拙著《辭章學導論》）這些都和思維有關。《作文》抓住這個關鍵，從作家、從文學創作的特點出發，闡釋「形象思維」與「造句」

的關係。通過形象思維，化抽象為具象，「讓飄動的『理念』穿上鮮活的『感性』外衣，引人親近，喚人共鳴」（29頁），而收到良好的辭章效果。《作文》談形象思維，不是「空對空」地發議論，而是通過實例做啟發。例如，「視而不見」，是抽象的，但通過形象思維可以寫成：

　　(1)你的眼睛是不是被牛屎塗到？（俗話）

　　(2)你怎能經過一片海而忘記它美麗的藍？（張春榮《一把文學的梯子》）

　　《作文》指出這是「設問」，例(1)「樸質無文」，例(2)「典雅」；例(1)語含「諷刺」，例(2)重在「欣賞」——這又把陳述句與設問句的變換，「樸質」與「典雅」的辭章風格，「諷刺」與「欣賞」的感情色彩（300頁）：把這些辭章的基礎知識、基礎理論的涓涓細泉在似不經意之中引進了學子「期待」的心田之中，充分體現了辭章的融合性。

　　《作文》是一部別出新裁的佳構，是作者創作經驗、教學生涯的結晶，是一部文藝辭章學的新著。

（丙）小說辭章學研究舉隅
——祝敏青《小說辭章學》序

　　繼《煉字趣話》和《比喻趣話》兩書之後，敏青又將推出《小說辭章學》（下簡稱《小說》）。每書都有新意，都有一定的深度。我們為其筆耕之勤快，文思之敏捷，成果之豐碩而驚喜。

　　我們翻閱之後，總的感覺是：它是專門辭章學園圃中一枝俏麗的早梅，具有開拓性，填補了辭章學的一項空白。

矛盾的普遍性和特殊性存在於一切事物之中，當然也存在於辭章學之中。研究各種文體、語體辭章普遍性的辭章現象及其理論、原則、規律與方法的學科，是普通辭章學；研究某一語體、文體，或從某一角度研究辭章特殊性的辭章現象及其理論、原則、規律與方法的學科，是專門辭章學。敏青能夠另闢蹊徑，根據小說這一文體的特徵，有重點有選擇地研究、總結其辭章藝術，在普通辭章學的基礎上提高一步，掘深一步，寫出自己的特色。沒有相當的辭章學修養，沒有對小說的長期鑽研，要完成這樣的著作，是不可能的。

辭章是有效地表達話語資訊的藝術形式，是對語言的綜合運用，屬於「言語學」的範疇。這個觀點，貫穿於《小說》全書。如書中的「言語代碼」論，「言語代碼形式」論、「結構形式」論等，都突出地介紹了這些內容。「辭章」這種「形式」，要求有「藝術性」，從文學來講，就是要通過對形象的描繪反映有典型意義的社會生活，就是要運用富有創造性的語言手段來表達思想感情。敏青深諳此理，從小說語言的審美特徵，闡析「形象性」、「變異性」、「模糊性」特點，深挖其「美」——「藝術」的特點以及形成的手段與方法，使讀者不僅知其「美」之所在，而且知其所以「致美」的技巧。

辭章這種藝術形式和內容的關係密切，長期以來，它都是作者和研究者注意的帶根本性的問題。有真知灼見的學者，都知道「尚辭章者乏風骨」，批判那種「文為虛文」的「功利辭章之學」。作為福建師大辭章學研究所首任副所長的敏青，深知此理。她善於用辯證法的觀點，分析內容與形式、資訊與載體的關係。這個觀點也融化於《小說》全書的闡析之中，例如「形象塑造中的情感因素」、「景物描摹時的情感融入」、「敘

述語言的情感表露」——這就是辭章論中之「辭情論」、「辭物論」、「辭事論」的巧妙體現。而《小說》又能給傳統辭章學的這些理論賦予新的內涵，從而煥發出時代的光輝。

辭章是研究「話語」的藝術形式的。話語，又稱「連貫話語」，它是內容上有一定的話題，結構上互相銜接的一連串語鏈，可以是一個人的獨白，也可以是幾個人的對白；它的單位從小到大，有語句、句群、語段、語篇。這不同層次的話語單位，都有「辭章」這一形式，都是我們要講究的。它包括口語與書語。這是辭章學不同於文章學、辭章不限於「文章形式（語篇）」的一個方面。歷史發展到今天，還把辭章侷限在作為書語的「寫作技巧」、文章的「表現形式」是不夠全面的。《小說》儘管是作為書面的文章形式之一，但它重視從小說的特點出發，既描寫了書面書卷語，又描寫了書面口語體，跳出了「辭章學為文章之學」的舊框框。書中用了整整一章闡述《小說人物話語調控》，寫出了新意，寫出了深度。根據「話語」的層次性，全書引例有語篇、有語段、有句群直至語句，跳出了文章學只研究「書面語篇」的舊框框。

辭章是研究表達效果等一類問題的。作為碩士研究生「接受修辭學」導師之一的敏青深知「效果」的兌現，單靠表達者一廂情願，是孤掌難鳴的，它要靠接受者的合作，再創造。書中之「意象審美系統」、「人物對話的審美效應」、「小說編碼與解碼界面的特徵」等節，都把表達與接受、表達者創美的良好願望與接受者審美的客觀效應統一起來，而不限於單向的「小說表達辭章學」，或單向的「小說接受辭章學」。我們以為從辭章本體論來講，就應該是雙向的，「辭章學」理論工作者應該為辭章的表達者與接受者作「月老」、架「鵲橋」，既「導

寫」，也「導讀」。這是一個很重要的辭章學理論之一，敏青在這方面做出了努力。

辭章學大於修辭學，它包括一般學者所理解的修辭學的內容，例如調音、用字、遣詞、造語、選句、設格等。《小說》對此是注意的。有對語流節奏感、旋律感中表現出來的音樂韻味的探索。可喜的是作者能在平仄、音節、旋律之類普通辭章學的基礎上提高一步，指出「有聲語言與無聲語言交替著」運用，描寫了意識流程中的對話形式。漢語的語音表達功能是獨具一格的，《小說》抓住它，突出了辭章學的民族性。有關煉字、詞語運用的，如王蒙《相見時難》中「補」字等質樸無華，可是底蘊豐富的字眼，經過作者的解讀，使其深層資訊、美學資訊的泉水嘩嘩流淌，動人心弦。《小說》中對句式選用的分析，深入細致，又富有情趣。抓住了「煉字煉句的功夫」這一辭章學的基礎性建設，使學科的基礎更加堅實。辭格是修辭學大廈的棟梁柱，是辭章學大樹上艷麗的花枝，《小說》論析了多種辭格，在建構新學科方面煥發出它的異彩。但如果只到此為止，則成為「小說修辭學」了。作者善於在此基礎上拓寬一步。例如有關表達方式的，在《小說》中占有很大的比重。根據小說的特點，尤其突出敘述、描寫，其次是抒情的方式。第三章《小說敘述視點》從「基本視點」、「視點交叉移位」、「視點選擇」、「視點游移」等，對關係、對象、時空、情理等方面內容的敘述作了有重點的闡析，饒有新意。第一章第一節「形象性」重在描寫，第二節「情意性」則將描寫與抒情的闡述有機地結合起來。有關藝術方法的，在《小說》中也占了較重要的地位。作者指出：「當代小說言語在保留本文體特點的同時，又借鑒了其他藝術表現形式。讀解者要善於借助

邊緣學科知識，去領略其中的韻味。」《小說》分析了鋪墊
法、錯綜法、懸念法、偶合法、虛實法等多種藝術手法。值得
注意的是，這些方法既有對傳統辭章學藝法的繼承和發揚，又
有對新的手法的借鑑和總結。如意識流描述手法，從綜合運用
了電影、戲劇、音樂、繪畫以及文學其他文體常用的表現手法
進行闡析，使該書給人以新鮮感和時代感。表達方式和藝術方
法，是對語音、文字、詞語、篇章和辭格等表現手段的綜合運
用。這是一個龐大的表達系統，它可充分發揮辭章學十八般武
藝的功力。平心想想，現代修辭學著作中，有幾本談到這些？
而這些，卻是辭章學的一個重點，一個有別於廣大修辭學者所
公認的「修辭學」的特點。

　　調音、用字、遣詞、造語、構篇、運用辭格和藝法以及各
種表達方式形成了表現風格和語體、文體特徵。《小說》對此
的闡釋是自覺的、得力的。例如「虛與實」、「模糊與精確」、
「簡約與繁豐」等，用了較大的篇幅有重點地論析了小說的表
現風格和語體、文體特徵。

　　尤為可貴的是，《小說》跳出了「辭章本體論」，把表達
與接受，編碼、傳遞與解碼、反饋融為一體。第六章《小說編
碼與解碼的界面》，對小說資訊傳輸與接受過程，小說編碼與
解碼界面的特徵以及讀解者的心理結構、綜合審美能力、整體
考察意識等，都作了深刻的論析，把《小說》這部「學」的水
平提到了較高的理論層面，從傳統的「本體論」闊步邁出來
了。

　　融合性是辭章學的一大特徵，《小說》在這點上也是很突
出的，它融入文藝學、美學、修辭學、創作論、語境論、資訊
論等學科的原理與規律、方法；融入各層次的語言表達手段和

藝術技巧，從而加大了辭章的功能，而發揮其在表達與接受之間的橋梁性作用。

從上分析可以看出，《小說》內容豐富而不面面俱到，安排巧妙，有的辭章單位又形成了關上容下、左右交叉之勢，使全書顯得活潑多樣，重點突出，特點鮮明。

《小說》是一部成功的專門辭章學專著，它不是「小說創作論」、「小說審美論」，它對象明確，體系完備，理論框架新穎，是一部不可多得的佳作。

辭章學是一個龐大的家族，僅主要的專門辭章學就有幾十門。略舉如下：有書語辭章學、口語辭章學、電語辭章學。書語辭章學，又有藝術辭章學、實用辭章學、融合辭章學。藝術辭章學，還可分為詩歌辭章學、散文辭章學、小說辭章學、戲劇辭章學；可分為魯迅辭章學、郭沫若辭章學、茅盾辭章學、葉聖陶辭章學·冰心辭章學、巴金辭章學；可分為《文心雕龍》辭章學、《文鏡秘府論》辭章學、《管錐編》辭章學等。實用辭章學，又可分為公文辭章學、大眾應用辭章學；可分為自然科學辭章學、社會科學辭章學。融合辭章學，又可分為科普辭章學、科學詩辭章學、科幻小說辭章學，文藝政論辭章學；史傳辭章學、文藝書信辭章學。口語辭章學，又可分為對話辭章學、辯論辭章學、講演辭章學、教師語言辭章學、書面口語辭章學。電語辭章學，又可分為廣播辭章學、電視廣播辭章學、電影語言辭章學、電視劇辭章學。從言語規律、語格理論劃分，還有常格辭章學、變格辭章學、變異辭章學、規範辭章學和漢語語格學。從辭章學對象分，又可分為字符辭章學、語音辭章學、詞句辭章學、篇章辭章學、辭章藝法學、辭章風格學。隨著有關學科的發展，還可以有比較辭章學、邏輯辭章

學、心理辭章學、數理辭章學、工程語言辭章學、生成辭章學
等。對辭章與辭章學的發展史進行研究總結，還有漢語辭章史
和漢語辭章學史，包括它們的通史、斷代史、專題史等。

　　這些專門辭章學是普通辭章學的分支學科，它們除了具有
辭章學的共性外，還有其個性。1998年5～6月間，中國修辭
學會全國文學語言研究會，在武夷山召開了全國性的第一次辭
章學研討會。今秋還將在福州召開第二次辭章學研討會，通過
會議研討、組織、推動，漢語辭章學系列專題將相繼推出。而
《小說》獨占春光，將為其他專門辭章學的寫作提供一個借
鑑。辭章學這一花圃將千嬌百媚，爭艷吐芳。

　　（本文收入祝敏青《小說辭章學》，海峽文藝出版社，
2000）

（丁）播種詩心茁紅紫
——仇小屏新詩辭章理論與實踐述評

　　2002年6月初旬，我與黎運漢等九位教授應邀赴台參加漢
語修辭學研討會，得悉有位學者仇小屏撰寫了《中國辭章章法
論析》一書，洋洋六十多萬言，令我欽佩不已。我想這位先生
真了不起。會議期間，經學友介紹，我與之初晤，大吃一驚，
原來還是一位芳齡的女博士，她還送我一部三十多萬字的《文
章章法論》（台北：萬卷樓），使我更加驚嘆。此後，我陸續收
到她的新著：《下在我眼眸裡的雪：新詩教學》（台北：萬卷
樓），《深入課文的一把鑰匙：章法教學》（台北：萬卷樓），
《章法新視野》（台北．萬卷樓），《篇章結構類型論》（上、下）
（台北：萬卷樓）、《放歌星輝下》（台北：三民書局）、《詩從

何處來：新詩習作教學指引》（台北：萬卷樓）……兩年，僅我看到的，就有八本新著，真讓我目不暇接了。其思路之敏捷，學術之創新，方法之靈活，成果之豐碩，令人艷羨。她的辭章藝術修養、理論造詣、教學方法，都是值得學習和推介的。其中《古典詩詞時空設計美學》是其博士學位論文，成稿前她寄來囑我為之寫序。恰好，那一段時間我外出開展學術活動，返閩後，早已誤過博士學位論文答辯的期限。未能應命，至今仍感到抱歉，只好利用這次為之寫「述評」的機會，償還一點積欠的「文債」吧！

擺在我書桌上她的九本論著，約三百萬字，大概可以分成三類：辭章藝術教學類、章法研究類、詩詞美學類。對這九本書，我還未能細讀，只能根據初步的瀏覽，談點粗淺的讀後感。本文先談第一類，其他兩類只好留待來日再評述。

辭章藝術教學類，主要有三本：《下在我眼眸裡的雪：新詩教學》（以下簡稱《教學》）、《放歌星輝下——中學生新詩閱讀指引》（以下簡稱《閱讀》）、《詩從何處來：新詩習作教學指引》（以下簡稱《習作》）。這「三書」是其教學的總結、昇華，又用之於指導寫作教學。從其著作動機、理論體系、辭章效果進行考察，應屬於觀點新穎、方法科學、體系周全的「新詩辭章學」，是「文藝辭章學」的一束鮮花。

這三本書的內容，大於修辭學，又不是詩歌創作論；它體現了辭章學根本的「三性」，反映了辭章學研究的對象，實現了辭章的功能，取得了顯著的辭章效果。從這幾個方面考察，它應屬於新鮮、馥郁的「新詩辭章學」的一束春花。分三點簡述如下。

(一)體現了辭章學最根本的「三性」

融合性、一體性、橋梁性（示範性）是辭章學最根本的「三性」。《教學》、《閱讀》、《習作》（簡稱「三書」）正是如此。

1.融合性

辭章學具有明顯的融合性，使之與作專門理論研究的語音學、詞彙學、語法學有區別，也與修辭學、語體學（文體學）、文章學、風格學不等同。辭章學是在「運用」（含表達、承載、理解）的過程，把上述有關學科的理論、規律、方法融合起來，形成一個水乳交融的有機整體。通觀「三書」，講到語音、字詞、語法、辭格，但不是語音學、文字學、詞彙學、修辭學；講到構思、剪裁、命題、謀篇，但不是文章學、創作學；講到文體、風格，但不是文體學、風格學；講到美學資訊、解讀的原則、規律、方法，但不是美學或接受美學，這些「不是」指的不全是，因為它運用了這諸多學科基礎知識、基礎理論，運用了它們的規律與方法，來解決全面培養、提高學生讀、寫的語文能力的問題。這是語文（含「國語」、「國文」）教學長期以來探討的一個難題。「三書」在這方面的處理是成功的，其實際效果顯著，得到社會的認可。

2.一體性

辭章學，總是從「辭篇」（含「文篇」、「話篇」）出發，對之作全局的考察、分析。它必須立足全篇，扣緊主題，辨認體式，協調風格，從整體出發，考究章節、句子、語詞和辭格

的運用。「三書」就是這樣。例如：陳義芝的〈離〉：「階前／落雁與棗桃競相叫賣／朔風穿堂而過／愀然一夜／妻的髮已爆滿梨花」（《教學》，62頁）。《教學》的著者評道：「首節，作者以階前的『落雁』與『棗桃』作引子，跟著是呼呼的朔風，穿堂而過，此情此景已屬相當淒清，但它們只是前奏序曲；作者在最後詠出：『愀然一夜／妻的髮已爆滿梨花』，這才是本詩真正的景致，『離』的興味悠然而出。在本詩中，『梨』與『離』雙關的修辭法，起了畫龍點睛的作用。」——這裡，不管是分析一個詞語：「落雁」、「棗桃」，一個句子一節詩：「愀然一夜／妻的髮已爆滿梨花」，還是一個修辭格「『梨』與『離』雙關」；不管是形式的分析，還是內容的深挖（「離」的興味，畫龍點睛）：都是從辭篇的整體出發來考慮的，也就是在辭篇之天衣無縫的「一體性」中，從特定的語境中，作動態的分析。這與抽象談詞語、句子的詞彙學、語法學不一樣。它和修辭學很相似，但修辭學可以單獨分析一個詞語，一個句子，一個辭格，不像辭章學要作綜合的分析。「三書」處處都體現著這種「一體性」。

上述兩性說明：辭章學是應用的學科。

3.橋梁性（示範性）

辭章學又是橋梁性的學科，因此橋梁性是其最重要的一性。仇老師的語文教學起以下三點橋梁作用。

(1)架在語言學及其分支學科基礎知識、基礎理論（以下簡稱「雙基」）與實際運用能力的培養之間的一座橋。「雙基」是要學習的，但是如果停留於此，正像王本華女士所說的「語音知識、文字知識、語彙知識、修辭知識，以至邏輯知識等」

「同語法知識一樣，和實際運用都聯繫不起來，甚至可以說是學而無法致用」。「於是，知識自知識，應用自應用，無怪乎語文教學成了一個老大難問題。現在張（志公）先生提出橋梁性學科的概念，而且把辭章學定性為這樣的學科，我想，這無論對語言理論研究還是語文教學研究，都將產生重大的影響，語文教學成為一個老大難問題的局面似乎有解決之望了。」（〈張志公先生與漢語辭章學〉，見張志公《漢語辭章學論集》，人民教育出版社）「三書」在發揮橋梁性方面是自覺的，其作用是突出的。例如，仇博士把「鍛煉佳句」這種實際應用能力的培養和學習「散文和詩」的「雙基」做「一個很好的橋梁」（《教學》，71頁）。有了這種「橋梁」的自覺意識，因此，不僅「三書」，而且仇博士之其他著作（「篇章辭章學」或稱「辭章章法學」，這待後另文「述評」），都鮮明、系統地體現這一觀點。其中最為突出的是在「辭章章法學」的「雙基」與實際運用（閱讀與欣賞）之間架起了「橋」。例如：「凡、目、凡」原是文章結構的一種「雙基」，陳滿銘教授在分析馬致遠《題西湖》（套曲）（見陳著《文章結構分析——以中學語文課本為例》），仇老師用之指導閱讀，講授組詩的「雙基」，培養寫作的能力（《教學》，137～138頁）；並以「春、夏、秋、冬」為內容，要求學生先「通力合作」，李士弘、何東峯、陳永昇、王中俊等就寫出了很好的組詩（《教學》，143～148頁），仇老師還再進一步要求「平日即有寫詩習慣的學生」創作，也寫出了很好的組詩（《教學》，149～151頁）。事實勝於雄辯，學生的這些成果，說明仇老師所架的「橋」，基礎堅固，橋面平坦、寬闊，能讓諸多受業的莘莘學子，通過它，達到詩國的彼岸。

(2)架在讀（聽）與寫（說）之間的一座橋。「熟讀唐讀三百首，不會做詩也會吟」，「讀」、「吟（寫）」能力轉化，亦即在客觀世界的基礎上，形成「表達←→承載←→理解」雙向互動的結構（拙著《辭章學概論》，44頁，福建教育出版社，1986），這是解讀、鑑識、欣賞和說寫、表達、創作之間，雙向互動、互補的一座橋。這座橋的材料是作為信息載體的話語（詩詞、文章等）作品。「三書」，充分地體現了這一點。以「新詩的續寫」為例。仇老師認為「坐而言不如起而行」，不僅「言」，講「雙基」，還要「起而行」，給學生架「橋」，讓他們由「閱讀」得到啟發，轉向「寫作」。她感到「運用『新詩續寫』這一命題方式，幫他們『開一個頭』，往往可以引發學生的靈感；也許，從未開鑿的心泉就會『波』地一聲，汩汩地噴湧出許多靈思妙想，這種前所未有的『才情煥發』的感覺，相信學生自己都會驚異而著迷」。她出了這樣的一道題「今兒，突有／一枚熟透了的果子，從空中／跌落了下來」，請學生續寫。由於仇老師培養有素，給學生打下了堅實的讀、寫基礎，學生們就續寫起來了，其中很有新意的就有黃靖傑等九位同學的作品（《教學》，104～110頁），雄辯地說明，選擇學生可接受並易於由此生發開去的作品為「橋」，加上老師站在橋邊巧妙地作富有啟發性的指點，學生可以借助這座「橋」，由「閱讀」之此岸，通向「創作」之彼岸，並走進自己開闢的詩歌的繡野之中。

　　(3)架在作家（詩人）與學生之間的一座橋。這座「橋」，就是老師自己。這樣的老師是：不僅自己有寫作的理論修養，而且有寫作的實踐能力，它是集文學（詩歌）理論家、辭章理論家與文學家（詩人）、辭章家於一身的。這樣「全能」的教

師確如鳳毛麟角。但作為廣大語文教師，應該說都在不同程度上具備有這「全能」，不然，就只會教課文而不會改作文了。仇老師，在這方面表現得尤為突出。她創作了《洛神》、《此生》、《清麗》、《絕症》等多篇文學作品，寫作修養高，因此，在作家（詩人）與學生之間，起了很好的橋梁作用。當然，作家（詩人）與學生之間的「橋」，離不開作品。例如，仇老師給學生介紹了林亨泰、商禽、張春榮、周夢蝶（《教學》，5～6頁）等作家及他們的《黃昏》、《茶》、《吊橋心事》、《牽牛花》等精緻的一行詩，做啟發、勉勵，讓學生與作家攜手，由學生之此岸，走向「小作家」之彼岸，收到了「小作家」的一束佳作（《教學》，9～10頁），相當精彩的約二十首。例如鄭有誠的「日子的臉／無情的時間／一點一滴地枯萎」。詩是出來了，但不完整。仇老師畫龍點睛，扶他一把，給它加個題目《傷逝》把他牽到「小作家」那一岸去了。這就是仇老師所說的「教他們學詩，引領他們去感知詩中特有的和諧的節奏、奇麗的想像、精緻的象徵；引領他們去開發心中潛藏的、對於美的感受力與創造力」（《教學》，1頁），這樣「引領」是十分成功的。

以上「三性」，充分地體現了「有效、高效地表達（寫作）、承載（作品），並藉以適切、深入地理解（閱讀）話語資訊的藝術形式」，這種內容與形式高度統一，讀、寫雙向互動的「辭章」的特徵，它與講寫作的創作論，與「寫作緣份最淺」的修辭學（陳望道《修辭學發凡》，21頁，上海文藝出版社，1962）是不一樣的；它比只講說寫的「表達修辭學」，只講理解的「接受修辭學」，更切合語文教學的需要。

㈡比較全面地介紹了辭章學的研究對象

「三書」作為「辭章學」，更多地從實用出發，融入了有關：取材、剪裁、構思、想像、文體、煉詞、煉句、設格、謀篇、風格等辭章學最重要的內容，尤其突出「新詩辭章學」的特點，強化了情意性、形象性、變異性（陌生化）、音樂性。這些和我們編著的《辭章學辭典》、論文《論文藝修辭學》、專著《文藝修辭學》等都有不謀而合的地方。分別述評如下。

1.取材

巧婦難為無米之炊。因此，求於耳目，收拾題材（含詩材）不外乎情事景物。它或「事激物通」，「懷時感物」，「醞釀蓄積」，「銜華佩實」，做到「寫景言情」，「事理曲盡」，這是運用辭章的原則，也是最基本的方法。陳滿銘教授論辭章，就十分強調「情」、「理」、「景（物）」、「事」等（《章法學論粹·序》）。仇老師深明此義。她「發現學生善於從日常生活、自身經驗中取材」（《教學》，167頁）。僅翻開《教學》一書，就可看到：它取材的是「喜悅」（11～14頁），「微悟」（25頁），「愛」（79～80頁），「雨聲、風聲、雷聲、笑聲、哭聲」（75～76頁），「書」（72～73頁），「魚」（34頁），「水」（80頁），「流水」（14～20頁），「蓮花」（83頁），「邀舞」（31頁），「賞月」（83頁），「求乞」（29～31頁），「微醺」（83～84頁），「人生」（73頁）……都是學生熟悉的可知、可感、可以進行想像、聯想的題材，因此，都能啟發學生寫出了不少佳作。

2.剪裁

劉勰云:「規範本體謂之鎔,剪截浮辭謂之裁;裁則蕪穢不生,鎔則綱領昭暢;譬繩墨之審兮,斧斤之斲削矣。」(《文心雕龍・鎔裁》)仇老師指導學生,很注意鎔裁、剪裁。一方面,她事先告誡學生,「對他們公佈」寫詩時應注意的四個原則: 1.十句以內, 2.避免無謂的重章和排比, 3.盡量精簡字句, 4.不要太過濫情(《教學》,33頁)。在學生習作之後,她還發現「總的說來,學生最大的缺點仍是不知如何剪裁,因此在評閱時,往往會刪去三、四句乃至十句,只保留真正兩三個閃爍光彩的句子」(《教學》,157頁)。翻開「三書」,可以看到不少此類剪裁浮辭的佳例。其中〈冗字和冗句〉等節(《教學》,171～173頁)都比較集中地討論了剪裁浮辭的問題。

3.構思

尹在勤說:「一首詩應該有一點創造,有一點新的東西。當然,這種新穎的構思,絕不僅僅是個技巧問題,而必須首先是對現實生活能有新的感受,新的理解,新的發現。」(《新詩漫談・詩的構思》,陝西人民出版社)仇老師從實踐中發現學生的構思,更貼近於「日常生活」,「自身經驗」;雖然他們「構思的範圍也止於個人而已」;但是他們的感覺「是新鮮的、未僵化的,正像含羞草一般,敏感異常」,「他們沒有成年人的倦怠不耐,這世界對他們來說正新奇」。對此,仇老師善於「引導他們從景、事(物)而透析到情、理(抽象),由感覺深入到感受,從小我到大我」,「期望學生能夠具備的『人文素質』。」這樣說「構思」,新鮮,具體,切用。

4.想像、聯想

「想像，是人們追憶形象的機能。」（德・狄德羅《論戲劇藝術》，《西方文論選》上冊），「它從實際自然所提供的材料中，創造出第二自然」（德・康德《判斷力批判》，《西方文論選》上冊）。想像和聯想是創作詩歌的翅膀，靠著它，詩歌才能在無垠的空間和悠久的時間裡飛翔。因此，要下大力氣，培養學生想像聯想的能力。「三書」從文藝心理學出發給學生講「聯想三定律」，給學生以此類的「雙基」。書中舉了學生熟悉的容易由此生發開來的事物。例如，自然界的「風」、「雪」、「弧線」等來闡明這個道理，而收到了「舉一反百」的效果。（《習作》，1～35頁）

5.文體

「文章以體制為先」，這是在立意之後首先要解決的問題。不僅藝術體與實用體的辭章要有所區別，即使藝術體中之散文體與詩歌體也不宜混同。「三書」對此是重視的，不但概括地指出：「散文如走路，詩如舞蹈」，「散文像白開水，詩像醇酒」，而且用比較法從辭章上指出它們的不同：詩歌精練的語言、形象化的思維，還從賞析角度，交給讀者「開啟詩中天地的鑰匙」：題目、主旨、意象、章法（《閱讀》）音節、知覺通、字句修飾、篇章修飾等（《教學》，48～70頁），而且，要求讀者把知識化為能力，在「讓學生體會到散文句和詩句中的那『一點點不同』」的基礎上，要作把散文句轉化為詩句的練習，並鄭重地提醒習作者，「在新詩寫作中，簡煉精美是最重要的，一定要有意識地進行剪裁，就算最後刪到只剩一句，也

絕對沒有關係」。例如：把散文句「平靜的湖水被風吹起陣陣
漣漪」，習作者把它轉化為詩句：「天地間／流傳著一首輕快
的歌／作精靈聞之／共舞」；「風是畫家／湖水是她的畫板」
等十多首短詩（《教學》，89、94、95頁）。這種，把文體「雙
基」轉化為能力的效果是很突出的。

6.煉詞

　　志公先生談辭章，強調「以煉字煉句為基礎，進而考究比
喻、誇飾的運用，篇章的組織，終於表現為文章的『體性』」
（《漢語辭章學論集》，人民教育出版社，16頁）。這是辭章藝
術的基礎練習，是辭章體系中最重要的內容。「三書」突出地
做了安排。各類詞都要錘煉，但從文藝辭章言，最重要的是動
詞的錘煉，尤其是詩歌。「因為詩是最精練的語言藝術」，所
以在詩的創作中「要求『能用一個字表達的，不用兩個字』、
『用這個字最好，就絕不用另一個字』，所以詩的創作者往往是
『上窮碧落下黃泉』地尋找『最恰當的字眼』」。「在字詞的錘
煉中，煉動詞又是最重要的一環，因為『動感』是創造出美的
最重要的因素，由動勢所傳達出的生命力，是最原始、最勃
發、最令人感動的。」（《習作》，133頁）「三書」講煉詞，也
充分體現了「表達⇌承載⇌理解」三元一體的結構。例如：
要求在下列這首詩的（　）括號中，填入你認為最適當亮眼的
字詞：馮青《無題》（節選）：「自爬山虎的脊背上／（　）
黃昏的霧／庭樹朦朧／花葉的細語／自耳際流過」。要填好這
個詞，首先要「理解」──閱讀、欣賞原詩所「承載」的資
訊，根據特定的上下文語境，進行思考，然後轉為「表達」。
習作者們分別填入「漫下」、「緩緩飄下」、「吱吱咚咚地滾

下」、「盜取」、「輕步跳著」、「滑下」、「剪下」等，而原詩是「蹓下」。仇老師指出：因為「作者把『黃昏的霧』擬人化了，而且也巧妙地借用植物『爬山虎』的名字，將『黃昏的霧』想成是從『爬山虎的脊背上』『蹓下』。而學生的回答中，有些仍是以『黃昏的霧』原本『物』的特質出發，所以形容它是『漫下』、『緩緩飄下』；有人和作者有志一同，也將『黃昏的霧』擬人化了，譬如『吱吱咚咚地滾下』、『輕步跳著』、『滑下』就是如此。」（《習作》，125頁）從這些填詞（語）可以看出：習作者基本上掌握了詩的意境，所填的還是可以的。這樣的練習就在「雙基」與能力之間架起了又一種形式的「橋樑」，效果是很好的。

7. 煉句

句子的運用要服從於感情的表達和文體特徵。仇老師指出：「新詩是『詩無定節、節無定行、行無定字』，所以如何分行、斷句，甚至是安排句子的位置，全憑作者決定，也就是沒有『定格』可言；作者可以在必要時提行，把原本完整的句子分行割裂，或是運用倒裝的手法，或是將詩句拉長、縮短等等，以達到強調的效果、音節的美感、感嘆或懸疑的張力，但是不管如何的變化，最高的考量仍是全篇內容的暢達和節奏的和諧。」（《閱讀》，20頁）這段話，不僅把新詩句式與散文句式區別開來，也點出了與有「定句、定字、定聲、定韻」的舊體詩詞的不同。這屬於「雙基」。仇老師的成功之處不止於此，總要把讀者帶進新詩句式的「實驗室」之中，設計了多種多樣的「實驗」，或要求把抽象句化成具象句，或者要求把散文句轉化為新詩句。前者如「人生」是抽象的，她要求學生用

形象的比喻來表達，於是乎：「人生如穿過隧道的列車，在黑暗過後，則是無限希望的光明」；「人生如太陽，總是努力地釋放自己的光芒，直到最後一刻」……（《教學》，22～23頁）；後者如散文句「起霧的清晨，天地白茫茫地一片，清涼的氣息沁人心脾」學生把它轉化為詩句；「清晨的大地／吐出一口大氣」；「在遠處／找到那久違的／曙光」……這為學生架起一座「橋」，把新詩句的「雙基」化為實際運用的能力，取得了預期的效果。

8.設格

辭格，尤其是字面字裡不一致、扭曲了語法常規、陌生化角度大、形象性、情意性強的辭格，在詩歌中使用頻率最高。比喻、擬人、移覺等倍受青睞。就以通感（移覺）為例。仇老師指出：「人有五種感覺，即視覺、聽覺、膚覺（觸壓覺、溫度覺）、味覺和嗅覺……這種種知覺會在內在聯合，提昇為『心覺』」，同時「人的知覺能夠互相轉化、移借、溝通，這種現象就是『通感』（修辭上又稱移覺）。通感「具有昇華性的精神意義」，而「心覺」能「更深刻的體現主、客觀交融的美感」（《習作》，55、56頁）。它「不管是對創作或欣賞而言，都是非常重要的」，「在文學中特別有價值」（《教學》，57頁）。仇老師言簡意賅地介紹了這些通感的「雙基」之後，進一步引導學生由欣賞入手，再轉而進行創作。有位學生用通感習作《玫瑰花香》：「你的顏色／甜美／我將你／嵌入／泡泡裡」──「玫瑰香是有『顏色』的，那個顏色是『甜美』的，屬於視覺的『顏色』和屬於味覺的『甜美』，在此微妙的統一起來了，共同訴說著玫瑰香（嗅覺）。這香味無法擁有，就像泡泡般一

觸即滅，唯一確定的，就是它確曾存在過」，仇老師這樣一點評，又把「能力」提昇到「雙基」。這種「雙基」與「能力」、「閱讀與欣賞」（即「表達⇌承載⇌理解」三元雙向交流）來往通行無阻的「橋梁」（辭章），在學生（讀者）的腦中生長、開花、結果，而培養出許多「小詩人」。

9.謀篇、定題

篇章是最大的言語單位，它關係作品的全局。仇老師對此深有研究。其突出的特點是，善於把篇法、章法（「辭章章法學」或稱「篇章辭章學」）的「雙基」用於寫作和閱讀之中。作者指出：「從篇章修飾的角度切入，非常能夠呈現整篇詩結構上的趣味、美感，也對我們全面地掌握新詩有相當大的幫助。」「三書」既用章法結構於分析名家名作，如：對徐志摩《再別康橋》、劉大白《秋晚的江上》、馮至的《蛇》（《閱讀》，30、51、58頁），也對學生的習作進行分析，如廖宏霖的《聽雪》、張君豪的《水銀》、黃冠智的《新醅》（《教學》，187、193、195頁）：這就在「雙基」與能力、創作與欣賞、詩人與讀者之間架上一座通暢的「橋」。

題目，是篇章的有機組成部分。「三書」既從題目入手，分析詩篇；又別出心裁，給掩去題目的詩篇，讓學生為之定詩題（《習作》，49～54頁）。這樣雙向互動，讓閱讀與寫作巧妙地掛起鈎來。

10.體性（風格）的培養

風格是言語修養的最高層面，優秀的個人風格的形成，標誌著作家的成熟和藝術的長青，這是最高的要求。但風格又不

是「只可意會不可言傳」的幽靈，關鍵在於要能捉住形成風格
的物質外殼——「格素」（風格要素）。風格類別很多，而辭章
風格（又稱「表現風格」，包含「修辭風格」）則伴隨著每一成
功的作品和讀者見面。它又是很常見、很容易掌握的。「三書」
對此雖然未作系統的介紹，但在對作品的欣賞、評析中，卻能
從「格素」入手，使讀者（學生）又感到風格並不是「高不可
攀」、「望而生畏」的東西。風格有高下優劣之分，從低到
高、從劣到優的轉化，是實現「風格優化」的重要途徑。「三
書」重視對此作動態的分析。學生表達「喜悅」的一首詩：
「心頭開始強烈的振盪，／血液如開水一般的滾燙，／眼中射
出自豪的光芒，／嘴中忍不住地想要大聲歌唱。／為什麼會這
樣？／為什麼會這樣？」書中評道：「這首詩的特別之處在於
全詩押清亮的『ㄤ』韻，在心中默誦時，真會覺得喜悅之感漸
次湧出。原詩末尚有二句『這一切的一切，都是因為心中的喜
悅』。太過顯露，而且也拖垮了全詩的節奏，刪去為宜。」
（《教學》，12頁）這就從語音格素（ㄤ）及其風格效果，從語
句格素（「這一切的一切」兩句）來評析風格。前者，從肯定
品評，後者從優化評述。「太過顯露」詩之大忌，缺乏餘味，
刪後，比較含蓄些；「拖沓」則欠精練，刪之則避免了這種瑕
疵。

　　從以上十個方面的簡述可以看出：「三書」比較全面地反
映「新詩辭章學」的內容，作者通過靈活、生動的安排，建構
了它的體系，它避免了板著「專著」的臉孔，開中藥鋪般
「一、二、三……1、2、3……」給初學者說教（當然，我不
一概反對專著這種條分縷析的闡釋），娓娓道來，親切有趣，
給初學者以綜合的辭章藝術，給作品以完整的天衣，在「雙基」

與能力、表達與接受、作家（詩人）與讀者之間架起了多姿多彩的橋樑。

「三書」，是很成功的「新詩辭章學」。

這種著作，別開生面，深受讀者歡迎。從上面例析中可以看出，它的社會功能、效益是顯著的。

我想，要寫好此類書，要寫到這樣的水平，必須具備以下三個條件：

一是敬業精神。在商品浪潮的衝擊下，在物慾橫流的現時代，一位年輕女郎，不為社會的歪風邪氣所動搖，而以高度的責任感，以執教為無上的樂趣，以學生的成長為幸福。這不能不讓人敬佩（《教學》，23、47、158頁等，《習作》，81頁）。

二是專業修養。「三書」的作者既「學業有專攻」，又「廣益多師」，把哲學、美學、文學、詩學、修辭學、章法學、辭章學等「雙基」融於胸中，又不是「眼高手低」地空談理論，她是理論家與語言藝術家雙能的教師。故其構思新奇迭出，命題不落俗套，彩筆點土成金。

三是勤業態度。敬業精神還靠勤業態度，才能化理想為現實。作者一年都推出三四本有份量的新著，這些新著又都是用教學的汗水澆灌出來的鮮花。翻開「三書」可見教師見縫插針播灑詩種的舉措，批改作業、搜集、整理學生作業的珍品。

因此，我想——

「作家、詩人不是學校培養出來的」，此言有對的一面，但不夠周密：作家、詩人都是語言藝術家，他們能飛翔於藝術的藍天，其搏擊的熱能中，融進了教師的心血，其有力的雙翅中，有教師的彩筆化成的羽毛。

辭章學、文藝辭章學、詩歌辭章學、新詩辭章學……的百花正在開放，辭章學的春姑娘已步入文化的百花園。我希望作者在「三書」的基礎上，再進一步推出文藝辭章學、新詩辭章學之類新著。這已瓜熟蒂落，且看明天！

（戊）詩詞辭章藝術漫話
——謝剛慧《滴石詠草》序

夫詩者，以辭章抒情寫意也。倘拙於辭章，則不能成詩；溺於辭章，則乏風骨。蓋情意根也，辭章花葉也；在心為志，發言為詩：兩者交融方成佳構。謝剛慧女士深諳此理，以辭抒意，以意遣辭，情信辭巧，辭意相成，故其詩可誦也。

余與女士素昧平生，去夏欣與西禪啖荔詩會，與其師陳荊園先生同席，宴罷余驅車送之回寓，承其款接，淪茗清談，見案几置有《榕謳》詩集，即其女弟子謝剛慧所作也。

據謝自言：前年承女友陳達嶺之介，從臺灣返閩詩人陳荊園夫子學詩。師之施教，首重立意擇體、相題謀篇，亦重審音辨律，遣詞用典。女士循律習作，每週數篇，偶有瑕疵，師反覆開導，立即批改，化朽為奇，境界全出。年來承陳師循循善誘，耳提面命，日積月累，詩功進步甚速，不及兩年，積稿成帙，殊可嘉也。余於師大，嘗為學子講授詩律，聽者盈堂，可謂盛矣。然課後而能詩者，余未之聞也。數載後，偶聞有成者鳳毛麟角耳。亦賴其潛心研習苦學而成，余敢引以為功乎？陳夫子因材施教，曉以作詩三昧，成效之著，余私淑之。

謝君謬采虛聲，日昨，攜其所著詩稿踵門請序其端。余鑑其誠，窮一夕之功，讀畢全集，麗辭雅韻，情景珀芥：歌黨

慶，頌中華，贊入世，鞭污吏，斥邪教，皆掬愛國之忱；山村春曉，九峰夜宿，竹園漫步，月下賞梅，皆有感而發也；謁杜甫草堂，訪雪芹故居，登南陽臥龍崗，禮蓮峰閩王墓，瞻成都文君閣，上武漢伯牙臺，悉調高而意遠。因其遊蹤幾遍神州，足之所踐，目之所寓，蘊積胸中，化而為詩。故言之有物，語無虛設，豈僅灞橋尋詩，花間覓句所能比擬。此即求之鬚眉尚不多得，況閨秀耶！

愚以為凡為詩，天賦、師承、體察、工力四者不可或缺。女士天賦既高，師承亦得其人，加以盡觀助氣，事激物通，孜孜不倦，其成就自非幸致。

今女士輯其所作，以付剞劂，顏其篇曰《滴石詠草》，足見其用功之勤，命題之切。乃不揣簡陋，樂敘數言，以為之介，希博雅君子有以教之。壬午孟春鄭頤壽誌之於五鳳南麓之榕蘭齋。

（己）散文辭章學研究舉隅
——劼生《散文藝術表現新探》序

我國對文學表現手法的研究，源遠流長。早在先秦時期，孔子就指出：「情欲信，辭欲巧」，「言之無文，行而不遠」。這裡的「巧」與「文」就含有對表現手法運用的意思。到了兩漢，「文」與「學」分開，對文學及其表現手法的認識更清楚了。魏晉南北朝時期，曹丕的《典論·論文》，陸機的《文賦》，鍾嶸的《詩品》，尤其是劉勰的《文心雕龍》，對文學及其表現手法的研究更為深入。隋唐五代以後，又產生了詩話、詞話、文評、曲語之類專門性的著作，使研究漸趨深入。這些

理論，有一個突出的特點，就是對文學表現形式作綜合的研究，也就是把聲律、字法、詞法、句法、章法、筆法、辭格、文體和風格等方面結合起來研究。我們把這種對詩文表現形式作綜合研究的學問叫做辭章學。我國古代辭章學的理論遺產，十分豐富，影響深遠。惜乎未作系統的科學的整理。近年，我國對辭章學的研究有了新的開拓。劫生同志的《散文藝術表現新探》是對這方面研究的成果。

　　本書融匯古今中外，把修辭學、文章學、文藝學、創作論等結合起來研究，闡明文學的有關表現手法，如象徵手法、意識流手法、布萊希特戲劇體系人像展覽結構等現代派文學的若干表現手法，對辭章學的某些方面作了新的開拓。例如作者在「借景抒情與積極修辭」一節中，論述了比喻、疊字、摹狀、擬人、映襯、排比、示現等修辭格的運用與借景抒情表現手法的關係；在「因事緣情手法」一節中，作者又把複疊、映襯、頂真辭格與因事緣情手法聯繫起來進行研究；在「散文中的傳統象徵手法」一節中，作者則論述了詠物散文、借景抒情散文、寓言體散文詩對「以比喻為基礎的象徵辭格」擴大運用的一般規律；在論述象徵主義手法特點的各節中，作者又以波德萊爾《巴黎的憂鬱》、魯迅的《野草》以及我國其他現、當代文學名篇為例，論述象徵主義散文對「以比喻為基礎的象徵辭格」之外的各類象徵辭格運用、擴大運用的一般規律。書中各節文章，縱橫交錯，從不同角度闡述了辭章學的幾個問題。

　　書中提出「因事緣情」手法是散文「形散神不散」的關鍵。作者認為，各種文學體裁運用「因事緣情」手法都能使結構「形散神不散」。布萊希特戲劇特有的人像展覽結構特點和議論、抒情因素、「布」劇的間離效果，與布萊希特在自己的

戲劇中運用因事緣情手法有直接關係。小說運用「因事緣情」手法，抒寫抒情主人公的流動意識，就是表現抒情主人公清晰流動意識的東方「意識流手法」，這種手法和表現無邏輯的混亂意識、表現下意識的、沒有相對完整情節的西方「意識流手法」有明顯的區別。

本書又一個突出的特點，就是每節有相對的獨立性，又互相聯繫，構成一體。例如「象徵主義手法」和「傳統象徵手法」特點的論述建立在「以比喻為基礎的象徵辭格」立論的基礎之上；對「象徵主義手法」特點的論述，是在論述了「傳統象徵手法」特點之後。這樣，就使論述逐步深入，形成自己的體系。

本書作者長期從事教學。這些文章，就是作者教學實踐的總結和昇華。這就構成了本書的第三個特點：既有理論性，又有實用性。本書的出版，對於從事修辭學、文章學、寫作學和散文等課程教學的同志，都有一定啟發作用。

我希望作者在此書出版之後能繼續進行這方面綜合的研究，為建立、繁榮漢語辭章學作出更大的貢獻。

（本文收入劫生《散文藝術表現新探》，廈門大學出版社，1992）

辭章學遺產的整理、挖掘與弘揚

一、評《辭章學辭典》

由鄭頤壽先生主編、林大礎先生副主編的《辭章學辭典》於2000年7月由三秦出版社出版了。這是中國專科辭典的又一新收穫，也是中國修辭學界的一件大事。

《辭章學辭典》有如下特點：

(一)豐富性

《辭章學辭典》收詞條6300多條，100萬字左右。內容相當豐富。全書分為《辭章本體論》、《辭章與生活》、《辭章與作者》、《辭章與鑑賞》、《有關辭章的主要論著》五大部分，而每一部分都包含有若干方面。《辭章本體論》部分包括：《辭章界說》、《辭章與內容》、《辭章的運用與構成》、《表達效果》、《風格》和《語體‧文體》共六個方面。而在每一個方面，又有豐富的內容，如《辭章的運用和構成》方面，其內容包括11個專題：構思、想像、營造，熔裁、附會、置辭，執術馭篇，謀篇，選句，造語、措詞，用字，調音、協律，辭

格、藝術方法，表達方法，修改錘煉等。在每一個專題裡，又有極豐富的內容，如「辭格、藝術方法」這一專題裡有51個題目：疊字、複疊・交錯、飛白・非別・語訛、轉品・變性、析字・離合、出格、諧音・假借、借字・代、避諱・諱、歇後、透字、鑲嵌、反語・反言、旋造、倒裝・倒換・倒句、拗語、對偶・對仗・儷辭、伴、排比、反復・同目、數句用同一類字、頂真・頂針、聯珠、回文、互體、互文、參互、答問、設問・問答、呼告、誇張・誇飾・增實・甚言、引用・用事・事類・用典、警策・秀・警秀、層遞・繼踵、雙關、錯綜・參差・變文、避複、省略・省文、賦・鋪、比・興・擬、襯托・烘托、加一倍寫法、示現、點化・摹似・脫胎、諧隱、隱秀、虛實、曲直・婉徑、抑揚、緩急、逆順、畫龍點睛、其他等。在每一題目之下，有許多條目，如「點化・摹似・脫胎」之下有如下詞條：點化、點染、點鐵成金、摹似、脫胎、脫胎法、換骨奪胎、奪胎換骨、化腐為奇、化腐朽為神奇、化陳腐為神奇、青愈於藍、善翻古意、以故為新、古為我用、偷語、偷意、偷勢、人語己意、略形取神、一意、同一律、沿襲、襲故彌新、源出、語有所自、辭有所本、渾然天成、混然天成、文病全在摹仿、抄襲、過於摹擬、畫虎不成、畫虎類狗、狗尾續貂、學步邯鄲、邯鄲學步、嚼飯餵人、直書成句、捧心效西子、擬古、生吞活剝、遺其神理，得其皮毛、優孟衣冠、優孟、衣冠優孟、襲等。這樣，全書由部分——方面——專題——題目——詞條構成一個完整的體系，編織了嚴密而豐富的內容網絡，多方位地全面地反映了辭章學的豐富內涵，實在是難能可貴。

豐富性不僅表現在嚴密而豐富的內容網絡上，更體現在每

個條目的釋文上。本辭典每個條目都不是乾巴巴的，而是非常豐滿的。除解說詞條意義外，還舉有例句，不少條目例句很多，而又很精彩，大多來自辭章學專著或論述辭章的文章片段。除了釋義、例句外，有的條目還有說明，使詞條的內容更加豐富。比如「妙用代字」這一條目，作者解釋意義：「就是巧妙地運用借代的方法。」然後舉了清·蔡嵩雲《樂府指迷箋釋》、周美成（邦彥）的《解花語·上元》、王灼《碧雞漫志》卷三、王銍《龍城錄》等書的例句。作者在引例後，還加以說明，使讀者更加理解例句的意義。如該條目例句後有作者的說明：「用『桂華』『素娥』描寫明月，精妙含蓄，境界優美。代字是否精妙，決定於是否合乎表心、適境、得體的辭章律。」

(二)創造性

對漢語辭章論的整理，前人曾做過許多工作，但未建立科學體系，檢索非常不方便。鄭頤壽先生辭章學的功底深厚，開創了辭章學專科辭典的編纂，做前人未做的事情。披荊斬棘，篳路藍縷，構建成一座雄偉的辭章學專科辭典的大廈，成就了我國第一部系統完整的辭章學辭典，功其大矣！

在編排體例方面，該書也匠心獨運。書前有分類目錄索引，可以看出整個辭章學的內容體系。在分類目錄索引中，又分為兩部分，一是總目索引，二是詞條索引。層次分明，查檢方便。要查檢辭章學某一內容，先查總目索引，再查詞條索引，有關內容瞭如指掌。全書詞條的編排，又以音序為準。這有利於在閱讀中看到某一辭章學詞條時，馬上可以按音序在辭典中查找，非常方便。書後所附的音序目錄索引，使查檢更為

簡捷。

(三)**實用性**

　　這是一本非常實用的辭書。其功用有三：一是本辭典是查閱有關辭章常用詞語的專業工具書。我國有關辭章詞語十分豐富，如「傳神寫照」、「泥人土馬」、「剪紙為花」、「鬚眉畢現」等等，在平常學習、教學、寫作中，習見常用，但要準確了解其意義及出處，從普通辭書中卻查不到。有的詞語，如「修辭」、「辭章」等，雖然一般辭書也有收錄，但釋義陳舊，義項不全，未能反映當代學術研究新的成就。因此，該辭典收人家未收之詞條，補人家不全之義項，以供辭章的學習、教學和科研之需用。二是本辭典是查閱漢語辭章論的工具書。本辭章釋義僅限於辭章方面，一般意義不注，引論力求相對完整，盡量反映諸家觀點，條目與例證均與辭章論述密切相關，多出自文論、史論、詩話、詞話、曲話，以提供辭章理論為宗旨。本辭典收羅了浩如煙海的辭章方面的材料，初擬草創本辭典時全稿約300萬字，後又加以精選，汰去三分之二的篇幅，雖不能反映辭章論之全豹，但辭章論的主要內容的條目，皆囊括其中，是查閱漢語辭章論的很好的工具書。三是本辭典為辭章學體系的探討建立做了些拓荒性的工作，提供了必要的參考，本辭典所設《辭章論》、《論辭章與鑑賞》，旨在全面揭示言語交際過程，探索說寫與聽讀、編碼與解碼之間的關係與規律；而《論辭章與作者‧表達者》、《論辭章與物事‧生活》，則旨在揭示在辭章形成中，主觀與客觀、認識與存在、創作與生活實踐之間的關係與規律。這種意義上的「辭章」，綜合融化了文字學、語音學、詞彙學、語法學、修辭學、語體學、文體學、

文章學、風格學、文藝學、創作論等等相關學科的原理與規律，為辭章學體系的建立打下了堅實的基礎。由此可以看出，本辭典是一本雅俗共賞實用性很強不可多得的工具書。

(四)科學性

本辭典科學性首先表現在釋義的準確上。作者下了很多苦功，對每一條目仔細推敲，用準確簡明的文字表示其意義。如「成風盡堊」解釋為「揮起斧頭引來一陣風，砍掉鼻尖上的白土，比喻高超的寫作方法」。何其簡明生動準確。這種例子俯拾皆是。科學性還表現在例句的精選上。本辭典例句皆非常典範，大多引自文論、史論、詩話、詞話、曲語名著，出自名家之中。如南朝・梁・劉勰《文心雕龍》、宋・張戒《歲寒堂詩話》、清・劉大魁《劉海峰文集》、清・袁枚《隨園詩話》、清・沈德潛《說詩晬語》、錢鍾書《管錐編》等。科學性還表現在義例諧合上，義以例顯，例補義幽，結合得天衣無縫，相得益彰。如：

〔四瑕〕寫文章的四種缺點，毛病；瑕：原指玉上面的斑點，常比喻缺點、毛病。明・宋濂《文原》：「何謂四瑕？雅鄭不分之謂荒，本末不比之謂斷，筋骸不束之謂緩，旨趣不超之謂凡，是四者賊文之形也。」(《辭章學辭典》，421頁)

作者對「四瑕」解釋後，舉《文原》的書例，具體說明那四瑕，義例結合得很好，這樣就增強辭典的科學性。

豐富性、創造性、實用性、科學性，使《辭章學辭典》成為一部很優秀的工具書。它的出版，對辭章學的建設、繁榮將起重大的推動作用，對專科辭典的編纂，也提供了寶貴的經驗。當然，本辭典也有不足之處，如立目還要進一步推敲，濫

收和缺收兼而有之；在排檢上，正文已是音序排列，如果書後再附以筆畫條目索引，或者將音序條目索引改為筆畫條目索引，則更便檢索，也方便各種讀者使用，則使本辭典更為完美。

（作者林玉山，係著名語言學家，福建省辭書學會會長，福建師範大學文學院教授，博士生導師。本文原載《出版廣場》2001.2）

二、《辭章學辭典》探微

近讀福建師大文學院博導林玉山教授寫的《評〈辭章學辭典〉》一文（刊於《出版廣場》2001年第二期，以下簡稱《林文》）深受啟發。《辭章學辭典》由鄭頤壽、林大礎任正副主編，福建省修辭學會和全國文學語言研究會部分志同道合的專家參加編撰辭條，三秦出版社2000年出版。

《林文》指出《辭章學辭典》（以下簡稱《章典》）具有豐富性、創造性、實用性和科學性，要言不煩，實事求是，概括得準確又有一定深度。本文同意他的觀點，不重複，只就《林文》作具體的闡釋，必要時，做點補充。

㈠開拓性

它表現在以下幾點：

1.建立了相當完整的漢語辭章學體系

我國辭章的理論十分豐富，歸納此類理論的辭典也有一些，但沒有從辭章「學」的角度建立體系。而《章典》是我國

第一部按辭章「學」的理論體系編著的。《章典》是建立在我國三千年以來，尤其是1961年以來對漢語辭章學研究的基礎之上，是對漢語辭章學理論的總結、發展與昇華。

2. 對「辭章之學」的認識推前一個朝代

對漢語「辭章之學」這一「學」的認識，古人未必很自覺，未必很清醒，我國學者何時提出「辭章之學」的？一般都認為最早見於清人梁章鉅的《退庵論文》，而《章典》認為，從目前掌握的資料分析，它在明人王守仁的《博約記》中已經出現（《章典》第79、672頁，以下凡引用此書的，只標頁碼），估計「辭章之學」的年代還有可能往前推。

3. 兼顧說寫與聽讀兩個方向

過去此類辭典，重表達而輕接受。而辭章之學是橋梁性的學科，它架在表達與接受，說寫與聽讀之間。《章典》對此十分清醒，《前言》中就明確地指出：「本典所設《辭章論》與《辭章的鑑賞》，旨在全面揭示言語交際過程，探索說寫與聽讀、編碼與解碼之間關係的規律。」（《前言》第3頁）。《章典》除了用數千條的辭文闡析辭章的表達之外，在《肆、論辭章與鑑賞》部分又設了近300條，從鑑識的原則、標準、方法、要求、品第、類別以及鑑賞諸忌作論析，這樣，就把說寫與聽讀的雙向都兼顧了。這就跳出了單從「寫」的「文章之學」和書面語言，飛躍到聽和讀，兼顧鑑識與口語的方面來。

4. 既重民族性，又有時代性

漢語辭章學是富有民族傳統的一門學科，具有深厚的文化

積澱，富有鮮明的民族特點。《章典》從我國古代詩話、詞話、文評、曲語、史論中，梳理出漢語辭章學的理論，體現了漢語文化的特點；同時，又注意運用現當代話語語言學、修辭學、語體學、風格學、文章學等方面的理論進行梳理、提煉，諸如：文筆論和語體，藝法和辭格，起結與開頭結尾，增實、甚言、誇飾與誇張，儷辭與對偶，事類、用事、用典和引用，增補、刪削、刊訂、錘煉與修改，通變與創新等等，都做到古今交融，中外合參，既富有民族特點，又體現了時代風格。這樣處理，是一種很好的開拓。

5.補普通辭書之不足

《章典》還在辭條設置與釋義方面有新的拓展。它注意收入通行的普通工具書所未收的辭條，例如「妙諦微言」、「妙合無垠」、「妙語天開」、「妙絕古今」、「傳神寫照」、「形神畢出」、「形神俱化」、「鬚眉畢現」、「勃勃欲生」、「泥人土馬」、「剪紙為花」等等。又如「修辭」、「辭章」以及「比」、「隱」等辭條都用辭章理論作了精闢的注解。

(二)科學性

開創性是建立在科學性之上的。它反映了對漢語辭章客觀規律和理論體系之諸方面。

1.科學的「辭章」的定義

「辭章」和「辭章之學」是《章典》寫作總的指導思想，如果對此認識有偏頗，全典的方向就歪了。《章典》編著者既很尊重名家，學習名家，又尊重科學，用實事求是的精神給

「辭章」和「辭章之學」做界定。《章典》指出辭章是「有效地表達話語資訊的藝術形式」，「這種『藝術形式』，必須以有效地表達話語資訊為前提」，「辭章包括口語與書語」，「要求『有效』有『藝術』」，「辭章學是研究有效地表達話語資訊的藝術形式的科學」。（662～665頁）這個定義就比《辭源》、《辭海》、《現代漢語詞典》等辭書和一些名家所說的「『辭章之學』就是『文章之學』」，或「……文章之學的一個側面」更具科學性，這個定義客觀上得到了德高望重的張志公先生從側面做的肯定（《漢語辭章學論集》，259頁）。

2.科學的辭章結構生成論

《章典》以辭章結構組合結合論為指導編著。全典先論析話語的大局，根本框架結構，由大到小，逐步具體。《章典》由「辭章與內容」、「辭章的運用與構成」切入。談辭章的構成，先談「構思‧想像」、「熔裁‧附會」、「執術馭篇」，這都是關係全局的，接著從「謀篇」這一言語的最大單位，到表達意思的「選句」，再進入「造語、措詞」這些遞小的表達概念的單位；再後談媒體：書面語的「用字」，口頭語的「調音‧協律」：這些，都是以大統小，從高到低的層次來安排的，屬於「結構論」。接著，又把上述各單位綜合起來，談「辭格‧藝術方法」、「表達方法」；從而形成了「表達效果」與「風格」：這些，又近乎「組合論」。全部結合起來，就是「結構組合結合論」。從此，可見全典的精密構思的微妙之處。

3.文體、語體結合論

我國古代已有文體論，而語體論是現代從國外引入的。它

們是兩個不同的概念。語體是從功能特點而言。文體有多種多樣的劃分標準，也有從功能進行劃分的。辭章學家鄭頤壽，風格學家張德明、語體學家李熙宗等教授，都採用這種方法。它古今兼顧，中西交融，是很有見地的。

4.辭格・藝法結合論

　　辭格和藝法也是兩種不同的概念，但又有密切的聯繫。本書編著者對辭格和藝法在理論上的認識是清醒的。主編在1989年提交給中國修辭學會學術研討會的學術論文《論修辭學與辭章學》一文指出：「對比喻、比擬擴展、引申運用，形成比興、影射、寫照、托物言志等辭章的藝術方法——簡稱『藝法』；對排比、反復、層遞、頂針等擴展、引申運用，形成了重章疊句、排疊、鋪敘等藝法。對借代的擴展、引申運用，形成了以點代面、舉例說明、典型概括等藝法。」（《修辭學論文集》第五集，河南大學出版社，1990）鄭教授於1980年寫成《論「比」和比喻》（發表於《福州師專學報》1981年第1期，後被收入中國修辭學會《修辭學論文集》第一集），指出「『比』是比喻、比擬和諷喻的總稱」，是「比體」，又指出「比是藝術方法，也是藝術形象」——「藝術方法」，「章典」簡稱之為「藝法」，是辭章學研究的主要對象之。《章典》（15、16頁）。「比」「比體」就是按此歸納出來的；而志公先生也在1981年寫了《說「比、興」》，把它作為辭章手段，後被收入中國修辭學會華東分會《修辭研究》第一集。張、鄭兩位先生都不謀而合地闡析了辭格和藝法的關係，這對我們是深有啟發的。

5.表達效果與表現風格的相關性

本書的《分類專題目錄索引》安排體現了表達效果、表現風格的密切聯繫。這種關係在《新編修辭學‧通論》中已明確指出：「表達效果與修辭風格（即「表現風格」）有聯繫，但有區別。如……簡約等風格，是靠各層次的語言單位綜合運用形成的言語的總的特點。而簡練等表達效果，是針對具體語言片段而言，它只要做到句中無冗詞，篇中無餘句，做到具體語句言有盡、意無窮即可。」

這裡值得點明的是：本書《分類目錄索引》在安排風格論時，收了表現風格、個人風格、流派風格、文體風格、時代風格、地方風格等六類，把「表現風格」置於諸種風格之首，這是有深意的。黎運漢的《漢語風格學》中五種風格：表現風格、語體風格、民族風格、時代風格、個人風格，也是把「表現風格」列於諸風格之首。這是因為表現風格是從諸種風格中概括出來的。鄭、黎兩位先生也是不謀而合。經過全書作者的努力，《分類目錄索引》把它類聚概括了18個「風格群」，109位代表作家的個人風格，32個流派風格，僅論李白風格的就有11個辭條，杜甫的有16條，既凸出其主導風格，又注意到著名作家風格的多樣性。

(三)系統性

《章典》收了萬計的辭條，這麼多的辭條群組織起來，沒有嚴密的理論體系是不可能的。

1.用「四六結構」的宏規理論建立了科學的理論系統

請讀者翻閱一下《後記》部分對《辭章學的理論框架》的論述就清楚了（665～673頁），用這個框架再看看《總目索引》，它設：《壹、辭章論》，這屬於「四六結構」的「辭章元」，這是本典的核心內容，所占篇幅最多；《貳、論辭章與物事·生活》，這就把「辭章元」與「物事元」聯繫起來，揭示了辭章的「根」、「源」。《參、論辭章與作者·表達者》，闡析了辭章與說寫者的思想觀點、藝術修養，才識膽力等方面的關係。《肆、論辭章與鑑賞》，又從「聽讀」這個理解、接受的方面，來論析其原則、標準、方法、要求等。這個安排可以看出作者辯證唯物主義的「辭章觀」，既凸出「辭章」這個中心，又顧及世界的萬事、萬物、聽說、讀寫等方面，把「辭章」看成是個開放的系統。這是就宏觀系統而言。

2.多科融合的系統

辭章學與修辭學、文章學、文體學、語體學、風格學都有聯繫。但它們有主次之分，《章典》以「辭章」為綱，融化入相關的理論。現在對《總目索引》作個解剖。「辭章論」的「辭章與內容」部分，又設「辭章與題材」、「辭章與意旨」等，顯然是以「辭章」為主體，融入文章學的相關理論，把「辭」與所要表達的「意」（亦即「載體」與「信息」，形式與內容）的關係，開宗明義地點出了，體現了「辭章」定義中的「有效地表達話語信息的藝術形式」這個義項。「辭章的運用與構成」，先從「構思」、「熔裁」這個思想活動入手，繼而談「執術」、「謀篇」、「選句」、「造語、措詞」、「用字」、「調

音、協體」、「辭格、藝術方法」、「表達方法」、「修改」、「表達效果」、「風格」、「語體、文體」，除了融入文章學之外，還融入了修辭學、語法學、語音學、風格學、文體學、語體學的內容。如果從各專題去分析，例如「謀篇」、「選句」、「造語、措詞」、「用字」、「調音」等部分的辭條，又是以先「正」後「反」來排列，「正」的部分，又分「總說」、「要求」，具體的方法、藝術等；「反」的部分，又談了「章法諸忌」、「句法諸忌」、「用字諸忌」等，這又涉及邏輯學、文字學等內容了。融入的內容很多，體現了「辭章學大於修辭學」的「辭章觀」和辭章學具有「融合性」這些本質特徵。而且，每個大小部分，層次清晰，條理井然。

3. 中觀、微觀的系統性

《章典》的系統是嚴密的，不僅全書宏觀的系統性強，而且中觀的（某一大部分）、微觀的（某一大部分下更小的部分）系統性也很強，正像一棵大樹，全樹、大枝、小枝都有系統。例如「壹」大部分《辭章論》，設：「辭章界說」、「辭章與內容」、「辭章的運用與構成」、「表達效果」、「風格」、「語體、文體論」七個小部分。「界說」作為總綱，「辭章與內容」是根本的原則，「辭章的運用與構成」是核心的內容，「表達效果」是辭章修養的標準，然後，形成了氣氛和格調：「風格」和語言特點的總和「語體」、文章特徵的總和「文體」。次一個部分，如《辭章的運用與構成》在上文「科學性」「2」已作分析。再次一個部分，如《謀篇》，分「謀篇概說」、「題目」、「起承轉合」、「伏應」、「層次」等15點來統帥辭條，又形成了一個系統。這樣，就把萬計的辭條統起來了，層次清楚，邏

輯嚴密，使用方便。

4.表達效果優劣的系統

根據傳統的語言表達理論，語法要求表達得「通」，邏輯要求表達得「對」，修辭要求表達得「好」，而辭章則合而統之，既要表達得「好」，又要表達得「通」與「對」，從反面來講，就是要避免「不好」、「不通」、「不對」。《章典》注意到了正反的兩個方面。請翻開《總目索引》，各個部分，除了設置了正面的論述之外，又設「選材諸忌」、「立意諸忌」、「構思諸忌」、「附會諸忌」、「執術諸忌」、「章法諸忌」、「用字諸忌」、「調音諸忌」等等。正反對照、取捨兼論，這是辭章學的融合性所決定的。它頗費苦心，很有創意。

5.語體、文體論系統

請看《總目索引》，《章典》以「語體」來統帥「文體」，結合完美，又有很周密的系統。《總目》設「語體論」，來統帥「口語」、「書語」。又把「書語」與「文體」結合起來，在闡述「文體界說」和「文體概說」之後，吸收了傳統的「論文敘筆」的理論，先論「文」，收入有韻的文體：詩歌、駢儷、辭、賦、詞、曲；「筆」方面，又分「體裁類別」和「功能類別」來闡述。真是把古、今、中、外相關的語體、文體分類法融化起來，別出心裁地建立了語體、文體的體系。

從系統性來講，如果能組織一批作者，按這個初建的系統，可以寫成幾十部辭章學的系列叢書，成為林林總總的辭章學著作群。

通觀全典，如果把「正文」比作一大倉庫，《分類目錄索

引》就是庫存的貨單；如果「正文」比作健康的軀幹、四肢，《分類目錄索引》就是思維發達的大腦；如果把「正文」比作「網」的「目」，「分類目錄索引」，就是「網」的「綱」。寫「正文」很不容易，而要建構這樣的「分類目錄索引」，沒有深厚的辭章學修養是不可能的，它富有理論性和實用性。辭條的寫作，應歸功於所有作者的艱辛勞動；而參加《分類目錄索引》的編撰者，又能配合默契，精思密構，尤為辛苦。

全典萬個辭條有機融合，形成了嚴密的整體，這充分說明了參加編寫的人都是志同道合的，他們對上述的學術論點是一致的，說明了這些來自不同省分（福建、陝西、山西等）的專家、學者的協作精神和學術水平，說明了福建省修辭學會和全國文學語言研究會強盛的活力。《章典》全書妙合無垠，這是合作的典範；而開拓性、科學性、系統性說明了全書作者的水平。許多作者對辭條的探源求真，精到的解釋就無法細述了。

本文僅是就博導林玉山教授《評〈辭章學辭典〉》所做的一些補充，請廣大讀者，本典撰稿者與主編先生指正。

主要參考書

1、張志公：《漢語辭章學論集》，人民教育出版社，1996。

2、鄭頤壽：《辭章學概論》，福建教育出版社，1986。

3、鄭頤壽、張慧貞、鄭韶風：《辭章藝術示範》，上海教育出版社，1991初版，1992再版。

4、鄭頤壽、諸定耕主編：《中國文學語言藝術大辭典》（原稱「漢語辭章藝術辭典」），重慶出版社，1993。

5、鄭頤壽主編：《文藝修辭學》，福建教育出版社，1993。

6、鄭頤壽：《言語修養》（論文選），首都師範大學出版社，
　　1999。

7、鄭頤壽：《辭章學論稿》（研究生用講義），1999。

8、祝敏青：《小說辭章學》，海峽文藝出版社，2000。

辭章藝術的動態、綜合研討

一、應該怎樣修改文章
—— 推薦《文章修改藝術》

面對自己的習作，青少年朋友往往撓頭抓耳，苦苦思索：文章究竟應該怎樣修改？文章又為什麼應該這麼寫，而不應該那麼寫，這其中有沒有什麼「秘訣」？

要找以上答案嗎？那麼，請你閱讀福建教育出版社新近出版的《文章修改藝術》一書（作者鄭頤壽）。書中收集了你所熟悉的中學語文課本中的名家名篇，針對你關心的寫作及其修改問題，進行了詳盡的分析說明。比如 《普通勞動者》這篇課文，怎樣從原來的七千八百字，修改為六千三百字。刪去了一千五百字，反而使將軍和小李這兩個人物更「活」了，故事情節更緊湊了。主題思想更深刻了。到底課文刪節了哪些部分？為什麼課文應該這樣寫，而不應該那樣寫？書中展示了這篇課文字、詞、句、段乃至標點符號的改動情況，把作家的手稿和定稿同時放在一起進行對照、比較，讓你看到了平時不易看到的作家修改文章的原始資料，從而幫助你明白修改文章的一些方法和規律。

契訶夫說：寫作的技巧「其實並不是寫作的技巧，而是刪掉不好的地方的技巧」。他的短篇小說之所以空前傑出，也正是反覆修改的結果，經典作家們寫那樣大的作品還改了又改，我們平時寫作文，就更應當多加修改了，修改是寫作的重要部分。因此，我們要認真學習修改文章的方法。除《普通勞動者》外，本書還收集了《小桔燈》、《荔枝蜜》、《梁生寶買稻種》、《誰是最可愛的人》等十一篇課文的修改資料及其點評，相信你閱讀之後，必將受到寫作上的有益啟迪。

（作者任鳳生，係散文家，中國作家協會會員，先後任中國華東修辭學會，福建省修辭學會理事等。本文原載《語文報》1984.1.9）

二、《文章修改藝術》序

文章修改藝術——文章的修飾之學，在中國是源遠流長的。

「修飾」一詞見於《論語·憲問》：「為命，裨諶草創之，世叔討論之，行人子羽修飾之，東里子產潤色之。」這裡的「修飾」是指對文件的修改。下面想錄幾則有關修改的文字。

> 世人著述，不能無病。僕常好人譏彈其文，有不善者應時改定。
>
> （曹植《與楊德祖書》）
>
> 學為文章，先謀師友；得其評論者，然後出手，慎勿師心自任，取笑旁人也。
>
> （顏之推《顏氏家訓·文章篇》）

句有可刪，足見其疏；字不得減，乃知其密。

（劉勰《文心雕龍・熔裁》）

凡人爲文，私於自是，不忍於割截，或失之繁多，其間妍媸益又自惑。必待交友有公鑑無姑息者，討論而削奪之，然後繁簡當否得其中矣。

（白居易《與元九書》）

黃魯直於相國氏得宋子京唐史稿一册，歸而熟觀之，自是文章日進。此無他也，見其竄易句字與初造意不同，而識其用意所起故也。

（朱弁《曲洧舊聞》）

歐公文亦多是修改到妙處。頃有人買得他《醉翁亭記》稿，初說「滁州四面有山」，凡數十字；末後改定，只曰「環滁皆山也」五字而已。

（朱熹《朱子語類大全》）

范文正公守桐廬，始於釣臺建嚴先生祠堂，自爲記。……其歌詞云：「雲山蒼蒼，江水泱泱，先生之德，山高水長。」既成，以示南豐李泰伯。泰伯讀之三，嘆味不已。起而言曰：「公之文一出，必將名世，某妄意輒易一字，以成盛美。」公瞿然，握手扣之。答曰：「雲山江水之語，於義甚大，於詞甚溥，而『德』字承之，乃似趑趄，擬換作『風』字如何？」公凝坐領首，殆欲下拜。

（洪邁《容齋五筆》）

篇中不可有冗章，章中不可有冗句，句中不可有冗字，亦不可有齟齬處。

（吳訥《文體明辨序說》）

以上八則都是膾炙人口的「文話」。這些文話，說明了文章修改的重要性，也從實例顯示出研究文章修改藝術的必要性。

究其實，文章的修改，重要的是思想認識的修改，其次是表達上的選擇。近些年來，由於現實的需要，修辭學的研究，似乎有了一個新的分支，即文章修改藝術或曰修飾之學。這一分支已結碩果，論著和論文已琳瑯滿目。論著如《魯迅手稿管窺》（朱正著，湖南人民出版社1981年版）、《葉聖陶的語言修改藝術》（朱泳燚著，寧夏人民出版社1981年版）和鄭頤壽同志的《比較修辭》（福建人民出版社版。上冊講詞語、句子、辭格，下冊講篇章、語體）。鄭著比較系統地講述了修辭比較的用例，既有理論性，也能指導語言實踐、文章寫作的實踐。論文方面，重要的有《從魯迅手稿中學習鍛煉詞語》（徐仲華作：《新聞業務》1963年第1期）、《魯迅的煉詞藝術》（朱泳燚作，《語文知識叢刊》1981年第3輯），等等。

文章修改藝術的研究，從我們見到的論著和論文來看，大致可以分為三類。第一類是對作家、文章家修改自己的文章的研究，如朱正、朱泳燚、鄭頤壽同志的著作等。第二類是文章評改的著作，重要的有《習作評改》（呂叔湘、周振甫，開明書店，1951），《語文學習講座叢書》（商務印書館，1980）之三《文章評講》、之四《應用文寫作》，《認真學點語文——專家教授談語文》中冊（北京出版社，1983），《高中學生作文評改》（北京出版社，1980）等。第三類是對領導同志和編輯同志修改文章的研究。這方面見到一些論文，如《試談〈天山景物記〉的文字再改動》（1957年作，《中學語文教學》1983

年第7期）、《〈瀾滄江邊的蝴蝶會〉的再修改》（張厚感作，《中學語文教學》1984年第4期）等。

我非常希望能夠見到這方面的專著，能夠把語文課本中的可以詳盡地談文章修改的教材，進行對比研究，匯集成冊，這對教師的教學和學生的學習都會起切實的提高語文教育質量的作用。鄭頤壽同志的《文章修改藝術》（初編四冊，已出一冊）[2]一書正是這方面的專著。第一冊出版後，深受歡迎，已被讀者認為「如果細心對照、反覆揣摩，必將從中領會許多寫作上的道理，獲得有益的啟示。」（見1983年12月26日《中學生語文報》：《應該怎樣修改文章》）足見這本書的研究水平和實用價值，這是值得稱道的。我們應當感謝頤壽同志十餘年來的這種努力，因為他寫作了一部好書，為修飾之學的研究作出了貢獻。

現在，《文章修改藝術》即將修訂再版，頤壽同志讓我在書的前面寫幾句話。我是樂於寫幾句話的——謹序如上。

1984年3月

（作者張壽康，係教授，著名語言學、修辭學、文章學家，中國修辭學會第二屆會長。本文原刊《說語談文》，開封：河南大學出版社，1989.5）

注 釋

---

[1] 鄭頤壽《文章修改藝術》，福州：福建教育出版社，1983。

[2] 這四書同體例，但書名不同，即：鄭頤壽、張慧貞、鄭韶風編著《辭章藝術示範》；鄭頤壽、祝敏青為正副主編之《言語藝術示範——文章修改藝術》；鄭頤壽，潘曉東主編之《中學語文名篇修改範例》（高中版）、《初中語文名篇修改範例》等。

三、請名家作示範

——評介《辭章藝術示範》

學習理化，要通過實驗進行示範，才容易理解抽象的科學原理。學習語文也一樣，也要作語文示範才容易學懂、學通，把知識化為綜合運用的能力。

請誰來作語文示範呢？最好莫過於請名作家，用他們的名作品的寫作過程來作示範了。這就是用他們的原稿和修改稿進行比較，領會他們立意、謀篇、剪裁、表達的方法和規律。「在這裡，簡直好像藝術家在對我們用實物教授。恰如他指著每一行，直接對我們這樣說——『你看——哪，這是應該刪去的。這要縮短，這要改作，因為不自然了。在這裡，還得加些渲染，使形象更加顯豁些。」「這是極有益處的學習法」（魯迅語）。修辭學家鄭頤壽先生主編的《辭章藝術示範》（下簡稱《示範》）就是這樣的一本好書。

此書收入魯迅、葉聖陶、老舍、賀敬之、王願堅等名家的作品15篇，共1478個比較的例子。它們告訴讀者：如何錘煉主題、篩選題材、結構篇章，如何描寫、抒情、敘述、說明、議論；如何協調聲音、錘煉詞語、調整句式、運用辭格；如何把語法、邏輯、修辭有機地整合起來……

例如，初中《語文》第五冊告訴我們：「同一個意思，可以用一個長單句來表達，也可以用一組短句子組成一個複句來表達。不過有時因句子過長，修飾成分太多，中心語相隔很遠，使人讀起來感到費勁，在這種情況下，改用一組短句子來表達，效果會更好。」這很抽象。現在，我們就用《示範》一

書《驛路犁花》中的例子作一示範。

原句：一個鬚眉花白，手裡提著一杆明火槍、肩上扛著一袋米的瑤族老人站在門前。

改句：一個鬚眉花白的瑤族老人站在門前，手裡提著一杆明火槍，肩上扛著一袋米。

原句是個長單句，改句是由三個短句組成的複句。第一個分句，著重描寫老年人的形貌，突出其「老」，以便與後文中的解放軍、小姑娘構成：老年人——青壯年——小孩子三個層次，暗喻開展學習雷鋒活動的範圍之廣闊。第二、三兩個分句，通過描寫老人的動作，使老人的身分（「一杆明火槍」——獵人）、來到此處的目的（「……一袋米」——送米）突顯出來。

這樣，既深入理解了課文，又學習了語法、修辭知識，讀起來津津有味，便於運用。

《示範》全書360頁，20多萬字。示範的文章選自初一到高三各年級的課文，由淺入深，循序漸進，可供中學各年級學生閱讀。

（作者金真，原載《語文報》421～2, 1990. 6. 25）

大學辭章學教材與參考書評介

一、與時俱進，不斷開拓
——讀《辭章學論稿》

任何科學都要與時俱進，不斷開拓，才有生命力。以現代語言學的研究來講，由歷史語言學的產生，到描寫語言學的崛起，繼而產生了結構主義語言學，轉換生成語言學，逐步推進。我國修辭學研究的發展也一樣：以「兩大分野」為體系、辭格為中心的陳望道的修辭學，到張志公融合修辭學、風格學的詞（辭）章學，林枳敭的包含修辭學、文章學、風格學的「言辭學」，王德春的包括語體、文風和風格、修辭、篇章結構的「語言學的新對象和新學科」等理論，都在不斷推進之中。鄭頤壽的「辭章學」就是在這個大合唱中的一曲。而與時俱進，不斷開拓，則是他們的共同點。

每一位有建樹的學者，也是這樣。僅就最熱心於辭章學研究的志公先生來談，也是在不斷邁進之中。他由原先給學科命名為「詞章學」，到新名稱的「辭章學」；由原先的學科定義「辭章學就是文章之學」，到「辭章學是文章學的一個側面」（以上都僅限於書面語）；再到辭章學應包括「口頭語言和書

面語言」……逐步推進，逐步完善。

鄭頤壽教授研究辭章學，就是如此。他善於學習、借鑑、汲取古今中外相關學科的營養，來滋養富有民族特點和新時代氣息的「漢語辭章學」的機體，讓她以綽約的丰姿登上了言語學的座席。

承鄭教授的信任，讓我當本書（指《辭章學論稿》，下同）的責任編輯。我通閱全書，感到此書具有全方位、多角度、多層次的創新、開拓，讓人一新耳目，甚有啟發。

作者以清醒的理論自覺，創立富有新意、獨具特色的理論體系。在我國傳統辭章學研究的基礎上，在呂叔湘、張志公兩先生的倡導下，在陳滿銘教授、仇小屏博士研討的豐碩成果的啟發下，鄭教授獨著、主編了多種辭章學論著，再加上此書，我認為漢語辭章學這門新學科已經建立起來了。鄭教授於1986年出版的《辭章學概論》就描寫了「說寫者」、「聽讀者」、「客觀世界」、「書面文章或口語」的「四要素」及其雙向活動的「四六結構」雛型，「編碼」、「解碼」與「承載」雙向的三個方面（該書第44頁），到了1990年得到張壽康先生首肯，從而在《文藝修辭學・導論》中總結出：「四元六維結構」的理論。如今，發展成為更加完善的適用於辭章學及其相關學科修辭學、語體學、風格學的「四六結構」。這在理論上是個突出的建樹。由於這一理論的建立，以之為指導思想，統帥學科宏觀、中觀和微觀的理論體系建設，體現了他一再勉勵研究生的名言：「到人之所未到，說人之所未說，表人之所不同，補人之所不足」的境界。他的辭章學（含修辭學、語體學、風格學）理論在不斷的開拓之中。例如：

用「四六結構」理論，給辭章學下了定義：辭章學是「有

效、高效地表達、承載並藉以適切、深入地理解話語資訊的藝術形式」的學科。它是目前學術界關於本學科的最完整、最科學的定義。他在《先秦修辭理論與「四元六維結構」》文中就已指出：「一般的修辭學，或者只著眼於修辭表達一方，或者只著眼於修辭接受一方，或者只著眼於修辭本體的侷限。」他在《辭章學概論》「四六結構」雛型的「四要素」雙向結構研究的基礎上，提出辭章學包含「表達」、「承載」和「理解」；它融合表達得「對」、「通」與「好」的理論，用「有效」與「高效」、「適切」與「深入」與之對應，作為定義的一個義項；他根據「辭」、「意」的辯證法，以「……資訊」作為「藝術形式」的定語；並吸收了我國古代的「辭」論和現當代國內外文章學、話語語言學、交際語言學、言語學的研究成果，給辭章「話語」做了界定：它包含口語、書語、電語，包含辭篇、辭段、辭組、辭句、辭語、辭素，使辭章學區別於文章學、話語語言學、交際語言學和修辭學、語法學。

用「四六結構」理論，闡釋了「意成辭」、「辭意相成」、「辭成意」的「三辭三成說」，從全新的角度，對二三千年來的「辭不能成意」，做了科學的翻新的分析。

用「四六結構」理論，闡釋了「辭章」（含修辭）的生成過程是「宇宙元⇌表達元⇌話語元⇌接受元⇌宇宙元」這種雙向的四個階段的理論，這就由只著重強調「由想而移為辭」的修辭生成論，或只從單向談「修辭生成的三個階段」說，向前邁進了一步。

用「四六結構」理論，闡釋了辭章的「四在效果」：潛在效果、自在效果、他在效果、實在效果，這比單提「表達效果」要明確、全面得多，科學得多。

用「四六結構」理論，闡釋了「信源之源⇌信源（表達、編碼）⇌話語⇌信宿（解碼、理解）⇌信宿之宿」這種表達與反饋的雙向的全過程。這一理論融化進辯證唯物論的認識論、符號論和資訊理論的觀點。它同「信源⇌話語⇌信宿」的表達與反饋論比較，應該也有新的深一層的分析吧。

用「四六結構」理論，闡釋了辭章學的對象、體系、性質和語境等宏觀的理論，其科學性、實用性更強了，這裡就不一一細述。

作者以「四六結構」理論貫穿於全書，還用以闡明常格、變格、畸格的言語規律，使這些抽象的規律具體化；並進一步以「四六結構」理論和這些規律為統帥，來闡釋因景抒情、託物言志、借物析理以及比喻、比擬、誇張等微觀的藝法和辭格。這些言語規律論、藝法論、辭格論（含生成論、客體論、解讀論），就更富於辯證法，也更適切於運用。

作者還運用自如地以「四六結構」理論闡釋了內、外辭章學以及建辭學、本辭學、解辭學等專門性的分支學科的建設，闡釋語體學、風格學等一系列重大的理論問題。

在研究方法上，「四六結構」理論充滿著辯證法，已如上述。此外，值得強調的是用分析的方法、數理的方法解決一系列理論問題。我國大陸第一本語言風格學專著的作者、被譽為這方面研究的「頂尖級」專家張德明教授的論文《鄭頤壽先生的風格學研究》，肯定了鄭教授在風格學（含語體風格）研究方面的突出成就，肯定了他的「體素」、「格素」等理論（此文已收入本書）本文就不細述了。我想補充三點：一是「電語」的提出，使之與口語、書語成鼎足之勢，這是對新時代語言媒體及時的，或者說具有某種超前意識的揭示；二是對書語的分

類，突破了傳統的實用、藝術的「兩分法」——兩分法揭示了事物的對立性，抓住了功能書語類別的最重要的兩端；鄭教授既看到功能語體類別的對立性、排斥性，又看到其統一性、滲透性，發展為「三分法」：「實用體——融合體——藝術體」。這就更富有概括性、周密性，是對立統一規律在語體分類上的具體鮮活的運用。三是「辭體平面」理論的提出，把各類別、各層次辭體及其各類型的辭體現象放在一個平面上，從而解決了國內外許多學者先按媒介分為口語體、書語體，再按功能特點等不同來劃分其下位語體的傳統劃分方法所造成的每次劃分標準的不一致，避免了劃分邏輯的不嚴密。尤為可貴的是，由於這一理論的突破，作者設計了《電腦輔助寫作、閱讀辭典》的編撰藍圖。我細讀了此典的「解說詞」和幾萬字的樣稿（已編入本書），我相信此典的編成，將為語言運用，為減輕中小學生過重的課業負擔，做出實質性的貢獻，將使功能語體理論走向各行各業，走進千家萬戶。到那時，漢語辭章學將有成為顯學的可能。這是漢語辭章學科學性與實用性方面的一大突破，希望它早日編成，並進行電腦程序設計，為多媒體的漢語辭章學、功能語體學、讀寫兼顧的語文教學，打開一個嶄新的局面。

鄭教授的辭章學理論，對辭章學的相關學科修辭學、文章學、語體學和風格學的研究，也起到啟發、推動的作用。鄭教授收入的《語法、修辭分合論》、《辭章學與文章學》、《辭章學與文體學、語體學》、《辭章風格在風格體系中的位置》等論文，都充分地體現了這一點。

通覽全書，我深深地感到鄭教授的研究具有一定的前瞻性，對怎樣進一步開拓辭章學的研究領域做了論析，描繪了學

科建設的前景，這在《「四六結構」與辭章學新學科建設》、
《台灣辭章學研究述評》中可以看出。

鄭教授認為，新的學科建設要靠一批人、幾代人的協力攻
關。他盛讚呂叔湘、張志公兩位先賢首倡建立漢語辭章學之
功，艷羨陳滿銘教授、仇小屏博士辭章章法學研究和運用的豐
碩成果。學術無地界，他希望海峽兩岸學者合撰一部《漢語辭
章學》作為高校教材。我相信本書的出版將促進兩岸辭章文化
交流，促進更高層次的合作，讓漢語辭章學之花姹紫嫣紅，爭
芳競艷。

（作者林大礎，2002 年 8 月於福州）

二、一本不可多得的好教材
——簡評鄭頤壽《言語修養》

提高全民素質，是黨中央面向新世紀所作出的戰略決策。
大學生在全民中屬於受教育程度較高的群體，提高大學生各方
面的修養，將在全民中起到重要作用。而言語修養，無疑是各
種修養的基礎，全社會都在呼喚專供大學生閱讀的言語修養的
新著湧現。

鄭頤壽教授的《言語修養》，正是在社會的迫切需要下應
運而生的佳著，這是首都師大出版社 1999 年推出的《大學生
文化素質教育讀本》中的第一本，也是筆者看到的全國同類課
題中較早出版的一本。仔細閱讀之後，深感這是一本不可多得
的好教材。

該書在以下兩方面完成得較為出色：一是用深厚的、多角
度的言語修養理論作統率；二是總結出多種指導實踐的言語規

律。可以說此書是理論與實踐完善結合的產物。

(一)關於言語修養理論

第一，深入淺出地闡明了言語修養的重要性。作者十分強調語言的社會功能，指出：語言是人類最重要的交際工具。不論是人類社會的哪一方面，諸凡政治、經濟、文化、外交等領域的各種錯綜複雜的矛盾，都要依靠語言進行溝通、協調、組織，甚至發出指令。「好的言語，可以發揮重要的作用。」而當代的大學生，是現代社會的接班人，是民族的棟梁，「要托起21世紀的太陽，就要很好地學習言語，進行言語修養，才能給偉大的祖國幹一番事業。」作者論述了大學生注意言語修養，對於維護社會安定團結，對於個人聰明才智的發展，都有很重要的作用。與此同時，作者還列舉了古今中外眾多名人重視言語修養取得成功的經驗，作為佐證，從而顯得說理透徹，條理清晰，論證有力。

第二，闡釋了修辭學、辭章學、語體學、風格學的基本理論。在論述修辭學理論時，該書重點論析「規範修辭學」與「文藝修辭學」。作者對文藝修辭的特性：情意性、形象性、生動性、變異性、音樂性、多樣性和獨創性的分析，可說抓住了文藝修辭關鍵性的問題，饒有新意。在論述辭章學理論時，最引人注目的是作者構建的辭章學「四元六維」系統，這是在前人基礎上可喜的創新。作者認為，辭章和辭章運用藝術的宏觀結構由辭章元（又稱文本元）、表達元（又稱說寫元、情意元）、接受元（又稱聽讀元、鑑識元）、物事元（又稱生活元、世界元）組成。該四元相互聯結，構成了六維，「反映了表達與接受、認識與實踐、文字表達與客觀存在」這六對關係

（195頁）。對「四元六維」，理論框架的闡釋，是該書最精彩的論述之一。由於具體論點作者已為《修辭學習》撰文，不久即將與讀者見面，此間不再贅述。

在論述語體學、風格學時，作者對言語風格學的基本概念、它與語文教育的關係等，也作了有獨到見解的論析。

由於作者從五、六十年代即對上述幾門學科開始深入的鑽研，八、九十年代又有多部這方面的專著問世，所以對上述幾門學科理論的探討，可說根底深厚、獨樹一幟。

㈡揭示了多種「言語規律」

作者列專章論述了「言語規律」，該章指出：宇宙萬物，無不有律」，言語也有其規律，「這是言語律」。言語律「是言語活動、言語教育的指針」，是「帶根本性的問題」。接著指出言語律中有總律、分律，該章特別對總律中的「內律」（常格律、變格律）、「外律」（表心律、適境律、得體律）、「化畸律」（內律、外律的綜合運用）等，作了重點探討、深入開拓。

同時值得注意的還有兩點：

第一，總結了口語修辭規律。作者對口語修辭規律中的口德、口才、耳才、眼才，對「身勢語」中，身體各部分尤其是手勢和臉部表情，如眼語、眉語等，都作了簡要、精闢的論述。這些規律，看起來很普通，但卻十分重要，若不加注意，會大大影響交際效果。

第二，總結了書面語修辭規律中必須掌握的「極有益處的學習法」。該書專列「修飾之學」一章，目的是告訴人們必須重視一種「極有益處的學習法」，即「從同一作品的未定稿

（或初版文字）和完成稿（或修訂文字）的比較中學習」。作者從散文、小說、劇本、詩詞、科普作品、議論文等多種角度，通過對名家名作初稿和未定稿修改的比較和分析，來領會名家名作的改筆藝術。這樣的學習，確實對讀者會幫助很大。由於作者已積累了《比較修辭》、《文章修改藝術》、《高中語文名篇修改範例》、《初中語文名篇修改範例》等多部著作的寫作經驗。這一章就成了厚積薄發的結晶，寫得說服力很強。

該書的成功經驗告訴我們：邀請造詣深厚、富有積累的專家教授撰寫教材，是會取得良好效果的。

（作者宗廷虎，係復旦大學中文系教授，博士生導師，本文原載《修辭學習》，2000年第2期）

三、「三花」齊放　迎暉更艷
——評介鄭頤壽《言語修養》

改革開放的春暉照耀著神州大地，言語學的大花園也百花齊放，出現從未有過的蓬勃局面。其中有「三花」就是由福建人民出版社林承璋、福建教育出版社任鳳生發現並支持作者共同培育出來的。「三花」是指鄭頤壽教授所初創的比較修辭學、文藝修辭學和漢語辭章學。可喜的是鄭教授在原有的基礎上又不斷開拓、深化。最近由李永燊教授主編的大學生文化素質教育系列叢書之一的《言語修養》（下簡稱《修養》），雖然只收入鄭教授論文的四分之一，但可窺見他在這三門新學科建設方面所結出的新的成果。

㈠比較修辭學之花更鮮艷

《比較修辭》被作為比較修辭學這門新學科的首部代表作，載入《世界新學科總覽》等兩部反映世界性學術成就的辭書和《中國修辭學通史》等六部總結漢語修辭學研究成果的史書。其主要成就在於以自覺的意識樹起建設比較修辭學新學科的大旗，闡析了比較修辭學的定義、對象、任務、兩大分野等理論問題，並以常格、變格的言語規律為綱，建立了修辭學的新體系，獲得了國內外學者的首肯。而《修養》能在這個基礎上拓寬一步，提高一步。

前中國修辭學會會長張壽康教授，把《比較修辭》作為「修飾之學」這門新學科的代表作之一。《修養》的第一部分《論言語規律》和第二部分《修飾之學》中大部分內容，則相當集中地闡析並發展了《比較修辭》一書的某些論點，其中最有影響的是言語規律理論。著名的語言學家洪心衡教授說：「作者從語言的規律出發，把修辭分為常格的和變格的兩大類，從而形成了一個新的科學體系。」這「對於修辭學的發展，也將產生積極的影響。」修辭學家潘曉東先生也說：它「融會古今，大膽創新」，「陣容嚴謹，自成體系」，「開闢了一條通往修辭學廣闊新境界的充滿希望和勃勃生機的道路」。由於用常、變律所建立的體系的科學性和新穎性，所以它被《修辭學詞典》等辭書肯定，或作為詞條，或融入書中作為分析修辭現象的理論依據。有的專著也以之為綱建構全書的體系。《修養》能夠在這個基礎上，向理論的深度和廣度開拓，表現在：不僅「以白話文名篇的修改藝術為例」，而且「以文言文為例說明」，以「相互補充」，說明言語規律貫於古今；不

僅廣泛地談言語規律，而且從不同文體：散文、小說、劇本、詩詞、科普作品和議論文的不同特點進行論析；不僅做靜態的說明，更重視動態的描寫，不僅著眼於修辭本體的常變的兩條內律，而且擴展到修辭與表達者、接受者，與客觀世界、運用領域辯證統一的表心、適境、得體的外律；不僅看到常格、變格這種合乎言語規律的「健格」，而且顧及對違背內外二律的「畸格」的轉化──化略律。作者把歸納與演繹兩法結合起來運用，把常格、變格、畸格交互組織起來，形成了「常格→常格，常格→變格，變格→常格，變格→變格，畸格→常格，畸格→變格」六對成功的語格變化，「常格→畸格，變格→畸格，畸格→畸格」三對失敗的語格的轉化。由此，作者提出了建立動態的常格修辭學、變格修辭學、規範修辭學、語格學等新學科的構思。其中《規範修辭學》一書，將由作者推出。作者認為，研究這些理論，將有助於修辭活動和辭章實踐，有助於語言教學。總之，由《比較修辭》到《言語修養》，理論建設上有了較大的突破。

㈡文藝修辭學之花更繁麗

鄭教授於80年代初就對文藝修辭進行研討，在文學刊物發表了《論文藝修辭學淺談》的系列論文。接著，又厚積薄發，於中國修辭學會1983年的昆明年會上作了《論文藝修辭學》的大會發言。此文被收入中國修辭學會主編的《修辭學論文集》，還被作為這一方面的代表作寫入《中國現代修辭學史》。張壽康教授指出它「具有開創性」，常被同行學者所引用。這篇論文，吹響了向文藝修辭學這一學科進軍的號角。1999年出版的《中國修辭學通史》（當代卷）中《鄭頤壽〈文

藝修辭學〉等著作》一節就介紹了六部此類專著，形成了文藝修辭學的一片著作林。鄭教授主編並為主撰稿的《文藝修辭學》被作為這一著作林的首部代表。由一篇萬字的《論文藝修辭學》，發展到38萬字的《文藝修辭學》專著，並與其他五部姊妹書連成一片，構成了中國現代修辭學的一塊新領域，鄭教授的這一富有前瞻性、學術性的歷史性貢獻是令人欽佩的。

鄭教授在這本書的《導論》中總結的「四元六維結構」，使修辭學研究的理論性更強、更富於辯證法，使修辭學的研究開拓了新的境界。

《論文藝修辭學》的前瞻性、學術性還表現在：以矛盾的普遍性和特殊性的哲學觀點為指導指出，修辭學有普遍修辭學與專門修辭學之分，「『專門修辭學』，從不同角度分類，又可分為口語修辭學、書面語修辭學，分為文藝修辭學、科學修辭學、應用修辭學、政論修辭學；分為語音修辭學、詞語修辭學、句子修辭學、篇章修辭學，分為常格修辭學、變格修辭學，分為比較修辭學、統計修辭學。『專門修辭學』隨著有關學科的發展，又有心理修辭學……邏輯修辭學……美學修辭學、工程語言修辭學、資訊修辭學，等等」。《論文藝修辭學》發表17年來，據《修辭學通史》（當代卷）一書統計，已有鄭文貞、張煉強等20多位修辭學家推出了篇章修辭學、修辭邏輯學、文藝修辭學、變異修辭學·口語修辭學、比較修辭學、美學修辭學等多種「專門修辭學」。這些事實，證明了《論文藝修辭學》一文的理論前瞻性及其歷史性貢獻。

張壽康教授指出：「文藝修辭學，是處於修辭學（含語體學）和文藝學之間的新興的邊緣學科」（《文藝修辭學·代序》）。鄭教授的《論文藝修辭學》發表之後，又向「邊緣」開

拓，寫成了《語體》長文（被收入倪寶元教授主編的高校修辭教材《大學修辭》），進一步闡析了文藝語體的功能、特徵、類別及其同其他語體的關係，使《論文藝修辭學》向縱深推進一步。

㈢漢語辭章學之花長成片

漢語辭章學的理論，始於先秦。只是當時還是零珠碎玉的。「辭章」一詞，始於南朝，明清才有「辭章之學」的提法。1958年，毛澤東提出要「講究詞章」。1959、1961年，施東向、呂叔湘、張志公相繼在《紅旗》雜誌、《中國語文》發表有關辭章學的文章，呂、張兩先生還呼籲要建立漢語辭章學。從此，建立辭章學成為我國語言工作者的一項任務。由於10年浩劫，這項研究不得不沉寂下去。鄭教授卻在「文革」十分嚴峻的政治環境中和十分艱難的生活條件下，潛心研究，於1986年、1991年、1993年、1999年推出了我國第一、二、三、五部辭章學編著四本，近300萬字。福建師大成立了我國第一個辭章學研究所，招收了第一屆辭章學研究生，召開了第一屆全國性的辭章學研討會，組織推出了第一批辭章學著作群。祝敏青的《小說辭章學》等相繼問世。這些，都同鄭教授的開拓並進一步組織、發動、推動分不開的。收入《修養》的兩篇論文《論修辭學與辭章學》和《論辭章學》分別發表於1990年和1994年。這是對其前一階段辭章學研究的總結、昇華，又是對其後一階段研究的展望。此兩文進一步闡析了辭章這一學科的性質、任務、運用的要求、原則和規律，尤其是在當時對「辭章學為何物」的認識不很一致的情況下，鄭教授用現代語言學的觀點給「辭章」做了科學的定義，並把他總結的

「四元六維結構」理論用來論析辭章學，建構其理論體系。這對我國辭章學研究將產生重要的影響。

鄭教授認為「辭章是有效地表達話語資訊的藝術形式」，並指出這種「藝術形式」，「不能脫離內容，而是內容與形式兩者相成」，「辭章包括口語和書語」。這是合乎辯證法的。

科學的態度是實事求是的態度。著名語言學家張志公先生胸懷坦蕩，光明磊落，富有實事求是的科學精神，60年代，他認為「『辭章之學』，就是文章之學」；80年代又說：辭章學是「文章之學的一個側面」。所謂「文章之學」屬於書面語。1996年出版的《漢語辭章學論集》，志公先生說：「我曾經說過：『辭章之學』就是『文章之學』」，「現在認識到這種說法有片面性」。「因為辭章學不僅僅是寫作的藝術，它是全面培養提高運用語言的能力（包括口頭語言和書面語言，也就是聽說讀寫在內的各種能力）的一門學科。」他表示「要敢於發現並承認在研究、講述、寫作中出現的某些失誤」「不對！該否定就得否定」。這精神、這風格令人感動。志公改正後的觀點和鄭教授於1986年在《辭章學概論》中的觀點一致了。鄭教授的這個觀點也被辭章學研究的學者們所認可，所接受，所應用。

《論辭章學》一文從我國古代的作家論、作品論、風格論、文源論、創作論、知音論、文用論，從我國古代的音樂論、繪畫論、語言論和現當代的言語論、資訊論、傳播論、批評論中，總結出「四元六維結構」理論，並以之來建構辭章學的科學體系。這個體系的意義在於，不僅著眼於辭章本體的「內框架系統」，還注意到「辭章藝術同思想內容、客觀世界、表達者和接受者的關係」，以達到「內系統與外系統的統一」。

這在理論研究上是一個飛躍。

《修養》對風格學（包括語體風格學）的理論研究也有突出的建樹，例如，關於書卷語體的三分法，語體同從功能劃分出來的文體對應研究理論，三類語體與表現風格的關係，以及風格系統等等，這裡就不詳述了。

總之，福建人民出版社、福建教育出版社是比較修辭學、文藝修辭學、漢語辭章學這三花茁長的花園，林承璋、任鳳生就是這花園的伯樂和耕耘者，他們讓園丁有施展才藝的空間。這些言語學的奇葩，在改革開放的春暉照耀下，在民主、科學的春風吹拂下，將長得更加艷麗！

（作者鄭鎮　宇清，原載《出版廣場》，2000.30）

四、加強言語修養　提昇語文素質
——簡評鄭頤壽的《言語修養》

「語言是思想的直接現實。」（馬克思、恩格斯語）人們要將自己的思想、感情變成「現實」傳遞給別人，就必須憑藉語言來實現。但是，說寫者通過語言將自己的思想、感情傳遞出去，還有一個效果好壞的問題。有些說寫者能將自己的思想感情準確、清楚地表達出來，為聽讀者所接受；有些說寫者則不能，甚至還會出現言不達意，引起聽讀者誤解或情感牴觸的負面效果。作為一個大學生，特別是一個師範院校的大學生，他必須能將所講的問題講清楚、說明白，使別人能夠且樂於接受。這就要不斷加強自己的言語修養。言語修養是一個人文化素質的重要內容和生動體現。那麼，加強自己的言語修養又應該從何著手呢？怎樣來有效地提出自己的言語修養？鄭頤壽教

授的《言語修養》一書正是為此而作的。全書內容分為六大部分。第一部分是總論，論述了大學生加強言語修養的意義、提高言語修養的途徑與方法諸理論問題。指出言語修養，包括言語藝術修養和言語理論修養、口語修養和書語修養。為此，作者在論述言語藝術修養的同時，更注重談言語理論修養；在說明口語修養的同時，更注重論述書語修養。這樣就從更高的層面解決了言語修養中帶根本性、規律性的問題，對指導提高言語藝術修養具有相當強的針對性。第二部分主要論述了先賢今秀注重從定評作家的同一作品的原文與改文的比較中學習言語藝術的經驗及其重要意義，並且各選散文、小說、戲劇、詩詞、科普作品和議論文的一個名篇作具體的修改藝術示範。這六篇示範文絕大多數選自中學語文名篇，對於青年人來說如逢故友，十分親切，不僅面熟意通，而且可以從中獲得新的資訊。這值得讀者好好體味。第三、四、五、六共四部分，分別就修辭學、辭章學、語體學、風格學的基本理論問題進行簡要的論述，意在提昇大學生言語理論修養。這四部分儘管比較專門化，但作者將許多學術問題都講得淺顯易懂，讀來親切有味，並不像一般的學術論著那樣艱深晦澀。總之，《言語修養》是一部對大學生提高和加強言語藝術和言語理論修養有相當強的指導性的好書，值得青年朋友認真一讀。

（作者陳光磊，復旦大學教授，中國華東修辭學會會長；吳禮權，復旦大學博士。本文原載《文匯讀書周報》，2000. 4. 29）

五、創建廣義修辭學的新體系
——鄭頤壽《言語修養》評介（節錄）

　　全國文學語言研究會會長鄭頤壽教授的論文集《言語修養》[1]
（以下簡稱《修養》）一書，是從他的近百篇論文中選出20篇
適合於大學生閱讀的論文編成的。全書第一部分的第一篇《談
談大學生的言語修養》是簡說言語藝術修養的，其他部分都是
談「言語理論修養」的。它是從理論的高度對言語學的幾門新
學科——修飾之學（即「比較修辭學」）、文藝修辭學、規範修
辭學、漢語辭章學和語體學、風格學的學科建設所做的思考、
探索或總結，這是一本很有前瞻性、學術性的專著。

一

　　《修養》全書都反映出對新理論的思辨。早在1982年出版
的《比較修辭》中，鄭先生就已經自覺地用「常格」與「變格」
兩大言語規律為綱，建構全書的體系，闡述「語用效果」，使
之從傳統修辭學在半個世紀前建立的以「消極修辭」、「積極
修辭」為體系的理論框架中邁出來，從而「開闢了一條通往修
辭學廣闊新境界的充滿希望和勃勃生機的道路」。《修養》之
《論言語規律》與《建構全方位、多功能的言語智能體系》以
及在《論規範修辭學》中所闡析的語格變化，是對鄭先生建立
的「語格」理論的發展。著名語言學家對鄭先生建立的「語格」
論早就作過很高的評價。洪心衡先生說，鄭先生「吸收了古今
中外有關言語理論，借用古代文論中的『語格』這一說法，賦
予新義，建立了語格的理論，並用之於實踐。作者把所有的言

語現象概括為：常格、變格、畸格3種，闡明了它的概念、特點、運用範圍，而在具體方面，又闡明六對成功語格變化與三對語格轉化的規律。這是作者在修辭上所提出的『常變相成說』在辭章方面的運用與發展。常格、變格、畸格，不僅在名稱上與傳統修辭學的『消極修辭』、『積極修辭』、『零點上下』說不同，而且有自己的特定含義，它的適用領域更為廣闊，而其理論也更加嚴密、科學」。《修養》在闡述言語規律理論方面又比《比較修辭》大大突進了一步，表現在：不論論析了「內律」（常格律、變格律），而且論析了「外律」（表心律、適境律、得體律）；不僅論析了「健格」（常格、變格），而且論析了「畸格」；不僅對常格、變格、畸格作靜態的描寫，而且做了系統的動態分析；不僅論及現代漢語，而且伸展到古代漢語。

　　鄭先生的言語規律理論是科學的，是一個很大的創新，是世紀修辭學理論研究的一大成果，它被修辭學界所理解、所接受、所歡迎、所肯定、所引用。著名語言學家洪心衡教授還說：「作者從語言的規律出發，把修辭分為常格的和變格的兩大類，從而形成了一個新的科學體系。」修辭學家潘曉東編審也認為「根據言語規律，把每一部分分成常格修辭和變格修辭兩大類」，「陣容嚴整，自成體系」。修辭學家孫洪文則從修辭學發展的歷史比較中指出，「自《修辭學發凡》為中國近代修辭學奠基以來，修辭學對修辭現象有各式各樣的分類方法。有二分的：消極修辭和積極修辭；有三分的：語言因素、修辭方式和尋常詞語藝術化」，而鄭先生能夠「建立一個新的分類體系」，「它從語言的較深層次開拓修辭意義，探求表達方多和效果；把所有的修辭手段分為『常格修辭』和『變格修辭』」，

「形成自身的體系，給讀者以耳目一新之感。」著名修辭學家黎運漢教授也肯定：常格、變格的分類法「大膽創新，自成體系，為修辭學研究開闢了一條通往廣闊的新境界的道路」。「開闢新境界」絕非過譽之詞，作者正是從此出發，以言語規律為綱，寫出了20多萬字的《規範修辭學》書稿，從理論上進行昇華，除了初步建立了規範修辭學體系之外，還提出要建立常格修辭學、變格修辭學以及語格學的構想。

鄭先生的常格修辭、變格修辭的理論還被載入修辭學的辭書和史書。國家教委學位點學術委員、國務院學位點學術委員王德春主編的《修辭學詞典》[2]，成偉鈞等主編的《修辭通鑒》[3]或把它收為辭條，或運用「常格修辭」、「變格修辭」的理論來論析修辭現象。修辭學、辭章學學者祝敏青編著的《煉字趣話》[4]，也嫻熟地運用鄭先生建立的表心律、適境律、得體律、常格律、變格律來論析煉字的原則、規律，使其全書形成了嚴密的科學體系而受到讀者的歡迎。許多語文教師也反映，用言語規律來講課就能得心應手，讓學生易於理解、易於掌握、易於運用。

鄭先生總結出的另一個超出修辭本體的菱形的雙向的「四元六維結構」理論，則具有更大的意義。這個結構明顯優於聞名世界的批評家、美國康奈爾大學的阿布拉姆斯的單向的四要素三維的三角批評結構，也優於美國史坦福大學劉若愚的雙向四要素圓形結構。鄭先生是從我國先秦以來地地道道的文源論、創作論、鑑賞論、批評論、文用論、作家論、作品論、風格論、音樂論、繪畫論，又融化入當代的資訊論、傳播論以及認識論、哲學論建構這一理論的。復旦大學中文系博士生導師宗廷虎主編的反映我國修辭學成就的《中國修辭學通史》對

「四六結構」的理論很重視，認為鄭先生「對『四元六維』結構的各種關係及理論問題進行了相當深刻的探討」，「這種論述是相當系統和詳盡的」。鄭先生用這個理論編著了200多萬字的作品，它使修辭學研究進入了新的境界。表現在：(1)修辭定義翻新了，更加科學了。因為只有在「結構」的前提下，才能進行「選擇、加工」，「選擇、加工」要以「結構」為依據，離開了「結構」一切修辭活動就無從談起。這是很有見地的。(2)修辭視野開闊了。傳統的修辭學主要立足於說寫者，是表達修辭學。90年代有人受西方接受美學的影響，立足於聽讀者，建立了接受修辭學。而「四六結構」則把表達與接受兼而攝之，這就更辯證、更科學了。(3)傳統修辭學著眼於修辭本位，而「四六結構」則兼及表達元（說寫者）、接受元（聽讀者）、世界元以及四元之間對立統一的雙向的辯證關係。(4)傳統修辭學著眼於修辭現象靜態的平面的單向的分析，而「四六結構」的建立，是使之作動態的立體的多向的論析。

鄭先生的「四六結構」從文論、詩論、畫論、樂論中來，融會貫通，用來說明修辭之表達論、接受論、效果論、語境論、言語規律論，並推而廣之，用來論析風格的形成論、優化論、類別論、功能論，其論析得心應手，發揮得淋漓盡致，「道人之所不道，到人之所不到」，建立新理論，開闢新境界，層出而不窮，愈進而愈深，令人讚嘆。

言語規律論，「四六結構」論，是鄭先生關於言語方面的宏觀理論，而中觀、微觀的新理論還很多，就不一一細述了。

二

新的科學的理論、新的科學的方法、新的科學的體系是有

機地統一的，再加上新的語料（先生最喜愛用大作家的定評作品的原稿與改稿作比較），就為新的學科建設創造了條件。

鄭先生寫出了我國第一部比較修辭學的代表作《比較修辭》和文藝修辭學的代表作《文藝修辭學》，學術界對先生開拓新學科的成就給予了充分的肯定和一定的歷史地位。反映世界性新學科成就的《世界新學科總覽》和《新潮文藝手冊》兩部辭書，都設專文介紹《比較修辭》，指出這是「我國學者鄭頤壽先生對比較修辭學的一大貢獻」。特別值得說明的是：《總覽》反映二戰以來世界各國建立的社科方面的新學科470門，其中比較研究18門，而17門均由外國首創，只有比較修辭學我國領先。該《總覽》用3頁的篇幅專文介紹《比較修辭》。總結我國修辭學歷史性成就的《漢語修辭學史》、《中國修辭學通史》、《中國小學史》以及《中國現代修辭學史》、《中國出版年鑑》、《福建社科40年概覽》等6部史書，也突出地介紹了先生的科研成就。全國語文類核心刊物《修辭學習》1983年第3期發表了《通往廣闊的新境界》，《語文戰線》1984年第4期發表了《有比較才有鑑別》，《福建日報》1984年8月26日發表了《我國第一本比較修辭學專著——鄭頤壽〈比較修辭〉簡介》等評介文章，給予充分肯定，指出它是一部開創性的著作，填補了空白。而《修養》中的「修飾之學」部分，就是鄭先生這一方面成果的發展，它更富於理論性、科學性了。

鄭先生由80年代初發表的《文藝修辭學淺說》的系列論文厚積薄發為《論文藝修辭學》一文，總結了文藝修辭學的性質、任務以及在修辭學中的地位，指出了文學語言的七大特性，並在這個基礎上主編、寫成了38萬字的專著《文藝修辭學》。當年的中國修辭學會會長、著名語文學家張壽康指出

「《論文藝修辭學》具有開創性」，而《文藝修辭學》「也具有新意」，「可補修辭學的一項空白」。宗廷虎教授的《中國現代修辭學史》把《論文藝修辭學》一文作為這一領域研究的代表作，肯定它「具有一定的深度」。李濟中教授也指出，鄭先生「較全面深刻地指出了文學語言的特徵：形象性、生動性、情意性、變異性、音樂性、多樣性和獨特性。這說法很有創見，使我們對文藝語體語文特徵的認識更全面、更深刻了」。鄭子瑜、宗廷虎主編的《中國現代修辭學通史》則認為《文藝修辭學》在修辭學與文藝學方面進行了「可貴的探索，對漢語修辭學研究領域的開拓是有貢獻的」，這是因為「它較系統地論述了文藝修辭學的基本理論問題」，「對文藝修辭學的各個方面的內容討論得較為具體、細密，有較強的系統性、全面性」。

鄭先生在新學科建設中最突出的貢獻在辭章學。《修養》中收入的《論修辭學與辭章學》和《論辭章學》兩文就是先生對新學科建設的回顧、總結和展望。此兩文進一步對辭章學的「學科的性質、研究的對象、任務、運用的要求、原則和規律方面」作了闡述；對「辭章」的幾種定義作了歷史的、客觀的研討，對「辭章學的理論框架」作了富有開創性、前瞻性的描寫，指出「這個框架，反映了辭章學研究的對象。從中也可看出它和修辭學、文章學、語體學、風格學的聯繫和區別；反映了辭章藝術各個內部因素的有機統一的體系；反映了辭章與內容，辭章與客觀世界，辭章與表達者、接受者的關係」。鄭先生於1986年出版的《辭章學概論》把「辭章」定義為「有效地表達話語資訊的藝術形式」，並指出「辭章包括口語與書語」，這已被許多學者所採納。國內外學者對鄭先生的《辭章學概論》作出很高的評價。菲律賓《世界日報》1987年10月

24日發表了題為《辭章學的第一部論著——簡介鄭頤壽的〈辭章學概論〉》的評價文章，指出：此書較系統地「闡明辭章學研究的對象、學習辭章的意義、途徑與方法」，「論述辭章與內容、章法、表達方式、語格、語體風格等一系列問題」，它是「一部融語法、邏輯、修辭、寫作於一爐的新學科專著」，將「在學術界產生重大的影響」。香港《明報》1987年8月3日發表了《〈辭章學概論〉——內地辭章學的首部專著》的書評進一步指出，「把辭章學深奧、枯燥的理論演繹成為生動、通俗易懂的知識是這部新著的最大特色」。《福建日報》1987年3月13日發表的《第一本辭章學論者》指出，「……如此系統而完整地研究辭章，開創性地建立多學科的辭章綜合理論體系，三十多年以來還是第一次，因此我們認為《辭章學概論》填補了國內辭章理論研究的空白，為進一步研究文章藝術及其構成規律，提供了範例，明確了方向」，「深索了古今中外語言寫作規律，做出了可貴的理論建樹」。著名修辭學、文章學家張壽康教授於1987年3月26日致書鄭先生說：「《辭章學概論》一書填補了空白。」著名語言學家洪心衡的《言語前景的新開拓——評介鄭頤壽的〈辭章學概論〉》指出，「它是又一難能可貴之作，為辭章這一學科填補了空白」，「為這一學科建立了理論體系，為教學、運用開闢了廣闊的前景」。洪先生指出「《概論》在理論方面的成就是顯著的」，作者「提出自己的理論『整體融合說』，確定了辭章學的性質與範圍」，「論證了建立辭章學科的必要性和可行性，為辭章的研究指出了明確的方向」。它「的確是開創性的著作」。首屆全國文學語言研究會會長林立教授也指出：鄭先生「很懂得從民族語言的特點出發，吸收我國古代辭章藝術的精華。運用漢民族較容易接受的

形式去表達，使得這本書富有較大的民族特色」，「更精彩的是，此書堅持了綜合性，這是辭章學的要旨。」

從以上分析可以看出：收入《修養》中的論文，是鄭先生所初創的比較修辭學、文藝修辭學、漢語辭章學這3門言語學新學科的理論依據或進一步發展。儘管此書也談到言語藝術修養，而更重要的是談言語理論修養。建議此書再版時，乾脆改為《言語理論修養》。先生的《從改筆中學習》、《修辭過程說》、《再論言語規律》、《語體座標初探》、《風格優劣論》、《四六結構與修辭》等，都很有創見，屢被學者所引用。為免他們翻檢之勞，建議增訂版再增加一些篇幅，以滿足不同程度的大學生（包括專科生、本科生和研究生）的需要，也給語文教師、語言學研究者提供一份有益的參考用書。

（作者林大礎，係全國文學語言研究會會長，本文原載《福建財會管理幹部學院學報》2000.2）

注 釋

1 鄭頤壽《言語修養》，首都師範大學出版社，1999年5月第1版。

2 浙江教育出版社，1987年5月第1版。

3 中國青年出版社，1991年6月第1版。

4 福建人民出版社，2000年1月第1版。

參考文獻：

〔1〕潘曉東·通往廣闊的新境界 ——評介鄭頤壽的《比較修辭》〔J〕.修辭學習，1983，3.

〔2〕洪心衡·言語前景的新開拓 ——評介鄭頤壽的《辭章

學概論》〔J〕.語文月刊，1998，11～12.

〔3〕鄭頤壽·比較修辭·序〔M〕·福州：福建人民出版社，1982.

〔4〕孫洪文·有比較才有鑑別──讀鄭頤壽的《比較修辭》〔J〕·語言戰線，1984，4.

〔5〕黎運漢·漢語修辭學〔M〕·香港：香港商務印書館，1986.45.

〔6〕鄭頤壽·文藝修辭學·代序〔M〕·福州：福建教育出版社，1993.

〔7〕宗廷虎·中國現代修辭學史〔M〕·杭州：浙江教育出版社，1990.415.

〔8〕復旦大學語言學研究所等編·語體論〔M〕·合肥：安徽教育出版社，1987.307.

〔9〕鄭子瑜，宗廷虎主編·中國現代修辭學通史〔M〕·長春：吉林教育出版社，1998.312.

〔10〕林立·推薦鄭頤壽的《辭章學概論》〔N〕書訊報，1987.10.12.

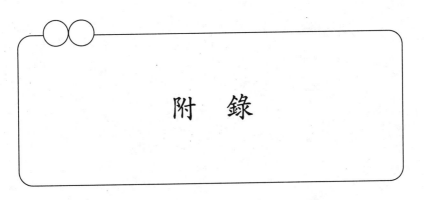

附　錄

辭章學主要術語

辭章	四元	變化律*	辭風
辭章之學	六維	聯貫律*	格素
辭章學	三辭三成	統一律*	內蘊情志格素
普通辭章學	四在效果	文體	外現形態格素
專門辭章學	結構組合結合論	語體	話語
內辭章學	誠美律	辭體	文篇
外辭章學	內律	體素	話篇
建辭學	外律	體素值	辭篇
解辭學	綜合律	語體平面	辭段
本辭學	常格	辭體平面	辭組
篇章辭章學*	常格律	藝術體	辭句
辭章章法學*	變格	融合體	辭語
辭章藝法學	變格律	實用體	辭素
詩歌辭章學	表心律	書語	
散文辭章學	適境律	口語	
小說辭章學	得體律	電語·	
戲劇辭章學	合格律	十二辭體區	
四六結構	畸格	功能度	
「（0）一、二、	化畸律	媒體度	
多」結構*	篇法*	辭體平方度	
「多、二、一	章法學*	嚴區寬度	
（0）」結構*	秩序律*	辭章風格	

（加*者係陳滿銘教授及其高足論著中的術語，本書闡述中經常用到。這些術語是辭章學學習、研究中應該掌握的。）

國內外部分評介文字目錄索引

鄭其溫　鄭韶風　編輯

(一)編者說明

1.學術評介，有肯定，有勉勵，有鞭策，有商榷，有批駁，這不僅使作者本人，而且也使廣大讀者、研究者，知道哪些有開創性，應該堅持、發展，哪些較淺薄，應該進一步深入、挖掘，哪些有片面性，應該補充、完善，哪些有失誤，應該分析、改正。它是促進學術發展的手段，應該提倡。這就是編輯本索引的目的。收入本索引的文章絕大多數是肯定的，也有極少數提出商榷或不同意見的，我們客觀地兼收並蓄之。

2.本「索引」既收評介專文，也收評介語段。專文介紹比較全面，語段評介重點突出。例如胡奇光的《中國小學史》，介紹了1932年陳望道《修辭學發凡》出版至1987年間，我國能「自成一家之言」的修辭學著作7部，《比較修辭》即是其一。專文用原題目，語段用該語段所在的章、節、段的名稱，或從該語段中提取有概括力的語、句為題。

3.有不少專著書末列有「參考文獻」或「參考書目」，把《比較修辭》、《新編修辭學》、《文藝修辭學》之類列為修辭學專著參考書者，屬於「對號入座」本索引不細列之；而對某

些專著的學科屬性或最大特點有所揭示者，則列之。例如：《辭章學概論》，被修辭學專著、史書列為參考書，說明不少修辭學家看到了辭章學就是修辭學——「大修辭學」，或稱「廣義修辭學」；《文藝修辭學》，被列為「語體學」、「風格學」的參考書，說明這些語體學家、風格學家，能揭示參考書最本質的屬性；《新編修辭學》，被列為語體、風格的參考書目，說明這些專家不僅看到了「新編」（46萬字）有近半篇幅是介紹語體、風格的，其分類之多，比例之大，在我國高校所有同類教材中是惟一的，而且也看到「新編」作者自覺的語體意識，看到了「新編」以語體為綱的最大特點。

4.有不少於80部的辭書介紹了鄭頤壽，例如請江澤民總書記、李鵬委員長題辭的《中國專家辭典》，美國、中國出版的《世界名人錄》，韓國出版的《中國文藝批評家辭典》，我國出版的《中國語言學人名大辭典》，有關方志、名人臺歷（每日介紹一位當代各行業專家）等，本可歸之於「綜評目錄」之中，因書目較多，目前暫不細列之。

5.本索引僅就編者手邊現有的材料隨翻隨記，是「原汁原味」的，前後順序、專題類別等未經整理，真是「排名不分先後」，各類隨緣聚合，有待於今後再作科學的編排。編者手邊未掌握到的材料肯定還有相當一部分，請讀者、作者告知，以便今後統編。

6.外文評介文字（如前蘇聯科仁娜、韓國趙誠煥等編的有關材料）暫不編入。

(二)對辭章學相關學科研究的評介文章選刊

〔編者按〕張志公先生說：辭章學包含我們現在一般理解

的「修辭學」以及語體學、風格學的有關內容。本書作者正是沿著「修辭學──語體學、風格學──辭章學」相聯繫的研究道路走過來的。本索引即按這個思路編入相關的內容。

1. 綜合評介材料目錄

修飾──修辭學的一個重要部門　張壽康　《修辭學論文集》第三集　35頁　福建人民出版社　1985

語言學界的開拓者──鄭頤壽與比較修辭學、辭章學　江仁魁　《開拓者》（第三集）　354～355頁，海南出版社　1993

現代漢語研究進步最快的領域　楊道周主編、張學惠副主編　《福建社會科學研究概覽》　238、559頁　團結出版社　1193

「三花」齊放，迎暉更艷　鄭鎮、寧清　《出版廣場》　2003(3)

漢語百年修辭學主要成果　林玉山　《漢語語言學百年》，刊於《東南學刊》　2000(6)

評介鄭頤壽辭章學、修辭學、語體學、風格學研究的幾部學術史書　中國小學史　胡奇光著　上海人民出版社　1989

中國現代修辭學史　宗廷虎著　浙江教育出版社　1990

漢語修辭學史　袁暉、宗廷虎主編　安徽教育出版社　1990

中國修辭學史（當代卷）　鄭子瑜、宗廷虎、陳光磊主編　吉林教育出版社　1998

二十世紀的漢語修辭學　袁暉著　書海出版社，2000

漢語修辭學史（修訂本）　山西人民出版社　2002

2. 有關《比較修辭》的評介材料目錄

《比較修辭》序　洪心衡　收入《比較修辭》

通往廣闊的新境界——評介鄭頤壽的《比較修辭》　潘曉東
　　《修辭學習》　1983(4)

有比較才有鑑別——讀鄭頤壽的《比較修辭》　孫洪文　《語
　　文戰線》　1984(4)

學習語文的良師益友——《比較修辭》評介　林承璋　《中學
　　語文教學》　1984(4)

喜聽作家現身說法　高展　《榕花》　1983.3

我國第一本比較修辭專著——鄭頤壽《比較修辭》評介　韓珍
　　重、莊澤義《福建日報》　1984.3.26

很有特色的修辭學著作　濮侃　《漢語修辭學的回顧與展望》
　　《修辭學習》　1984(4)

修辭的新探索　于其化　《讀書》　1984(10)

請藝術家用實物教授——評介鄭頤壽的《比較修辭》　程力夫
　　香港《文匯報》　1985.12.20

修辭的三個原則　倪祥和　《修辭的活的靈魂》　同上　2頁

漢語修辭學的建立與發展　黎運漢、張維耿　《現代漢語修辭
　　學》　45、260、262頁　香港商務印書館　1986

修辭格研究史的問題　吳士文　《修辭格論析》　243、245頁
　　上海教育出版社　1986

比較修辭學　上海社會科學情報所金哲、姚永抗、陳燮君主編
　　《世界新學科總覽》　1384～1386頁　重慶出版社　1986

福建師大鄭頤壽《比較修辭》載入《世界新學科總覽》　金耿
　　鋒　《福建日報》　1987.11.19　（《總覽》介紹二戰以後國

內外社科方面的新學科470門，其中「比較研究」部分18門，17門均國外首創，惟比較修辭學一門專文介紹《比較修辭》）

新的起點，美的前景　韋筏　《福建日報》　1986.1.17

借代不限於「換名」　鄭文貞《「換名」說質疑》，見《修辭學研究》　第四輯　373頁　廈門大學出版社　1988

談「反復」　陳法今　《增語反復和異語反復》　同上　391頁

語法修辭結合論　《鄭子瑜修辭學論文集》　258頁　香港中華書局　1988

無甲事物的拈連──兼與鄭頤壽先生、鄭遠漢先生商榷　《修辭學習》　1985(3)

「拈連」與述賓配搭──兼論《無甲事物的拈連》　《修辭學習》　1986(4)

《比較修辭》　王德春主編　《修辭學詞典》　6頁　浙江教育出版社　1987

《比較修辭》　張滌華、胡裕樹、張斌、林祥楣主編　《漢語語法修辭詞典》　13頁　安徽教育出版社　1988

「新編」與「實用」　張壽康　《中學語文》　1985(8)

《新編實用修辭》序言　張壽康　北京出版社　1986

語言鮮花，美不勝收　張玉娥　《語文報》　1983.12.5

一本普及修辭知識的難得教材──《比較修辭》介紹　王立根　《中學生語文報》　1984.1.5

《比較修辭》一書的特點　楊濤　《廈門日報》　1983.7.11

喜讀《比較修辭》　王人浚　《福建書訊》　1983.4.25

修辭花圃中的一株新苗──介紹《比較修辭》　王力耕　《福州晚報》　1984.4.4

的回顧與前瞻》　《語言風格論集》　238頁　南京大學出
版社　1994

完全按規範修辭和變異修辭理論建立修辭學體系的當推鄭頤壽
的《比較修辭》　鄭遠漢《修辭學流別論》　（臺灣）《修
辭論叢》　294、300頁　2000

常格修辭　王德春主編　《修辭學詞典》　10、20頁，浙江教
育出版社　1987

變格修辭　同上　446、447、531等頁

表現美的修辭　陸稼祥　《內外生成修辭學》　145頁　重慶
出版社　1998

常格、變格的修辭格體系　邸巨　《辭格大類的分類》　《修
辭學習》　1987(6)

對修辭作動態研究　倪祥和　《修辭學靜態和動態研究淺探》
《修辭學習》　1998(1)

3. 有關《文章修改藝術》的評介材料目錄

《文章修改藝術》序　張壽康　《修辭學習》　1987(1)

「新編」與「實用」　張壽康　《中學語文》　1985(8)

《新編實用修辭》序言　張壽康　北京出版社　1985

文章修改藝術　王德春主編　《修辭學辭典》　浙江教育出版
社　1987

應該怎樣修改文章——推薦《文章修改藝術》　任鳳生　《閩
教書訊》　1983(4)；《中學生語文報》　1983.12.16　《語
文報》　1984.1.9.

淺談「修飾之學」　張壽康　《說語談文》　121～124頁　河
南大學出版社　1989

修飾之學提綱‧《文章修改藝術》　張壽康《修飾——修辭學的一個重要部門》　中國修辭學會　《修辭學論文集》第三集　36頁　福建人民出版社　1985

4. 有關《辭章學概論》的評介材料目錄

鄭頤壽推出《辭章學概論》新著　李林洲、王聰　《福州晚報》 1986.10.29

怎樣把文章寫的更有藝術性——向您推薦《辭章學概論》 《閩教書訊》　1987.3.15

第一本辭章學論著　任鳳生　《福建日報》　1987.3.13

推薦鄭頤壽的《辭章學概論》　林立　《書訊報》 1987.10.12

《辭章學概論》——內地辭章學的首部專著　（香港）《明報》 1987.8.3

辭章學的第一部論著——簡介鄭頤壽的《辭章學概論》　寒莊 菲律賓　《世界日報》　1987.10.24

篇章結構的研究　鄭文貞　《篇章修辭學‧後記》　412頁 廈門大學出版社　1991

「詳略」結構　（臺灣）仇小屏　《篇章結構類型論》（下） 358～372頁　萬卷樓圖書有限公司　2000

詳敘與略敘　（臺灣）陳佳君　《論虛實章法的內涵》　《修辭論叢》　228、244頁　2000(6)

《辭章學概論》的創意受志公先生倡議的影響　黃成穩　《張志公與漢語辭章學》　《修辭學習》　1989(4)

第一本辭章學論著——喜讀《辭章學概論》　田心芬　《福建民進》　1987(3)

鄭頤壽及其辭章學論著　丁白　《福州晚報》　1986.11.5

言語前景的新開拓——評介鄭頤壽的《辭章學概論》　洪心衡

　　《榕花》　1987⑵　《語文月刊》　1988（11～12）

於繼承中求新　在探索中開拓——讀鄭頤壽《辭章學概論》

　　林虹　《中學語文教學》　1988⑵

現代中國修辭學：成就與任務　張會森　《修辭學習》　1989

　　⑹　（收入〔蘇〕科仁娜　《修辭學論叢（1989)》）

文學語體・語音手段　胡曙中　《英漢修辭比較研究》　647

　　頁　上海外語教育出版社　1993

修辭與寫作　濮侃、龐蔚群　《語言運用新論》　10頁　華東

　　師範大學出版社　1991

5.有關《辭章藝術示範》的評介材料目錄

請名家作示範——評介《辭章藝術示範》　金真　《語文報》

　　1990.6.25

6.有關《新編修辭學》的評介材料目錄

一把打開語言藝術之宮的金鑰匙——《新編修辭學》簡介

　　《福建新書目》　1987.3.20

創新・實用——《新編修辭學》一書評介　旭生　《廈門日報》

　　1988.6.27

擺脫辭格學說的羈絆——簡介《新編修辭學》　明惠　《書訊

　　報》　1988.6.27

以言語規律和語體理論為綱的修辭學新體系　舒迅　《書訊四

　　則》　《修辭學習》　1987⑸

7.有關《文藝修辭學》的評介材料目錄

新書評點·《文藝修辭學》　張榮樟　《福建日報》　1993.8.7

《文藝修辭學》簡介　《修辭學習》　1994.2

修辭學與文學、美學的結合和交融　宗廷虎　《漢語修辭學20年的回顧與21世紀前瞻》　《邁向21世紀的修辭學研究》195～196頁　廣東人民出版社　2001

表現風格類型論　黎運漢　《漢語風格學》　12頁　廣東教育出版社　2000

8.有關《文學語言藝術大辭典》的評介材料目錄

文學語言研究的學科化和科學化　傅惠鈞、張賢亮　《承前啟後，開拓創新》　《浙江師範大學學報》　1997(6)

9.有關《大學修辭·語體》的評介材料目錄

高等院校修辭學教材·倪寶元主編的《大學修辭》　（鄭頤壽執筆《語體》）　鄭子瑜、宗廷虎主編、陳光磊副主編《中國修辭學通史》（當代卷）　156～160頁　吉林教育出版社　1998

10.有關《辭章學辭典》的評介材料目錄

評《辭章學辭典》　林玉山　《出版廣場》　2001(2)

《辭章學辭典探微》　鄭寶錢　《辭章學論文集》　海潮出版社　2003

十年一劍、體大思精　趙毅　《修辭學習》　2003

11.有關《言語修養》的評介材料目錄

提高大學生語文素質的好教材——簡評鄭頤壽《言語修養》
　　宗廷虎　《修辭學習》　2000(3)

加強言語修養　提昇語文素質　陳光磊、吳禮權　《文匯讀書
　　周報》　2000.4.29

「四元六維結構」比美國的相關理論更富辯證法　福建省社聯
　　優秀成果學科組評審意見　《獲獎成果名錄》　2000

一本不可多得的好教材——簡評鄭頤壽《言語修養》　宗廷虎
　　《福州師專學報》　2000(4)

幫助語文教師知識更新的重要參考書　金真　《漳州教育》
　　2000(1)

創建修辭學的新體系——鄭頤壽　《言語修養》評介　石重山
　　《福建財會管理幹部學校學報》　2000(2)

12.有關「語言趣話」（五本）的評介材料目錄

趣味橫生　切合實用——評《趣話書系》第一輯　鄭寶錢
　　《中學生語文報》　2001.9.10

雅俗共賞　深入淺出——評介《趣話書系》第一輯　鄭其溫
　　《出版廣場》　2001(5)

13.有關論文的評介材料目錄

宏論新說　精華紛呈——推薦《修辭學論文集》（評及鄭頤壽
　　的《修辭過程說》）　張彤岷　《福建日報》　1986.2.7

新的水平　新的深度——評介《修辭學論文集》第二集　（評
　　及鄭頤壽的《論文藝修辭學》）　蒲梁　《修辭學習》

1985(1)

研究言語活動，總結其特點、規律（評及《修辭過程說》）
趙彥達　《新的深度、新的廣度、新的高度——評〈修辭學
論文集〉第三集》　《福建書訊》　1986(33)　《修辭學習》
1986(5)

多層次多視角的掘進——評《修辭學論文集》第四集（評及
《論言語規律》）　童山東　《漢語學習》　1988(4)

「相似點」的身分與隱現（評及《關於比喻的四個要素》）　戴
婉瑩　《修辭學論文集》第三集　1985

全面深刻指出文學語言的特性（評及《論文藝修辭學》）　李
濟中　《張弓先生與語體學》　307～308頁　《語體論》
安徽教育出版社　1987

語體的系統性（評及《語體劃分概說》）　李蘇鳴　《系統論
與語體學研究》　《修辭學研究》　第4輯　87頁　廈門大
學出版社　1988

大大豐富和發展了現代修辭學（評及《論文藝修辭學》）　張
彤岷　《一本向修辭學廣度和深度開拓的好書》　《大眾修
辭》創刊號　1985(1)

給語法修辭學者的公開信（評及《語法修辭分合論》）　《鄭
子瑜修辭學論文集》　258頁　中華書局香港分局　1988

風格學參考目錄（《論文藝修辭學》）　黎運漢　《漢語風格探
索》　237頁　商務印書館　1990

最有代表性的變異修辭論（評及《論言語規律》）　葉國泉、
羅康寧　《語言變異藝術》　6頁　廣東教育出版社　1992

修辭學研究之成果‧修辭格式研究（評及《論「比」和比喻》）
（臺灣）沈謙　《修辭方法論析》　374頁　宏翰文化事業有

限公司

漢語風格學參考論著（列入《論文藝修辭學》） 黎運漢
《漢語風格探索》 237頁 商務印書館 1990

語體系統（評及《語體劃分概說》） 黎運漢 《現代漢語語
體修辭學》 20頁 廣西教育出版社 1989

對文藝語體基本特點的描寫（評及《論文藝修辭學》） 宗廷
虎 《中國現代修辭學史》 415頁 浙江教育出版社
1990

語體風格及其分類（評及《語體劃分概說》） 黎運漢 《漢
語風格探索》 124頁 商務印書館 1990

十分恰當的分析（評及《論「比」和比喻》） 譚全基 《中
國傳統比喻理論的研究》 《語言風格論集》 245頁 南
京大學出版社 1994

語言風格概念的定義 黎運漢、程祥徽 《語言風格學研討述
評》 同上 276頁

分析具體細緻，很有見地（評及《論文章風格和言語風格》）
同上 277頁

風格學的定義 黎運漢 《漢語風格學》 6頁 廣東教育出
版社 2000

語法修辭可否結合 《營口師專學報》 1990（3～4） 《語
法修辭分合論》 《修辭學習》 1986(5)

「四六結構理論」開闢了修辭學的新境界（評及《論辭章學》
等文） 福建省第四屆社科優秀成果學科組評審意見 《獲
獎成果簡介》 95頁

科學的書卷語體三分法（評及《語體》與《因體施教》等文）
同上

首次提出「格素」的概念（評及《論文章風格和言語風格》等文）　同上

抓住了文藝修辭學關鍵性的論題（評及《論文藝修辭學》）　宗廷虎　《一本不可多得的好教材》　《福州師專學報》2000(8)

風格研究的新進展（評及《論文藝修辭學》）　宗廷虎　《中國現代修辭學史》　415頁　浙江教育出版社　1990

辭格研究的新進展（評及《關於比喻的四個要素》）　鄭子瑜、宗廷虎主編、陳光磊副主編《中國修辭學通史》（當代卷）　224頁　吉林教育出版社　1998

語體風格研究的新收穫（評及《論語體與修辭風格》）　同上　284頁

語體風格研究的新收穫（評及《論文章風格和言語風格》）　同上　285頁

語體風格研究的新收穫（評及《語體是修辭學的基礎》）　同上　280頁

修辭學新領域的拓殖（評及《文藝修辭學》）　同上　311頁

同義修辭研究方面（評及《同義與異義》）　同上　365頁

14. 有關專訪、綜合報導和綜評目錄

一片忠誠筆底傾──訪《比較修辭》作者鄭頤壽　李林洲　《福州晚報》　1984.9.2

「此中甘苦兩心知」　方長　《生活・創造》　1986(6)

著作甚豐的鄭頤壽同志　林承璋　《福建民進》　1988(10)

他開拓了世界性新學科──訪中國修辭學會理事、著名修辭學家鄭頤壽　吳孔龍　《福州晚報》　1988.9.1

默默的耕耘者㈠　丁文　《瞭望》　1986⒅

語言學界的開拓者──鄭頤壽與比較修辭學、辭章學　江仁魁
　《開拓者》第三集　354～355頁　海南出版社　1993

內地風格學的頂尖級人馬　程祥徽《序》　黎運漢《漢語風格
　學》　廣東教育出版社　2000

拚搏・開拓的佼佼者　姚亞平　《中國修辭學的現狀與任務》
　《修辭學習》　1992⑷

主要參考文獻

　　本目錄只列本書之主要參考文獻，含古今中外之言語學（修辭學、語體學、風格學、話語語言學）以及文章學、文學、美學等。參考文獻以類聚，每類大體上以出版時間為序。最後部分，為拙文目錄，書中多次述及，為節省正文篇幅，只在此統一注明出處。

高名凱、石安石　**語言學概論**　北京：中華書局，1963

王德春　**現代語言學研究**　福州：福建人民出版社，1983

詹人鳳　**現代漢語語義學**　北京：商務印書館，1987

何自然　**語用學概論**　長沙：湖南教育出版社，1988

李安宅　**語言·意義·美學**　成都：四川人民出版社，1990

邢福義主編　**文化語言學**　武漢：湖北教育出版社，1990

劉湧泉、喬毅　**應用語言學**　上海：上海外語出版社，1991

劉煥輝　**交際語言學導論**　南昌：江西教育出版社，1992

張公瑾　**文化語言學發凡**　昆明：雲南大學出版社，1998

林玉山　**現代語言學的歷史與現狀**　鄭州：河南人民出版社，
　　2000

錢鍾書　**管錐編**　北京：中華書局，1986

陳望道　**修辭學發凡**　上海：上海文藝出版社，1959

呂叔湘、朱德熙　**語法修辭講話**　北京：開明書店，1952

張瓚一　**修辭概要**　北京：中國青年出版社，1954

楊樹達　**漢文文言修辭學**　北京：科學出版社，1954

張　弓　**現代漢語修辭學**　石家莊：河北教育出版社，1993

鄭頤壽　**比較修辭**　福州：福建人民出版社，1982

王希杰　**漢語修辭學**　北京：北京出版社，1983

王德春　**修辭學探索**　北京：北京出版社，1983

吳士文、馮憑　**修辭語法學**　長春：吉林教育出版社，1985

復旦大學語言研究室　**陳望道修辭論集**　合肥：安徽教育出版社，1985

黎運漢、張維耿　**現代漢語修辭學**　香港：商務印書館，1986

鄭頤壽、林承璋主編　**新編修辭學**　廈門：鷺江出版社，1987

宗廷虎、鄧明以、李熙宗、李金苓　**修辭新論**　上海：上海教育出版社，1988

沈　謙　**文心雕龍與現代修辭學**　臺北：益智書局，1990

沈　謙　**修辭學（上、下冊）**　臺北：空中大學，1991

童山東　**修辭學的理論與方法**　鄭州：河南人民出版社，1991

譚學純、唐躍、朱玲　**接受修辭學**　上海：上海教育出版社，1992

譚永祥　**漢語修辭美學**　北京：語言學院出版社，1992

倪寶元　**漢語修辭新篇章**　北京：商務印書館，1992

沈　謙　**修辭方法析論**　臺北：宏翰文化事業有限公司，1992

董季棠　**修辭析論**　臺北：文史哲出版社，1992

鄭頤壽主編　**文藝修辭學**　福州：福建教育出版社，1993

倪寶元主編　**大學修辭**　上海：上海教育出版社，1994

張煉強　**修辭理據探索**　北京：首都師範大學出版社，1994

駱小所　**現代修辭學**　昆明：雲南人民出版社，1994

姚亞平　**當代中國修辭學**　廣州：廣東出版社，1996

陸稼祥　**內外生成修辭學**　重慶：重慶出版社，1998

童山東、吳禮權　**闡釋修辭論**　北京：首都師範大學出版社，1998

張煉強　**修辭論稿**　北京：人民教育出版社，2000

吳土民　**修辭與文化**　烏魯木齊：新疆大學出版社，2000

陳光磊　**修辭論稿**　北京：北京語言文化大學出版，2001

王德春、陳晨　**現代修辭學**　上海：上海外語出版社，2001

張壽康主編　**文章學概論**　濟南：山東教育出版社，1983

楊振道、韓玉奎　**文章學概論**　武漢：武漢大學出版社，1984

藺羨璧主編　**文章學**　天津：南開大學出版社，1985

張壽康　**文章學導論**　武漢：湖北教育出版社，1985

孫移山主編　**文章學**　北京：檔案出版社，1986

程祥徽、黎運漢主編　**語言風格論集**　南京：南京大學出版社，1994

中國華東修辭學會、復旦大學語言文學研究所編　**語體論**　合肥：安徽教育出版社，1987

程祥徽　**語言風格初探**　香港：三聯書店，1985

王德春　**語體略論**　福州：福建教育出版社，1987

黎運漢主編　**現代漢語語體修辭學**　南寧：廣西教育出版社，1989

王伯熙　**文風簡論**　北京：中國社會科學出版社，1979

詹　鍈　**《文心雕龍》的風格學**　北京：人民文學出版社，1982

黃美鈴　**唐代詩評中風格論之研究**　臺北：文史哲出版社，1982

吳功正　**文學風格七講**　上海：上海文藝出版社，1983

嚴迪昌　**文學風格漫說**　南京：江蘇人民出版社，1983

王之望　**文學風格論**　成都：四川文藝出版社，1986

周振甫　**文學風格例話**　上海：上海教育出版社，1989

張德明　**語言風格學**　長春：東北師範大學出版社，1989

黎運漢　**漢語風格探索**　北京：商務印書館，1990

胡奇光　**文筆鳴鳳**　北京：語文出版社，1990

李伯超　**中國風格學源流**　長沙：岳麓書社，1988

林淑貞　**詩話論風格**　臺北：文津出版社，1999

黎運漢　**漢語風格學**　廣州：廣東教育出版社，2000

朱光潛　**朱光潛美學文學論文選集**　長沙：湖南人民出版社，
　　1980

朱光潛　**朱光潛美學文集**　上海：上海文藝出版社，1982

朱光潛　**談美書簡**　上海：上海文藝出版社，1980

王朝聞主編　**美學概論**　北京：人民出版社，1981

施昌東　**「美」的探索**　上海：上海文藝出版社，1980

盧善慶　**門類藝術探索**　廈門：廈門大學出版社，1989

李永燊、顧建華　**美學修養**　北京：首都師範大學出版社，
　　1999

何楚然　**中國畫論研究**　北京：中國社會科學出版社，1996

朱以撒　**書法創作論**　福州：福建人民出版社，1993

荊　浩　**筆法論**　北京：人民美術出版社，1963

秦祖永評輯　**畫學心印**　上海：掃葉山房，1918

張志公　**漢語辭章學論集**　北京：人民教育出版社，1996

鄭頤壽　**辭章學概論**　福州：福建教育出版社，1986

鄭頤壽、張慧貞、鄭韶風　**辭章藝術示範**　上海：上海教育出

版社，1991

鄭頤壽　**文章修改藝術**　福州：福建人民出版社，1983

鄭頤壽、祝敏青正副主編　**文章修改藝術——言語藝術示範**　合肥：安徽教育出版社，1992

鄭頤壽、潘曉東主編　**語文名篇修改藝術**　南昌：江南教育出版社，1987

鄭頤壽、諸定耕主編　**中國文學語言藝術大辭典**　重慶：重慶出版社，1993

鄭頤壽　**言語修養**　北京：首都師範大學出版社，1999

鄭頤壽、林大礎主編　**辭章學辭典**　西安：三秦出版社，2000

祝敏青　**小說辭章學**　福州：海峽文藝出版社，2000

鄭頤壽、林大礎、祝敏青正副主編　**辭章學論文集（上、下）**　福州：海潮攝影藝術出版社，2003

陳滿銘　**章法學新裁**　臺北：萬卷樓圖書有限公司，2001

陳滿銘　**國文教學論叢**　臺北：萬卷樓圖書有限公司，1991

陳滿銘　**文章結構分析**　臺北：萬卷樓圖書有限公司，1999

陳滿銘　**國文教學論叢・續編**　臺北：萬卷樓圖書有限公司，1998

仇小屏　**文章章法論**　臺北：萬卷樓圖書有限公司，1998

仇小屏　**篇章結構類型論（上、下）**・臺北：萬卷樓圖書有限公司，2000

仇小屏　**章法新視野**　臺北：萬卷樓圖書有限公司，2001

張春榮　**修辭新思維**　臺北：萬卷樓圖書有限公司，2001

郭紹虞、王文生正副主編　**中國歷代文論選**　上海：上海古籍出版社，1979

何文煥輯　**歷代詩話**　北京：中華書局，1980

丁福保輯　**歷代詩話續編**　北京：中華書局，1983

劉勰著（趙仲邑譯注）　**文心雕龍譯注**　南寧：灕江出版社，
　1982

鍾嶸著、陳延杰注　**詩品注**　北京：人民文學出版社，1963

郭紹虞輯　**宋詩話輯佚**　北京：中華書局，1980

胡應麟　**詩藪**　上海：上海古籍出版社，1958

趙翼著、霍松林、胡主佑校點　**甌北詩話**　北京：人民文學出
　版社，1963

袁枚著、顧學頡校點　**隨園詩話**　北京：人民文學出版社，
　1982

劉熙載　**藝概**　上海：上海古籍出版社，1978

王夫之等撰　**清詩話**　上海：上海古籍出版社，1963

〔瑞士〕索緒爾著、高名凱譯　**普通語言學教程**　北京：商務
　印書館，1980

〔美〕愛德華·薩丕爾著、陸卓元評　**語言論**　北京：商務印
　書館，1985

〔美〕布龍菲爾德著、袁家驊等譯　**語言論**　北京：商務印書
　館，1980

伍蠡甫主編　**西方文論選**　上海：譯文出版社，1979

〔美〕尼爾·史密斯、達埃德爾·威爾遜著、李谷城等譯、劉
　潤清校　**現代語言學**　北京：外語教學與研究出版社，1983

王德春主編，謝天蔚、張會森等編寫　**外國現代修辭學概況**
　福州：福建人民出版社，1986

〔希臘〕亞里士多德著、羅念生譯　**詩學**　北京：人民文學出
　版社，1982

〔羅馬〕賀拉斯著、楊周翰譯　**詩藝**　北京：人民文學出版

社，1982

〔德〕歌德著、王元化譯　**文學風格論（自然的單純模仿・作風・風格）**　上海：譯文出版社，1982

〔德〕威克納格著、王元化譯　**文學風格論（詩學・修辭學・風格學）**　上海：譯文出版社，1982

〔蘇〕Ｍ・Ｈ・科仁娜著、白春仁等譯　**俄語功能修辭學**　北京：外語教學與研究出版社，1982

〔英〕Ｓ・皮特・科德著、上海外國語學院外國語言文學研究所譯　**應用語言學導論**　上海：外語教學與研究出版社，1983

〔英〕尼爾・史密斯、達埃德爾・威爾遜著　李谷城、方立、吳枕亞、徐克容譯　劉潤清校　**現代語言學（喬妞斯基革命的結果）**　北京：外語教學與研究出版社，1983

趙俊欣編著　**法語文體論**　上海：譯文出版社，1984

〔聯邦德國〕Ｈ・Ｒ・姚斯著、〔美〕Ｒ・Ｃ・霍拉勃著、周寧、金元浦譯　**接受美學與接受理論**　瀋陽：遼寧人民出版社，1987

〔美〕Ｗ・Ｃ・布斯著、華明等譯　**小說修辭學**　北京：北京大學出版社，1987

〔美〕Ｍ・Ｈ・艾布拉姆斯著、酈稚牛等譯　**鏡與燈——浪漫主義文化及批評傳統**　北京：北京大學出版社，1989

〔美〕大衛・寧等著、常昌家、顧寶桐譯　**當代西方修辭學**　北京：中國社會科學出版社，1998

〔美〕劉若愚著、杜國清譯　**中國文學理論**　臺北：聯經出版事業公司，1998

〔附〕

修辭過程說　中國修辭學會・修辭學論文集（第三集）　福建
　人民出版社　1985

論言語規律——兼呈鄭子瑜先生　中國修辭學會・修辭學論文
　集（第四集）　福建人民出版社　1987

再論言語規律　中國華東修辭學會・修辭學研究（第五輯）
　江西教育出版社　1991

同義與異義　《修辭學習》　1983

論文藝修辭學　中國修辭學會・修辭學論文集（第二集）　福
　建人民出版社　1984

論規範修辭學　復旦大學語言文學研究所編・《語法修辭論》
　浙江教育出版社　1984

論藝術體素及體素值　全國文學語言研究會編・《文學語言研
　究論文集》　華東化工出版社　1991

先秦修辭理論與「四元六維結構」　《藝文述林》　上海文藝
　出版社　1999

語格概說　中國修辭學會《修辭學的理論與實踐》　福建人民
　出版社　1997

史傳辭章概說　福建語文學會《語海探珠》　福建人民出版社
　1987

論修辭學與辭章學　中國修辭學會・修辭學論文集（第五集）
　河南大學出版社　1990

論辭章學　福建師範大學學報　1994(1)

科學的態度　巨大的啟發——讀《史稿》先秦修辭論　鄭子瑜
　《中國修辭學史稿》　中國社會出版社　1998

語法修辭分合論　營口師專學報　1990(3～4)

建構全方位、多功能的言論智能體系　言語藝術示範　安徽教

育出版社　1993

語體是修辭學的基礎　《福州師專學報》　1984(1)

語體劃分概說　中國華東修辭學會・復旦大學語言研究所《語
體論》　安徽教育出版社　1987

語體與修辭　《福建師範大學學報》　1991(2)

鼎立：電信體的崛起　中國修辭學會《修辭學論文集》（第六
集）　河南大學出版社　1992

語體座標初探　全國文學語言研究會《文學語言論文集》（第
二、三合輯）　重慶出版社　1997

論語體與修辭風格　中國華東修辭學會《修辭學研究》（第四
輯）　廈門大學出版社　1988

論「體素」與「格素」　《鐵嶺師專學報》　1994(1)

論文章風格與言語風格　《語言風格論文集》　南京大學出版
社　1994

論風格的高下優劣　《古漢語研究》　1998增刊

「格素」論　中國修辭學會《邁向21世紀的中國修辭學》　廣
東教育出版社　2000

「四六結構」與修辭　《江南大學學報》　2001(1)

辭章學研究的回顧與展望　《福建師大學報》　2001(4)

《辭章學導論》與本書主要引論作者（或書名）索引

中國古代

國外

國家圖書館出版品預行編目資料

辭章學新論 ／鄭頤壽著, -- 初版 -- 臺北市：

萬卷樓, 2004[民 93]

面； 公分

參考書目：面

含索引

ISBN 957－739－468－X (平裝)

1. 中國語言－修辭

802.7   93000641

辭章學新論

著　　　者：鄭頤壽
發　行　人：許素真
出　版　者：萬卷樓圖書股份有限公司
　　　　　　臺北市羅斯福路二段 41 號 6 樓之 3
　　　　　　電話(02)23216565．23952992
　　　　　　傳真(02)23944113
　　　　　　劃撥帳號 15624015
出版登記證：新聞局局版臺業字第 5655 號
網　　　址：http://www.wanjuan.com.tw
E-mail　　：wanjuan@tpts5.seed.net.tw
經銷代理：紅螞蟻圖書有限公司
　　　　　　臺北市內湖區舊宗路二段 121 巷 28 號 4F
　　　　　　電話(02)27953656(代表號)　傳真(02)27954100
E-mail　　：red0511@ms51.hinet.net
承印廠商：晟齊實業有限公司
定　　　價：640 元
出版日期：2004 年 5 月初版